喚醒內在神性

一場冥想瑜伽的療癒之旅

AWAKEN
THE SPIRIT
WITHIN

月亮當當 / 著

國家圖書館出版品預行編目 (CIP) 資料

喚醒內在神性：一場冥想瑜伽的療癒之旅 / 月亮當當著 .
— 一版 . — 臺北市：大地，2018.12
面；公分
ISBN 978-986-402-301-1（平裝）

857.7   107022490

喚醒內在神性—— 一場冥想瑜伽的療癒之旅

作　　者：月亮當當

發 行 人：吳錫清

創 辦 人：姚宜瑛

出 版 者：大地出版社有限公司

社　　址：114 臺北市內湖區瑞光路 358 巷 38 弄 36 號 4 樓之 2

電　　話：02-26277749

傳　　真：02-26270895

E－mail：support@vastplain.com.tw

網　　址：www.vastplain.com.tw

印 刷 者：百通科技股份有限公司

一版一刷：2018 年 12 月

定　　價：360 元

大地全球資訊網：http://www.vastplain.com.tw
Printed in Taiwan

前 言

或許，你和我一樣。

曾經，虔誠地在廟宇和殿堂的晨鐘暮鼓中焚香跪拜，滿懷希望地徘徊在潛能勵志的課堂上，主動或被動地灌了很多心靈雞湯，也曾害怕隨波逐流跟隨時髦的修行，卻仍避免不了迷失在修行的迷宮裡，反反復復地追問，活著究竟為了什麼，生命到底有什麼意義。

直至遇到冥想瑜伽，七年寒來暑往日日夜夜，無須強迫和自制，隨緣隨性地堅持靜坐，唱誦，冥想，肢體活動……體會了生命最深刻的精美，體驗過天人合一的無我境界，體悟了人生悲歡離合喜怒哀樂的豐盛情緒，在瑜伽的冥想與呼吸間漸漸平和與喜樂，新的生命力與純淨的能量充盈了我的身心。

原來，我就是宇宙的一個細胞，這就是我們每一個生命的根本意義。

我如此的雀躍和歡喜，像孩子般純真地想和你分享，呼喚你內在的神性和我一起去與所有人分享，去喚醒垂垂老者，喚醒初生的嬰兒，喚醒在苦痛中掙扎的人們，喚醒每一片樹葉，每一個雲朵，讓我們一起覺知、覺察、覺醒，我們是宇宙的一個細胞，我們為宇宙提供生生不息的能量，我們每一個生命天生具有無限的神性。

《喚醒內在神性》這本小說，因緣而生，是月亮當當和周遭的朋友，身心靈在每一次命運的挑戰中，在生老病死愛恨別離中合一成長的真實故事的還原與再創。

《喚醒內在神性》不是宗教，卻是你對宇宙對自己內在神性的無限信仰，生命因此「健美、喜悅、進步、富足」。

出發於愛的夢想，會吸引來一切讓夢成真的姻緣。

本書面市得力於眾多師友與陌生讀者之鼎力支持，熱情傳播。

月亮當當頂禮每一位助力《喚醒內在神性》傳播者的知遇之恩。

目 錄

第一年·覺知 / 001

　　看起來成功富裕，處處讓人羨慕的某企業高管梅香，人到中年。
　　生活、家庭、工作連連遭遇挫折，身心俱損，疾病纏身，覺得生活失去了意義，在無可救藥中苦苦掙扎，生命難道只能這樣無助地墜落？
　　梅香被一股什麼樣的神秘力量牽引？她竟然不可思議地開始練習瑜伽，學習唱誦冥想，一切，不知不覺地發生了奇蹟般的改變。
　　原來意志薄弱，難以持久做一件事的梅香，堅持瑜伽究竟能走久多遠？

 身心靈狀態：

　　意識到了內在的神性，開始覺得有能量面對一切。
　　身心靈開始排毒，或多有靈夢，或情緒波動強烈，或身體發生改變疾病痊癒，或瘦身養顏。
　　開始聞得見平常熟視無睹的花香，看得見以往視而不見的綠葉，聽得到曾經煩躁無感的鳥鳴。
　　感官逐漸靈敏復甦。
　　冥想帶來領悟與洞見：人體是宇宙的一個細胞，神性與生俱來。

第二年 · 覺察 / 047

　　生活、工作、家庭的困擾表面上並沒有改變，但梅香的心，在日復一日的冥想瑜伽的肢體、音樂、唱誦、冥想中漸漸陽光澄明。

　　梅香開始擁有源源不斷的能量，「斷離捨」地清理自己的生活狀態，開始勇敢地做自己，逐漸有力量關注和幫助他人。

　　與痛苦糾結了 10 年的高富帥的老公是離是合？應該拿起還是放下？

　　38 歲的時候，一切彷彿剛剛開始，一切那麼美好，生命如同重生般的美麗。

身心靈狀態：

　　神性常住，身心靈合一。

　　存在感較強，意識持續觀照頭腦活動，旁觀小我的反應，覺察隨時隨地。

　　開始觀照到舊有的信念模式給生命生活帶來的局限阻礙，舊有信念模式逐步一一瓦解，新的信念模式自然發生。

　　拿起該拿起的，放下該放下的。

　　情商提高，情緒得到有效的疏導，憤怒、生氣、悲傷等負面情緒來得快去得快。

　　心念的力量增強，心想事成的潛能擴展。

　　有條件的喜悅感常常發生。

　　身心靈健美。

　　偶爾體驗到天人合一，與宇宙融合的感覺。

就在這些年難得的感覺良好的時候，梅香突然得知弟弟曉峰吸毒，梅香瞬間掉落到黑暗的地獄，她能否拯救弟弟的生命？

梅香為什麼重又質疑和恐懼，曾經拯救她的冥想瑜伽，害怕接觸靈魂與神性，這一次更大的考驗，她何去何從？

中學時暗戀的籃球王子突然來到梅香身邊，高飛不肯放手梅香，梅香得到成功的優秀企業家敬總的點撥和指引，這三個男人將給梅香的生命帶來什麼樣的不同啟迪？

身心靈狀態：

　　　自我之神與宇宙天神合一。收到神的指引，一切自然而然。
　　　沒有好的壞的，天使和惡魔都是完美的。
　　　無條件的喜悅自然而生，身心自由自在。
　　　活在當下，如實如是，一切都是最好的安排。
　　　生命展開無限潛能，平凡的事情也變得非凡，無所不能。
　　　生命發出光芒，影響更多的人，更和諧喜悅自在。

第一年・覺知

Awaken the spirit within

第一節 墜落的生命

「各位乘客，因飛機遇到強大氣流，引起劇烈顛簸，請繫好安全帶，洗手間將暫停使用。」

飛機的搖晃越來越大，震盪了好一陣，不但沒有停止，反而更加強烈。

突然間，飛機在猛烈的晃蕩中下墜，機上一片尖叫聲。

梅香左邊一位二十來歲的年輕女子，早就嚇得抱住前面的椅背大哭。

梅香右邊的中年男子，本來很鎮定地端坐在椅子上，在飛機突然下墜的瞬時，卻下意識地一把抱住梅香的胳膊，身體顫抖不停。

瞬間，飛機又停止下墜，在乘客稍微減弱的尖叫聲中，又搖晃了一陣，漸漸平緩。

「各位乘客，我是本機機長，剛才因遇到強大氣流阻礙，讓大家受驚了，現在飛機已恢復正常，謝謝大家的配合和諒解。」

驚魂未定的中年男子鬆開手臂，衝梅香尷尬地笑笑，梅香淡然地直視著前方，像什麼也沒發生一樣。

年輕女子勉強止住哭泣後，終於忍不住，操著一口北方口音問梅香：「姐，剛才飛機馬上就要掉了，你怎麼不害怕呀？」梅香微微側臉衝她淺笑了一下，算是回答。

梅香前前後後，一直穩穩的，一動不動地坐在椅子上，很平靜。

飛機猛地下墜時，她心裡在想：「掉下去了，死了吧，也好。」

梅香今年36歲，在好多人的眼中很值得羨慕。現擔任廣州一家互聯網商務公司的營銷副總，拿著近百萬年薪，所在公司前年還出60多萬元推薦梅香，上了這個城市最好的綜合大學院的EMBA。

梅香老公自己開公司，是個典型的「高富帥」，不久前才給梅香買了輛百把萬元的寶馬敞篷跑車。

夫妻倆在廣州這個一線大都市擁有兩套不錯的高尚住宅。

外人眼中的艷羨，卻是梅香心中的苦。

第二節　梅香的苦

梅香有多苦，只有她自己知道。

如果，她能知道她以後人生接踵而至的巨大挑戰，或許她會覺得現在不那麼苦了。

但，現在，她真的苦不堪言。

梅香大學畢業後，馬不停蹄地工作 14 年了。

開始幾年，要麼找不到滿意的工作，要麼工作不滿意，幾乎一年半載就忙著換一個工作。3 年調試期後，多了很多經驗教訓，也知道要安定一個工作才有發展。

稍作考慮後，覺得電子網絡適合自己靈動的思維，也充滿不斷新鮮變化的挑戰，契合自己好奇喜歡新鮮事物的個性，就選擇了這個行業一步一步地堅持幹起來。

幾年後昇了主管，互聯網商務行業開始如火似荼的發展，就有更大的公司來挖人。

原公司的上司，正好對梅香心生嫉妒不滿，經常刁難，梅香也就乘機跳了槽。新公司職位更高，責任壓力也相應加大，幾乎天天加班加點地幹了幾年，工資漲了不少。

但當時所在公司把賺到的錢拿去投資其他產業，投資虧損失誤，公司頻臨倒閉。

這時候，互聯網商務行業已經成了無所不及的朝陽時髦產業，人才更是稀缺。

梅香又被獵頭挖到現在這家規模較大的公司，這家公司的總經理韓鋼完全是個工作狂，管理作風強硬，沒日沒夜沒節假日，高管沒有人不敢不跟他一樣。公司內外私下敬畏地稱他為「鋼鐵俠」，倒也名副其實。

梅香也搭上這個只有滾滾向前、沒有回頭路的高速戰車。

這位韓「鋼鐵俠」，又特別擅長建立競爭機制，末位淘汰制，目標管理，把整個公司員工弄得隨時戰戰兢兢，如履薄冰。

公司高管每年年末都得卸任，無記名投票演說競選，達到 80% 的票數才能再任職。梅香有一年票選才過 70%，被掛職考察一年。在那壓力重重的一年之後，梅香更不敢鬆懈。

公司在這位業界出名的鐵腕剛硬領導嚴苛的管理下，業務蒸蒸日上，經營績效越來越好，公司也越來越大。

梅香好強求上進的一面，在這個公司被充分激發起來，更是生活家庭都放在一邊，像個被鞭足了勁兒的陀螺似的瘋狂使勁工作。先做營銷企劃部長，幾年後便做到現在分管營銷企劃的副總經理。

可是，有一天，梅香突然發現自己連走路的力氣都沒有，走幾步路，就得在路邊找個地方休息一下，才有力氣再走幾步。

梅香還是拖著身子堅持上班。但是，很快，每天梳頭的時候有頭髮大把大把地脫落。梅香去中醫院弄了一大包中藥，天天煲得家裡一大股藥味。可一個月過去了，頭髮還是脫落，梅香擔心，這樣下去，她那一頭濃密的天然捲髮終有一天會掉光了。

緊跟著，梅香經常眼睛紅腫發炎，早上起來眼睛都睜不開；慢性鼻炎也乘機搗蛋，鼻子隨時像有個木塞在塞著般難受；咽喉開始乾澀得說不出話來；口腔竟然也發生連串反應的潰瘍；腸胃也經常氣鼓氣漲得老打嗝；還有更讓人沮喪是後背，一到下午就酸疼得人全身無力，像有塊巨大的石頭壓在後背上，下午幾乎無法工作。梅香疼得不得不想想後背的問題，天啊，好像好幾年就隱隱有這個毛病，應該有至少 3 年了吧？好像更長，5 年？

梅香去了廣州最大的醫院看病，導診台建議掛號去內科看看。哪知內科醫生一看就建議，要她分別去眼科看眼睛，耳鼻喉科看鼻喉，外科看背痛，口腔科看嘴巴，內科只管腸胃。梅香頓時傻了眼，要同時看 5 個科室，怎麼看呀？

幸好，部門有位同事建議她去找中醫看看，那位同事的爺爺原來是市中醫院院長，退休後開了個私人診所，每天排著百把位人的長隊伍等著候診。同事講她可以讓爺爺開個後門，梅香隨到隨看。

梅香沒有辦法，只得去試試，中醫爺爺望聞問切了一番，說了句，虛火旺，前後弄了兩副中藥，一共 60 元不到，全身基本就好了。

只是背痛，吃了一副又一副中藥，不但好不了，還好像越來越沉重。

這邊身體飽受折磨，那邊家庭卻又亮起了紅燈。

梅香的老公高飛比自己小三歲，一米八二的個頭，乾淨又帥氣，開著一輛和他一樣給人覺得高大上的荒原路華車。就連梅香的閨蜜都酸溜溜地講，你老公典型的高富帥，要預防他有外遇哦。

梅香和老公從訂婚那天起，就一直糾糾結結鬧到現在。結婚都 8 年了，兩個人相處壞比好多。這兩年，為了拼命工作，也為了避開老公，少些爭吵，梅香越來越多地住在公司所在創業園區給員工準備的單身宿舍裏。

上個週末，梅香難得回到市裡的家中。老公就給她下了最後的通牒：房子也有了，車也給你買了，你還要折騰什麼？要麼辭掉工作回家生小孩，要麼離婚。

生小孩？是啊！梅香這才覺得自己都 36 歲多了，不知不覺就是大齡孕產婦啦，再不

生孩子，可能就來不及了。

可梅香不是不願意，只是覺得老公多年來總是以對梅香這不滿意那不滿意為由，一直想控制梅香：不屑地說梅香不會做飯，讓她去學廚藝班，梅香就乾脆徹底不做飯；冷眼說梅香不愛化妝，別的女人染個指甲塗個口紅的多好看，梅香就每天以素面朝天為榮；嘲諷地說梅香工作不知道用巧勁蠻幹，要梅香去他公司跟他學著做。梅香就努力在外面工作，證明給老公看，憑自己的能力也能掙到好的薪水……每一次老公對她的批判和否認都迎來她或明或暗的反擊，這種叛逆引得高飛更加惱怒和不滿，冷嘲熱諷之後，甚至惱羞成怒的謾罵，梅香也憤怒得不甘示弱，終於有一次高飛揚起了巴掌打了梅香，梅香絕望把自己在書房反鎖了一晚，從此後就經常住公司宿舍。

梅香想不通，高飛既然對她永遠不滿意，為什麼，當初她在訂婚後就覺得二人不合適，高飛卻不肯放手。

梅香在初中的時候，就悄悄藏在課桌下被窩裡讀完了瓊瑤的幾十本愛情小說。梅香對愛情和婚姻的憧憬幾乎純粹是「瓊瑤式」的，為愛可以付出一切，愛就是完全的彼此依賴，無時無刻的卿卿我我，你儂我儂才是最高的愛情狀態。可是，高飛總是自由自在，我行我素，對梅香一個勁兒的依戀黏連他，甚至有點害怕和抗拒。梅香覺得在高飛身上難以找到那種瓊瑤式心心相印的感覺。

當時梅香明確給高飛表白了自己的遺憾和擔憂，甚至為了切斷關係，梅香去了上海工作。

哪知，高飛緊跟著也飛去上海跟梅香道歉說，對不起，其實，你黏著我，我就有家的感覺，但我又怕你離開我，我現在只想黏著你。高飛黏了3個月，硬是把梅香給黏回了廣州。

兩人就這樣分分合合，吵吵鬧鬧了多年。這兩年來，兩個人似乎吵鬧得筋疲力竭，無力吵了，冷戰卻多了，也就為一句話，一點小事，兩三個月可以彼此不搭理不說話。

前段時間，兩人關係冰冷好久的時候，高飛突然買了輛梅香一直想要的寶馬敞篷跑車，把鑰匙丟給梅香說，你拿去開吧。梅香本來有幾分迷惑，但還是很感動，也經常回家了。

這次，高飛又充滿質疑地問梅香，你是不是不會生育啊？梅香恨得咬牙切齒之後，她實在不知道，這個孩子怎麼生，這像個家嗎，父母這樣的關係，孩子怎麼成長啊？

梅香心中不由想到，原來給自己買車也是有條件的，這不暴露了，以車來要挾我回家生孩子。

雖然，母親勸了好多次，生了孩子大家反而好了，也就可以將就過了，就像某某家某某兩口子一樣。還有，你不生，你弟弟結婚啦也混著，不著急要小孩。

但梅香，實在打不起興趣來。這些年，梅香在夫妻關係上不是沒有做過努力，可每一次昇起希望都以更大的失望告終。梅香現在只求清淨無事，她覺得自己實在沒有力氣折

騰了。

梅香覺得老天真會開玩笑，自己把身心交融甜甜蜜蜜的愛情婚姻作為人生的最大追求，實際夫妻生活卻是冷漠而無趣。

提起弟弟，家裡這個唯一的男孩，梅香更是嘆一口氣。聽母親說，梅香給錢幫弟弟在安徽老家霍邱開的餐館又倒閉了。這是弟弟的多少個工作已經數不清了，梅香也懶得問了。

還好，三姊妹中姐姐讀書成績好，上海醫科大學後，在上海的三甲醫院裡當了醫生，又嫁了個公務員老公，倒也安穩地過著日子，只是聽說3歲的小侄女心臟有點先天性問題，天啊，那麼可愛的孩子，千萬不要……

還有聽父親說，母親退休後在老家霍邱，體弱多病，經常三天兩頭去醫院，回來就唉聲嘆氣。

前幾天，EMBA的一幫要好的同學聚會，集體泡桑拿。梅香和同班的好友劉益兩人在熱氣騰騰的濕蒸房裡，梅香虛弱地坐在木階上，頭無力地靠著房壁，癱軟成一團。

梅香對劉益說：「我不知道活著有什麼意思，我每天都在掙扎。」淚水和著蒸出的汗珠汨汨地流淌，蒸房裡熱霧窒息般的瀰漫，梅香又一聲無奈的嘆息。

梅香現在深刻地體會到身體是革命的本錢，身體垮了，什麼都沒法幹，不想幹，也幹不了。

早上去上班，走到辦公室門口，都害怕進去，覺得充滿競爭的公司就像個張著黑洞大嘴的怪獸，會一口把苟延殘喘的梅香給吞了進去。梅香到了辦公室門口，猶豫了一下，又轉身回到樓下的小店藉口買瓶水，磨蹭了會一兒，想想一會兒有客戶來開會，又不得不上去辦公室。

這樣下去不行啊，我還有辛苦養育我的父母，一直需要幫助的弟弟，還有我賴以生存的工作。不行，我一定要想方設法振作起來！梅香弱弱地暗下決心。

鍛鍊身體吧。

梅香從小不愛體育運動鍛鍊，從小學到大學體育成績都比較差。

但正因為如此，梅香對能堅持體育鍛鍊的人，充滿了佩服和崇敬。打心眼裡覺得，一個能堅持運動鍛鍊的人，一定是個了不起的人，無所不能的人。因為運動鍛鍊完全是個自我約束、自我要求、自覺自願的事情。

運動鍛鍊確實能給生活工作的成功順利奠定良好的基礎，新聞八卦各類資訊講的也很多：李嘉誠每天早上先打一個小時高爾夫球，然後遊泳，然後才是看報上班；台灣台塑王永慶直到他91歲高齡去世之前，都堅持每天4點到5點遊泳一個小時；王石60多歲在哈佛大學學習，他在微博上曬的日程表顯示他每天早上6點到7點首先練瑜伽。

但是知道這些又怎麼樣呢？梅香想，很多人可能和我一樣知道這些道理，也仍然和我一樣沒辦法去堅持一項體育運動。就拿住家的這個小區來說吧，估計至少有 2000 來人，樓下就是小區專用的遊泳池、網球場、跑道，可每天只見到稀稀拉拉的幾個人，偶爾在運動。

可是，現在我的身體沒辦法，每天有氣無力，無精打采，生不如死，不得不運動啊。

以前，梅香每晚要凌晨 1 點到 2 點才睡覺，早上 8 點左右才醒；現在每天早上 6：30 就起來圍著小區的跑道氣喘吁吁地堅持半個小時的跑步。跑完了，倒也有點舒筋活血的舒服勁兒，但奇怪的是，回到家更是癱軟無力，躺在沙發上，半天動不了。

就這樣跑了一個月，也沒什麼效果，梅香只得氣餒地放棄了。

高飛又在旁邊冷冷地說：「你不說運動很好嘛，做什麼都堅持不了。」還說什麼，在學校他還是體育尖子，愛運動，好踢足球，就因為梅香不愛鍛鍊，弄得他也懶得鍛鍊了。

梅香這回更是憤怒和絕望。本來身體就不好這麼久了，高飛很少關心。在自己悲傷無助的時候，還像以前一樣，他自己做不成的什麼事，都有意無意地怪到梅香身上，好像他的人生所有的失敗都是梅香造成，成功都跟梅香無關。

這樣的老公有什麼用！反正高飛不也離婚威脅嗎，那就真離了吧。

梅香想了一晚上都悲憤難平，第二天就鄭重其事地跟高飛提出離婚。哪知高飛愣住了，半天不說話，回到臥室，換了衣服說有朋友約事，就逕自出去了。

第二天早上，高飛對離婚的事隻字不提，只是說有個朋友推薦了一位保健醫生，據說如何如何高明。他約好了帶梅香去看看，梅香也就心照不宣地跟著高飛去了。

這位保健醫生姓趙，高飛簡單地講了，說不要叫趙醫生要叫趙大師，趙大師非同一般，很有名望，不僅擅長保健養生，還精通易經八卦，是多少高官名人的高參，而且在取名改姓上頗有研究。

趙大師專門從台灣進口了一台經絡能量檢測儀，聽說很神奇的，把六個吸鐵樣的接觸點貼在梅香也不懂的幾個穴位上，幾分鐘後，連接的電腦顯示螢幕上就自動生成很多圖表和數據。

其他的都記不得了，反正各個器官系統都是毛病，讓梅香記憶深刻的是梅香的能量總值為 33，正常人的能量值為 60—70 分值，80 分以上就是優秀了。

高飛也順便檢測了，比梅香高多了，60 分。趙大師說梅香的分值，也就是每天能精神充沛的時間不超過三個半小時。這倒也合符梅香的實情，梅香想起自己跑步後更疲勞的原因了，應該是那僅有的 30 多分值得能量都給耗盡了。

趙大師還順便附帶幫梅香測試了姓名運程，驚呼：「梅香，你的姓名筆畫大才大運，天賦靈氣，但崢嶸坎坷，和好多經歷曲折、苦盡甘來、影響世人的著名的成功人士的筆畫一樣。」

梅香一聽，急了，求求大師，幫我改改名字吧，我一個小女子，經不起折騰，可不

想什麼大富大貴，出大名有影響，我只想平安健康快樂就好。

趙大師在梅香的請求下，掐指一算，你用玫瑰花的「玫」吧，「玫」本意是翡翠中的寶玉，字面意義好，且筆畫順，雖然不會大有發展，但也不會大起大落，平順安好。你只要以後名片呀籤字呀等用到名字的時候，用「玫香」就好，不用改身分證，「玫」和「梅」同音，聽起來也沒改名字。

梅香一聽，覺得這個建議挺好，當即表示，馬上採用新名「玫香」的建議，心想，玫瑰多麼美好溫馨浪漫啊，沒有梅花那麼孤苦寒冷了。

趙大師最後給玫香開了一大堆，現在最流行的，可能是國際第一品牌的保健品。近兩萬塊錢，高飛刷卡買的單。

玫香就這樣，每天像吃飯一樣，吃著一大堆各種形狀各種顏色的保健品，這樣又過了幾個月，還是沒有好轉。

期間，玫香還到一位 50 多歲的，EMBA 的男同學劉院長創辦的中醫理療保健院就診，這家保健院號稱廣州第一，已有 20 多年歷史。

劉院長也進口了一台檢測儀，據說是目前世界最高端的，俄羅斯飛行員體檢用的，近百萬元。

玫香躺在檢測床上，倒是只需輕鬆地戴上就像是飛行員的耳機樣的儀器，10 來分鐘後，人體幾乎所有的重要器官就很直觀地呈現出來。檢測結果同樣不出玫香所料，所有器官幾乎一律插滿，警示亞健康危險的黑色小旗和不少代表炎癥病變的黑色倒三角形。

劉院長又給玫香開了幾瓶高精微細粉狀的西洋參、三七、黃芪之類的中藥保養品，玫香拿回來也沒心堅持吃完。

身體沒有好轉，每天萎靡不振。人事部的較好的一位同事，有一天偷偷告訴玫香，現在總經辦對她持續無狀況的工作，越來越不滿意，可能要警示玫香。

玫香聽了更是百感交集，屋漏偏遭連陰雨，不順的時候什麼都倒霉。

玫香有些氣憤，在公司奮鬥了這麼多年，人一生病就這麼無情。但已經習慣了公司堅硬作風的玫香，也只有無可奈何地嘆氣，衝動時，只想辭職一走了之。

但玫香冷靜一想，公司很快就要上市了，公司高層都有一定股份，據估計市盈率會在 30 倍以上，玫香初步合計了下自己的股份，上市成功的話，應該可以有一千多萬的收益。關鍵時候不能走啊，咬咬牙吧。

高飛見玫香沒有好轉，有一天，冷冷地瞥了眼蜷在沙發上的玫香，建議她去大醫院天天打點滴。

玫香一下火了，你這算什麼建議，你不是不知道幾個大醫院都檢查過，器官樣樣正常，講什麼亞健康疲勞綜合徵，就是吩咐好好休息。我怎麼休息得好，在自己家還要讓我有事

没事去打什麼點滴?

　　從那以後，每天回家，高飛就睡書房，很厭惡似的再也不和她說話。

　　我就是這樣一個招人討厭的人嗎? 我的人生太失敗了。我無可救藥了，我沒有任何價值啊! 玫香萬分沮喪，有時候，甚至覺得自己像行屍走肉，整天恍惚地飄蕩，生活毫無意義。

第三節 抓住救命稻草繩，走上療癒之路

幸好，玫香還有一批 EMBA 的同學，男女老少都有，年齡從 20 多歲到 60 多歲。由於是教育部頒發的「高級工商管理碩士」的正式文憑，學費就是 60 多萬，加上各種國內外遊學，班費，各類活動費用，至少得 80 來萬。因此，來上學的大多數都是老闆、董事長、總經理之類的企業家，少數是玫香這樣大企業的高管。

同學們大多數是在廣東做企業經營管理的，經濟文化水平差不多，因此有很多共同語言，除了課堂以外，課外交往也比較多。

玫香因差旅公務，晚了兩個月才去上課，也不是班委幹部，但班上好多同學都跟玫香處得好，大家覺得玫香活潑開朗熱情，一直比較照顧玫香。玫香表弟上大學，買車打折，買房打折，工作上的公關問題，業務介紹，很多事情都是同學積極主動幫忙。

玫香因為狀態不好，有好幾個月沒有和同學們聚會應酬了。

這天晚上，劉益硬是要拉著玫香出來散散心，再加上是玫香感興趣的 EMBA 攝影協會聚會，也就勉強參加了。同學們紛紛親熱地相互彼此招呼問好，玫香頓時覺得久違的溫暖。

一位其他班的師姐老遠就熱情地過來招呼大家，這位師姐為人熱情大方，大家親暱地叫她朵朵。朵朵跟玫香也比較熟，一起參加過好多次活動。朵朵走過來和玫香、劉益幾個熱情地攀談起來。

玫香看著朵朵，有點詫異，才幾個月不見，朵朵變化很大，身材變得苗條而緊實，面色光亮而精神。朵朵 30 多歲，未婚，在一家外資公司擔任高管多年，是那種做事謹慎認真很有責任心的女子，以前給人有些疲憊有些累的感覺。但現在，整個人由內而外輕盈快樂了很多。

玫香忍不住好奇地問朵朵，有什麼秘訣越來越精神漂亮了？朵朵馬上興奮地告訴玫香，她現在在練瑜伽，一種神奇的瑜伽，很多人練了這個瑜伽變化都很大。

玫香像抓住救命稻草繩似的，急急地告訴朵朵自己近兩年的糟糕狀況。朵朵認真地聽玫香傾訴後，就建議她最好先去找一位叫玉蓮的老師做「花精」療癒。

朵朵說，你比較嚴重，「花精」療法很快，功力很強大，你需要先徹底地清理疏導。

玫香聽的不太明白，這個「花精」療法是什麼？但朵朵轉變的實例就在眼前。

朵朵平時為人處事給人可靠可信賴的印象，況且 EMBA 這個圈層的同學彼此信任度都比較高，玫香也就沒有多想，趕緊按朵朵介紹的途徑去實施了。

朵朵幫玫香聯繫了位叫玉蓮的老師，約了一個晚上，在一個叫 SatNam 瑜伽館的小小房間裡，中間放了張乾淨的理療床。床單，牆壁，旁邊擠著的小沙發都是白色的。

朵朵沒來，但交代了玫香，你有什麼事儘管給玉蓮老師講。

玉蓮老師來了，一位微胖的、紅光滿面、親切和藹的中年婦女。玫香按照老師的吩咐，先是仰面躺在床上閉上眼睛，老師拿了一些東西讓玫香先深呼吸再嗅聞，其後，玫香感覺有些液體分別塗抹在身體的不同部位。

玫香對那次花精療癒的印象，就是自己不知不覺哭得昏天黑地。

後來老師又讓玫香趴過身子來，在她背部繼續塗抹。

老師說：「哭吧，哭吧，大聲地哭出聲來。」但玫香的印象是，很奇怪，自己哭得淚雨滂沱，全身顫抖，但無論老師怎樣引導，就是哭不出聲來，只是不斷地抽泣。

老師說，你有什麼痛苦可以說出來。玫香就是哭得幾乎昏厥過去，卻說不出話來，偶爾呢喃幾句「我好苦好累啊。」玫香越想自己的苦累就越哭得傷心，想想自己好像從來沒有真正的快樂過，都是在各種苦痛中掙扎。長這麼大，玫香從來沒有這樣長時間地痛哭過。

整整哭了兩個小時，玫香才漸漸止住哭泣。

最後，老師推薦花精療品，讓玫香繼續回家自我療癒。老師說，人體有七個脈輪，玫香除了第七輪頂輪以外，其他六個脈輪都需要療癒，一堆小玻璃瓶，裝著各種彩色的液體。

玫香把這堆各色液體瓶拿回家，在臥室裡，按照老師吩咐的，先嗅聞，再分別擦抹在身體指定的位置上。一個人靜靜地嗅聞，才聞到每一個瓶子裡的液體各不相同，都非常好聞，像有花草樹木的融合味道，直沁心脾。

玫香每天用一次花精嗅聞塗抹，過了大半個月，好像輕鬆了點什麼，但身心俱疲的整體狀況還是沒有改善。

朵朵給玫香發來一個信息，玉蓮老師再過一週時間，也就是 10 月 28 日的周五及週末要開《覺知孕育的喜悅》，三天主題瑜伽體驗式講座。

乍一看主題，玫香覺得不太吻合自己的現狀，現在自己壓根沒心思生育。

而且，玫香對瑜伽也有些疑慮。

玫香的印象中，瑜伽主要就是拉伸運動，適合肢體柔韌的年輕女子。那些雜誌媒體上，都是美麗纖細的小姑娘或印度白髮長鬚的大師們，修煉的各種稀奇古怪的動作，例如說把雙腳繞到背部後面，腳掌心越過後背貼著後腦勺再觸到頭頂，腿腳就像個軟管一樣可以任意地扭轉，讓人覺得害怕。

還有什麼一字馬啊拱橋等高難度動作，很多人都望而卻步。我沒有運動基礎和功底，身材又是圓潤型的，怎麼可能啊，我從小都沒訓練過，我還能在中年的時候去練到這個程度嗎？

　　再想想瑜伽也枯燥麻煩，一個人把胳膊啊腿啊，掰來掰去的，自己有那麼多時間嗎？

　　玫香猶豫，是不是等以後有其他合適的調理方法再說吧。

　　但，玫香轉念一想，孕育是女性獨有的與生俱來的天賦，每一個生命的誕生都來自於母親，也可以說，女性孕育整個世界。而我現在覺得做一個女人太苦太沒有力量。難說，這堂課應該可以找回女性的力量？

　　況且，朵朵的身型不也是圓潤型嗎，她行，我也應該沒問題吧。

　　再加上，玫香急於挽救自己的身體，覺得一刻也不想等了。

　　玫香報名參加了玉蓮老師的「覺知孕育的課程」。

　　課程結束後的當天夜裡，大學畢業參加工作後就幾乎沒寫過日記的玫香一氣呵成地寫了篇日記。

10 月 28 日

　　這次課程顛覆了我對瑜伽的認識，以前以為瑜伽就是高難度的肢體動作，訓練人體的柔韌為主。

　　玉蓮老師以一顆寬廣溫厚的心帶領學員，通過簡單易學的肢體動作，天籟般的療癒音樂，美好祝福的祈禱唱誦，深度寧靜的呼吸冥想，直觀明白的圖片演示……讓我有了生命中完全不一樣的體驗。

　　第一天，玉蓮老師通過一連串的瑜伽肢體動作、音樂、冥想讓我們回到母親的子宮，重新經歷生命誕生的過程，去觀想我們小時候自己，和那個小小的自己對話。

　　在酸痛的動作和激烈的呼吸聲中，在閉著的眼睛的黑幕裡，我清晰地看見小時候的自己，看見那張早已丟失了的唯一的小時候的黑白舊照片，照片上的小女孩，剪著短短的男孩頭髮，使勁咧開嘴笑，露出缺了一顆牙齒的門牙。

　　面對小時候的自己，我心中充滿了母親般的憐愛和慈悲，這個醜小鴨般的小女孩如此的聰明可愛，她已經長大成年了啊。今昔相比，她應該也算小天鵝了，即使是一隻灰色的小天鵝！

　　多麼了不起，多麼不容易的山區小姑娘啊。

　　我如此地疼愛她欣賞她鼓勵她這個未滿 7 歲的小姑娘。

　　她沒有優點和缺點，她就是一位樸實的天真的不斷成長的小女孩。

　　我不會批判評價她，覺得她健康快樂成長就好。

課間休息，與玉蓮老師分享這個感受後，再悟。

今天，當下的我依然是那個小女孩，我應該喜愛欣賞自己，好好愛護自己！

第二天上午，玉蓮老師投影了一組圖片講述精子與卵子的故事，男人與女人的區別。中學隱晦的生理課後，幾乎已經忘了這些生理知識，覺得新鮮而觸動。

卵子相對於精子，就像足球與一顆鐵釘的體積形狀。卵子是巨大的、包容的、等待的、專一的、滋養精子的，就是女人的特性；精子是進攻的、主動性的、競爭的、戰鬥的、運動的，就是男人的本性。所以男人女人天生就有其不同的特性。

無論男女都要接受自己先天的性別，符合宇宙的自然規律，才會和諧美好。女人的細胞中陰性為主陽性為輔，男人細胞反之。所以女人陰柔為主中同樣有男性的精神，男人陽剛為重中也具有女性的品性。

每一人的誕生，都是幾億個精子中唯一的勝利者的生命結晶。所以，我，你，他，每一個生命都無比獨特而珍貴，無一例外；每一個生命本身就是一個奇蹟，與生俱來。

這麼多年，從來沒有這三天這麼多的時間，集中精力地關注自己的情緒與感受，這樣溫暖的、深情的、持久的，不帶責備的體恤撫慰自己的身心靈。

我在冥想瑜伽優美的唱樂聲中，盡情地舞動身體與靈魂……

這些瑜伽的動作表面看起來都很簡單，一學就會。但堅持10秒鐘後就酸痛無比，可能是我平時缺乏鍛鍊吧。

雖然大多數時候，老師都不會強調動作，大家隨性而做。只是在有些特別的時候，老師通過她堅定的聲音支持著大家堅持，不要放棄。

通過肢體持久的針刺般的直至戰慄的酸痛，讓我深刻體會痛的傷悲無助無力生氣憤怒。當喘口氣，還是不得不直面錐心的疼痛時，我痛到最後，覺得整個痛就是老公高飛，讓我痛不欲生！

玉蓮講，你就是那個痛，你必須經歷那個痛，你才能超越。我淚如雨下、汗如雨下地咬著牙堅持……痛竟升騰起一種力量，一種重生的勇氣。是啊，無論工作、生活、情感上的種種痛你都無法逃避，是你修行的功課。

不迴避痛，成為那個痛，你就不會在痛中毀滅而是在痛中覺醒超越！

這個瑜伽一連串的肢體動作之後，往往都要完全閉目平躺，大休息會兒……空靈舒緩的音樂隨即響起。玉蓮老師說，要允許我們在超越漫長的痛覺中有暫時的退縮、休整、調養、害怕……就像分娩也是間歇性的陣痛，如果一個勁地痛到底的話，孩子和母親都會犧牲。

所以，知道痛覺會給自己帶來新生，我們只要不斷地堅持向前，也要允許自己軟弱，允許自己無助，允許中途休息。

第三天，玉蓮老師又通過一組瑜伽肢體動作、音樂、冥想讓我們經歷生命的療癒重生。

對我這個不運動的人來說，幾乎每一個動作都充滿挑戰。

這個瑜伽有個特別的火呼吸！

火呼吸的時候，通過喉嚨大聲地吶喊，我覺得我張大的嘴沒有了時空的限制，彷彿時空隧道，清晰地感覺到靈魂在穿梭！我毫無顧忌地放聲大笑，我無比悲傷地哭泣，我終於可以哭出聲來了，我看見水晶般的蓮花，我優美地舞動，我高興地唱誦，我不斷地觀照情緒，我安靜地聆聽，我積極地表達……熱淚與喜悅同在傷痛與領悟中共生。

我在身與心燃燒的烈火中涅槃重生，深深地感受到生命的美麗！

當我們的身體隨著火呼吸前後擺動脊椎的時候，我覺得我們彷彿蕩漾在波光粼粼美麗的大海上，波濤一起一伏地在周圍翻滾，壯觀而美麗。

我頓悟：我的人生的起伏沒什麼不好，我巨蟹座特有的月亮般圓缺明暗的情緒沒什麼不好，我時冷時熱的習慣沒什麼不好……

所有的波谷都是為了迎接波峰的到來，如果沒有谷底的修為等待鋪墊，就沒有波峰的澎湃。

所以感謝我人生所有的傷痛、挫折、困難、挑戰、煩惱、焦慮、對手、敵對、誤解……所組成的波谷，讓我不斷地向上成長，迎來一個又一個波峰。

這次靈修也是波谷的無助迎來的收穫，我將迎來人生又一個更美的波峰！

謝謝自己，謝謝三天的靈修，謝謝玉蓮老師。

我在紅與黑之間尋找真理，在冰與火之中彷彿涅槃重生。

我愛我自己，我愛我是個女人，我要愛護和運用好自己的女性特徵，我要做一個更精彩、陽光、健康、驕傲、富足、個性、慈愛、奉獻的女人。

滿足地寫完日記，玫香記起這個瑜伽叫冥想瑜伽，玫香想，有空我要多了解學習。

真想保持這種美妙奇幻的感覺，天天這樣就好了，玉蓮老師說 40 天為一個療程，玫香想堅持練這個瑜伽試試。

第
四
節　不知不覺的堅持

　　玉蓮老師還布置了功課作業，強調任何事情要有效果，關鍵是堅持。玫香就迫不及
待地催促瑜伽館的工作人員，趕緊發來作業資料。

　　玫香仔細地研究《覺知孕育的喜悅》工作坊 40 天的作業單，資料很多，不過，擅於
總結的玫香，很快就整理出自己好理解的「六部曲」。

　　第一黃金連接：簡易坐，3 次深呼吸調息後，首先與自己的身體黃金連接，

　　梵語唱誦 3 遍 Ong Namo Guru Dev Namo，大致意思是說「身體是我們最好的老師，讓
我們向內在的老師致敬。」

　　然後和宇宙黃金連接，重覆 3 遍唱誦 Ad Guray Nameh，Jugaad Guray Nameh，Sat Guray
Nameh，Siree Guroo Dayv—ay Nameh。這個唱誦梵文的大致意思是「向宇宙的智慧致敬，
向宇宙的萬事萬物頂禮。」

　　第二奎亞：先暖身運動奎亞，噴火式呼吸 1—3 分鐘。

　　再強化骨盆的奎亞，包含 6 個動作，每個動作大約 1 至 3 分鐘。

　　第三大休息：仰面平躺 10 分鐘左右，雙手掌心朝上，放在身體兩側。

　　第四冥想：《召喚偉大的力量》。跟著資料提供的音樂唱誦冥想 Adishakti，1 至 31
分鐘，配合老師教的手勢。

　　第五迴向：跟著音樂唱完歌曲 Long Time Sun 後（附音樂和文字說明），深呼吸開始
唱誦 3 遍 Sat……Nam（Sat 比 Nam 長 7 倍），把今天修鍊的能量反饋給宇宙，以及你想迴
向祝福的任何人事物。

　　第六感恩：額頭觸地感恩，感謝冥想瑜伽所有傳承的老師們，感謝你內在之神，感
謝所有你想感謝的人事物。

　　作業還特別說明，冥想必須每天做，漏掉一天，40 天的療程就需要重新再來。

　　玫香又把作業資料理順了一遍，關於第五步《召喚偉大的力量》的音樂唱誦冥想，
玫香特別閱讀了後面的說明：

我個人認為，當你處境困難時，你要給自己一些時間。如果你想找朋友幫忙或求助祈禱，倒不如去召喚「偉大的能量」MahaShakti。試試看，會怎麼樣呢？在印度，印度女人都知道的這個 Mantra，有了它的大地是充滿了牛奶和蜂蜜。如果她們忘了這個 Mantra，才會有流行的音樂頻道（MTV）的產生。當女人知道這 Mantra，她就會是一位活生生的女神。

沒有「大能量」，神無法現身。就是這麼個 Mantra。

——Yogi Bhajan 女性營新墨西哥 2000 年 7 月 4～5 日

剛開始的三天，玫香還有點手忙腳亂，一邊看著資料一邊跟著做動作，還要放音樂，還要看時間。

三天後，動作和步驟基本就記得了，順了不少。

對了，冥想瑜伽的樂曲，很美，聽了身心格外舒緩，具有特別的療癒作用。

玫香想了個辦法，把音樂全拷貝在手機裡，按次序統一成個文件包，再買了個雞蛋大的藍牙手機小音響，音樂播放效果就更動聽響亮了。

「六部曲」流程都越來越順了，記得老師說最好在每天早上 4 點到 6 點鐘練習。

玫香因為身體虛弱，長期晚上失眠，早上昏沉沉地懶睡，醒來就要趕著上班。

怎麼辦呢？早上沒有時間練，玫香就乾脆晚上回到家後，一個人關在書房裡，調暗燈光靜靜地練習，練習完畢也就想睡覺了，正好休息。

在家練習竟然和在課堂一樣，玫香經常做著肢體動作的時候就不知不覺哭了，有時候甚至哭得無法練習，玫香記得老師說過，在練習過程中，有任何情緒要允許身體自由地表達，玫香就哭完又接著練習。

很快 40 天就過去了，玫香覺得自己基本是「哭練」過來的，但身心越來越舒服，每天自然而然就想練習。

有時候，晚上被安排了應酬，玫香中午就在自己辦公室的地毯上，鋪塊大毛巾完成了練習。

有時候，白天沒時間，晚上又要應酬，回到家後實在疲倦，也有不想練的時候，但彷彿有什麼力量牽引似的，不知不覺就坐到瑜伽墊上開始黃金鏈接唱誦了。練完之後，不會像跑步之類的劇烈運動，疲勞不堪，反而又清爽又有能量的感覺，倒在床上就很快舒服得睡著了。

玫香乾脆停了所有的保健品和藥物，決定繼續堅持練下去。

為了方便練習瑜伽，養好身體，也為了有個家的氣氛，改善和高飛之間的關係，玫香把退休後閒在老家霍邱的父母接到廣州，幫助照料自己和家。

兩個月過去了，玫香練瑜伽的時候，哭得越來越少了，身體越來越輕爽。應該是從練習的第一天開始，那些長期困擾玫香的慢性炎症就漸漸消褪了，頭髮也不知什麼時候沒有脫落了。

還有背痛，這個像夢魘般纏繞玫香幾年的頑疾也明顯緩解了很多，只是隱隱還會提示玫香，記得病魔還沒完全消失般的微痛一陣。

達到這個狀況，玫香已經很滿足啦，這個冥想瑜伽真有點神奇啊。堅持，繼續堅持，玫香有點興奮。

很快到年末的春節了，玫香照例陪高飛回他老家湛江過年，兩人依然一路無語。

大年三十的團圓飯後，高飛難得露出了點笑容，對玫香說，姐姐高佳悄悄問他，玫香是不是整容了？高佳看到高飛一臉詫異不解的樣子，補充道，你看玫香變化很大哦，光彩照人的啊。玫香聽了，也覺得有點驚異，除了年輕時曾聽到別人誇自己漂亮，很久沒聽到這樣的讚美了。

春節後回廣州，想起以前掉頭髮時，在小區斜對面的護髮館開了張上萬元的護髮卡，好幾個月都沒去了，還是去消耗下卡費吧。

護理完頭髮刷卡時，那個愛漂亮愛打扮的老闆娘壓低嗓子問玫香：「你是不是整過容啦，效果挺好的，容光煥發的，好女人味哦，在韓國整的嗎，我也想去整整。」這回，玫香又驚喜又自豪地連連搖頭：「不是的，不是的，我天天練瑜伽。」

整容？變漂亮啦。玫香沒想到一心為了弄好身體的瑜伽竟然還有這個附加價值。這可是個意外驚喜。

玫香由此想起，SatNam 瑜伽館裡有兩位瑜伽老師，據說是 2006 年就開始長期堅持修鍊冥想瑜伽。玫香剛剛認識她們的時候，把她們的年齡在心裡少猜了好幾歲。Sat 老師，玫香以為約 33 歲，後來知道已有 42 歲了；Nam 老師，玫香以為 28 歲，實際 34 歲。

兩位冥想瑜伽老師和玫香閒聊，告訴玫香真實年齡時，還特別強調，練習冥想瑜伽可能會逆生長，也有可能年齡會停留在堅持修鍊開始時期的歲數。

當時，玫香以為她們說的是鼓勵的話，或者是個別現象。現在，經過親身例證，應該是具有普遍效應的啊。

其實，玫香內心深處還隱藏著個越來越大的恐懼，就是逐漸變老！

這本來是大多數女人的恐懼吧，但玫香格外強烈。今年竟然 37 歲了，一晃就要到 40 歲了，還沒生孩子，本來就對老婆挑三揀四的老公高飛還比自己年輕。

只是原來的首要問題是身心俱疲，變老的危機被暫時擱在一邊。

要是堅持練瑜伽，就能長期這樣年輕漂亮下去該多好啊。

可是，玫香又有了新的擔憂。

玫香從來就不愛運動，最多也是剛參加工作時認識高大帥氣的高飛，在高飛打擊式

的鼓勵下，自慚形穢地在家門口的健身館練了 3 個月健身操，後來實在堅持不下去了。

現在，練瑜伽也就 4 個多月，玫香實在還沒有信心和毅力覺得自己可以長期堅持下去。

問問朵朵吧，她不是練了好久嗎？朵朵跟那些長期堅持的老師很熟，朵朵應該知道秘訣。

在一次 EMBA 同學聚會時，玫香特意問了朵朵這個問題。朵朵笑了：「老師們都說，練冥想瑜伽是有福報的人，是冥想瑜伽選擇了你，而不是你選擇了冥想瑜伽。你自然去練就行了，你的靈魂會需要的。」

玫香也笑了，心裡想，靈魂的需要？不就是練個瑜伽嗎，神叨叨的！可能是這個瑜伽推廣需要的說辭，或者是鼓勵練習者的吧。

甭管了，繼續練吧。

第五節 提純生命的本源能量

過了 6 個月了，玫香每天堅持約 90 分鐘的瑜伽練習。

玫香漸漸忘了病痛，因為病痛彷彿已經離開了玫香，玫香覺得身體越來越輕盈，人越來越精神，心情也輕鬆愉快了很多。

有精神了，不再覺得有氣無力，而是越來越充滿活力。玫香就想，還是盡量把瑜伽練習的時間放在早上吧，一是一日之計在於晨，起床就加滿能量，一天的精神都好；二是早早地先把每天都有的功課做了，也就不掛念了，也不擔心會有什麼事給耽誤了。

早上 4 到 6 點鐘倒是起不了床，也沒必要，量力而行吧。那就 6：30 到 8 點鐘練完，正好還有一個小時，可以吃母親弄好的早點，在 9 點之前趕到辦公室上班。這樣、鍛鍊、生活，工作都兼顧到了，多好啊。

於是，瑜伽練習基本都在早上了。而且，由於早起練習瑜伽，玫香強制自己晚上 11：30 以前上床睡覺，開始不習慣，很快就養成新習慣了，睡眠品質也越來越好。生活作息開始規律有序起來。

玫香越來越聽到更多的人講她變化了，女性朋友講的最多，就是更有女人味了、更漂亮了。

老實說，在一個高速發展的公司，和一大堆男性一起打拼，玫香這幾年都忘記自己是女人了。現在，也沒有刻意做什麼啊！應該是《覺知孕育的喜悅》瑜伽正好像當初自己估計的一樣，喚醒了自己的女性意識吧。

當然，在大家的恭維鼓勵下，玫香也會更多地照鏡子、買衣服，還到家門口的美容院開了一張年卡，每週末都去做做美容，正好也躺著睡覺休息。

玫香自己身心愉快多了，在家也就不因高飛的臉色難看而生氣了。每天忙著瑜伽，做事……有時候，像忘了高飛的存在似的。

有一天，玫香買了盆綠葉小花放在陽臺上，原來光禿禿的陽臺，在盛夏的酷熱中因

一盆綠葉小花多了清涼的靈氣。玫香不由輕快地吹起了口哨，扭頭瞥見不知什麼時候在一旁抽煙的高飛，眼神迷惑地看著她，玫香自然衝高飛一笑，就像對那盆綠葉小花一樣的笑容，高飛也尷尬地咧了咧嘴角。

但是，好景不長。有一天，玫香突然發覺自己最近老做噩夢。大概半個月時間了，好像是睡下去就開始一直做個不停，直到醒來。

印象最深的有幾個。

一個是夢見滿山遍野像颶風巨浪般飛速狂捲而來的熊熊大火！玫香竟然奪命狂奔找到一汪清流站在中間，任火苗在四周亂竄。好像全家人都在大火中逃命，後來玫香的父母還有姐姐居然也找到了，暫時安全地站在水田的中央，只是弟弟似乎一直沒找到。

還夢見一群古代的武士拿著刀槍長矛，猛追玫香，玫香是一位衣袂飄飄的劍女，騎著一匹黑馬飛馳到一陡峭的懸崖邊沒了去路，眼看武士吶喊著近身而攻，玫香一揚韁繩，和黑馬縱身跳進深淵，竟然平安降落在深淵的小路上，繼續狂奔。

還有夢見在家鄉，下是滔滔江水，玫香在僅夠一個人的窄窄的黑洞般的陡峭懸崖棧道上，匍匐前進。突然，狹路相逢，一盤旋著的長長的青綠色巨蟒迎面撲來，扁扁的蛇頭，亮亮的鼓著小小眼睛，對著玫香的臉吐著長長的蛇芯。玫香驚恐無比，卻無計可施，無法動彈……

每一次噩夢醒來，玫香覺得身心都像剛剛完全真實經歷了這個恐怖的過程般驚悚。玫香很是納悶，就電話問了朵朵。朵朵說：「沒事，你練了這麼久冥想瑜伽了，應該是身體潛意識在開始深層次的排放恐懼，就是排毒啦。」

玫香心想，剛開始練瑜伽時天天哭，應該是潛意識初步排毒吧，還沒排完啊，現在以噩夢的方式繼續深度進行嗎？

後來，噩夢越來越頻繁，幾乎夜夜都做，什麼樣的噩夢都有，還有像放連續劇似的，接連幾個晚上連貫性的有情節的做完同一個驚恐的故事。好像要把累生累世的噩夢都給做完似的。

但奇怪的是，整夜整夜的做噩夢，早上醒來並不會疲倦，白天照樣有精神，玫香認為是堅持瑜伽的原因吧。

就這樣過去了一段時間，有一天早上，玫香又被噩夢驚醒，玫香大略估算了下，天啊，都快兩個月了，不行啊，這樣噩夢下去沒個盡頭也不是辦法啊。

玫香又給朵朵電話，朵朵說：「有位在中國傳播冥想瑜伽最早的大老師，週末來廣州上公開課，你來問問大老師吧。」

見到這位大老師也是位約50多歲的女性，胖胖的，也是給人和藹慈祥的感覺。大老師聽玫香講完情況後說：「你天天堅持練了8個月冥想了吧？冥想瑜伽潛意識排毒的反應因人而異，有人腹瀉，有人老打嗝放屁，有人做噩夢等，但是你也應該結束了。這樣吧，

我教你一套冥想瑜伽《打開所有能量中心》的功法，這套動作很簡單，但能量很強，會徹底清理你的能量，十來天後你就不會做噩夢了。」

有這麼靈驗嗎？玫香在心裡還是有點質疑。當然，玫香同時又有點躍躍欲試的興奮，畢竟，瑜伽帶給自己的實際效果證明毋庸置疑。也許，這條道路上還有很多新奇的神秘寶藏需要玫香去探尋。

玫香忍不住給高飛講了這件事。

眼看著玫香的不斷變化，高飛也暗暗對這個冥想瑜伽好奇起來。有了這個好奇，兩個還是不常說話的人，偶爾會討論下瑜伽，也算是兩人之間的一點話題吧。

高飛對玫香說：「你要真的做了新的功法10天後，就不會做噩夢了，我就跟你學瑜伽。」玫香知道即使新功法靈驗了，高飛也不會跟她學瑜伽。但這已經不重要了，玫香更感興趣新功法的體驗。

玫香很快從大老師的工作人員處要來資料，這套《打開所有能量中心》的基本流程也和玫香整理的《覺知孕育的喜悅》的功法的「六部曲」差不多。練習開始，首先與身體與宇宙黃金連接，中間一套奎亞動作，然後躺著大休息後冥想，最後迴向與感恩。看來，玫香找到冥想瑜伽的基本套路流程的規律了。

只是《打開所有能量中心》的10個連續的動作，真的很簡單。玫香一邊看資料的文字圖表，一邊照著練了幾次，基本就會了。果真像大老師說的，這套動作，老人孕婦都可以輕鬆地練習。

這10個動作每個動作對應相應的脈輪，每個動作大約需做2至3分鐘，持續地從海底輪到頂輪打開及平衡7個脈輪中心。

「脈輪」這個詞語從接觸玉蓮老師開始，就在瑜伽練習中經常用到。玫香決定上網查查資料，結合老師講解的說法，好好了解下脈輪知識。

原來脈輪學說起源於瑜伽，甚至應該是瑜伽脈輪說，可以說是脈輪創造了瑜伽，也可以說是瑜伽創造了脈輪。

脈輪是人體能量的中心，這些旋轉的能量中心，看起來就像轉動的紡車，顧名思義被稱作脈輪；意指能量在此積聚集中，循環轉動，貫穿身體的前後部分，成為一個體內能量進出的管道。

我們可以通過開發脈輪的能量，從而影響和改善自己的身體、精神、情緒、性格等各個方面，讓生活變得更美好，讓自己成為一個身心和諧愉悅的人。

人體脈輪能量中心，位於身體的中軸線上，通常認為一共有七個脈輪。

位於身體下半身的海底輪、生殖輪、臍心輪這3個脈輪稱為下三輪主要主導我們的本能部分；位於身體上半身的喉輪、眉心輪、頂輪脈這3個脈輪稱為上三輪，影響我們的

身

心靈健康的理想狀態是所有的脈輪呈現開啓的平衡狀態。
脈輪過度活躍或脈輪未開啓都可能導致人體身心的紊亂失衡。

當能量圈和全部脈輪高度協調一致、足夠強大時，就能達到心想事成、天人合一的境界，宇宙的神性都在爲你服務。

A
W
A
K
E
N

T
H
E

S
P
I
R
I
T

W
I
T
H
I
N

喚醒內在神性
——境冥想瑜伽的療癒之旅

思想部分。連接上下輪之間的是心輪。

身心靈健康的理想狀態是所有的脈輪呈現開啟的平衡狀態。脈輪過度活躍或脈輪未開啟都可能導致人體身心的紊亂失衡。

我們的身體裡，從下到上依次來看七個脈輪，分別呈現出七種顏色的光：赤橙黃綠青藍紫，正好是滿滿一輪彩虹的色彩。

第一個能量中心為海底輪：對應的位置為脊椎的根部，在肛門和性器官之間。對應顏色為紅色。關聯著生存能量和身體意識、遺傳。海底輪代表著我們生命力之基礎根本。

海底輪運作良好時，你將覺得有種身植大地的感覺，感到穩定和安全。你不會不必要地懷疑他人。你覺得活在當下，而且和你的肉體緊密結合。你覺得你有充分的領域感。身體強健、免疫力強，對生命充滿熱情活力。

海底輪失衡時，對身體漠不關心、氣血循環差、生存意願薄弱，身體容易有自律神經失衡的毛病。

平衡海底輪的冥想瑜伽練習有烏鴉式、椅子式、身體跌落練習、青蛙式等。

第二個能量中心為生殖輪：對應的位置是性器官。對應顏色為橙色。關聯著情緒、情感、直覺及性生活。

這一個能量場中所代表的是我們的關係，以及在各種關係的互動中所儲存下來的各種情緒能量。

生殖輪運作良好時，對性功能持放鬆的態度；且富有耐心，創造力；具有負責任的人際關係。

生殖輪失衡時會造成情感上的拘謹、性冷淡、罪惡感、沒有界限，不負責任的人際關係，容易有生殖器官或腎臟疾患。

平衡生殖輪的冥想瑜伽練習有眼鏡蛇式、蝴蝶式、貓牛式、大身印等。

第三個能量中心為臍心輪：對應的位置為丹田的區域,太陽神經叢。對應顏色為黃色。關聯著自我意識、理性及意志力。

臍心輪運作的良好時，自我意志強、有自信、能成功；臍心輪運作失衡時會退縮、自卑、有無力感，容易患腸胃消化係統的毛病。

平衡臍心輪的冥想瑜伽練習有伸展式、弓式、噴火式呼吸及所有練習腹部肌肉的訓練等。

以上講的下三輪，指的是人的動物性，而到第四輪，人性開始接管，並漸漸將人性

帶向神性！

第四個能量中心為心輪：對應的位置為乳頭的高度，兩乳的中央。對應的顏色為綠色。關聯著同情心、愛和慈悲。

心輪運作良好時，可以自愛愛人，並可以付出無條件的愛、慷慨、寬容。

心輪失衡時，麻木和不信任，容易患有心臟的毛病。

平衡心輪的冥想瑜伽練習有消除假我、瑜伽身印，熊抓及所有手臂練習及扭轉上身的訓練等。

第五個能量中心為喉輪：對應的位置為喉部。對應的顏色為藍色。關聯溝通表達和創造的能力。

喉輪運作良好時，溝通能力好、有創意、重視心靈成長。

喉輪失衡時，無法良好地表達自己，太過專斷或在乎他人看法，容易有甲狀腺的病患。

平衡喉輪的冥想瑜伽練習有肩倒立式、駱駝式、貓牛式、轉動脖子鎖等訓練。

第六個能量中心為眉心輪：對應位置兩眉之間。對應顏色為靛色。俗稱第三眼，關聯接收外在的印象、價值觀和信念。

眉心輪運作良好時，客觀、穩定、有洞察力和領導力。

眉心輪失衡時容易被騙，或產生偏執信念，容易患有偏頭痛的病患。

平衡眉心輪的冥想瑜伽練習有：冥想第三眼、口哨呼吸、瑜伽身印及所有前額放在地上的訓練等。

第七個能量為中心為頂輪：對應位置頭頂。對應顏色為紫色。關聯靈感、生存使命、大智慧、領導力。

頂輪運作良好時，靈感好，知道自己的生命目的。

頂輪失衡時會沮喪、妄想，容易有精神衰弱的病患。

頂輪是開向神性的天窗，它是關於靈性的。當頂輪完全打開，我們就可以與我們的神聯結，跟整體聯結。

平衡頂輪的冥想瑜伽練習有消除假我、全身鎖、專注於鼻尖、所有的冥想訓練等。

不過，冥想瑜伽還認為人體有第八個脈輪，稱為能量圈：對應著人體電磁場。對應的顏色為白色。這個能量圈環繞在我們身體周圍，結合了其他所有脈輪的能量，同時綜合

提昇協調七個脈輪的能量，起到對外投射和對內保護的作用。

能量圈強大的時候，消極的影響力會被自動地過濾掉。能量圈衰弱的時候，人很容易受打擊，並遭受各種負面能量的侵入。

當能量圈和其他脈輪高度協調一致，足够強大時，就能達到心想事成、天人合一的境界，宇宙的神性都為你服務。

平衡能量圈的冥想瑜伽練習有三角式、消除假我、所有的手臂練習及冥想訓練等。

學習理解第八輪能量圈時，玫香頓悟，之所以別人講自己，像整形般變漂亮了，其中應該有自己通過瑜伽練習，能量圈的光體投射增強了，給人覺得光彩照人的原因。這應該是整形也達不到，卻可感覺到的美容效果啊。

玫香認真地練習《打開所有能量中心》的功法套路。很快，10天過去了，可是玫香還是在做噩夢啊！

但是，玫香卻有了帶著幽默感的挑戰欲望，讓噩夢來得更猛烈些吧，把所有的噩夢都做完吧。

這幾天的噩夢更清晰可辨，讓玫香很是回味。

夢從藍天白雲的高空快速墜落，有些不安。接近大地時一片莽莽綠色森林，驚喜，有樹木接應緩衝，應該不疼吧。突然，快落地處的森林變成滾滾而下的巨大泥石流。玫香更加驚恐萬狀。無奈，轉念一想，我不是在練習瑜伽無限冥想嗎？人，本無真身，本質都是宇宙的能量分子，我就是一個泥分子啊。

頓時釋然，輕飄飄下落成為泥石流中的一分子。甚至有快樂的感覺，跟著千千萬萬的泥分子滔滔不絕地流動，沿途清晰地看到周圍泥分子的翻湧以及兩岸美景……到達一地方後，自己又恢復人身上了岸，輕鬆地行走……

又夢一群高中同學熱熱鬧鬧的携手郊遊。到一陡峭山崖邊，玫香携手一個胖乎乎的女同學停駐懸崖邊看無限美景。身後一男生突然叫玫香跳下崖去。正當玫香驚恐之際，他冷不丁從背後推了一把，玫香手拉著的女同學也一個跟蹌一起摔下崖去。玫香絕望地墜落之際，轉念一想，我是宇宙萬物的能量分子，我就是空氣分子，怕什麼？

於是玫香輕飄飄地飛在空中，不再恐懼不再緊張不再害怕，像空氣一樣自由。邊欣賞著懸崖美景邊飛翔著下落。還拉了拉女同學，她也好好的。兩人輕鬆地降落在谷底的地面上。又拉著手高高興興地欣賞著美景，走出山谷和同學們會合。

還夢玫香又回安徽老家霍邱的山區中學，但這回不再是玫香最害怕的考試。而是怡然自得，擠在一大堆當年高三高考後，焦慮地等待結果的同學中，安慰他們不要急。還略帶自豪的調侃，我高二就考走了，雖然大學不好也沒什麼呀，現在不也EMBA嘛。同學

一片附和聲。一會兒，通知陸續下來，皆大歡喜，幸好同學們紛紛高中，大專大本研究生博士的無一拉下。

以前最讓玫香害怕的噩夢就是考試不過關和墜入深淵，而連續兩夜的夢，玫香都不再害怕考試和墜落了。反而從考不好試中得到解脫，從墜落中得到昇華！

玫香覺得太有意思，具有現實的啟迪意義啊，不要恐懼，和那個恐懼融為一體，成為那個恐懼，恐懼自然就消融和轉化了。

玫香覺得做這樣的夢，也好。

又過了幾天，大概是練習《打開所有能量中心》的功法的 16 天吧，玫香一下想起，咦？沒做夢了，具體哪天沒做的也記不得了。

又過了段時間，一直沒夢了。玫香覺得冥想瑜伽的道路深邃而長遠，充滿非同一般的神奇意義。

有天，玫香看見高飛在家百無聊賴，就對他平靜地說了聲，果真沒做噩夢了。高飛「哦」一聲，再沒回應。

玫香對高飛冷漠的反應也沒有生氣，玫香最近開始對身心靈方面的知識感興趣了，忙著上網搜資料，網購身心靈類的書籍回來閱讀。

冥想瑜伽為什麼會有特別的療效呢？玫香希望進一步知道答案。

看了一些身心靈的資訊後，玫香好奇地思索，為什麼看似簡單的《打開所有能量中心》卻有這麼神奇的效果呢？自己越來越覺得能量滿滿，精精神神，再也不像以前無精打采。

玫香思考著，科學已經證明，宇宙本身就是個能量場。人體也是一個能量的集合體，能量是生命的本質。

很多劇烈的運動和體育鍛鍊，尤其是對抗性運動，在舒經活血的同時也在消耗能量。所以，通常劇烈運動之後人體很容易疲倦。尤其是專業運動員由於過度損耗能量，退役後往往一身都是病。

冥想瑜伽由於其發起的根源就是平衡、活躍及聚集能量，所以冥想在補充潔淨能量方面有著獨特的效果。

那為什麼同樣是冥想瑜伽的功法，《覺知孕育的喜悅》練到深入潛意識通過噩夢排毒，《打開所有能量中心》卻能停止噩夢進入平靜安寧呢？

玫香結合自己身心的切實體驗及閱讀大量的冥想瑜伽資料得知，不同的冥想瑜伽的功法套路具有不同的療癒側重點，每套的功法都具有其獨特療效。

《覺知孕育的喜悅》主要是激活能量，深層排毒。隨著我們對內在的深入關注，覺知力和意識水平不斷提昇，《打開所有能量中心》即可直接啟動及輸入巨大的潔淨能量，平

衡融合八個脈輪能量中心為一體，快速地提昇並轉化能量，就像神奇的鍊金術一樣，隨著原料的不斷提鍊，雜質沒有了，純度提高了，金子便開始閃閃發光了。

我們的身心靈健康成長，就是這樣一個不斷鍊金的過程，不斷地提純和融合，直到看見我們每個人與生俱有的閃閃發光的本源能量。

生命到底有多少神奇的學問啊，玟香開始充滿了探索的欲望。

第六節　重新定義過去

　　玫香越來越多地思索生命，思考自己的人生問題，和劉益聊天的話題，也從以前天南海北的娛樂八卦變成了探討各種生命現象和身心靈情緒問題。

　　一個週末的午後，在劉益家的茶室沏茶。劉益愜意地抽著煙，懶惰的坐在圈椅裡。

　　玫香突然想起一個問題，就問劉益：

　　「咦？記得聽你說過，你中學成績也不好，上的大學也一般，而且上學也都是在玩。那，你應該和我一樣，那段時光很糾結很痛苦吧？那可是我人生中最黑暗的一段日子。」

　　玫香滿以為劉益也會和她一樣悔恨。

　　哪知劉益哈哈大笑。

　　「後悔個啥？我覺得那麼大好的青春時光就應該拿來玩的！幸好我玩得快樂。現在參加工作，那些應試教育都用不上，幸好當時，我沒浪費時間去學哪些沒用的東西，才沒耽誤我玩得開心。」

　　同樣是玩耍度過的青春時光，劉益卻和玫香是完全相反的感受。劉益認為玩耍就是收穫，玫香認為玩耍就是負罪，而且這個罪惡感一直纏繞著玫香。

　　頓時，讓玫香如醍醐灌頂般的頓悟。

　　晚上回到家，玫香寫了封信，給自己。

親愛的玫香：

　　知道你很傷。

　　你曾經一夜夜靈夢，總是夢見自己中學的時候，考試做不出答卷來，驚恐不安，悔恨害怕緊張……彷彿整個世界都要崩潰了！

　　總是一遍遍夢見自己高二就實在不想再讀中學了，硬是不顧父母的勸導，考了一個很差的專科學校。夢中因為對大學不滿意，你被迫回到那個貧窮落後閉塞的山區中學重修，但是仍然讀不進去書，答不出來問卷，急得不得了……要知道你小學時期是整個地區聞名

的三好學生，雙百分啊，父母因你而自豪驕傲。可現在，周圍全是鄙視、議論、不屑的目光。

　　人生是如此的無望，這樣的靈夢糾纏你很久了。

　　親愛的，我知道，初中3年加高中2年加大學3年，整整8年時間，一直認為很失敗很陰暗很漫長沒有任何收獲的8年，對自己的一生都產生了不良的負面影響。是啊，人生又能有幾個8年呢。

　　即使出身社會後，每當這些年來，只要你一遇到困難、矛盾、困惑、掙扎……那個黑色心魔就馬上跳出來鑽入你的潛意識，把你拖回到造夢空間的最底層，一遍遍告訴你，你是失敗的，你對自己無能為力，你還是無法提升自己。讓你無法重生！

　　這不，現在，老公的冷暴力，你已經難以把他當著你的靠山，讓你找不到尊嚴與愛；弟弟生意又失敗，工作不定；姐姐的孩子又患病；媽媽身體也不好……屋漏偏遭連陰雨，身心俱疲，工作不順……自己年近四十，面臨年老色衰……

　　這時候，那個8年黑色心魔再度出現，你在夢魘中無比悲傷地哭泣，難道你一生都過不了這一關，一生都交不了這份滿意的答卷嗎？

　　親愛的，我理解你，任何一個人經受這些打擊和挫折，都難免靈夢不斷，難以自拔。何況，你是那麼一顆柔軟善良敏感多情的心。

　　但是，親愛的，今天，我要重新告訴你。

　　首先那個8年只是你的黑色心魔而已，在生命中，8年自有其不可替代的重要意義。

　　第一意義，因為8年的「不幸」，你才被迫遠走廣州就業發展，有了更大的平臺，生活因此更美好。所謂「不幸」往往是對比出來的，你就做這個難得的對比分析吧。

　　如果你是8年好好學習天天向上，可能也就像表姐考個師範大學出來年復一年沒有變化地教書，也像她一樣的苦悶不是自己喜歡的工作和埋怨辛苦卻沒有收獲。或者最多考個像我們班成績最好的王建一樣好一點的大學，分到合肥搞搞科研，人未老卻已嘆息自己一生看得見底了……還有成績好的蒲志向、鄭剛、蔣黎黎他們當時在學校，都學得好，答得出來問卷，風風光光，沒有經歷你的痛苦。現在卻也過著平實的人生，做著普普通通的醫生、公務員、個體戶，但又不甘心一生就這樣過了。

　　同學聚會，反而是他們更加鼓勵羨慕你的現在和未來，讚美你的冰雪聰明，才高二突擊了幾個月就考上大學，他們認為你的前景更加自由。

　　正因為8年的「不幸」，你才有幸遇上了很多影響我一生的人，從此你的人生與眾不同的精彩紛呈。

　　你大開眼界出國遊學，出席各種有意義的活動，才藝大增技能出色；廣交朋友貴人多助，多受尊重、讚美和肯定；生活改善收益大增，好車豪宅條件優越；姐弟受益，父母團聚在我身邊，互相照顧……從安徽一個遙遠的山區到四季如春的廣州，從廣州到香港到美國……你已經去過20多個國家，以後你還要走遍世界各地。

第二，這8年是你生命的歷練過程和重要臺階。

如果沒有那8年，你就不會有這十多年的飛躍和腳踏實地的苦幹。有比較才有認識和奮發。在這10多年裡，你埋頭不斷地超越，嘗試、挑戰一個又一個工作和發展，生活充實而緊張。這10多年磨礪了意志，知道了奮鬥的樂趣，收獲了成功的果實，奠定了好多影響一生的重要優良品質：向上、陽光、開朗、學習、自省、責任、理性、愛心……之所以有這美好向上的10多年，是因為對8年的空虛無聊沉溺的恐懼，才有了無怨無悔的10多年向上努力。

第三，這8年體現出命運的波瀾壯闊的美麗軌跡。

幾乎每個人的人生都有波峰波谷。生活很少扶搖直上，大多數螺旋式上升。總的來說，到現在你的人生是取得了巨大的飛躍，福遠大於禍。遵循命運的規律，感謝老天的恩賜，更要感謝8年的波谷時光才蕩漾起10多年的波峰。

所以，今天你要很認真很深刻很快樂告訴自己。神也在冥冥中幫助你，你已經不會再做「考試」的噩夢啦，你再也不會回到8年黑色心魔時光啦！因為那8年沒有什麼不好，在人生的旅途中是有重要意義的8年，是你人生重要的必不可少的臺階和里程碑。

既然如此，你還有什麼害怕和後悔的呢，這8年只是你的錯誤認識，你的心魔，你太苛求完美的「貪嗔痴」而已。

正確客觀醒悟地看待了這黑色8年，卻是來自於與和劉益多麼有趣的人生對比啊：同樣是沒好好上學貪玩。你一方面覺得應該好好學習，才對得起父母對得起自己，另一方面卻覺得課本實在無聊，學不進去，於是天天在矛盾中掙扎，8年沒玩好也沒學好，沒過一天好日子，十幾年後這種心結還在折磨著自己。

同樣是沒好好上學貪玩好耍，而劉益呢，卻覺得既然學不進去，還不如痛痛快快地玩，結果度過了一個快樂好玩的年少時光，還不後悔。現在照樣嫁個又有錢又有才的老公，兩人夫唱婦隨地開個公司，還生了一對健康活潑的兒女，各方面都不錯呢。

關鍵是心無陰影，痛快自在，哈哈……

寫完這封信，正好是冥想瑜伽每月農曆十五的月圓共修，玫香去SatNam瑜伽館參加了共修。今晚共修的主題是「改變舊有模式，重新定義生命」，就像是專門為玫香安排的主題瑜伽修鍊。

玫香是巨蟹座，巨蟹座的守護神是月亮女神，所以玫香對冥想瑜伽每月的圓月全球共修特別感興趣。

每個月的農曆「十五」這一天，冥想瑜伽組織會號召全球的冥想瑜伽練習者，在一起主題共修。

不同膚色和種族的心與心，遠隔千山萬水在一起，與圓月之夜特別強大的月亮磁場

能量共振，讓宇宙的神聖能量淨化磁場與脈輪，使人們受到療癒，重振生命力，達到的功效是平時的若干倍。

月光的能量影響著動物、植物與水，而地球和人類的組成 70% 以上是水分，因此，月亮對人類的情緒和能量有著巨大的影響。

圓月靜心，藉助宇宙的力量，深入內在，釋放在工作、生活中累積的負面情緒。從「管理情緒」和「沉溺情緒」的兩個極端到「經驗情緒」，學習自然地接納。

圓月靜心有效地幫助人們從能量耗損的疲憊狀態中，發現內在的力量、喜悅和創造力。

今晚，滿滿的一輪圓月特別美，玫香對著皎潔的月光靜靜地冥想自己最後悔的 8 年時光。

玫香第一次覺得這 8 年時光挺美好，還想起以前從來沒發現的美好的人事物。這 8 年終於在玫香心中輕鬆愉快起來，像一塊石頭落了地還開出花朵。

原來，同樣一件事物，不同的認識和信念，卻是完全不同的作用和感受。

原來，過去的時光，過去的人事物，可以重新定義完全不一樣的意義。

既然如此，應該是每一件當初看起來不好的人事物，都蘊藏著豐盛美好的禮物。只要我們換一個角度！

玫香一下覺得生活很美好，關鍵是自己怎麼去看待。

最後，玫香又叮囑自己，以後再遇到壞事要多看好的一面啊。

玫香知道自己情緒很容易波動，遇到現實的事情又可能深陷泥潭。

關注自己的身心
才是真正愛自己

　　月圓靜心冥想，讓梅香意識到，一件事的好與壞，竟然可以由我們的心和信念決定。玫香越來越喜歡瑜伽的冥想靜坐了。

　　記得練瑜伽以前，玫香偶爾陪朋友參加過一個靜心課程，要求學員一整天盤腿打坐聽講座。

　　玫香當時如坐針氈，盤腿挺胸直腰最多堅持三分鐘，就得趕緊伸伸腿抖抖手。渾身是刺似的一會兒躺一會兒坐，怎麼也不舒服。在心煩意亂的期盼下課的混沌中度過了一天。

　　當時認為自己怎麼也不可能像有些老學員一樣，一坐就是幾個小時幾乎不動。

　　首先，那顆一刻不停躁動不安的心怎麼靜得下來啊？還有閉上眼睛的時候怎麼可以什麼也不想啊？不閉眼睛的時候，想的還是眼前的一件事，閉上眼睛反倒是萬念齊發。

　　還有，身體直直地挺立，太難受了。

　　那時的玫香怎麼也想不到，自己可以通過練習冥想瑜伽，讓自己做到這些曾經以為做不到的事情。

　　練習冥想瑜伽，很多動作和冥想都是要盤腿簡易坐，拉直脊椎，鎖住下巴鎖，讓背部、頸部和頭部保持在一條直線上；而且，隨時微閉雙目，內觀眉心輪，意念集中在呼吸與身體的聯動上。

　　玉蓮老師說，有念頭來就看著這個念頭，不抗拒不苦惱，讓它自由地來去。當然，可以隨時提醒自己，念頭集中在眉心輪，因為，當我們給念頭定一個錨時，念頭自然就拴在錨上定下來了。

　　每天都要 90 分鐘地放空自己堅持瑜伽冥想，每天都要 90 分鐘地關注自己的一呼一吸，每天都要 90 分鐘地和自己的身體在一起……差不多 300 天了，玫香越來越能輕鬆地靜坐冥想了。

有一次，玫香參加了冥想瑜伽的祈福冥想活動，竟然和大家一起靜坐了 3 個小時，雖然被中間喝水，上洗手間短暫地打斷過，但已經是以前想都不敢想的成效。

玫香也越來越享受冥想靜坐的美妙。

那個奇妙的早晨，玫香在《打開能量中心》後半部的冥想中，覺得自己身體輕靈空無地漸漸放大，和房間融為一體，和整棟高樓融為一體，和小區的花草樹木融為一體，和花園裡孩子的奔跑笑聲融為一體……最後，身體完全消融，無邊無際地和整個宇宙融為一體。感覺我就是宇宙，宇宙就是我。

無限的祥和、空靈、輕鬆、高遠、安全、舒適，交融成難以描繪的美妙。那一刻，不知多長也不知多短，時間與空間都消失了。

當最後進入冥想瑜伽祈福迴向的流程時，玫香想，這應該就是人類極致追求的「天人合一」的境界吧。多麼美妙啊，我真是一個幸運的人啊，可能絕大多數人一生都沒有切身體驗過「天人合一」真正是什麼感覺。就憑這個，我也值了。

玫香的感官也越來越敏銳安詳。在一個早晨的瑜伽修鍊中，玫香靜靜地聽到母親在廚房做早點的鍋鏟在鐵鍋上鏟動的聲音，那麼動聽，可是以前聽到這種聲音會格外煩躁。

一個週末的下午，玫香在陽臺的躺椅上翻看身心靈的書籍，翻動書頁的時候，一縷淡淡的油墨香，輕輕地飄進鼻翼。玫香頓時覺得，這個下午這個時光好美。怎麼，這麼多年都沒有聞到過書本的油墨香氣了呢？

原來，每次，匆匆走過小區的花園，玫香覺得這花園日復一日沒有變化，死氣沉沉。可現在，玫香看見陽光在綠葉上跳動，小鳥歡叫著在風中上下翻飛地和葉子玩著遊戲，不同的花朵發出各種沁人心脾的香氣。

有時候，玫香還會再嗅聞塗抹花精，深深吸氣之後，完全地吸進花精，玫香感覺到有小鳥鳴叫的味道，白雲飄過的味道，花草樹木在陽光下茂盛生長的味道，還有，還有小蟲、白雲、青山綠水，與溪流邊的鵝卵石，一望無際的原野打招呼，歡快聊天的味道……就連家門口的超市裡的水果，玫香覺得都充滿人情味的溫馨。玫香用手機隨手拍了兩組照片發在微博上。「聽，家門口的花在香」「水果會說話」獲得好多朋友的關注和好評，說好像真的在畫面上隱隱聞得到花朵的香氣，看見水果在彼此輕聲細語。

玫香覺得自己也格外美好起來，從來沒有這樣愛自己，發生了什麼事情，首先關注自己的感受而不是先在乎外界的反應。

自從在玉蓮老師的課堂上，看到自己心中有個永遠長不大的小女孩，玫香就對自己充滿了無限憐愛，不再像以前總是自責和內疚，總是覺得自己不夠好，總愛檢討自己，是不是又有哪句話說錯了，哪件事可能做錯了，可能別人會不喜歡自己了。

玫香給自己心中的小女孩，取了個名字叫著「皮皮」，就是可愛的小調皮的意思。

累了的時候，玫香就對自己說，皮皮辛苦啦，我們休息吧；又覺得自己有什麼不對

的地方的時候，玫香就對自己說，皮皮已經做得很棒了，皮皮別在意，沒有任何人不會犯錯誤，也沒有任何人可以討得了所有人的歡喜；遇到生氣和憤怒的時候，玫香就對自己說，皮皮又調皮啦，你可以表達自己想表達的情緒。哦，沒關係，我可以為你收拾殘局的，呵呵……玫香也就理性地對待自己的憤怒，妥善地處理氣憤了。

這些變化，使玫香覺得自己真可愛，也完全值得被愛。

玫香以前覺得，對自己好，就是讓自己吃好穿好還要玩好；對自己好，就是拼命地努力工作多賺錢；對自己好，就是迎合別人讓大家喜歡自己；對自己好，就是努力維繫工作生活家庭的好關係。

現在，玫香才覺得這些都是表面地對自己好，因為以前過度地追求，這些外在物欲形式為主的對自己好，反而把自己給榨乾了。

真正的對自己好，是滋養自己的身心。

如果不關注自己的身心、情緒、意識、感官、感受，而是整天被工作、他人、環境、關係左右自己的身心，被動地忙碌周旋，身心就會漸漸失去知覺，麻木不仁，生亂病變。

如果不去靜下心來，認真地聆聽自己的內在，專心地關注自己身心真正想要什麼，而是在物欲橫流的社會裡被各種時髦流行攀比功名綁架，為此顛倒奔波，硬是塞給身心世俗的負累，身心終會不堪壓力，殫精竭慮，惶惶不可終日。

一個人，如果每天沒有聆聽過自己的呼吸，沒有身心靈合一地和自己在一起過，沒有給生命提供源源不絕的潔淨的本源能量，這個人就沒有鮮活的生命，就像以前的玫香覺得自己像繁忙的機器高速地運轉，卻沒有意識和生命的存在感。

一個關注自己身心的真實需求的人，和自己的身心在一起的人，才是真正愛自己的人。而身心的需求卻這麼簡單，不需要向外求，也不需要功名利祿，所有的愛與美好就在每一個人自己的身心裡，與生俱來，取之不竭，用之不盡。

第八節 / 瑜伽就是關係

　　玫香覺得活了幾十年，現在才懂得如何是對自己的真愛，才開始真正愛自己。

　　玫香已經不再懼怕辦公室了，她覺得就像練習瑜伽一樣在當下做好每件事就好。也不去常常擔憂領導的眼色、同事的看法、客戶的反應了。這樣，心情輕鬆了很多，無所顧忌反而倒覺得天下太平無事。

　　由於身體不好的原因，玫香頂著壓力一年多，很少加班加點了。現在，玫香又開始加加班，只是需要和喜歡。加班後，也不開車，坐坐地鐵，再走20多分鐘的路程回家，正好散散步看看夜晚的街景。

　　這天，玫香又走路回家。

　　快到家的小區附近，一所小學的圍牆邊，是一段比較僻靜的綠樹成蔭的小道。玫香喜歡看這條小道繁密的綠葉，在夜晚明亮的路燈投射下，於風中金黃的透明的搖曳。

　　玫香路過電燈桿下一路邊小攤，突然想到，在這寒冷的冬日的夜晚，都九點過了，還在路邊擺攤點的人應該是生活有困難的人吧。於是回頭，心想管他賣啥都買點吧，不要講價。

　　「多少錢啊？」

　　「十元一朵。」

　　玫香湊著路燈看中年男人遞過來的是啥東西。

　　「我爸爸用新鮮藤條手工編的玫瑰。」旁邊一個十來歲的男孩子，看見終於有人停下來詢問，忙高興地搶著回答，一個看起來又大又重的書包還放在男人的地攤旁邊。

　　「你們有幾朵啊，我全要。」玫香說。

　　孩子趕忙幫爸爸數著遞過來9朵玫瑰，父子倆像做了一筆大生意一樣興奮。

　　玫香給了錢，拿著玫瑰開心地邊走邊聞，編織玫瑰的嫩嫩的藤條發出綠汁滲出的清香。

玫香以前也熱心地幫助過別人，但好像從來沒有這次這麼體會到給予的愉悅，她心裡反而對父子倆說了聲：「謝謝你們，讓我開心。」

玫香想，小商小販也真不容易，我們覺得不多的幾十百把元錢，他們卻會覺得這次賺了不少，可能回家後今晚一家人都會高興。以後盡量多買點小商小販的東西吧。

第二天早上，在每天冥想瑜伽都要有的迴向和感恩中，玫香沒忘記祝福和感謝父子倆。

這天晚上，一位好久沒聯繫的 EMBA 的同班男生馬勝打來電話，問玫香：「你們女生應該知道哪裡有可以紋眉的地方？」玫香一愣，你一個男生要紋眉幹嘛，呵呵？馬勝嘆了口氣，忍不住給玫香講，他生意失敗虧損，老婆離異，跟了他的女兒現在患了地中海貧血症，急需治療，他的眉毛都愁掉了。

玫香心裡一緊，趕緊安慰他。放下電話，玫香想，他現在應該急需要錢啊。我應該幫幫他，但我一個人力量也有限，和其他幾個要好的同學商量一下吧。

玫香隨即拿起電話，撥通了幾位同學，大家馬上表示應該幫助。尤其是一向對班務熱心對玫香的事也很熱情的大劉建議，要不，你發個短信給班上所有的同學，希望能有更多的幫助。

玫香上的 EMBA 班已經畢業一年多了，由於重要的幾位班委要麼移民了要麼去了外地發展，平時沒有組織張羅，同學們也都很少聯繫了。

玫香這兩年沒事也疏於與同學們交往。反倒是外班跨級的幾個協會活動較多，大家有共同愛好也經常約玫香聚會。

玫香想，幫助同學要緊，甭顧慮那麼多了，試試吧。

於是，玫香給班上同學們一一發了短信，簡要說明了馬勝的困難情況，希望大家方便的話，請一起資助一下，並附上玫香專門開的一個銀行帳號。

玫香想，雖然班上的同學經濟條件都比較好，但每個人都有自己的具體情況，也不要勉強，方便幫助的感謝，不方便的也要理解和感謝。因此，也就沒有動員，讓同學們自己自由決定。

沒想到才兩天時間，同學們就紛紛來電回信，資助了十幾萬元。其中，有些同學平時很少露面，差點讓人忘了還有他的存在，但在需要的時候馬上慷慨相助，特別是一位在汕頭的上市公司的老闆同學老馬，出了大力。

這兩天，玫香非常感動，被同學們對馬勝滿滿的愛與關懷包圍。

玫香把同學們的錢與愛心轉交給馬勝的時候，他噙著眼淚不斷地感謝同學們，尤其感謝玫香。

玫香說：「應該謝謝您，讓同學們有了團結一致表達愛心的機會。」

玫香真的從心底裡覺得，她才是最應該感謝馬勝。因為她這幾年身心俱疲，覺得世界灰暗，自己完全沒有力量了，更不要說幫助他人。可馬勝給予的這個願意接受幫助的機會，讓玫香找回了力量感，太好了，我有力量了，我可以給予別人幫助了！這種力量恢復的感覺真好。

　　這段時間，在每天冥想瑜伽的迴向和感恩中，玫香都要一一祝福和感謝每一位資助的同學，祝福馬勝父女，祈福馬勝的女兒盡快康復，願生命與愛同行。

　　在外面有了愛的力量，玫香覺得和他人和這個世界的關係有些融洽了，可是，面對和高飛關係呢？

　　玫香出差，母親在家突然胃痛得厲害，高飛馬上從公司趕回來，開車送母親去醫院，跑上跑下取單拿藥，回到家也照顧有加。

　　玫香回家後，母親又勸玫香，高飛對這個家還是有感情的，你還是要爭取盡量好好過下去。是啊，玫香想，我每天在冥想瑜伽中都給他迴向和感恩，生活中多點實際行動吧。

　　玫香有天趁和高飛一起吃飯時說：「老公，書房看書的臥榻不好睡覺啊，你還是回大床一起睡吧，床墊都是你當初親自挑的啊，你覺得睡著很舒服、很喜歡的啊。」高飛冷冷地回了句：「我現在喜歡睡書房。」玫香沒有像以前熱臉貼在冷屁股上就生氣了，只是有點失落地說：「你什麼時候喜歡睡床，就回來睡好啦。」

　　高飛有每天早上起床後一杯紅茶的習慣，玫香又開始像剛剛和高飛在一起時的那些年一樣，每天早上起床練瑜伽前，都幫高飛泡好一杯紅茶，等高飛起來的時候正好溫熱可飲。

　　高飛喜歡衣服有淡淡的檀香味，玫香每次幫高飛整理完衣服，都要薰上檀香。

　　玫香試圖跟高飛有些溝通交流。只是，每次玫香一開口，高飛還是愛理不理，偶爾不冷不熱地回應兩句，大多數時候像沒有聽見一樣。玫香就對心中忍不住又怒氣暗湧的「小皮皮」說，皮皮，知道你生氣了，慢慢來吧。

　　就這樣，兩人倒也相安無事，玫香也就多了些平靜的時光看書。

　　玫香翻閱冥想瑜伽的資料，看到冥想瑜伽的現代瑜伽大師 Yogi Bhajan 的一句話，瑜伽是什麼？瑜伽在本質上是一種關係！

　　玫香很震驚，人們往往認為瑜伽是一種給身體帶來活力與健康的鍛鍊運動；也有人認為瑜伽是一種培養心理潛能的心理學體係；又有人認為瑜伽是一門綜合科學，還有人認為瑜伽是一種宗教……但，從來沒有人認為瑜伽是一種關係。

　　或許，人們只是看到瑜伽這顆鑽石其中的一個面向，雖然鑽石的每一個面向都美麗動人。瑜伽這顆完美的鑽石在本質上是一種關係。這深深地觸動了玫香。這完全超越了玫香以前對瑜伽的認知和印象。

　　怎樣理解瑜伽的關係呢？

喜歡探究的玫香，抓住一個機會，請教她尊敬的一位從事教育與地產行業的客戶敬總。敬總是位皈依佛教在家修行的居士，重要的是，敬總對天文地理、古今中外、社會經濟、人文哲學、商業金融，似乎無所不知無所不曉，玫香和他探討問題總會有特別的收穫。

敬總說，他認為人生就是三個關係，一是跟自己的關係，二是跟人類的關係，也就是和他人的關係，三是跟宇宙的關係。這三個關係處理好了，就是和諧美滿的人生。但很多人能處理好後兩種關係，就是處理不好跟自己的關係。

玫香覺得敬總說的三種關係，總結得精闢，有道理。

但玫香自己親身的體悟卻是首先是處理好跟自己的關係，才可能真正處理好與他人與宇宙的關係。因為後兩種關係都是與自己的關係的延伸。也就是大家經常講的境由心生，整個世界就是心的投射。

就拿自己親身經歷來說吧，以前因為不關注自己身心的真正需求，處於身心靈分離狀態，與自己的關係斷裂失衡，同時也就變得冷漠麻木，覺得他人和世界都了無生機。現在通過修鍊冥想瑜伽，逐步達到自己身心靈合一健美，開始真正愛自己，也就覺得他人也有傷痛也需要幫助和理解，覺得整個世界都開始美好起來。

既然與他人與宇宙的關係都是與自己的關係的延伸，那從身體這個個體與整個自己的關係，就可以推論出人體與宇宙的關係了。

太好了，繼續，進一步冥想，這段時間，玫香老在思考這些問題：

我是誰？我們和宇宙是什麼關係？生命的意義究竟何在？如果想清楚了這個問題，我就知道活著的意義，也就知道怎樣活了。

這天瑜伽冥想的時候，玫香不斷深入一層一層地像剝洋葱似的冥想這個問題。

玫香突然悟到，我們人體是宇宙身上的一個細胞！

人類與宇宙的關係，就是我們每個人體身上 50 多萬億個細胞與每個人體的關係，我們就是宇宙身上的一個細胞。這樣理解，很多關於人生的疑惑也就解開了。

我們生命的意義，就像是我們人體的每一個細胞對於人體的意義。細胞對於人體的意義就是好好地活著，只有絕大多數細胞好好地活著，我們這個人體才會好好地活著。我們希望我們的一個細胞怎樣好好地活著呢？

這個問題有意思，玫香繼續冥想。

我們希望自己的一個細胞是掙很多錢？是要出名？是擁有權力？是要長得帥氣和漂亮？不是，都不是，我們希望每個細胞健康、喜悅、和諧、有能量，就這麼基礎的簡單的本源的存在就足夠了！一切功名利祿都是多餘。因為只有我們 50 多萬億個細胞大多健康、喜悅、和諧、有能量，我們的人體這個「小宇宙」，也就健康、喜悅、和諧、有能量的好

我
們是宇宙天神的細胞，這就是我們生命的根本意義。
　　我們活着爲宇宙天神貢獻生命的能量，同時宇宙天神
也爲我們的生命提供源源不斷的能量。
　　就像人體的每一個細胞爲人體提供能量，與此同時，
人體又爲每一個細胞提供能量，往復循環，合爲一體，
共生共榮。

AWAKEN THE SPIRIT WITHIN

喚醒內在神性
一場冥想瑜伽的療癒之旅

好活著了。

人體是個「小宇宙」？有人經常這樣說啊。太好了，人們已經意識到我們個體的特徵了。

想到這裡，玫香覺得太有意思了，點起一枝好聞的藏香，繼續跟著香味更深地冥想。

人體含有的龐大的 50 多萬億個細胞中，每一個小小的單一細胞體，怎樣看待人體這個龐然大物呢？

例如，我「玫香」腳底的一個肉眼都看不到的皮屑細胞如何看待我？

哇，那我玫香這個人對我身上的一個細胞而言，太浩瀚無邊、太神秘莫測了、太神通廣大了。

我玫香這個人體能做到的任何一件事，例如拿起一個杯子，彈一首鋼琴曲，打一個噴嚏，相對我身上的一個細胞而言，都是這單個細胞絕對無法做到的。

因此，我「玫香」每一個言談舉止，每一個運動思考，每一個生命的跡象，對我身上的單一細胞來講都是像神一樣的多麼偉大多麼神奇，我就是我的細胞的「神」！所以，宇宙也就被自身的細胞，我們人體奉為「天神」。

人體是「宇宙天神」身上的一個細胞。所謂「天人合一」，「我們是神的一部分」，「神與我們同在」「我們每個人都具有神性」「全人類都是一家人」「人和大自然是一體的」也就好理解了。

為什麼我們經常講，要愛護動物植物，愛護地球，地球就是我們的家園。是啊，無論植物動物，一沙一石，世間萬物都和人體一樣是宇宙身上的一個細胞，共同構成宇宙這個「人體」。就像我們人體一樣由千千萬萬種具有不同功用的細胞構成。所以說，萬事萬物皆有神性。

玫香越想越興奮，那些身心靈的書籍上講得玄之又玄，不明不白，讓人滿頭霧水的「人類共用一個大腦」，現在都可以想明白了。相對於「玫香」身上的 50 多萬億個細胞中的任何一個單一細胞來說，都是在共用「玫香」的大腦啊。

我們是天神的細胞，這就是我們生命的根本意義。我們活著為宇宙天神貢獻生命的能量，同時宇宙天神也為我們的生命提供源源不斷的能量；就像人體的每一個細胞為人體提供能量，同時人體又為每一個細胞提供能量，合為一體，共生共榮。

所以無論我們貧富貴賤，只要我們生命不息能量不止，我們每個人都在為宇宙天神的生命做出貢獻，我們每個人與生俱來就彌足珍貴，我們的生命一旦誕生就具有本源的意義與天命，無需在外界尋找，無人例外。

自然，我們的生命具有天生為宇宙提供能量的意義，那我們每個人有什麼理由覺得生命沒有意義，不珍惜生命，不讓自己的生命健康、美好、和諧呢？

玫香對自己這個悟見太興奮了，她覺得自己終於找到生命的意義了，作為為宇宙天神貢獻能量的一個人體細胞，我得好好健康、和諧、向上地活著。

　　玫香忍不住興奮地跟高飛分享她的「人體是宇宙細胞學說」。高飛這個理工科的高材生，愛標榜自己一向以理性思考見長，對玫香總是呈慣性的否定態度。這回，聽完玫香講「人體細胞宇宙學說」，也點了點頭，覺得有道理，可以解釋通很多生命的事理。

第九節 365 天的總結，生命剛剛出發

我們每個人就是宇宙天神的一個細胞。

瑜伽就是關係！瑜伽是平衡和諧我們與自己、與他人、與宇宙的關係。

多麼美妙的洞見啊，玫香覺得自己找到了生命與瑜伽的意義，覺得自己開始安紮大地般地踏實起來，覺得自己和大地上的萬物一樣生機盎然，生命是如此的真實而鮮活。自己就像一朵花在陽光雨露中層層綻放，這朵花自由自在地肆意盛開，和周圍千千萬萬的花朵綠葉樹木一起歌唱著大自然的交響樂，一起在宇宙天神的懷抱中安全地平等地美麗生長。

宇宙生命的本源狀態本該如此的美好和諧啊，但是，現實生活中，我們與自己、與他人、與宇宙的關係卻發生了千差萬錯的變異扭曲失衡。

玫香覺得自己幸好遇到這樣一個適合自己的瑜伽，平衡和諧生命中的三種關係，這個平衡和諧我們的關係的過程就是修行啊。

以前，玫香對現在逐漸流行的「修行」這個詞語，有些不解甚至反感，因為一提起修行，給人的感覺總有點神神鬼鬼的怪異，給人的印象好像是要過宗教僧侶似的生活。

其實，修行就是平衡和諧我們與自己、與他人、與宇宙的關係，這個感悟讓玫香覺得修行既現實又必須又美好，是每個人生命中的必修課，因為我們每個人都活在這三種關係織成的密密的生活的網中，我們的一生都在為這三種關係喜怒哀樂悲歡離合，我們所有的困惑掙扎苦痛也都因為這三種關係失衡的問題。如果我們處理好與自己、與他人、與宇宙的關係，我們的生活自然圓滿美好。

玫香想，我知道自己一生的功課了，就是修行。而修行再不是一個空洞的虛無的不解的詞語，修行也再不是跟宗教有關，跟自己無關。修行就是實實在在的現實生活，就是如何讓自己生活更圓滿和諧美好。

如此說來，現在人們對修行有太多的誤區了。

因為我們沒有弄清修行的真正目的和要義，修行的燈塔是愛自己、愛他人、愛生活、愛生命、愛萬事萬物。

那些顛簸在修行的茫茫大海上看不見燈塔的人，就會誤入修行的暗流，成為對生活對生命失去興趣和熱愛的人，表面崇尚靜定實際無趣，表面宣揚淡泊實際消極，表面清心寡欲實際麻木不仁，這樣沒有修行的航海燈的光明指引，最終會讓生命陷入死氣沉沉的僵局。

修行的實踐之路在生活和工作組成的社會關係中，只有在關係中我們才能真正地交融、互助和成長。

那些看不見實踐之路漂浮在半空中的人，樂於貼上虛無的迴避關係的修行形式標籤，動不動就要去深山老林辟穀，一定要布衣素食，非得有個有名氣的上師，每天苦讀上百遍似懂非懂的經文，攀比接受過多少名師的「摸頂」，熱衷於追逐各種流行的修行「時髦」，這樣隨波逐流跟隨時尚的修行，會讓人迷失在修行的迷宮裡，無法真正嘗到豐盛的神奇的美好的修行果實。最終，反過來還會埋怨或迷惑地感嘆，修行無用啊。

修行的靈感之源是讓我們回歸宇宙賦予我們的本源角色。

一個真正的修行之人，既是一個純粹的完整的女人，也是一個純粹的完整的男人，而不會男女性別模糊成為不男不女的人。

他，她，都是一個活生生的人，在他們的生命中，喜悅與悲傷同在，焦慮與安寧並存，憤怒與開心共生，期盼與失望交替。

他們既有陷入哀愁的時候，又有被夢想鼓舞的時刻，他們會激情澎湃，又會熱淚盈眶。

他們有過沮喪低落的狀況，但他們會冥冥中跟隨自己靈魂的指引找到突破生命低谷的浪尖；他們允許自己悲傷和放棄，但在下一個浪潮撲來的時候，他們會毫不猶豫地直面而上，主動站在高高的浪潮上。

無論怎樣的景況，他們不會放棄生命，他們抱著一顆平常心進取向上，他們努力平衡自己的生命關係，讓自己的生命之花和周遭萬事萬物一起和諧盛開。

玫香這段時間，更加喜歡瑜伽冥想人生修行的意思，冥想自己該如何在俗世中修行，收穫圓滿喜悅的生命體驗？

既然平衡和諧與他人與宇宙的關係的基礎是先平衡和諧好與自己的關係，能平衡與自己的關係，其他所有的關係也就自然延伸和諧了。

玫香想，做什麼事都要抓住根本問題，著力關鍵環節，其他也就迎刃而解了。先不要去著急其他關係，從處理好與自己的關係入手吧。

玫香想，什麼樣的人生狀態才是自己的身心靈都需要和喜歡的呢？

當然，首先是健康，健康是人生圓滿和諧的首要條件，真正的身心靈健康一切自然美好起來。嗯，「健美」是我身心靈的第一需要，也是我作為宇宙天神的一個細胞需要盡到的天職。

第二要素呢？當我們與自己、與他人、與宇宙的關係平衡和諧的時候是什麼狀態呢？

快樂？不，應該是喜悅！玫香覺得「快樂」顧名思義，很快來也很快去的樂子，快樂是短暫的、有條件的、感官的。喜悅，是發自心靈的，長久的，無條件的，甚至是與生俱來的。喜悅，是我們的靈魂附著在生命的空氣，呼吸即來，永遠存在。只是，我們常常讓靈魂蒙上塵埃，堵住了呼吸喜悅的毛孔。

玫香在修鍊冥想瑜伽時深刻地體驗到，當我們深入我們的呼吸時，或者用各種呼吸法，如火呼吸、深呼吸、口哨呼吸啓動修復身體自身的平衡協調力，喜悅自然就充盈了身體的每一個細胞。所以，呼吸是修鍊瑜伽最根本的要義。

健美是生命的首要條件，喜悅是生命關係的平衡和諧狀態。如果說人生是一趟波瀾壯闊的靈魂航海之旅，健美是一艘船的堅實的船身的話，喜悅就是良好的船況，那船行何處，目的地在哪裡呢？

玫香在工作的間隙，在開車等紅燈的刹那，在夜晚入睡前的似睡非睡的一會兒，冥想思索著這個問題。

現在，通過日日瑜伽冥想練習的習慣，玫香已經時時處處體驗到冥想的美妙狀態。原來全神貫注的專注在當下每一刻就是冥想。

入神地工作，認真地吃飯，專心地開車，投入地聊天，享受地品茶，忘我地看書，都是在冥想啊，時光美妙而輕快。原來，工作可以輕鬆愉快，飯菜是香甜可口的，駕駛是有樂趣的，聊天可以啓迪生活智慧的，茶葉帶著大自然的香氣的，書籍是滋養靈魂的……冥想的生命安在當下，生命的目的從每一個當下走向何處呢？

生命的目的地就是要與宇宙合一，歸於我們是宇宙的一個細胞的本源神性。當我們找到自身的神性的時候，我們就具有了美好明確的使命目標，生生不息的能量，達到使命目標的無窮無盡的方法技能，高尚的情操，純真的信念，達到宇宙之神的取之不盡用之不竭的精神與物質的富足了。

玫香的生命修行的藍圖逐漸清晰地浮出大海，在波光粼粼的海面上閃耀「健美、喜悅、神性」的航海旅途。

如何在現實的生活中實現自己「健美、喜悅、神性」的生命之旅呢？玫香知道，旅途還很遙遠，海面上隨時有暴風雨，航燈的光明會被遙遠的海浪隔離。

但，玫香充滿了一位再生的全新的舵手的興奮感和期待感。

玫香在日記中寫到，為了修行「健美、喜悅、神性」的生命之旅，穿越這個神奇的旅程，我在修行的旅途中要遵守以下航海規則：

第一，不加入任何一個宗教，不依賴任何一位上師，不盲從任何一堂課程與方法，不迷信任何一本書籍。

玫香雖然對大多數宗教具有尊敬之心，覺得大多數宗教都是從愛心善意出發。玫香

尤其喜歡佛教，準確地說應該是佛學，玫香覺得佛學飽含智慧的生活哲學，給予玫香很多實用的啟迪。

但是玫香認為只要是宗教就難免有其條條框框的教義約束，玫香不喜歡思想受到局限，玫香希望自己有自由自在的靈魂，沒有邊際的思考探索。

玫香想用自己的身心靈去體驗這一場跌宕起伏的靈魂之旅，從中真實地感悟宇宙之神的智慧與真理，與自己的靈魂探討生命的藝術。這一場神秘未知的旅程，會有很多先哲的精神指引，會有大師的靈魂相伴，但這必須是玫香的身心靈獨立自主體驗的旅程才能真正完全達到修行的目的。

第二，永遠記住自己的地球身分，帶著神性的人，而不是佛或神。

通過體驗地球實相找到自己與生俱有的神性。

自己永遠不可越界成得了佛，當得了神，那是違背宇宙規律的，所以不執著追求特異功能特異現象，一切隨其自然接受感悟沉澱。更不能把成佛為神作為修行目的，那只會「人不人鬼不鬼，走火入魔」。

第三，吸收身心靈的能量的原則：愛自己、愛生活、愛他人，走向富有激情又和諧寧靜的靈性人生。

一切違背以上三大原則的目的能量都要遠離和拒絕屏蔽，所以一定要在世俗工作中生活中修行。遠離現實脫離生活走向虛幻的修行方式不可取，要絕對避免，那是逃避生活，最終造成更大的虛空與悲劇。

修行是具有越來越熱愛生活，熱愛生命生生不息的能量，而不是害怕生活害怕關係。

這一年10月28日，玫香修鍊冥想瑜伽整整一年的這一天，玫香感慨不已，回想這一年，除了身心健美這一點，原來要壓垮自己的工作生活家庭的問題似乎都沒有根本的改變，工作仍然充滿壓力和挑戰，和高飛的夫妻關係仍然沒有重大突破，弟弟仍然沒有更好的生意和工作，姐姐的小孩的疾病仍然需要治療，自己歲數不可逆轉的順應自然規律又增加了一歲……但是，365天的冥想瑜伽的修鍊指引的生活工作中的修行，卻讓玫香生命獲得重生，由內而外地開始發生改變。雖然困難和問題每天依然存在，但玫香覺得自己有能量可以勇敢地一一面對了。

期待一切更美好吧。

玫香在微博上發了一組圖文紀念這一天，鼓勵自己繼續向前。

冥想瑜伽365天。今天整整一年了。每天90分鐘，在清晨的家裡伴著太陽初升的鳥鳴，在辦公室的正午點燃一支薰香，在夜深人靜的晚上偎著燭光，從菲律賓的羅伯河邊到香格里拉的梅里雪山下，從韓國釜山的海岸邊到故里安徽的山水裡，從東埔寨吳哥窟的萬朵石

刻蓮花中到香港煙花齊放繽紛萬彩的除夕夜……

　　冥想瑜伽 365 天。唱誦、冥想、盤腿而坐、伸縮肢體……我體會著生命最深刻的精美，我體驗過天人合一的無我境界，我體悟了人生悲歡離合喜怒哀樂的豐盛情緒在瑜伽的呼吸間漸漸平和喜樂。新的生命力與生生不息的正能量源源不斷地充盈了全身。

　　冥想瑜伽 365 天。謝謝帶我走近冥想尼裡神奇大門的朵朵，謝謝玉蓮老師，大老師，SatNam 瑜伽館的全體老師們，謝謝所有支持幫助我的親人朋友們。生命因你們而更美、更豐盛、更有力量。祝福，身體是我們最好的老師，向內在的老師致敬。

　　路漫漫其修遠兮，吾將上下而求索。

　　SatNam

第二年・覺察

Awaken the spirit within

第一節 快樂在我自己，誰也不能讓我不快樂

玫香沒想到，自己會遭遇無數影視劇裡的狗血劇情。

高飛出差了好幾天還沒回來。

傍晚的時候，玫香又走過小學旁綠蔭婆娑的圍牆，快到自家小區門口了。

突然，有人叫玫香的名字。玫香扭頭一看，一位不認識的瘦高個女人，皮膚白皙，但面容有些憔悴，約三十出頭。

下來的劇情就像是電視裡的狗血劇了。

玫香和這個女人在小區樓下的咖啡館喝了咖啡。白美女人向玫香哭訴了高飛和她之間發生了大半年的感情劇。她說，她是高飛公司的銷售經理，她備受高飛忽冷忽熱的感情折磨，可她愛高飛，現在懷了高飛的孩子。但，高飛不肯離婚，因為他說他放不下玫香。

女人此行的目的，是希望玫香讓位。

玫香一直平靜地、禮貌地聽完白美女人的訴說，就像聽別人的故事一樣無動於衷。聽完之後，玫香喊來服務員買單。然後，對白美女人說：「我知道了，我有事，先走了。」

走到咖啡館門口的時候，不知怎的，肚子撞在門邊的桌角上，一下疼得玫香幾乎喘不過氣來。但玫香咬著牙沒吱聲，依然挺直身體走出咖啡館。她感覺得到白美女人在背後，驚愕不解的呆滯表情。

玫香回到家微笑著給母親打了招呼，然後打開臥室的門進了房間反鎖上門。玫香一下撲倒在床上，壓低聲音哭得喘不過氣來。

玫香哭得昏了過去，好像又醒過來，又哭得昏了過去，又醒過來。其間，母親敲門問玫香吃飯沒有，玫香清了清嗓子講，今天太睏了，想早點睡，要母親不用管自己了。說完，又把頭埋進到濕漉漉的枕頭裡。

第二天一早，玫香就帶著偶爾才戴的輕度近視眼鏡，遮住紅腫的眼睛，對在廚房忙

碌的母親說，今天公司有事要早到，轉身出了家門。

玫香沒有力氣開車，就叫了輛計程車上班，坐在計程車的後座，眼淚一直在流。玫香不敢抽泣，她不想讓司機知道她在哭泣。

這一天，玫香盡量待在自己辦公室沒出去，實在有敲門商量工作的同事，玫香都得微笑著解釋，自己傷寒感冒嚴重，這不，鼻塞加噴嚏。

儘管如此，玫香還是有自己被人扒光了衣服，背後有人偷偷觀看指責似的羞辱。

到了下午，玫香實在熬不住了，覺得整個人昏沉沉的，就提前下班回到好久沒住的公司的單身宿舍。進了房間，玫香癱軟在床上，突然想起今天《打開所有能量中心》的瑜伽功課還沒修鍊。

玫香就鋪了幾塊大毛巾在地板上，拖著軟沉的身體開始練起來。

當深吸一口氣，唱誦「Ong Namo Guru Dev Namo」向身體致敬，讓我們向內在的老師致敬的時候，玫香一下覺得自己像個孩子找到了自己的親愛的老師，一年 365 天，每天 3 遍，已經上千遍地呼喚自己內在的老師，與自己的內在建立了深深的連接。此時此刻，玫香覺得自己的依靠，自己的家園就在自己的身體裡，瞬時更是委屈無比，放聲痛哭起來。

玫香邊哭邊做著瑜伽，做著做著就慢慢不哭了，在一呼一吸間情緒漸漸平緩下來。到了第 5 個動作，盤腿而坐，雙手放在膝蓋上，閉上眼睛，內觀第三眼，吸氣，雙肩盡量向上拉高至耳旁，呼氣，雙肩重重地放下，重覆此動作的時候，玫香覺得有一股怨氣，被從身體裡給一次次重重地甩出去。

到最後一個動作，盤腿而坐，雙手放在膝蓋上，內觀第三眼，雙手舉高，手指叩上，手掌向下離頭頂約 6 寸，持續噴火式呼吸 3 分鐘的時候，玫香感到一股熱量從海底輪滾滾昇騰至頭頂，擴散到全身，癱軟了一天的身體有了新鮮的能量。

大休息，玫香躺在地上，閉上眼睛，雙臂在放在身體兩旁，掌心向上，深入放鬆的時候，玫香一天來才從哭泣的情緒中解脫出來，開始思考這件事，是怎麼一回事，應該怎麼辦？

首先，玫香覺得自己有深深的被欺辱的羞恥。這就是自己十年來與高飛忍辱負重的維持婚姻的結果嗎，是高飛毫不留情地給自己帶來更大的羞辱！

那個女人說她懷了孩子時露出的自豪的表情，就像當眾給了玫香一個狠狠的耳光。玫香彷彿聽見高飛在對她說：「你不生小孩嗎，我讓人生給你看。」

羞辱讓躺在地上的玫香的臉上又默默地流出眼淚，被毫不知情的背叛遺棄地傷感又交織在心頭。本來，玫香心裡經常埋怨有個老公跟沒有一樣，但這一次，當背叛真實地來臨的時候，玫香一下覺得前所未有的悲傷無助，全世界都遺棄了自己，只剩下自己一個人孤苦伶仃的感覺。

怎麼辦？玫香心中馬上回答，離婚，堅決離婚。只有離婚才可以消除羞恥表達憤怒。

只是，離婚，高飛倒是正需要，可是，我呢？年近 40 歲，身邊好幾個優秀的老姑娘

都找不到對象，何況一個離異的中年女人呢？

　　但是，即使再也找不到合適的對象，我永遠單身，也發誓不和這個莫名其妙的糟糕的壞男人死打爛纏了，他已經毀掉了我十年的光陰。

　　玫香覺得離婚的事情沒有處理好以前，還是盡量別讓父母操心吧。特別是母親，母親三歲時她的親生父親就因病去世了，玫香覺得母親的一生都很可憐，她不想母親再擔心了。

　　玫香擔心自己回到家中，怕悲傷哭泣一天的萎靡神態被母親察覺，就打了個電話給母親說今天公司加班要很晚，就住宿舍不回來了。母親叮囑了幾句要注意身體。

　　哭泣了一天的玫香太累了，和衣躺在床上又昏沉沉地睡過去了。

　　第二天早上一醒來，拿起手機，解除了手機的靜音設置，看到高飛打了十來個未接電話。其中還有一條短信「老婆，我回家了，你什麼時候回來」。

　　玫香鼻子裡哼了一聲，毫不猶豫地回過去兩個字「離婚」。

　　馬上就有短信回過來：「老婆，你回家來，我們當面商量再說，好嗎？」

　　玫香飛快地回信：「我們之間唯一的商量就是離婚！」

　　手機鈴響起，高飛打來電話。

　　玫香果斷地掐斷電話，那個女人肯定告訴了高飛我已經知道了情況，難說是兩個人早就串通好了的給我共演一場戲。

　　商量什麼？離婚的具體事項，分割財產的事情，我得想清楚如何分割，他是過失方，聽說過失方分割財產要賠償受害方，應該讓這個背信棄義的壞男人付出代價，這個我得先諮詢一下律師朋友再說。

　　先做完今天的瑜伽功課吧。玫香為了防止高飛的電話騷擾，把手機關掉。認真地練習完《打開所有能量中心》後，玫香覺得又有精神了。

　　玫香到了公司後打開手機，又有高飛好幾個未接來電。玫香心中又無限悲涼，十年夫妻竟抵不過一個女人的半年情分，高飛這麼急著要辦理離婚，一點時間都等不得了。

　　你急，我偏不急，等我忙完今天的工作，問問律師朋友再說。

　　玫香就開始匆忙地整理了一下，在公司的大辦公室參加了個幾十號人一起討論的營銷會議。

　　一個多小時後，回到自己辦公室，推開門。

　　高飛從沙發上站起來，緊張地搓著手，一臉的抱歉和不安，像個做錯事的小孩。

　　玫香想，他還要演什麼戲，我已經懶得看了。玫香旁若無人似的把手中的資料往辦公桌上一甩，看也不看高飛。

　　「對不起，老婆，我錯了，但我不想和你離婚，真的，不想。」高飛很堅定很真誠的樣子。

　　玫香終於忍不住了：「別演戲了，把人家肚子都搞大了，還有什麼可商量的。」

「你不知道實情，我也是控制不了自己，都是我的錯。」高飛沮喪地說。

「你走吧，我不想再看見你，我要上班，你再不走，我要叫公司保安了。」玫香冷冷地說，一臉的厭惡。

高飛只得站了起來：「我不打擾你上班了，但今天你下班，我開車在公司樓下接你回家。你如果不肯回家，我就在你辦公室不走了。求你了，老婆，你不要離開我。」

「你知道我要面子，不會真的叫保安，是吧。高飛，你不要太過分了，有了新歡也不用把舊妻逼得太急了吧。你怕財產分配，對你不利嗎？」玫香颼的憤怒起來。

高飛撲通一聲跪在了玫香面前，說：「老婆，我不想離婚，你要是不答應我回家，今天我就一直跪在這裡。」

玫香不由大吃一驚，十年了，高飛從來都是軟硬不吃的高姿態的對玫香冷嘲熱諷，說不過玫香的時候甚至武力相向，生活工作中也是一副萬事不求人的樣子。現在，這個桀驁不馴的一米八二的大男人，直直地跪在玫香面前。

玫香的辦公室有一面是磨砂玻璃，玫香慌張地看了看外面的走廊裡，有忙碌辦公的模糊的人影晃動，心裡一陣刺疼。

這些年來，高飛每一次直硬硬的衝突，只會增加玫香的抵觸與憤怒，但玫香很少內疚或心軟過，心中更多的是對這個男人的無奈與憤恨。但這一刻，高飛突然間山崩地裂般的轟然跪倒，玫香心裡無比的心酸難過和不知所措。

「你，你，怎麼這樣？快起來吧，我不想別人看見你這樣。晚上我回家。」玫香別過臉看著地面低聲說道，一行淚水又滾燙地流下。

下班的時候，玫香走出辦公大樓的大門就看見高飛的車停在路邊，高飛站在車旁張望。有幾個女子挽手路過，忍不住回頭看了看高飛，夕陽金色的光輝暈染在高飛白色的棉質襯衫上，把他顯得更加高大挺拔。

回到家，兩人都硬撐著笑臉和父母一起吃飯。高飛一邊給母親夾菜，一邊說：「玫香這兩天加班辛苦了，累感冒了。」

母親回應道：「我是覺得她神情不好，你們兩都要注意休息。」

但，母親很開心，應該是她難得看見高飛玫香兩人在飯桌上都有笑臉。

飯後，玫香推開臥室門，高飛就緊跟著貼身進來，隨手關上了門。

玫香首先冷冷地說：「我求你不要再下跪，讓我難堪！」

空氣又彷彿冰凍地凝固起來。

高飛終於開口打破沉寂：「我不是想讓你難堪，我沒有辦法，我不知道怎樣才能彌補我的過錯，我怕你離婚。」

玫香看也不看高飛，盯著梳妝台，冷笑著重重地哼了一聲。

高飛有點膽怯地看了看玫香，目光又無奈地轉向窗外，像是自言自語似的說開了。

我知道，我現在說什麼，你都不會相信。

我在和你好之前，其實從來沒有談過戀愛，以前給你說好過兩個，實際是騙你，怕你瞧不起我。在你之前，我並不會討女人喜歡，要麼是女孩子喜歡我，但我不喜歡她，要麼是我喜歡的女孩子，別人又不喜歡我。

那年，我到你們公司來找我大學的哥們晚上喝酒唱K，正遇上哥們和你們公司的幾個單身小伙子商量著，誰敢出面能約你晚上一起玩就好了。原來一幫小伙子都喜歡你，一直在打賭，誰先追上你。我一聽就來勁了，男人爭強好勝的心理也在作怪。

我跑到你們公司前台跟文秘打聽你，前台文秘說你做商務經理負責業務，正好我有個表姐公司需要你負責的業務。我有了主意，就讓前台文秘正大光明地帶我來見你談業務。

見你的第一面，我就真正喜歡你了，你不是那種驚艷的女孩，但你圓圓的臉、大大的眼睛、小巧的下巴，很陽光、很溫暖，又有點俏皮可愛，還有一種特別想讓人接近的靈氣。

你是我的初戀。第一個，我喜歡你、你也喜歡我的女孩。你不知道我有多高興，你們公司那幫小伙子，對我是羨慕嫉妒恨。

因此，我找到了自信，這麼優秀可愛的女孩和我在一起，從此後，我在工作生活中都更加自信了。

我很懷念我們剛在一起的那些時光，我老喜歡作弄你，但你覺得好玩。不論在哪裡，我們倆隨時都在嬉笑玩鬧，像一對天真的孩子。別人都覺得我們倆在一起很好玩、很開心。

我也不知道後來是怎麼回事，應該都是我的不對。我覺得，有你就有家的感覺，正因為如此，我一直害怕失去你，我總覺得自己不夠好，你會離開我，我想你什麼都聽我的，我才有安全感。可能是這個原因，我們反而越走越遠。

我這次犯了個大錯誤，我知道，深深地傷害了你。但你聽到的也不完全是那麼回事，我會努力把事情處理好。求求你，再給我一次機會，好嗎？我不想離開你。

高飛說著說著就站了起來，走到臥室的窗邊，把臉轉向窗外。

玫香一直躺在床上，身子側向臥室的裡牆，一動不動。不經意稍扭頭瞥了一眼高飛，臥室裡沒有開燈，街上的燈光映亮了高飛的臉，有淚光在閃爍。

從高飛的臉上，玫香突然看見了高飛內心的小孩，很小、很無助，痛苦地蜷縮在角落裡。

高飛又突然說：「你母親早就跟我談過，她害怕我們要離婚，因為她從小就失去父親，她希望她的子女都家庭圓滿。」

「看在你媽媽的面上，不要離婚，不要離開我，好嗎？」

聽到媽媽，玫香心裡又緊緊地抽縮了一下。

玫香覺得很奇怪，白天都還恨之入骨的男人，突然間對他有了悲憫之心。以前看不懂，不知道為什麼總對自己充滿了攻擊性與傷害感的男人，其實，他也是一個對自己無能為力、可悲可憐的人。

「你還是回你的書房吧，我不想看到你，我想一個人安靜安靜。」玫香終於開了口。

高飛見玫香沒再提離婚，鬆了一口氣，像害怕玫香再提似的，趕緊輕輕帶上門出去了，過了一會兒，又輕手輕腳地端了杯水放在玫香的床頭，再出去把門關好了。

玫香覺得眼淚都好像哭乾了，她從床上爬起來，坐到窗邊的沙發上，望著窗口樹叢外，燈火璀璨的此起彼伏的高樓。

是啊，那個當初活潑聰明可愛的小女孩去哪裡啦？這些年，越來越憔悴疲憊，越來越怨天怨人，越來越麻木冷漠，變成了位連自己都不認識的世故漠然的中年婦女，直到冥想瑜伽才開始甦醒。

是什麼讓自己臉上失去紅暈？是什麼讓自己再也不會天真地微笑？是什麼讓當初覺得一切都可以創造的女孩，變成了今天生活處處都是困境的狀態？難道，這一切都是高飛的原因嗎？都僅是高飛惹的禍嗎？

這戲劇性的兩天有太多太亂的情緒、感受、信息需要玫香處理了。

玫香習慣性地坐在瑜伽墊上，點起一支淡淡的檀香。閉上酸澀的眼睛，勉強挺直酸痛的腰背，開始冥想靜心。

是的，這些年最大的怨恨就是高飛。

玫香覺得自己是典型的居家巨蟹座，又從小接受家庭和睦為重的傳統教育，結婚後一心一意地只想搞好這個家庭。

裝修房子的時候高飛基本沒有管過。玫香給裝潢公司親自畫設計草圖，一磚一木的裝修材料都獨自監督採買，優質優等的大小家具都是自己反覆琢磨性價比，一想到有個美好的家就幹勁十足。

裝好新家後，來家裡作客的親朋好友無不誇讚玫香的家，漂亮溫馨有品味，花錢花得超值。

為了鼓動高飛健身，玫香買了個超豪華的跑步機放在書房。而自己練瑜伽就在臥室的窗邊放了個瑜伽墊將就一下。

對高飛的家人也是照顧有加，高飛家姊妹五個，親戚又特多，逢年過節，上學看病，玫香都主動一一打點資助。

高飛的大姐高佳，所在國營單位的宿舍太小，高佳生了兒子坤坤後一家人轉不開身，玫香就主動把在珠江邊的另一套寬大的高級公寓，借給高佳居住。

大姐高佳很喜歡玫香，有什麼事都喜歡給玫香講，高佳也經常說高飛不對，對玫香要求太多。

玫香辛辛苦苦掙錢工作，不像好多女人在家閒著享福。還不是為了減輕高飛負擔，讓這個家更富裕興旺一些。

這些年，對高飛的事業也是盡力關心幫助，介紹了不少資源給高飛。

即使這樣的付出，高飛卻永遠對自己不滿，隨時指責自己，兩人矛盾越來越深，最後，家不成家，還把玫香折磨得身心俱損。現在，高飛還變本加厲地欺辱自己，完全要毀掉這個家。

想到這裡，玫香覺得身體無比沉重，心頭堵得慌，玫香深深地吸氣，屏住呼吸 20 秒鐘，再緩緩地放鬆，想把這股濁氣從身體裡釋放出去。

但是，但是，如果我所有的苦惱悲憤都是高飛造成的，那高飛一直沒有改變，我也試圖無數次改變高飛後無望無果，我是不是就應該永遠痛苦，我就不可能有開心的希望了？

因為我的生命，我的喜怒哀樂，都是高飛決定的啊？咦，這也不正是高飛憎恨我的地方嗎？高飛不也覺得他的痛苦都是我造成的嗎？

這是一個死結啊！兩個人都希圖對方給自己帶來快樂，都認為自己的痛苦失敗是婚姻中這個關係最緊密的人造成的。

可是？可是？我修鍊冥想瑜伽的這一年，高飛並沒有改變，但我為什麼卻嘗到開心喜悅了呢？高飛也並沒有幫助到我，我為什麼健康美麗起來？我的健美喜悅可以跟高飛完全沒有關係啊！

原來，即使是身邊最親密的人也不能決定我們的健美喜悅啊，我們的健美喜悅只在我們每個人自己的身心裡！

原來，我這麼多年來怨恨悲憤都是在浪費自己的光陰啊。

玫香想，不行，我再也不想過痛苦怨恨的日子了，尤其這兩天的痛苦讓我彷彿又回到過去的黑暗歲月，這太可怕了！我好不容易天天修鍊冥想瑜伽才從中解脫出來。我要記住，誰也不能讓我不快樂，快樂在我自己！

把這個信念植入潛意識吧。玫香乾脆順勢深深地吸氣，心中默念「快樂在我自己」，觀想把快樂吸進了身體裡的每一個細胞，再完全地呼氣，心中默念「誰也不能讓我不快樂」觀想把這個不快樂給呼出體外。

玫香運用呼吸法，如此反覆地循環上百遍：快樂在我自己，誰也不能讓我不快樂。快樂在我自己，誰也不能讓我不快樂。快樂在我自己，誰也不能讓我不快樂。快樂在我自己，誰也不能讓我不快樂。快樂在我自己，誰也不能讓我不快樂。快樂在我自己，誰也不能讓我不快樂。快樂在我自己，誰也不能讓我不快樂。快樂在我自己，誰也不能讓我不快樂。快樂在我自己，誰也不能讓我不快樂。快樂在我自己，誰也不能讓我不快樂……漸漸的，玫香輕鬆了很多。

玫香突然想到，有一次瑜伽課堂上跟老師練過口哨呼吸，這是一個有趣的呼吸。老師說，這個呼吸會讓我們口腔和鼻腔通過呼吸循環得到清理排毒，同時會帶來快樂。

玫香把舌頭捲起來，通過捲起的舌筒深長地吸氣，再通過鼻腔完全地呼氣。如此循環約一分鐘，竟體會到呼吸原來是有味道的，微苦後甜的特別味道。到後來，自己竟不知

怎的，噗嗤一下笑出聲來，覺得自己伸出舌頭的樣子好搞怪、好可愛。

　　好吧，快樂在我自己，誰也不能讓我不快樂。不管怎樣，和高飛之間的事，無論以後發生什麼情況，我都要開心平靜地處理。我都要愛我自己，我再也不能讓自己受苦了。

　　哎，真要離婚不是那麼簡單啊。玫香沒想到心高氣傲的自己，以前別的夫妻出了類似的事，我認為絕對不可妥協，高飛這次搞出這麼大的事，我竟然可以隨其自然地再等等看。

第
二
節
　
隨緣的傳播是
自我能量的加持

　　玫香再也沒問過高飛，他闖的禍事處理得怎麼樣了。高飛也心知肚明地不再提及，
每天晚上按時回家，也對玫香的父母殷勤多了。

　　只是，高飛和玫香的態度調換了一下。他經常試圖和玫香搭訕，有一句沒一句的，
也不知道他要表達什麼，而玫香也只是禮貌性地應付。

　　玫香實在不知道還會發生什麼事，也實在還沒想好自己以後應該怎樣和高飛相處。
她覺得她和高飛之間累累的傷疤之上又劃開新的創傷，兩人都還沒有能力療傷，還是不碰
為好。怕一碰就是血和膿水。或許歲月會有答案，時光自會療癒。

　　玫香又開始回到自己的世界，彷彿什麼也沒發生一樣。每天早上按時修鍊冥想瑜伽。

　　一個週末，朵朵打電話給玫香，約著她一起去見 EMBA 同學固元堂的劉院長，玫香
上次俄羅斯儀器體檢的地方，朵朵說要給大家看個有意思的儀器，做點好玩的實驗。

　　在劉院長的辦公室，朵朵給大家引薦了位 70 多歲的老太婆李醫生。

　　李醫生原來是省運動員保健中心的醫師。由於熱愛人體保健預防疾病工作，李醫生
退休後繼續在家研發了一台人體中醫經絡測試儀，把儀器的電極貼放在人體的十二穴位處，
同時在與儀器連接的電腦上，就可以通過各種直觀的圖表，閱覽出人體的奇經八脈及各個
器官的能量值、氣血等狀況。

　　李醫生的這個儀器應該和高飛一年多前帶玫香看保健醫生的那台台灣的經絡能量測
試儀原理相同，只是更精細、更全面、更係統。

　　玫香充滿了雀躍和好奇，強烈要求現在練一個小時瑜伽，在瑜伽前後測試一下經絡
能量有無變化。

　　看玫香如此興奮，大家也就同意了玫香的請求。一小時的空檔，劉院長和李醫生也
正好探討合作的事宜。

玫香先爬上理療床做了測試，也沒來得及問數據，就一個人到劉院長的貴賓理療室認真地修鍊了套瑜伽功法，約莫一小時後，玫香又爬上理療床做完測試。玫香迫不及待地扯掉身上貼滿的電極，趕緊問李醫生情況怎麼樣。

李醫生把玫香瑜伽前後的各種圖表和數據翻出來給大家講解，圖表都很直觀，大家倒也都能看明白。

玫香瑜伽前的能量值是 80,瑜伽後的能量是 86。看到這個分值，玫香就已經很感慨了，一年多前，她的能量值可是 33 啊，這一年多瑜伽確實沒有白練啊！看來每一次瑜伽修鍊都能現時提升能量值，長時間的堅持，玫香就基本穩定在了一般人都達不到的較高分值。

李醫生又講解了玫香的其他肝經、心經、腎經、心包經等 12 經脈的瑜伽前後對比圖，無論從氣血值、陰陽值、能量值都是全面上升改善，尤其是督脈，瑜伽前顯示黑色的堵塞，瑜伽後充盈著通透的紅色。

玫香高興之餘，又不由理性質疑起來。是不是這個中醫儀器有什麼不一樣的名堂呢？去年，劉院長進了一台俄羅斯的健康體檢綜合儀器，我也做過測試，當時也是身體一團糟。要不，今天正好，再做做西方的儀器體檢，如果也差不多的效果，我就相信了。

於是，玫香又纏著劉院長要求馬上做俄羅斯儀器體檢。劉院長和玫香既是 EMBA 的同班同學，又是安徽老鄉，本來平時就比較照顧玫香，玫香有什麼需要，只要能幫上忙，他都盡力而為。這個小小要求，他當然一口答應了。

玫香看到俄羅斯的健康體檢綜合儀器顯示的情況，抑制不住地激動起來。身體各個係統各個器官和去年存檔的資料相比，全面飄紅，整體提升。只有腸胃部分，還時有慢性炎症需持續保養。

傍晚的時候，大家都有事要各自離開了，玫香向李醫生和劉院長致謝道別後，一個人走在回家的街道上。

在黃埔大道的街邊，玫香望著眼前紅黃車燈川流不息，陌生的人群來來去去，初夏的廣州一片清涼的點點燈火，玫香覺得身心有和這一切平和相融的舒適感覺。

玫香一想到，今天中西方兩大儀器，異曲同工之妙的通過可檢驗可對比的數據圖表，昭示著曾經讓玫香痛苦不堪的身體全面好轉，感動的熱淚就簌簌流下來。

玫香邊走邊在心中對自己說：「親愛的身體，謝謝你們，謝謝你們和我一起進行的奇妙的身心靈進步提升之旅。前半生，我忽視和無意地傷害了你們，讓你們受苦受難了，而你們原諒了我，和我一起堅持修習冥想瑜伽，一起痊癒一起成長。謝謝我的心、我的腦、我的腎、我的生殖係統、我的腸胃……我所有的器官，讓我們繼續堅持進步，喜悅成長，一生瑜伽。SatNam!」

玫香的外婆 86 歲了，住在合肥的舅舅家裡，聽母親說外婆得了胃癌，只是全家人都隱瞞著她老人家。母親說外婆經常嘔吐得很痛苦，也不知道她老人家能否挺過今年。於是，只要節假日有空，玫香就陪母親回合肥看望外婆。

　　玫香也就有機會參加了合肥的老同學聚會，見到好多十幾年不見的高中同學，大家都驚異玫香越來越年輕漂亮了。玫香高中最好的姐妹陽陽說：「你以前在人群中並不起眼，現在一大堆人中，馬上凸顯出來，怎麼說呢，不是驚艷，而是有吸引人的光芒。」

　　陽陽原來是高中班上年齡最小的女生。現在也有 38 歲了，有了人到中年的發福，整個人圓滾滾的，笑起來小眼睛瞇成一條縫。陽陽現在做一家全球性的日化外資公司的安徽省渠道部部長兼任總經理助理，一年硬撐著 10 來個億的銷售額，忙得昏頭轉向，說話又快又急。

　　玫香坐在陽陽的對面，靜靜地微笑著看著陽陽一副心神不定的樣子，心中感嘆，那個當年最甜美可愛的小女生去哪裡啦？

　　陽陽還是像當年一樣，一眼就看出了玫香的心事。

　　「你在想我現在的形象不堪入目是吧？哈哈。」陽陽還是那麼直接暢快。

　　「看你美的，你在練的那個什麼神奇的瑜伽，有沒有最簡單好學省時的動作，效果要又快又好。你看我現在忙的恨不得三頭六臂，壓力又大，又經常出差，每天像打仗似的。哎，弄得都不像個女人啦。你猜我女兒怎麼叫我，她給我取了個綽號『爸爸咪』。」陽陽連珠炮般的說完。

　　玫香笑了，熱情地說：「有啊，冥想瑜伽有個薩特奎亞應該適合你。」

　　「只有一個動作，簡單易學，這可是冥想瑜伽上千套動作中唯一的一個獨立成套的動作，是冥想瑜伽皇冠上的明珠。別小看這一個動作，功效又多又強大，可以迅速改變身體狀況和心理問題。

　　如果你沒有時間做別的練習，可以使這套奎亞成為日常生活中對自己的一個承諾，讓身體成為一所潔淨而充滿生命力的神廟。」

　　陽陽一聽，躍躍欲試道：「我就要這個簡單高效的東西。」

　　玫香就和陽陽約好了，第二天下午去陽陽辦公室教她薩特奎亞。

　　玫香在陽陽的辦公室外按約定的時間多等了半個小時，陽陽才打發完一批又一批找她辦事的人員。

　　陽陽的文秘把玫香請進辦公室的時候，陽陽一臉的歉意和疲憊地說道：「實在對不起，只有半個小時時間，我又得趕上一個會議。老姐妹了，你會原諒理解我的啦。」

　　兩個人就在陽陽辦公室的地毯上，鋪了兩塊陽陽放在辦公室的大毛巾，席地而坐。

　　玫香也就直奔主題地講解起薩特奎亞來：「你先先看我的手勢。首先把小指、無名指、中指三個手指交叉，食指併攏相觸。用左手大拇指壓住右手大拇指，然後保持這樣的手形

舉過頭頂，全程手肘不能彎曲，手臂夾住耳朵。」

「再看腿的姿勢，跪起來，屁股始終穩固地坐在腳跟上。」

「然後，通過唱誦 SatNam 這個冥想瑜伽特定的祝福語，用丹田的呼吸自然地帶動身體上下起伏。」

「你看我演示，Sat 的時候，丹田向內向上提昇，自然地拉動身體向上。Nam 的時候，身體自然地回落。注意啦，不是肩膀聳起，也不是挺胸。就這樣，脊椎保持伸直和穩定。有節奏地收縮和放鬆丹田產生波浪般的能量在體內流動，激活身體並產生療癒。」

「非常好，完全正確，你一學就會了。」

「下面，我和你一起練習 3 分鐘。按照每 10 秒鐘 8 次的節奏唱誦 SatNam。」

玫香帶著陽陽一起練習起來。過了約 2 分鐘，玫香觀看陽陽，只見她微閉雙目，很認真的樣子，已是滿面通紅，喘著粗氣。

「好了，我們結束的時候，吸氣，把肛門會陰部分的肌肉向上向內提昇，稍稍屏息，觀想頂輪打開，完全吐氣。再吸氣，再把肛門會陰部分的肌肉向上向內提昇，再屏息 5 — 20 秒，觀想我們的脊柱就是宇宙的通道，連接著天地，有熱量滾滾流動，完全吐氣，放鬆。」

兩人睜開眼睛，玫香微笑著看著陽陽。

陽陽興奮地說：「真的好簡單，但也好挑戰，一會兒就感受到脊背和頂輪熱量湧動，張開眼睛，覺得眼前好亮。做完了，很舒服，背部好放鬆。」

玫香看了看時間，連講解才過了十幾分鐘。

玫香也就多花了幾分鐘，交代了以後堅持修鍊需要注意的一些細節：「你喜歡的話，就從 3 分鐘開始，每天逐步增加 1 分鐘，直到 11 分鐘至 31 分鐘的效果最好啦。你看，每天少則 10 來分鐘，多則半小時，就這麼簡單的一個動作，只要堅持一個療程 40 天，你就會體驗到不一樣的改變了。」

「好了，你給我半小時，我只花了 15 分鐘，又幫你節約出一半時間，你繼續忙吧。」玫香開著玩笑給陽陽告別。兩個老朋友一如多年的默契，也就不用客氣地揮手道別了。

走出陽陽的辦公室，玫香就逕直去了機場準備回廣州。在候機大廳收到陽陽的微信：「親，不好意思，沒送你，我會試試你教的瑜伽，向你學習。」（後面跟著一個奮鬥的笑臉）。

玫香發回一個（抱抱）的笑臉，有一種分享的喜悅。

玫香回到廣州後又投入到工作中。

這天早上，約了一位多年支持玫香工作的大客戶，按廣東人的習慣，邊喝早茶邊聊合作事宜。大客戶是位美麗優雅的成功女企業家，做地產開發和經營高級珠寶翡翠，玫香已經和她像姐妹般的親密，親熱地叫她曉霞姐。

玫香特佩服曉霞姐隨時能把一身奢侈品駕馭得恰到好處，搭配得優雅時尚，不顯山露水又讓人越看越愛看。曉霞姐開著一輛黑色的保時捷跑車，既有型又不張揚，開車的姿

勢又瀟灑又有女人味。

很快，玫香就與曉霞姐談妥合作的事宜，兩人開始親熱地閒聊起來。

談著談著，曉霞姐突然皺起眉頭來：「玫香，你見多識廣，朋友又多，這些年一直有個身體方面的問題困惑著我，你看看有沒有辦法幫幫我。」

玫香立即熱情地說：「曉霞姐，什麼事，你儘管講。」

原來，曉霞姐約在兩年前開始，不知怎的，會突發性心痙攣。主要是在深更半夜睡覺的時候，突然夢魘般的胸口堵塞，喘不過氣來，自己潛意識地拼命掙扎，猛的醒過來，心臟緊縮，疼得難受，要好一會兒才能慢慢緩過氣來。

第一年，還幾個月突發一次；第二年，就差不多一月兩三次發病；現在，幾乎每週一兩次發病。

玫香也跟著擔心起來：「那你看過醫生了嗎？」

「看過啦」曉霞姐嘆口氣繼續說：「看過很多醫生，先是廣州的幾大醫院的相關名醫，又到北京、上海去看名醫院名醫生，後來又去德國、日本看過，都沒有用。」

「醫生怎麼說呢？」玫香納悶地問道。

「醫院拍片，心肺器官都正常，醫生也就吩咐回家多休息，持續觀察。」曉霞姐無奈的說。

「那你看過中醫沒有？」玫香想起自己看病的經歷，就問道。

「也看過啦，喝了不少中藥，也沒有用。現在天天吃大把大把的蟲草，希望能有所緩解啊。」曉霞姐隨手拂了一下她那黑亮的直髮，嫵媚動人的風情中隱隱透露著疲憊無助，讓人不由得憐愛，想幫幫她，能解決她的煩惱該有多好。

「但無論中西醫都說，這種狀況很危險，有可能，哪一次完全緩不氣來，人就沒啦。所以，每一次發病，老公，女兒一大家人都跟著緊張擔心。」曉霞姐又補充說道。

玫香想起自己的病患經歷，也是嘗試了多種醫治方法，最後遇到冥想瑜伽才解決了問題。玫香就把自己的親身經歷大致講給了曉霞姐。

曉霞姐跟著玫香的訴說，時憂時喜地聽完玫香的傳奇療癒經歷。一陣唏噓感嘆之後，抓著玫香的手：「你馬上教我冥想瑜伽，我要跟你學習，馬上！」

曉霞姐做事一向乾脆利索，馬上就帶著玫香去她那裝修豪華精美的翡翠珠寶會所。讓店員火速把貴賓會客室的沙發茶几挪到一邊，在厚厚的鬆軟的地毯上鋪上大塊的白布，招呼著七八個店員圍著玫香坐在白布上。

曉霞姐先給大家簡單介紹了玫香和她的瑜伽奇遇，然後對玫香說：「玫香，我這裡的店員幾乎都是我家親戚，一大家人，表哥堂妹，外甥侄女都有，還有坐在後面的那位老人家是我姨媽。有好東西，我都是與家人一起分享，就麻煩你一起教教大家，好嗎？」

玫香說：「當然沒有問題，我和曉霞姐一樣，也是喜歡分享。」

玫香又讓每人身邊放了一大杯溫水，告訴大家，在練習的時候可以隨時多喝水，如

果想上廁所可以輕輕離開，解決了再來，這也是冥想瑜伽和其他瑜伽不一樣的地方，因為冥想瑜伽非常排毒，多喝水有助於排毒。

　　玫香交代了學習的相關事宜後，就帶著大家一招一式地練習《打開所有能量中心》的功法套路，玫香覺得這套功法簡單易學，可以從根本上綜合療癒多種身心靈疾病，很適合對初學者廣泛推廣。

　　大家非常認真地學習完畢後，又紛紛問了玫香一些不清楚的問題，做好了筆記。

　　最後，玫香強調大家最少要持續 40 天的一個療程，才能給他們的身心靈帶來療癒和改變。因為冥想瑜伽認為：

　　「40 天改變一個舊習慣，90 天建立一個新習慣，120 天你就是那個習慣，1000 天完全掌握那個習慣。」

　　曉霞姐信心滿滿地對玫香說：「你放心，我這人做事要麼不做，要做就會認真做好，無論怎樣我也會堅持一個 40 天的療程後，再給玫香老師彙報啦。」

　　曉霞姐親自開車送玫香回辦公室。下車時，她塞給玫香一個裝了一疊錢的紅包，玫香硬是沒收。雖然，冥想瑜伽講究能量循環，倡導傳授冥想瑜伽最好要收取相應報酬，對傳授者及學習者能有更好的能量交換提昇。但玫香認為，能量的互換和提昇，有多種方法，不止於現時的金錢能量回報，還有長遠的友情、支持等等多種豐富的形式。

　　況且，玫香覺得自己把好東西與他人分享，本身也是在提昇和加持自己。

第
三
節
不要以修行的名義
要求或被要求

　　飯桌上，高飛對玫香說：「週末我們幾個哥們約著去三亞打高爾夫球，順便就家庭聚會，你和我一起去吧。」

　　玫香微笑著「哦」了一聲說：「我想想我的時間安排。」

　　玫香想起，前幾次，也是參加高飛的兄弟伙家庭聚會，不愉快的經歷。一幫男人兄弟們白天打球，晚上通宵達旦打牌，把帶去的父母老婆孩子們扔在一邊，家屬們百無聊賴，就在球場邊或酒店周圍瞎遊蕩。玫香不會打球也不會打牌，就自己捧著本書在酒店看書。

　　哪知旅行回來，高飛就責怪玫香不給他面子，沒有親和力。下一次家庭聚會旅行，玫香雖然很不想去，但為了給高飛面子還是配合著去了，然後陪著幾個老太婆小媳婦東家長西家短的八卦胡聊，聽她們抱怨男人們自顧自己玩樂，不管家人是否開心。這樣的旅程，玫香實在覺得無聊。

　　現在，玫香和高飛之間的關係不尷不尬，一起旅行本是一次修復關係的機會，但這樣無趣的旅行更不利彼此的溝通。況且，玫香喜歡越來越真實地表達自己，覺得這樣自己更坦誠自在。

　　飯後，玫香見高飛在陽臺的茶座旁抽煙休息，就走過去，輕聲對高飛說：「我們一起去旅行本來是好事情，但是你們男人忙著打球打牌，我們倆也難好好說說話。家人好不容易出來跟你們旅行卻玩得不開心，你們也應該照顧家人的情緒，安排點大家可以一起玩的事情啊。」

　　高飛猛吸了口手中的煙，把半截煙狠狠地戳滅在花盆乾燥的土壤裡，冷冷地說：「我就知道你不會去，你們這種天天練瑜伽修行的人，就不懂得配合和體諒他人嗎？修行的人應該富有愛心才對。」

　　玫香頓時愣住了，她雖然知道高飛照例會生氣，但沒想到高飛會把這樣毫不相幹的事情扯到瑜伽練習上。玫香憋屈得滿臉通紅，她對高飛說：「你不要因為我練瑜伽，就可

以過分地要求我。」

　　高飛覺得惹惱了玫香，有點得意地抽身離開陽臺而去，又扔下一句：「修行的人還生什麼氣。」

　　玫香一個人在陽臺上呆呆地站了一會兒，我生氣嗎？玫香覺得自己心中確實有一股怒氣，但修行的人就不應該生氣嗎？我練瑜伽有什麼錯嗎？我沒有標榜過我是修行中人，但修行的人不滿足他人的要求的時候，就理應被人指責為缺乏愛心嗎？練瑜伽修行就應該被他人更多要求嗎？

　　高飛和自己之間，無論怎樣還是一如既往無休無止的衝突！

　　玫香覺得心中憋悶得很不舒服，回到臥室，坐在瑜伽墊上，習慣性地點燃一支香，深深地吸氣，完全地呼氣，冥想打坐起來。

　　我們是怎樣看待修行的人呢？

　　玫香想，修行人有三種，一種是在修道院或寺廟中修行的教徒，一種是信奉某種宗教在俗世中修行的人，這兩種人都是帶著所信奉的宗教教義在修繕自己的思想和行為，所以人們對他們有種種參照教規的評判標準。

　　還有一種是沒有宗教信仰，只是在社會中通過某種修為方式，自我要求和修繕自己思想行為利他的人。後一種，人們更是質疑其種種動機和行為。

　　無論對哪一種修行人，人們的評判還是帶了很多處於自我利益的要求。

　　玫香記得有次陪同公司辦公室人員，送錢送愛心到一位媽媽同事手中。這位媽媽同事因孩子突發車禍，急需大筆錢治療。公司就資助了一部分，也倡導同事們捐款資助了一部分。

　　在慰問的時候，這位媽媽同事就忍不住指責一位未捐款的皈依了佛教的同事，他天天燒香拜佛都捨不得獻點愛心嗎？雖然玫香替那位同事解釋，我想他應該有他的難處吧。但這位媽媽同事和同去的辦公室人員，還是不屑地嘲笑這個佛教徒同事不懂慈悲。

　　玫香當時就想，我們因為佛教徒沒有捐款就指責和嘲笑別人的信仰，哪我們自己的慈悲和愛心何在呢？

　　修行人就不應該憤怒嗎？

　　玫香又想到有位同班的 EMBA 同學，多年虔誠禮佛廣州一著名佛教寺廟的方丈，一次帶著一幫慕名的同學前往拜訪這位廣受尊崇的高僧大德。同學們在方丈室門外緊張地等了好一會兒不敢進去，因為聽見那位高僧大師在裡面大聲地嚴厲地呵斥一位僧侶，隱隱聽到好像是僧侶多次無故偷拿隨喜功德箱裡的香火錢。

　　後來高僧大師邀請大家入內就坐的時候，那位領頭的同學忍不住還緊張地說道：「難得看到，大師傅今天發這麼大的火啊！」

　　那位高僧大師已是一臉的平和肅靜，淡然地說道：「我佛慈悲，亦有金剛怒目時。」

玫香想，修行人不是不應該憤怒，而是要正確地處理和表達憤怒之後，雷雨過後，雲淡風輕。

如果我們因為要顧忌修行的顏面，而不是基於自我的愛心出發，不顧自己的喜悅感受，而是被他人的情感利益綁架，害怕他人的評說，從而畏手畏腳，憋著氣卻強裝笑臉，覺得他人傷天害理卻敢怒不敢言，希望他人講自己修行有進步有成績有福報，你看，修行的人多麼好，多麼善良多麼平和。長此以往，我們最終會變成偽善人，不但不會因為修行而解脫，反而因修行而壓抑負累甚至變態。

修行人只要從自己的「健美、喜悅、神性」出發，就不要畏懼他人的言論，拘泥於他人的評判標準，因為一位真正做到「健美、喜悅、神性」的人，必定是愛自己愛他人愛萬物之人，是與萬事萬物和諧相融的人，自然是慈悲愛心之人，可以做到不因他人的誤解而惱怒，有則改之無則加勉，像孔子曰「從心所欲不逾矩」，那又是另外一番境界了。

既然如此，我對待高飛的因為自己練瑜伽修行就非難的要求，應該是我練瑜伽修行不傷害你，但不代表著我對你的快樂負責，我講道理我對自己負責任，也就無需計較和持續生氣了。

玫香不再為高飛的言論鬱悶，嘴角不由蕩起笑容。

修鍊瑜伽以來，遇到自己煩悶糾結困惑時，玫香就喜歡帶著問題冥想，一個接一個刨根問道底，層層剖析問題，最後總像剝洋蔥一樣，剝到最後問題就消散解決，達到洋蔥的空心，什麼也沒有了，問題不存在了。

玫香總結冥想瑜伽的冥想有很多種形式，歸納起來主要有三種，一種是靜默冥想，就是運用各種呼吸模式靜心調息，什麼也不想，沒有特殊要求就雙目微閉，內觀第三眼，達到「空的」狀態。

一種是梵音冥想，就是通過唱誦各種千年傳承的梵音，讓特定的這顆梵音的種子深入潛意識給我們帶來新的體驗和改變。

還有一種冥想就是觀想，運用特定的呼吸或動作或梵音，讓我們觀想感受情緒畫面意識，或者帶著問題冥想，去和宇宙的無限連接，自然會有指引了悟。

剛開始練習瑜伽的大半年，玫香還沒真正體會到冥想的好處，最喜歡做肢體動作，覺得肢體動作才是實實在在的運動，冥想空泛而無趣。

後來才悟到，冥想瑜伽無處不冥想，肢體動作是指向月亮的手指而不是月亮，冥想才是那枚圓滿美麗的月亮。因為每時每刻牽動我們千絲萬縷的神經是我們的心意，而控制和超越心意最好的方法就是冥想，靈魂的光芒通過冥想源源不斷地照射出來。

有了肢體動作這個「手指」持續百日的指引，玫香漸漸悟見了冥想的「月亮」，玫香越來越喜歡冥想，就像玫香喜歡沐浴在柔和的月光裡一樣。每一種冥想都帶給玫香不同的感悟，其樂無窮。

通過冥想，玫香越來越看到自己劇烈起伏的情緒，雖然在工作生活中，玫香給大多數人留下的印象是活潑陽光熱情。但大家看到的只是風平浪靜的海面，在平緩的海面下，是經常波濤洶湧的情緒，這種隨時隨刻激盪的情緒經常淹沒玫香，讓玫香沮喪、苦惱、糾結。而冥想，讓玫香清醒地覺察到自己激盪起伏的情緒波瀾，並可以在靜止的心意中，漸漸平靜。就像一杯渾濁的水，因為靜置而逐漸清澈透明。

通過冥想超越心意，玫香越來越體驗到帶著特定問題的冥想就是「修心」。在冥想中，身體與靈魂與心靈交融合一，這個合一的身心靈才能又與宇宙交融合一，心就完全地打開，與宇宙的無限對接，一切自然療癒，指引自然發生，了悟自然而然。

嗯，以後遇到問題困惑情緒，就「修心冥想」吧。讓心靈純淨空靈，就會產生由內而外的指引。每天修煉冥想瑜伽開始唱誦的「Ong Namo Guru Dev Namo」，向內在的老師致敬，內在的老師會和宇宙連接，問題自然消融解決。

朵朵打來電話約玫香晚上聚聚的時候，已經快下班了，朵朵說有點煩惱想跟玫香說說。

六點鐘，兩人就在二沙島沿江的一家露天茶室見了面，玫香喜歡品茶，自己帶著陳年的普洱，一招一式地泡了起來。朵朵看得入了迷，等到一小杯茶入口輕啜一下，感嘆道：「玫香，我覺得你泡茶的姿勢都有一種專注定心的美，這茶都有靈性了，瑜伽練到茶品都提昇了。」

玫香開心地笑笑：「表揚照單全收，謝謝加持啦，小師姐有什麼心事啊？」朵朵雖然在 EMBA 比玫香高兩屆，但實際年齡比玫香小三歲，玫香就親昵打趣地叫她小師姐。

朵朵笑著講開了，最近有點煩，和我男朋友的相處。

玫香見過朵朵的男朋友，是一家外資公司的銷售經理，雖然比朵朵小 8 歲，但高高大大的他攬著朵朵的時候，朵朵顯得甜蜜嬌小，惹得旁人艷羨不已。

「你那讓人羨慕嫉妒恨的『高富帥』，怎麼讓你煩心啦？」玫香調侃朵朵。

「哎，羨慕什麼啊，我在糾結是不是男人比女人小，硬是不懂事啊？你的老公也比你小，想聽聽你的經驗教訓。」朵朵有些困惑。

「愛情和年齡沒有絕對關係啊，懂事的從小就懂事，不懂事的人到老也不懂事啊。雖然我的婚姻有很大問題，我也在思考和學習成長，但問題和年齡沒什麼太大關係吧。」

「也是，我也想這樣認為與年齡無關。那問題是不是出在我們靈修的人應該找個也是靈修的伴侶，可能應該更和諧幸福，更互相理解啊？」

「發生什麼事啦？為什麼這樣認為呢？」

「我男朋友對我積極修煉瑜伽，參加各種靈修學習的事，雖然支持，但他自己從不參與，講瑜伽很好，但是女人練的。至於靈修嘛，他覺得沒有必要專門去上什麼課，他在工作中修行。」

「我老公高飛也沒有跟我練瑜伽。但這沒有什麼問題啊。練瑜伽靈修這是我們自己『健美、喜悅、神性』的事。」

「但，因為他不靈修，他在靈性上就沒有進步，我們就無法做到真正地心靈上的溝通，就會出現矛盾。」

「具體有什麼事呢？」

「他覺得我老大不小了，他母親也催著他結婚生孩子，他就越來越急的催我辦證結婚。」

「這是好事情啊，我也覺得你老大不小啦，該結婚啦，哈哈。」

「但，我怕他還不夠成熟，又比我小很多，以後問題很多。這不，本來上週就約好今晚去他家，看看他父母，隨便商量結婚的事。就因為我說，我再考慮一下。他這幾天就不理我了，今天也不聯繫確認，究竟要不要按約定去他父母家？」

「你們談幾年戀愛了？」

「7年了，他還在華南理工大學讀大二的時候，暑期申請到我們公司實習，正好分到我們部門，從此就喜歡上我。」朵朵思索回到過去，臉上蕩起甜蜜的笑意。

「你們倆這些年關係怎麼樣？」

「一直挺好，從未吵過架。只是近來他催結婚，我猶豫，他就覺得我是不是另有考慮，對他不夠信任。」朵朵又補充了句話。「最大的遺憾就是他不參加靈修，靈性沒進步，所以不理解我的擔憂。」

「你愛他嗎？」

「當然愛他，我之所以猶豫，就是怕自己比他太大，以後老得比他快，男人容易變心。哎，就是因為愛，怕失去他啊。」

玫香沒有再說話了，一心一意地弄起茶來。滌茶、淋壺、出湯、瀝湯，如同行雲流水般，朵朵又看呆了。

玫香把一杯新茶雙手呈給朵朵。「朵朵。」玫香沒有叫小師姐，而是誠懇地說道：「我得感謝你把我引上冥想瑜伽修行的道路，讓我受益匪淺。正因為如此，我們不是一般的姐妹和同學了。我可以很坦誠的無話不說，對不？」

「當然，正因為如此，我遇到私密的煩惱就想和你探討，我們不是一般的朋友啊。」朵朵也認真起來。

「我說得不一定正確，僅是我旁觀所見，僅供你參考。」

「沒關係，你儘管講。」

「我在想我們靈修是為了什麼？為了追求靈性進步？靈性進步又為了達到什麼目的？你我修鍊冥想瑜伽，都知道冥想瑜伽倡導『健康、喜悅、神性』的生活方式，這就是靈性進步的目的。

那我們所有的生活行為可以直奔『健康、喜悅、神性』的目的，靈性進步是道路不

是目的。既然，你和你男朋友真心相愛，這本身就是『健康、喜悦、神性』的生活的内容。

對於男朋友要不要靈性學習並不重要，他有他靈性進步的方式，例如他説的工作，例如成長經歷，我們不能要求每個人都學習冥想瑜伽，這只是靈性進步的一個方式，你我有緣有幸修鍊冥想瑜伽，但其他人可能也有適合他的其他方式。

我們不能要求親人朋友都練瑜伽，都參加各種靈性學習，即使我們出於愛與分享的好意。

只有我們通過冥想瑜伽靈修的方式，讓我們自身更美好，生活更美好，自然而然去影響他們。如果他們有適合自己的靈性進步的方式，包括工作生活中修行進步，我們都應該祝福和支持他們。」

朵朵眠了口溫熱的茶湯，望著眼前的珠江陷入了沉思。對面中山大學碼頭，五彩繽紛的遊船開始在華燈初上的珠江上，緩緩穿行。

過了一會兒，朵朵肯定地説：「玫香，你説得太對了，這是我們靈修的人很容易陷入的一個誤區，溝通有問題就覺得他人不夠靈性，其實這是我們自己的靈性障礙；總希望與自己有親密關係的人，最好和自己一起靈修才有安全感，這其實是自己缺乏安全感的表現。」

玫香拿起手機，看了看時間對朵朵説：「呵呵，現在才六點半，給你男朋友打個電話吧，難説他正在焦慮地等你的決定呢，趕緊去未來的婆婆家。」

朵朵深深地吸了口氣，如釋重負般地吐出口氣，輕快地説道：「好的，我也正想打，嘿嘿。」

二十多分鐘後，朵朵男朋友的車就已經神速地停在茶座的路邊，一個陽光的大男孩向這邊快樂地揮著手。

朵朵忙不迭的一臉開心地站起來，一邊對玫香説：「對不起啊，我趕時間，就先走了，你支持的啦，改天再請你吃飯感謝。」

朵朵歡快地走了。玫香又沏好一杯新茶，右手把茶杯放到鼻翼邊，輕輕閉上眼睛，深深吸氣，微醺般地聞香，對著珠江搖曳著的燈火波光，靜靜品茗，靜靜地思索。

我們無論在哪一種修行中，都不要以修行的名義要求或被要求。修行人既不要怕別人非難和要求，也不要被修行的虛名所累。做一個講道理對自己對他人負責任的人，就是修行的基礎。但我們也不要覺得自己修行就優人一等，就比他人有靈性，覺得他人愚鈍無明，反過來，觸及他人的邊界，對他人過多的要求。

我們可以做一盞燈，照亮自己，點亮整個黑暗空間，讓他人看見光明，但不可以因為覺得他人無明，就用這盞燈火去燃燒別人。

朵朵因為玫香在這個觀點上點亮的燈，拿起了她的婚姻。而玫香自己呢？她和高飛該何去何從呢？

練習瑜伽以前，玫香這麼多年幾乎都是選擇迴避高飛，只要親朋好友提及高飛，玫

香都是打斷或改變話題，不願意面對，更不想主動面對與高飛之間的婚姻狀態，因為每每提及高飛，玫香就覺得糾結、矛盾、無奈、無助，就覺得沮喪、洩氣，沒有了力量。

但是現在，玫香覺得自己可以坦然地面對，可以主動思考了，覺得這是人生婚姻中的重要問題需要解決，但不是一個讓玫香一觸即發的無底的巨大漩渦黑洞，會像以前一樣隨時把玫香吞沒。

朵朵和她的男朋友並不短暫的七年光陰，具有良好的認可和默契。而自己和高飛卻總是像兩個不合齒的齒輪，兩人沒有共同愛好興趣語言，越努力咬合，彼此磨損越大。

正想到朵朵，玫香的微信就叮的響了一聲，有朵朵發來的留言。

「親愛的，謝謝你的點醒，我們已經選好結婚的良辰吉日了。

我知道你的婚姻的困惑，你已經掙扎好些年了。

有一個故事送給你。

有一個雞蛋天真地和石頭在一起了，生活得小心翼翼，可雞蛋再小心也躲不過與石頭的磕磕碰碰，日子一長弄得自己身上總是傷痕累累，但雞蛋還是小心地和石頭經營著他們的日子。終於有一天雞蛋受不了這種傷痕累累的日子，她決定離開石頭。後來雞蛋又遇到了棉花，棉花愛上了雞蛋，棉花對雞蛋的每一個擁抱都是那麼的溫暖，雞蛋的心暖暖的，雞蛋才明白不是努力堅持和忍耐就能換來溫暖，是要選擇對的、適合的，就會變得很輕鬆、很幸福。

希望你幸福。」

玫香會心地笑了，當你走上靈修的道路，總會有和你共同修行的朋友，帶著靈性的直覺坦誠相見，我為你點亮一盞靈性之光，你也有心照亮我黑暗的角落。

是的，在合適的時機，我應該和高飛有個結果了。

允許自己憤怒，
才可以真正放下一切

星期一的上午，玫香參加完公司的一週工作例會安排，已經是中午了。

玫香打開公司開會要求靜音的手機，一串微信跳了出來，其中有陽陽發了一張圖片給玫香。咋一看，玫香以為是陽陽的妹妹，咦，以前沒聽說過陽陽有親妹妹啊？照片上的妹子分明是陽陽的模樣，但更年輕苗條。陽陽原來是大碼 L 型，這個妹子就屬於小碼 S 型，一臉開心的笑容，擺出一個勝利的剪刀手照型。

玫香突然想到，這妹子應該就是陽陽！難道是陽陽堅持薩特奎亞的成效？

往下一看留言，果真。

「親愛的，剛才打你電話你沒接，迫不及待地想跟你分享。我練習薩特奎亞 3 個月了，瘦了 20 多斤，整個人變了個樣，大家都說我年輕漂亮了。更神奇的是，我的小眼睛變大了。太謝謝親啦，你太棒了。」（後面緊跟著一串親親抱抱的 QQ 表情）。

玫香仔細看了照片，陽陽的瞇縫眼真的沒有了，一雙圓溜溜的眼睛神采奕奕。玫香開心地笑了，心想，應該是減肥了，眼睛就自然大了吧。

玫香回了一個大大的擁抱和一捧鮮花的表情，再發過去冥想瑜伽的特定祝福語「SatNam」。

驚喜和開心蕩漾在玫香心頭，午休的時候，玫香特地在公司大樓旁邊的花店挑了幾枝百合花插在花瓶裡，辦公室裡頓時香氣四溢。

下午，曉霞姐來電，玫香剛一接起電話，曉霞姐抑制不住的興奮就撲面而來：

「妹子，告訴你個好消息，從練冥想瑜伽開始的第一天，我心痙攣的老毛病就再也沒有犯過了。第一個 40 天，我怕是巧合，或是暫時的好轉，就沒有告訴你。今天是第二個 40 天滿了，整整 80 天都一直好好的，我們全家都高興得不得了。妹子，你真是我的貴人啊，我該怎樣感謝你啊！」

今天是怎麼啦，遠在合肥的陽陽和近在廣州的曉霞姐，素不相識的兩人像約好似的，

一起給玫香報喜。今天真是個好日子啊。

玫香覺得心情特別好，一個好東西與好朋友分享，給朋友帶來超越尋常的驚喜和幫助，太好了，太棒了，玫香有滿滿的成就感，覺得生命因為幫助他人獲得健康美好，具有了從來沒有的非同凡響的價值。

玫香邊辦公邊輕快地吹起了口哨。這時，總經理秘書敲門進來告訴玫香，今天5：30下班的時候，老總要玫香去總裁辦公室談事情。

好啊，玫香開心地回應秘書。加班是韓總的常態，一定又是要趕什麼工作。

5：28分，玫香就站在了韓總辦公室的門口，韓總辦公室隨時開著大門，秘書在門外的小廳處，通常也要跟著加班忙碌到韓總離開。但，今天，秘書難得地早走了。往常，這個點兒還排著兩三個等著處理公務的同事也是常有的事，今天一個也沒有。

偌大的總經理辦公室空空蕩蕩，韓總一個人站在落地窗前，背對著大門。

韓總突然轉過身來，像是知道玫香到了。他慢慢走到門邊，招呼著玫香進來，隨後關上了平時總是敞開的大門。

韓總讓玫香坐到落地玻璃窗前茶座旁的單人沙發上，把茶座上一杯熱氣騰騰的茶推給玫香，應該是剛沖好了的。

韓總辦事一貫雷厲風行，大多數溝通工作的狀態，都是在敞開的辦公室大門正對著的一張寬大的辦公桌前，擺著兩張椅子，來者進門來就坐下，說完事情就走，高效快捷。為了更高效，韓總還經常站在辦公桌後面，公司裡都知道這是韓總要求長話短說，立等就快速處理好事情的習慣。公司的同事也就經常小跑著進來，站著彙報完工作，聽完指示，又小跑著離開。

一貫與公司同事保持平等公開的工作關係，盡量避免私交的韓總不應該有什麼私事找我吧？玫香覺得今天有點反常。本來公司裡，無論上下平時見韓總就很緊張。玫香緊張中又有點忐忑起來，是不是我犯了什麼特別嚴重的錯誤？

韓總緩緩地在玫香茶座對面的沙發上坐了下來，個子不高但總精瘦有力的韓總此時身體顯得有些沉重。

玫香迷惑不解地看著韓總，不由大吃一驚。這個多年來每時每刻都朝氣蓬勃精力充沛，彷彿永遠充滿幹勁，永遠不知疲倦，業界以「鋼鐵俠」著稱的男人今天怎麼啦，剛硬的臉頰上疲憊不堪。

有時候，韓總看見公司員工無精打采時，就會認真地說，你看我四十七八歲了，因為幹勁十足，別人常以為我三十多歲，年輕人，挺起精神來。

但今天，韓總看起來像突然老了很多，以前總是直挺挺的腰板，現在無力地癱在沙發裡。

玫香小心翼翼地問道：「韓總，您是不是生病了？太辛苦了？」

韓總本來一隻手臂無力地撐在茶座上捂著額頭，聽玫香這樣一問，他挪開了手，目光又犀利起來，很認真地打量起玫香來，像不認識玫香似的。

玫香呆呆地看著韓總，口中喃喃地說：「韓總，您這是？」

韓總終於開口說話了，一字一頓：「梅—香—你—難—道—還—不—知—道？」

玫香疑惑地搖搖頭。

韓總長長地嘆了口氣：「我老婆和你老公高飛好上了，堅決要馬上跟我離婚！」

玫香定定地看著韓總，她聽得很清楚很明白，她的腦袋裡嗡的一聲，一片空白。

空氣像凝固起來，窗外的汽車駛過的車輪聲突然格外清晰。

彷彿過了很久，玫香慢慢地說道：「他們應該不認識啊？」

「去年春節，公司開新春聯歡酒會，他們都在。」韓總回答。

玫香猛然想到，高飛去年難得地參加了公司一年一度邀請家屬共聚的新春聯歡酒會。那天，他還挺配合地按邀請函上的提示，特別穿了西裝打了領帶。

每年的新春酒會都是公司最熱鬧的時候，公司同事、家屬、合作伙伴單位歡聚一堂。韓總每年也就這個時候會帶著高雅美麗的韓太，幾乎和韓太一樣高挑挺拔的女兒，一家三口一起出席酒會。

晚宴的時候，大家杯酒交錯走來穿去地互相敬酒，韓總照例輕挽著韓太，夫妻雙雙挨桌依次敬酒問候大家。這時候，韓太總是一道靚麗的風景線吸引著大家的眼球。聽說韓太的父母均是部隊高官，對韓總生意幫助很大，她以前是空姐，退職後在家做全職太太。

韓太高挑苗條，即使穿著平跟鞋也還高過韓總一截。衣著高雅時尚，皮膚光滑細膩，五官精致生動的韓太，帶著空姐特有的那種禮貌而高傲的微笑，對著大家微微點頭，禮節性地一一致意。平時一臉剛毅之情的韓總無限憐愛地看著韓太，對太太的呵護和寵愛之情一覽無餘。

那天晚宴，銷售部一幫愛鬧的年輕姑娘敬酒到玫香這一桌時，兩個姑娘還特地伏在玫香肩頭，「咬」著耳朵說：「玫姐，你老公好帥哦，像韓國明星。」

玫香又想起來，帶著高飛一起去給韓總夫婦敬酒，介紹高飛時，高飛呈遞了名片給韓總夫婦，好像高飛還和韓太聊了幾句什麼。

還有，酒會上，玫香特地以飲料替代酒，好讓高飛盡興喝酒，自己負責開車回家。車上，微醺的高飛很隨意地問玫香，你們韓總的太太挺漂亮的，就是有點高傲，她多大年紀了？玫香說：「不太清楚，聽說比韓總小好幾歲，應該比我大點。」

過後，高飛就再也沒有提起過韓總夫婦了。

玫香挖空腦袋也就回憶起這點有關高飛和韓太的記憶。

玫香疑惑地問韓總：「你們女兒都讀高中了吧，韓太捨得孩子嗎？」

韓總冷冷地說：「她瘋了。」

玫香頓時覺得身體有股寒意，打了個冷顫。

韓總問玫香：「你準備怎麼辦？」

玫香抬著頭茫然地望著窗外，機械地搖搖頭：「不知道。」

韓總揮了揮手：「就這樣吧，你也照顧好自己，不要影響工作。」頓了頓，又補充了句：「不要告訴公司其他人。」玫香點點頭。

玫香從韓總辦公室出來，開車回家，她覺得今天回家的路怎麼好長，好像比平時多花了好幾倍的時間才回到家。

玫香打開家門，家裡沒有人，父母照常飯後到小區散步去了。

玫香逕自走到書房裡，站了片刻，她拿起在書架角落裡早已蒙上厚厚灰塵的結婚照相框，使勁地摔向牆角，哐的一聲，相框的玻璃碎了一地，照片紙漏了出來。玫香走過去撿起來，看著照片上笑嘻嘻的兩人，很快把自己的頭像撕下來，剩下高飛一個人破損的臉，玫香狠狠地撕起來，一遍一遍地撕碎。

就是這個爛男人，整整折磨了自己十來年，硬是要跟玫香結婚，娶進家門卻從不珍惜，口口聲聲要玫香不要離開，原來不要離開是為了百般踐踏。

就是這個淫棍，到處勾引女人，仗著自己西門慶一樣淫亂的男色，骯髒齷齪地亂性。

就是這個惡棍，無視自己老婆的尊嚴，踐踏自己親人的自尊，羞辱愛護他的家人。讓玫香不僅在家受辱，還出醜丟臉到了公司。韓總雖然沒有埋怨玫香，可玫香自責，是因為自己倒霉有了這樣猥瑣的老公，讓自己尊敬的老闆也妻離子散……

玫香三下五除二地把高飛的頭像撕得粉碎。

玫香有股把書房裡高飛的東西都砸個稀爛的衝動，但想了想，覺得太費勁，沒有意義。

不行，這樣的惡棍，絕對不可以原諒，一定要讓他受到處罰，不能讓他的淫念輕易得逞！

玫香回到自己臥室，拿起手機，搜到上次保留的高飛白美銷售經理的電話。玫香感到自己渾身都是憤怒，撥打電話的手都在顫抖。

電話撥通了，響了十幾聲，沒人接。玫香又撥了一遍，響了幾聲就掛斷了。

可能是對方現在接電話不方便？

玫香快速寫了個短信發過去：「我是高飛的老婆，你上次和高飛的事處理得怎麼樣了？高飛他現在又和別的女人好上了！這樣可惡的男人，我們不可以原諒他，要懲罰他！」

過了十來分鐘，沒有回音，玫香覺得自己乾渴的喉頭像在冒煙，就站起來去給自己倒杯水。

正在倒水的時候，手機響了，玫香慌忙喝了口水，轉身抓起手機，「白美」打來的。

玫香接通手機，一個女人連珠炮般憤怒的聲音撲面而來，顯然不是「白美」的聲音。

「我是她的姐姐。你們這對噁心的夫妻倆演的什麼戲，你們覺得把我妹妹害得還不夠嗎，你們非要把她害死不可嗎？你以為你老公給我妹妹一筆錢，叫她墮完胎就心安理得了嗎？你老公不是説捨不得傷害你，他就捨得傷害我妹妹，我妹妹墮胎後差點自殺，你們聽了高興了吧？我妹妹自作自受，要喜歡上你老公這樣的混帳，現在他又好上別的女人了，哈哈，你不幹啦？惡有惡報，你也是自作自受。以後，再也不要來騷擾我妹妹了，她要嫁人了，比你老公好一百倍。」

砰，電話掛斷了。玫香呆呆地看著手裡的電話。

玫香以前心裡不是沒有怨恨過「白美」，只是覺得真正的罪魁禍首是高飛，他要堅守婚姻和感情，哪個女人也動不了他，蒼蠅不叮無縫的蛋。但現在，她深深地同情這個女人起來，她和自己都是受害者。墮胎？自殺？看來這個女人受的傷害並不比玫香輕。玫香更加仇恨高飛，如此地玩弄和踐踏女人，這還只是玫香知道的，難説還有所不知道的，沒有浮出水面的。玫香覺得除了要為自己出口氣，還要為高飛踐踏過的女人解恨。

不行，不能讓韓太又上當受騙，有著好好的老公女兒家庭不要，再一次像飛蛾撲火般的自毀自滅。雖然，玫香對總是顯得養尊處優的韓太沒有什麼好印象。但，不能讓高飛肆意妄為。我也得幫幫韓總，一個英雄般的男人竟然瞬間顯得那麼孤獨無助。

玫香打通了韓總的電話説：「韓總，你給我韓太的電話吧。」

韓總頓了一下，像什麼都明白似的，平靜地説道：「我短信發給你，我相信你能好好處理，玫香。」

玫香撥通了韓太的電話：「我是高飛的老婆玫香，我們見面談談吧。」

電話裡一陣沉默後，傳來韓太沉靜的聲音：「我們倆沒有什麼可以談的。」

玫香哼了一聲：「有很多要談的，我到你家來，還是在外面，隨你！」

韓太又沉默了。

「我可以到你家來談，也可以找你父母談，我不相信你父母會贊成你嫁給高飛這樣的男人。」玫香説道。

「我考慮一下時間地點，一會兒發短信給你吧。」韓太顯然慌了，看來玫香的話戳到了她的軟肋。

玫香的社會閱歷告訴她，像韓總這樣具有良好的社會影響力的成功企業家，肯定是韓太當過高官的父母所喜歡的標準女婿。如果韓太的父母知道了高飛的斑斑劣蹟，高飛的高大帥氣相貌反而成了不踏實的象徵，韓太的父母應該會反對女兒一時頭腦發熱的瘋狂。

約莫過了兩個小時，大概十一點的時候，韓太發來短信：「明天上午 10：30，國際金融中心 71 樓咖啡廳。」

高飛一夜未回。玫香也幾乎一夜翻來覆去睡不著，她老在想明天面對那個女人應該怎麼説才好，才能讓這個執迷不悟的女人清醒，不要再跟高飛廝混。

第二天早上九點，玫香才迷迷糊糊的醒來，母親做好的早點也不想吃，就隨便抓了件衣服出了門。

　　玫香到了71樓的咖啡廳，找了個靠窗的茶座坐了下來，對面是高高矗立的廣州塔，被一團霧氣籠罩，天氣陰沉。玫香疲憊地靠在座椅上，要了杯熱茶，看了看時間，還有十幾分鐘到10：30。

　　韓太幾乎是踩著時間準點到達，一轉過電梯她就看見了靠窗而坐的玫香。韓太穿著一條粉紅的絲絨長裙裊裊婷婷走過來，像一朵盛開的桃花，年輕而美麗，玫香看見旁邊有先生女士扭頭投來驚艷的目光，她從容而優雅地坐在了玫香對面。

　　玫香一下有些慌張起來，看看自己雖然不至於蓬頭垢面，但素面朝天地穿著一件休閒的灰色套頭衫，看起來一定灰頭土臉面容憔悴，和韓太形成鮮明的對比。

　　韓太化著精致無痕的妝容，依舊嘴角掛著高傲的微笑，微微揚著下巴，一副勝利者的姿態，沉靜地看著玫香，言下之意，有什麼話，說吧。

　　玫香本來以為自己是韓太的拯救者，兩人應該是同一條戰壕的戰友。但看來自己太天真了，看韓太的氣勢，玫香這才意識到，這是一場原配與第三者之間的戰爭。如果說今天是一場對決的話，玫香一開始就從氣場上輸了。

　　玫香一陣心酸又一陣憤怒交織在心頭，看這個女人凌辱的氣焰，都是高飛這個混蛋害得我一再遭受欺辱！好吧，今天我就把高飛的醜事數落給你，看你還囂張不。

　　玫香也就毫不客氣，開門見山地說：「高飛好過多少女人你知道嗎？」

　　韓太還是看著玫香不說話，這分明就是挑釁和漠視玫香。

　　玫香咬咬牙說道：「僅僅三個月前，高飛的上一個女人就剛剛為他墮過胎，還差點自殺。」

　　玫香停頓下來，她想韓太聽到這句話應該花容失色。

　　「我知道，高飛都告訴我了，還有嗎？」韓太冷冷地說。

　　玫香一下愣住了，不知道說什麼好，滿以為任何一個女人都應該在乎的殺手鐧，尤其是韓太這種高傲而自以為是的女人更應該在乎。沒想到，韓太一副胸有成竹滿不在乎的樣子。

　　「你，你不要指望他真心對你好，我都被他折磨了十來年。」玫香覺得自己沒有了底氣，說話有氣無力。

　　「我都知道，高飛都告訴我了，還有嗎？」韓太同樣冷冷地說。

　　玫香突然覺得，怎麼韓太就像一個高高在上注定成功的女王，而自己就像是被抓來匍匐在地的俘虜，已經沒有了資格再說什麼。

　　「韓總那麼優秀的男人，你不愛，要去愛高飛這種混蛋？」玫香有些語無倫次。

　　「這犯不著你管，愛誰，是我自己的事。還有，至於要找我父母的麻煩，也犯不著你來，

075

老韓已經告知我父母了，沒有用的。誰也阻攔不了高飛和我在一起！」

玫香不知所措地看著韓太嘴角冷冷的微笑，心情萬分複雜，憤怒、無助、羞愧、沮喪、失望摻合在一起。

突然，韓太臉上展開了溫柔甜美的笑靨，就像冰封的湖面瞬間被春風融化，蕩起了陽光的波瀾。

玫香順著韓太柔情的目光扭頭一看，瞬間臉色冰涼大變，高飛一臉陽光笑意地站在了韓太面前。

高飛像玫香不存在似的，溫柔地攬著韓太的肩膀，憐愛地輕聲問道：「好了嗎？」好像韓太辛苦地打了一場大仗凱旋歸來，需要勇士愛慕的迎接慰問。

韓太嬌柔而幸福地貼在高飛懷裡，趁勢站了起來，看也不看玫香一眼，兩人甜甜蜜蜜，昂首闊步地擁攬著離去。

玫香呆呆地看著韓太和高飛，一對很般配的高挑的背影，消失在電梯的拐角處。

一行冷淚終於不爭氣地滾落下來。

玫香深深地吸一口氣，覺得呼吸都是痛的。

玫香原本想從這場傷痛了十年的婚姻中和解，帶著祝福優雅的全身而退，可老天就連這點小小的願望都不能保全，非要讓玫香丟盔棄甲狼狽不堪地自舔傷口。

更要命的是，在高飛與韓太雙雙偎依的背影漸行漸遠的瞬時，玫香覺得自己心如刀割，竟然有羨慕嫉妒恨的情緒拉扯糾葛。

玫香以為自己早已不愛高飛了，更因為高飛一再的背叛而只剩下冷漠與怨恨了，如果是這樣，玫香也就不會太傷了，因為只有愛可以讓自己痛徹心扉。

玫香想起高飛以前走路總是喜歡攬著嬌小的自己靠近道路的裡側，以高大的身軀呵護著玫香；喜歡捏捏玫香微微上翹的圓潤的下巴說，老婆的下巴最有福氣了；玫香喜歡吃榴槤，聞不慣榴槤氣味的高飛總會帶著口罩替玫香剝好新鮮的榴槤，還要有多餘的放滿冰箱讓玫香想吃就吃……這些早已遙遠而模糊的愛的情節今天竟鮮活地在另一個女人身上溫情起來。

這一切，已經無可救藥。玫香又恨起自己來，我怎麼這麼不爭氣，還會愛一個一再背叛傷害自己的混帳呢。唯一能維護自己那一點點可憐的自尊的就是趕緊離婚吧，成全這對骯髒的男女吧，看他們能幸福多久，我就不相信高飛能對這個女人好多久，把這個爛男人送給這個爛女人去享用吧，反正也是我不想要的。除此以外，還有什麼辦法呢？

玫香想起一個關於兩性關係的笑話，媽媽說，好孩子，把我們不要的舊玩具送給沒有的窮人玩吧。玫香苦澀地笑了。

玫香拖著沉重的步伐回到家，把自己關到臥室裡，沒有了眼淚，但覺得胸口堵得慌，有一團百感交集卻又不知去向何方的悶氣在身體裡衝撞。

打開微信，朵朵發來信息，有一位美國來的優秀的大老師明天就要連開三天冥想瑜伽新年主題課程，課程名稱是《祝福‧新年‧重生》。玫香這才想起明天就是元旦節了，正好三天假期。玫香覺得這個主題好像是為自己準備的。

後來，玫香特別寫了日記記下這次特別難忘的《祝福‧新年‧重生》冥想瑜伽主題修鍊心得。

新年元旦

沒有想到冥想瑜伽竟然有拉弓射箭式的體位，老師喊，用力、對準；

更想不到的是還有憤怒重生式的體位，握緊雙拳用力打出去。老師喊，想像讓你憤怒仇恨的人就在你面前，你用力，用盡全身力氣揍他狠狠地揍他，用力、加快、用力，不能停、不能停，用力、再用力，堅持、再堅持，狠狠地打，用力、用力……

加快、用力、越快越好做，越快越不累。

用力、用力，堅持，大家共同努力把集體能量場提上去，讓能量變成藍色。

打，狠狠地打，把憤怒打出來，你才能獲得重生！

大家珍惜這難得的機會，不要怕，你是安全的，在這裡沒有人會傷害你。你想哭就大聲地哭出來，想喊就喊出來！

「高飛、高飛、高飛、高飛……」我終於憤怒地喊出來了。開始，我還覺得這個「憤怒—高飛」，高大的、無動於衷的、得意洋洋地堵在面前，我的拳頭打上去軟弱無力，沒用。

半個小時過去了，後來在老師的激勵下，我拼命地揮動雙拳，仇恨無比地喊叫著，我打、我打、我打，狠狠把這個讓我憤怒的東西打趴在地，打得稀巴爛。

一個小時結束了，我放聲大哭，大汗淋漓……

聽從神靈的引領。神會保佑憤怒的人，在正確的時間，正確的地點，沒有危險，只有憤怒，勇敢地憤怒吧。

憤怒是需要表達的、宣泄的、釋放的……壓抑的憤怒會讓人毀滅，發洩的憤怒可以讓人重生！

SatNam！

在放下的憤怒中，我頓悟，我的這段婚姻的修行功課就是放下對愛情執著的虛妄和不切實際的幻想，放下對愛情的綁架與依賴，學會包容和原諒，回到自我的生命能量中心。

徹底放下高飛和這段婚姻吧，生命應該迎來重生，一切重新開始吧。

短短的三天，玫香像生命真的經歷了重生，很奇怪，對高飛真的沒那麼恨啦，也沒有那麼多憤怒了，只覺得十年的傷痛的婚姻長跑是一個必經的功課，玫香因為領悟和原諒，覺得功課應該結束了，盡快吧，乾乾淨淨地和高飛了斷吧，玫香只想盡快走上新的生命旅程。

第三天課程結束後，玫香回到家，母親說，高飛才出去不久。有件奇怪的事，高飛這兩天在家莫名的腰酸背痛，特別是昨天下午，疼得特別厲害，把玫香的父母嚇壞了，還請來小區門口的一家港資的私人診所的醫生，也說不出名堂來，今天下午又莫名其妙地好了。玫香想了想，昨天下午正是自己暴打憤怒高飛的時候，難道心有靈犀！

　　玫香離婚，不想讓父母傷感操心，也不想因為母親的阻攔節外生枝，正好姐姐的小孩要動手術，就建議父母去上海幫幫姐姐，把父母送去了機場，讓姐姐在上海接應。

　　玫香又給韓總發了短信：「對不起，我無能為力，我要離婚了。」

　　韓總很快回了短信，一貫的簡潔：「理解。保重。祝福。」

　　玫香找到自己認識多年的一位律師劉姐姐，把情況簡單地講了，請她全權代辦離婚手續。劉律師見到的離婚爭端多了，聽了玫香的故事也不由唏噓感嘆高飛的行為離奇過分，她理解玫香不想再見到高飛，只想快速斷。

　　過了一天，劉律師電話給玫香講，高飛還是不想離婚，是不是不想分割財產。玫香給劉律師說：「你告訴他，我只要公平，我再也不想回到原來的傷心地，現住的房產歸高飛，另外一套歸我就可以了，其他我什麼也不要。但，婚，堅決要離，搞什麼鬼，還想折騰什麼。」

　　又過了一天，劉律師電話又說，高飛說不是因為財產，他可以什麼都不要，全給玫香，就是不想離婚。玫香火了，告訴他，都這個地步了，別耍花招了，再不離婚就起訴，雖然自己希望好合好散，不要搞得大家都難堪。

　　第三天晚上，劉律師終於親自拿著高飛簽了字的離婚協議來給玫香了。劉律師說，這個高飛也真奇怪，明明他自己拼命有意折騰摧毀了這個婚姻，但今天劉律師在他辦公室守了一整天，最後，他萬般無奈，才在玫香已經單方面簽好字的離婚協議上簽字的時候，劉律師分明看見他眼睛紅紅的，拿筆的手微顫著虛弱地寫不出字來。而且，還在歪歪扭扭簽名「高飛」的旁邊大大地寫了三個字「對不起」。

　　玫香接過離婚協議書一看，果真。玫香如釋重負地長長地吐了口氣：「我不想管他為什麼了，我永遠再也不想見到這個無情無義的男人了，我要開始我的新生活了。」

　　玫香按協議要了珠江邊的另一套高級公寓，但想想高飛的姐姐高佳在借住，也暫時不想打擾她。

　　玫香估計高飛在上班的時候，回到原來的家中，收拾了主要的衣物搬到公司的宿舍暫住了。那些原來的物件，能不要的都不拿了，玫香想盡量與以前劃清界限。

第五節　愛自己的第二階段，
　　　　接受自己的不完美

離婚了。玫香決定要好好規劃自己的生活，一定要過得更好，要讓這折騰了十年的婚姻成為幸福的墊腳石，而不是揮之不去的夢魘。

經歷了和高飛匪夷所思的離異，並沒有打垮玫香，玫香覺得自己越來越向上、越來越堅強，越來越明白自己在做什麼，自己想要什麼。

來吧，讓暴風雨來得更猛烈些吧！既然一切不想來的都來了，自己從小到大最大的心願就是有幸福美滿的愛情婚姻，結果卻是事與願違，苦苦掙扎了十年的婚姻還是以傷痛離異告終。

那就，該來的就都來吧，既然我無法選擇，那就好好直面風霜雨雪，好好地接受該來的一切吧，試圖逃避現實，努力抗爭命運都沒有用，那我就擁抱苦寒，終有一日，梅花香自苦寒來！

對了，就像我本來的名字「梅香」，百花凋零的寒冬對梅花反而是盛放的天時，百花懼怕的冰霜雨雪對梅花反而是滋養和加持，百花難耐的清高孤獨對梅花反而是氣質與品味，就像王冕的《白梅頌》：「冰雪林中著此身，不同桃李混芳塵。忽然一夜清香發，散著乾坤萬里春。」多麼獨特美麗的生命綻放啊。

好吧，就像梅花一樣，當我真正接受苦寒，擁抱苦寒，苦寒也就成為了養分和能量。多好的寓意啊，玫香決定恢復自己本來的「梅」字，玫香從來沒有像現在這樣喜歡「梅香」，心中竟暗暗感謝父母當初給自己取得這個名字，以前覺得這個名字俗氣而苦寒，那是沒有真正領悟這個名字的深刻而美好的意義。原來，冥冥中，天意注定，我的一生要像梅一樣，超越苦寒芳香四溢。

嗯，我的名字叫「梅香」。

從此以後，我永遠叫「梅香」。

梅香發現「梅香」這個名字給了自己更大的鼓舞和轉化，隨著練習冥想瑜伽的深入，

以前在與高飛的關係糾結的過程中，雖然憤怒與悲傷的情緒依然會有，但來得快去得快，就像夏天的疾風驟雨，酣暢淋漓之後，喜悅的彩虹很快就掛在被風雨洗透的天空。不會再像練習瑜伽之前，悲傷焦慮的陰雨綿綿無期，深陷其中，不知盡頭。

過得更好的關鍵是要更喜悅更開心。梅香知道自己情緒起伏比較大，雖然現在大多數時候越來越喜悅，甚至會有無條件的喜悅，但還是要有意識地避免自己陷入負面情緒。

怎樣才能提醒自己隨時處於一個良好的喜悅狀態呢？梅香想起韓總為了讓大家天天處於相對均衡的良好的工作狀態，就讓公司每個員工每天都要填寫工作日記，給自己每天的工作狀態與績效打分。好啊，借鑒這個方法管理自己的情緒吧。

梅香在手機的筆記本欄裡畫了一個表格，每天晚上臨睡前給自己的喜悅打分，基本保持喜悅狀態為及格，60分；多數保持喜悅狀態為良好，70分；大多數保持喜悅狀態為優秀，80分；整天都是喜悅狀態為卓越，90分；百分百都是喜悅狀態當然是滿分，100分！

但梅香覺得喜怒哀樂都是正常，重點是每天大多數控制主場的是那種情緒。100分就是狂喜了吧，也未必好，任何事有個度。況且對自己這種天生多情善感的人來說，循序漸進吧。每天要基本保持喜悅狀態，及格60分，最好是大多數喜悅，保持七八十分啦。

如果一個月下來總結累計，百分之八十以上都保持在七八十分的喜悅值，梅香就要獎勵自己，給自己買個禮物，一件貴點的衣物，一次小小的旅行。嗯，就這麼辦吧。

一天天過去，梅香覺得自己發明這個方法真好，自從填寫「喜悅分值日記」後，梅香就會有意識地提醒自己要喜悅，每當負面情緒襲來，就會告訴自己要開心哦。臨睡前為喜悅打分的時候，就會分析一下自己今天為什麼不快樂，回想起來都是不重要的事啊，然後鼓勵自己，明天會更好。

慢慢的，喜悅成了一種習慣；漸漸的，喜悅就像蓄水，越蓄越多，隨時自然而然就溢流出喜悅來。

「梅香，我要見你，馬上，現在。」梅香這天晚上睡夢中被手機吵醒，一接通，就聽見劉益急巴巴地講。

梅香一看時間，快12點啦，就疑惑地問：「怎麼啦，劉益，這麼晚了？」

「我就想見你，馬上。」劉益幾乎帶著哭腔。

梅香一想，劉益這麼晚急著見自己，應該不知從哪裡知道我離婚了，擔心我吧。「呵呵，沒事的，不就是和高飛離婚嗎，遲早的事，我現在好好的，你不用擔心我。」

「啊！你和高飛離婚啦？你真勇敢。我找你，是因為我也要離婚啊！」劉益驚訝地感嘆。

「你和老周不是好好的嗎，革命夫妻啊，一個戰壕的啊？」這下換到梅香吃驚了，接著又趕緊補充道：「來吧，來吧，正好我一個人住，我們姐妹倆好好聊聊。」

梅香剛一打開門，劉益就帶著一股廣州冬天裡的寒意衝進房間。

梅香一看，劉益披頭散髮，兩隻眼睛又紅又腫，鼻頭也是又紅又大，顯然長時間地痛哭過。梅香一陣心疼，連忙把她扶到沙發上，倒上一杯熱水，讓劉益捧在手中。

梅香又蹲下來，雙手扶著劉益的臂膀，盯著劉益的眼睛輕輕問：「親愛的，怎麼啦？」雖然梅香還不知道劉益究竟發生了什麼，但已經感同身受地感覺到了劉益的傷悲與絕望。

劉益捂著杯子的手顫抖起來，緊跟著，一串眼淚掉在了杯子裡，嗚的一聲，全身顫慄地哭起來。梅香把劉益手中的杯子輕輕拿開，放在茶几上，然後抱著劉益，梅香很快感覺到劉益的眼淚打濕了自己睡衣的胸口。

梅香趕緊轉身起紙巾替劉益擦拭眼睛，劉益自己一把抓過紙巾，搽著鼻涕，哭得更傷心。

梅香只好拖過瑜伽墊來，坐在劉益的膝前，一邊替她遞著紙巾，一邊輕輕地捂著劉益的大腿，一句話也不說地陪著她。

梅香自己經歷過這種痛楚，知道，哭吧，哭吧，哭出來，就會好過一些。

過了好久，劉益還是停了又哭，哭了又停，好像是累生累世的傷悲無法抑制。

梅香有點慌了，這和劉益平時抽著煙的瀟灑姿態大相逕庭啊。

煙？對了，宿舍裡好像還有上次煙草集團客户送的樣品白版煙。

梅香快速翻箱倒櫃的，找到了那條煙，打開一包，拿出一條，抽出一支，哧的一下點燃，自己猛吸一口，嗆著，猛咳聲中塞進劉益的嘴中。

劉益終於哭笑不得地自己夾起煙，吸了一口，止住了哭泣。

梅香看著劉益吸了一口煙，鬆了一口氣，坐在墊子上，憐惜地問道：「怎麼啦，寶貝。」

劉益激動地講開了。哎，不出梅香所料，又是一個狗血劇情。

劉益的老公老周和公司的前台文秘好上了，被公司看見的一位員工告發給劉益了。劉益簡直不敢相信，趁老周不在公司找來那位前台的小姑娘突擊審問，那位小姑娘很快就哭著招供了。回家一問老周，老周驚慌失措，劉益就知道鐵板釘釘上的事實了。

講到這裡，劉益又泣不成聲了。梅香急忙又站起來，坐到沙發的扶手上輕拍著劉益的肩膀，幫她順了順頭髮。

劉益接著哭訴開了，她大學畢業不顧父母反對，就跟了一窮二白的老周創業，無論如何艱辛，吃了無數苦頭，但她從來沒有後悔過。她陪著老周苦，陪著老周樂。公司裡，業務內政管理一把好手；家裡，為老周生了一雙兒女，家裡家外地忙乎。可她從來沒有捨得讓老周幹過家務，為家務操過心。她自從和老周在一起，整個世界就都只是老周的世界，她除了梅香幾乎都沒有自己的朋友，老周的朋友就是她的朋友，老周的世界就是她的世界。現在出了這等事，整個世界都垮塌了。

梅香安慰道：「你還有孩子，還有父母，還有我，還有很多啊。」

劉益一會兒哭訴，都是公司的小妖精惹的禍，她不知道那個小妖精有什麼好，人也

不怎麼樣，文化又低，又没本事，除了接接電話以外什麼都不會，就知道賣弄風騷，公司的保安都看不上她。不知道老周看上她什麼，這麼屈辱丟人的事情啊。

我把公司當著一家人最大的最寶貴的最神聖的財富，老周這樣做，毀了公司啊，我在公司還有什麼臉面還有什麼意義啊。

一會兒又哭訴，梅香，是不是我太糟糕了，我恨我自己這些年一心一意地付出，我把他當著我的全部，我是不是太傻了。

梅香，我這些年只顧照顧他和孩子，一點也不管自己，捨不得穿捨不得花錢打扮，我是不是太醜啦。

梅香認真地看著劉益說道：「你臉上一點皺紋都没有，哭起來都那麼好看。」

「梅香，我都四十多歲了，男人都嫌我們老了，四十多歲了，什麼都没有了。我怎麼辦啊？」

「梅香，我因為要管理公司，拼命拉業務，只有像個男人婆，就不像小妖精那麼嬌滴滴的，我是不是太強悍了，你覺得是不是啊，那個小妖精裝著文文雅雅的。」

「梅香，你也離婚啦，是不是我們這些做事的女人都太失敗了，男人都覺得我們太強悍、太獨立、太没女人味了。」

梅香坐在地上，雙手抱住膝蓋望著劉益，奪拉著腦袋聽劉益反反覆覆地開始講自己如何不好，質疑這一切都是因為自己不够好造成的。

哎，梅香嘆口氣，心裡想，再優秀的女人都難過感情這一關啊！

平時的劉益，多麼自信啊，神采飛揚，抽煙的姿勢瀟脫而迷人，幽默又搞笑，經常把同學們逗得哈哈大笑，説起老公老周一臉的自豪崇拜。

可，現在，因為老公的出軌，就覺得自己一錢不值一塌塗地。難道一個女人的價值就全部體現在男人愛不愛自己嗎？難道男人不愛女人，都是女人的錯，都是女人的問題，都是女人不够好？

「梅香，你説説呀，是不是我們這些做事的女人確實有問題，我們不應該太能幹了，應該柔弱一些，男人不是喜歡女人又傻又天真嗎？我們是不是不够嫵媚、不够迷人？」劉益見梅香陷入了沉思不語，就又抽泣著無助地追問開了。「你説啊，説啊，梅香。」

「劉益，我在想你説的問題。很認真地想，真的。」梅香回答道。

「那你的想法是什麼呀？」困惑的劉益顯然想為亂如麻的思緒找到出路。

梅香看來不得不説説自己的想法：「經歷與高飛之間長時間的挫折最終離異，到婚姻的後期，高飛不但没有肯定過我還經常打擊我，我也曾因此全面否定過自己，覺得自己很糟糕、很差勁，覺得周圍的女人都比自己好比自己幸福比自己會為人處世會討人喜歡，自己真的不如別人，甚至對那些表面比自己過得好的人羨慕嫉妒恨。那一段時間真的黑暗啊，很無望。」

「因為想不通，我就到處看書，一個勁兒追尋古今中外的女人的愛情婚姻，想從中得到答案和啓迪」說道這裡，梅香笑著調侃句：「嘿嘿，你知道我就好琢磨，喜歡想問題。」

「你琢磨的結果呢？你要琢磨個事兒，最後總有非同尋常的精彩結論，我想聽聽。」劉益好奇地追問。

「嘿嘿」，梅香調皮又有點得意地笑笑：「有時候，我覺得自己是個小小哲學家，好吧，彙報一下琢磨結果。」

「研究了好多女人的愛情婚姻，我概括起來主要有三種女人的命運：

一種是因為愛情婚姻的失敗就否定自己，甚至否定自己的生命；或者因為一個男人的不再愛自己，就覺得自己不堪再愛，關閉了感情的大門，迴避婚姻，孤苦一生。

你看，就連民國時期的一代才女張愛玲，清雅高傲而美麗，也沒有逃脱情死於鳳凰花心男胡蘭成，晚年凄涼離世於異國他鄉的命運；電影默片女王阮玲玉，天賦才情，嫵媚多姿，因痴戀的花心流氓男移情別戀，在 25 歲的花樣年華自殺，香消玉毀。

還有當代的美麗多情的明星翁美玲、林黛都因為男人的離決完全否定自己，甚至不惜摧殘生命。

以上是一種，第二種呢？

這二種是因為男人的離決，更加自強自愛，從柔弱的花蕊綻放為鏗鏘玫瑰，反而遇到合適自己的人，生命更加精彩豐盛。

劉益，你知道嗎？

宋氏三姐妹，最初是宋靄齡愛上孫中山，可孫中山並不鍾情宋靄齡，後來宋靄齡遇上山西富豪孔祥熙，夫唱婦隨，子孫繞膝，晚年家庭持續豐盛繁榮於美國。

一代文豪郁達夫的妻子王映霞，從郁達夫炙熱的情愛波峰，跌到郁達夫公開登報詆毀她的谷底，王映霞忍痛割愛後再遇鍾賢道，鍾賢道用後半生實現了對王映霞「我要補回你失去的青春」的承諾。

徐志摩的原配夫人張幼儀，在異國正當身孕之時，徐志摩為了追求林徽因，無情脅迫她馬上離婚，離婚後的張幼儀勤奮經商成為銀行家，並携手追求她的後夫蘇紀之安享一段溫情歲月。

還有現代的明星林青霞痴戀秦漢多年無果，最後轉身嫁給邢李原，生下一雙女兒，在六十大壽書寫「圓滿」昭示關愛她的公衆。

還有一種女人的人生就更精彩更勇敢更自我了，特立獨行，我行我素，肆無忌憚地綻放，男人是她們不同生命階段的精彩伴舞者，男人分享著她們生命的光芒和馨香，她們是真正的女神，她們為自己的生命自由自在地歌唱，絕不會為男人的離別而退卻凋零衰敗，她們跟著自己的心追尋想要的生活。

她們是瑪丹娜、伊麗莎白泰勒、王菲等等，她們主動選擇自己的男人和愛情，愛就

盡情地愛，不愛就灑脫地放下，她們享受愛情，她們相信永遠有愛情等著自己。」

說道這裡，梅香起身給自己倒了杯水，又給劉益添加了熱水。

劉益若有所思地說道：「我知道了，你琢磨女人愛情婚姻的命運結果是，再好再美再優秀的女人也會遭遇男人的離決，女人的幸福不是男人愛與不愛決定，是女人自己的性情和選擇決定，同樣，女人也可以勇敢地選擇自己的男人，也可以離決不愛的男人。」

梅香點點頭。

「還有，男人離決也不是因為女人好壞，而是緣分盡了，所以女人不要因此否定自己。」劉益像個好學生一樣，又補充道。

「哈哈，你看，你領悟的多快。」梅香見劉益上道了，興趣益然起來。

「我曾經也因為高飛嚴重地否定自己，無數次試圖把自己變成另外一個人，指望這樣就可以贏得高飛的認同，討他的喜歡了。」

「例如做個百依百順，完全依賴高飛，沒有脾氣的林黛玉式的柔弱女子；例如無限包容，忍辱負重的傳統的賢妻良母；例如奮勇反抗，調皮搗蛋的折磨到高飛舉手投降，寵愛懼怕的野蠻女友全智賢。」

「哈哈。」聽到這裡，劉益已經忍不住笑起來。

「可是，我發現無論我怎樣努力，我都做不到，你想，蘋果怎麼變得成梨，梅花怎麼變得成玫瑰，除了更加痛苦外，徒勞無功。

琢磨了古今中外名女人的愛情婚姻，再看看身邊還算過得去的夫妻，那句老俗話最管用，「青菜蘿蔔，各有所好」。蘋果有蘋果的甜與酸，梨有梨的清香與粗澀，青菜與蘿蔔各有各的天生就不一樣的味道，玫瑰的濃艷與莖刺相伴，梅花的清香與冰寒共生，你不能說，我要既是蘋果又是梨，你只有選擇一個；你也不能只要玫瑰的香艷不要莖刺，那就不是玫瑰了。

我明白了，人也一樣，你吃了青菜想要蘿蔔，那你就重新選擇吧；你想要玫瑰又討厭她的刺，不接受事物的完整性，要找一個完美沒有缺點的人，你就是自尋煩惱。

明白了這個道理後，我就不再試圖改變自己了，我就是梅香，有我天生的優點與缺點，這才是真實的完整的我。我突然發現，別說他人不接受既有優點又有缺點的我，首先是我自己都不接受自己的缺點啊。

我就是梅花，我再也不企圖做玫瑰了，我要過不比較的人生了。我不再糾結與掙扎，我就好好做好梅花，迎著陽光，冰雪為舞，我的人生自然生香而行。」

「梅香，你說得太好了，人生的幸福關鍵不是男人，是愛自己，愛自己的是全面接受自己，愛自己的優點也愛自己的缺點，愛好自己就不怕沒有人愛。我以前就不夠愛自己，我只是老周的一個影子。我現在只想和老周離婚，我要重新做回自己。」劉益堅決地說。

「哈哈，做自己不一定離婚啊。我覺得你們家老周只是一時的興起，犯了糊塗，你們

倆挺志同道合的，這麼多年的革命夫妻感情深厚，還有一對可愛的兒女，不要輕易離婚啊。你跟我不一樣，我也是極盡所能了。」梅香勸解道。

「篤篤，篤篤……」突然，一陣急促的敲門聲，在深夜特別響亮。

梅香和劉益面面相覷。

「誰呀，怎麼回事？」梅香拿起手機想看一下時間，才發現手機沒電關機啦，再看看手錶，不知不覺都凌晨4點鐘了。

「梅總，我是公司保安隊長張隊，打擾了，麻煩開門一下，警察找您有事問問。」門外傳來大聲的喊話。又聽見有幾個人的說話聲，還好像有一大堆人的腳步聲。

「警察，什麼事啊？」梅香清了清嗓子，有點緊張和懷疑地大聲問道。

「梅總，開門好說一些，就打擾你一會兒。」還是張隊急切的請求。

劉益不解地疑惑地看著梅香，也想跟著站起來。

梅香擺擺手：「你坐好，我開門看看，不怕，是我們公司的保安隊長。」

梅香把門剛一打開一條縫，看見幾個保安和公安制服的人混雜在一起，還沒來得及詢問，一個男人猛地扒開這幾人，不顧一切的探頭就衝進來：「梅香，梅香，我老婆劉益在你這裡嗎？」

梅香這才看清是老周，隨即鬆了口氣。說曹操，曹操到啊。

老周一看見劉益，就大叫一聲：「老婆，我終於找到你啦，找到了。」撲上去就想抱住。劉益一臉的驚愕隨即轉為憤怒，一把推回老周，生氣地別過頭去：「你現在知道找我啦，我不回去，你一個人過吧，孩子跟我。」

「老婆，是我不好，回家吧，回家再說，好嗎，兩個孩子一夜沒睡，都在等你回家啊。你半夜三更突然消失，手機又丟在家裡，嚇死我了，我已經急瘋了，調動了所有的朋友滿城找你。」梅香看見老周急得眼淚都差點掉下來。

「行啦，劉益，回去吧，你看老周急的，」梅香朝劉益調皮地擠擠眼：「改天，我再來看你啦。」

「是啊，是啊，夫妻倆床頭吵架床尾和嘛，有事先回家說吧。」一個中年模樣的警察朋友也趕緊勸解道。其他幾個人也你一句我一句地跟著勸解開了。

劉益一看，這架勢，今天看來不回是不行了，只有不情願地站起來。

老周臉上綻開了笑容，一把拉住劉益，生怕她跑了似的，一邊忙不迭地對梅香說：「梅香，太謝謝你了，辛苦你照顧我老婆，改天到我家來吃飯。」

送走這一撥人，梅香關上門，想想剛才老周著急的樣子就笑了，她知道，劉益這婚是不會離的。

第六節 消除受害者情緒 是生命的重大改變

又過了兩個月。

「梅妹，我們倆聚會一下吧，我已經搬到單位的房子了，我把房門鑰匙拿給你」。高佳有天中午打電話來，高佳一直都叫梅香「梅妹」，尾音上揚，叫得又親暱又好聽。

梅香想高佳應該知道我和高飛離婚的事了。雖然不再想觸及和高飛有關的任何事情，但好久沒見高佳了，正好看看她。

「姐，好啊，晚上我們一起吃飯吧。我正好把早就買給坤坤的玩具帶給你呢。」梅香還是和高佳姐妹相稱。

梅香就近，約高佳在珠江公園水邊的一個茶座餐廳，邊吃邊聊。

梅香先到，等高佳一來，梅香起身迎接高佳落座，兩人就商量著點好了幾樣小菜，一壺茶。

點菜的服務員一轉身，梅香就認真地對高佳說:「姐姐，我有個請求，相信你能理解我，我們見面什麼都可以講，就是不要提高飛，好嗎?」

高佳無限憐愛地盯著梅香說:「梅妹，你受苦了。」

梅香眼淚一下湧滿眼眶，忙掩飾地別過臉去，看著遠處一隻小鳥掠過水面，湖面瞬時蕩起圈圈漣漪。和高飛離婚應該有三個月了，梅香覺得自己一直都很平靜，可高佳就一句話，梅香不知怎的就酸楚起來。

「梅妹，我們永遠都是姐妹好嗎，在姐姐面前，你想怎樣就怎樣。」

梅香接過高佳遞過來的紙巾，點點頭。

「姐，那房子你繼續住啊，我一個人住公司宿舍正好方便，你們單位的宿舍太小了，你們一家人怎麼住啊。」

「梅妹，你放心，我們單位集資建的房好了，較低的價格就買到一百多平米三室兩廳的大房子了。」高佳邊給梅香夾菜邊說道。

梅香拿出給坤坤買的玩具來，兩人又像以往一樣開心地聊起坤坤的趣事來。

吃得七七八八差不多的時候，梅香招呼服務員來添上熱茶，兩人喝起茶來。

高佳憐愛地看著低頭喝茶的梅香，像下定決心似的說道:「梅妹，請你原諒我，我還是要講高飛，我最近才知道你和高飛離婚了，」頓了頓:「你們的事，我都知道了，高飛對不起你了。」

梅香無可奈何地抬頭，望著綠樹外的重重疊疊的高樓說道:「姐，兩個人緣分盡了，

只是生命中的一段光明與黑暗同在的絕美圓滿體驗，讓我們在瘋狂與痛苦的加持中茁壯成長。

當我們既不是加害者也不是受害者，心靈達到平衡和諧純淨的時候，愛與慈悲這股本能的能量，就會自然而然地昇華。

放下受害者的感覺，正是生命中能夠擁有的最偉大的成就之一。

我們從中獲得生命重新創造的奇蹟以及期待更新的體驗。

AWAKEN
THE SPIRIT
WITHIN

你知道這些年我們都不快樂，這樣也好，大家分開可能過得更好。」

「哎，」高佳長長地嘆了口氣，「我知道，遲早會有這一天的，是我這個姐姐沒有做好，才讓高飛做出這些傻事來。」

「姐，我們倆合不來，和你沒關係啊，你以前也幫著做了不少我們的工作啊。」梅香見高佳難過，忙安慰起來。

「梅妹，我只想請你原諒高飛，因為他小時候心靈有過傷痛，才有了這些極端的個性。」高佳說完，梅香有點疑惑地看著高佳。

高佳又重重地嘆了聲氣，慢慢說道：「梅香，有些事你不知道，高飛也一直不讓我提起，他也是因為不願意面對過去的傷痛吧。你見到的現在的高飛的母親是我和高飛的繼母，我和高飛的親生母親從小就離開了我們。」

梅香倒真的吃了一驚，以前從來沒聽高飛說起過，好奇地問道：「那，你們的親生母親呢，去世了嗎？」

「沒有，還在世，我還偶爾見見，但高飛永遠不肯見她，這麼多年，她也就看過高飛的照片，還有就是偷偷地看過高飛，只是遠遠的。」高佳低頭看著茶杯。

「為什麼會這樣啊？」梅香心裡一緊，感同身受到高佳的悲傷。

「說來話長。七〇年代初，我的親生母親是一位廣州的知青，高中時上山下鄉到我們湛江老家的那個山區小鎮上。我們的母親長得又漂亮又高挑，高飛就像我母親。」

高佳說道這裡，梅香想起以前第一次去高飛老家，閃過一個念頭疑惑過一下，高飛的父親個頭矮胖，高飛的母親也不高大，怎麼就高飛長得又高又帥。但當時也沒細想，覺得好像有些孩子和父母是不太一樣。

「母親看起來美麗又嬌弱，幹農活確實不行，累不得，當時回城又沒有希望。就有人把我父親介紹給了她。我父親雖然文化不高，小學畢業，相貌一般，但為人忠厚老實，當時在我們小鎮上經營一個國營小相館，照相照得好，屬於有糧票的國營單位正式員工。在當時是很吃香的，方圓十幾公里都有人說媒想把姑娘嫁給他。」

「我母親嫁給我父親就再也不用幹農活了，每天幫父親看看相館煮煮飯就可以了。雖然我母親心不甘情不願，但也只好將就了。結婚好幾年才肯生下我，在我兩歲的時候又生下弟弟高飛，以為日子這樣就過了，母親那幾年也就悉心照顧我們，我和高飛都非常愛媽媽，高飛小時候每天晚上都要媽媽抱著睡覺。

「直到七〇年代末的有一天，湛江市裡財政部的一位幹部下鄉檢查工作，到我們相館裡臨時補一張工作照，一下就迷上了我母親。那位幹部人也瀟灑，風度翩翩。我母親也不顧一切地愛上他了。

「後來，他們兩人都離婚走到一起。那位幹部已有一個兒子，和高飛差不多大，就要母親把我們兩人留給父親。那年，我九歲，高飛七歲。

「高飛哭著去城裡找過一次媽媽，但聽説那位幹部的兒子把高飛推到了門外。高飛回來後，整整一個月都不説話。然後有一天他對爸爸和我説，從此後我沒有媽媽了，你們永遠也不要再提起她。後來，媽媽也曾來看過我們，但高飛堅決閉門不見，把她買的禮物也丟出去不要。」

梅香聽到這裡，心裡一陣刺痛，她突然明白了。

「姐，我現在明白了，為什麼高飛從第一天和我在一起，就經常説『你不要離開我』。為什麼每次吵完架，高飛總愛説『我怕你離開我。』」

高佳已是淚水漣漣：「我也是你們離婚後，和高飛深談才明白高飛為什麼這樣對待你，他害怕你就像母親一樣離開他，他既怕又恨，所以他拼命折磨你，報復你。」

梅香噙著眼淚對高佳説：「姐，我諒解他了，我明白為什麼了。但你也不要傷心，高飛現在有韓太照顧他，他們在一起應該很幸福，他應該不會擔心韓太離開他，韓太不會像我那麼任性。」梅香除了叫「韓太」外，一時想不出怎麼稱呼高飛這位新的伴侶。

「梅妹，你還不知道啊，高飛自從和你離婚後就再也沒有和韓太在一起了，他給她萬般道歉，講他是個有問題的人，韓總才是最好的男人，把韓太勸回你們韓總身邊了。」高佳説道。

高佳看著梅香驚得呆滯不解，低聲説道：「高飛現在一個人生活。你走後，你所有的東西，他都原封不動，包括你父母留下的物件都完好如初，他還把你們的結婚照重新沖印了，裝好在相框裡擺在書架上。」

梅香覺得自己早已關閉的心門，瞬間被巨浪猛地撞開，心潮翻涌澎湃。梅香眼淚唰唰地流下來：「可是，可是，姐姐，我們再也回不去了。」

「梅妹，姐知道，高飛對你的傷害太深了，姐也不會強行要求你回去。我只希望你從心底裡原諒高飛，不要再恨他了。」

這一刻，梅香覺得對高飛十幾年來累積的怨恨都瞬時煙消雲散，她突然間覺得心中對高飛充滿了像母親般的無限的慈悲與憐愛。與高飛的關係中，自己不再只是深重的受害者，高飛也不再只是施虐者，他同時也是受害者。

「姐姐，要説怨恨，我以前肯定有的，還有深深被傷害的痛苦，幸好有冥想瑜伽和靜心冥想，幫我化解沉重的負面情緒，度過了艱難的日子。但今天聽你講了高飛受傷的童年往事，我已經徹底原諒了高飛，最後潛意識的那一點點怨恨都沒有了，真的，我只想祝福他，雖然我們已經不可能破鏡重圓。」

「為什麼不可以破鏡重圓呢？」高佳忍不住就此追問道。梅香感覺到高佳還是抱有一絲希望。

梅香看著夕陽金色的餘光蕩漾在水面，沉默了片刻説道：「因為在這段關係裡，我們都有各自的修行功課。」

「什麼是修行功課？你皈依佛教了嗎？」高佳好奇地問道。

梅香回答：「每個人都有修行功課，這與佛教無關，這是我們生命的重要意義之一。這樣說吧，我們做的每件事，尤其是重大的艱難的事情，我們都要從中得到學習和成長，吸取這件事的經驗和教訓，我們就完成這個功課的意義，然後再向前走，我們以後就會過得更好、更健美、喜悅、神聖一些，我們的靈魂也就得到了提昇。」

「那你和高飛的關係中，你們的功課是什麼？」高佳更加好奇地問道。

「我離婚的時候就領悟了我的修行功課，所以我不再猶豫地選擇了離異。我在這段婚姻的修行功課就是放下對愛情執著的虛妄和不切實際的幻想，放下對愛情的綁架與依賴，學會包容和原諒，回到自我的生命能量中心。」梅香又補充道：「你不知道我曾經對愛情和婚姻是多麼十全十美的憧憬，容不得半點沙。所以，我也無法化解和包容高飛的乖戾性情，導致雙方後來的矛盾越來越多，激化高飛進一步走向極端的報復。」

梅香說道這裡，陷入了沉思，像是回到過去在檢討自己。

「那高飛的修行功課呢？」高佳見梅香沒說完，就又問道。

梅香想了想又說道：「以前，我不明白在這段婚姻中，高飛的修行的功課是什麼，今天你講了這一切，我終於領悟了。從我看來，他的功課就是完全接受親人離別的事實，帶著包容、愛與祝福，而不是一直在抗拒和恐懼這個傷痛，不敢面對，反而給自己帶來新的傷痛。當然，他自己的領悟更重要。」

「哦。」高佳長長地感嘆了聲，也望著晚風中水面輕輕搖起的燈光霓虹的倒影，陷入了沉思。

「姐姐，以後就辛苦你了，我雖然很想關心高飛，但我們要真正完成好我們的功課，我們最好還是不要再有任何糾結了，這會讓我們重新回到傷痛。你勸解勸解高飛吧，讓他放下過去的一切，請他原諒媽媽也原諒我，他一定能遇到更合適的婚姻對象，也會更加幸福。」梅香真誠地說道。

「好吧，梅妹，你說得有道理，也觸動了我，包括我自己的人生思考。還有，你說的那個什麼瑜伽，以後有機會我也跟你學學。」高佳握著梅香的手依依不捨。

「好的，冥想瑜伽。姐姐，我上次寄給爸爸治他老毛病風濕病的藥，你也幫著提醒他堅持使用，效果好的話，我再寄給他。」梅香叮囑道。

「梅妹，你永遠和我們都是一家人，好嗎？」高佳說道。

「是的，姐姐，來，我們抱抱。」梅香和高佳溫暖地擁抱著告別。

梅香回到宿舍，心情久久難以平靜。

十一點半了，梅香上床睡覺，想起高佳講的高飛的往事和現狀，還是翻來覆去睡不住。梅香知道有些情緒沒有完全處理，就會困擾著睡眠，乾脆爬起來，靜坐在瑜伽墊上，冥想

起來。

梅香深深地吸氣呼氣，再保持平靜的呼吸。梅香覺得身體輕靈了很多，再感受下心，覺得心也清淨了很多。原來怨恨是附著在人身心靈上看不見的沉重包袱，今天完全諒解了高飛，身心就輕鬆了很多。

梅香又一次深深地吸氣呼氣，屏息之後放鬆，去感受整個身心靈的情緒。梅香覺得有股慈悲與愛的能量在湧動，這種好久沒有體會到的情緒和感受如此溫暖和安全，讓自己有些激動得睡不著覺。

為什麼慈悲與愛的能量在昇騰呢？

雖然梅香覺得與高飛離婚以來，自己表現得還算平靜和諧，也通過「喜悅分值日記」有意識地提醒自己，要處在開心的正能量保持狀態，但內心深處還是隱隱有受傷的情緒害怕地蜷縮著，還是有強烈的防備和抗拒。

在今天知道高飛的傷痛之前，梅香認為在和高飛長久的婚姻關係糾結中，只有自己才是唯一的受害者，高飛從來都是施虐者！高飛性格乖戾，反覆亂性，批判和否定梅香，無情地毀滅梅香對婚姻與愛情的所有美好的憧憬和構想，摧殘了梅香的身心靈，讓梅香的身心遭受重創，這一切，即使是任何人來評說，顯然高飛都是罪魁禍首。

所以，梅香理所當然地以受害者自居，並沉溺在扮演這個角色的逃避與推卸中。覺得這些責任都應該是高飛承擔，我就是受害者，受害者多麼值得可憐和同情，受害者無需接受痛苦的改變，改變的應該是施虐者。前些年的梅香，就這樣蜷縮在受害者的黑暗的角落裡等待施虐者的救贖。

即使是近段時間，在冥想瑜伽喚醒的能量的幫助下，梅香跟跟蹌蹌地站起來了，但還是在以受害者的心態自救。

從高飛的前塵往事看來，高飛既是受害者又是施虐者，他受到自己最親最愛的母親的傷痛，又把這個傷痛還給了母親，讓母親得到永遠見不到兒子的懲罰。

而在與梅香的婚姻關係中呢，梅香只是受害者嗎？不！梅香現在可以有勇氣堅定說自己也是施虐者了，梅香對高飛的不屑與冷戰又何嘗不是在報復啊？梅香甚至想起，每當高飛祈求梅香不要離開他的時候，梅香心裡都在想，你這樣對我，我偏要離開你，偏要你害怕的事情發生！

原來高飛既是施虐者也是受害者，梅香同樣既是受害者也是施虐者。

高飛既深情地痴戀也瘋狂地報復，梅香既冷酷地抗拒也慈悲地給予，反過來從另一個角度來說，他們都既不是加害者也不是受害者。

這只是生命一段光明與黑暗同在的絕美圓滿體驗，讓他們在瘋狂與痛苦的加持中才能苗壯地成長。

當他們既不是加害者也不是受害者的時候，心靈達到平衡和諧潔淨的時候，愛與慈

悲這股美好的能量自然而然地昇華。

放下受害者的感覺正是生命中能够擁有的最偉大的成就之一。

他們從中獲得生命重新創造的奇蹟以及更期待新的體驗。

梅香冥想到這裡，內心充盈著篤定的溫暖，但獲得重生般的激動還是震蕩著身心。

梅香一看時間，哇，都快凌晨4點鐘了，明天還要上班，趕緊睡吧。

第二天晚上，梅香在「喜悅分值日記」之後，又寫了段文字：

昨夜近4點才睡著，迷糊中覺得我站立在萬籟星群中，被無數璀璨的閃爍的亮晶晶的星星幸福地包圍，腳下踩著星星，頭頂是星星，手臂一揮，帶動許多星星跟著飛舞。我很喜悅很激動地伸出手指點星星，點一個亮一個，哇，我心中驚喜，快許願啊，亮一個星星就會實現一個願望。愛人、事業豐盛、瑜伽美麗、美好使命、家人平安……星星一個一個依次地閃爍。願望一定一一實現。喜悅幸福感如此真實地充盈全身。

今天中午，練瑜珈，全身光環籠罩，頭頂閃著太陽般的光輝。

我知道，我堅信，我在鳳凰涅槃，我的美夢會一一實現，我的生活生命會發生巨大飛躍。

SatNam

第七節　生命的黑洞

　　陽陽的母親得了胃癌，陽陽帶著母親來廣州看病。

　　梅香忙著幫陽陽媽媽找合適的醫院和醫生。找了幾個客戶、朋友、同學幫忙聯繫，又打了不少電話諮詢，陽陽媽媽很快住進了腫瘤醫院，順利做了手術，但醫生說已經擴散，即使做了手術也不樂觀。

　　梅香陪著陽陽在醫院跑前跑後，看見陽陽一見到母親就滿面笑容，總是說：「媽媽，沒事的，醫生說不好的東西都扔掉了，很快會好的。」一轉身，就眼淚汪汪得強忍著不要掉下來。

　　梅香就說：「陽陽，我陪你練練瑜伽吧。」梅香想和陽陽共修，加持一下陽陽的能量。

　　「好啊，梅香，你再教我一套動作吧，我現在就靠冥想瑜伽撐著了，要不，我都快崩潰了。」

　　兩人就到了陽陽住的醫院旁邊的酒店裡，在地毯上鋪上酒店的大浴巾準備練瑜伽。「陽陽，阿姨應該會好轉的。」梅香安慰陽陽，頓了頓又說道：「即使是最壞的情況，你也要準備接受，我們人到中年，父母長輩都會慢慢一一離開我們，這個，誰也逃不掉。」梅香覺得不應該只是安慰，也要讓好朋友面對可能更糟糕的打算，以免最壞的情況來臨時措手不及，遭受更大的打擊。

　　「梅香，僅僅媽媽絕症，我還可以較好地面對。你不知道，還有事情更是越來越壓得我喘不過氣來。」陽陽沮喪地說道。

　　「還有什麼事？我能幫忙嗎？」梅香感覺到不是小事情。

　　「我老公這幾年開服裝銷售公司，已經虧了一千多萬，把我們家的房產全都抵押出去了，我還幫他在我好朋友那裡借了兩百萬元，說好了一年後還的，現在也還不出來。」陽陽無力地說道。

　　「啊！」梅香張開嘴睜大了眼睛，著實驚訝。

　　梅香認識陽陽的老公，陽陽大學的同學，一個看起來有點腼腆的老實人啊。難怪這

十多天只有陽陽和陽陽爸爸在忙乎，不見陽陽老公的蹤影。

「那怎麼辦？你現在生活有問題嗎？孩子的上學有問題嗎？阿姨看病有錢嗎？」梅香著急地冒出一大串問題，又趕緊補充道：「我還有錢，拿來你用吧。」

「謝謝了，梅香。還好，爸爸媽媽有退休金和醫保。我在外資企業這麼多年，每月工資還可以，我和女兒還能生活。」陽陽寬慰梅香。

「我們倆你別客氣啊，有困難儘管講。」梅香拉著陽陽的手，真誠地說道。

「不要，我再也不能幫我老公借錢了。他虧損的窟窿越來越大，簡直就是個無底洞。他自己陷進去了，現在到處借錢，恨不得把自己都抵押進去。債主不斷找上門來，也把我弄得很艱難痛苦。」陽陽說道。

「是啊，做生意要量力而行，賺不了錢，虧損又挽不回時，要及時停止啊。你應該勸勸他啊。他怎麼這樣糊塗呢，他也要顧忌你和女兒的生計啊。」梅香著急了。

「哎，他說他正是為了我才這樣孤注一擲，不顧一切。其實，我也覺得他很難做成功，只是覺得他也是為了我、為了這個家，我應該全力支持他。」陽陽嘆口氣。

「怎麼為了你啊，你的薪資又不低，養活全家人都綽綽有餘了，你平時也挺節儉的，做什麼事都量力而為啊。」梅香難免憤憤不平。

「梅香，你知道的，我的朋友、家人一直都覺得他配不上我，我也是戀愛長跑了十年才嫁給他，他就一直憋住口氣，本想爭口氣讓大家看看。」陽陽無可奈何地說道。

「哎」這回梅香嘆了口氣，是的，陽陽陽光活潑、甜美可愛、單純善良。一起同學的中學時代，男女生就都喜歡她，所以大家一直都覺得陽陽的老公雖然不壞，但總有點說不出來的不對味兒，總覺得這麼好的姑娘可惜了。

但陽陽老公看起來，一臉老實的憨笑，大家以為，這樣的男人一輩子對陽陽好也就值了，沒想到……

「恕我直言，陽陽，你也覺得你老公做不成事，你還是不顧一切地支持你老公為了你爭口氣，就這樣讓你們全家掉進債務纏身的無底洞，這也有你的過錯啊，其實是你在爭口氣，你怕周圍親朋好友總是看不上你老公，也就是看不上你，你想證明你老公其實很有本事很成功！」梅香毫不客氣一針見血地指出陽陽內心深處的恐懼。

「梅香，你也許說得對。都怪我，我老公剛開始逐步虧損的時候，每當我勸告他不支持他的時候，他就說對不起我們母女倆，他要離家出走。我就心軟了，我怎麼能離開他啊，不管他怎麼樣，這些年我已經習慣和他在一起了。他一說離家出走，我的心就空落落的，就更加恐懼和害怕，也就一次次去幫助他，去銀行簽房產抵押合同，去找朋友借錢。」陽陽難過地說道。

「哎，為什麼女人往往就是這樣，明明知道這個男人有問題，會給自己帶來傷害。還是覺得離不開這個男人，離開就會空虛難過。因此就被有問題的男人一步步帶進生命的黑

洞。」梅香感慨道。

「這樣吧，我教你一套《喚醒十個身體》的功法，這套功法，會通過刺激和平衡你所有的脈輪並協調你的十個身體來喚醒你的高我，你的心意、身體和靈魂會共同運作，喚醒自己的能量和信念，也就是身心靈高度合一，你就不會害怕和孤單。

同時這套功法，還會增進健康、清醒頭腦，達到釋放恐懼，連接你的本質，掃清你的道路，跟你的本質和美麗溝通，讓自己毫不動搖地跟隨自己內心指引，而不是被他人牽引。

長期堅持練習這套功法更具有深遠的意義，決定你將達成的使命，並肩負起步入使命的責任，也由此散發出你的光芒，並同他人分享，讓他們成長。」梅香一口氣講完這套功法的好處。

陽陽充滿信心地說道：「太好了，我覺得很適合我現在的情況，我太需要喚醒自己的能量和信念了，去面對一切困難。」

陽陽認真地跟著梅香練習完好了整套動作和冥想，當最後的感恩祝福完畢，兩人睜開雙眼，梅香看見陽陽的雙眼明亮而有神，陽陽已是神采奕奕了。

陽陽開心地說：「梅香，你放心吧，有冥想瑜伽的加持和護佑，我會有勇氣把自己從無底洞裡拉扯出來。」

「我相信，你一定行！」梅香也堅定地鼓勵道。

陽陽的媽媽做了腸道切除手術的半個月內，只能喝湯水流質。梅香想到廣州傳統的靚湯長時間的微火燉熬各種營養食物，最後營養都在湯裡，太適合陽陽媽媽的現狀了。但要每天去餐館裡購買，既不放心又不方便。梅香就買了個陶瓷燉鍋，開始自己每天早上學著熬湯，熬好後熱熱地盛在保溫壺裡，開車送到醫院裡給陽陽媽媽後，再去上班。

梅香因此終於學會熬廣州靚湯了，好開心，就發了一組文字和圖片在微信的朋友圈裡。

當初停駐廣州的原由之一，這裡有世上最鮮美的湯。

這些年喝了很多廣州的各色靚湯，一直想帶著細細的、柔柔的、慢慢的心情親手煲一鍋暖湯。

好友的母親自外省來看病住院，近些日只能飲湯汁。

公司能幹的廣州媳婦劉姐專業指導，前台賢惠的潮汕文秘阿文精心備好料。今晨，我早早起來，摘去昨晚泡好的蓮子那綠綠的小心兒，喚醒紅棗，讓馬蹄蓮展露白潤的肌膚，薄薄的刀片下胡蘿蔔整齊地排列開來……願好友的媽媽身體早點好起來 [玫瑰][玫瑰][太陽][太陽]。

好多朋友點讚，並大呼要喝梅香親自燉的靚湯。

曉霞姐特別留言：「妹子，好溫暖的湯，你朋友的媽媽好些了吧？」

梅香回道：「好轉了，可惜我下週要出差幾天，送不了湯。」

曉霞姐隨即私聊梅香：「妹子，你放心出差，你上班那麼忙，太辛苦了，我讓家裡的廣東保姆阿姨專門熬好湯，每天讓我司機替你送過去好了。」

梅香還未及回信，曉霞姐的電話就打過來了，不容商量地要把燉湯的事替梅香分擔起來。梅香知道曉霞姐的性格古道熱腸，說一不二，也就尊敬不如從命地答應了。

轉交送湯任務的第一天早上，曉霞姐說好讓她司機帶著湯來接梅香一起去醫院認地方的。梅香一打開車門，曉霞姐親自在車上。原來，首次輪換到她送湯，她不放心，要自己親自去。梅香瞬時眼眶濕潤，曉霞姐看在眼裡，笑著說：「傻妹子，我沒事正好看看你朋友和母親。」

醫院的走道上，陽陽走出病房接湯，梅香介紹了曉霞姐並說明了原委。陽陽開心地笑了，我媽真有福氣，你倆比我這個女兒還孝順呢。

曉霞姐邊守著陽陽的母親喝湯，邊和陽陽噓寒問暖地聊媽媽的症狀病況。待到和陽陽及媽媽告別的時候，已經像老朋友般親熱了。

梅香和曉霞姐走出醫院，曉霞姐說道：「今天來醫院有一個警示，我爸爸也有陽陽媽媽發病初期的症狀，我得趕緊帶他老人家到醫院檢查檢查。」

「還有，梅香你太好了，我又認識位好朋友，陽陽我很喜歡她，善良、開朗、陽光。」

梅香打趣道：「你們倆還是瑜伽道友呢，以後可以切磋武藝哈。」

曉霞姐一聽更高興了：「好啊好啊，志同道合，有共同語言啦。」

梅香放心地去了杭州出差。

一天晚上辦完事，回到酒店，走過酒店樓下的商鋪，其中有家水果店。一陣濃郁的榴槤味道飄過來，梅香扭頭一看，店家正在門口剝弄新鮮的榴槤。

梅香馬上想買點吃吃，可是瞬間，高飛給梅香弄榴槤的身影冒上心頭，梅香心裡頓覺緊悶，不吃了罷。

但這邊卻不能不想，梅香一下想起高飛的種種好；想起兩人剛在一起的時光，高飛總是逗得梅香咯吱咯吱笑個不停；想起高飛一遍遍對梅香說，你不要離開我；想起幼小的高飛對親生母親冰冷的絕望，這種絕望一直影響了高飛的一生。

不知道高飛怎麼樣了？他一個人還好嗎？

梅香想個不停，思念與牽掛就像急流的飛瀑一瀉而下。

回到酒店躺在床上，梅香痛苦地撲倒在床上。不要想了，都已經過去了，回不去的從前，祝福彼此的未來吧。

可是，可是，就像無法截流的瀑布，想念洶湧撲面而來。梅香趴在床上好久，可能過了一個多小時，滿腦子都還是與高飛的喜怒哀樂的往事在糾纏打轉。

不行，沖個澡吧，清清靜靜不要想了。

梅香走到衛生間，撐開水龍頭，溫熱的水瀑頓時包圍了自己。梅香揚起頭，任水流沖刷著自己臉龐，過了一會兒，梅香把頭無力地靠在牆壁上，默默地抽泣，水流自頭頂瀉流而下，梅香覺得已經分不清渾身流淌的是淚水還是水流了。

第二天梅香醒來得很晚，覺得好疲憊。就這樣，幾天的差旅，高飛都一直縈繞在腦海，直到飛機落地廣州，這個想念又跟著梅香回到廣州。

梅香越來越覺得心裡空落落的，與高飛的離別後，這十幾年堵著的心裡突然放空了，但新的問題出現了，卻又因高飛的離別，出現了個洞，這個洞因為與高飛的訣別越來越大，甚至因為對高飛童年的傷痛的憐憫，這個洞也越來越深。

梅香每當想念高飛就覺得這個空虛的黑洞暫時被遮蔽，每當不思念的時候，就覺得被黑洞吞噬，越掉落進無底的黑洞，越想念高飛，越覺得這個黑洞是因為高飛的缺位而造成的。

梅香就這樣上癮般的想念高飛，掉進了這個惡性循環的黑洞，差不多過了大半個月，梅香覺得越來越窒息，覺得越來越沉淪，練瑜伽兩年多來都沒有的狀況，像回到練瑜伽前的黑暗時間。

想到練瑜伽以前的黑暗時間，梅香就打了個冷顫，一定不能回去。梅香想起陽陽也是因為害怕老公別離的空虛，一步步陷進生命的黑洞。不行啊，我要自救。我要打破這個女人生命中的黑洞現象。

梅香就打電話給了大老師，大概說明了這個狀況，大老師說：「一個男人和女人有過身心的交融後，這個男人的磁場的印跡就會留在女人身上，如果不及時清理，會長時間地擾亂和影響這個女人的磁場。」

冥想瑜伽消除他人在我們身體裡的磁場印跡有一個很好的方法，就是冥想唱誦哇嘿咕嚕。簡易坐，唱誦「哇嘿咕嚕」的同時，把雙手舉起來，掌心朝背後甩過耳際，反覆做這個像潑水一樣把一切拋到腦後的動作，每次 11 分鐘至 31 分鐘。至少 40 天的一個療程，能很好地幫我們清理磁場，幫助我們清淨他人對我們的干擾。

這天晚上，梅香加班回到宿舍，已是晚上十點多。梅香鋪好瑜伽墊，準備好一杯水，點好一支檀香，淡淡的香味伴著細細繚繞的輕煙瀰漫在房間裡。

梅香開始唱誦「哇嘿咕嚕，哇嘿咕嚕，哇嘿咕嚕，哇嘿咀呦；哇嘿咕嚕，哇嘿咕嚕，哇嘿咕嚕，哇嘿咀呦；哇嘿咕嚕，哇嘿咕嚕，哇嘿咕嚕，哇嘿咀呦……」

做完 31 分鐘「哇嘿咕嚕」的冥想，梅香覺得很踏實、很安全的、深深的寧靜。

這段時間來，梅香終於可以深入平靜地冥想「思念高飛的黑洞」這個境況了。

仔細一想，這種「思念高飛的黑洞」的現象不是第一回了。和高飛在一起的十年，好幾次都因為盛怒發生過離開高飛的念想，冷戰，甚至分居。而每一次無論分開時間的長

短，最終又回去，無法真正分開的原因，就是被這個「黑洞」牽引。

好多明明是痛苦的感情，但一旦分手又拚命地想念對方，而且傷痕越深，越無法忘記對方，越渴望對方回頭。原因應該是覺得這個痛是那個人造成的，解鈴還須係鈴人，只有那個人才可以消除他親手製造的痛。

這個離別後的巨大空洞是那個人走後留下的，只有那個人才能填補這個黑洞。就是這個誤區，很多人不顧曾經有多傷有多痛想盡一切辦法，就為了那個人回來。陽陽因老公陷入生活和生命的「無底洞」應該也是這個原因。

可是苦苦糾纏回來後，很快就發現傷痛依然在，甚至更痛，黑洞依然在，甚至更深更大。於是又爭吵傷害分手。分手後又真切地發現那個痛、那個洞……惡性循環之後最終還是以彼此最大的傷害，一生累世的傷痛，徹底分手。

這就是感情向外觀，人生依賴別人為自己負責，渴望他人為自己塑造生命的意義，期待他人改變承擔自己造成的傷害誤區。

其實，那個痛是自己造成的，是自己對自己的不滿傷害，只是通過別人顯現，激發了你的痛呈現了實相而已。傷害越大不是說對方越惡劣，而是說明你自身的痛就很大。

那個洞，是你自己找不到生命的使命，而其他任何人都無法替你填補的生命黑洞。

唯一真正的解決方法只有找到自己生命的使命，你的黑洞只能被你熱愛生命、熱愛生活的能量充實。當你找到生命積極的使命並滿腔熱情地堅持不懈付諸行動時，你的黑洞會成為你生命的太陽最堅實、最強勁的核心，散發出萬丈光芒，永生溫暖你的身心靈，也照亮別人孤獨的靈魂。

「梅香，好好愛自己諒解自己包容呵護自己，你自身已經就是圓滿完整的，你不需要別人來補你的缺。但是，我的人生的使命是什麼？這個命題很有意思，在以後的人生，我得好好探尋和琢磨。」

梅香冥想到這裡，內心充盈著對生命未知的好奇。

有一種慵懶的寧靜和舒適讓梅香躺上床，很快就睡著了。

第八節　開始心想事成

　　梅香最近遇到一個工作上棘手的大麻煩。

　　她所分管的市場部在一個項目上，需要一個政府的相關准許的批文，公司在這個項目上投入了上千萬經費，百把號人忙了大半年，現在萬事俱備，就差一個准許批文就可以上市營銷推廣了。

　　因為這是一個全新的項目，需要政府的相關支持，可是以前沒有案例，政府部門的人都找不到參考規定，沒有人敢為此首開先河地承擔責任。因此，梅香負責的市場部跑了半年，批文也沒有著落。如果錯過上市時機，這個項目就會被競爭對手更差的方案代替，眼看就要功虧一簣。

　　韓總自梅香和高飛離婚後，似乎對梅香懷有惻隱之心，也很少給梅香壓力，但這一次特別叮囑梅香，要全力以赴，在一個月之內必須要有成果。

　　已經到韓總給的一個月期限的最後一週了，梅香還是找不到解決的出路。

　　早上瑜伽的時候，梅香就在感恩的環節祈禱：「我的神啊，幫我達成這個心願吧，讓更多的用戶受益。」

　　就在祈禱的同時，梅香突然想到一個在上市公司擔任副總裁的男同學張良。有一次說起過他大學時的室友，現在在某政府部門擔任要職，負責高新科技這個板塊的企業事項。

　　梅香一上班就打通張良的電話，說了這個困難。張良爽快地答應馬上問問。過了約莫十幾分鐘，張良就打來電話，說他那位室友領導正想倡導發展梅香公司所研究的這個領域的項目，而且政府還可以助資支持，批文更是沒有問題了。

　　張良掛完電話就親自開著車來載著梅香去室友領導的辦公室了。

　　就這樣，一個困擾了梅香大半年的事情，在三天內完全解決了，還為公司爭取了更好的政府資源和支持。

　　事後，梅香好感恩這個在瑜伽時的祈禱，心想事成啊。

　　過了兩天，梅香傍晚開車路過廣州塔旁的沿江路，遠遠看見小蠻腰的霓虹曲線在夜

幕下格外妙曼動人，心裡隨機閃過一個念頭，廣州塔修好了這麼多年，竟然沒有上去看看，聽說上面有個旋轉餐廳挺不錯的，應該去嘗嘗美食看看美景。

才回到宿舍，停好車，手機響起，EMBA 同班的大劉同學打來的電話。

大劉說：「過幾天就又要出國一段時間，每年六月底給你過的生日，這次想提前，就明天可以嗎？在廣州塔 106 層的旋轉餐廳，希望你新的一年就像旋轉的圓形餐廳，生活圓滿快樂，發展開闊高遠。梅香，你時間合適的話，請你約上你喜歡的朋友同學一起熱鬧熱鬧，好嗎？」

梅香一邊應允一邊溫暖的淚水已經滋潤了心田。

和大劉同學認識以來，好像已經是第六七個年頭了，每一年六月末梅香的生日，大劉都會張羅著給梅香過生日。

梅香一下覺得，即使自己苦戀了十年的高飛已經離決，但還是有很多朋友同學關心愛護自己，這已足矣。

第二天晚上，在小蠻腰 106 層的旋轉餐廳，在大劉送的精緻花束的花香中，梅香和同學朋友們，邊吃美食邊 360 度觀景廣州，一個夜晚，快樂旋轉著。

回到宿舍後，梅香不由感嘆，哈，這兩天怎麼啦，想什麼就有什麼啊。

又過了一天，快下班的時候，手機鈴聲響起，陽陽打來的。陽陽媽媽做完腫瘤手術後的化療療程，就已經回合肥療養觀察了。陽陽媽媽很喜歡廣州的燉湯，陽陽希望在家每天繼續熬湯給媽媽，因此特地打電話跟梅香學習配方及燉湯的方法。

梅香詳細地給陽陽講了燉湯的配方及注意事項，陽陽開心地道謝完，又感嘆好多配料呀，當初挺麻煩梅香和曉霞姐了。

梅香放下電話，又想，陽陽媽媽只喝一個湯也會乏味的，要是有多個保養腸胃的燉湯配方，甚至配料都已經分別打包為成品，放進鍋裡燉燉就方便了。可是，好像沒有見過這樣的產品啊？

正在想著要不要晚上去大超市找找，「篤篤」有人響亮地敲拍辦公室的門。「請進」梅香說道。

門一開，一位人高馬大的小伙子提著大包小包遲疑著站在門口。看見梅香疑惑不解的樣子，小伙子忙說：「你好，你是梅總嗎？我是敬總的司機，你們前台告訴我，這個辦公室是你的。」

梅香點點頭，忙站起身來迎接。

小伙子忙說：「我就給你送點東西來，擱下就走，不打擾你了，你忙。」

梅香接過兩個漂亮的大禮品盒。

小伙子快人快語地說道：「梅總，敬總說謝謝你一直對我們的支持。我們集團的醫藥大健康中心做的中醫食療的各類燉湯很受歡迎，有什麼養腎補氣血湯啊、安神醒腦湯、

美顏養生湯。敬總說你平時太忙，怕是腸胃多有問題，就給你送點腸胃保養湯，7個不同配方，一週正好一天一包，配料都一次性包好的，很方便，夠你燉3個月的量。你喝了要是喜歡，我再給你來來。」

小伙子劈里啪啦地站著說完，不由梅香反應，就乾脆利索地拉上門走了。

梅香看著這個從天而降的「天神」，送來梅香正想要的東西，水也不喝一口就走了。

司機小伙講的敬總是梅香合作了三年的客戶，一家頗有實力的浩志集團公司的敬志之董事長，梅香喜歡向他請教探討各種問題。雖然平日裡敬總一向就很體貼下屬，關心合作伙伴，但今天敬總的禮物來的正是時候，也太神機妙算了吧。

梅香驚呆地站在原地。這幾天怎麼了，心想事成啊，奇蹟般地想要啥就有啥，簡直像阿拉丁神燈。我又沒有其他特異功能，就是每天練練瑜伽，冥想靜坐啊。這和冥想瑜伽有關係嗎？

梅香有些迫不及待地撥通了大老師的電話，無應接，應該是在上瑜伽課吧。

梅香隨即招來快遞，把兩個腸胃保養湯料的大禮品盒寄給了陽陽。

晚上，大老師打回電話，聽完梅香的驚喜，很平靜，好像早已司空見慣，不足為奇似的。

大老師說：「梅香，我建議你上冥想瑜伽的一級教師課程吧，該是時候了，你應該更加深入地打開冥想瑜伽這扇神奇的大門，你會體驗到更多的寶藏。」

「好啊，尊敬的大老師，可是我現在就想知道冥想瑜伽與心想事成有什麼關係呢？您現在就告訴我，好不好嘛？」梅香撒嬌地祈求道。

「梅香，你是有使命的，所有的奇蹟，你要親身體驗才有意義，要在更精進的學習中去慢慢享受和創造生命的奇蹟吧。」大老師不被梅香的請求所動，卻又笑著補充：「但，你要注意，不要刻意去追求這些特異功能和現象，保持你的中性的心意，生活本沒有好與壞，一切都是最好的安排。」

「好吧，謝謝大老師，我現在就去報名一級教師課程，您幫我推薦學習的地方，好嗎？」梅香被大老師的話感染。

梅香馬上按照大老師給的聯繫方式打了電話，是福建寧德的一個叫GuRu的山莊。接線的工作人員，告訴梅香，十月份開始就有教師課程，學習期一年，集中授課21天。

梅香想想，還有兩個月可以協調時間，就報了名。

但是，梅香仍然按捺不住對冥想瑜伽的好奇，什麼事喜歡刨根問底的梅香開始鼓動起來，印度是瑜伽的故鄉，要不，我找機會去印度看看。但是，印度那麼大，去哪裡呢？

梅香想到有次上瑜伽公開課，認識的一位修行瑜伽的張老師，這位張老師是位勵志教練的男士，從事成功學培訓教育行業多年，看起來寬厚親切，見聞廣博。問問張老師吧，難說他有好的建議呢。

梅香從通訊錄裡搜出張老師的手機號碼撥了過去，張老師一聽梅香想去印度探尋學

習身心靈瑜伽的地方，就直接建議道：「你去印度道一大學看看吧，我身邊很多追求靈性成長和瑜伽修行的朋友都去過，聽說非常神奇，大量的身心靈教導，但裡面實修的功法就是印度古傳的各種身心靈瑜伽。」

那太好了，我最想學習的就是通過瑜伽提昇身心靈成長的課程，單純以肢體練習為主的瑜伽學習課程偏重局限於身體。我學習瑜伽主要就是為了身心靈成長。

梅香道完謝就用手機上網，搜了「印度道一大學」看到有關「印度道一大學」的資訊基本都是，好像叫「阿信達能」的一對老年夫婦金碧輝煌端坐正中，尊為神仙，大家崇拜得不得了。

梅香一看就有點反感，都什麼時代了，活生生的人還搞宗教崇拜啊。梅香一開始步入身心靈的道路就給自己立過規矩，為了避免誤入歧途，不加入任何宗教，即使是佛教也是敬而遠之，梅香認為讓自己受益匪淺的是佛學而不是佛教。

梅香之所以接受冥想瑜伽的原因之一，因為冥想瑜伽只強調兩個神，一個是每個人都有內在的神性，另一個神就是宇宙。這個啓發了梅香「人體是宇宙細胞的學說」，梅香覺得冥想瑜伽的神學理論又科學又人性又實用。

況且，冥想瑜伽的老師都不搞個人崇拜，就連勇敢打破千年咒語把冥想瑜伽傳播給大眾的 Yogi Bhajan 大師也說：「你們遵從我的教導而不是我的人」「我是來培訓教師，不是來徵集弟子。」

但「阿信達能」好像是搞宗教崇拜哦。梅香頓時起了戒備之心，不過，為什麼那麼多人追隨和崇拜呢？這個值得探究一下。

網上反映追隨的人士不僅是普通大眾，也有不少社會名流、明星、企業家、培訓屆的領軍人物。梅香繼續搜索到「阿信達能」的一些語錄，倒是覺得有道理。

阿信達能說，關係中最根本的問題，在於我們無法寬恕他人。

阿信達能說，我們最大的快樂痛苦和最好的經驗，都來自我們的關係，好好地培養關係吧。

阿信達能說，每個人都獨一無二。不要試圖把所有的個性打磨成一個樣子。

阿信達能說，只要直面痛苦，心靈通常就能覺醒。

阿信達能說，每時每刻你都在變化，因為整個宇宙就是個過程。

阿信達能說，讀你自己，而非讀書……

梅香又把自己的質疑與困惑電話告訴了張老師，張老師又建議道：「既然這樣，你決定是否去『印度道一』之前，先去聽聽國內有個『道一祈福』的培訓課程，聽說主要就是印度道一的思想、精神、方法。你考察一下，再決定。」

「好啊。」梅香覺得這個預先考察再決定的方法挺好。就跟張老師要了「道一祈福」的聯繫電話。

梅香撥通電話後，對方的工作人員告知，再下週的週末 3 天，在北京開班「財富之光」的靈性財富課程。哈，太巧了，梅香再下週正好要去北京出差，又是心想事成，梅香馬上報了名，對這堂課充滿了好奇的期待。

雖然梅香還沒有明白冥想瑜伽與心想事成之間到底有何聯繫，但梅香越來越相信，只要在心中種下一顆的信念的種子，就會有開花結果的一天。

第九節　世界上沒有罪人，只有受苦的人

梅香實在沒有想到，「道一祈福的靈性財富之光」竟然是一堂陰魂不散的歷險記。

開課的第一天早上，梅香早早來到課堂，看見約莫兩百多平米的教室布置的倒是蠻新鮮的。

各路神仙都在，耶穌基督、西方三聖，還有一些梅香也弄不懂的宗教領袖和神仙的雕像，大大小小，錯落有致地擺放在課堂的正前方主席位置臨時搭起來的神壇上。神壇上供奉著鮮花和水果。

一幅最醒目的擺在神壇正中差不多真人高的畫像，是一位迎面健步走來、衣襟飄然、有著濃密的大絡腮鬍子和高挺鼻梁的青年。

差不多第三天，梅香才悄悄問道一個學員，這個挺拔的青年就是道一大學「阿信達能」夫婦中的聖人夫君達能，年青時候的照片。

半人高的觀世音菩薩的塑像，擺放在課堂大門入口的臨時搭建的照壁處，和祥地護佑著教室，塑像看起來較輕盈，可能是用聚酯之類輕型材料製作。

酒店教室的地毯上鋪上了一層乾淨的白布，教室裡分成左右兩邊整齊地擺滿了瑜伽墊，中間留出一個通道直通主席臺，通道的地毯上撒滿了粉紅色的玫瑰花瓣。

到了開課的九點鐘，教室裡已是人頭攢動，坐滿了約莫兩百號學員，八成都是女性學員。

很快，優美激揚的音樂響起，梅香隨著部分扭轉頭觀望的學員看去，一位著粉紅拖地長裙的靈秀女子，踩著音樂的節奏款款而來宛若天仙，粉紅的玫瑰花瓣在她走過的裙擺處輕輕地翻飛，簡直就是仙女下凡。

這位女子走到通道的中間暫緩仙步，莞爾一笑，拿起話筒開講起來，原來這位仙女竟然就是這堂靈性財富之光的主講老師靈靈老師。

教室裡想起一陣興奮的交頭接耳的低語，學員應該和梅香一樣覺得眼前一亮，哇塞，這麼飄飄欲仙的美女講課，這個課程應該美妙無比。

靈靈老師靈秀的美女形象，打破了梅香以往各種課堂上見到的，或高談闊論文韜武略，或威嚴權威望而生畏，或親切和藹娓娓道來，或風趣幽默笑聲朗朗，或平實枯燥瞌睡犯困的各種形象，梅香也對這三天的課程充滿了新鮮的憧憬。更好奇這樣一個柔美外表，年紀輕輕的美女如何帶領大家走上致富之路，獲得財富的豐盛。

第一天上午，講的大都是這堂靈性財富之光的課程，如何破解我們對金錢的種種誤解和障礙。前幾期的學員聽課受益匪淺，有的在課堂上就收到各種發財的信息機會；有的在上課期間，多少年都無望收回的別人欠自己的借款，突然還款了；有的聽完課後，很快就發了大財。

下午，就開始個案演習，也就是選出現場學員要突破的財富問題，靈靈老師當堂破解和轉化。

學員們圍坐在教室的四周，教室中間騰出一大塊空地，像圍觀的話劇舞臺。

一開始，上來一位貴州的中年男人，講自己困惑一直虧損的公司要不要再持續經營下去。

靈靈老師首先讓這個中年男人在課堂的學員中，憑感覺選出自己已過世或在世的親人，有爺爺奶奶、外公外婆、爸爸媽媽，還有中年男子的老婆孩子。

接著，又在學員中選出公司合夥人、公司客戶代表等。

這些角色、學員覺得自己有感覺，覺得自己就是某個角色的也可以毛遂自薦。

這個有意思。梅香看過大量身心靈的書籍，仔細閱讀過《誰在我家：海靈格家庭系統排列》一書，這個應該是學習德國海靈格的家族排位。

德國心理治療大師伯特‧海靈格（Bert Hellinger）將家族比喻成夜空中的星座，宇宙星座運轉有一個隱藏的規律，一個共同的力量在家庭背後運作，影響著家族的每個成員。認識家族背後的動力狀況，調整被擾亂的家族係統，使負面事件或傷害不會繼續傳遞給下一代，海靈格首創了這個心理干預方法，叫做「家庭係統排列」。其基本方法就是在導師的引導下進行現場家族角色靈性模擬，順勢療癒家庭成員的家族序位身心問題。

梅香饒有興趣地觀看下去。

靈靈老師又問有沒有意外死去的親人，貴州男人說沒有。

靈靈老師再問貴州男人的老婆有沒有墮過胎，貴州男人說有。靈靈老師就把目光掃向四周的學員，有一位頭髮短的像男生樣的女學員搶著舉手上來說，感覺自己就是那個胎靈。

然後，靈靈老師就開始一一盤問貴州男人的親人、公司合夥人、胎靈等，問來問去最後指定是胎靈的問題，這個人流產死去的小小胎兒存有怨氣，來擾亂了在世爸爸的生意

財源。

哦，大家恍然大悟，臺上的角色臺下的學員皆大歡喜，原來是胎靈在作怪啊。

一天的課程結束了，大家帶著滿意的答案離開教室。

梅香一頭霧水，她實在沒有弄懂胎靈是怎麼惹的這個禍事啊。

梅香記得閱讀《誰在我家：海靈格家庭係統排列》一書時，有一種身臨其境般的現場感，僅通過沒有任何誇張的實實在在的對話文字記錄，就能感受到每一個家庭成員的能量與深層的互動。覺得情感邏輯嚴密，現場推理嚴謹，答案自然呈現，問題解決水到渠成。老師的沒有刻意的操作和引導，只是讓事實自然呈現，讓家族成員自發地解決問題。

第二天早上，梅香帶著迷惑走進課堂。

上午的課程是做金錢遊戲，每個學員拿出準備好的 28 張百元大鈔，擺成各種形狀膜拜，並對金錢唱讚歌，講情話，總之就是跟金錢拉關係。

做完這個遊戲後，每個人隨機找到一位學員組成二人小組，交換對金錢的看法。一位男士側身對梅香説，我們倆一組吧。梅香點點頭，這位男士就轉過身來，站在了梅香的對面，梅香這才注意到，原來是一位帥哥，三十多歲，一米八幾的高個，戴著一副文藝眼鏡，濃眉大眼、高挺鼻梁，帥得有型有味。這位帥哥看著梅香咧開嘴笑了，自我介紹道：「我叫王勝，是學心理學的，很開心認識你哦。」

梅香看著帥哥一臉陽光燦爛的笑容直視著自己，有點害羞地低下頭去，說道：「我叫梅香，來自廣州，做互聯網電子商務的。」然後，梅香俏皮地説：「王帥鍋，説説你是如何熱愛金錢的吧？」

王帥鍋笑了：「我當然很熱愛金錢，可是這樣膜拜錢就能來的話，我們每天不用上班了，對著錢，拜拜就可以了。」

「哈哈，」梅香也咧開嘴笑了，看來在這滿堂崇拜的人群中，終於碰到一個發異聲的人了。

兩個人默契地大笑起來。

後面的課程，兩個人就有意無意地坐在一起，便於隨時交流真實的想法。

第二天下午又是個案解析，還是一個學員搶著上去，講自己賺錢總是大起大落，每次賺了錢之後很快就虧損，想弄清為什麼。

同樣又是一群學員，搶著上去，扮演這個問題學員的爺爺奶奶、外公外婆、爸爸媽媽、親戚朋友，這一回沒有胎靈。靈靈老師帶著這一堆人，左折騰右折騰了幾個小時，最後好像什麼結論也沒得出，這堂個案就結束了。

王勝問梅香：「你聽懂了嗎？」「沒啊，我聽得稀里糊塗的。」王勝説：「我也沒搞明白。」

第三天早上，剛剛一開課，靈靈老師就神秘地説：「今天，有你們夠震驚的個案了。昨天晚上，案主來找到我，我知道這個個案後，一晚上都睡不著覺，很激動，我知道今天

很有搞場了，會很辛苦。」

然後，靈靈老師就對會場說：「昨天晚上，那個要做個案的同學站出來吧。」教室裡安靜了，但是沒有人站出來。

靈靈老師又說：「怎麼還不站出來呢？不是你自己要做個案的嗎？你要勇敢些啊！」

同學們面面相覷，不知怎麼回事。

「你還不出來嗎？有什麼怕的。」靈靈老師有些不耐煩了。

同學們你看看我我看看你，誰呀？怎麼還不站出來呢？

靈靈老師威嚴地大聲說道：「那個，和親生父親有三年性關係的女同學，站出來吧！」

此話一出，全場譁然。

梅香心裡一緊，天啊，這是怎麼回事兒呢？全身不由得顫抖一下，低頭一看，手上雞皮疙瘩都起來了。

靈靈老師又說道：「快呀，快點啊，你只有站出來才能幫你解決問題啊！」

整個會場陷入了死一般的寂靜，彷彿空氣都凝固了。

這個時候，在一個角落裡，終於有一個女人，抖抖索索地拱了出來。

全場學員都睜大眼睛，緊張地看著這個女人。

這個女人在眾目睽睽之下，幾乎是爬到了會場的正中間。

梅香屏住呼吸看著這個女人。這位女人看上去約莫三十出頭，身材高挑而豐滿，鵝蛋臉型，鼻梁高挺，一頭濃密的天然捲髮自然地在腦後攏成一個馬尾巴，黑黑的眼睛不安地躲閃著大家直視的目光，就像被脫光了衣服示眾一樣羞恥驚恐的罪人。

靈靈老師說：「你先在同學中挑出你的媽媽、繼父、親生父親來吧。」

課堂裡一反前幾次爭相扮演角色的踴躍場景。這位「罪人女子」抬起頭鼓起勇氣，慌慌張張地在人群裡張望了一番，猶猶豫豫地指點了一女兩男。

扮演她媽媽的女同學還算爽快地站到了場子中央，被指認的繼父也慢吞吞地走了出來。

「親生父親」明顯極其不情願，一副無可奈何的樣子。靈靈老師鼓勵地說道：「上來呀。」「親生父親」看著女子無助的眼神，離女人遠遠地彆彆扭扭地站到了會場邊上。

女子不安地低下頭，看著自己的腳尖，不知如何是好，梅香明明看見她的身體在微微顫抖。

梅香對這個女人頓生憐憫之心，心中說道：「鵝蛋妹妹，你怎麼啦，即使老師說的是真的，你也應該一對一做私人個案啊。這樣隱私的問題，怎麼拿到大庭廣眾下來分解啊。」同時，梅香也對靈靈老師的用意產生了質疑，雖然梅香不是身心靈專家，但僅憑人之常情，即使是鵝蛋妹妹不懂，你作為資深的身心靈老師應該知道保護個人隱私啊。

梅香扭頭看看旁邊的王勝，只見他一臉凝重地蹙著眉頭看著場子中央。

靈靈老師威嚴地問道:「你為什麼要和你的親生父親有不正常的性關係?」

梅香看見「罪人女子」渾身一抖,難過得低頭不語。

靈靈老師又威嚴地對著「親生父親」審判似的問道:「你,為什麼要和親生女兒?」

「親生父親」困惑地說道:「老師,我對這個角色沒感覺,我實在不知道。」

靈靈老師更加威嚴地說道:「你要靜下心來,進入到你的角色。」

「親生父親」無奈地搖搖頭。

場子陷入了沉默的僵局。

靈靈老師咳了一聲,打破沉默,對著「罪人女子」問道:「你為男人墮過胎嗎?」

「罪人女子」低聲說道:「墮過三個,一個是我親生父親的,另外兩個是我男朋友的。」

教室裡又一片驚訝的嘆息聲。

這個時候,一個頭髮短的像男孩樣的女生跳了出來:「老師,我覺得我就是其中一個女嬰胎靈。」靈靈老師點點頭,這個短髮女生活蹦亂跳地跑到了「罪人女子」的身邊。

咦,梅香記起來,這個短髮女生前幾堂課都是覺得自己是某某角色的呢,積極地搶著上去充當角色。而且課堂上也顯得過於活躍,有一次發言還說自己是心理治療師,但同時又有神經官能症。梅香當時還想,自己有病還能做好心理治療師嗎?

又有一個好像不會笑,臉上只有低沉表情的「憂鬱女子」,既不舉手也不打招呼,一步一頓直接走到了「罪人女子」的身邊,呆呆地站著,眼睛木木的帶著仇恨地緊盯著「罪人女子」,梅香看見「罪人女子」哆嗦了一下,下意識地後退一步。

「這,又是一位胎靈吧,還有一位呢。」靈靈老師解釋道。

一個滿臉帶著凶相的胖胖的中年婦女狠狠地衝到「罪人女子」的身邊,口中憤怒地嚷嚷:「我恨你!我恨你!」掄起手臂就向「罪人女子」打去,「罪人女子」更是嚇得跌坐在地縮成一團。這時,「罪人女子」的「母親」走了過來擋在她的前面,這個「凶面胎靈」才沒把她「吞噬掉」。

靈靈老師對著「罪人女子」發話了:「你什麼時候和你親生父親有了性關係?」

「罪人女子」羞愧地說:「大概十五六歲的時候。」

會場又響起交頭接耳的議論聲。

靈靈老師又追問道:「之前呢?之前你的親生父親在做什麼?」

「罪人女子」低頭沉默了會兒,鼓起勇氣說道:「我媽生下我很小,大概兩三歲,我還沒有記憶的時候,我媽就和我親生父親分開了,帶著我嫁給了繼父。」

靈靈老師又問道:「那後來呢?」

「罪人女子」慢吞吞地說道:「後來,後來我就一直沒有見過我親生父親,直到十六歲才第一次見到他。」

靈靈老師又問道:「見到他,就和他發生了關係?」

「罪人女子」說道:「慢慢就有了。」

靈靈老師再次問道:「為什麼?」

「罪人女子」就把頭低到了胸口,說:「不,不知道。」

靈靈老師再次把目光投到了「親生父親」:「你為什麼要這樣做,對自己的親生女兒?」

「親生父親」煩惱地說道:「老師,我只覺得渾身發涼,我對這個角色真的沒感覺,我實在不知道。」說完又離開了會場一步,幾乎退回到圍觀的學員人群裡。

靈靈老師失望地又把目光收回到「罪人女子」的身上:「你沒有反抗嗎?你不覺得這樣不好嗎?」

「罪人女子」又抬起頭,看得出在努力讓自己坦然些:「我也覺得不好,中間多次提出中斷,親生父親不答應。過了三四年,我堅決不幹了,他就跑到我做生意的場子裡鬧,還打電話給我的朋友,恨不得大家都知道,我害怕了,只有,只有,又,又,哎……」

梅香聽到這裡,心裡極其難受,她多麼想上去抱著「罪人女子」對她說:「傻孩子,你怎麼能受這樣的苦。」但看看靈靈老師威嚴的目光,梅香知道這是靈靈老師的課堂,雖然是真實發生的人間悲劇,但是在探索療癒的個案。梅香只有繼續觀看下去。

靈靈老師也嘆了口氣:「哎,我都不知道怎麼說你?你還和其他男人發生過性關係嗎?」

「罪人女子」又一次低下頭不吭聲。

靈靈老師說:「說啊,你要全說出來,我才知道怎樣幫你。」

「罪人女子」又鼓起勇氣,吞吞吐吐地說道:「我十二三歲在家裡,晚上就有男人悄悄翻到我身上幹那個事。」她的這句話很快被淹沒在教室裡嗡嗡的交頭接耳聲中。

靈靈老師馬上問道:「晚上悄悄翻到你身上的男人是誰?是誰?」

「罪人女子」又低下頭不吭聲了。

靈靈老師馬上問道:「是誰呀?晚上怎麼可以在你家翻到你床上,你倒是要說啊?」

「罪人女子」這回頭幾乎低到腰上,無論靈靈老師怎樣追問都不肯說了。

「我打你,你個爛貨,你害了我,我幾百年前在宮廷裡就受盡了國王這個臭男人的氣,好不容易投胎,又因為你跟男人亂搞,把我打回到地獄。我打你。」突然,「凶面胎靈」猛地撲到「罪人女子」的身上廝打起來,「罪人女子」的「母親」掩護著緊緊地抱住她。其他兩位胎靈似乎覺得不對頭,就上去試圖拉開「凶面胎靈」。

「短髮胎靈」邊拉邊說:「你不要打她啊,她是我們的媽媽,她也是沒有辦法啊。」

場子中央頓時亂成一團。

梅香又忍不住扭頭看王勝,王勝也正好想給梅香說話:「我不知道,靈靈老師這堂課究竟要解決什麼問題,是這位女子的兩性情感問題,還是這個課程的主題財富問題,但財富問題提都沒提啊。

這時只聽見靈靈老師大喝一聲:「都給我住手收聲,聽老師說話。」

場子中央扭成一團的人才放開手腳。

靈靈老師像忽然想起課程的主題「靈性財富之光」似的，開始問「罪人女子」：「你有什麼財富的問題？」

「罪人女子」聽到這個話題，眼睛一亮，彷彿終於找到了自信：「老師，我自己開了裝修裝飾公司，還有個家具加工廠，我每年至少要賺幾百萬，倒也沒什麼大問題，只是做工程裝修，收款慢點，倒也正常，這個行業就是這樣。」

靈靈老師好像不知道問什麼了。就在這時候，「凶面胎靈」又大聲叫開了：「你倒賺錢了，你卻把我們打到了地獄，我恨你，恨天下男人。」接著又一次朝「罪人女子」撲上去，場上又亂開了。

突然，梅香的旁邊響起一片低低的尖叫聲，坐在梅香左邊的一個小美女向梅香求助似的靠過來。梅香隨著大家驚恐的目光看過去，只見一位女子全身僵硬地匍匐在地，艱難地向會場中央爬過去，可怕的是女子的面容，眼睛驚恐的圓瞪，兩個眼珠擠到鼻樑中間的眼角處，嘴巴撕裂般地張大，舌頭長長地吐出來。

梅香仔細一看，這個女子昨天午餐還和梅香坐在一起聊天的啊，明明是陽光開朗、活潑可愛啊。即使是上課的時候，這位看上去二十多歲的「陽光女孩」會搶著靈靈老師的話題，積極地提各種問題，弄得靈靈老師好煩好像比較迴避她。但梅香反而覺得她真實可愛，可，現在這麼突然變得如此猙獰恐怖。

梅香驚訝不解地看著王勝。王勝會心地知道梅香的困惑，冷靜地說道：「據心理學的相關統計，人群中往往有 30% 的人患有各種輕度精神病，正常的情況下，好好的，看不出來。但特殊的環境刺激，會被激發出來，像今天。」

梅香會意地點點頭。王勝又補充說道：「這個女孩表現的是癔症。也就是農村迷信說的『鬼附體』。這種精神病會突然變得痴呆、僵硬、痙攣，會有運動障礙，產生幻覺、妄想、夢遊，表現出多重人格，但通常過後就遺忘，完全不知道自己做了什麼。」

聽完王勝的專業解釋，梅香心中不由可憐起這個女孩來。左邊的小美女嚇得哭了，梅香伸出手臂攬住小美女，輕聲說道：「別怕，她有病，有靈靈老師在，相信她會處理好的。」.

「陽光女孩」繼續吐著舌頭，極其困難和緩慢地爬向會場中央。

周圍響起更多的尖叫聲，好幾個年輕些的女子，嚇得哭著哆嗦著抱成一團。

梅香再看會場，她發現「凶面胎靈」突然站起來，逕直走過來，眼睛直直地盯著梅香這邊看。梅香心裡不由地緊張起來，她想幹什麼？我可跟這個個案沒有關係啊？

「凶面胎靈」走到梅香跟前，指著王勝說：「你，你跟我出來，你就是那個國王，那個男人。」

梅香這才鬆了口氣，原來是衝著王勝來的，又替王勝捏了把汗。

王勝坐著不動，微笑著說道：「你別找我了，我沒有感覺。」

「凶面胎靈」一看王勝不動，就扭頭對著靈靈老師大聲地喊：「老師，他就是前世讓好多女人受傷害的國王，我認出他來了，他竟然不敢承認。」

靈靈老師馬上像找到突破點似的，興奮地喊道：「出來吧，國王，你要勇敢地面對過去。」

全場同學都把目光齊刷刷地投向這裡，梅香聽見有人低語：「哇，真的像國王啊，器宇軒昂。」另外有人附和：「嗯，好帥，好儒雅。」

王勝周圍的同學紛紛嚷開了：「去吧，國王」「起來吧，讓大家看看究竟怎麼回事啊。」王勝被會場瀰漫著興奮的好奇的等待看好戲的氣氛推動著，只得無奈地站起來走到會場。

王勝剛剛站定，「陽光女孩」猛地撲上去，抱住王勝的大腿，像巨蟒一樣纏住了王勝，一言不發，臉色紫醬，嘿呀嘿呀地吐著舌頭。

全場爆發出一陣笑聲。

幸好王勝是見過世面的專業人士，才沒被嚇著，他鎮定自若地帶著撫慰的神情看著「陽光女孩」，目光裡充滿安定、愛撫、溫暖。梅香不由佩服起來，這才是專業人士啊。

「凶面胎靈」繼續指著王勝對靈靈老師喊道：「老師，就是他，讓他交代，他當時三宮六院，讓我們這些女人苦苦等待，最後又將我們遺棄了，嗚嗚。」「凶面胎靈」悲傷地哭泣起來。

靈靈老師隨即對著王勝喊道：「國王，你有什麼話說？」

王勝接過工作人員遞過來的話筒說道：「我不是國王，這位同學生病了，我們最好把她扶到安靜的地方給她治病。」

王勝話音未落，「凶面胎靈」就大叫：「老師，他想轉移注意力，逃避責任。」

王勝沒有理會「凶面胎靈」的叫嚷，而是俯下身去，想安慰「陽光女孩」，伸出手臂，試圖把她抱到一邊去。

「凶面胎靈」見王勝不理睬她，撲上來就揮著巴掌去打王勝，王勝見狀慌忙躲閃，哪知「陽光女孩」受到刺激，抓住王勝的手臂，猛地咬了一口，王勝大叫一聲，甩開的手臂上出現明顯的血痕。

圍坐在場子邊上第一圈的一位中年婦女，頭在地上磕得像雞啄米一樣，篤篤作響，口中驚慌失措地念念有詞：「南無阿彌陀佛，南無阿彌陀佛，南無阿彌陀佛，南無阿彌陀佛……」聲音越來越大，響徹整個會場。

靈靈老師大叫一聲：「別念啦，都給我閉嘴。」

念經的中年婦女一哆嗦，嚇得收住了聲音。

有幾位男生見狀不妙，上去把王勝拉離開「陽光女孩」，王勝驚魂未定，走到另一邊尚未站穩，突然從一邊又擁上來幾個中年婦女，紛紛抓住王勝，大喊：「老師，就是他惹的禍，害我們這些女人的臭男人，現在都還死不改悔。」

王勝看來被徹底激怒了，他掙扎著對著話筒喊道：「靈靈老師，你這是上的什麼課？

你要幫助大家解決財富問題，你弄些什麼妖魔鬼怪出來。」

這下，靈靈老師看來也被激怒了，她漲紅著臉，衝到王勝面前，指著王勝喊道：「你還不承認，你就是國王嗎？你要逃避什麼？你今天逃避不了。」

王勝也扯著脖子大喊：「你胡說。」

靈靈老師突然伸手給了王勝一個響亮的耳光：「我打醒你，看你認不認錯。」

頓時全場大亂，周圍的學員哭喊成一片。

只見念經的婦女哭喊著衝到門口的觀音菩薩雕像處，一把抱起觀音菩薩雕像，又衝到主席臺的神壇前，把觀音菩薩放到神壇的正中，達能的畫像前面，然後撲通跪倒在地，口中慌慌張張地喊道：「求菩薩保佑，菩薩快來啊，求菩薩保佑，菩薩快來啊……」

這邊靈靈老師掌摑了王勝，尚被一群學員圍著拉架。但靈靈老師耳聽八方眼觀六路，同時發現了那邊念經婦女搬動了觀音菩薩，破壞了老師精心布局的道場，便又對著話筒大喊：「你，你給我搬回去。」念經婦女還是自顧自驚恐萬狀地磕頭作揖。

靈靈老師便又對著話筒大喊：「工作人員呢，工作人員趕緊把菩薩抱回去。」

幾個工作人員慌慌張張地跑過去把觀音菩薩的塑像又搬回到入口處的原位，那個念經婦女又慌慌張張地跟過去，緊緊地抱著觀音菩薩再也不肯放開手。

靈靈老師終於氣急敗壞地坐到會場邊上的地上，胸脯起伏地喘著粗氣。這時，一位中年男學員忙跑過去把雙手放到她頭上給她做祝福加持的 Deekisa，靈靈老師無可奈何地接受了一會兒，但轉念又覺得不合適，推開了男學員，一個人在鬧哄哄的會場靜坐起來。

這邊幾個中年婦女還扯著國王不放，僵持成一團。倒是「罪人女子」解脫出來，再也沒有人顧得上她了，她呆坐在原地不知所措。

靈靈老師坐了一會兒，又站起來走到「陽光女孩」身邊，一直在地上吐著舌頭打滾的「陽光女孩」終於一動不動地躺在地上，靈靈老師靜靜地抱著她，把雙手放到她頭上，給她做祝福 Deekisa。

哪知，過了一會兒，「陽光女孩」又回過神來，又開始狂躁地又抓又咬，也不管是不是靈靈老師，靈靈老師終於筋疲力盡了，話筒喊來幾個高大的工作人員把「陽光女孩」弄出了教室。

靈靈老師又望著僵持的「國王」和「眾嬪妃們」，有氣無力地喊道：「都給我放開。」

這時，一個工作人員模樣的人走到靈靈老師面前，伏在她耳邊低語了一會兒，靈靈老師點點頭，工作人員就接過話筒喊道：「剛才受過驚嚇、害怕的同學過來集體做喜悅曼陀羅，做完就都好了。」

喜悅曼陀羅？從前到後一直劇情跌達，驚呆了的梅香來不及反應，現在聽到要做喜悅曼陀羅終於舒緩開來。

梅香練習過，曼陀羅是傳統瑜伽的一部分。喜悅曼陀羅是一種古老的靜心技巧，通

過唱誦，將呼吸與脈輪清理相結合，迅速打通身體能量，釋放或清理負面能量，達到安全喜悅合一的效果。

幾個工作人員就開始大呼小叫地招呼大家：「害怕的都過來，快快快。」

於是滿教室的人又亂成一團，慌慌張張地聚在一起，在工作人員的指點下逐漸形成一個對內封閉向外延展的螺旋狀的圓環。

梅香看看，好像只有自己穩穩地坐在原地了。

又一個工作人員急忙跑過來招呼梅香：「快快，去圈裡做曼陀羅。」

梅香鎮定地說道：「你們不是說受到驚嚇，害怕的人才去做嗎？我不怕，因為我不信。」

工作人員惱怒地說道：「不害怕也要做，一個不少。」

梅香笑道：「好啊，我練瑜伽的，我信正能量，正想練喜悅曼陀羅呢。」

梅香最後一個加入曼陀羅的圓形內，大家開始在工作人員的指揮下集體運用簡單的唱誦及呼吸法開始了曼陀羅。

大約半個小時過去了，教室裡剛才烏煙瘴氣的恐怖氣氛漸漸消失，取而代之的是集體的溫暖的和祥的氣息開始充盈在空氣中。

梅香看見靈靈老師鬆了口氣，再看看王勝在一堆女人前後的簇擁中微閉雙目，一起陶醉地練習呼吸，場景美好而安詳；梅香的目光還找到「罪人女子」在曼陀羅的圓心裡，臉上已有紅潤，甚至掛起了一絲苦澀的微笑。

一個小時後，教室裡終於全都不哭不鬧，安靜起來。工作人員就宣布上午課程結束，大家可以吃午飯了。

離開教室的時候，走在梅香旁邊的一位女孩回頭望望教室，驚魂未定地說：「我怎麼覺得教室裡還是陰魂未散啊。」

吃完午飯，梅香找到鬱悶的坐在角落的王勝，說道：「王帥鍋，走吧，我們去酒店一樓的茶座喝喝茶，壓壓驚吧。」

王勝才勉強擠出一絲笑容，跟著梅香到了茶座要了一壺鐵觀音。

待沏好茶，鐵觀音特有的清香漫開來。

梅香看王勝還是悶悶不樂，就逗他開心：「還煩悶呀，誰叫你長那麼帥呢，在人群裡光彩奪目，那些女人們才會找上你撫慰她們受傷的心靈啊。」

王勝終於噗嗤一聲笑了：「就你還笑得起來，你看看，大家都給弄得惶恐鬱悶不已。」

梅香見王勝笑了，卻反而認真地說道：「王勝，我對這個個案有些想法和看法，想請教你這個心理學專業人士。」

王勝已經輕鬆起來：「說吧，我就知道你是有目的的。我也正想和你探討探討。」

梅香沉思了片刻，緩緩說道：「今天，這個個案的主角鵝蛋姑娘看起來已經三十來歲了，

十六歲與親生父親之間的事前後折騰算四五年吧，估算這件事已經過去了十來年。且，這個課程的主題是「靈性財富之光」，但這個姑娘並沒有財富問題。

　　也就是說，真正困擾這個姑娘的是和親生父親之間這段不正常的關係，這段關係就像夢魘一樣時刻纏繞著她，像沉重的大山一樣隨時壓得她喘不過氣來，可以說，她覺得自己很罪惡很骯髒，十年了，她無法掙脫內心的愧疚譴責，她甚至難以繼續正常的生活，例如結婚生子，例如坦蕩地面對親朋好友、面對陌生的人、面對這個世界，因為她覺得自己不可原諒，甚至覺得自己是不可饒恕萬惡不赦的罪人。

　　所以，她才會不顧一切地同意把這個隱私的悲劇拿到大庭廣眾來說。她期望有神秘的力量能把她從這個可能吞沒她的泥沼中拉出來，因為她自己都不知道受什麼罪惡的力量的牽引自己才如此骯髒。」

　　梅香說完這段推測，停下來，靜靜地看著王勝。

　　王勝點點頭：「據今天的情形看來，你分析的完全有可能，繼續。」

　　梅香受到鼓勵，繼續說了下去：「這位姑娘，為什麼和親生父親發生這種違反倫理的事情呢？」

　　「要說道她小時候，因為很小就跟改嫁的母親組成了另外一個家庭。但在新的家庭裡，除了母親，她無法和其他家庭成員產生親情連接，尤其是男性，例如繼父。但她幼小心靈又是多麼渴望愛與親情。

　　「在正常的家庭裡，女兒不需要以特別的方式去和親生父親連接，因為血緣關係的連接產生了天經地義的安全感。

　　「但在離異重組家庭卻可能產生，弱小的女孩試圖通過身體去與新家庭的男性成員達成親情連接，尤其是繼父，女孩希望通過這種形式達成『親密的親情』認同。」

　　王勝切入話題說道：「你的推理有案可循。這位姑娘可能和繼父產生了關係。這種情況在全世界的再生家庭案例不少。哦，對不起，搶著說了，你講的有意義，繼續。」

　　梅香呡了口茶又說道：「後來，十六歲時，姑娘首次見到了親生父親，那種多年缺失的對父愛與親情的渴望再度吞噬了她，她重覆了以前的錯誤模式，再一次以傷害自己的形式抓緊親情。偏偏她又遇見的是沒有自制力的父親，在血脈相連的親情面前，悲劇就更殘酷的產生了。」

　　「哎，悲劇往往就是這樣產生的，殘酷亂倫的悲劇的根基卻是源自對愛與親情與安全感的缺失與渴望。」王勝不由感嘆道：「梅香，對於這種情況，你覺得應該怎麼辦才好呢？」

　　梅香微笑著看著王勝：「我說的不一定正確，僅憑心中的真實想法。」

　　王勝已是急於想聽下文，忙說道：「沒關係，你就憑著你的心說。」

　　梅香又喝了口茶，不急不慢地說道：「這位姑娘最大的障礙就是對自己的罪惡感和譴責，這個情緒的負面能量很低，會徹底摧毀一個人，甚至幹出更不可思議的傻事。所以，

我們心理治療的首要任務就是消除她的罪惡感。」

王勝肯定地點點頭。

梅香繼續說道：「我們要通過一係列的心理溝通和幹預，讓她看到悲劇的根源是自己對愛與親情與安全感的缺失與渴望，這本沒有錯！而不是她的淫穢或者其他加之給自己的罪惡，她只是用錯誤的傷害自己的方式去尋求愛。」

「當然，最好是治療師一對一的隱秘治療，這畢竟是沉重的隱私。」

王勝又接過話頭：「是啊，這世界，哪有絕對沒有罪惡的人呢。就像基督說的：『人人皆有罪。』」

接著又問梅香：「你聽過這個聖經故事吧？」

一天，文士和法利抓到一個賣淫的妓女，兩個人將妓女押到耶穌的面前。

文士說：「像這種淫蕩的女人，按照摩西律法應該用石頭將她砸死，您說對嗎？」

耶穌聽完文士的話後，沉默不語，只是彎下腰在地上畫畫。

法利又說：「請問您將怎樣處置這種壞女人呢？」

耶穌仍然一言不發。

這時，衆多的人都圍了過來，不斷追問怎樣處置這位妓女。

耶穌站起身來，看了看衆人，用手指向那個妓女說：「如果你們中間誰認為自己從來沒有做過錯事，誰就可以用石頭砸死她。」

衆人聽了耶穌的話，面面相覷，一言不發，慢慢地，一個個都散去了。

只剩下耶穌和那個妓女。

耶穌說：「你走吧，我定不了你的罪，沒有人可以定你的罪。因為沒有人從未犯過錯誤。」

梅香說道：「我贊同你這個觀點。全球暢銷書《人性的弱點》一書第一章第一節『如欲採蜜，勿蹴蜂房』，開篇就提到人們認為罪大惡極的罪犯，他們往往認為自己曾經多麼卑微弱小、仁愛慈悲、貢獻社會，之所以最後走上殺人放火違法亂紀的歧途，都是他人、社會、政府，對自己的誤解、傷害、不公平待遇，逼得自己走投無路，不得以採取『自衛行為』。

雖然人們很難接受這個說法，但也從另一個角度說明，罪犯在犯罪前往往都是受苦的人，他們在自我與他人的有意無意的傷害衝突中找不到解脫的出路，就演變成極端的傷害他人最後更徹底摧毀了自己的身心。

如果，我們能在他人極端受苦的時候，就給予引導和幫助，世界上應該少了多少人為的傷害和毀滅啊。」

王勝哈哈大笑：「梅香，沒想到你還有這麼深刻的見解和社會責任啊。你不會是潛伏的心理療癒專家吧？哈哈。」

梅香不好意思地笑了：「我沒有那麼崇高啊，只是看見別人受苦會讓我深深地難過。

我也沒有從事過心理療癒工作，我只是用心去體會。不過，大道理很多人都懂，但很難整個身心靈真正的從苦難中走出來，哎。」

王勝也鬱悶道：「是啊，說得容易，做到難。你有什麼辦法嗎？」

梅香想了想說道：「其他身心靈的療癒的方法我不擅長，我只知道我天天練習的冥想瑜伽，可以較為全面的深度的快速的療癒身心靈的創傷並煥發全新的生命力。」

王勝好奇了：「冥想瑜伽？」

梅香說：「是的，冥想瑜伽是歷史悠久的印度皇室密宗瑜伽，直到 1969 年，Yogi Bhajan 大師打破千年秘而不宣的咒語，首次在美國公開對外傳播，才因其神奇的功效迅速在全世界流傳開來。」

王勝更好奇了：「很特別的瑜伽，我以前沒有聽說過，我以前以為瑜伽主要就是通過高難度的肢體動作來調節身心。那冥想瑜伽如何來達到鵝蛋姑娘的案例療癒效果呢？」

梅香說道：「冥想瑜伽會通過美好的唱誦，純淨療癒的音樂，簡單易做的肢體動作，深度達到靜心冥想的效果，從而使我們身心靈合一，從潛意識清除罪惡等負面情緒，讓我們接受和愛護自己。」

「例如，冥想瑜伽專門有一係列的『生命重生』的功法療程，在美好的瑜伽動作和音樂中，讓練習者觀想體驗，重新回到母親的子宮，去擁抱生命孕育之初就可能帶來的傷痛，讓傷痛在冥想瑜伽特有的呼吸、運動、唱誦的強大能量輔助下，轉化為新生的純淨能量，如此繼續，又回到嬰幼兒時期、童年時期、青少年時期、青年……直到現在，把締結在身體每一個細胞的負面能量清理出來，再在飛翔的肢體動作中，觀想自己完全獲得新生，自由自在地飛躍。

「最後，我們所有的學員再一起共同進行療癒冥想，冥想瑜伽有很多豐富多彩的療癒性冥想。特別是人員眾多時，大家一起同聲唱誦和共同動作，美好壯觀，能量特別強大，在悠揚的唱誦聲中和整齊劃一的動作中，個案的案主和集體融為一體，群體練習者會合一的體驗到，案主的痛苦就是自己的痛苦，案主的喜悅就是我們的喜悅，我們不分彼此，合為一體。

「我很難用語言描敘這種『鳳凰涅槃』般的美妙神奇。

「全套功法約莫 180 分鐘，我親身體驗過，從此後我就練上了冥想瑜伽。」

王勝已經沉浸在梅香描述的場景中，臉上蕩起喜悅平和的微笑。

梅香停止了說話，好一會兒，王勝才回過神來：「我完全能感覺得到冥想瑜伽的美好療癒，其實，今天我也受到驚嚇，剛才和你的對話，我覺得療癒般的輕鬆了。梅香，你應該去傳播冥想瑜伽，去幫助更多需要幫助的人。」

梅香說：「我以前只是想到自我療癒和提昇，我自己體會到了冥想瑜伽的福報，就有了分享之心。謝謝你的鼓勵。」

第三天直到課程結束，梅香再也沒有見到王勝來上課。

梅香在微信上發了個問號給王勝。

王勝很晚才回了微信：「這兩天給我的衝擊太大了，我想好好安靜地重新思考，怎樣才能更好地療癒自己和患者，以免撕裂患者傷口，形成二次創傷，卻無力療癒，反而給他人帶來更大的傷痛。」

第十節　直面挑戰，擁抱負面情緒

這天早上，梅香練完瑜伽套路後，又慣例加上「清除他人對自己磁場干擾」的哇嘿咕嚕，然後再5分鐘「瑜伽靈氣療癒腱鞘囊腫」，雖然這樣每天晨練時間加長了，幾乎到了120分鐘。但想著滿滿的功課，梅香就有充實的喜悅。

練完之後，手機的日程提示「哇嘿咕嚕」已經是一個療程最後的40天了。好吧，就這樣結束吧。

中午陪北京來的客户有個商務餐，在公司附近的一家粵菜館，梅香點的廣東燉湯熱騰騰地端上來，北京客户喝得嘖嘖讚嘆，廣東的湯就是香。

梅香一下想起，陽陽前兩天來電說過，梅香寄的敬總送的湯包又方便又營養。

梅香就在吃飯的空檔兒，快速寫了個短信發給敬總致謝：「敬總，上次您派司機送的食療湯包，正好有朋友的母親病後需要。她喝了後說，又方便又營養。太謝謝您了。祝好。」

下午回到辦公室，拿出手機準備撥打一個商務電話，看見手機攔截信息顯示，在中午的時候，10分鐘內攔截了8個相同的手機號碼。

手機自動攔截的黑名單號碼，一般都是些廣告推銷騙人的騷擾電話啊，但通常騷擾電話拒接後不會如此狂熱的持續撥打啊？

梅香心裡一緊，怎麼回事，什麼人有多大的急事找我嗎，才會如此瘋狂地在幾分鐘內一個接一個地撥打我的電話。

梅香急忙打開電話攔截記錄查看詳情，「敬遠之」的手機號碼，高飛的來電！

高飛怎麼會突然來電呢？不是已經宣告永不聯繫了嗎？兩人已經斷絕聯繫大半年了，依梅香表現出來斬釘截鐵的決心，依高飛的自尊應該不會「騷擾」梅香的啊？

梅香突然想到，今天中午發敬總的短信難道發給高飛了？

梅香忙一查看短信記錄，果然，梅香中午吃飯時發短信，匆忙中就發到了與「敬志之」接近的「敬遠之」的號碼上，當初為了攔截高飛來電，就把高飛的手機號碼標為「敬遠之」，

也就是「敬而遠之」的意思，並設定到黑名單，梅香連高飛的名字都不願觸碰了。

而高飛收到這個梅香的短信，卻不顧一切地覺得和梅香之間有了一絲聯繫的希望，不由思索地拼命打電話，梅香能感覺得到高飛瞬間爆發的無法抑制的急迫和期待。

頓時，梅香心如刀絞，心中不停地說：「高飛，我知道了，謝謝你，對不起，我們之間再也回不去了，為了我們走好各自的路，我們還是不要聯繫了。請你理解我，請你原諒我。對不起，請原諒。」

高飛就再也沒有音信了。

梅香知道，她和高飛都應該到完成功課的時候了。她可以完全地放下高飛了，切斷姻緣，也為高飛放下自己，鋪展道路了。

梅香覺得到了該告訴父母的時候了，無論父母如何反應，自己都可以平靜地處理了。

梅香就把珠江邊的那套高級公寓清理乾淨，購置了新家具，把父母需要的生活用品都一一辦置好。

自己首先搬進去住的那天，買了幾大捧鮮花，香氣撲鼻的百合和玫瑰，美美地插在各個房間裡。

再放了一整天冥想瑜伽的音樂，讓這些清理磁場，保護能量的空靈樂曲充滿房間的每一個角落。

哦，真好，新家，新生活開始了。

梅香給父母打了電話，講想念他們了。父母就樂呵呵地同意梅香，給他們購買了週末回廣州的機票。

梅香開車去機場，接了父母就先去珠江邊的廣州酒家吃午飯。梅香特地預定了個小包間，準備在吃飯的時候給父母講講和高飛離異的事，以免他們回到新的家感到意外。

梅香一邊給父母夾菜，一邊把和高飛離異事情的前後經過，揀重點大致講了，講完之後等待著父母的反應。梅香已經準備好安撫情緒大、脾氣急躁的母親的強烈反應。

母親眼眶裡閃著淚光輕聲說道：「女兒，你受苦了，媽媽感覺到你這段時間肯定有什麼事。沒有一個親人在你身邊，這麼苦痛的事，不知道你怎麼度過的，媽媽理解你，你關鍵要照顧好自己，人生還很長。」

梅香的眼淚一下大串地掉在湯碗裡。

一向沉默冷靜的父親也說話了：「梅香，你一直都是父母的驕傲，你總是很懂事，你這樣做一定有你的道理。以後，你要更加快樂開心。」

梅香沒想到父母如此通情達理，沒有一句責怪自己，反而擔心和安慰自己，這就是父母啊，永遠無條件地愛自己的子女，在關鍵時候總是堅定地支持兒女。

梅香接過母親遞過來的紙巾，擦乾了眼淚說道：「爸爸媽媽能理解我，讓我好安慰。以後，你們有什麼事需要和高飛聯繫，你們儘管逕自處理好了。我為了和高飛徹底斷離，

生命就是一個體驗過程，永遠都在旅途，沒有終點，但會有一個又一個的人生功課需要我們去面對去完成。

正是這些永無停歇不斷升級的人生功課，讓生命充滿了無數好奇的挑戰和無限精彩豐盛的達顯。

喚醒內在神性
一場冥想瑜伽的療癒之旅

雙方各自走好以後的路，至少這些年，我和他盡量不要聯繫為好。」

　　父親點點頭：「也好，你們傷痛糾結了這麼多年，要斷就乾乾淨淨，不要藕斷絲連，反而對大家都不好。」

　　劉益給梅香電話：「梅香，你真的就和高飛斷了嗎，我看你好像挺平靜和開心的，你真的就可以徹底忘了他？哎，我就是忘不了老周的事，一想起就恨，這幾個月老和他吵架，過得一點都不開心。你有空的時候，我們見面聊聊好嗎？有事跟你講講就會輕鬆好多。」

　　正好陽陽也打電話說，這個月末來廣州出差，想和梅香聚聚，也想看看曉霞姐。

　　梅香就給曉霞姐電話說，我們四個姐妹聚聚吧。

　　曉霞姐開心地說：「好啊，但你約的這個週六下午，我和老公要陪爸爸在家喝下午茶，大家一起先來我家吃下午茶，隨便陪陪我爸聊聊天，開開他的心哈。晚餐的時候，我就在我們家社區的會所定個看珠江的包間，我知道你喜歡水景，就我們四姐妹好好聚聚。」

　　梅香說道：「好哈，聽從姐姐安排，不過，你爸爸他老人家怎麼啦？」

　　曉霞姐笑道：「小毛病，都好了。梅香，你記得嗎，四個月前我們一起去醫院看陽陽她媽，了解了胃癌的症狀，我爸正好有。第二天我就帶他去醫院檢查了，果真也是胃癌，幸好發現得早，我爸很快做了切除手術。現在恢復得很好，就是經常在家待著，他老人家也悶。」

　　啊？曉霞姐如此淡定，梅香不知該說什麼好，也就應了曉霞姐，我們週六下午2點，一定全部先來你家看老人家。

　　梅香趕緊打了電話給陽陽和劉益，告訴她們這個安排。劉益也和梅香一起與曉霞姐吃過兩次飯，大家都因為梅香而認識。陽陽和劉益兩個人都很吃驚，怎麼這麼巧，曉霞姐因為探望陽陽因胃癌醫療的母親而發現自己的父親也身患此病，幸好及時治療了，兩人分別在電話裡都馬上應允，先去看望曉霞姐父親。

　　兩點鐘前，梅香和陽陽都分別提著禮物提前到了曉霞姐家。曉霞姐家在濱江東路的豪宅一條街，站在曉霞姐家28樓寬大的陽臺上，看著腳下的珠江水緩緩流過，好像就在水面中央。

　　曉霞姐爸爸，看起來就知道天生就是樂天派，像什麼也沒發生樣，雖然有點虛弱但笑聲朗朗。梅香和陽陽圍著他在陽臺上吃著廣東阿姨做的精美小點，喝著清香的龍井。老人家還講著笑話，逗得梅香和陽陽哈哈大笑。

　　梅香和陽陽由衷地輪番讚美老人家的開朗、幽默、豁達、睿智。老人家開心地說：「你們這些讚美比良藥還管用，我照單全收了哈。」

　　劉益空著手姍姍來遲，沉默地坐在一旁聽梅香、陽陽和老人家開心地聊天，不時無意識地把玩著手腕上重重疊疊套著的一串串木製的佛珠。

　　曉霞姐和老公大熊也忙完了些家務事，招呼著寶貝女兒芮芮，以老人家為核心圍坐

起來。

　　梅香這些年和曉霞姐的家人都比較熟了。曉霞姐的老公大熊強壯憨實，是位普通的海關工作人員，但處處對曉霞姐呵護備至，寵愛有加。

　　女兒芮芮已經十六歲了，正在讀高二，沉靜優美中隱藏著和曉霞姐一樣的野性。

　　徐徐的江風輕柔地吹拂，梅香看著這一家人溫馨地談笑風生，多麼幸福美好的一家人。

　　到了六點鐘的時候，老人家問了時間，爽朗地笑道：「姑娘們，謝謝你們陪了我一個下午，我知道你們晚餐要閨蜜聚會，趕緊去說你們的悄悄話吧。」

　　四個「姑娘」和老人家熱熱鬧鬧地告別之後就轉移了陣地。

　　曉霞姐家的這個高檔社區的會所在廣州是出了名的有特色。五樓的房間大面積的落地玻璃，房間像栽在綠樹叢中，珠江水時隱時現地蕩漾在江風中閃動的綠葉間，靠窗圍坐的舒適的沙發，讓人像落坐在江水綠樹間。

　　晶瑩剔透的高腳酒杯，折射出屋頂像蓮花一樣綻放開去的水晶吊燈。華燈初上，就像四位「姑娘」興奮聚會的心情，氤氳著互訴衷腸的交流期待。

　　會所的義大利餐是最地道的，由來自義大利的大廚烹飪，曉霞姐就給大家推薦了她最喜歡的菜式。「姑娘」們又七嘴八舌地選了四支沒聽說過，但包裝和名字很漂亮的義大利紅酒，大家都贊同嘗嘗「鮮」，先約定今天要放開喝好，誰都不許保留。

　　曉霞姐說：「誰醉了都不怕哈，我直接請保安拖回到我家裡睡覺。」

　　服務生過來輕啟一瓶餐前開胃香檳酒，「乒」的一聲，瓶塞輕快地彈開，香檳的醇香隨著氣泡的輕霧在空氣中瀰漫開來。

　　吃著現烤的尚帶著微微熱氣的芝士餅干，四個姑娘舉起淡金色的香檳酒，輕靈的一片水晶玻璃杯相碰的清脆響聲，撞開了大家飛躍的心情。

　　餐盤擺相甜美的香橙火箭葉沙律，橫切的香橙的剖面像四朵圓圓的太陽花，盛開在潔白的餐盤裡綻開燦爛的笑容。火箭葉清涼的滋味搭著橙子的清甜，別有一番味蕾享受。

　　服務生用繪著羅馬圖案的義大利瓷器餐盤，送來的冰鮮的法國生蠔，打開帶著深海氣息的蠔殼，珍珠一樣晶瑩光滑飽滿的蠔體浸潤在有著淡淡腥味的海水中。

　　梅香拿起旁邊新鮮的檸檬切片，把檸檬撲鼻的清香擠在生蠔上，再雙手託起蚝殼端到嘴邊，深深吸氣，海水的腥味和檸檬的青香沁人心脾，梅香緩緩地一嘬嘴，蠔體優雅地滑進了口中。梅香微閉著眼睛，靜靜地享受著這涼滑清爽的海洋的滋味。

　　待梅香睜開眼睛，三個姑娘都饒有趣味地盯著梅香，看她享受生蠔的樣子，姑娘們齊聲歡笑開了。

　　曉霞姐招呼著：「吃吧，吃吧，好好享受屬於我們的美食，屬於我們的時光哈。」

　　「好啊，好啊，」姑娘們又舉杯碰觸美食的歡愉味蕾。

　　「帕馬火腿卷哈密瓜」抬上來的時候，姑娘們歡叫著很快瓜分完了。

姑娘們真是各具特色，每個人要的湯式都不一樣。梅香喜歡的義式海鮮濃湯，鮮貝、大蝦、迷迭香葉，紅黃綠的熱烈色彩看見就想大快朵頤；劉益的義大利野菌忌廉湯，乳白的濃湯上撒了一圈黑色的香料末，神秘的誘惑；曉霞姐的義大利番茄湯，就像她的人一樣紅紅火火；陽陽的義大利蔬菜湯也是暖意融融。

　　待到「西西里式魚柳卷」端上桌的時候，即使面對如此嬌艷鮮香的尤物，姑娘們的食速還是明顯減緩了。

　　陽陽舉起一杯新開的紅葡萄酒，紅酒在水晶杯中淺淺地輕晃，對著曉霞姐和梅香說道：「謝謝兩位親愛的，上次在廣州辛苦你們了」。

　　曉霞姐和梅香同時舉杯輕碰，也幾乎是同聲問道：「媽媽好了吧？」

　　陽陽把手中的酒一飲而盡後，微笑著說：「她老人家很好，走得很好，現在在天堂應該也很好。」

　　曉霞姐和梅香的酒杯都停在了空中，三位姑娘都驚詫地看著陽陽。

　　陽陽笑道：「喝酒啊，喝了我就講嘛，已經好好的啦，不要擔心。」

　　曉霞姐和梅香只得疑惑地先把手中的酒一飲而盡。

　　陽陽帶著滿意的笑容說：「讓你們操心了。由於發現得太晚，即使手術後，腫瘤癌變細胞還是迅速擴散，我媽媽兩個月前去世。梅香，你寄的湯包，後來都是我喝掉的，呵呵。」

　　陽陽看看三位姑娘難過的表情，繼續說道：「不過，梅香，幸好你推薦了我看了《西藏生死書》，我媽媽生前信佛，她後來也都接受書中的觀念，在我們彼此的祝福中平靜地走了。真的，你們不用擔心，她老人家走得好好的。」

　　「來，你們三個別傻了，生死是每個人的必修課，呵呵，碰一杯，一起祝福我媽媽的在天之靈安好。」陽陽邊說便給大家加好杯。

　　梅香、曉霞姐、劉益感覺陽陽是真的坦然面對母親的去世了，也就鬆了口氣，舉杯祝福而飲。

　　陽陽放下酒杯，頓了頓像下定決心地說道：「還有姐妹們，我們各自一方也難得聚聚，其實，姐妹在一起就是想多說說心裡話，互相交交心。今晚我就多說點事，主要是想讓我們彼此吸取點經驗教訓，好嗎？」

　　曉霞姐趕緊應道：「是的，姐妹間要相互學習，相互鼓舞，一起打氣哈，來，乾一杯。」

　　四位姑娘又開心地舉起酒杯乾了手中的酒後，等著陽陽說下去。

　　陽陽微笑著繼續說道：「關於我老公的事，我要不主動交代，梅香也會操心。」

　　梅香應道：「你知道就好，你老公的事處理得怎麼樣了？」

　　陽陽說道：「曉霞姐和劉益都不知道我老公以前的事，我就先交代交代前面的故事吧。」

　　梅香點點頭。

　　陽陽就把他老公以前和她的姻緣，以及這些年借債千萬，全家人都束手無策的事簡

單講了。

聽得曉霞姐和劉益都唏噓感嘆，還有這樣奇葩的老公啊？現在呢？

陽陽說道：「在我媽媽回到合肥療養一個多月的時候，我老公就跟我辦了離婚手續，他說他不想牽連我和孩子，他只是形式上離婚，為了保護我和孩子免受債主追討，我們一家人還是一起過日子，以後等事件過去了，我們再復婚。我想想，他說的也有道理，也就同意了。」

梅香點點頭說道：「這樣也好。」曉霞姐和劉益也一起點點頭。

陽陽又平靜地說：「但是，我媽媽去世了，我老公陪我處理完喪事後不久，就突然消失了。也沒有給我和孩子交代過。至今公安局也找不到他。我只有祝福他了！」

梅香、曉霞姐、劉益又被陽陽輕描淡寫的這個結局驚得目瞪口呆。

過了會兒，梅香給陽陽夾了個魚柳卷，說道：「陽陽，你沒事吧？」

陽陽吃了口魚柳卷，說道：「梅香，我知道你會擔心我。但我現在真的很平靜，而且從來沒有這樣勇敢堅強過。我和爸爸賣掉了我們的兩套房還老公的銀行抵債。我和爸爸，女兒三人租了離孩子上小學近的小套房，我們三人相依為命，倒也平安自在。」

「真的，梅香，你可能更能理解我現在的心情，我現在反而這些年從來沒有的輕鬆平靜。該去的人都去了。以前總覺得我應該幫我老公爭氣，這是我的責任，所以，我不顧一切毫不猶豫，甚至不惜身家性命。現在，我覺得我該做的都做了，我把該還我老公的情債都還給他了，我都對得起他了。」

「雖然，我現在還要積攢薪酬還我閨蜜的兩百萬元錢。但我心裡是輕鬆的，我現在在街邊的地攤上買到甩賣的 30 元錢一條的裙子，我都會開心，這是以前難得的心情。」

陽陽舉起杯，把薄薄的紅酒貼著偌大的水晶杯慢慢地輕晃了一陣，綢緞樣的酒體掛著華亮的杯壁柔滑地流下。

曉霞姐已經是眼睛紅紅地濕潤了，她先給陽陽加了點酒，自己又端起一杯酒，一手舉杯一手握住陽陽的另一只手，真誠地說道：「陽陽妹子，我第一次見你就很喜歡你，你是那麼的陽光、善良、溫暖，什麼事都為他人著想。你都做得很好，一切都過去了，你會更好的。」

陽陽咯咯地笑著說道：「謝謝，曉霞姐，我也相信一切都會更好的。梅香知道，我以前其實一直都挺膽小懦弱的，老是有意無意地迴避問題。要是以前面對現在親人離別，負債纏身的困難，我想都不敢想自己可以堅強樂觀地面對，我自己應該是首先垮塌了。」

「現在，我有勇氣有力量面對困難和挑戰了。對了，告訴姐妹們個好消息吧，我現在勇挑重擔了哈，我們公司安徽省的總經理調任了，我們外資公司廣州總部的領導多年就希望我總負責安徽市場，我總擔心自己做不好，上個月我正式接受委任狀，全面管理安徽市場了。」

梅香舉杯邀約：「太好了，祝賀陽陽高昇，做省區總經理了。」曉霞姐，劉益也開心地舉起杯隨聲附和：「祝賀，祝賀。」

「蘆果拉汁螺螄粉」上桌的時候，服務員特別介紹，這是選用歷史最悠久、品質最高、價格最貴的西西里島螺螄粉，因為只有這種螺螄粉才最有嚼勁，大廚用義大利人在夏季常用的香葉「蘆果拉」，配合小番茄、忌廉汁以及帕馬臣芝士，特製而成。

梅香和陽陽又歡呼雀躍地搶食起來。曉霞姐忙高興地站起來替大家分盤：「好了，好了，我來服務，看我們都成了一個個貪食的小姑娘。」

曉霞姐心滿意足地看著梅香、陽陽、劉益認真地品嘗美食，看來今天推薦的這個聚會的地方大家都很開心。

待三位貪吃的「小姑娘」吃得差不多抬頭的時候，曉霞姐已經為大家又加好了一杯薄薄的紅酒。

「來，喝點酒，我已經微醺了哈，你們要跟上哦。」曉霞姐率先輕輕地一口飲盡杯中酒。曉霞姐放下酒杯說道：「我也想和姐妹們分享一下我的故事，大家也加持一下我吧。」

三位姑娘都吃好了各自餐盤中的螺螄粉，靜靜地聽曉霞姐說話。

曉霞姐微笑著把目光投向窗外江面的閃亮燈火，像講別人的故事一樣講開了：「其實，我今年也發生了不少事。大家知道的我父親也做了胃癌手術，幸好在醫院遇到陽陽發現得早。」

「但大家不知道，我有個親妹妹，我們家就我們兩個姐妹。我妹妹十來歲的時候，我父親因為喜歡上另一個女人，就和我母親離異，我們姐妹倆從此就和母親三個女人生活。我還能接受現實，但我妹妹因為從小父母特別寵愛，爸爸離異就嚴重打擊了她，妹妹從此精神失常，時好時壞。

「這次，突然得知父親身患癌症，妹妹受到打擊病情加重，只有送到精神病院，我前段時間每天在腫瘤醫院和精神病院之間奔忙。」

「屋漏偏遭連陰雨，家裡還多了第三個病人，我母親受父親和妹妹生病的影響悲傷焦慮難過，多年的肺病又復發，天天在家唉聲嘆氣，晚上，我回到家還要安撫母親。

「偏偏在這時候，我老公單位發生了『腐敗窩案』，老公遭人栽贓陷害，遭到組織調查審核，幸好我們家不缺錢，老公一個平常職員，也沒有什麼權力可以撈到好處，最終還了清白。但我老公一個老好人被折騰了幾個月，我跟著擔驚受怕，但又不能告訴家裡任何人，他們老的老、小的小、病的病啊。

「家裡人生病出事忙的團團轉不說，我的生意又遭到重創。我去年投資上億的礦廠，遇上鋼鐵需求及價格下滑，每個月都虧損五百多萬元，大半年虧了好幾千萬元。可是，廠裡還有人鬧事。鍊爐洩露，有一工人不小心被中度燒傷，我們及時救治，並按法規賠償了幾十萬元，可是這個工人根本不管什麼法律，召集村裡幾十號人，天天堵在廠門口鬧事，

要求賠償幾百萬元。

「還有，我女兒芮芮成績很好，申請美國的一個常青藤學院本來沒有問題，結果因為代辦手續的移民留學的簽證公司的程序出了問題，計劃今年出國留學泡了湯。」

曉霞姐一口氣說道這裡的時候，看見梅香、陽陽、劉益三個姑娘已經緊張得大氣都不敢出，生怕曉霞姐還有什麼不可思議的一連串的倒霉事。

曉霞姐噗嗤一聲笑了，招呼服務生說道：「把我們的甜點上來吧，給姑娘們壓壓驚。」

看見曉霞姐沒事一樣的反應，大家才鬆了口氣。

梅香還是忍不住問：「那，現在呢？現在都解決了嗎？」

曉霞姐繼續說道：「說道這裡，我真心地感謝梅香，是她教會了我練習冥想瑜伽，讓我學會了冥想。不但我自己的心痙攣頑疾得到有效的療癒，關鍵是我發現我更加有力量面對一切了，就像陽陽一樣，更加堅定平靜地面對一切。換了以前，我從小個性強，雖然不至於打趴，但肯定很抓狂。」

「我以前不會哭，但現在經常一邊做瑜伽一邊哭，哭著哭著就好過多了，瑜伽做完就笑著面對一切了。」

曉霞姐說著說著，隨手將了將黑亮的頭髮，嫵媚優雅的風情在她烏黑發亮的眸子裡和閃亮的髮梢跳動。

梅香心想，是什麼讓這位看上去嫵媚柔骨的女人能堅定地承受這麼多的打擊啊？

陽陽說道：「曉霞姐，我忘了說，我覺得我的這一切轉變也是冥想瑜伽給我帶來的，因為瑜伽已經融入我的生活，是我身心的一部分了，所以也就沒特別講。幸好你替我總結了。但，你哪些事情現在情況這麼樣了？」

曉霞姐拿起酒杯調皮地一眨眼睛：「妹妹們接著想知道結果啦？不急，先碰一個。當下開心最重要哈。」

四個姑娘就又樂呵呵地先喝了一口紅酒。

曉霞姐問道：「我們隨意而點的紅酒，味道怎麼樣啊？」

劉益說道：「喝慣了熟悉的品牌，換一個新口感也不錯啊，新鮮的特別的味道。但，曉霞姐，你倒是說啊，現在情況好些了嘛？」

曉霞姐笑道：「我最近越來越悟到，其實，到現在這些事都沒有根本的改變，也就是沒有所謂的變好。但我因為平靜地面對，隨其自然，有了好的心態，反而覺得一切都是最好的安排，該來的都來吧。」

梅香想起剛剛經歷高飛一係列背叛，離異時自己的心態，就補充了句：「讓暴風雨來得更猛烈些吧。」

曉霞姐點點頭：「哈哈，是啊，剛發生一連串的打擊時，我也這樣想，讓暴風雨來得更猛烈些吧，當自己勇敢面對時，困難也就沒那麼可怕了，反而覺得危機也就是轉機吧。

「我從困難中也收獲了不少，例如，因為我爸爸突患絕症，面臨可能隨時離開我們，我和媽媽就從心底裡完全原諒爸爸當初離異的行為了，其實，這些年他也一直照顧我們，從來沒有停止關心我們。爸爸感覺到了我們的諒解，雖然身患絕症，卻從來沒有這樣開心過。

「我老公經歷磨難，我突然發現這些年老夫老妻如同左手握右手的審美疲勞換成了新的愛惜與親情，我其實很愛我老公，我是多麼不願意失去他。而我老公看見我在他磨難的時候，表現出堅定的愛與支持和信任也很感動，更愛這個家了。

「你們看，我們整個家庭因為疾病磨難，反而比以前更加愛護和深情，這是困難給予的禮物啊。

「還有，我因為一直不甘心投資失誤的礦廠，一直捨不得關閉，但因為各種阻礙也就順勢關閉了。現在看來，這個行業的形勢越來越嚴峻，幸好我沒有繼續固執地栽在這個虧損的無底洞裡。

「還有，我女兒芮芮說她自己有信心申請到更喜歡的學院，原來那個學院的專業她本來就不大喜歡，暗地裡還慶幸可以跟爸爸媽媽在一起多待一年呢。

「還有，梅香，我那親愛的從不運動也不喜歡新鮮事物的媽媽，也開始跟我練瑜伽了。」

曉霞姐激動地說完一連串「還有」，臉上已是紅彤彤的光亮，有美酒也有心情的混合作用吧。

這時，劉益站了起來，冷冷地說了句：「我上個洗手間，你們繼續興奮吧。」

劉益進了洗手間，曉霞姐和陽陽面面相覷。曉霞姐輕聲問梅香：「怎麼啦，劉益看上去悶悶不樂的。我們可以幫她嗎？」

梅香說道：「可能有心事吧，沒關係，都會好的。」

曉霞姐熱心地說道：「梅香，你勸她跟你練瑜伽啊，你猜猜，我老公下午見我們四個姑娘怎麼說劉益？」

「怎麼說？呵呵」梅香也好奇了。

曉霞姐笑道：「我老公說，一看就知道劉益沒練冥想瑜伽。我驚訝地問他，你怎麼知道的？我老公說，你看看你們三個練冥想瑜伽的，眉飛色舞、神采奕奕，就劉益焉搭搭，沒精打采地在一邊，怪可憐的。」

梅香和陽陽都笑開了。

梅香說道：「我也教過她，但她沒興趣堅持，每個人情況都不一樣，隨緣吧。」

過了會兒，劉益從洗手間出來，手中拿著半支未吸完的香煙。

服務員已經端上了餐後甜點，是青檸塔慕斯和阿芙佳朵。

陽陽開心地嚷道：「早就聽說，阿芙佳朵是義大利餐後最美的甜點，竟然一直沒吃過，今天有口福了。」

溫熱的義大利咖啡瀑布般瀉入冰淇淋中，交融出大理石般的華麗紋路，一半是海水，

一半是火焰般演繹出冰與火的熱烈與高冷。在這夏夜的廣州，阿芙佳朵帶來的不僅僅是冰涼愜意的享受，還有著安寧平靜，溫馨與甜蜜的感覺。

這邊，梅香已用小勺輕輕舀了小塊青檸塔慕斯，巧克力的香濃與鮮奶油的濃郁馬上慰藉了味蕾的渴求，調配得恰當好處，香滑醇厚的獨特口感，將牛奶的香與巧克力的濃發揮到淋漓盡致。

兩個人爭著給劉益推薦，你吃吃阿芙佳朵吧，你嘗嘗青檸塔慕斯吧。

劉益擺擺手，拿起香煙：「這才是我的餐後小甜點，飯後一支煙勝過活神仙。」惹得大家哈哈大笑。

梅香看看大家甜點吃得心滿意足了，就說道：「我也說說我的故事吧，不過和你們堅強樂觀的故事大餐來比，我最多只算是餐後小點哈。」

大家又一陣大笑。

梅香就把自己與高飛離異的事大致說了。

曉霞姐感嘆道：「你哪是小甜點，完全是虐心啊，這個高飛也是自找苦吃啊。」

梅香輕聲說道：「都過去了。」然後給大家鋪了紅酒，邀約舉杯說道：「姑娘們，這一杯，為我們自己碰杯吧，獻給我們自己。此時此刻，我被我們的故事深深打動，無論我們經歷多少困難和挑戰，雖然我們也曾傷心過、痛苦過、憤怒過、害怕過，但我們不但沒有垮掉，反而更加靜定、勇敢，更加樂觀向上。我們四位姑娘都四十來歲了，但我覺得我們多麼年輕和快樂，多麼渴望新的生活。干杯，為我們自己。」

「干杯、干杯、干杯、干杯」四位姑娘都激動地站起來你碰碰我的杯，我碰碰你的杯，交互碰成一片，薄薄的紅酒高高地蕩漾出酒杯，大家更是興致高漲。

待梅香、陽陽、劉益坐下來，曉霞姐還站著，滿臉通紅地瞇著眼睛，還時不時伸出舌頭，輕輕地舔舔嘴角的紅酒留痕。

「醉美人，別這麼挑逗好嗎，我受不了啦。」劉益緊緊吸了口香煙，故意朝曉霞姐噘起嘴，徐徐吐出一圈圈輕煙，燈光下透明的煙霧擴散開去，淡淡地籠罩了曉霞姐妙曼的身姿。

曉霞姐瞇著眼睛，瞄了瞄大家，感嘆道：「我怎麼覺得你們那麼美，哈哈，是不是練了冥想瑜伽，一切都那麼美。姐妹們，我從來沒有覺得自己這麼青春過，真的。」

陽陽接過話題說道：「我從來沒有這樣盼望過新生活，而且覺得，每一個當下就是新的生活。」

梅香輕輕地搖晃著哼唱起來：Long Time Sun Shine, May The Long Time Sun Shine upon You.（永恆的光輝，讓那永恆的陽光照耀著你。）

曉霞姐、陽陽也都跟著唱起：All Love Surround You, And The Pure Light Within You, Guide Your Way on.（所有的愛都圍繞著你，讓那純潔的光指引你前進的路。）

三個微醺的姑娘親密的攬著肩膀挽著胳膊，跟著歌曲的節奏陶醉地晃動著身體。

劉益抽著煙在一旁看著大家。

梅香一把拉過劉益，把她塞進曉霞姐和自己的中間說道:「這是我們每天練習冥想瑜伽結尾祈福時都要唱誦的歌曲，很美的，我已經唱誦了上千遍了，一起來唱吧。」

劉益只得硬直地坐在中間。

待連唱 3 遍之後，梅香、陽陽、曉霞姐互相對望，彼此眼裡都已是盈盈的淚光在閃爍。

一名靚女服務員已經在旁邊靜候多時，沉浸在這溫暖的歌聲中，眼神寧靜飄渺，像到了另一個美好的世界。

待曉霞姐請她買單結帳時，她才緩過神來，眼裡滿是感動地問道:「姐姐，這是什麼歌啊，聽了讓人好感動好舒服好放鬆，讓我想起家鄉的田野和外婆，好美。」

曉霞姐說:「瑜伽的曼陀羅，你喜歡我手機藍牙發給你。」

服務員開心地忙著下載好歌曲，才不斷道謝著買單結帳。

四個姑娘擁抱著告別。曉霞姐安排司機送陽陽回酒店。劉益沒有開車，梅香就叫了代駕，先送劉益回家。

梅香和劉益軟軟地癱坐在後座上。劉益摸了摸梅香的臉:「滾燙滾燙的，還在興奮啊？」

梅香瞇著眼睛，噘嘴對著劉益吹了聲口哨。

劉益不屑地說道:「我真想不通你們，家裡家外發生了那麼多倒霉的事還那麼開心。尤其是那個陽陽，母親去世、老公跑了，還笑得出聲來，關鍵是她的笑聲如果是強打精神硬裝的，還可以理解。但我看她是真的發自內心的開心啊。簡直是沒有人性，沒有感情。」

劉益使勁搖了搖頭，繼續說道:「想不通，想不通，你們這些練瑜伽的，我可不想跟你們練瑜伽，練成這樣太可怕了。」

梅香驚詫地看著劉益，沉默了會兒，難過地說道:「劉益，你們不了解我們。很簡單，如果你覺得陽陽的開心是不可思議，那我們換個方向想想。如果與現在的事實相反，陽陽因為母親去世、老公跑了，就天天怨天尤人、悲憤不已、一蹶不振。那會是什麼樣的情況呢？第一，於事無補，母親不會因為陽陽傷心就復活過來，老公也不會因為陽陽悲憤就重寫歷史。關鍵是第二，陽陽垮了，她還上有老下有小，她爸爸和女兒怎麼辦，豈不是悲劇延續，過得更慘？離去的親人已無可挽回，關鍵是在的人要吸取經驗教訓，活得更開心健康才最對去世的親人最好的祝福。」

劉益見梅香說得很認真、很難過，也就不吭聲了。兩個人都陷入了沉默。

過了會兒，梅香從車子後座間的雜物箱裡摸出了一本書，遞給劉益說道:「劉益，我非常想你看看這本《靈性鍊金術》。因為我覺得你之所以這麼憤世嫉俗，可能是因為你老公老周給你造成的傷害揮之不去，你總覺得自己是個受害者，受害者的悲憤情緒纏繞著你。

所以你覺得受害者就不應該開心。其實，我們即是受害者也是施虐者，這些傷害都是來幫我們成長的。這本書，我看過兩遍，每一遍都有很大的觸動和收獲。你拿去看看吧，應該可以幫到你。」

　　劉益不得不給梅香面子似的地接過書，說道：「好吧，我抽空看看，雖然我很久没看過一本書了，但你這樣隆重推薦，我就拜讀一下哈。」

第十一節　一味不執着本身就是執着

大概過了一個星期，有天晚上，梅香正要上床睡覺，劉益打來電話，梅香一接通手機，就聽見劉益激動的哭泣聲。哎，劉益又遇到傷心事了。

梅香忙問道：「怎麼啦，劉益？我在呢。」

劉益聽見梅香發問，哭得更厲害了。梅香只得靜靜地聽著，心想，哭吧，哭吧，哭完了就好了。

「梅香，嗚嗚，我現在終於理解陽陽了，嗚嗚。」劉益沒頭沒腦地說了一句。

「怎麼了，和陽陽有關嗎？」梅香不解地問道。

「和陽陽沒有關係，嗚嗚。」劉益嗚咽著。

「那是怎麼回事啊？哭得這麼傷心。」梅香更不解了。

「嗚嗚，是你那本書，《靈性鍊金術》。」劉益答道。

梅香終於鬆了口氣，笑開了：「喂，喂，別哭了好嗎，我倒好奇了。一本書把你怎麼啦？」

「呵呵」劉益破涕為笑：「那天晚上，你給了我這本書，回到家後，我就鬼使神差地看了，一看就不可收拾，一下班就回到家一頭埋進書裡，一週多時間也差不多看完了。可是，每天看每天哭，實在忍不住就想和你分享一下。」

「哈哈」梅香大笑：「一本書，就把我們什麼都不在乎的劉益搞成這樣啊。」

「你就嘲笑我頑固不化吧。但這本書確實一下打開了我的心扉，直達靈魂深處，給我的靈魂洗了個澡，讓我看見了以前蒙蔽的很多東西的實相，讓我重新從心出發來看這個世界。」劉益很認真地說道。

「而且，從來躁動不安的我，竟然能夠開始禪坐了，以前我的佛教師父勸我打坐靜心，我都做不到。可這次，短短的幾天就開始喜歡上打坐了，以前幾分鐘都坐不住的我，現在竟然可以打坐大半個小時了。」劉益又搶著說道。

「嗯，那本書裡可沒有講禪坐啊？你是不是要開始跟我練瑜伽了？」梅香說道。

「書裡是沒有講禪坐，可能是一通百通吧，我的悟性還是挺高的哈。」劉益嘿嘿地笑道：「你那個瑜伽，以後再說吧，你知道，我怕吃苦，人懶。我倒挺好奇，你天天運動不怕累嗎。」

「靈魂需要就不覺得累了，就像你好久不看書，因為靈魂召喚，這本書不就一口氣快看完了。」梅香回道。

劉益不以為然：「哪不一樣，我估計我看完這本書也很難再接著學習什麼了。哪像你那麼執著，一個瑜伽一練就兩年了，天天練啊，我可做不到。佛學不是講不要執著嗎？我還是喜歡隨性隨緣，不執著為好。」

梅香笑道：「關於好多好佛學的人，經常掛在嘴邊的不執著，動不動就說不執著，這本身就是一種執著啊。」

「咦？你？」劉益一頓，笑開了：「是啊，你說得對呀，我也被弄糊塗了。那你怎麼看待執著與不執著？」

梅香看了看時間，23點多，還可以聊聊，而且劉益看來談興正濃。

「你感興趣的話，我正好也思考過執著與不執著的問題。和你分享一下吧。」

劉益趕緊應道：「好啊，好啊，你看問題總有獨到的見解，每次總能啟迪我，真的，梅香。」

梅香就講開了：「有時候，當我想堅持一件事，這件事遇到困難和挑戰時，我就想起當今流行的三個字，不執著。就馬上有放下這件事的解脫和快感。但是，轉念一想，不行啊，如果，我們什麼事都不執著，那就會一事無成啊。

「深入再想，執著本身就是宇宙萬物運行的規律之一啊。如果太陽不執著，每天早上風雨無阻的準時昇起，太陽係還存在嗎？如果地球不執著，億萬年不變的公轉加自轉，哪有春夏秋冬的四季輪迴，人類生存的環境將災難性的毀滅？如果各種生命的種子不執著，放棄了頑強繁殖的天性，這地球上還有一物存在嗎，包括人類？原來，執著本身就是宇宙存在的重要的本質特徵啊。」

「你說的還真是呢，」劉益插話道，「那我們，還是要執著啊？」

梅香想也不想地說道：「執著與不執著，都不能走極端，要看具體的事件，在不斷變化發展中保持一種平衡和諧。」

「重要的事物，例如關係於我們的使命、信念、生存、健康、情義、公眾利益的，原則上的事情，我們要執著。但，執著也要順勢而為，講方法。不要不顧身家性命，一根筋盲目執著。」

「不重要的事物，如，本來就需要求新求變的，或者我們無力改變的，還有過分私欲的，就不要執著。隨緣隨喜。」梅香一口氣說完。

劉益理解地說道：「我明白了，就像你說的，冥想瑜伽拓展你『健美、喜悅、神性』的人生，關係到你生命的意義和質量，所以你要執著。」

梅香呼應道：「對了，隨便告訴你個為了健康執著修鍊的好事情，我一個多月前給你

看過，我右手腕上長了個腱鞘囊腫的包，自從去朵朵師姐推薦的葆拉老師的靈氣後，堅持每天 5 分鐘『瑜伽靈氣療癒』，現在一個多月過去了。」

劉益搶著說：「這麼快就好了？」

梅香笑了：「看你急的，沒全好，但已經消了一大半，只有一小點了，太神奇了，我再執著些時間，應該可以完全療癒。」

「哈哈，我是見證者之一啊，全好了，一定告訴我，讓我也信服，生命自身執著的療癒力量。」劉益叮囑道。

梅香應道：「那當然不會忘了讓你分享生命自我執著療癒的喜悅。所以，我馬上要去上冥想瑜伽的教師課程了，為了更好的執著，執著才能精進啊。」

梅香看了看時間，都快凌晨了，就跟劉益親暱的玩笑中掛斷了電話。

教師課程是在福建寧德的一個山谷裡。

梅香在週末的下午，坐飛機到了福州已是晚上。梅香又坐上課程工作組預先幫著聯繫好的轎車，在這南方的秋夜裡，搖晃了 3 個多小時，差不多凌晨才到達有著微微燈火的山莊，城堡一樣的圍牆，大門緊閉。

司機下去敲了門衛室的小門洞，交談了幾句，有人徐徐打開厚重的木門。

司機幫著梅香在一排平房前卸下了行李，有穿著白衣的姑娘，來帶著梅香進了一個木屋樣的小房間。臨走時特別交代，明早 3：30 就要起床上早課，趕緊睡吧。

房間簡潔乾淨，有著溫暖的橙色燈光。梅香累得爬上床，關了燈，聽見有風在樹林穿梭的聲音和嘩嘩的水流聲。

梅香心想，這樣靜逸的大山裡練習 7 天的瑜伽也是獨特的享受，就很快睡著了。

沉沉的睡夢中，梅香迷迷糊糊地聽見一連串清脆的敲門聲，緊跟著走廊裡想起急促的腳步聲，大聲的呼喊聲：「起床了，起床了，早課啦，早課啦。」

天啊，梅香在夢鄉中嘀咕，剛剛才睡著呢，怎麼就要起床了。可是，可是，我是來上課的，大家都要早課啊，起來吧，起來吧，一二三，睜開眼睛。

梅香睡眼惺忪地摸到衛生間，一捏淋浴的噴頭，好久都沒熱水，好吧，就冷水洗個澡，正好醒神呢。

梅香打開門，跟著一連串匆忙奔跑的腳步，摸著一小段黑漆漆的石子路，到了一個大教室，大教室裡燈火通明，地上整齊地放著幾排瑜伽墊和薄毯，已經有約莫 30 號人靜靜地坐在瑜伽墊上，這應該就是冥想瑜伽國際教師一級培訓的同學們吧。

梅香就近找了個瑜伽墊坐了下來，看見前排的同學們都穿著白色的寬鬆的各式瑜伽服，包著各式白色的頭巾或者帶著白色的布帽，在教室最前面微微高出的平臺上，端坐著一位五十來歲，層層疊疊的包著精緻的高高的白頭巾的外國婦女，應該就是老師吧。

啊，好像發到郵箱裡的來參加學習的課前須知裡提示過，要穿白色寬鬆的服飾。但梅香沒太在意，現在看看自己一身深紅色的運動服，在白色的人堆裡特別顯眼，頭巾也沒戴，很隨意地挽了個丸子頭。

管他的，隨意了，沒必要都穿成白色的吧。

教室三面都是巨大的落地玻璃牆，但外面漆黑一團，什麼都看不見。大家每個人都發了本書，在老師的帶領下，還有音響裡放出的同聲的伴讀下，開始埋頭嘰哩呱啦地誦讀經文。梅香一看，全是印度梵文，旁邊有著生硬的中文譯音，大概都是歌頌神的意思。覺得有佛教經文的感覺。梅香雖然覺得沒意思，但還是勉強打起精神，沒頭沒腦地跟著動起嘴皮來。

大概讀了半個小時，經文書被收走。老師的旁邊已經端坐著一位翻譯，一位和胖胖的老師形成鮮明對比的瘦瘦的女子，同樣一身白色的裝束。

瘦瘦的翻譯發出細細的語調開始同聲翻譯。

老師先自我介紹，聲音輕柔得像個姑娘。

她說她叫安吉拉，出生於挪威，後來移居美國，修鍊冥想瑜伽已經三十多年，跟隨1969年首次把冥想瑜伽傳於眾，2004年離世的大師 Yogi Bhajin 多年，是冥想瑜伽美國研究中心 KRI 的國際教師，也是本屆教師課程的領銜主講導師。

簡短的介紹之後，安吉拉老師就在翻譯的幫助下，開始帶領大家做瑜伽熱身運動，安吉拉幾乎是一動不動地端坐在一長條厚厚的羊毛毯上，偶爾稍微伸伸胳膊做做手勢示範下，輕柔的聲音簡潔有力。奇怪的是，大家好像都能明白各種動作的指引，很清晰地做開了。

一組熱身動作之後，就是一連串的奎亞，教室裡靜悄悄的，在淡淡的橙色燈光下，大家默默地與自己的身體對話，各種影子在白色的牆壁上晃動。

做著，做著，窗外有了微微的晨光，梅香看見一大片長長的山脈橫在教室外，山脈的輪廓與天空慢慢地區分開來，可以隱隱看見整個山脈被密密的樹林厚實地覆蓋著。

梅香瞥了一眼時間，已經五點過了。

音響裡傳出的音樂，老師說，這些都是冥想瑜伽特有的冥想音樂，叫曼陀羅，這些音流在淡淡的白色的晨光中流動開來，梅香看見教室外是一個鬱鬱蔥蔥的山谷，彷彿仙境般的美麗。

老師說，下面是幾個唱誦冥想，每個冥想都是 31 分鐘，要大家雙目微閉，內觀眉心輪，配合著要求的呼吸節奏，跟著音樂一起反覆的唱誦。

啊，幾個 31 分鐘，這麼長啊，怎麼過呢？梅香平時大多做的都是 11 分鐘的冥想。跟著一起體驗吧。

梅香也就坐直身體，把骨盆穩穩地紮根於大地，腰背頭頸保持在一條直線上，開始集體唱誦。一群女子清亮的整齊劃一的歌聲中隱隱有渾厚的男聲像低音的伴奏，輕微的

震蕩著耳膜，在這微涼的清晨，像扒開雲層的第一縷陽光般明媚空靈。

梅香不知不覺就完全沉浸在唱誦中，覺得這兩年自己在唱誦冥想中總不太找得到感覺，可能跟自己五音不全有關，雖然每天的練習都認真地堅持了，但很難臨在的及時體驗唱誦冥想的好處。

現在，此時此刻，梅香覺得自己漸漸不存在了，身體無限地消融，漸漸和這個房間，和樹林、和山谷、和整個世界融為一體，一種彷彿來自遠古的感動無邊地湧動蔓延，梅香覺得身體已經沒有了，自己就是那股感動的氣息，隨著深長而緩慢的呼吸輕輕地蕩漾著。自己和周圍的唱誦聲像仙樂一樣飄渺。

梅香鼻子一酸，覺得自己整個被愛與光輝包圍。

不知什麼時候，周圍的一切都靜止了，梅香就這樣靜靜的消融了，無邊無際。

靜靜的，無邊也無際……遠古的呼喊陣陣傳來，SatNam 響切了時空，一行淚水熱熱的滾落下來，梅香睜開眼睛，萬花筒般絢麗的淚光中，陽光折射出整個世界，淚水滴落，視綫很快清晰，一大個綠色的山谷在陽光下閃動著翡翠樣的光亮。

早課在三聲長長的「SatNam」的祝福迴向中，結束了。

大家前前後後去了山谷邊的另一棟石頭房子裡吃早餐，早餐全是素食、洋芋、玉米窩窩頭、小青菜。

梅香心裡掛念著去那清晨陽光下神秘山谷轉轉，吃了早餐，就轉身走出石頭房子，沿著兩排青竹柵欄圈起來的一條碎石階梯，曲曲折折地走向谷底，有三兩翻飛的白色蝴蝶在前面低矮的灌木叢中帶路，透明的羽翼輕輕地煽動著陽光。

向下行走的腳步越來越接近谷底，轉過一片纏滿藤蔓野花的小樹林，梅香呆呆地定住了。

一汪淡綠的溪水盈滿眼簾，在秋日清晨的柔和的陽光下，碧波蕩漾，有淡淡的薄霧漂浮在水面上。

周圍空無一人，只聽見有些小蟲的細語和幾聲小鳥的啁啾。

梅香不由深深地吸了口氣，空氣有著清淡的香甜。

梅香就像不小心撞進仙境的小女孩，小心翼翼地提著褲腿又開始輕輕地前行。

完全下到谷底了，一汪溪流瀉瀑而下，在溪水直瀉而下的湖邊，穩穩地排著一排錯落的平坦的石頭，明顯是讓人涉水而過的墊腳石。

梅香踏上石頭，走到溪流形成的湖泊的中間，山谷如電影全幅般的完整地呈現在眼前。

前方的不遠處，兩匹山翼如同翅膀般地環抱著撲面而來，伸展到梅香身後的遠方。

在翅膀的交會處，溪流閃閃亮亮地從山石間奔湧而下，下到一窪天然的凹地裡形成一個幽幽的深潭，深潭打開一個缺口，溪流繼續銀簾般地流到下一個地勢更低的大窪地，形成又一個不大不小的湖泊，湖泊敞開寬坦的懷抱，溪流形成的自由的奔放寬大的瀑布，

嘩嘩地奔流過不算高的山坎，又掉落到梅香面前這個最為寬大的湖泊裡，已經是溪流的第三個湖泊了，溪流在梅香面前一步一個天寬地闊的臺階，層層相連地撲面而來，又在梅香的腳下嘩嘩的掉落到身後未知的遠方。

包圍著溪流的是兩邊翠綠翠綠的高高的竹林，還有夾雜在中間的草地和野花。

梅香有了赤腳的欲望，想把身體深入到這青翠滴落的山谷裡。梅香脫下鞋子，拎在手中，把腳踩在墊腳石邊的淺淺的溪流中，一股清涼沁人心脾地滲透了全身。

梅香緩緩地涉水蹚過溪流，又沿著湖邊的長滿青苔的石頭小道逆流而上，走到第一個湖泊處靜靜地待了會兒，又涉水穿過這個湖泊，沿著山路慢慢向上，隨手撿了一把掉落在地上的野花和樹葉，回到了山谷邊的教室裡，陽光已經充滿了整個教室。

早上的課程是大老師授課。大老師講了一級教師課程的結構，分為集中授課，工作坊教練演習，國外參習白譚崔，三大模塊約需一年完成所有考核要求後，由美國冥想瑜伽研究中心 KRI 統一授予國際教師證書。

其中僅教師集中授課就已經內容豐富多彩，教材學習、互動教學、筆試口試、主題演講、工作坊設計。每一次都要在這個山谷裡集中授課七天，中間回家修鍊功課約兩個月，再回來進行第二個七天，再回家修鍊兩個月後，還回來山谷進行第三個最後一次七天，也就是每間隔兩個月三次七天授課，約莫需要在半年內完成。

梅香自由自在地練習了兩年瑜伽，沒想到冥想瑜伽教師課程有這樣嚴密的體係。

拿到工作人員發放的教師教材，梅香更是吃了一驚，A4 開版約莫一釐米厚，足足近五百頁，拿在手裡沉甸甸的。

都說些什麼呀？梅香翻開書，找到目錄一看，更是覺得這本書厚重起來。合計九大部分三十一章，第一部分水瓶年代和覺醒，第二部分冥想瑜伽起源，第三部分喚醒知覺，第四部分瑜伽和功能性的西方解剖學，第五部分瑜伽哲學，第六部分人類和瑜伽生活方式，第七部分冥想瑜伽教師的角色，第八部分姿勢，第九部分組織練習和冥想。每一部分又有係統深入的章節細細分解。

梅香頓時對冥想瑜伽昇起更多的崇敬和神聖感，原來這麼博大精深啊，以前以為不過是豐富的動作、肢體、唱誦、冥想組合而已。

大老師開始從第一部分重點講到第二部分冥想瑜伽的起源。

冥想瑜伽的起源又由第二章什麼是瑜伽，第三章瑜伽的不同種類，第四章瑜伽簡史和帕檀伽利的《瑜伽經》，第五章冥想瑜伽和錫克教，第六章黃金鏈接與靈性導師 Yogi Bhajan 組成。

第二章什麼是瑜伽，又從一種知覺的探索，冥想瑜伽是一門科學，冥想瑜伽的力量，冥想瑜伽的高度和態度，冥想瑜伽喚醒靈魂，冥想瑜伽槓桿、傳奇和體係，大師問答錄，冥想瑜伽——這是你的選擇，練習冥想瑜伽的首要條件，直到冥想瑜伽的上昇，層層分解

原 來喜悅是無條件與生俱來的，只是我們長期用自責、壓力、愧疚、痛苦、緊張等負面情緒壓抑和蒙蔽了喜悅。

AWAKEN THE SPIRIT WITHIN

剖析了什麼是冥想瑜伽。

　　仔細學習這些內容，進一步發現這本教材絕對不是一般教材的教條主義，幾乎都是Yogi Bhajan 大師和他的弟子們身體力行的體驗、感悟、演講、采訪的真實記錄，所以讀起來句句滲透通過實踐而來的真知灼見的智慧，字字閃耀著身心靈知行合一的光芒，真善美的靈魂激蕩在每一篇文章的字裡行間。

　　這些感悟和心得是世面上流行的瑜伽講解或各種千遍一律的網絡諮詢裡搜索不到的，梅香越發覺得瀰足珍貴，如饑似渴地埋進書裡忘我地閱讀著。

　　大老師在講完一個章節後，就通過一組奎亞或者冥想，讓學員體驗這一章節的中心思想在冥想瑜伽中的實踐運用。讓大家從自己的身心靈真正悟見這些靈性之光。

　　下午，又換成一位美國的從小修習冥想瑜伽的青年男老師科爾溫，講解下一個章節喚醒知覺的內容。授課的方式同樣是心得分享和瑜伽體驗本章節的中心思想。這種方式，讓冥想瑜伽的靈性的知識點深入到每個學員的心靈和身體。

　　到了晚上，一些老學員已是興奮雀躍。

　　梅香好奇，就問了旁邊一位舉手投足氣韻美麗的女子:「有什麼事嗎?」這位叫羽羽的女子原來是一位已有十年教練哈他瑜伽經驗的瑜伽老師，她告訴梅香，今晚是大家期待已久的銅鑼課。

　　「銅鑼課有什麼特別的嗎?」梅香問。

　　梅香想起自己曾經有過兩三次躺在瑜伽墊上的銅鑼冥想體驗。但，梅香非但沒有享受，反而覺得嗡嗡迴盪的敲鑼聲，特別煩躁不安，雖然周圍好像很多人都睡著了。

　　「你還沒有深入的體驗的話，我告訴你一個我們瑜伽館裡做過的關於銅鑼的一個科學實驗，你可能更容易理解折服。」羽羽告訴梅香:「我們館裡在一次長達90分鐘的銅鑼冥想課前後，測試了好幾位練習者的血液狀況，是用那種醫學界認可的通過手指頭一滴血的採樣，檢測血液與血細胞狀況的檢測。」說道這裡，羽羽打開手機很快翻找到一組照片，給梅香看。

　　「我都把電腦上顯示的檢驗的報告結果拍下來了，你看，這是同一人的血液狀況，銅鑼療癒前後兩小時，這一張圖是銅鑼療癒前的，是瘀塞堵塞的血液，後面這一張是銅鑼療癒後的血球，圓滿流暢的健康狀況，僅僅90分鐘就發生這麼大的變化，驚人吧! 你再看，另外幾個同時檢測的人都發生了這樣的變化。」

　　梅香拿過手機來，仔細地反覆對比這幾組照片，果真，血液圖很真實明顯地顯現了前後的巨大變化。

　　「啊,真的呀,這麼大的功效。可是為什麼我的反應卻是煩躁不安呢?」梅香困惑地問道。

　　「銅鑼療癒前後血液的康復變化大家都差不多，但是每個人的情緒反應卻不一樣，因為每個個體的身心靈狀況都不一樣。這應該是你的清理過程，你太緊張了，可能在潛意識

收緊肌肉抗拒要發生的轉變所以會不舒服，你放鬆全然地接受，尊重自己身體的反應就好了。」羽羽很有經驗地說道。

「哦，那我也期待今晚的銅鑼冥想課程了，我好好放鬆下，看有什麼新的變化感受。」梅香也開始興奮期待了。

梅香謝過羽羽，就迫不及待地翻到書中關於銅鑼冥想的章節。

「銅鑼是非常單純的，它是一個互振系統，它是創造本身的聲音，敲響銅鑼也就敲響了宇宙……它是一種美麗的、強化了的音振。它就像是重疊起來的弦樂，就像一百萬個弦樂器一起演奏那樣。銅鑼是唯一能產生這種空間振動組合的工具。」——Yogi Bhajan 在書中講到。

書裡繼續說道，在冥想瑜伽中，銅鑼就是像神一樣的物品，它可以消除任何恐懼，包括現在、過去、未來的恐懼記憶。

還沒來得及細看，大老師主持的銅鑼冥想晚課在大家渾厚又空靈的「Ong Namo Guru Dev Namo」的唱誦聲中，已經開始了。

梅香看見教室的講臺上，橙色的溫暖燈光籠罩著一面銅鑼，巍巍地沉靜地掛在木架上，鑼面圓圓的很大，差不多要一人張開大大的手臂才能抱住。

大老師說，銅鑼是中國傳統古樂的「響器」，但在冥想瑜伽的運用中卻遠遠超越了這個單一的功用，它是宇宙的神器。銅鑼是一件神聖的樂器，它能夠轉換並提昇幻象的強大牽制力量。

銅鑼振動發出的聲音能引發深入的放鬆，使我們釋放掉數以千計的雜念，並且刺激提高內分泌系統的功能。銅鑼能衝擊我們的身體和穴位，重整副交感神經系統。銅鑼冥想清除障礙、消除緊張、緩解壓力和釋放深層恐懼並且刺激循環，其結果能夠重新組織堵塞在體內中的情緒能量和情感。

大老師簡單地介紹完銅鑼的原理後說，瑜伽是一門需要自己完全體驗的科學，今晚我將親自為大家敲擊 60 分鐘銅鑼，然後大家靜靜地大休息 30 分鐘，我們就來好好地體驗銅鑼吧。大家都仰面朝天地躺好在瑜伽墊上，完全自然地放鬆，蓋住毯子，預防著涼，雙手自然地放在身體的兩側，掌心朝上，雙目微閉，內觀眉心輪。

梅香按大老師指導，躺好，深深地吸氣，完全地呼氣，放鬆自己。

「嗡—嗡—嗡—嗡」深厚綿長餘音繞梁的銅鑼聲，一聲接一聲不間斷地響起，就像巨大的澎湃的河流源源不絕地流向大海。

梅香覺得聲音震動得耳膜微微發麻，好像又有些煩躁。梅香就下意識地對自己說：「好吧，我有點煩躁，我理解我的煩躁，我接受我的煩躁，沒關係，我煩躁吧。」在這樣潛意識的自我對話中，梅香似乎迷迷糊糊地睡著了。

銅鑼的聲音就像在夢裡的整個空間迴盪，在梅香的大腦裡嗡嗡地振動回響，振得梅

香的大腦有些昏沉和混沌，梅香有想使勁搖搖頭擺脫這種沉重的企圖，但覺得全身都被什麼束縛住似的，酥軟得不能動彈。

銅鑼的聲音不斷地震盪大腦，就像河流不斷地衝刷著河床，試圖把河床中的垃圾、沉澱、破損的東西順流帶走，帶向無邊無際的大海消融。

周圍傳來有嚶嚶的哭聲，一會兒，又有人咯咯的笑聲。

不知過了多久，梅香的大腦開始慢慢輕盈起來，腦袋越來越清晰越來越通透，銅鑼的迴盪聲幻化為白色的光亮充滿了整個大腦，梅香的整個身體也輕飄飄的，被銅鑼渾厚的音浪託起漂浮在海面上，海面上籠罩著透明的光亮。

隨著銅鑼漸漸遠去的聲音，光亮徐徐隱退，深藍的天空閃耀起亮晶晶的星星，可以看見巨大的銀河係的輪廓，圍繞著銀河係漩渦樣的核心緩緩地旋轉。

梅香覺得自己睡在了高原的廣闊平坦的草地上，周圍無邊的寂靜，靜得梅香只想睡覺。

梅香閉上了眼睛，融入這無邊的寂靜的星空、草原，一切溫柔的暗淡下來，靜靜的黑夜包圍了梅香，梅香深深地睡著了。

彷彿過了很久很久，遙遠的地方傳來大老師的聲音：「好，我們慢慢醒過來，活動一下雙腳雙手，再把雙手伸過頭頂，伸個大大的懶腰。」

「再來一組貓式伸展。」

「再把手腳舉起來，雙手雙腳在空中對搓，搓熱，讓剛才的能量在體內循環起來。」

「再雙手交叉抱緊雙膝，盡量把膝蓋觸及鼻尖，左右翻滾，活動我們的脊椎，前後翻滾，順勢坐起來。」

大老師已經帶領大家做完了一組大休息後特定的甦醒熱身動作。

梅香還在夢鄉中，睡得太深太舒服了，梅香幾次努力睜開眼睛都還是醒不過來，直到教室裡悠揚的三聲長長的「SatNam」的祝福迴向開始，梅香才被整齊的歌聲完全喚醒，睜開眼睛，還是腦袋裡一片空白地躺在地上，呆呆地望著屋頂。

第一天就這樣很快地結束了。

第二天基本還是這樣的課程結構，早上 3 點半起床冷水浴，4 點晨課開始誦經半小時後，熱身半小時。5 點到 6 點，一組當天課題的奎亞。6 點到點半，各種唱誦冥想。

7 點半到 9 點早餐休息。

9 點開始上午課程：先 31 分鐘的本次課程的主題冥想，然後小組分享討論半小時後到了 10 點，休息 15 分鐘後進行上午的課題講授。課題的講授方式基本是：主題內容探討加主題奎亞冥想體驗。

中午 12 點至下午 2 點，午餐午休。

下午 2 點至 4 點，進行下午的課題的主題內容探討加主題奎亞冥想體驗。

下午 4 點休息片刻後，一直到 18 點半的約莫兩個小時，就是小組學員依次試教，一

天一位。試教完後，集體分享討論，提意見完善，最後導師指點評分。

下午 6 點半至 8 點：晚餐晚休。

下午 8 點到 9 點半：附屬課題的學習研討體驗，如何洗冷水呀，如何包紮冥想瑜伽教師特有的精美的白頭巾啊。

梅香掐指一算，每天早上 3 點半起床，4 點開始約莫 12 個半小時的學習修鍊，每天的課程和功法都不一樣，學習強度夠大的，很充實也很累，一天很快就過去了。

第三天、第四天、第五天、第六天，一晃到第七天了……

下午大家進入分享這七天課程心得的最後環節了，大家就要趕著離開山莊，連夜汽車、火車、飛機的回到各自的地方和城市了。

每一位學員都上臺演講分享，每一位都描述了自己這七天身心靈的獨特感受，認為自己經歷了很奇妙的過程，得到了很大的提昇和改變，很多說著說著就淚流滿面地哽咽起來。

依依不捨的氣氛蔓延開來。

大老師最後帶著 4 位外教老師團隊做最後的祝福與總結。

大老師最後的發言給梅香留下了深刻的印象。

大老師說：「我知道每一位同學的發言都發自內心地認為，自己這短短的七天開始了前所未有的蛻變和轉化，有的說得清，有的難以言表。」

「但我要告訴大家，冥想瑜伽不是你來找她，而是冥想瑜伽找到你！」

「你今天站在了教師的講臺上，你這一生就有了與眾不同的使命。」

「作為冥想瑜伽的教師，意味著你修習冥想瑜伽不僅是為了自己的精進、淨化與提昇，你還要作為宇宙的管道，去幫助療癒、淨化、提昇他人。」

「當然，作為教師首先要療癒、轉化、提昇好自己。」

「因此，你們在走上教師的旅途中，你也將在生活和工作中迎來更快更強大的轉化和挑戰。這些轉化和挑戰有好的也有壞的，有你期盼的也有你不願意。你們有的可能要重新思考人生，有的可能要改換工作，有的可能要搬家，有的可能要下定決心做以前難以決策的事情……總之，可能發生種種重大的改變。」

「無論如何，你都無法迴避，你只要每天堅持冥想瑜伽的修鍊，你就有機會完成你人生的獨特功課。」

「祝福大家，SatNam!」

聽到這裡，梅香的心裡咯噔地劇烈抖動了一下。

一個一直不敢細想的擔心和疑惑無法抑制地冒了上來，陽陽和曉霞姐練瑜伽前好像一切都還好好的，但練上冥想瑜伽後，很快就遇到了災難性的挑戰！這難道是冥想瑜伽帶

來的？

可是我自己是在人生的波谷階段，最苦的時候的練上冥想瑜伽的，而且是因為冥想瑜伽讓自己有能量度過難關，現在自己的心境越來越好。十來年痛苦的婚姻都已經完全放下了，應該不會再有什麼苦難了吧！我應該迎來的都是好事情吧？

SatNam, 老天保佑。

第十二節 一切都很美好，即使面對更大的挑戰

　　上完教師課程的第一次七天集中授課，梅香覺得身心更加輕盈通透，更是有滿滿的能量充滿了全身。

　　在廣州這麼多年，從沒體會過風這麼輕、雲朵這麼飄逸，夜晚在街角的街燈背後，竟然還會看見幾顆閃亮的星星。

　　梅香覺得一切是如此真切的美好啊，就在每一個此時此刻，就在當下，離異單身挺好，年齡過了四十挺好，工作有壓力覺得自己不太喜歡這個工作了，但也挺好地上著班，一切都不是問題，挺好⋯⋯經常有喜悅潛伏在海底輪，對，就在尾椎裡，通常講的冥想能量存在的地方，然後沿著脊柱蔓延到全身。

　　梅香深深地體會到，原來喜悅是無條件與生俱來的，只是我們長期用自責、壓力、愧疚、痛苦、緊張等負面情緒壓抑和蒙蔽了喜悅。

　　梅香經常不知不覺就會輕快地吹幾聲口哨。

　　這天上午，梅香正在公司開會，調在震動提醒的手機輕輕震顫響開了，梅香邊做會議記錄，邊瞄了一眼手機顯示螢幕，是弟弟梅曉峰打來的。應該都是些不重要的私事吧，會議開完有空再回吧。梅香隨手拒絕了來電。

　　中午，梅香邊在公司食堂吃飯和邊和同事聊事情，曉峰又來電，梅香又隨手拒絕了來電。

　　午餐後到辦公室，梅香正想午休打坐，曉峰又來電，梅香才記起，今天弟弟怎麼了，應該是有什麼重要的事吧？梅香趕緊接通了手機。

　　「二姐，求求你，趕緊幫幫我吧，有人要害我，想殺我。」曉峰急急地說。

　　梅香一聽懵了，怎麼回事啊？弟弟從小到大，沒少讓全家人操心，但也就是些家庭啊，工作啊，最多也就喝酒鬧事的各種煩人的小事，況且，這些年，隨著過了三十而立之年，加上又結婚了，也越來越懂事了，煩人的小事也少了。從來沒有違法亂紀過，怎麼會惹上

殺身之禍呢？

「曉峰，不要急，你好好告訴我，是誰想殺你？」梅香急忙問道。

「小美，小美，小美啊。」曉峰緊急的補充道。

小美是和曉峰分分合合十年的女朋友，前年曉峰才不顧父母反對硬是和小美結了婚。

小美雖然没工作，也没什麼本事，只知道守著曉峰過日子，但對曉峰百依百順，人雖然懶點，但看起來也是良善的人啊。

梅香不解地問道：「你和小美怎麼啦，她那麼弱小，怎麼會殺你呢？」

「二姐，你不懂，是小美的一個男朋友，那個人想殺我。」曉峰急了。

梅香越聽越糊塗，小美不是和曉峰結婚了嗎？怎麼又有男朋友了？

梅香問弟弟：「曉峰，他們現在在你身邊嗎？」

曉峰回道：「不在，我一個人躲在小區的花園裡。」

梅香鬆了口氣，說道：「既然他們暫時不在你身邊，那你不要著急。你慢慢把事情的來龍去脈說清楚。」

「可是，二姐，我怕，我好怕啊。」曉峰帶著哭腔。

梅香也一下緊張起來，曉峰雖說膽小怕事，但也從來沒有怕到給梅香哭過，梅香忙安慰道：「你別怕，你先把事情給我說清楚。我們家大舅，表弟都是公安幹警，在合肥同一個地方，你怕什麼，如果真有人害你，我馬上讓他們保護你。」

「別，別，你先別告訴他們，他們幫不了我。」曉峰又急急地回絕。

梅香更不解了，鎮靜地說道：「其他都不說了，你現在告訴我，究竟是怎麼回事啊？」

曉峰吞吞吐吐地說道：「小美有個外號叫剛果的男朋友，想殺我。」

梅香只得像擠牙膏似的問道：「是和小美有不正當關係的男朋友嗎？」

曉峰回道：「沒有不正當關係，只是朋友。」

梅香又鬆了口氣，問道：「只是普通朋友，為什麼要殺你，因為錢財嗎？還是其他什麼原因？」

曉峰說道：「不是因為錢財，也不知道什麼原因，就是想殺我。」

梅香有點不解了，想了想問道：「那個叫什麼剛果的是和小美一起，他們兩個人都想殺你嗎？」

曉峰猶猶豫豫地答道：「現在，還只是剛果，小美還沒有。」

梅香又鬆了口氣，接著問道：「剛果說要殺你嗎，他想怎樣殺你，你跑得掉嗎？」

曉峰頓了會兒說道：「他前段時間隔些時候就到我家，這段時間兩三天就來，每次來就想殺我，我知道的，沒錯的，二姐，我不會騙你，求求你了，救救我。」

梅香聽曉峰的口氣絕對不是開玩笑，聽起來思維也很正常，只是好像有難言之隱。梅香想，馬上打個電話給小美就知道了。

梅香就安慰了曉峰一通，然後說：「你等等，我有事一會兒回你。」

梅香掛斷了曉峰的手機，就馬上搜出小美的電話，撥了過去，小美很快接了電話：「二姐啊，有什麼事嗎？」

「小美，你老實告訴二姐，曉峰出什麼事了？」梅香冷靜地問道。

「沒什麼事啊，只是開餐館又失敗了，這段時間他心情不好而已，這不，又不知跑哪去了，我正在找他呢。」小美回道。

梅香聽見小美這樣回答，就直接地問道：「曉峰說，你有個叫剛果的朋友想殺他，是怎麼回事？」

小美一聽，愣了一會兒回道：「沒有啊，那個叫剛果的朋友只是偶爾到我家玩玩，和曉峰喝喝酒解解悶，沒有想要殺他啊。」

小美的語氣聽起來很老實。梅香就追問道：「真的沒有嗎？」

小美很肯定地回答：「二姐，真的沒有，你放心吧。」

梅香還是不放心地追問道：「沒有？曉峰怎麼會無緣無故地講別人會殺他，他又沒有神經病？」

小美嘆了口氣，說道：「二姐，他可能這些年做不成什麼事，一直很鬱悶，又好點酒，喝醉了就會胡言亂語。」

梅香一下想起十幾年前，梅香剛參加工作時，在廣州朋友的公司給弟弟找了個工作，有天晚上，朋友也是打電話來急得不行，說曉峰喝醉了酒，拿起菜刀要自己砍自己手腕的事情。

梅香想想曉峰的前言不搭後語，想想小美說的倒符合情理，也就嘆了口氣：「哎，那辛苦你了，他現在小區花園裡，你趕緊去找找他吧，把他弄回家，給他弄點醒酒的，情況好點就回個信給我。」

放下小美電話，梅香也懶得給曉峰電話了，哎，都這麼大的人了，滿以為這些年他懂事了，三十好幾了，還因為喝醉了酒，讓梅香虛驚一場。

哎，每個家庭，每個人都有其功課和缺陷吧。我們只有去好好地接受和面對啊。

當初，梅香的母親連生兩個女孩，生下老大梅潔，又生下老二梅香，不過幾年，全國就開始普及計劃生育，按理說，梅香的爸爸是區政府公務員，梅香的媽媽是小學教員，都是國家單位的人，按規定不能再生孩子了。

但梅香的爸爸媽媽都受傳統影響，覺得最好有個男孩傳宗接代，正好梅香媽媽又懷有身孕了。梅香媽媽就不顧一切堅持生了曉峰，由於當時計劃生育剛執行，還有寬鬆的餘地，曉峰生下來被罰了一筆當時算得上巨款的處罰，也就落了戶。

梅曉峰一出生，全家都很高興，爺爺奶奶、外公外婆、小叔舅舅、七大姑八大姨無不興高采烈。

那時，梅香都快六歲了，已經記得起事情了。

梅香記得自己和姐姐梅潔也是興奮不已，兩個小姐妹經常趴在弟弟的小床邊，望著弟弟粉嘟嘟的小臉，變著花樣地逗弟弟樂子，弟弟常常對著兩個姐姐咯咯地笑開了。

弟弟曉峰理所當然地就在全家上上下下的寵愛中長大了。

爸爸工作很忙，媽媽又體弱多病。

梅潔、梅香兩姐妹還在小學的時候，就要幫助家裡分擔家務事了。每天掃地、撿菜、洗鍋碗、洗衣服、收拾家，兩姐妹放學就有條不紊地忙個不停。那時，還沒有洗衣機，兩姐妹一放學回家，就要先洗好一大盆全家的衣物，然後你撿菜我就洗菜，我炒菜你就洗鍋碗，互幫互助地做好一家人的飯菜。

還在初中的時候，兩姐妹就能做一手好菜在鄰里出了名。大家都誇梅潔梅香兩姐妹真懂事。

有兩個能幹的姐姐，弟弟曉峰當然什麼都不用做了，過著衣來伸手飯來張口的日子。那時物質生活很緊缺，姐姐倆還經常把好吃的、好玩的、好穿的讓給弟弟。

梅香還記得，有一年春節，爸爸說今年媽媽看病花的錢多，這個春節沒有富餘的錢給每個孩子按慣例買一套新衣服過年了，好不容易可以擠出一個孩子的一套新衣服錢。

爸爸就萬分愧疚和為難地問姐弟三個怎麼辦？

梅香馬上說：「不用給我買衣服了，我還有去年的可以穿，給姐姐和弟弟吧。」

大姐梅潔已經開始抽條長成水靈靈的大姑娘了，梅香知道姐姐就盼著春節，買縣城最大的百貨商店的那套粉色的運動裝。

弟弟呢，弟弟繼承了爸爸俊秀的輪廓，是單位裡出名的小帥哥。每次大年初一，弟弟穿上一套爸爸託省城的姑姑捎回來的洋裝，總會引起單位裡大人小孩艷羨的目光。

可是，只能有一套，爸爸很難過。

梅香也為難地看看姐姐和弟弟，只見姐姐咬了咬牙，噙著眼淚說：「爸爸，給弟弟吧，他還小，小孩子過年要穿新衣服鬧年。」

才七歲多的弟弟，高興地笑了。

後來，姑姑從省城捎回爸爸託買的弟弟的一套筆挺的小西裝的時候，還送了一套像模像樣的黃綠色將軍服給弟弟。

那個春節的大年初一，弟弟挺直的小身板穿著小西裝，戴著橡皮繩繫的洋氣的小領結，那個帥啊，梅潔和梅香都看呆了。弟弟樂得滿院子飛奔。晚上脫下新西裝扔到一邊，梅潔和梅香拿過來，在電燈下細細地看，畢竟是省城機器做的衣服啊，針腳都是細密而整齊的。

大年初二一大早，弟弟又換了將軍服果真神氣十足，精神得很，小縣城是很難見有這麼新潮的服裝。弟弟和小朋友跑遍大半個小縣城，很晚才滿頭是汗地回到家，已經熱得把將軍服的外套脫下來，吊在胳膊上，姐姐梅潔心疼地接過將軍服外套，馬上用熱毛巾把

衣服上的灰塵輕輕擦拭乾淨後，整齊地折疊後，好好地放在櫃子裏。

姐姐梅潔從小就是父母的驕傲，一直成績就很好，醫科大學、研究生，現在都是醫學博士生了。梅香雖然多了些波折，不喜歡學校的應試教育，但從未放棄過好學和上進的勁頭，一直也讓父母寬心。

只是弟弟曉峰，才初中二年級，就再也不想學習了，無論父母和親戚如何做工作，都再也不願繼續讀書了。

曉峰說，他要去廣東掙錢，他要做老闆。那時候，廣東處在改革開放的前沿，全國都流行去廣東打工下海淘金。

父母拗不過曉峰，只有給他盤纏去了廣東，梅香記得，母親送弟弟上了長途汽車後的那天晚上，母親一整夜都沒有睡著覺，之後，最喜歡和人打探廣東的情況。

那年，姐姐已經在上海讀醫學院的四年級了，梅香正好高二考了個合肥的三流的專科學院。

一晃三年大學畢業，梅香和父母商量，去哪裡工作呢？父母為了保險起見，當然都希望梅香按學校定向招生時的原則，回老家的小縣城的中學教教書，平平安安過一輩子也不錯。

梅香可不想再回到那個自己曾經荒廢青春歲月的老地方，就告訴父母想去外省先進發達的地方試試。

母親見梅香對外面的世界一副興奮憧憬的樣子，就說：「要麼你去廣州吧，也好照顧下弟弟。」

也對啊。弟弟到廣東後很少回家，一兩年回來一次，說換了好幾個工作，掙錢不順利，父母還寄過幾次錢給他救濟。

梅香到廣東正好可以照料弟弟，而且，廣州還是全國最熱門的大城市呢。

就這樣，梅香就跟幾位同學到了廣州找工作。

還好，梅香有知識也有學歷，再加上勤快聰明，能說會寫，開朗陽光，找到好點的工作單位倒也不難。

梅香自己的工作稍一安定，就把從東莞又飄蕩到汕頭一家工廠天天騎著單車送訂貨單的曉峰給喊回到廣州，託朋友給弟弟找了家在廣州市內做銷售員的工作。

梅香又在自己租的宿舍旁邊給弟弟租了房子，又給弟弟配了當時最流行的 BB 機。

曉峰按廣東話說，人長得很靚仔，說話又懂事又乖巧，人也很勤快，又善良又愛心，老闆都很喜歡。

但是只要時間長點，少則三個月，多則一年半載，曉峰就會待不住了，各種各樣的原因都有，覺得這個工作不喜歡了、老闆太苛刻啊、自己勝任不了重任啊等等，反正在梅香看來都是些無關緊要的原因。

一段時間後，曉峰就會自動消失，窩在房間裡一個人喝悶酒，閉門不出，任憑梅香怎樣敲門都沒用。等個十天半月過去，曉峰又會主動找到梅香檢討說：「二姐，你原諒我吧，我太苦悶抑鬱了。」

　　梅香就苦口婆心地勸導弟弟一番，然後又忙著給洗心革面的弟弟再找工作。

　　就這樣，換了不少工作。梅香也和曉峰認真談過，問他為什麼總難以堅持？曉峰說：「姐，我也不知道為什麼幹一段時間就會週期性的苦悶不已，我也恨我自己。」說著說著，曉峰就傷心地哭了。梅香也跟著難過地勸道：「慢慢來吧，總會好的。」

　　後來，梅香和高飛在一起後，高飛剛開始也很喜歡曉峰，覺得他是個好苗子，想好好培養下曉峰，就熱心地收編了曉峰。曉峰這回持續熱情的時間比較長，差不多跟著高飛幹了一年半，也學了不少東西，在業務上也幫了高飛不少忙。

　　但有一次曉峰目睹高飛和梅香吵架，見高飛惡劣地對著梅香大喊大叫，曉峰衝上來對著高飛猛地一拍桌子，也大聲嚷道：「你以為你是誰，你不許這樣對我姐姐，你給我滾。」

　　第二天，曉峰就又失蹤了，直到後來梅香找到曉峰，勸他不要因為一時之氣就不跟高飛做事了，高飛畢竟是自己家人，能毫無保留地教曉峰很多東西。但曉峰講他卻再也不願見到高飛了，弄得梅香又歉意又難過，總覺得自己做錯了什麼，讓弟弟也跟著受累。

　　梅香就想著瀰補弟弟，就問曉峰，你究竟想幹什麼？只要你有信心好好幹，姐姐就盡量幫你。曉峰想了想說，經過這些年在廣東的折騰，看來我還是不適合，我還是回安徽老家去自己做點生意吧。

　　梅香就給了曉峰一筆錢，曉峰回到老家開了個手機專賣商店，專門從廣州批發各種國產手機回縣城賣，差價倒是蠻大的。

　　梅香母親又講曉峰年齡不小了，現在縣城的房子性價比還好。梅香就又拿出十幾萬元，加上父母的積蓄，給曉峰提前準備了婚房。

　　剛開始，手機商店倒還賺錢，但過了兩三年，做的人多了，價格越來越透明，每部手機的差價少了。曉峰打電話給梅香說，撐不住了，賺的錢都虧損了。梅香也就無奈地同意弟弟關掉了手機商店。

　　據母親說，關掉手機店後，弟弟又在老家幫一個朋友開起了餐館，兩年後朋友的生意紅紅火火，曉峰就想開自己的餐館。

　　梅香就又給弟弟名義上是借，實際上梅香也不指望歸還的打了十幾萬的開店費。

　　後來，後來，就又虧損了，哎。

　　梅香整個中午的午休時間都在想弟弟曉峰的事情，但想來想去還是無解，好吧，順其自然。

　　梅香就又吹了聲口哨，開始了下午的工作。

　　晚上，梅香回到家見到父母，本想講講今天弟弟讓自己虛驚一場的事情，但轉念一想，

算了，別讓父母跟著受驚了，也就把話頭嚼了回去。

　　第二天中午午休的時候，梅香想起昨天小美沒有發回報平安的短信，就又撥通了曉峰的電話，想問問他情況，隨便規勸他幾句。

　　手機一接通，梅香就講道：「曉峰，我昨天給小美打了電話，她都告訴我了。」

　　還沒等梅香說完，曉峰就大哭起來：「姐姐，你都知道了吧，我對不起你們，對不起爸爸媽媽，我是個罪人。」

　　說完就不知怎的，掛斷了電話。

　　梅香打回去，手機就關機了。梅香又疑惑起來，喝醉酒已經是老毛病了，這麼今天這麼嚴重，說自己是罪人了。

　　梅香又撥通了小美的電話，說：「我知道了，曉峰給我大哭，說他是罪人。」

　　這邊又是話音未落，小美也哇的一聲哭開了：「二姐，你都知道了，曉峰都告訴你了，他已經吸毒好久了。最近越來越有幻覺，總覺得有人要害他。」

　　梅香腦袋裡嗡的一聲，如同五雷轟頂，不會吧，我聽錯了，吸毒，怎麼可能？

　　「你，你說什麼，曉峰吸毒很了？你再說一遍！」梅香覺得自己肯定聽錯了，長這麼大，梅香從來沒有聽過有認識的人吸毒，也從來沒有聽說過弟弟吸毒，「吸毒」這個詞對梅香來說是那麼遙遠而陌生。

　　「姐姐，曉峰應該都告訴你了啊，他現在已經到了不可救藥的危險期了。」小美支支吾吾地說。

　　「你搞錯了吧？曉峰怎麼會吸毒？他為什麼會吸毒？他的毒品從哪裡來的？他吸的什麼毒？你為什麼現在才告訴我？你說啊，說啊，小美？」梅香急了，對著手機給小美拋出了一連串的問題。

　　「二姐，曉峰，他，他，一直不准我告訴你。」小美又吞吞吐吐地說道。

　　聽到這裡，梅香知道自己必須馬上見到曉峰，把一切弄明白。

　　我只有這一個弟弟啊，他還那麼年輕，要是父母知道，他們怎麼受得了啊。

　　梅香馬上給航空公司訂回合肥的航班，只有晚上的頭等艙了，梅香毫不猶豫地訂下了。

　　梅香在去機場的路上給公司請了假，講家裡有急事要處理，又給父母打了電話，公司有急事突然要出差。

　　梅香到達合肥機場已經是晚上十點了，梅香沒有聯繫任何親朋好友，就包了輛計程車趕往霍邱縣城。

第三年·覺醒

Awaken the spirit within

第一節　愛自己的第三階段，提升自己幫助他人

梅香到了老家的縣城，已是凌晨1點了。

包租的小車到達曉峰所在的小區的時候，曉峰和小美執意要等在小區的門口，兩個人縮著脖子在寒風中哆哆嗦嗦。

梅香跟著二人到了他們十一樓的宿舍，出了電梯，推開門，這還是梅香第一次來到自己出了一半錢買的房子。

曉峰小美兩人帶著梅香看了一下各個房間，三室一廳，每個房間收拾得乾乾淨淨，整整齊齊，還是弟弟一貫愛漂亮愛清潔的習慣，完全就是一個安寧幸福的小家庭模樣。

再看看弟弟、弟媳，似乎也好好的，一切正常，不像吸毒的樣子。梅香鼻子一酸，應該還是虛驚一場，或者是另有隱情吧。但願啊，但願一切好好的。

曉峰請梅香坐在沙發上，殷勤地倒上熱熱的茶水。梅香仔細地打量弟弟，除了有些黑瘦有些疲倦以外，其他都還好啊。梅香招呼著弟弟、弟媳坐下，急於開始弄個明白。

但曉峰一定要先給梅香做碗麵條：「二姐，你為了我，這麼大老遠連夜趕來，一定餓了，先吃點東西再說吧。」說完，眼裡有淚水湧動。

梅香只得依了曉峰。很快，曉峰就端著一碗熱氣騰騰的面條出來了。梅香心想，弟弟做事還是那麼麻利啊。曉峰把麵條雙手捧給梅香，梅香接過碗，看見曉峰的雙手不停地顫抖著，心裡一沉，就埋頭快速地吃完了麵條，把碗推到了一邊。曉峰又趕緊收走碗，把茶水遞了過來。

梅香看著曉峰、小美，兩個人像犯了罪一樣的，雖然房間開著溫暖的空調，卻一直默默地縮在一邊，心中又昇起一絲憐憫，但願吸毒是假的啊！

梅香把雙腿收起來，穩穩地盤腿坐在沙發上。

深吸了口氣，平靜地說道：「曉峰、小美，你們知道我急急趕來是為了什麼。當我聽到『吸

毒』兩個字的時候，雖然我不敢相信自己的耳朵，但是我想一定事出有因。」

「現在，二姐，和你們面對面在一起，我們都是一家人，不管發生什麼事，二姐都要和你們一起去面對。所以，你們不要害怕，不要擔心，真真實實地告訴二姐實際情況，但必須是真實的，不要隱瞞任何事情，二姐會幫你們一起解決。」

梅香話音一落，曉峰就撲通一聲跪在地上，把頭撲倒在地，痛哭地說道：「二姐、爸爸媽媽，請求你們原諒我吧，我罪該萬死，我對不起你們，我讓你們丟臉，我毀了自己。」

梅香見曉峰這樣，就知道最不願相信的事情是真的了！

梅香的頭一下無力地靠在沙發上，眼淚滾落下來。

過了會兒，梅香擦了擦眼淚，走過去把曉峰扶了起來，把他拉到自己的身邊坐下。梅香看見他瑟瑟發抖，就叫小美拿了張毯子來給他蓋上。

梅香開始問道：「曉峰，好好告訴二姐，你是什麼時候開始吸毒的？為什麼要吸毒？」

曉峰一開口又是：「我是罪人，我對不起父母，對不起親人，二姐，你殺了我吧，我只想以死謝罪。」

梅香嘆了口氣：「弟弟，二姐理解你的心情，你也很痛苦。但現在我們要面對問題。你不想死！你也死不了！你要想死你就不會找二姐救你了。而且，你的生命也不僅是你自己的，還是父母、兄弟姐妹的，你的家庭。我們不會拋下你不管。」

曉峰又一下嚎啕大哭了：「二姐，我不想死啊，我害怕死，我想活命啊，但我沒想到吸毒竟然會到生不如死的地步啊。二姐，你救救我吧。」

梅香又讓小美給曉峰倒了杯熱水，梅香讓他喝喝水，安靜下來。

梅香見曉峰漸漸平靜下來，就對曉峰說道：「曉峰，你要相信二姐，只要你再不吸毒，想真的改正，二姐一定會幫你。你記得二姐原來給你說過嗎？前幾年我也曾經很沮喪很難過，但我現在走出來了，一切都更好。我有經驗有方法，二姐一定能幫到你。」

曉峰急忙說道：「二姐，我相信你，我再也不吸毒了，我知道，我繼續下去只有死路一條，我不想死，我想好好地活。我已經痛恨毒品了。」

梅香又說道：「那好，你現在告訴我，為什麼吸毒，吸了多久了，是什麼毒？」

曉峰說道：「二姐，你發現沒有，我以前做什麼事，一段時間後，就會灰心喪氣，一個人關著門再也不想見人。」

梅香點點頭：「是的，我也發現你有這個毛病，但以為是你性格的缺陷，也想不到辦法可以幫助你。」

曉峰繼續說道：「我原來也不知道是什麼原因，反正就是工作一段時間就會萬分沮喪到不想見人，要十天半月才能恢復，有時甚至更長時間。我每次都很恨自己不爭氣，但又無能為力。我在悲觀到極點的時候，甚至砍過自己的手腕。」

說著，曉峰伸出自己的有幾條明顯傷痕的手腕給梅香看。梅香難過地點點頭，這件

事家裡人都知道，也一直是家裡人的心頭病。

　　曉峰繼續說道：「四年前，我開手機店的時候，小美天天站櫃臺賣手機，遇到一個顧客，外號叫『牛醫生』的小伙子，據說是讀醫學院中途退學，他隔斷時間就會到我們店裡來換個新手機，好像挺有錢花，一回生二回熟，後來就跟小美混熟了。」

　　「有一次，正好我又鬱悶得不行，天天在家喝悶酒。小美跟『牛醫生』聊起我的情況，他說我的這種情況是種病，叫什麼抑鬱症來著。」

　　一直在旁邊沉默的小美插嘴道：「間歇性抑鬱症。」

　　「對，就是間歇性抑鬱症，他頭頭是道地說起間歇性抑鬱症的症狀，幾乎都和我對得上。小美就問他，有沒有什麼藥可以治療。他神神秘秘說一般的藥物很難治好，有一種藥可以馬上療癒，但很難搞到，而且比較貴。小美就求他說，貴點只要能治病沒關係，幫我們搞點吧。」

　　他終於答應了，過幾天拿來像冰糖一樣的東西，說是叫冰神。剛開始吃頭幾次，很不舒服，心跳得很快，口乾舌燥，頭暈得很。牛醫生就說，這個藥功力很強，吃幾次見效後就很舒服了。我就硬著頭皮吃了下去，幾次以後，果真，非常舒服，飄飄的像神仙一樣，很興奮開心，沮喪感一掃而光。

　　「我就這樣依賴上這個『冰神』，吃了才舒服，不吃就過不了。大概過了半年，突然找不到牛醫生了，就有人傳聞牛醫生販毒被抓了。」

　　「我聽了，大吃一驚，趕緊慌慌張張上網一查，我吃的冰神的藥就是冰毒！但是，我已經無可救藥地上癮了。我不敢告訴父母，告訴你們，我知道這都是我自己惹的禍，我們整個家族都是規規矩矩、向上奮鬥的人，我給大家丟醜了。」

　　「小美見我難受得不行，就又想方設法幫我找來個叫剛果的人，繼續供應我冰毒。」

　　梅香打斷問道：「剛果現在在哪裡？」

　　「上個星期，我把剛果打出家門，並告訴他，我要告訴家人了，小美這幾天就再也聯繫不上他了。」曉峰回覆道。

　　「四年了，我現在才知道冰毒的厲害了。我隨時頭昏腦脹，腦袋裡像有個陰影，犯病的時候，就老覺得有人要追殺我，甚至半夜三更都覺得小美要殺我。」

　　梅香看了看小美，難過地扭過頭去，本來剛知道弟弟吸毒的時候，梅香對小美萬分歉意，心想，多好的姑娘啊，看來我們家人以前都是對她有偏見，弟弟這樣墮落，她都不離不棄，以後要好好地對待她。但聽完曉峰的敘述後，才知道曉峰的有意無意的墮落都是小美「一片好心」引起的，這個糊塗的女人啊！

　　現在，梅香終於理解了，還是父母閱歷豐富啊。母親就是一直不接受小美，覺得小美糊塗，不能幫曉峰撐起一個家的時候，梅香都會想，母親是不是過分擔憂了，一個女人只要照顧男人，傻點天真點可能更利於兩人相安無事地過日子吧。

母親現在要是知道小美這些對弟弟糊塗的行為，她老人家又該如何承受啊！有時候，一個傻女人闖禍事的破壞度會遠遠超過一個聰明的壞女人。

可是，可是，這能責怪小美嗎？

曉峰繼續喃喃自語般地說道：「二姐，我現在生不欲死。我太後悔自己意志薄弱了，可是我又有什麼辦法呢。」

梅香陷入了深切的悲傷，老半天閉著眼睛不說話。

過了會兒，她揮了揮手，對曉峰和小美說道：「我累了，你們也累了，都休息吧，明天再商議吧。」

梅香昏昏然然睡了，一大早醒來的時候，房間裡已滿是透過玻璃窗上的霜霧射進來冬日的陽光。

梅香起床走到客廳，看見廚房的門開著，弟弟曉峰背對著門正在做著早餐，逆光的太陽籠罩著他模糊的背影像個佝僂的老頭，梅香一陣心酸，曾經多麼挺拔帥氣的小伙啊。不行，我一定要拯救弟弟，讓他像我一樣，經歷磨礪之後，甚至獲得重生般更加健美的身心靈。

梅香想想自己這兩年的蛻變，看看自己的右手腕，想起自己曾經創造過瑜伽靈氣療癒腱鞘囊腫的奇蹟，頓時覺得信心滿滿。梅香突然明白了，這應該就是教師課程給我的功課吧，就是拯救弟弟，讓他實現身心靈的轉化和重生，沒問題，我做得到！

梅香吃著弟弟端上來的可口的家鄉風味的早點，心裡又是一陣難過。弟弟自己愛吃，又開過餐館，做菜是全家做得最好吃的。

吃完早點，一大早出去買東西的小美還沒回來。

梅香就問曉峰：「下一步，你想怎麼辦？」

曉峰努力睜大惺忪困頓的眼睛，打著呵欠，痛苦卻又認真地說道：「二姐，我犯病的時候越來越多，一犯病我自己都無法控制自己，已經到癲狂的階段。

我知道再這樣下去，我會死得很慘，我不想死，我想只有二姐和家人能救我。但父母也很辛苦，大姐二姐，你們也都有家庭，我怕打擾了你們。」

梅香堅定的對曉峰說道：「弟弟，你不要有任何顧慮，我們是血脈相連的親姐弟，是一家人。只要你想要戒除毒癮，好好生活，無論遇到多大的困難，二姐都不會離開你。」

「我堅決不再沾毒品了，二姐，你不要把我送進戒毒所好嗎，聽說那裡面太恐怖了，我也不想其他的親戚朋友知道，我怕我給他們帶來恐慌。我只想跟著你才有安全感，你監督我，我一定改過自新。」

「我們想到一起了，我也想讓你在我身邊，我才放心，我也才可以天天幫助你。正好，父母都在廣州和我一起，我們一家人又在一起了，多好啊。」

「可是，姐夫高飛呢，他不介意嗎？」

「大家都很忙，我也不想你們為我有不必要的擔憂，所以也沒告訴你，我和高飛已經離婚有一段時間了。」

「二姐，沒想到你最終還是離婚了。二姐，對不起，你自己都經歷了磨難，我又給你添麻煩了。」曉峰又難過地低下頭去。

「沒有什麼，我之所以現在告訴你我離婚的事，是想告訴你，每個人都會經歷很多困難。我現在一切都更好。一切都是更好的安排，就像你現在身心有了大問題，只要我們好好地去面對，反而是你人生的大轉機。你說，是不是？」

「只是，關於小美，我得和你商量，她太糊塗了，我擔心她在你艱難的戒毒的過程中，她又會幹傻事，讓我們前功盡棄。所以，她暫時不合適去廣州和我們在一起。等你情況好轉了，再說，好嗎？」

「我也是這樣想的，正好，小美的媽媽在老家農村開了個小商店，需要人幫忙，我讓她去幫幫媽媽段時間吧。」

梅香沒忘了給父母打了個電話說，自己在合肥出差，聯繫了弟弟，弟弟想來廣州看看，有沒有合適的事情可以做，所以今晚會一起到廣州。母親在電話裡雖然覺得有些意外，但很快開心地答應了。

臨走的時候，梅香要曉峰什麼也不要帶，空空兩手，就跟著梅香趕到合肥新橋機場。

到達廣州的時候，已經是傍晚了，機窗外深藍天空下的廣州地面，已是星空般的燈火璀璨。梅香憐愛地看了看身邊的弟弟，無論是車上或是飛機上都昏睡成一團。

梅香帶著弟弟叫了輛計程車，直奔天河城百貨。逛到十點半各個店鋪打烊的時候，梅香和曉峰已是拖著一大堆大包小包，曉峰各種換洗的衣物基本都添置齊了。

兩個人把大包小包又拖到計程車上，終於疲憊而又滿足地坐在了計程的後座上。

梅香鬆了口氣，開心地對曉峰說：「從現在起，我們把過去的全拋在腦後，一切重新開始好嗎？」

曉峰感動地說：「一定的，二姐，我向你保證我要重新做人。」

回到家，父母看見姐弟倆難得地一起回來，都很高興，早已做好了飯菜端上來看著姐弟倆餓得狼吞虎嚥地吃個精光。

第二天早上，等到曉峰起床吃完早點，梅香就把曉峰叫到書房關起門，認真地和曉峰商討起新的生活。

梅香特地上網查了「冰毒」的相關常識，還有曾經有過吸毒史後來成功戒毒並開創了新的人生的名人，哦，還真不少啊，有丘吉爾、小布希、賈伯斯等等都有過戒毒的經歷，反而成了他們輝煌人生的轉折點。

看來，毒品也不是不可戰勝的。況且，梅香覺得還有自己親身實踐的冥想瑜伽助力，

做得好的話，曉峰完全可能從此開始新的人生，甚至一改過去多年的抑鬱消沉，煥發出新的生命力。

梅香躍躍欲試，甚至有點興奮，太好了，老天安排我修習冥想瑜伽原來具有如此重要的意義，全新地拯救和改變我弟弟！我，可以做得到，我一定要做到！

梅香和曉峰在兩個瑜伽墊上分別席地而坐，梅香打開手機瀏覽器上網，把這些戒毒後走向全新人生的成功人士講給弟弟聽，並談了自己與弟弟一起戰勝病魔的信心和想法。

曉峰也大受鼓舞，感動地承諾：「二姐，我向你保證，第一，以後絕對不可以再沾染毒品，一次都不行，否則你就送我去我最怕的戒毒所。第二，每天早上跟著你練習冥想瑜伽，每天晚上做冥想。我一定堅持做到。」

梅香也感動地說道：「弟弟，幸好你在最困難的時候，信任二姐，還是來尋求二姐的幫助，也幸好二姐練了冥想瑜伽，可以更好地幫助你。」

接著，梅香又把自己這兩年修鍊冥想瑜伽和學習身心靈的感悟，成長經驗給曉峰簡要地訴說了一遍。

曉峰點點頭應道：「姐姐，這兩年你的變化真的很大，由內而外，不僅身體好了，你的性情也大變，依你以前的急性子，你要知道我犯了吸毒這樣不可饒恕的錯誤，你早大發脾氣，難說都不理我了。」

梅香不好意思地笑道：「呵呵，我以前是很急的，但即使以前，也不會丟下你不管。」

曉峰眼裡閃著淚光，過會兒，又有點為難地說道：「二姐，我都這麼大的成年人了，還給你增添負擔，要不，你幫我找個工作，我邊工作邊療癒。」

梅香說道：「曉峰，你現在不是擔心工作的時候，二姐也不差陪你度過這個困難時期的錢，你好好養病，多陪陪父母，有空做點家務活就可以了。你菜做得好，就給我們做點好吃的吧。」

說道父母，梅香沉默了，還是下定決心地對曉峰說道：「曉峰，你的這件事情，我想你和我一樣，擔心父母知道後會不可想像的悲憤和痛心。但是，這是我們全家面臨的大事和挑戰，需要我們全家一起去面對，更需要父母的理解和幫助，因為我還有工作和很多事情，沒法時刻陪伴你，但父母有時間陪伴在你身邊。我想了又想，覺得還是必須要告訴父母，由我來做他們的工作，好嗎？」

曉峰難過地低下頭，又沮喪起來：「二姐，你說道我最擔心最害怕的事情了，我不知道該怎樣面對，辛辛苦苦把我養育大的父母，他們為我操碎了心，我真該死，我對不起他們啊。」

曉峰用拳頭狠狠地捶打自己，梅香無限理解地默默地任由他發洩自己的悔恨。過了會兒，曉峰抬起頭也堅定地說：「二姐，我完全理解你，應該告訴父母，我需要他們的支持和諒解，拜託你了。」

曉峰匍匐在地向梅香深深地跪拜。梅香想了想也額頭觸地，回了曉峰一個叩首。

梅香抬起頭，坐直了身體對曉峰說：「弟弟，其實我也要感激你，你也是來度我的菩薩，因為你讓我要更有力量，更堅定，把自己身心靈成長的所得來幫助自己的親人朋友重新獲得生命。」

說完，梅香就招呼道：「來吧，我們來開始練習冥想瑜伽。」

梅香把昨晚給曉峰新買的瑜伽墊鋪在了自己瑜伽墊的對面，就給曉峰講解了冥想瑜伽的要領和基本常識。

梅香特別強調冥想瑜伽在身心靈調整療癒方面的獨特療效。在美國，經過多年多方面實踐運用證明，對戒毒戒酒等上癮症的輔助療癒是卓有成效的。

梅香想到曉峰初次練習，還是以簡單而又快速潔淨提昇能量的《打開所有能量中心》開始吧。

梅香邊詳細講解示範，邊帶領曉峰共同練習。打開能量中心確實簡單易行，曉峰幾乎毫不吃力地就跟著練習了一遍。

大休息後，梅香選擇了「Ra—Ma—Da—Sa,Sa—Say—Su—Hong」這套冥想，讓宇宙天地的能量幫助療癒。

當整個套路結束，到最後的環節，身體伏下，額頭觸地感恩。

梅香照例祝福宇宙母親，感恩 Yogi Bhajan，感恩父母，感恩今天發生的一切人事物之後，特別在心中感恩弟弟，能夠信任自己一起挑戰困難，重建生命。

曉峰也學著梅香的樣子，匍匐在地，額頭久久地觸地感恩。

待曉峰抬起頭後，才激動地對梅香說：「二姐，雖然我是第一次練習，但真的不一樣的感受，覺得一直渾沌緊張的大腦舒服多了，而且長期覺得僵硬冰冷的身體開始有點熱流了。真的，真的，二姐，我不是安慰你。」

梅香聽了，也高興地對曉峰說：「我沒有其他的東西可以幫助你，唯一的就是我親身實踐的冥想瑜伽。如果對你也有用，那真是老天的安排。」

傍晚的時候，曉峰有意去樓下小區的花園裡散散步。

梅香請父母到書房，爸爸媽媽晚上都不喝茶，擔心影響睡眠。

梅香就切好了水果，端了盤母親愛吃的糕點放好在書房的茶几上。看著梅香鄭重其事的樣子，母親已經感覺到有什麼事情，也就趕緊拉著父親坐了下來。

梅香做了好一會兒鋪墊，還是覺得難以啓齒。說什麼，每個家庭每個人的一生都會遇到各種各樣的困難和挑戰，關鍵是一家人如何面對，如果互相理解和支持，一切困難都會成為禮物；說什麼，父母親這麼多年養育三個兒女辛苦了，但兒孫自有兒孫的禍福，父母要想得開，能支持理解，盡心就好了，關鍵是父母自己開心快樂最重要；說什麼，梅香

我自己幸好練習了冥想瑜伽，有信心幫助家人更加健康快樂。

過了約半個小時，母親終於忍不住說了：「梅香，你到底有什麼事瞞著我們，你儘管講吧，爸爸媽媽也是經歷很多事情的人了，再有什麼為難的事，我們應該受得了。」

梅香才下定決心，大致把曉峰吸毒成病的事說了。

梅香看見父親把頭無力地靠在椅背上，閉上眼睛，一言不語。

母親幾乎是歇斯底里地抓住梅香的胳膊搖晃：「梅香，你是在騙我們吧，你一定是在騙我們。這些年雖然有時候我看見他精神不好，呵欠連天，只是累了暫時的疲勞，從沒聽說他吸毒啊。」

梅香眼淚簌簌地掉下來：「媽媽，請原諒，這是真的。」

母親大哭：「這是造什麼孽啊，我做了什麼壞事啊，老天，你為什麼要這樣懲罰我呀，我受的苦還不夠嗎？天啊，天啊。我怎麼生了這樣一個孽子啊。」

母親的悲痛雖然在意料之中，但梅香還是覺得萬箭穿心般的刺疼。

梅香走到母親面前，抱住母親，母親猛的一把推開梅香：「曉峰呢，曉峰這個孽子呢，你把他給我找來，我要問他，有什麼不好，他要去吸毒，他這樣做，不如把我這個媽給殺了好了。」

梅香一個踉蹌跌坐在椅子上，在母親撕心裂肺的哭聲中，心悶得疼痛，梅香忙坐直了身體，雙手心形攔在丹田處，深深地吸氣呼氣，眼淚滴答滴答地滴落在手背上。

「爸爸，媽媽，弟弟也是因為抑鬱症誤入歧途啊，事情已經這樣了，他也非常後悔，他現在最需要我們全家人的幫助啊，你們的心情我都很理解，也請你們原諒他啊。」

「我再也不想見他了，怎麼樣也不應該吸毒，如果是誤入歧途，他就應該早點告訴我們，而不是上癮到現在無可救藥。從小全家親朋好友，沒有哪個對他不好。我們這個大家族都沒有人做丟人的事，他把我們的臉丟光了。」父親終於開口說話了。

父親說完就站起來，離開書房，母親也緊跟著站起來。

「爸爸媽媽，你們去哪裡啊？」梅香急了。

「我回臥室睡覺。」父親有氣無力地說道。梅香看見父親的腳步竟然蹣跚起來，突然之間像老了很多。

父母進了臥室，關上了門。梅香呆呆地站在客廳裡。

晚些時候，曉峰回來了，看見梅香還坐在客廳的沙發上發呆，就知道事情不妙。唯唯諾諾地問道：「二姐，對爸爸媽媽打擊太大了吧，我真不是人啊。要不要我去給他們跪下。」

梅香努力咧開嘴笑笑：「沒事，他們剛剛知道，需要時間接受一下。讓他們靜靜吧。」

「來吧，我們到書房來做『SaTaNaMa』的冥想。」

曉峰馬上跟著梅香到了書房，鋪好了兩個瑜伽墊，盛好了姐弟二人的水杯。

梅香坐下來，先帶著曉峰調息，連續三次深長的呼吸之後，梅香心頓時靜了下來，

在當下，在這個瑜伽墊上，一切都安然起來。

梅香先給曉峰認真地講解「SaTaNaMa」冥想的功用和做法。

進入簡易坐，冥想眉心。

梵音唱誦「SaTaNaMa」，同時分別用大拇指指腹觸及其他 4 個手指的指腹，每次當一個手指和大拇指接觸進入手印的時候，自我就在知覺中和那個手印的效果連接在一起了，效果如下：唱 SAA 的時候，大拇指和食指相融，木星，知識手印，代表知識；唱 TAA 的時候，大拇指和中指相觸，土星，舒尼手印，代表智慧，智力和耐力；唱 NAA 的時候，大拇指和無名指相觸，太陽，蘇亞手印，代表生命力，生命力量；唱 MAA 的時候，大拇指和小拇指相觸，水星，菩提手印，代表溝通能力。

用正常的聲音先唱 5 分鐘，再低聲唱 5 分鐘，然後更深地進入這個聲音內部，默誦 10 分鐘，繼而重新低聲唱 5 分鐘，再大聲唱 5 分鐘。這個冥想的持續時間可以有所變化，只需要保持大聲、低聲、靜默、低聲、大聲唱之間的比例。

這個冥想能給個體帶來整體上的心理平衡，每個手指間相應的振動使電極輪流產生作用。相對其他手指而言，食指和無名指屬於電的負極，這會使一個人的能量場獲得電磁投射力方面的平衡，獲得重生的力量。

曉峰聽得很認真，也做得很認真。

30 分鐘結束，梅香讓曉峰平躺大休息，曉峰很快昏睡過去。

大休息後，梅香帶領曉峰做了幾組活動的奎亞，唱誦了「Long Time Sun」後三聲長長的「SatNam」迴向完畢。

曉峰睜開眼睛，困惑地對梅香說：「二姐，我努力了很認真，但中間很難堅持，也老走神，還覺得煩躁不安。越是要什麼都不想，反而所有的念頭都亂麻麻地糾纏在一起。頭還開始疼起來。」

梅香說道：「這都是正常的反應，畢竟，你以前從來沒有冥想過，剛開始往往都會這樣，這是個清理的過程，看著念頭來看著念頭走，不要去糾結念頭就好了，慢慢適應吧。」

晚上，梅香想還是要先把父母親的工作做通，讓一家人盡快振作起來共同面對困難，自己才能放心的做事情。

因此，梅香就打了電話給公司行政總監繼續請假。

行政總監說：「梅香，韓總也在問你什麼時候上班呢，這段時間公司太忙了。」梅香毫不猶豫地說道：「我家裡有事更加重要，我必須請假，謝謝。」

梅香知道，在這個快速發展的公司裡，大家都拼了命地工作。公司有位高管，晚上就是一生一次的結婚大典，賓朋滿座地等著開席，但這位高管當天都要工作到下班時間才匆匆趕去換上新郎服裝；還有一位女副總，在醫院已經躺在手術臺上要動腸胃手術，硬是請求醫生暫緩一下，還有工作未及交代。這些都在公司傳為佳話，激勵著大家爭先恐後，

沒有節假日休息時間的奮發向前。

　　梅香這些年也是這樣不顧一切地工作著，除了加班還是加班，幾乎沒有請過假，即使遇到高飛離異這些難過的大事，也是堅持上班。上瑜伽課程的時間，也是用了部分累積了多年沒用的年假時間。

　　但，這一次，梅香已經無所顧忌了，她心裡明白，現在到了親人危機的關鍵時刻了，她必須為親人為家庭盡心盡力。

　　第二天，父母幾乎不說話，看都不看曉峰一眼。

　　曉峰也耷拉著頭驚恐萬狀的樣子。吃完早點，就獨自躲到書房裡不出來。梅香輕輕推開門，看見曉峰側身躺在書房的多功用床鋪上，身體縮成一團，抖個不停。梅香鼻子一酸，忍住了眼淚，把旁邊的被子輕輕地蓋在曉峰身上。

　　「曉峰，你是不是很難過，是不是癮發了，要不要送你上醫院。」梅香把手輕輕地搭在弟弟的肩上問道。

　　「不要……二姐……我知道的……去醫院沒用的……我會挺住的。」曉峰哆哆嗦嗦地說道。

　　梅香也上網查過，沒有藥品會根本性地斷掉毒癮。

　　網上有句話，梅香記憶深刻：「最有效的戒毒藥就是心藥，心癮病還需心藥醫。我們都知道，體癮容易，不用藥都能扛，而心魔就不是自己所能決定的了。」

　　梅香想，我所能知道的能改變心意的就是冥想瑜伽。老天保佑，冥想瑜伽能幫助弟弟度過這個生命的難關啊。但梅香清楚，這需要假以時日，就像自己也天天堅持了兩年多，整個身心才發生根本性的轉化。

　　梅香又嘗試著說道：「可不可以，我們一起深呼吸呢，深呼吸或許可以幫助你抵禦疼痛。」

　　梅香幾乎是感覺得到曉峰咬牙切齒的一字一頓地說道：「姐—姐，請—你—出—去，我——一—會—兒—就—過—了，你—在—這—裡—更—糟—糕。」

　　梅香只得忐忑不安地慢慢走出房間，輕輕地留了條門縫。

　　梅香在門口拉了把椅子坐下，覺得自己要守在旁邊才放心。

　　大概過了快半個小時了，不時朝門縫裡張望的梅香看見曉峰不斷扭曲的身軀好像漸漸停止了，梅香又輕輕地推開門，躡手躡腳地走過去探頭一看，曉峰似乎睡著了。梅香這才鬆了口氣，輕輕地關上門。

　　到了中午，父母做好午餐，飯菜擺滿了一桌子。梅香進了書房把曉峰輕輕推醒，讓他來吃飯。曉峰說：「姐，我好過些了，但我不想吃飯，也不想爸爸媽媽看著我難過。」

　　梅香說：「這樣不好，父母表面不說，心裡會更擔心，你還是來一起少吃點也好。」

曉峰就又坐到飯桌前，像個罪人一樣埋著頭，緩慢地扒了一點點米飯。

儘管梅香努力地說著閒話，試著笑著調解氣氛。母親仍然紅腫著雙眼，黑著臉一言不發，父親也是鐵青著臉，夾了兩筷子菜，就把筷子重重地摔在飯桌上，起身進了臥室。

母親也就草草地收拾了飯桌，進到廚房洗刷鍋碗，梅香拎著剩下的醬油瓶進到廚房擱置的時候，看見母親在水槽洗刷鍋碗的背影，雙肩不時因為抽泣而聳動。

午飯後，梅香就拉著曉峰打開 DVD 看一部電影，曉峰看到一半就又疲憊得上下眼皮打架，梅香就讓曉峰繼續去睡覺休息。

母親睡好了午覺，端著水杯出來盛水。梅香就對母親說：「媽媽，麻煩你和爸爸到我臥室裡來一下，我有話想和你們聊聊。」

爸爸和媽媽來到梅香臥室後，梅香讓父母在靠窗的沙發上坐好，梅香的臥室距離曉峰睡覺的書房較遠，即使說話的聲音大點，應該也聽不見。

梅香面對著父母，拉了張瑜伽墊坐在地上，只要一坐在瑜伽墊上，梅香就會覺得安然寧靜起來。

梅香給父母加好了水，就席地而坐。

梅香抬頭看著父母說道：「爸爸媽媽，我理解你們的心情，你們很難過，這對本來應該安享晚年的你們來說，確實是很大的打擊。誰不想自己的子女安康幸福啊。」

梅香頓了頓又繼續說道：「但是事情已經出了，除了悲痛以外，我們還得面對困難，解決問題，弟弟現在是最需要我們幫助的關鍵時候。」

母親開始發話了：「我實在想不通，我們從小對他那麼好，為什麼他總不爭氣，現在還幹出這樣的事情，我們再也不想理他了，我看見他就心堵得慌。從小到大，我們處處幫助他，已經夠了。現在我們傷透心了，幫不了。讓他走吧，去哪裡我們都不管。」

梅香頓時覺得有股衝動湧上心頭，她鄭重其事地一字一句地對父母說：「現在，在曉峰最困難、最無助、最危險的時候，你們幫不了，不願意管了，是吧？但是，在以前，他好好的時候，需要自己獨立奮鬥的時候，你們卻管個不停，要我幫助找工作，買房子，做生意、娶媳婦。對自己的親生兒子，你們只要錦上添花，不願意雪中送炭，是吧？在不需要幫助的時候拼命幫助，在最需要幫助的時候，卻撒手不管。你們覺得這樣做，對嗎？」說道後面，梅香幾乎是不可抑止，激動得滿臉通紅地對著父母喊叫起來。

喊完之後，梅香腦袋一片空白，突然嚎啕大哭起來。

爸爸媽媽也被梅香激烈的情緒和言語驚得目瞪口呆，梅香從來沒有這樣對他們說過話。

臥室的門突然咚的一聲推開了，曉峰衝了進來，撲通一聲跪倒在父母面前，手裡拿著一把明晃晃的菜刀：「二姐，你不要說了，都是我惹的禍，不怪父母。爸爸媽媽，你們拿這把刀把我殺了吧，我是罪人，我以死謝罪。」曉峰已是哭得鼻涕眼淚混雜在一起流個

不停。

　　媽媽也大哭起來:「你們不要這樣逼我呀,誰不心疼自己的兒女啊,你們姐妹倆我們很少操心,曉峰管得最多啊。我們傷透了心,我們哪裡做得還不好嗎,遭到這樣不公平的報應,我們恨鐵不成鋼啊,老天啊。」

　　爸爸一把奪過菜刀放在一邊的窗臺上,大聲地呵斥道:「都別鬧了。你們都聽我說。」

　　大家都安靜下來,爸爸繼續說道:「梅香說得對,事情已經出了,我們全家人都要堅強冷靜地面對。首先,曉峰,你要下定決心戒掉毒品,重新生活。第二,我們全家人都要盡全力幫助曉峰,想盡一切辦法。從今天起,大家都不許埋怨責怪了,要樂觀地往前走。」

　　聽到爸爸這樣講了,梅香也和曉峰面對父母並排跪在一起。

　　梅香還是忍不住哭著說道:「爸爸媽媽,請你們原諒不孝的兒女,我知道你們不是真的不管曉峰,你們只是一時氣壞了。我一定和弟弟一起去戰勝困難,永遠地支持弟弟。你們放心吧,一切都會好起來的。」

　　曉峰更是感動得成了淚人:「爸爸媽媽,二姐,我保證再也不會沾染毒品了,我一定重新做人。」

　　第二天早上,梅香帶著曉峰練習瑜伽的時候,媽媽拖了張座墊鋪上大浴巾,在旁邊一招一式地跟著練了起來。

　　梅香心裡流過一陣暖流。在這之前,梅香可是也動員過多病的媽媽練習瑜伽,甚至特地交費讓媽媽參加過玉蓮老師的課程,但媽媽都沒什麼興趣堅持,梅香也就順其自然地不再勉強了。

　　現在,為了兒女為了家人,已經六十多歲了,從來對運動沒有興趣的媽媽,認認真真地練起了瑜伽。

　　曉峰到家的第三天,一家人就勸梅香放心地去上班了。梅香想,也好,早晚帶弟弟瑜伽冥想,白天有父母的配合就沒問題了,這是個長期的工程,需要打持久仗,慢慢來。

　　曉峰和母親與梅香一起,每天堅持瑜伽十來天了,曉峰的臉色有了一些光亮。曉峰也興奮地告訴梅香,只要一練瑜伽冥想,困擾已久的總覺得有人要傷害自己的幻覺就不會出現,而且覺得自己開始有點精神了。

　　曉峰問梅香:「有沒有課程可以深入係統地學習?」梅香說:「你有這樣的願望太好了。」

　　梅香就聯繫了冥想瑜伽的基地,福建的 Guru 山莊,工作人員講,剛巧,過幾天就有一個 5 天的課程《完整男人——男人實現自我的途徑》,通過冥想瑜伽奎亞和強大的呼吸練習,探索能力、知識和技術,提昇陽剛之力。療癒男人的身心,讓生活獲得內在的實現,發揮全部的潛能,以助成功地實現既定的目標。

　　梅香一聽,太好了,就像特別為曉峰準備的課程,正是曉峰目前最需要的。梅香馬

上報名繳費，安排好曉峰的行程。

　　曉峰去了福建的 Guru 山莊，參加完《完整男人——男人實現自我的途徑》，回來後就更喜歡練習冥想瑜伽了，也多了些基礎知識。

　　不過，有一個問題，曉峰問梅香，就是以前天天奢睡，這次上課期間的晚上卻失眠，煩躁不安得睡不著，這是怎麼回事呢？梅香想了想自己所學的瑜伽知識說道，應該是能量清潔的過程吧，就像是打掃一間很久未清潔的房間，前半段時間找出垃圾的過程，反而是翻箱倒櫃，上下搗騰，粉塵四揚，更雜亂更骯臟的情況。

　　梅香更加渴望，更廣泛更精深的冥想瑜伽的知識和技能的學習提昇，現在，這些對梅香對曉峰太有用了。

　　在期盼中，等來了間隔兩個月的教師課程的第二次集中授課。

第
二
節

原來他不是神，
他是人

這一次上課，梅香格外認真。

原來，每天3：30從床上爬起來4點鐘開始的晨課，梅香有時候太睏，就會和一些同學一樣練著練著就倒在瑜伽墊上睡著了。

這一次，每天從早到晚大約12個小時的老師口授講解，動作帶領，冥想唱誦，教練演習，梅香都一一堅持做好、做到位。

在老師帶領動作的時候，用ipad錄好像，以備課後查閱。

甚至連早上小組分享，每一個同學的發言，梅香都認真記錄要點。

學得越多，梅香越覺得冥想瑜伽太博大精深了，越覺得冥想瑜伽在自己生命的宇宙裡鋪開了一條既神秘又神聖的金光大道，無邊無際地伸向浩瀚的星空，而自己就像一個追夢的孩子，剛剛躝跚學步，欣喜又好奇地踏上這個神奇的旅程。

這一次又是七天的課程。第四天的上午，是年輕帥氣的美國男教師阿杰爾授課。中心課題是《Yogi Bhajan致教師的一封公開信》。

阿杰爾老師說，千年來，在古老的印度，冥想瑜伽是只有印度貴族及王室才被允許一對一傳承的密宗瑜伽。一般的大眾和賤民不配練習這麼高貴純淨神聖的瑜伽。因此，冥想瑜伽有一個神秘的咒語：誰要對公眾傳播冥想瑜伽，此人就會在一年內死去。

直到1969年，Yogi Bhajan大師在美國打破秘而不宣的傳統，首次面對大眾傳播，我們才有幸享受到如此高貴神奇的瑜伽。

說道這裡，阿杰爾老師就問同學們，你們說，後來Yogi Bhajan中了詛咒去世了嗎？

「去世了。」好幾個同學搶著回答，因為大家大概都知道，Yogi Bhajan大師現在已經不在世了。

「不幸的是，這位大師的確去世了。」阿杰爾老師頓了頓說道。

同學們一片唏噓惋惜之聲。

「很幸運的是，是在他傳播冥想瑜伽35年後，直到2004年，他才去世。」阿杰爾老師又微笑著說道。

「哈哈哈」同學們被逗得開心地笑成一片，為Yogi Bhajan的幸運又為阿杰爾老師的幽默。

「但是，印度瑜伽界怎樣解釋這個現象呢？」阿杰爾又問道。

大家又面面相覷地希望聽到答案。

「印度瑜伽界說，這是他的福報，他把一個當今全人類最需要的瑜伽帶給了全世界。」

大家知道，現在全球70%多的人呈現不同程度的亞健康狀態。同時又有一半以上的人有不同程度的抑鬱症。而，冥想瑜伽在身心靈全面健康上有著獨到的顯著療效。現在，我們學習到的是Yogi Bhajan傳承體係的冥想瑜伽。」

課堂響起掌聲一片，阿杰爾老師接著說：

「下面，我們就一起來學習《Yogi Bhajan致教師的一封公開信》。」

這封信被翻譯成中文，打印出兩頁4k紙張，發給了每個同學一份。

梅香興奮地閱讀起來。

當梅香看到「要做一位完美的教師，否則會變成蟑螂。」梅香不敢相信，這是Yogi Bhajan大師的原話嗎？這可能是翻譯失誤了吧，譯錯了意思？

神聖的Yogi Bhajan總是充滿智慧之言啊，整個厚厚的一本一級教師課程教材充滿了Yoja Bhajan智慧、客觀、中性、哲學、思辨的思想，每一句話都閃耀著靈性的光芒，直接快速地喚醒閱讀者的高尚美好的靈魂。

這句有失客觀公允的惡意詛咒教師的話，怎麼會出自神聖的Yogi Bhajan大師之口呢？這個錯誤的翻譯的意思太可怕了，這會傷害大多數出於利己利人奉獻幫助他人而傳播冥想瑜伽的教師的心啊？

梅香立刻激動地高高舉起了手，阿杰爾老師馬上應允了梅香提問。

「『要做一位完美的教師，否則會變成蟑螂』這句話應該是譯者的失誤吧。因為世界上沒有完美的教師，就像是沒有一個完美的人一樣。沒有哪個教師沒有缺陷和失誤，我們有可能盡量避免故意的錯誤，但誰都難免出現無意的誤差和缺陷。

「那也就是說，只要做一位冥想瑜伽的教師就有可能下輩子變成一隻蟑螂，這樣對教師是一種傷害。

「雖然，即使是下輩子變成一隻蟑螂，我也願意教授冥想瑜伽。

「但是，這句話，這樣翻譯太不對了。」

梅香一口氣說完了對「要做一位完美的教師,否則會變成蟑螂」這句話的質疑和抗議，她心中想，這肯定是翻譯的失誤，阿杰爾老師會馬上糾正的。

沒想到，阿杰爾老師認真完梅香的發言後，溫和而簡短地說道：「如果這句話讓你感

到冒犯，非常抱歉。」

梅香一下愣住了。

梅香知道冥想瑜伽的老師們對於沒有標準答案的問題，回答都盡量保持中性，除非是清晰的答案或明顯的錯誤。也就是說，這句話就是神聖的 Yogi Bhajan 大師講的。

這時候，廣州的同學羽羽也舉起了手，提出了對「一定要遵從上師的這句話」的質疑，羽羽說：「如果上師是錯誤的，我們也必須遵循嗎？」

梅香跟著附和道：「羽羽同學問題提得好啊。在我們的教師教材裡不是明明寫著 Yogi Bhajan 白紙黑字的原話嗎？這應該都是譯者的失誤吧，這些話都與教師教材裡 Yogi Bhajan 的觀點不同啊。如『我是來培養教師的，不是收弟子的』，『我要培養比我優秀十倍的教師』如此的高尚而明智。」

梅香多麼希望阿杰爾老師說是的，這些是翻譯的失誤，哪怕「可能是」翻譯的失誤。

但是，阿杰爾老師一直沒有這樣說，在梅香和羽羽激動直接坦誠的質疑下，好像他也有些困惑起來，有點緊張得反覆企圖解釋說明這些話。

教室裡其他的同學也都聽明白了梅香和羽羽的質疑，大家也跟著困惑起來，阿杰爾老師無力的解釋淹沒在一片嘰嘰的議論聲中。

梅香失望地坐在瑜伽墊上，身體軟了下來。

「神聖的 Yogi Bhajan 怎麼說這樣的話呀？在我們心中，冥想瑜伽可是多麼完美神聖的啊！」梅香的腦海裡一直被這個翻騰的煩惱的念頭困惑著。

「哈哈，那天，可能是 Yogi Bhajan 的心情不好。」教室的左後方突然傳來一陣爽朗的笑聲和一句拖長了話音的發言。

「哈哈哈。」教室裡的同學們也緊跟著釋然的大笑。

梅香循著聲音扭過頭去，這一句簡短而爽快的笑話來自北京的蘇珊大姐，蘇珊大姐差不多五十來歲，應該是這個班裡年齡最大的同學吧。

梅香也哈哈大笑起來，在笑聲中梅香頓悟。

原來，Yogi Bhajan 也只是一個人，一個和大家一樣會憤怒、生氣，甚至急了也會責罵、失禮的凡人！

梅香突然意識到自己之所以這麼在意，是因為在梅香心中，潛意識覺得 Yogi Bhajan 就是神，是高高在上威嚴無比的神，而神是完美的，是沒有缺陷的，是不會說任何錯話、做任何錯事的。

Yogi Bhajan 從梅香心中的神壇上走下來了，但這一點也不影響 Yogi Bhajan 是一位大師，一位冥想瑜伽傳承中的偉大奉獻者。反而，梅香因為意識到 Yogi Bhajan 是和自己一樣也會喜怒哀樂的人，梅香覺得冥想瑜伽更接地氣了。冥想瑜伽就是實實在在的生活，冥想瑜伽就是真真實實的人。

梅香一下覺得一直印象模糊而遙遠的 Yogi Bhajan 離自己很近很近，覺得這位在課堂前面被燭火和鮮花供奉的一臉威嚴神秘的絡腮鬍子的畫像人物，開始變得真實起來。

緊跟著晚上的功課，是阿杰爾老師帶領的一個很特別的冥想，與 Yogi Bhajan 的黑白照片頭像上的眼睛冥想對視 31 分鐘。

教室裡拉滅了電燈，整齊地擺放著一排排小方桌，每個小方桌上豎立著 Yogi Bhajan 的頭像的大照片，照片面前點著一只火苗躍動的溫暖燭臺。

每個方桌前，蕭然靜坐著一位同學，一雙雙目不斜視全神貫注的黑亮眼珠裡映照著點點燭火。

教室外是漆黑的山谷，有風掠過竹林沙沙輕響。

Yogi Bhajan 的這張黑白照片很特別，似乎包含著無限豐富的表情，又似乎沒有任何表情地透露出一絲威嚴。在一級教師教材的關於此照片的冥想說明中特別強調，這是 Yogi Bhajan 專門挑選的一張照片。

梅香剛開始冥想對視 Yogi Bhajan 的眼睛時候，就像看見理解支持自己的親人般的神靈，眼淚和委屈很快湧了出來。但，看見他的眼神威嚴而有力，馬上就有了無窮的力量，又覺得沒有什麼可以哭的了。

慢慢地，梅香似乎看見了 Yogi Bhajan 的眼睛在動。有時像父輩一樣溫暖慈祥地看著自己；有時又像老師一樣嚴厲地盯著自己；有時又像神靈，傳遞無窮的能量給自己。

過了好久，梅香又覺得 Yogi Bhajan 的眼睛的眼白處閃耀著白光，白色光束連接到自己的眼睛，自己覺得像有能量連接傳遞一樣的神奇。

後來，梅香又覺得，Yogi Bhajan 偶而也會微閉雙目，好像在說，孩子，別怕，我也有疲憊的時候。但他眼睛一睜開又炯炯有神，彷彿在告訴梅香，孩子，沒有關係，你偶爾的疲憊和沮喪，就像我閉眼睛在加持能量一樣的，只要你不放棄向前走，你就會有生生不息的能量。

梅香就開始和 Yogi Bhajan 對話，和他談很多事情，談自己最近的煩惱和心情，談關於對弟弟曉峰的支持和幫助。Yogi Bhajan 他都理解和支持梅香的決定，Yogi Bhajan 對梅香說：「孩子，你去做吧，帶著愛與尊嚴前行，我把我的能量傳給你。」

快到冥想的最後時間了，梅香的腦海中響起了一首歌曲，Yogi Bhajan 逝世後冥想瑜伽師生們紀念他的歌曲《一位大師的請求》：

「碰觸絕望的心，他幫助他們恢復尊嚴」的歌聲在梅香的耳邊迴盪，梅香眼淚終於流了下來。

Yogi Bhajan 說，帶著你的力量與勇氣繼續前行吧。

冥想結束了，梅香帶著這次似乎是觀想，又明明就是真的發生的與 Yogi Bhajan 對視

交流的奇特體驗，安然地入睡了，在山谷嘩嘩的水流聲中。

　　課程結束回到廣州後，梅香覺得身心靈充滿了新鮮的強勁的能量，太好了，弟弟曉峰有什麼問題，我可以更好地幫助他了。

　　曉峰每天早晚跟著梅香練習瑜伽冥想，也覺得自己越來越有精神了，就對梅香說：「姐，你有什麼需要跑腿的雜事，就叫我做做吧，不然，我也悶得慌。」

　　梅香也就樂意地讓曉峰開著她的車，幫著辦些交雜費取郵件送朋友之類的雜事。

　　有一天下午，陽陽又來廣州出差後要去機場回合肥了，梅香就高興地給陽陽電話說：「我現在有弟弟這個高級專用司機了，讓他送你去機場吧。」

　　陽陽也就不客氣地馬上應允道：「好啊，好久不見你弟弟曉峰了，我挺喜歡他的，又勤快又帥氣。」

　　快下班的時候，陽陽來電了，梅香想應該是陽陽到機場了，特地電話致謝道別的吧。

　　梅香接通了手機，陽陽結結巴巴地說道：「梅香，曉峰，曉峰撞車了。」

　　手機裡傳來一片嘈雜的汽車的馬達聲響和尖銳的喇叭聲，梅香一驚，趕緊問道：「在哪裡，嚴重嗎？你們兩人都沒有問題吧？」

　　陽陽不知回了句什麼，淹沒在手機裡喧鬧的車流聲中。

　　梅香急忙大聲地說道：「陽陽，我聽不見，你大聲點，你們在哪裡，你們沒事吧？」

　　陽陽也幾乎是喊叫著，梅香才聽見回答：「沒什麼大事，只是我們的車追尾了，我們人都沒事，我們在內環的高架橋上，這裡車太多，聽不清，交警來了。」

　　梅香鬆了口氣，想了想又撥通了陽陽的手機：「陽陽，不好意思耽誤你了，你要趕飛機，你叫輛車先走吧，我這就趕過來。你把電話給曉峰一下吧。」

　　「姐，對不起，我又闖禍了。」電話裡，曉峰萬分沮喪。

　　「你們人沒傷到就好，不要急，我已經打電話給保險公司報案了，你可以一個人處理事故的話，我們就讓陽陽先去趕飛機，好嗎？」梅香靜定地說道。

　　「我一個人沒問題的，姐，我讓陽陽姐先走吧。」曉峰說道。

　　梅香一邊在公司的路邊招呼著計程車，一邊在電話裡一個勁地勸說堅持要留下陪曉峰處理事故的陽陽趕緊去趕飛機。陽陽拗不過梅香，也就在電話裡答應了梅香，拖著箱子走下高架橋叫車去機場了。

　　正是下班高峰最難叫車的時候，梅香差不多過了半個多小時，才好不容易攔到一輛計程車。計程車在密密的緩緩的車流中快要挪動到曉峰出事的地方的時候，已經差不多一個多小時了。曉峰來電說，交警和保險公司都已經到了現場處理完了，曉峰追尾，是他的全責，車輛已經拖走了。

　　梅香說：「好，那我計程車馬上到了，就接你回家。」

計程車慢慢爬上高架橋的時候，梅香遠遠看見曉峰站在路邊，擁擠的車流中間露出一個四處緊張無助張望的頭顱，一輛輛爬行而過的大車小車就像轟隆隆輾過曉峰的身體而去。

梅香心裡又是一陣難過，緊緊地招呼曉峰，在一片喇叭的催促聲中上了計程車。梅香還沒開口，曉峰就垂頭喪氣地說道：「姐，對不起了，我實在頭昏得很。」梅香安慰道：「沒關係，人沒傷著就好。」

兩人回到家後，陽陽又給梅香來了電話，說她已經在候機室了，請放心。說完，她又擔心地給梅香強調：「梅香，曉峰是不是最近太累了，還是生病了，我看他開車很危險，不斷地哈欠連天，睏得眼睛彷彿都睜不開，還不時焦慮得捶打自己的頭，你要讓他休息好，精神不好不要勉強開車，安全第一啊。」

「嗯嗯，你說得對，我們會注意的，你也多保重身體。」梅香掛斷了陽陽的電話後，靜靜地坐了會兒，梅香覺得針對曉峰時好時壞的轉折期，應該做進一步療癒的工作了。

怎麼療癒呢？誰都知道戒毒關鍵是戒心癮。如果能遠離吸毒的環境，並且讓身心靈得到療癒，重振精神的話，是最好不過了。

「去印度道一大學」梅香的腦海裡馬上冒出這個想法，除了以前聽成功勵志教練張老師說過印度道一大學是全球著名的身心靈療癒聖地，有著係統的身心靈療癒課程，課程的實修方法就是各種古老的身心靈瑜伽以外，後來又陸陸續續聽到一些關注身心靈成長的朋友說，印度道一大學如何神奇地療癒各種身心靈疾病。

但是，上次北京上「道一祈福」課程的恐怖經歷又歷歷在目，如果印度道一大學也是這樣的話，還是不去為妙吧。

梅香突然想起朵朵說過，她去印度道一大學上過一週經典課程。要不，打電話問問朵朵啊。梅香馬上撥通了朵朵的電話，把自己去不去道一的糾結與疑惑給朵朵講了。

朵朵聽完梅香大致地講解了北京「道一祈福」的混亂課堂後，肯定地說：「印度道一課程不是這樣的，還是挺正能量的，沒有太多鬼鬼怪怪的東西，主要是教人如何從種種世俗的觀念中『解脫』。你想在身心靈成長上精進的話，道一是一定要去的。」

「可是，我英語不太好？」梅香又說了一個猶豫的理由。

「英語不好沒關係啊，你報名參加道一組團，有專門的翻譯，況且，他們所有的校區都是全封閉的，沒有閒雜人員進出，很安全的。」朵朵補充道。

一聽到全封閉的學校環境，梅香就下了定心丸，心中暗想，這很適合曉峰的現狀，遠離毒源又封閉安全。

「還有，我想和弟弟一起去，我弟弟最近身體精神不太好，想帶他比較長時間的療養，道一有沒有長時間的課程啊？」

「那你們去道一太合適了，道一大學有兩個代表性的課程。一個是整整 28 天的深化

課程，另一個是 11 天的訓練師課程，加起來就一個多月了。」

梅香和朵朵通完電話後，已下定決心帶曉峰去印度道一了。

一個多月時間，肯定向公司請不了這麼長的假期。公司的變革之快，有些同事出差幾天回來，部門就已經調整了。梅香想都沒多想，她覺得自己跟公司辭職的時候到了。一為更好地幫助弟弟，二是梅香覺得該放下原有的工作試探一些新的變化了。

梅香向公司遞交辭呈的時候，很平靜也很堅定。行政總監好心地勸導：「你傻了，再堅持兩年，公司上市了，你作為高管持有的股票通常可以價值一千多萬元啊。在這個節骨眼上辭職，按當初公司分配高管購買原始股的協議，約定的工作期限未到，你只有放棄持有權了。」

梅香淡淡地笑笑，「謝謝，我知道的，但我有事不等了。」

後來，韓總也專門叫梅香去了他辦公室，不解地問梅香：「不是幹得好好的嗎？為什麼這麼急著突然辭職？」梅香知道韓總從來不留人的強悍作風。她對韓總深深的鞠了一躬，說了聲：「謝謝韓總這些年來對我的培養，對不起，我有事情需要長時間處理。」韓總也就揮揮手讓梅香走了。

印度的簽證又快又輕鬆，去印度道一大學組團的服務人員很快就辦理好了梅香和曉峰去印度道一大學的係列事情了。

梅香和曉峰要從香港機場乘機直達道一大學所在地，印度北部的城市清奈。

到了出發的那天，一大早梅香和曉峰就拖著兩個裝滿一個多月生活用品的大箱子從廣州乘坐直通車到香港，到達香港機場的時候已是傍晚，距離登機時間還有兩個多小時。梅香就帶著曉峰找了一個咖啡廳的靠邊的位置，要了兩杯飲料坐下來。

梅香對曉峰說：「這是我們姐弟倆遠程療癒的開始，今天起，我們每天一起堅持做相同的冥想瑜伽好嗎？姐姐陪著你一起練習，我們共同體驗共同進步。」

曉峰當然開心地呼應：「好的，姐姐，我一定跟著你練習，堅持到底。」

梅香繼續說道：「我認真諮詢過相關專家醫生朋友，他們認為毒品對免疫係統和神經係統的破壞最大。所以，這段時間我們的奎亞就做《平衡和增強神經及免疫係統的奎亞》，這是冥想瑜伽中最神聖的奎亞，平衡我們身體的三個係統，三種力量：副交感神經、交感神經和神經活動係統。並且這套奎亞在培養專注、釋放內在衝突、建立鋼鐵般的毅力、達到心靈的平靜有很好的作用。」

冥想就堅持做「SaTaNaMa」吧。

曉峰很認真地聽著，頻頻點頭。

梅香說完這段時間的奎亞與冥想安排後，又補充道：「冥想瑜伽的每套功法 40 天為一個療程，我們就先做完這 40 天再根據情況調整吧。」

曉峰應道：「好的，姐姐，就聽你安排，我會努力認真地修鍊。」

「好啊，只要你堅持，我相信你一切都會好轉的。我們今天早上忙著趕車，還沒來得及完成今天的功課。我們現在就在這裡，坐在座位上，練習完今天的『SaTaNaMa』冥想吧。」梅香建議道。

曉峰有些惶恐地看看周圍，機場的咖啡廳裡人來人往格外熱鬧。

梅香明白曉峰的擔憂，平靜地說道：「沒事的，我們做我們的，沒有人會打擾到我們。況且，冥想就是為了達到靜定，在這樣嘈雜的環境裡練習冥想，會更好地訓練我們的靜定的效應。」

曉峰理解地點點頭，梅香就開始輕輕地說道：「挺直我們的腰背，把身體穩穩地坐好在凳子上，雙手自然地放在膝蓋上，微閉雙目，內觀眉心輪，連續三次深長地呼吸，讓呼吸帶領我們的身心回到當下。」

然後梅香就帶著曉峰，跟著手機的音樂，開始輕聲地唱誦「SaTaNaMa」，機場裡嘈雜的人聲逐漸淡遠，梅香和曉峰一起在「SaTaNaMa」的唱誦聲中。5分鐘過後，梅香和曉峰又跟著背景音樂的提示更加輕聲地呢喃「SaTaNaMa」。梅香微微睜開眼睛，只見曉峰忍不住東張西望，看見梅香在看他，又趕緊閉上眼睛，梅香微微一笑，繼續回到「SaTaNaMa」的冥想中。又過了5分鐘，轉化為靜默的「SaTaNaMa」。

靜默的「SaTaNaMa」5分鐘後，接著循環靜默，輕聲，大聲的各5分鐘「SaTaNaMa」。梅香感覺曉峰漸漸地靜定下來，完全沉浸在「SaTaNaMa」的冥想中，周圍的各種雜音彷彿完全消失了，梅香覺得這世界只有她和曉峰在「SaTaNaMa」的音流中。

31分鐘的「SaTaNaMa」完成了，梅香睜開眼睛，看見曉峰眼眉有了微笑。曉峰說道：「姐姐，我現在覺得眼前好亮啊。」

「是啊，你眼睛都清澈了。」梅香笑著說。

22：45分，登上飛機的時候，梅香才發現，太好了，她和弟弟的機票被自動昇艙為頭等艙，在這暗夜裡5個多小時的長途，可以享受可口的食物和冰爽的飲料，美美地躺在頭等艙的艙床上，睡一覺就輕鬆到達目的地了。

梅香開心地對曉峰說：「我們做了『SaTaNaMa』冥想，老天就獎勵我們頭等艙，這真是一個幸運的旅程開始了。」

有些拘謹地躺在頭等艙的艙床上的曉峰，也高興地笑了。

第三節　萬事萬物皆有神性

　　飛機落地印度清奈的時候，已是新年第一天的凌晨一點半，同行的 40 多位學員，一起坐上組隊方安排的大巴士車，又顛簸了 3 個多小時，在黎明時分到達了道一校區。

　　天空逐漸清亮起來。

　　梅香下了巴士，站在路邊放眼望去，校區很開闊簡潔，幾大塊綠色的草坪邊分布著，幾棟一層或兩層高的白色的房子，領隊介紹，這些房子分別就是男女生宿舍。

　　宿舍面前的水泥道上，一些好像也是剛剛趕到的不同膚色人們，應該也是來自各個國家的學員，排在房子面前等待進入宿舍。

　　梅香覺得清新的空氣煽動著鼻翼，不由深深地吸了口氣。待梅香再轉過頭去，已是紅霞滿天，被染了紅色的雲朵離得格外近，立體地包圍了這些平實的房子和來自世界各地的人們。

　　領隊很快熟練地分配了宿舍，男女生在不同的宿舍樓裡。領隊告訴大家，我們大部分同學們住的都是集體宿舍，一個宿舍少則二三十人，多則五六十人。也有一小部分同學預定的是價格貴得多的別墅標間或單間，在另一個校區。當然，無論住哪裡，都要遵守相關規定，維護宿舍的乾淨友好。

　　接著，領隊又指著不遠處一大棟平房，告訴大家，盡快安置好床鋪後，於 6：30 到這棟房子的大教室開始第一天的晨課。

　　曉峰先幫梅香把大箱子拖到女生宿舍後，才轉身去旁邊約三百米處的男生宿舍。梅香看了看時間近六點了，已快到晨課的時間了。姐弟倆約好六點半直接在大教室門口見。

　　梅香跟著一群同來的女生，沿著一樓一間間敞開迎接新到的學員的宿舍，找到領隊安排的房間，房間裡放著二三十張單人床和一些簡易的衣櫃。床鋪上已有簡單乾淨的床單薄被，是在中國已難得見到的老式的印花棉布，就像中學時代的學生宿舍，梅香倒也覺得有一種久違的熟悉的熱鬧的感覺。

　　這個宿舍住的都是來自中國的老老少少的女人們，小的十多歲，老的五六十歲，以

三十歲左右的年齡居多。大家都是女人，倒也大大方方地在白晃晃的日光燈下，脫掉內衣，急急忙忙地換起衣服來。

梅香快速地放好物件，拿著洗漱用品到一樓的公用衛生間洗漱。洗漱台，蹲式便槽的衛生間，淋浴間都分布在一個房間。房間裡倒也沒有異味，水泥的地板衝刷得乾乾淨淨，這點就像大學時候的公用衛生間。

呵呵，梅香心裡笑道，竟然在異國他鄉找到中學大學時候的感覺，也好。

洗漱完畢，梅香就沿著寬闊的水泥道，走向遠處的大教室。

校區裡大片大片的草坪，靠近圍牆邊上的草坪上有著一些低矮的灌木叢，中間的草坪上有著一排高高的棕櫚樹，樹梢上淡藍的天空裡還掛著一輪彎彎的月亮，而月亮的另一邊的天空的紅霞裡，一枚圓圓的紅日已經完整地呈現。

日月同輝，梅香的記憶中很少見到這樣的奇觀，馬上被驚喜和興奮的心情浸潤。

印度真是神靈的國度啊，天地間，這一次，神奇的身心靈的旅程拉開了帷幕。

梅香走到大教室門口，門還沒開，已擠滿了人群。

梅香看見在人群裡焦急張望的曉峰，梅香擠過去把他拉到一邊站立等候。

一會兒，門開了，大家一窩蜂地擠進去找前面的座位。梅香平日裡就不喜歡排隊擁擠，遇到排隊總是在後面慢慢地跟進。等到梅香和曉峰走進到教室裡的時候，已只有後幾排的位置了。

這是一個橫放的長方形的大教室，地上鋪著薄薄的一層草席，草席上排列著一排排在國內街邊的大排檔上常見的塑膠圈椅。中間留出一條過道，過道盡頭的主席臺上是一個供奉著巨大照片的神壇，梅香在網絡和宣傳資料上見過，照片上是並肩微笑的阿信達能夫婦，照片被水果鮮花簇擁著。

梅香隨便找了後排靠走道的圈椅就坐，曉峰也就默默地挨著梅香坐了下來。

梅香好奇地打量起這個教室，教室裡除了圈椅中攢動的人頭和講壇正中的神壇外，就只有幾個擺放在教室四個角落的落地大音箱。兩邊的牆壁有厚厚的黑色布簾遮住的也許是窗戶。教室裡沒有自然光，簡單的天花板上排列著一盞盞日光燈。

梅香初略地估算了下人數，約有20來排圈椅，每排約30來人，就500來人了。前排神壇周圍的地上還密密的圍坐著一圈人，感覺到他們想緊緊靠著神像。一會兒，又進來一些人，聽旁邊有說中國話的學員講，是住別墅校區的學員一起來聽大課了。前後加起來應該差不多600多人吧。

大多數都是白皮膚黃頭髮的外國人，梅香有些好奇他們來自哪些國家啊，黃皮膚黑頭髮的人們在教室裡也差不多將近一半，應該大多數都是中國人吧？也有少許幾個黑皮膚黑頭髮的人們夾雜在人群中，他們不會來自南非吧？梅香心裡猜測著。

擴音器裡響起播音，是英語，梅香原來在小縣城中學的那點英語水平每次出國幾乎都沒有用，聽不懂。不過，在來印度之前，梅香就問過領隊，說考慮到道一的中國人很多，全場唯有普通話同步翻譯。

果真，普通話翻譯響起，是學校負責生活紀律的工作人員，歡迎同學們來到道一大學參加28天的深化課程，並講解了學習生活的相關規定。大概是每天早上約6點至7點半晨課，7點半到9點統一到大教室隔壁的大食堂排隊自助早餐；9點到13點上午課程，13點到15點半，照樣排隊到大食堂自助午餐，午餐後午休；下午，15點半到19點半下午課程，然後還是排隊到大食堂自助晚餐。有時候，下午課程會上到晚上，甚至凌晨才能晚餐。大家也要有準備適應。

生活老師還特別強調，整個校區都有圍牆和嚴密的保安，除了學校統一組織外出學習以外，一般情況下，為了同學們的安全，未經允許不得出入校園。

安靜聽話的人群突然騷動起來，有人扭頭向後面的門口張望，有人竊竊私語「卡薩其，卡薩其」，緊跟著響起掌聲。梅香好奇地轉過頭去，只見一位帶著眼鏡平頭中等個的中年男子，穩步走進了教室。

翻譯的普通話響起生活老師的介紹，下面將是我們28天深化課程的主講老師卡薩其老師，帶領大家開始正式課程。

卡薩其老師走上講壇，又響起一陣掌聲。

卡薩其老師首先帶領著三位教師在長長的梵文唱誦中點燃聖火的燭光，然後全身伏地跪拜阿信達能神壇。教室裡響起一片稀裡嘩啦慌忙挪動椅子的聲音，後面的學員跟著前面的學員的樣子，紛紛從椅子上下來，趴擠在旁邊的地上五體投地向著阿信達能的神壇跪拜，老師站起來，大家又站起來，老師全身伏下跪拜，大家又跟著全身貼地跪拜。

這樣反覆了好多回，梅香也跟著禮貌地全身大拜，心想，就當著瑜伽中的拜日式吧，鍛鍊身體，也好。

祭拜完畢，卡薩其老師拿起一個盛滿水的金杯，向人群中拋灑聖水，前面的人群一陣躁動，有女子驚喜的尖叫聲。

祭拜完畢後，卡薩其老師手持話筒，一口流利的英語，開始問學員：「你們不遠千里萬里，從不同的國家來到道一，是為了什麼？」

不斷地有學員搶著舉手，卡薩其老師也就隨機抽點著學員一一回答問題。

梅香遠遠地看見卡薩其老師拿著話筒的小平頭，在前面一片密密麻麻的人頭中轉動。還好，音響把中文翻譯的話傳到了教室的每一個角落。

中間竟然遇到德國、義大利、韓國等國家的學生就比較麻煩了，他們站起來講完話之後，本國的隨團翻譯還要把他們本國的語言和英語對譯一遍。他們就沒有中國的學員這麼方便了。

梅香歸納了一下，大家從世界各地來到印度道一的目的林林總總，主要有三大目的：一是尋找神；二是接受神的恩典，祈求神的護佑；三是讓自己更充實更喜悅。

接著老師分享了以前來道一的學員收穫與改變的幾個奇蹟案例：有一馬來西亞的女子，丈夫原來是酒鬼，這位女子來道一上課，回到家後，她的丈夫就再也不酗酒了，還會幫她做家務，主動接受女子的道一 Deeksha 祝福。

有一印度清奈的女子在道一課堂進行生命回顧，後來她回到家後得知，她的雙胞胎的妹妹竟然在她上課的同一時間的家中，也不由自主地回顧生命的種種往事，而且所憶起的歷歷往事竟然和姐姐在課堂上想的一樣，學生姐妹倆在同一時刻竟然就像是共用了一個大腦。

卡薩其老師說道：「感謝神感謝來到這裡的人們，你們來到這裡展開新的生命之旅。你來到這裡就是神的恩典，你帶著你的意圖、你的目標、你的想法……來到這裡！讓我們通過道一意圖手印共同祈求神的臨在，實現你來到道一的祈願。」

同學們就在卡薩其老師的示意下，做起了道一意圖手印：兩手相握，左手掌心向下右手掌心向上，雙手置於右腿上，在優美的印度音樂中，進入祈願冥想。

梅香虔誠地閉上眼睛：「我千萬里來到印度這個神靈的國度，神啊，請療癒弟弟曉峰的身心靈，讓他的生命獲得重生，從此健康、獨立、向上、喜悅、豐盛。」

梅香的眼淚簌簌地流了下來，她就讓這個祈願一直縈繞在自己心頭。

不知過了多長時間，老師告訴大家課程心願祈禱可以完成了的時候，梅香最後又在自己心裡祈禱：「神啊，請加持我更加強大的能量，幫助弟弟曉峰度過生命的難關，迎來新的生命的春天。」

但是，梅香很清楚，她來到這裡只為了一個神，就是找到自己的神，梅香自己的神，曉峰自己的神，只有自己的神可以救助自己！

冥想瑜伽關於神的教義是，世界上只有兩個神，一個是宇宙，一個是我們每個人與生俱有的內在的神性。對於這點，梅香深信不疑。

因此，梅香也很好奇，阿信達能是什麼神？他們是如何讓世界各地的人們奉為神靈的？

早上的晨課在八點半的時候結束了。

學員們走出教室，轉身就到了大教室後面的大食堂，大食堂門口頗為壯觀的是一大片五顏六色的各式拖鞋和幾排長長的等候取餐的隊伍。

梅香想起領隊講過，按印度的習俗進門就要脫鞋，梅香也就吩咐曉峰一起脫了鞋子擱在門邊。

大家在食堂兩邊的取餐區，先拿了自助餐盤和清洗得乾乾淨淨的不銹鋼碗筷，再排

列在餐台旁，井然有序地根據自己的喜好，自行盛取各個盛放在大型不銹鋼餐盆裡的食物。

輪到梅香的時候，梅香看了看，全是素食，四盆不知名的或綠或黃或白或紅的顏色鮮艷的湯湯糊糊，一盤印度烙餅，一盤印度米飯，一籮筐香蕉。

梅香轉身對曉峰說道：「太好了，哈哈，以後天天吃印度餐，還有我喜歡的印度烙餅呢。」

梅香好奇地選了綠色的、黃色的、白色的湯糊各盛了一碗，又夾了兩塊印度烙餅，拿了一個香蕉，然後滿足地端著沉甸甸的已經塞滿四碗一碟的餐盤，走到食堂中央的就餐區。

食堂中間是一排排不銹鋼打造的餐桌餐椅，應該同時能容納五六百人就餐，像大學的食堂一樣，很是壯觀地排列。嘿嘿，又是大學的感覺。

梅香找了兩個空座位，放下餐盤，回頭看看，曉峰已經跟過來和梅香並排坐好。

梅香好奇地品嘗起盤中的食物來，原來綠色的是青菜羹，紅色的是番茄糊，黃色的是南瓜糊，還有滿口各式各樣說不出口的香料味道，這種吃法倒也新鮮。

「不好吃吧，中國人大多不習慣這裡的印度伙食，來點我帶來的老乾媽香辣醬吧。」

隨著熱情的聲音，一瓶香辣醬推到了梅香面前。梅香抬頭看見一張圓圓的二十多歲的女孩的笑臉。

「我叫文婷，和你同一隊的，都來自廣州，在機場託運行李時，你們兄妹倆還幫我抬過我那超重的大行李箱呢。」文婷笑著補充道。

梅香心裡一酸，以前弟弟總是青春帥氣的小伙子，走到哪裡總有女生張望，現在被毒品摧殘顯得憔悴衰老……而自己卻因為練習瑜伽，經常被人以為才三十出頭。哎。

「舉手之勞，應該的。這是我弟弟。」梅香禮貌地舀了一勺香辣醬拌進米飯裡。

「哦，不好意思，弄錯了，都怪梅香看起來太小，來來，弟弟多吃點。」文婷不由分說就舀了一大勺給曉峰，曉峰微微抬頭感激地笑笑，就又埋頭吃開了。

梅香把拌了中國香辣醬的印度米飯送進口中，哇，還是熟悉的的味道最好吃。梅香再次給文婷道謝，滿足地吃了起來。

文婷用手肘頂了一下梅香，神秘地說道：「梅香，你知道嗎，在道一的最後一天會有覺醒分數和覺醒證書？」

「是嗎？」梅香倒好奇了：「覺醒竟然可以打分，分出個三六九等來，道一怎麼做到的？應該是老師通過課堂學習討論評估？或者組織學生通過學習生活觀察審定？或者經過心理問卷測試考核？」

文婷搖搖頭：「都不是，聽老學員講，是你的神給你打分！」

「啊？我的神怎麼給我打分呢？」梅香想不明白。

文婷已經吃完了，站起來扔下一句話，就去清理餐盤了：「我也不知道，我也期待著，聽說不是所有人都合格的。」

一直埋頭吃飯的曉峰終於抬起頭，不安地說道：「姐姐，我怕是拿不到覺醒證書吧？」

梅香噗嗤一聲笑了：「不要擔心，我們又不是來拿覺醒證書的，你調整好身心，開心收獲最重要。我倒是要看看，道一到底怎麼給這麼多的學員打覺醒分的，這太有意思了。」

吃完飯，走出食堂大門，梅香找了好會兒才在一大片鞋子中發現自己的鞋子。梅香和曉峰又走回教室門口，梅香這回特地專門尋了個好找的角落放下自己和曉峰的鞋子，才走進教室去等待上午的課程。

上午的課程是卡薩其老師講解，道一 28 天深化課的 28 個解脫中的第一個解脫：從存在性痛苦中解脫。

梅香仔細地傾聽，認真地做好筆記的時候，偶爾回頭看見曉峰無精打采地打著瞌睡，梅香就輕輕地碰碰他，曉峰無力地張開雙眼，努力打起精神來。

到了午休的時候，梅香就催促曉峰，「你抓緊時間睡個午覺吧，下午好好聽課。」

下午 3：30 開課了，卡薩其老師首先帶著大家唱誦「道一真經」，祭拜神壇。

接著，讓學員們分享今天課程的心得所悟。大家又是爭先恐後地舉手。

有一中國男子說：「剛開始不想相信神，更不相信阿信達能是神，走過程時聞見臭味。由於自己信佛，瀰勒佛發出光芒，把臭味變成綌鑽石。佛說，你能量場需要加強。阿信達能可以幫助大家。我相信了神。」

有美國的青年說：「太神奇了，來印度前，有卡有錢的錢包丟了。很久不聯繫的朋友今天微信留言，在我從來沒去的藥店撿到了我的錢包。」

有英國的女人說：「我跟神直接的連接最重要！ 11 年前我發生了嚴重的車禍，差點死掉。可就在我出車禍旁邊，200 米內，有一組優秀的訓練有素的醫護人員，我 2 分鐘內得到了救助。」

有德國的男子說：「來道一之前欠帳，有負債，以為要借錢才能來道一，結果種種原因，帳單不用付了，可以來印度了。坐飛機航班延誤獲得航空公司賠償 600 歐元，竟然還免費調換到了頭等艙。」

聽到這裡，梅香笑了，心想：「我們來的時候也獲得意外的免費昇艙，一次愉快的巧合吧。」

來自各個國家的學員分享了約一個小時之後，卡薩其老師又開始了「存在性痛苦」的解脫解說。

兩個小時過去，解說得差不多了，卡薩其老師要大家在音樂聲中冥想，我們是如何在受苦：我們這一生一直在痛苦地掙扎，一直不去聆聽神的旨意，只顧自己的意圖去與神反抗著，強硬地生活？結果呢？通常徒勞一生、痛苦一生、困惑一生。

在音樂的寂靜中，有人開始嚎啕大哭，有人大叫媽媽。

梅香在這幾年冥想瑜伽的修鍊中，已經基本接受了痛苦，不再和受苦抗拒，也就很安靜，沒有什麼情緒。

冥想之後，卡薩其老師又讓大家跟著唱誦「存在性痛苦」解脫的真言，聽起來應該是梵音的經文。冥想瑜伽中也會有持咒唱誦冥想，梅香倒也不覺得陌生，跟著唱誦，覺得時間過得好快。

唱誦完畢，卡薩其老師帶領大家又是一陣祭拜阿信達能的「聖鞋儀式」。

祭拜之後，有節奏明快的音樂響起，有些老學員就開始興奮起來，站起來動手動腳地躍躍欲試。翻譯老師講解之後，原來是道一的特色「巴姜歌舞」，也就是跟著音樂，每個人無拘無束地自由舞蹈。

燈光暗下來，坐了一天的學員們紛紛站起來找到空隙的位置，跟著音樂手舞足蹈。特有的印度節奏的迪斯可音樂，鼓點拍打著耳膜，熱烈得讓人不得不強勁地舞動起來，梅香也開心地扭動身體。轉身看看，曉峰站在後面的角落幾乎是一動不動，梅香舞動過去，拉著曉峰的胳膊甩動起來，曉峰尷尬地笑笑，勉強動了起來。

微汗發熱的時候，悠揚的音樂響起，大家舞動的身體也跟著音樂優雅而抒情。之後的一首音樂更是舒緩空靈，全場的肢體變得像影片中逐格的慢動作，幾乎要定格下來。

梅香跟隨音樂隨意地扭動身體，心中一陣愉悅，哈哈，這不是冥想瑜伽中自由自在的脈輪舞嗎？如果是這樣的話，舞蹈完畢應該就是躺地仰面大休息。

果真，音樂結束之後，大家在老師的指令下，就地躺倒仰面大休息，全場燈光完全關閉，黑暗的寂靜中，又有人開始嚶嚶地啜泣。

大家看起來，幾乎差不多從世界各地匆匆趕來，就開始了一天的課程，都比較累了，哭泣聲中開始有沉沉的呼嚕聲，呼嚕聲和抽泣聲此起彼伏。梅香覺得別有情趣，在黑暗中咧嘴笑了。

梅香又開始琢磨下一個環節，按冥想瑜伽每個功法套路，都具有完整的神聖的儀式感推導，道一解脫課程的最後環節應該是迴向及祈福吧。

啊哈，梅香又猜測對了。大休息之後只是沒有冥想瑜伽的一係列舒緩筋骨，甦醒回神的瑜伽動作。大家爬起來，就按照老師的引導，原地順時針方向旋轉七圈之後，又全身伏地大禮拜阿信達能的神壇，今天的課程就全部結束了。

梅香和曉峰走出教室的時候，天已經黑了。遠遠地，看見男生宿舍後面的大草坪上燈火明亮，綠色的草坪被幾盞白色的巨大的探照燈照得明晃晃的，不斷湧入的人群歡呼雀躍。

文婷迎面走來，老遠就跟給梅香打招呼：「你們姐弟倆快點來啊，今晚是道一的新年祝福露天晚宴，好多好吃的，還有大家自發的歌舞呢。」

梅香和曉峰走進草坪，四面都是自助餐臺，排滿了豐盛的食物，還有白天大食堂沒

有的飲料、冰淇淋、點心。大家三五成群地或站立或坐在草坪上，端著食物，大快朵頤，也有人群跳起了巴姜歌舞。

梅香對曉峰說：「你好好享受一下美食。休息好了，我們還要找個安靜點的草坪上完成我們今天的功課，31分鐘的 SaTaNaMa 唱誦冥想，好嗎？」

曉峰當然應聲說好。梅香想：「曉峰應該自由點想吃啥就取啥，最好離開我，交點新朋友。」就又補充道：「我們分開行動吧，白天，我看見女生宿舍前的草坪上有幾個石凳，待會兒，我們在那兒會合，好嗎？」曉峰仍然說：「好。」

梅香全場走了一圈，挑選了喜歡的食物，就站在一邊，邊吃東西邊觀看著洋溢著歡樂的人群。

呵呵，新的一年，驚喜和歡樂地展開了，願一切都更好。

梅香放好吃得乾乾淨淨的餐盤，就轉身去了宿舍，取了行李箱裡兩個瑜伽墊，鋪在石凳旁的草地上，靜靜地等弟弟曉峰了。

過了不久，曉峰也來了，姐弟倆就面對面分別坐在草地裡的瑜伽墊上，梅香打開手機，把隨身帶的乒乓球大小的音箱，連接上了手機藍牙。

梅香示意弟弟挺直腰背，雙手合掌於心輪，與身體與宇宙黃金鏈接之後，就和著 SaTaNaMa 的音樂開始唱誦冥想。

遠處隱約傳來人們歌唱歡叫的喧譁聲，但絲毫不影響梅香當下的唱誦，梅香覺得在異國他鄉，在歡樂的元旦，和弟弟在一起唱誦冥想，真是一件美好的事情。

可是，梅香一走神，卻發現沒有曉峰的聲音，梅香睜開眼睛，看見曉峰無精打采地耷拉著。

梅香問道：「曉峰，你怎麼啦，病了嗎？」

曉峰答道：「沒有病，就是不想唱，坐不住。」

梅香說道：「沒有病，就盡力堅持，好嗎。」

梅香見曉峰點點頭，為了不影響唱誦，就不再多說。梅香繼續雙目微閉，內觀眉心輪，接著唱誦冥想。

但是，聽見曉峰微弱地跟了幾句，就又不見聲音了。梅香沒有睜開眼睛，可是，生氣與失望交雜的憤怒情緒卻不由湧上心頭。

梅香看見自己這股洶湧冒昇的情緒，就邊唱誦，邊在心裡對自己說：「別急啊，要有耐心啊，曉峰會慢慢好的，要給他時間。」

就這樣梅香按捺住自己的怒火，幾乎是一個人唱誦完了31分鐘。

梅香睜開眼睛，遠處微微燈火透過來，看見曉峰依然呆呆地盯著草地不動。

梅香想交流一下今天的學習經驗，振作一下曉峰，就讓他早點休息吧。

於是，梅香輕鬆地問道：「曉峰，聽了今天關於如何解脫『存在性痛苦』，應該對你有

現實的啓迪哈，你有什麼感想呢？分享一下吧。」

曉峰一愣，像是從夢中醒來：「你說什麼，什麼痛苦，我不知道。」

梅香一頓，說道：「今天的講課，你不知道在講什麼嗎？」

曉峰嘆了一口氣，不再說話。

梅香的怒火終於爆發了：「曉峰，我們不遠千里，專門來到道一學習，就是為了幫助你解脫。我天天堅持教你瑜伽，是因為姐姐只懂得這一項經過親身實踐，確信能幫助你療癒身心的方法。如果，你不配合，你不努力，我實在不知道，還有什麼方法可以幫助你。」

曉峰也彷彿突然有了力量，吼叫著對梅香說道：「我不想你們幫我，怎麼樣？我就是你們的拖累，你煩了吧？我頭昏頭痛，非常痛苦，我覺得一切都沒有意義。我恨不得死了算了。」

黑暗中，梅香感覺到曉峰惡狠狠地盯著自己，梅香不由覺得有股寒意從脊梁上昇起。

梅香深深地吸了口氣，努力讓自己靜下心來，她盡量平靜地說道：「曉峰，我理解你也很痛苦。但你必須振作起來，因為你的生命不只屬於你，還屬於生育你的父母，屬於我們這個家庭，你的生命還是老天給你的，老天也需要你。這麼多年，你讓自己的生命備受煎熬與苦痛，你應該醒醒了。」

梅香見曉峰把頭不耐煩地扭到一邊，就停頓了下又說道：「我說完這幾句，你就去休息吧。只要你願意改變，無論有多少困難，我和父母都會不離不棄，堅定不移地陪你走下去。但是，真正能拯救你生命的，只有你自己。如果，你要放棄，你不配合，沒有任何人救得了你。神，也不例外。」

曉峰聽完這句話，默默地站起來，轉身就朝著宿舍走去。梅香只得拋過去一句：「明早 6：30 要上早課，4：30 我就要在教室門口的草坪上練習瑜伽，你自己決定是否來吧。」

梅香看著曉峰有些佝僂的背影慢慢地挪動遠去。

梅香終於傷心地哭出聲來，她全身匍匐在地，哽咽著說道：「印度的神靈啊，阿信達能，我求求你們，如果你們真的存在，請你們保佑我弟弟吧，療癒他吧。」這一刻，梅香真的希望有外在的神通廣大的神靈存在，該有多好啊，或許只有所謂的神仙可以拯救曉峰了。

第二天早晨 4：30，天色還處在黎明前的暗黑之中，梅香就在教室外的草坪上鋪上瑜伽墊，開始練習瑜伽，遠處的路燈微亮地照著她的身影。

梅香練到第 5 個動作，需要睜開雙眼，直視前方。梅香一睜眼就看見曉峰不知什麼時候已經坐在了旁邊，跟著梅香的一招一式。

梅香心裡一陣慰藉和感動，但沒有說話，而是更加專注和認真地投入到動作的引領中。

6 點過的時候，開始有早到的學員在旁邊的道路上穿行。姐弟倆一點也不受影響，完全沉浸在 31 分鐘 SaTaNaMa 最後的唱誦中。

6：30 晨課開始，照例一系列祭拜阿信達能的神壇儀式之後，就是老師視頻或口授講

解信奉阿信達能，給世界和人們帶來的奇蹟。

今天的老師換了一位，也是位中年平頭男老師，梅香不關心老師是誰，她更關心老師講什麼。不過，下課的時候，梅香就已在心中叫他「嘿嘿」老師，因為他長得黑，還比較幽默。

嘿嘿老師講了一個生意人要坐火車去談生意，但臨上火車才發現手提的密碼箱無論如何也打不開了，車票和錢都放在手提箱裡。但已約定好重要的商務洽談，商人只有祈禱阿信達能，然後硬著頭皮上了火車。

上了火車之後，神奇的是列車長沒查他的票；有陌生人友好地邀請他進餐；出站口奔跑的小孩無意中撞開了行李箱，他拿出車票驗票順利出站，正趕上前來火車站接他的人。

嘿嘿老師說：「是的，有些人一定會說，這是巧合，這是幸運！」

「可我們為什麼不總結，『巧合』到底是什麼？為什麼總是幸運。」

「今天，我們分享的神的主題是，神在哪裡，神在萬事萬物中！今天早餐，所有的學員在食堂吃飯都不能說話，我們要禁語，每個人都要靜靜的冥想和體驗，神在萬事萬物中。」

7：30晨課結束，大家都不說話，默默地走向大食堂。

梅香跟著靜靜的候餐隊伍，照例裝了三碗各式食物，盛了一碗印度米飯，拿了一個芒果。

姐弟倆找了位置坐下來，準備就餐。

梅香一下想起昨天文婷的中國香辣醬拌飯，那個習慣性的過癮滋味，不由朝周圍搜尋了一圈，心中好失望，不見文婷的身影。梅香看看盤中的湯湯糊糊和粗硬的糙米皺了一下眉頭，不由自主地又到處張望，是否有中國人帶了辣椒鹹菜等中國味，仍然沒有見到那些紅紅的熟悉的辣醬瓶子。

梅香於是癮發想念那種滋味，嘆了口氣，放下叉子，更是不想吃盤中這些陌生的一團漿糊似的食物了。

對面的弟弟埋著頭一言不發，慢慢地吃著食物，周邊黑壓壓的就餐的人們，都靜悄悄地有序地候餐、分餐、就餐。

梅香突然想起，今天老師要大家禁語冥想「神在萬事萬物中。」

哦，怎麼忘了功課，我應該仔細地品嘗這碗印度米飯，或許眼前這碗印度米飯應該有它的神性。

梅香試著認真地打量起印度米飯。米粒跟國內的不太一樣，又細又長，瘦瘦的。有很多米還是翹起來的，就好像觀賞玻璃壺泡毛尖般的美妙。細細地咀嚼，有種說不出的酥軟但又結實的口感。再嚼下去，竟然有很多印度香料的美味在口中蔓延開來。啊？一碗看似普通的米飯都暗藏著這麼多香料？梅香想起了，印度不愧是香料的王國，中國遠古的絲綢之路就是用華貴的絲綢換回同樣名貴的印度香料。

梅香吃了一碗香香的印度米飯，忍不住又添了一碗，已經忘了中國咸菜。

梅香又舀了一口綠湯，一股青青的鮮味，應該是搗碎的波菜做的，星星點點的菜葉的碎末散布在翡翠樣碧綠的湯汁裡。湯汁一進口，梅香這回辨出了有小茴香、芥末、豆蔻的味道，但還有好多生平都沒有吃過的莫名的香料。

梅香彷彿看到那些香料在陽光下生長的美態。這就是米飯的神性，香料的神性啊，在碰觸著我的味蕾啊。

幾口下去，一小碗湯汁就已見底。

梅香連忙端起盛了黃糊糊疙瘩樣的碗。梅香一口嘗下去，竟然是梅香本來就喜歡吃的咖喱土豆，只是咖喱濃稠的汁包裹了小小的土豆塊，梅香的味蕾彷彿被香料喚醒，竟然嘗出來，應該是薑黃、八角、花椒、胡椒、辣椒、桂皮、丁香、芫荽籽的味道滲透到土豆的沙綿裡，別有一番出神入化的入口滋味。

梅香美美地抬起頭的時候，正好看見文婷坐在隔壁桌，向梅香搖著香辣罐示意。梅香致謝地搖頭，梅香知道這接下去的日子，不再需要國內的咸菜救助了，梅香已經觸碰到印度食物的神性，每天都要難得好好地享受了。

吃完早餐，梅香走出食堂，走過迴盪陽光的長廊，看著學員晾曬在草坪上的衣服在風中輕輕地翻飛，印度的吉祥鳥，黑色的烏鴉像鷹一樣飛過，低低地，在她的身旁。

梅香感覺到這一切，還有綠色的草坪，整齊的灌木，感覺到自己與這些花草樹木、房舍、烏鴉已經神性相連。

喜歡上了這裡……

上午上課的時候，投影播放錄像。

一隻神猴會把雙手放到人們的頭上做道一特有的祝福 Deeksha，被譽為神猴；

嘿嘿老師指著照片講解，一位日本婦女在海嘯來臨時，祈禱阿信達能保佑她的房子，結果，房子周圍其他東西都被摧毀了，房子完好無缺。

嘿嘿老師又說，一位不好看的印度少女在月圓時向阿信達能祈求變得美貌，結果美夢成真。

梅香每次看這些「神蹟」時，都不置可否，她覺得這些「神蹟」都無從考證來龍去脈的真實性。但看看周圍千百位來自世界各地的學員，每次觀覽這些神蹟時，露出的無限崇拜與驚喜，還有情不自禁地歡呼響應，梅香也就覺得，或許真實與虛假都不重要了。

當嘿嘿老師繼續講授「萬事萬物皆有神性」時，梅香才開始興奮起來，她飛快地記著筆記：

「大自然一切都是神。獵物是神，獵人是神，狩獵的過程是神。

好人是神，壞人是神，乞丐是神……

了解到一切都是神，所有的受苦都不存在了。

受苦是神，喜悅是神，能量是神，睡覺是神，無知是神，智慧是神……萬事萬物是神。

神啊，你是所有事物，你是幻覺，我對你頂禮！

神是意識，所有存在的意識，我對你頂禮！

神是所有存在的智慧出現，我對你頂禮！

神是聖人的形式出現。

神是饑餓形式存在。

神以乾渴形式出現。

神以原諒寬恕形式出現。

神以好事壞事形式出現。

萬事萬物都是神！我對你頂禮！」

太美妙了，梅香幾乎是一字不漏地記了下來。

緊跟著，悠揚空靈的印度音樂響起，嘿嘿老師帶領大家祈禱冥想：「請我的神讓我經歷萬事萬物皆神的體驗。」梅香在音樂中回想早上在印度餐中體驗到神性的經歷，頓時覺得音樂也是神曲啊，旋律的繚繞中，梅香淚水漣漣。

中午下課時，嘿嘿老師宣布，下午是大家期待的阿信達能達顯。

就要見到阿信達能這位頂禮膜拜的神了，學員們興奮不已，吃過午飯就早早地排隊在長廊處，等待校巴來載大家去另一個大殿校區覲見阿信達能。

梅香和曉峰上了校巴，已經沒有了座位，姐弟倆就扶著座椅站立著。梅香低頭一看，文婷就坐在自己扶著靠背的座位上。

校車哐噹哐噹響地開出校門，就像是中國七十年代的公交車，前後的車門大大地洞開，行駛中也不關車門的。

車窗外馬上呈現印度貧瘠的農村，破敗的房子，成堆成堆的髒髒的垃圾，裹著泥巴的黑乎乎的小孩像很少見到汽車似的，飛奔過來幾乎是貼靠著校車興奮地招手，還有斷腿的老人睡躺在路邊，蒼蠅在他身上嗡嗡地飛來飛去，有幾隻飛進了校車。有學員厭惡地捂著鼻子揮起著蒼蠅。

梅香也聞到股窗外撲來的刺鼻的味道，胸中也湧上反胃的厭惡。心中不由抱怨，什麼神靈遍及的國度啊，還這麼貧窮落後。

想到神靈，梅香馬上記起老師布置的今天的功課：「冥想萬事萬物皆有神性」，想起老師的教導「好人是神，壞人是神，乞丐是神……神以好事壞事形式出現，萬事萬物都是神！我對你頂禮！」

要有意識地把髒髒的不好的事物也接受為神，梅香覺得卻有點不舒服，有點障礙。

蒼蠅是神，垃圾桶是神，狗屎是神，散發著臭味的垃圾是神……梅香還是嘗試著認真地冥想，慢慢地，開始有著深深的悲憫，漸漸地，竟坦蕩輕鬆起來。

梅香進一步有意識地把不好的情緒和人認為是神：宿舍鄰床熄燈後仍然大聲喧譁的哈爾濱姑娘，梅香不敢直視的臉上長滿可怕疙瘩的外國婦女學員，胖得像大圓桶一樣滾動的黑人男子，對弟弟的戒毒的掙扎憤恨……開始還需要有意識地提醒接受，但後來已生平常之心，覺得這些都是正常的存在，不好不壞，都有其存在的意義。

校車拐過一個大彎，看到道一大殿校區的大門了，大門後的遠處是傳說中的神殿，道一大殿巍峨的建築群，露出掛在藍天上的白色的塔尖。

「My God！」學員望見道一大殿的各種讚嘆聲把梅香從冥想中喚醒。

梅香開心地笑了。

文婷拉了下梅香的衣襟說道：「梅香，要見到阿信達能興奮了吧？」

梅香笑道：「呵呵，冥想萬事萬物皆有神性的體驗太美妙了」。

文婷疑惑地看了看梅香，搶先下車了。

學員依次有序地進入道一大殿的二樓的大廳後，有人忍不住跑到前面搶佔位置，就為了離阿信達能近點，更近點。

梅香一如既往地跟在隊伍後面，和曉峰隨意找了個遠遠的位置，和大家一樣在地板鋪著草席的地方坐下來。

大殿前方的主席臺，布置得像金鑾寶殿一樣金碧輝煌，威嚴肅穆，但是，阿信達能不在上面。

主席臺前方約三米之外是一排排密封的隔欄，把主席臺和學員之間有效地隔離開了。隔欄之外幾百號人一一坐好了，大家有的竊竊私語，有的激動期盼，有的安靜等待。

10多分鐘過去了，沒有人來；20分鐘過去了，還是沒有人來。梅香坐等得有點累了，就原地做起了冥想瑜伽的蘇菲旋轉，火呼吸，頓時覺得神清氣爽，腰背也不酸了。

這時候，人群中響起了歡呼聲。梅香睜開了眼睛，心想，好啊，阿信達能大神，千呼萬喚終於出來了。

梅香隨著大家期盼的目光看去，卻是卡薩其老師帶領著三位老師走到主席臺的神壇前，開始叮叮噹噹搖鈴點火，指引著大家又是一通虔誠的聖火聖鞋儀式。

儀式完畢，還不見阿信達能，大家肅穆地靜靜地站立著。

梅香疑惑了，不會是阿信達能不來了吧，達顯的就是他的神壇和照片嗎？如果是來的話，這出場的架子也太大了吧？

過了會兒，梅香這次感覺到人群深深地激動起來，轉過頭去，看見左邊的通道有人，搖鈴舉著聖火，抬著沉甸甸的花環，神聖地緩步過來。

在禮儀人員後面，終於，看見一位身著金色華美袍子，帶著精美綬帶，修剪著精致

你 必須覺醒地體驗人生，既痛苦又轉化，既覺察又提升，既喜悅又收穫。

這樣才對得起你的身心，你賴以體驗人間的身體，實現享受體驗的心，從此，你更要愛護自己的身心。

只有身心靈合一地體驗人世，你才能完成神聖使命。

AWAKEN
THE SPIRIT
WITHIN

喚醒內在神性
一場冥想瑜伽的療癒之旅

的白色髮鬚的老者莊重地穩步而來，頓時鼓樂齊鳴，五六百名來自世界各國的學員們又在老師的指引下，全身伏地大拜。這場面比明星來得神聖，比大領袖人物來得光彩。

不用說，這位神采奕奕的老者，應該就是阿信達能夫婦大神中的男神達能了。

達能莊重地走上主席臺，威嚴地坐上像中國古代龍椅一樣高大豪華的座位。

達能的目光威威地掃過全場，激動的人群瞬時安靜下來，很多學員虔誠地一眨也不眨地仰望著達能，雙眼裡滿含著無限的崇敬。

哦，等了這麼久，達能應該有一番慷慨激揚的演講，慰藉大家饑渴的心靈吧。梅香猜想。

哪知道，達能收回目光，閉上雙眼，伸出雙掌，掌心對外，就一動不動地保持這個姿勢了。

梅香又猜想，這是在對大家做 Dikeesha，好吧，先祝福傳能量，再宣講也好。梅香也就跟著大家的樣子，閉上眼睛靜靜地接受 Dikeesha。

過了會兒，還是沒有動靜，梅香疑惑地張開眼睛，達能依然定格在 Dikeesha 的姿勢上，紋絲不動，再看看周圍黑壓壓的人群靜悄悄。

梅香只得又閉上眼睛，心想，達能先生賣的什麼關子呀，到底要幹什麼啊。

很快，聽見「叮」的一聲清脆的鈴響，梅香睜開眼睛，看見達能終於放下雙手。但是，一言不發地站起身來，在一群人的簇擁下緩緩離去。梅香看了看手錶，等了大半小時，達能來臨到離開卻剛好十分鐘時間。

梅香不解地回頭看看，卻看見不少人滿眼噙著淚水，依依不捨地目送著達能。

梅香非但沒被這些淚光感動，反而對達能反感起來，什麼達顯呀，做大神擺譜做神秘樣，蠱惑大家的莫名崇拜嗎？這就是享譽四海的當代神靈達能嗎？

第四節　身心是神的廟宇

　　達能的達顯結束後，梅香和曉峰走過道一大殿校區長長的走廊，和同學們去校門口搭乘校車回三校區。

　　文婷跟了上來，興奮地對梅香說：「梅香，我感覺達能好大的能量啊。」

　　「你說具體點，怎麼感覺到強大的能量？」梅香好奇地問道。

　　「我覺得很激動很想哭。」文婷認真想了想回答道。

　　「這就是你感覺到的強大的能量嗎？」梅香確認道。

　　「是啊，大家都感覺到了啊？你沒有感覺到嗎？」文婷詫異地問道。

　　梅香不置可否地笑了笑。

　　這時候，一位女子突然衝過來攔住梅香：「請問，你是早上在草地上練習瑜伽的同學嗎？」

　　梅香點點頭。

　　「太好了，我找對人了。我叫王娜，來自中國成都，早上我在教室外聽見你們倆冥想唱誦的什麼曲子？太美了，我聽得心裡特別溫暖。你們明天早上還繼續練習嗎？我可以跟你們一起練習嗎？你可以教教我嗎？」王娜一連串的問題激動地問道。

　　「好啊，我和弟弟練習的是冥想瑜伽，每天早上 4：30 都在教室外的草地上練習 90 分鐘後，再趕上 6：30 的晨課，你方便的話，歡迎一起練習。」梅香熱情地回答。

　　文婷一聽，也趕緊湊過來說道：「梅香，我也參加，好嗎？」

　　「沒問題，都歡迎，你們帶上教室的瑜伽墊，帶上一杯溫水，一張毯子就可以了。」梅香爽快地答應。

　　第二天早上，梅香到達教室外的草地的時候，王娜、文婷、曉峰都準時來到了。

　　梅香認真地邊講解邊帶領操練。到第三個動作的時候，王娜發出一陣刺耳的打嗝聲，

文婷哈哈大笑，梅香感覺到王娜不好意思地試圖抑制打嗝的憋屈。

梅香在第三個動作結束時，就停下來，微笑著説道:「冥想瑜伽在快速清理和疏通我們身心阻塞的能量的過程中，不同的人會出現不同的反應，如打嗝、放屁，或者哭，或者笑，這些都是正常的現象，我們不要迴避，請允許我們的身心自由地釋放。請周圍的同學不要關注她人的反應，大家全程要各自保持自己的冥想狀態中。」

得到理解和支持的王娜使勁地點點頭，在隨後的動作中，王娜就大膽地釋放自己的打嗝聲了，時不時一連串的打嗝聲，在校園清晨寂靜的涼風中特別響亮。

這回，文婷也理解了王娜通過打嗝的釋放和清理，努力不受影響，進入自己的身心冥想。

全程結束唱誦完「Long Time Sun」，到了感恩環節的時候，待梅香額頭觸地，感恩大家一起共修的話説完，王娜也邊打著嗝邊説道:「謝謝梅香，咯噔，謝謝大家，咯噔，這個瑜伽真是不一樣的體驗啊，咯噔。」

哈哈哈，文婷終於又忍不住一陣善意的笑聲。

早上一開課，卡薩其老師就講了一個故事。

從前，有一位國王，他一共有四位妻子。

國王最愛他的第四位妻子，這位妻子最漂亮且風情萬種，讓國王覺得很有面子。國王走到哪裡都會帶上她，覺得因為擁有她而被無數人艷羨，讓國王具有無上榮光。

國王也愛他的第三位妻子，這位妻子陪伴國王吃喝玩樂，還給國王帶來各種各樣應有盡有的享受，讓國王覺得因為第三位妻子的愛而有安全感。

國王當然也離不開他的第二位妻子。第二位妻子非常照顧國王，把國王伺候得很舒服，國王也很依賴她。

但，國王最没感覺的就是第一位妻子，這位妻子跟國王最長久，忠心耿耿，最勤勞，終日忙忙碌碌一刻不停地操持著家裡家外。但年復一年，讓國王覺得刻板而沒有樂趣。

終於有一天，國王要去一個非常遙遠的危險的國度，他非常想他的妻子們能陪他去面對最恐懼的未知。

於是，國王問他的第四位妻子:「願意跟我去嗎?」

第四位妻子説:「對不起，我幫不了你，我最多能給你風風光光的餞行送別。」

國王問他的第三位妻子:「願意跟我去嗎?」

第三位妻子説:「肯定不可以，你走了，我就改嫁。」

國王問他的第二位妻子:「願意跟我去嗎?」

第二位妻子説:「我會非常想念你，我會為你擔憂、祝福和哭泣，但我還有我的生活，我不能跟你走。」

這時，第一位妻子已是勞累得枯黃而瘦弱，但她主動走過來，堅定地說：「無論你到天涯海角我都會跟你在一起，不管有多少艱難險阻，因為我永遠無法和你分離。」

國王感動得熱淚盈眶，他多麼後悔以前忽略了第一位妻子，沒有照顧好她。

其實，我們每個人都有四位妻子。

這個故事中，

第四位妻子是我們的虛名榮譽地位。

第三位妻子是我們的財富。

第二位妻子是我們的家人朋友。

第一位妻子是我們的身心。

每個人的一生，從始至終，只有我們的身心始終如一地陪伴著我們。這個身心也就是我們靈魂在人世間的殿堂廟宇。

如果，我們不愛護我們的廟宇，廟宇破敗不堪，穿風漏雨，骯髒混亂，我們的靈魂惶恐動蕩，難以安住。我們的神靈也找不到在我們身心落腳的地方。

所以，我們要愛護我們的身心，要清理我們的身心。我們的身心儲存了我們日積月累太多的情緒垃圾。

聽到這裡，梅香頓時想到，為什麼動物在經歷巨大驚嚇之後，往往會使勁地抖動身體，原來，完全可能，把受驚的情緒從每一根毛髮上通過運動清理出去。

梅香緊跟著想到，冥想瑜伽的肢體動作就是把我們的情緒垃圾從每一個細胞清理乾淨，而冥想更是從潛意識潔淨我們的身心。

音樂響起，卡薩其老師讓大家冥想，這麼多年來，我們是如何對待我們的身體的？我們關注過身心嗎？我們總是肆意妄為，無所顧忌地使用我們的身體，我們聆聽過我們的身心的需求嗎？

教室裡開始有嚶嚶的哭泣聲。

卡薩其老師要大家代表自己的身心，給我們的神寫封信，祈求神的護佑。

梅香拿起筆，不由思索，彷彿受什麼牽引似的，手下的筆就快速流淌起文字來，好像是憋了很久的話，終於可以好好說了。

[梅香寫給神的一封信]

我的神，你來體驗世間，帶著神聖的使命。

前些年，你急於體驗人間融入世事。因此，你不自覺地總是沉淪於痛苦、恐懼、失望、衝突……這些疼痛情緒的刻骨銘心，才讓你有深刻的在人間的存在感。

於是，你寄託的肉身，以及聯繫你與肉身之間的心，被苦痛折磨不堪。

你徹底沉溺在自己編導的生命遊戲中，你甚至對身心因此而深受的痛苦上癮，你忘

記了自己的神性，你對身心的痛苦無知無助無奈無能爲力，你的迷亂昏沉，使身心靈完全分裂，整個生命幾乎崩潰得如同行屍走肉了。

這時，你寄居的肉身不堪就此毀滅，開始掙扎自救。

她堅持天天冥想瑜伽，努力呼醒你沉睡的力量。兩年多的堅持，1000多天的修煉，每天身體都在和你說話，有時輕聲，有時呢喃，有時激情，有時歌唱，有時靜默地和你在一起，有時大聲地呼喚你。

雖然身體在這個試圖喚醒你的過程中也有過沮喪、疲憊、酸痛，但從未曾放弃。

慢慢地你醒過來了，你聽到了身心的呼喚，你的神性開始散發光芒，你和身心開始對話，開始漸漸交融，生命開始重新充滿活力，你逐漸體會到了自己的神性。

你感激，你所選擇的自己的身體自己的心，你要和她們合一。

你和身心對話溝通的過程中，你明白了，你必須「覺醒」地體驗人生，既體驗又覺察，既痛苦又轉化，既喜悅又收獲，這樣才對得起你的身體，你賴以顯現人間的身體，對得起實現體驗的心，你從此要愛護身心。只有身心靈合一地體驗人世，你才能完成神聖使命。

你復甦了你神聖的偉大的美妙的無所不能的能量，並源源不斷地回報給身心，已經覺知的身心完全接收到了。

身心體會到和靈魂合一的無窮能量和美妙，身心也因爲接受了你的選擇而自豪，因爲你的無限能量和指引而提升。

我的神，從此以後，你將和身心踏上一個新的旅程，更加精彩豐盛、神奇美妙而無所不能！

（寫到這裡，我的神哭了，淚流滿面，她向身體磕首，深深地感謝身體，她愛身體。
身體如此愛她，不離不棄，身體爲她做出了傑出的貢獻。）

此刻梅香更特別的體會是，冥想瑜伽是「靈魂的需要」，是喚醒内在神性的法寶，是身心靈合一的道法！ SatNam。

梅香趴在地上，在筆記本上用心地寫完這封信後，抬頭望望周圍，有人在喃喃自語地祈求神，感謝神對自己的護佑。

梅香心想，這麼多來自全世界各地的人，可能只有我一個人有這麼神奇的獨特經歷吧，不是我的身心在祈求神靈的護佑，反而是我的神靈在感恩我的身心。

梅香嘴角掛著輕輕的微笑，回頭看著弟弟已經趴在瑜伽墊上睡著了，筆記本和筆遠遠地扔在身後。梅香心中馬上湧起焦慮和失望，不由得和大家一樣祈求起來，「神靈啊，護佑我弟弟的身心吧，他的身心已經摧毀了，或許只能指望神的光復了。」

今天的教義是「從恐懼中解脫」。梅香對這個課題非常感興趣，梅香覺得我們的人生之所以焦慮、沮喪、緊張、不堪重負、缺乏勇氣都是因為恐懼造成安全感的缺失帶來的。如果能從恐懼中解脫，生命自然安順陽光、從容自在了。

關於從恐懼中解脫，卡薩其老師確實帶來很多啟發性的思考，關鍵是梅香總能抓住這些稍縱即逝的「火花」點燃自己的思想，燃燒自己的人生經歷，淬鍊出閃亮的金子，以期鋪展開以後人生的金光大道。梅香覺得這樣的過程像一個美麗的思想淘金遊戲，太好玩了。

梅香自個兒興奮玩著自己獨創的課堂遊戲，覺得時間過得好快，轉眼到了傍晚的實修時間，一天的課程又快結束了。

每天教義結束，都有一個身心靈瑜伽實修對應當天的教義主題，道一大學這樣安排的目的，在於幫助學員們於身心進一步接受教義主題，從潛意識融入教義，潔淨身心，消除業力。

梅香最期待每天的身心靈瑜伽實修，最初動了來道一的念頭主要就是想體驗身心靈瑜伽，如何在瑜伽的發源地印度，對全世界不同種族不同信仰不同國度的人們產生同一樣的影響。

現在於道一實地看來，身心靈瑜伽的確實具有不凡的影響。每天無論是宣揚神蹟還是講解教義主題的時候，大家都比較平靜，言行一致，規規矩矩地聽課。但一到身心靈瑜伽實修的時候，就完全是不一樣的境況了。

有的哭，有的笑，有的鬧，有的歇斯底裡，有的靜如死水，整個教室用群魔亂舞來形容也不過分。

還好，梅香上過身心靈的課程見得多了，自己也親身經歷過瑜伽練習的情緒排泄，再加上這些各種情緒的宣洩都在道一課堂有序的保護範圍內，不像在國內上的「道一祈福」的恐怖陰暗。梅香倒也安然自在地穩坐在各種稀奇古怪的宣洩的人群中，不但不驚不詫，還在心中默默祝福大家，但願，大家在道一通過身心靈瑜伽得到疏導，得到療癒。

今天的身心靈瑜伽的實修是大家喜聞樂見的喜悅曼陀羅，雖然梅香在此之前在國內上的身心靈課程為數不多，但幾次在不同風格不同內容的課堂，講師都帶領學員修鍊過這個瑜伽實修功法，梅香印象中冥想瑜伽也有過類似功法，但究竟是那個門派的瑜伽功法倒也不重要。

學員們差不多 8 人一組彼此膝蓋相觸地圍坐成圓圈，大家的手掌打開放在膝頭，右手掌心朝上和鄰座掌心朝下的左手相握，就這樣相互身手相連的一圈圈的人群，跟著音樂和引導語開始修鍊喜悅曼陀羅。

喜悅曼陀羅的功效應該是快速打通和平衡七個脈輪。從海底輪開始，在每一個脈輪處按特定的節奏呼吸 3 分鐘，1 分鐘慢速，1 分鐘中速，1 分鐘快速。

當導語 One 的時候吸氣，Two 的時候呼氣，吸氣的節奏時間是呼氣的一倍。每一次完成 3 分鐘呼吸之後，吸氣，再呼氣，接著屏住呼吸，觀想這個脈輪。然後再吸氣之後又屏住呼吸，觀想頂輪。梅香熟悉這個流程，按冥想瑜伽中的專業術語，呼氣後閉氣叫著外屏息和吸氣後閉氣叫著內屏息。

做完海底輪，到生殖輪，到臍心輪，到心輪，到喉輪，到眉心輪，最後到頂輪。

中間，有人發出哈哈的大笑聲，繼而笑得天搖地動似的，感覺整個教室都在跟著顫動；有人放聲痛哭，哭得人的肌膚都跟著發麻。

老師提醒大家，無論你是哭是笑，都要盡量保持呼吸的練習，周圍的學員也盡量不要受影響，保持在自己的呼吸中。

越是到後面的脈輪，大笑和哭泣的人越來越多，梅香覺得自己已經被哭聲和笑聲淹沒。

但梅香一直很平靜，甚至隱隱有點得意洋洋，應該是自己天天堅持修鍊冥想瑜伽的結果，身心都乾淨通透了，好穩定，什麼情緒也沒有了。

唯一的小遺憾是，同在一組的曉峰似乎沒有什麼動靜，他應該有劇烈的情緒反應啊。

他要是大哭或大笑，把長期壓抑扭曲的情緒宣洩出來就好了。

等等吧，還有好多天呢，曉峰應該會有轉變的。梅香期待著。

今天的課程結束，吃完晚餐，梅香看時間還早，才八點鐘，就約著曉峰在校園裡散步。

姐弟倆圍繞著校園的路道，慢慢地，一圈一圈繞著走。

梅香想起今天的教義課題，「從恐懼中解脫」就覺得收獲不少，不由興奮地問曉峰：「你聽了『從恐懼中解脫』，有什麼感想啊？」

曉峰支支吾吾，沉默不語。

梅香心一沉，想起在課堂上回頭看曉峰，他幾乎都在打瞌睡，哎，他應該根本沒聽進去講的是什麼。

哎，如何是好呢？梅香不由呆呆地站住了，看著燈光下草叢的草尖綠得透明。

我已經把曉峰帶到據說是全世界最有影響力的身心靈療癒中心來了，據說這裡是神靈匯聚的地方。在這麼大的能量轉換場裡，如果曉峰都無動於衷，我生氣責怪又有什麼用呢？

轉念一想，不如，我現在趁著曉峰還清醒，可以把白天課堂上老師講的內容結合自己的感悟，複述一遍給曉峰聽，這樣既幫助曉峰領悟教義，又讓自己復習鞏固了一遍所學所得，一舉兩得啊。

好辦法啊。梅香不再責怪曉峰，而是抬起頭對他說道：「道一課堂的教義課程內容，還是很有意思很有幫助的，我把自己的理解總結給你聽聽，你看對你的實際生活有沒有幫助，好嗎？」

「好的，好的，謝謝姐姐。」曉峰本來以為責怪與批評無可避免了，沒想到梅香竟是這樣的建議，鬆了口氣，趕緊應聲回答。

梅香回想了一下課程，就講開了。

「其實今天的課程就是三個好玩的故事，讓我們感悟如何從恐懼中解脫。」

第一個故事是，眼鏡蛇的故事。

老師問大家，如果你是一個高度覺醒者，晚上回到家準備上床睡覺，拉開被單，突然發現一條活生生的眼鏡蛇躺在你的床上，你會怎麼辦？」

「你會怎麼辦呢？」梅香轉頭問曉峰。

曉峰一愣：「我要想想。」

「憑你直覺反應回答就好啦，不用太思考，答案沒有對錯。」梅香說明道。

「我，我，打死它。」曉峰囁嚅地說道。

梅香笑了笑：「課堂上的同學們的回答，顯然在思考基於自己是個高度的覺醒者怎麼辦？有人說要擁抱蛇；有人說要告訴蛇的神你去另一張床吧，我要睡覺；當然，也有人說尖叫著跑開。」

「那最終，導師怎麼說呢？」曉峰好奇地問道。

「導師說，不管你是個什麼覺醒者，你都要首先像個正常人，尖叫著跑開，去叫人！大多數正常人都會不假思索地馬上跑開，你跑得能有多快就有多快。

因為，每個人的生理上的恐懼永遠存在，神把這個恐懼反應機制植入你的身體，是為了保護你的身體不受傷害。

所以，生理上的恐懼首先是來保護我們的。我們要覺醒的是我們的心理上不再恐懼。」

梅香笑著說完：「這是第一個故事。」

「那第二個故事呢？」曉峰顯然對故事來了興趣。

「第二個故事是老虎的故事」梅香緊跟著講道：「有一位畫家，畫了一隻老虎，看了看畫，轉身就跑。有人抓住他問：『為什麼跑？』畫家說：『老虎要來吃我。』

眾人再看看畫：『只是一個紙上的老虎啊！』

恐懼通常就是那隻紙老虎。而我們就是畫家，恐懼大多是我們想像出來的，恐懼是頭腦的幻象和詭計。

「哦」曉峰若有所思地點點頭：「還有一個故事呢？」

「不急，我們把故事一一個地來弄個明白。曉峰，你說，難道使我們擔驚受怕的恐懼真的都是紙老虎嗎？果真都是我們自己臆想出來的嗎？」

「也許是吧，也許，不是吧。」曉峰猶猶豫豫地說道。

「我對這個問題很想弄個究竟。我就在課間休息做了一件有趣的事，我靜靜冥想，從

小到大我經歷的、還記得的、重要的恐懼，我把這些恐懼都一一認真地寫在筆記本上。正好，曉峰，你是我親弟弟，比較了解我的人生，完全可以幫我見證一下。」梅香說道。

「好啊，好啊，有意思，姐姐講吧，你從小到大有哪些恐懼。」曉峰有點興奮起來。

「嗯」梅香又思索回憶了下，一一數列開來：

「怕吃不飽，一家人以後永遠吃不飽，更吃不上肉，總是沒有好吃的！這是小時候，爸爸還未恢復高考，我們沒有進到城鎮，我們全家還在鄉下跟打成右派的爺爺奶奶一起幹農活時的恐懼。」

「是的」曉峰感同身受地使勁點點頭。

「怕沒有穿，永遠沒錢買好衣服，一生都穿不上漂亮衣服，這是我們初到小縣城窘迫的童年的恐懼。」梅香繼續說道。

「是啊，小時候，姐姐都讓我穿新衣裳。」曉峰彷彿和梅香一起，回到了遙遠的貧瘠的童年。

「怕母親隨時病逝，因為母親總是多病。體弱無助的母親經常找人算命後，總是說她哪年哪月就可能死去，最初說三十六歲，好不容易捱過三十六歲，又說四十五歲，等到過了四十五歲，又說五十二歲，這個恐懼纏繞了她和我們全家大半生。」梅香說起來都覺得又酸楚又好笑。

「是啊，母親今年六十歲啦，幸好沒有被算命先生說中過。」曉峰感嘆道。

「怕考不上大學找不到工作。我整個中學時期，無論如何，對應試教育都提不起興趣，我以為我完了，怕上不了大學，怕只有一輩子待在貧困的山區找不到工作。啊，這個恐懼即使上了大學都還糾纏著我。」梅香現在回想起來，都還心有餘悸。

「怕找不到工作，不能留在廣州，這是大學剛畢業時候的恐懼；

「怕不夠漂亮不會討人喜歡沒人愛，這是剛參加工作時候的恐懼；

「怕老實的大姐梅潔考不上大學，怕上海大城市裡的人瞧不起她，找不到理想的男朋友，成不了家，這是當年梅潔考大學參加工作時，梅香對大姐前程的恐懼；

「怕自己掙不了錢沒車沒房，這是參加工作開始幾年的恐懼；

「怕自己永遠病下去，永遠悲傷沮喪，再也不可能振作起來，這是前幾年練瑜伽前身心崩潰時恐懼；

「怕離婚，怕離婚後自己無法一個人過日子，這是去年剛和高飛離婚時的恐懼。」

梅香越說越快，一口氣數落完。

「可是，姐姐，現在完全可以驗證，你所恐懼的一個也沒有發生！」梅香話音剛落，曉峰就急切肯定地總結道。

「是的，是的。」梅香激動地回應，「曉峰，你已經聽明白了，我從小到大到現在，我最恐懼的事情沒有一樣發生，這是真的。看來，恐懼就是紙老虎，是我們的大腦杜撰出來的。」

「那你的恐懼呢？曉峰，你也可以總結一下，你的恐懼是不是也是臆想出來的，讓自己深受恐懼之苦，讓自己被恐懼拖入沮喪、悲觀，從而迷戀上毒品，想藉此逃避恐懼，但實際上，恐懼並沒有發生，你深受其害的毒品上癮，讓自己逃避的原來只是紙老虎。」梅香想藉此讓曉峰深入地走入自己的内心，去與自己對話，去看清自己的恐懼的真相。

「是的，姐姐，我得好好想想。」曉峰陷入了沉思的沉默。梅香也就不再説話，姐弟倆並肩默默向前走，燈光把兩人的影子在地上拉得忽長忽短。

過了會兒，曉峰打破了沉默：「姐姐，還有一個故事呢？」

「第三個故事，老師給大家放了一個動畫片。」

「一隻在椰樹下酣睡的兔子，正夢到世界毁滅地動山搖之時，一個椰子落下來砸在它的頭上，被砸得眼冒金星的兔子，嚇得奪命狂奔，一路喊叫著『世界末日到了』，森林裡所有聽見的動物都不由自主爭先恐後地逃命，大家奔走相告『世界末日到了』。」

「一隻豹子攔住逃奔的動物追根問底，讓兔子帶著動物們去找那棵發出世界末日信號的椰樹，看到只不過是摔下來的椰子而已。」

梅香描述了片子播放的故事，問曉峰：「你覺得這個故事説的是恐懼的什麽面向呢？」

「應該還是講的恐懼是個幻象吧？」曉峰回道。

「是的，恐懼是放大扭曲虛幻的幻象；但，恐懼可能還是個莫名的群體意識傳染病，會在不明真相的群體中蔓延。」梅香解釋道。

曉峰連忙點頭應道：「對呀，我剛才還想到，怎麽，姐姐小時候有的恐懼，我也有過。一家人會有相同的恐懼。」

「可是，我們究竟該如何去克服恐懼呢，我們怎樣才能徹底戰勝恐懼呢？」曉峰又皺著眉頭，疑惑地問道。

「這個問題問得好，我也試圖總結答案。對了，老師最後還講了個故事。哈哈，道一的課程完全是個故事會。最後的故事是講該如何對待恐懼的。」梅香笑著講開了第四個故事。

「這是個獅子的故事。假如把你和獅子放在同一個籠子裡，你當然無處可逃，如果你赤手空拳試圖抗拒，獅子還是必然更加凶猛地吃掉你；即使你乖乖地束手就擒，主動把自己送給獅子的血盆大口，一樣無法倖免於難。反正結果都是，你被獅子吃掉了。」

「過了幾天，獅子又餓了，但沒有東西吃，這一回，是獅子餓死了。

『獅子』就是這個恐懼。你餵養你的恐懼，你的恐懼就會更強大。當你不再餵養你的恐懼，你的恐懼最終就會消亡。」

曉峰聽完卻又有點困惑地説道：「我覺得這些故事都太好了，説明了關於恐懼的很多道理。但姐姐，你的領悟力強，你能不能總結一下，如何對待恐懼呢？」

「嗯，好的，我每次聽完教義後，最喜歡總結所學課程，再結合自己的經驗和領悟，形成在生活中對我實用的方法。我覺得所用的學習，要對實際生活有幫助，才有意義。」

梅香邊思索著邊總結地說道:「首先，不要害怕恐懼，老天給人類設置了恐懼，本是來保護我們的，讓我們警覺和遠離可能對我們造成傷害的事物。」

「恐懼可以分為生理恐懼和心理恐懼。生理恐懼大多是真實的，心理恐懼大多是虛幻的。

「對於心理恐懼我們不要抗拒，越抗拒，恐懼的能量就會越大，就像第四個故事籠中的人的反抗，只會加劇獅子的征服欲和殘暴性。

「但是我們也不能像籠中人乖乖地被獅子吞沒。

「那，怎麼辦呢?

「首要的是，我們不要把自己和獅子關在一起，我們要看見只要我們不餵養獅子，我們的恐懼就會消亡。獅子就像是畫家的紙老虎，砸下的椰子，只是我們的幻象。

「可是，並沒有人想和獅子在一起!

「但，往往都是我們自己把自己不知不覺弄進了籠子，沒有別人!

「我們為什麼要做這樣愚蠢的事呢?

「是因為我們睡著了，我們在夢遊般的人生。

「我們睡著了，我們在夢中，潛意識地享受恐懼的劇情給我們帶來的深刻的存在感，在噩夢中又恐懼地拼命抗拒。

「我們應該怎麼辦? 我們唯一的辦法就是從噩夢中醒過來! 醒過來，噩夢就消失了。覺醒是唯一的出路。

「我們醒過來，就會鬆一口氣，哦，原來幸好只是個噩夢。就像我從小到大一個也沒有實現的恐懼，原來恐懼都只是夢魘幻象。我們還有什麼好恐懼的呢!

「但是，很多人即使頓悟，瞬時覺醒，還是很快又會回到慣性思維的夢境中去，還是會恐懼，怎麼辦呢?

「那就反覆地在夢中提醒訓練自己，不要慌不要急，這是個夢而已，恐懼只是個幻象，我們無需抗拒，只要靜靜地看著這個恐懼，經驗這個恐懼，就像靜靜看著畫中的紙老虎，哦，過了好久，它還是紙老虎;看著引起兔子頭昏眼花的事物，哦，是個椰子啊;看著籠中渴望餵食的獅子，只要我不把自己主動弄進籠子，獅子就會餓死。」

梅香沒有停歇地順著自己的思索講訴。

曉峰坐在了路邊的石階上，他似乎要坐下來，靜靜地認真地思考，才能弄明白很多問題。

「姐姐，你讓我完全弄清了恐懼是怎麼回事，如何面對恐懼，讓恐懼消融。但我最後還剩一個關鍵的問題，我們看清了恐懼的幻象模式，我們也很想脫離這個幻象模式，但我們很難戰勝自己的慣性思維，我們會不知不覺一次次被拽回到負面的慣性思維中無法自拔。你說，我們如何打破自己的負面慣性思維呢?」曉峰這些天來，第一次說了這麼多話，問

了這麼多問題。

　　梅香心中暗喜，曉峰開始思考和參與學習就有希望了。

　　梅香也挨著曉峰坐下來，說道：「你提的這個問題太關鍵了，我也認真思考過。我回憶到我以前也明白很多道理，但事到臨頭就無可控制地還是回到以前的慣性思維和行為。

　　但是，從什麼時候起我開始可以從自己的慣性思維中分離出來，可以漸漸覺察到自己思維，而且越來越像個清醒的旁觀者一樣，明白我在恐懼，而不是我就是那個無法覺知的恐懼。當我可以經常處於這種覺知的常態時，我已經從慣性思維中解脫出來了！」

　　「是從你練習冥想瑜伽開始吧！」曉峰搶著說。

　　「是的，弟弟，你很聰明。這也是我要幫助你堅持修煉冥想瑜伽的原因。」梅香轉過臉，注視著曉峰的眼睛，堅定地說。

　　曉峰用力地點了點頭。

　　梅香繼續說道：「我也更加理解道一的課程設置了，為什麼每天上完教義之後，都是各種古老的印度靜心瑜伽實修，這些千年傳承的靜心瑜伽，就是通過我們身心靈合一作用，改變我們的潛意識。負面的慣性思維之所以頑固，就是因為強大的潛意識的作用。改變了我們的潛意識，負面的慣性思維也就瓦解了。」

　　「說道這裡，我倒是對阿信達能佩服起來，他們創辦推廣的道一的教義還是挺有用，有幫助的。哈哈。」

　　「但是，頓悟可以瞬時發生，潛意識的改變卻非一朝一夕。所以，我們只是在道一每天練習瑜伽，有即時的體驗還不行，必須天天堅持，假以時日，直到形成新的正面的慣性思維才是真正的解脫。」梅香又補充道。

　　「姐姐，我明白了你之所以多年堅持如一日的練習冥想瑜伽的原因。

　　「而且，我真的體會到了，你因此由內而外發生的巨大變化。

　　「要是以前，你知道我吸毒上癮，雖然，你也不會拋棄我，會幫助我。但依你以往的性格，你會暴跳如雷，你會不知所措，甚至你會比我還傷心絕望。但現在的你，如此堅強鎮定，充滿愛、慈悲、包容、理解，關鍵是你非常自信能幫助我走出這個陰影，這對我太重要了，姐姐……你，是我的力量和支柱。」曉峰說著說著，就已經泣不成聲。

　　梅香伸手摟著弟弟的肩膀，用力捏捏：「弟弟，我也還有好多做得不好的地方，但我要陪你走到底，無論有多艱難，只要你不要放棄。」

　　梅香看了看時間，已經十點過，該回宿舍了，就先把曉峰送回了男生宿舍。

　　梅香回到女生宿舍後，身上開始奇癢。就躡手躡腳摸到衛生間，仔仔細細地洗完澡，還是更癢。

　　梅香就著走廊的燈光下一看，蕁麻疹！大片的風疹，兩邊大腿上已有拳頭大各一塊，臉上已有花生殼大小幾團。

梅香去年在廣州也同樣得過蕁麻疹……

回到床上，繼續奇癢，想到有可能像去年一樣去醫院，打點滴、吃藥……在異國他鄉一連串麻煩事，聽說印度的醫療條件又很差，頓時很無助。

唯一的辦法，只有跪拜在床上，「無助」地請求阿信達能幫助我療癒，如果今晚療癒，我就誠服。

然後暈暈沉沉睡去。

一夜醒來，竟然風瘡消失，不癢不難過了。

奇蹟，感恩，梅香早上一到教室就到阿信達能的神壇前長拜，信任神，把弟弟交給神！

難道就不是阿信達能的神蹟嗎？

第
五
節

神就是你，
你就是神

不知不覺，在道一大學已經十多天了。

每一天早晨神蹟顯現解說———白天解說教義———傍晚瑜伽實修，學習生活很有規律，但不覺枯燥。因為每一天的神蹟顯現解說都不一樣，每一天的教義都不一樣，每一天的瑜伽實修都不一樣。每一天可能總會有那麼些覺悟刺激你的身、心、靈，亦或神的主題，亦或教義，亦或瑜伽實修中。

早上，道一28天深化課程的三位主講老師之一的女導師開講。

女導師小小的個頭，但看起來溫和而又精神，同樣一口流利的印度式英語。梅香按廣州人喜歡人見人誇的習俗，在心裡叫她靚女老師。

靚女老師一開始照舊宣揚信奉阿信達能的各種神蹟。

一個人家的孩子眼睛瞎了一隻，天天觸吻聖鞋，孩子的眼睛就奇蹟般的復明了；

一個旅者把阿信達能的神像塞在旅行箱裡，登機後隨便放在行李架上，旅者打瞌睡時，阿信託夢告知她不舒服，這位旅者趕緊取下行李檢查，果真是行李箱裡的物件壓著了阿信達能的腳，旅者趕緊取出聖像，小心翼翼地懷抱著直到旅程結束。

……

每每聽到這些「神蹟」時，梅香就忍不住打瞌睡，幾乎成了慣例，早課講神蹟時，梅香就補充一下早起的倦意。

直到神蹟宣講完畢，進入每日神的主題演講時，梅香就準點地自動醒過來。

靚女老師先講了一個故事：

有一個人，天天為自己的神載歌載舞，統治者勒令她停止歌舞，因為沒有神。為了證明無神，統治者砍了一頭牛的頭，要這個人的神讓牛復活，否則砍下這個人的頭。

這個人承諾，三天後，神會顯靈。

於是這個人開始哭，不吃不喝，神都沒有出現。

直到第三天神才顯靈，牛活了。

這個人問神：「你爲什麼現在才来，這三天你在幹什麼？」

神說：「我也在哭，不吃不喝地等著第三天，這是你的約定啊。」

靓女老師說道：「你看，你們總在衝突，你們一邊盼望神，一邊又總難以相信神可以馬上幫助你。」

神就是你的認知！

你想要你的神什麼樣子，神就變成什麼樣子，你要神快神就快，你想要神慢神就慢。

神聽你的使喚：

你走一步，神走一百步！

你要準備好改變，神只做和你相同的你倡導的事！

你幫助他人，神助人；

你友善，神友善；

你可愛，神可愛；

你創造，神創造；

你財富，神財富；

你熱情，神熱情；

你失望，神失望；

你沮喪，神沮喪；

你憤怒，神憤怒；

你悲傷，神悲傷；

你痛苦，神痛苦；

神和你之間沒有衝突，你就是神，神就是你。

神與你同甘共苦，你選擇什麼，神就選擇什麼……

只是神自始至終不會離弃你，神無條件愛你，神提示你，神會放大和實現你的想要，無論好壞。

每個人都有自己的神，70多億人口就有70多億神，一一對應。

沒有神就沒有人，沒有人就沒有神，我們是神身體上的一個細胞。

聽到這裡，梅香心念一動，這和我剛開始修鍊冥想瑜伽時的頓悟一樣的啊。我們是宇宙身上的一個細胞，宇宙是神，所以我們與生俱來就具有神性。但梅香沒有在其他資料和書籍中看到我們是宇宙的一個細胞的相同的觀點，今天，卻在道一得到了同樣的印證。

梅香頓時有了小小的興奮感。

靚女導師繼續說道：

你和神之間沒有對立與衝突，你和神合二爲一。

我們需要神的幫助，神也需要我們的幫助，互相依存；

你受苦，神也受苦，神也在試著療癒自己；你快樂，神也會快樂。

很多時候，神之所以無法幫助我們，是因爲我們總在有意無意地和神衝突，我們不是真正地相信神。

神是神，我是我，神和我們是不一樣的。我們總在問，神在哪裡呢，我沒有看見神，神怎麼會幫助我一個普普通通的人呢？神怎麼會了解我一個凡夫俗子的想法啊？

現在，讓我們來激活神，神就在我們的身體裡，神在我們每一個細胞裡。

盤腿靜坐，跟著音樂念誦咒語，用雙手觸摸我們的全身，從手指頭到腳趾頭，從頭頂到腳底的全身的每一個部位，一一激活我們全身的神。

你會發現，你就是神，神就是你。

這個偉大的洞見，將會影響你的人生，你的人生將會每時每刻都充滿神性的光芒。

梅香心裡陣陣興奮，太棒了，我們每個人都是宇宙的一個細胞，因此，我們與生俱來就有神性，我就是神，神就是我！這是梅香修鍊冥想瑜伽以來最重要的感悟和體驗。如果，我們每個人都能喚醒我們與生俱有的內在神性，我們的生命從此大放光芒，我們與宇宙天地合一，全人類都是緊密相連的一體，愛與慈悲，奉獻與互助，力量與創造，奇蹟與喜悅，富足與成功將自然而然地充盈我們的人生，生命將具有非凡的意義。

因為我們是宇宙的一個細胞，所以我們每個人的神性都是生來平等的，無論人種國家、貧賤富貴、職業地位，不同的人都具有平等的神。即使是乞丐、罪犯、妓女……都具有生來平等的神性，如果他們能喚醒內在的神性，他們的生命都將發生改變。

想到這裡，梅香就想到曉峰，如果曉峰能體驗到自己內在的神性，他一定會神奇地轉變。

梅香轉過頭去看曉峰，興奮的心情瞬時被澆了一盆冷水，曉峰已經趴在墊子上睡著了。

梅香心裡像是打翻了五味瓶般的複雜難過，很難集中精神繼續聽課。

梅香當機決定，下課後就到教室最前面找個遠離曉峰的位置吧，讓他一個人想怎樣就怎樣，自己也眼不見爲淨，免得影響自己學習，先自己聽好課，強大自己的能量，再慢慢尋機幫助曉峰吧。

早課結束，梅香就捲起自己的墊子，拿好學習用具，輕輕推了推曉峰，對他說：「我要一個人到前面去聽課，你就在後面吧。」曉峰睜開睡眼惺忪的雙眼，迷惑地看著梅香轉身去了。

上午一開課，靚女老師就告訴大家今天下午達能要第二次達顯了，這一次不僅是 Deeksha 祝福，主要是解答學員的提問。教室裡響起了興奮的掌聲。

　　緊跟著，靚女老師就展開了故事會。

　　故事一：一個人在海邊急得肝腸寸斷；先救被毒蛇咬的兒子還是鄰居兒子？　A 先救自己的兒子吧，別人會講自己自私，B 先救鄰居的兒子吧，自己的兒子可能會死去；

　　故事二：一個人為買手機難過得不行，A 買吧，爺爺說要珍惜錢，非買不可的東西才買；B 不買吧，叔叔講人生就是享受，想買什麼就買什麼；

　　故事三：一個人在街邊尷尬地猶豫，給乞丐錢還是不給？　A 給吧，聽說好多乞丐是裝的，騙錢；B 不給吧，自己好像缺乏同情心；

　　故事四：一個人看見蛇追青蛙焦慮不已：A 救了青蛙吧，剝奪了蛇的食物，蛇會餓死，破壞了生物鏈；B 不救青蛙吧，眼睜睜地看著青蛙被殘暴地吞噬，很可憐。

　　究竟選擇 A 還是 B，無論選擇哪一個答案，「衝突」或者「糾結」還是如影隨形。

　　今天的課題是，如何從「衝突」當中解脫？

　　我們每天都被衝突羈絆：

　　起床時，很困想睡還是應該起來？

　　起床後沐浴，洗冷水澡還是熱水澡好？

　　早餐，到底吃什麼，麵食還是米飯？

　　去上班，坐地鐵還是搭公車好？

　　到了辦公室，怎麼一個人給我笑著打招呼，為什麼笑？另一個人不打招呼，為什麼？

　　遲到半小時，老闆今天為什麼沒找我問話？

　　從哪個工作著手好？怎樣做好這些工作？什麼樣的結果好？

　　工作有會兒了，休息還是不休息？

　　吃午飯和誰一起？吃什麼？

　　午休還是不午休？用什麼方式午休？

　　晚上回到家，看不看電視？看什麼節目？

　　什麼時候睡？（再幹點什麼還是不幹？看不看微信？洗臉嗎？護膚嗎？）

　　放完假本應精力充沛去上班，結果我們還是更不情願去上班。

　　「衝突」消耗我們的大量的能量、精力，缺乏能量就缺乏動機做事情。

　　如此往返，做決定時會創造更多的衝突，只有拖延、再拖延……反反覆覆的計劃等於白做，我們的生命就這樣被耗費了。

　　靚女老師用極快的語速連珠炮般一口氣說完，梅香看見大家彷彿聽傻了，感覺旁邊有人倒抽了口冷氣。

　　靚女老師的這番話，像機關槍噠噠噠地衝擊著梅香的大腦，這些生活的衝突場景太

熟悉了。

梅香在修習冥想瑜伽以前，何嘗不是這樣呢？每天在衝突中無能為力。而周圍還有多少人每天深陷衝突之中，被衝突綁架困擾啊。

大家正被「衝突」觸動和驚覺的時候，音樂冥想響起，老師讓大家靜靜地冥想，我們在生活中如何衝突？如何讓衝突摧毀了你的人生？

教室裡突然爆發出一個女人撕心裂肺的痛哭聲，聲音好像就在梅香的右側後方。梅香扭過頭一看，是位微胖的中國婦女。中國婦女在一聲大哭之後又變成發出低低的斯斯聲的啜泣，低聲啜泣了一會兒，又爆發出大聲的痛哭，如此往返。哎，這哭腔分明就是強烈的衝突啊，能感受得到這位中國女人想放聲大哭又有很多擔憂的矛盾心情。

中國婦女旁邊有位女子學員在扶著她勸解，似乎無效，這位女子學員就高高舉起手。

靚女老師拿起話筒，舉手的女子就大聲說道：「老師，她的內心太衝突了，這幾天都搶不到機會請教問題，你現在能給她個機會嗎？」

靚女老師點了點頭。

哭泣的中國婦女接過話筒，哭訴道：「我哥哥家唯一的兒子有自閉症，我媽媽也就是孩子的外婆，去年也和我一起來過道一，我們都為他做過火供和祈禱，但效果不大。老師說過，覺醒的人可以影響十萬人，為什麼影響不了我們家的這個孩子？我也沒信心，神也沒回應。我們家不知道該怎麼辦？外婆和孩子的父母甚至想出家贖罪。孩子的媽媽，去年就從政府部門離職天天在家燒香拜佛。」

靚女老師聽完平靜地說道：「業力。我們前世約好這個孩子幫助我們全家成長，可我們忘了協定，所以你們才如此痛苦地衝突！」

「這個孩子因我們這個家庭的接受而高興，受苦的卻是忘了成長的家人。我們陷入痛苦的衝突，我們不會學習，也不利於孩子的好轉。忘了接受孩子也是個很棒的靈魂。」

「前面的課堂我們講過一個案例，印度棒球國家隊的殘廢運動員接受痛苦，轉化了生命。如果你們覺得這是個懲罰，你們就學不到東西。你們都是簽了協議的，為什麼你們幸運？因為你們與神接觸。一旦你們覺醒學習與成長，你們就自由了，就再也不會衝突了。」

「現在人們無知，因為沒有引導，沒有方向，永遠有疑問。以後不會有了，因為每刻都有神引導。」

「我們死的時候，只有3分鐘生命回顧。你看到你的錯誤，你要求重回人間贖罪。可是一到人間你又忘了你的功課。如此惡性循環。」

老師講完這番話，也不管中國婦女似懂非懂的眼神，就宣布下課時間到了。

大家紛紛站起來湧向食堂。

梅香慣例地留在後面整理筆記，差不多整理好了，抬頭一看，教室裡已經空空的，但隱約還有哭泣聲。梅香轉過頭去，只剩下那位中國婦女趴在地上縮成一團。

梅香連忙走過去，扶住婦女的肩膀問她：「好些了沒有？」婦女說她不知為什麼，肚子痛得很。

　　梅香說道：「別緊張，可能是因為你剛才情緒反應太大，引起腸胃痙攣，你翻過來平躺好，我給你做做靈氣吧。」

　　梅香就把雙手輕輕放在她的腹部，靜靜地給她做了會兒靈氣，她可以起來走了。

　　梅香扶著她回宿舍休息，婦女一邊走還在一邊哀嘆：「老天為什麼對我們這樣，我們一家人都是沒有幹過壞事的好人啊。」

　　梅香只得勸解她：「你得想開點，你看看在道一的這段時間課堂上學員們的分享，很多人都有自己的傷痛。有身患絕症的、有遭性侵的、有女兒在生下來幾天就被護士燙成重傷的，有侄兒是弱智一直長到 20 多歲還是只有 5 歲的智力的……家家都有本難念的經，每個人的功課不一樣，你們得接受這個事實，一家人喜悅地享受自己的生命才能更好地幫助孩子成長，才算是完成與老天籤的協議，完成功課。孩子被家人的耐心喜悅寧靜包圍，難治的病情也許會漸漸好轉的。」

　　婦女終於點頭了：「姑娘，你真好，你的話我聽懂了。」

　　梅香心中笑道，看上去這位婦女的年齡應該也比自己大不了多少，但也沒必要說明了。

　　送完婦女，梅香回到食堂，也沒見到曉峰，倒是文婷端著盤子坐到梅香旁邊來：「梅香，你上午到哪裡去了？」

　　梅香不解：「我一直在上課啊。」

　　文婷哦了一聲：「可是我在旁邊，沒看見你，倒是看見你弟弟孤單地一個人坐在那裡，你不在，他會習慣性地看看你的座位。看起來，他對你很依賴啊。」

　　梅香的眼淚欶欶地掉在飯碗裡，不想讓文婷看見，就忙猛扒了幾口米飯。

　　梅香在心中默默地說：「弟弟，姐姐不會離開你。也許，我們前世真有約定，今生我們共同修行。你是我的佛，無論結果，你都是來幫助我轉化成長，而我也是你的佛，來幫你喚醒你的神性。SatNam。」

　　下午上課，梅香就提前到教室原來的老位置找到曉峰，說道：「曉峰，我在前面找了個離老師更近的位置，靠著牆眍了也好休息，你一起來吧。」

　　曉峰原本惶恐不安的眼裡馬上充滿了感激，趕緊收起東西，就跟著梅香到了教室前面的空地，挨著梅香坐了下來。

　　吃過午飯，就有人早早地排在校區的長廊處，等著校車來去大殿校區觀見達能。

　　差不多一個多小時後，校車才按預先安排的時間到達，把長長的隊伍一批一批地運到大殿校區。

　　大家先擠到大殿旁的一處平房的小教室裡，梅香對繼續聽完靚女老師關於「如何從衝突中解脫」的教義更感興趣，老師還沒有講可行的解決方法呢。

在學員例行分享之後，靚女老師又講開了。

這個世界以及你的家庭的所有的衝突，都是你的衝突造成的；

阻止衝突，衝突越來越多越大；

人類一直試圖解決衝突，但無效，衝突的根源在個人內在的衝突。如果足夠多的人能解決內在的衝突，外在的衝突就會減少；

解決之道——覺醒！

衝突是兩種對立的念頭較勁，想爭第一名。

衝突到底在哪裡？大腦裡；

覺醒者：兩個衝突的念頭不是對立的，僅是兩個念頭。大腦不再創造對立，衝突就會消失，心裡的受苦就會停止。

靚女老師好像是為了滿足大家急於觀見達能的心情，匆匆結束了「如何從衝突中解脫」的課程。

大家紛紛急迫地湧向大殿的二樓。

梅香和曉峰到達的時候，文婷舉著一大串紅的黃的鮮花編織的花環興奮地對梅香說：「你們買不買啊，人民幣 150 元一串，獻給達能的，達顯結束後拿回去曬成乾花，可以治病的。」

梅香笑了笑，就已經被搶著購買花環的人群擠到了一邊去。

梅香就勢找了個遠遠的位置，和曉峰一起坐了下來。

前面橫隔主席臺的欄杆上已經掛滿了鮮艷的花環，梅香心裡笑道，達能真是位營銷高手，從每天售賣消除業力的火供到達顯的花環，營銷無處不在。

像上次一樣，等待了約半個小時之後，一連串的隆重莊嚴神聖的聖火、聖鞋、聖水儀式，然後鼓樂齊鳴，鮮花開道，紅光滿面的達能巍巍然坐上了金碧輝煌的主席位。

主持儀式的老師講道，應學員的請求，達能將分別接受來自各個國家的學員的祝福，並同時一一給予各個國家的學員 Deeksha，下面念到那個國家的名稱，這個國家的學員就站起來施禮並接受祝福，國家不分先後次序，我們先念 28 天深化課的學員國家，再念 11 天訓練師課學員的國家。

密集的人群想起熱烈的掌聲。

主持老師念到：匈牙利

在人群中分散在不同方位的學員就激動地站起來鞠躬，雙手合掌行禮。

達能面帶微笑的頭像，被現場攝影投放在大殿前方的兩塊巨大的幕布上，目光如炬。達能緩緩地舉起雙手，掌心朝外。學員也趕緊舉起雙手虔誠地接收祈福。

過了約一分鐘，達能的手緩緩地放下。匈牙利的學員依依不捨地坐下。

主持老師又念到：澳大利亞

澳大利亞的學員更多，嘩啦啦地站起來鞠躬，接受 Deeksha 的祝福。

緊跟著奧地利、加拿大、芬蘭、日本、阿根廷、巴西、印度、墨西哥、荷蘭、新西蘭、挪威、新加坡、南非、韓國、馬來西亞、瑞典、瑞士、土耳其、英國、比利時、以色列、義大利、中國、美國、德國、智利、捷克斯洛伐克……

不同國家的學員像潮水般一波接一波地起來又坐下，這場面像奧運會的開幕式一樣壯觀。

梅香在來的第一天就好奇，這六百多號人分別來自哪些國家啊？終於有機會了解了，梅香迅速記下深化課程學員分布的各個國家，最後數了數，差不多來自全球 30 多個國家：

訓練師課程學員也來自 20 來個國家：德國、印尼、義大利、日本、馬來西亞、荷蘭、新加坡、捷克斯洛伐克、瑞典、瑞士、英國、烏拉圭、美國、中國。

梅香根據站起來的學員大概估算了下，整體學員中國第一多，約佔三分之一，美國第二，德國第三。

緊跟著，一個中國小女孩獻歌給達能，輕靈天真的歌聲響起，整個現場美好得又讓梅香響起了中國奧運會開幕式的林妙可。

歌聲完畢，主持老師才宣布進入學員問答時間。學員的問題，老師早在幾天前就以文字的方式收集起來呈遞上去，現場是達能從中選擇性地回答。

主持老師說：「問題是隨機抽取的，念到哪位學員的問題，這位學員可以站起來頂禮。」

主持老師拿著手中的紙條念到，有美國學員問：我們是個基督教國家，但信神的人越來越少，是否神遠離了我們？

一位臂膀紋身，威猛的美國男子站起來深深鞠躬。

達能：我們遠離了神，神也遠離我們。是神讓我們學會一些功課。當我們做好功課，神會回來。

主持老師念到，有日本學員問：世界二元對立，有好有壞，如何走出二元對立？

一位精瘦的日本男人站起來深深鞠躬，額頭幾乎碰到了膝蓋上。

達能：宇宙的本質就是二元對立，這不是問題。問題是我們對此的認識和觀念。你說這是好的還是壞的？當覺醒後，一切都是好的，改變你的觀念，不是改變外界，一切就會完美、舒服，無論天使還是魔鬼。覺醒後，二會變一。錯誤的是你的認知。例如，你的老公脾氣好壞都是完美的。你的觀念改變就不會有問題了。

主持老師念到，有美國學員問：我如何理解時間？挽留些人生經驗？

一位高瘦纖細的美國女子站起來深深鞠躬。

達能：如果絕對的話，根本沒有「時間」這個概念。你可以回到 500 年前的前世也可以看到 30 年後的你。你可以超越時間看到一切。因果何來？是在不同的次元裡。但你不要想像沒時間，因為現實中，我們需要時間的功能性運作。

主持老師念到，有南非學員問：頭腦與念頭有何區別？
一位黑胖的南非女子站起來深深鞠躬。

達能：在道一，頭腦是念頭的滾動，過去與將來。頭腦的中心是生理上的自我、我執。心靈上的自我又是不一樣的。

主持老師念到，有澳大利亞的同學問：活在臨在中與覺醒有區別嗎？臨在的人需要覺醒嗎？
一位白髮蒼蒼澳大利亞老者站起來深深鞠躬。

達能：臨在與當下是兩回事。很多人活在臨在中很快就會活在當下，就會覺醒了。活在當下是很難的，但越來越多的人會覺醒。

主持老師念到，有中國學員問：怎麼讓我們的心去開花？如果覺醒達到那個層次，必須經驗痛嗎？
一位打扮時髦的中國女子站起來深深鞠躬。

達能：當你與「如是」待在一起超過 49 分鐘，你的心自動會開花。你會經歷無條件的慈悲和愛。你的心開花後，做什麼都會成功，心想事成，你的世界會改變，無條件地愛，沒什麼害怕的，生意更成功，藝術更出色……哪個領域都會更出色，沒有麻煩。

主持老師念到，有中國學員問：是否真正可以「臨在」「如是」「感恩」，我們該怎麼做？
一位美麗的中國少女站起來深深鞠躬。

達能：跟「如是」在一起，並不是什麼都不做。「積極」地和如是在一起，一邊工作一邊「如是」同在。頭腦與呼吸的變化同步，冥想能量會受影響，頭腦進入 α 波狀態，也可能進入死亡狀態，在 α 波的狀態很難。必須在 θ 波的狀態，念頭變成實相。「動態」與「積極」是「如是」的要素，你就會行動。

主持老師念到，有新加坡學員問：我接納「如是」是否要祈禱，祈禱是否影響「如是」？
一位幹練的新加坡男子站起來深深鞠躬。

達能：觀照頭腦如何運作，才是「如是」。持續地觀照，你會發現你不是那個頭腦，

這個頭腦是古老的，我們的身體自動就會呼吸。頭腦會恐懼、受苦、憤怒、憎恨……這是頭腦的物質，你的念頭不是你的，頭腦、身體都不是你的。看到這一點，你的念頭就沒有力量了，你可以觀照一切。你就是那個觀照的意識，這個意識是不生不死，這個是神性，永恆的，沒有痛苦。

　　我們不是要改變頭腦，我們只是看見，看見就是自由，出來的就是行動。讓它自然發生，不譴責這些物質，頭腦的物質是我們是垃圾桶。我們不怕也不擔心，你明白就好，你看見這個垃圾桶，你就自由了。

　　主持老師念到，有問德國學員問：我想奉獻給神，但恐懼失去控制？
　　一位高大肥胖的德國婦女站起來深深鞠躬。
　　達能：你恐懼是因為你在控制。你放棄恐懼，神會接管你的一切，神會照管你的財富、健康……

　　主持老師念到，有挪威學員問：既然神的威力很大，我可否就祈禱，神啊，給我想要的慈悲？
　　一位金黃頭髮的挪威女子站起來深深鞠躬。
　　達能：如果你不是覺醒者，你不要假裝覺醒者，想要賓士車就要賓士車，想要愛人就要愛人。誠實。神只要你快樂就好。如對神沒有信心，覺得神不真實，也要真實地反映你的這個想法，請神對你慈悲就好，真實！

　　主持老師念到，有蘇格蘭學員問：很多書很多療癒方式，但我無效。道一反覆強調，保持覺知，無助就可以療癒是不是？我自己真正交給神就可以改變？
　　一位蘇格蘭老婦被人扶著微顫顫地站起來深深鞠躬。
　　達能：靈修書都是浪費。只有當你找到自己的靈性道路才走上了靈性。每個人的靈性道路都是獨特的，和「如是」在一起你就會找到自己的路，如實，如是，是你的大師，你去遵循別人沒用。我們沒有給你那條路，只是把你指引到「如實，如是」裡。

　　主持老師拿著手中的紙條念到，有中國學員問：是否可以清除業力？清除業力還會轉世？業力是否影響靈性？
　　一位帶著眼鏡的中國年輕男子站起來深深鞠躬。
　　達能：唯一可以改變業力的就是神，就算是最糟糕的人也可以因為威力強大的神而瞬間消除業力，業力會影響靈性。

主持老師拿著手中的紙條念到，有韓國學員問：祈禱時，要的太多，會感到有罪惡感？沒有具象的神，生活中有罪惡感，怎麼辦？

一位花白頭髮的韓國男子站起來深深鞠躬。

達能：不要局限你的神，你的神什麼都可以給你。神是有形的無形的都沒有關係，無形無象的神同樣可以給你溝通。沒有具象沒關係，就像打電話，你不需要看見對方，聽到聲音就好。神是一團光也可以。過去的罪惡，你要告白你過去發生了什麼。你可以和神一起走路一起講話。

主持老師拿著手中的紙條念到，有以色列學員問：我原來加入了其他宗教，我已經有了信奉的神，在道一我又有了對阿信達能的神的臣服，哪個神更重要呢？我覺得有罪惡感？

一位黑頭髮的以色列婦人站起來深深鞠躬。

達能：罪惡感是你自己給的，不是神給的。

這裡沒有衝突，你可以同時擁有多個神來幫助你，這是你的選擇。

主持老師念到，有日本學員問：跟祖先沒連接，跟過世的老公也沒連接？僅有洞見可以嗎？免得自己飄在空中？

一位個頭嬌小的日本女子站起來深深鞠躬。

達能：道一的方案，和你的神講話，你的神會讓你的祖先彰顯。

在道一，利用神秘轉化。轉化是什麼？生活中實際的東西：呼吸，孩子，老婆……平凡的事變的非凡。如喝一杯水也很非凡。我們道一所說的事都可以落地，道一的神很真實地和你講話，神可以直接給你錢。

神都可以這樣落地，為什麼你不可以落地呢？

主持老師放下手中的紙條，宣布問答部分結束，最後還有寶貴的機會，可以允許幾位有限的學員分享。

人群中馬上舉起了密密麻麻的手臂，就像問題被抽中回答的學員一樣，有幸被抽中簡短分享的學員就像中了大獎般的激動榮幸。

有來自德國的女子飽含淚光的感恩達能讓她的女兒疾病康復；有荷蘭的男子感恩達能護佑他免於車禍；有英國的女人滿含深情地念了一首歌功頌德的長詩；有澳大利亞女人感恩達能，她的老公的小手指疾患困擾30多年要手術，在上次達能達顯中好了；有韓國的男人祈禱祝福達能，並迴向給達能 Deeksha。

達能始終面帶微笑，平靜地聽完，這些用盡了世上最美好最深情最崇高的感恩祝福，一一給予了 Deeksha 祝福，最後渾厚篤定地留下一句：「Love You」，現場響起一片「I Love

You」的尖叫聲，達能在掌聲中緩步離場。

梅香也跟著人群禮節性地伏地跪拜達能，心中感悟：一場多麼完美的宣講儀式啊。

梅香對達能有了新的看法，不是因為完美無缺的儀式，也不是那些無可考證的神蹟，而是因為達能回答問題中閃爍著睿智和哲理的光芒，雖然有些觀點，可能由於翻譯原因，梅香不是完全聽懂或者完全贊同。

梅香開始敬重真實的達能，覺得他是一位慈祥的老人，偉大的智者，這就是神。

如達能所說，梅香與達能祈禱時，真誠地與阿信達能對話：

「親愛的阿信達能，我一直不接受你們，因為覺得你們在裝神弄鬼，迷惑甚至欺騙大家。但聽了 10 幾天課程和達能今天的智慧問答，收獲到了洞見、覺悟、轉化。我接受了你們，因為親身感受到了你們在幫助大家『身心靈』轉化，從受苦中解脫，過上喜悅的生活。你們是了不起的人，這也就是神。

雖然你們在推廣教義的過程中，你們有高明的營銷手法和銷售策略，但這是可以理解的，智慧是有價值的，好的信念更需要傳播技巧。

當然，對你們的造神運動，我一直保持觀望態度，但也可以理解，或許很多人是需要你們的神的形象來幫助他們覺醒，謝謝你們！」

達能離去後，靚女導師帶領大家進行巴姜歌舞，人群帶著朝見達能後的激動，歡快地舞動起來。

梅香的心情卻久久難以平靜，在巴姜歌舞狂歡的人群中似動非動地站立著。

為什麼阿信達能明明是在造神，但是有這麼多來自世界各地的人們不顧一切地狂熱地追捧，難道他們都是笨蛋傻瓜嗎？即使這中間有很多，各個國家的各界名人、精英、企業界領袖？

為什麼我會對阿信達能從反感到接受到尊敬，難道我也被這些狂熱感染被神話迷惑了嗎？

梅香轉身一個人走出大殿，來到大殿外的長廊轉角處。

看到夕陽紅紅圓圓地從殿外公路邊的墨綠的樹上緩緩下落，滑向遠處的山脈線。梅香盯著夕陽散發著柔和的金色光暈，心中一片溫暖博大熱情。再一轉頭，近處潔白的道一大殿圓拱形的曲線，莊重神聖地把天空化為兩邊，大半個白色的月亮高高掛在大殿的塔尖上。

這世間本無衝突啊，在同一個天空，太陽和月亮可以和諧美麗地同在。

亦或可以說，阿信達能他們有意造神和幫助世人解脫並不矛盾？

梅香在石階上坐下，心想，來個「日月同輝」的瑜伽招式吧。

於是想起一個類似的冥想瑜伽動作，扭轉脊柱。雙手擱在雙肩上，大拇指扣住後肩，其他四指擱在前肩，背部及頭部在一條直線上。呼氣，左轉看到太陽，呼氣，右轉看到月亮。

吸氣，左邊是金色的雲彩，溫暖的圓日緩緩下落天際，金黃一片明媚的亮麗；呼氣，右邊是淡藍的天空，明月優美地安靜地高懸。吸氣，呼氣，吸氣，呼氣，頭部左轉，右轉，眼簾中，一下是金色的太陽，一下是銀色的月亮，一邊是金紅的雲彩滿天空，一邊是淡藍純淨的海水樣的天幕。天地在一呼一吸間完全轉換，美好、奇妙、很神聖、獨特的體驗。

　　心中祈禱，太陽神啊，請把你的熱情、溫暖、積極、向上、活躍的無窮能量傳遞我；月亮神啊，請把你的安寧、純淨、平靜、柔和的光輝照亮我的人生。

　　不再有不必要的衝突，陰陽平衡，生命如同此時此刻，「日月同輝」般的完整和諧平衡圓滿。

　　當梅香做完這一組瑜伽動作時，又有了個新的小小感悟，當下不是被動的不愉快的接受。首先是主動順心自然地選擇你喜歡的當下，並去享受當下，但是你也可以創造你喜歡的當下。

　　梅香又靜靜地享受了一會兒，自己創造的當下的時光。

　　大殿裡傳出快要結束儀式的鈴鐺聲，梅香擔心曉峰，就又走進大殿做完最後的儀式，和曉峰一前一後走出大殿校區去搭乘校巴回三校區。

　　文婷已經習慣性地跟著姐弟倆：「梅香，我聽弟弟說，你們每天晚上要討論當天的教義，我也有好多弄不明白的地方，覺得你總有不一樣的見解，而且很實用，我可以一起參加嗎？」

　　「好啊，一起討論，三人行必有我師焉。」梅香笑道。

　　三人一起回校區吃完晚餐，就開始「燈光漫步重溫教義」了。

　　文婷迫不及待地提出問題：「梅香，我覺得今天『從衝突中解脫』這個教義很具有現實意義，我就是一個經常嚴重衝突的人，但是我還是沒有從課堂中聽到實用方法，道一的課堂解決所有的方法都是覺醒覺醒要覺醒，覺醒又沒有具體的標準和方法，我越來越糊塗了，你能啟迪下我嗎？」

　　梅香很理解文婷的困惑，道一的課程，一方面想給學員提供宏觀的形而上學的辨證哲學意識形態來達到終極超脫的目的，另一方面又試圖給予學員實際可行的具體方法，指導大家的具體生活。但是並沒有達到「形而上者謂之道，形而下者謂之器」兼容並蓄的體係。所以，大多數學員雲裡霧裡，天上地下的似懂非懂。但，這反而可能增加了道一教義的神秘性。哈哈。

　　梅香想著想著就笑了：「我傍晚逃課，獨自思考過這個問題，你看對你管用不，打個比喻來說明解決衝突的方式吧：

　　「蘋果和香蕉同時擺在面前，我們總是在糾結是吃蘋果還是吃香蕉呢？

　　「通常無外乎有以下幾種方法解脫衝突：一種是追根求源法，問自己究竟是喜歡吃蘋果還是喜歡吃香蕉，喜歡哪個就吃哪個；二是能力資源法，看自己夠得著是蘋果還是香蕉，拿得到哪個就吃哪個；三是先後兼得法，先吃蘋果再吃香蕉，或者先吃香蕉再吃蘋果，無

所謂先後，反正遲早兩個都可以吃；四是融合兼得法，把蘋果香蕉打碎同時吃。哈哈，生活中的糾結衝突無非也就這幾種情況吧，我可沒有神叨叨的語言。」

梅香有條有理地說完後，像開玩笑似的哈哈大笑：「這些可是土辦法哈。當然，我們還得運用到心理學的酸葡萄法和甜檸檬法，得不到的就告慰自己這個東西不好，得到的要告訴自己這是最適合自己的。世上本沒有衝突，衝突是我們大腦創造的，就像一個硬幣，其正反兩面的融合才構成完整，我們只看自己想要的一面就好了。」

文婷聽完，又喃喃自語，認真地重複了一遍，也哈哈大笑起來：「梅香，你就是個實踐者。神叨叨的話，我越聽越糊塗，這套解決衝突的方法，實用，我看行。」

兩個人的笑聲迴盪在校園中，橙色的路燈光彷彿也跟著歡笑的音波晃動起來。

神的達顯，
前世與今生

早上 4：30，梅香準時來到教室外的草坪，準備開始瑜伽晨練。

草坪上，已經有一男一女兩名老外端端正正坐在各自的瑜伽墊上，看見梅香來就雙手合掌行禮，用英語說了一大串話。

還好，文婷的英語還可以，就熱心地給梅香翻譯道：「梅香，這位女士 Amy 來自義大利，練習過冥想瑜伽，本來她聽說道一以前的早課，天天都是一個多小時的瑜伽修練。另一位來自荷蘭的男士 Finn，是 Amy 這次道一課堂上認識的同學朋友，沒有接觸過瑜伽，但對瑜伽也很感興趣。他們希望加入我們每天早上修練的隊伍。」

「好啊，歡迎，一起修練。」梅香熱情地回應。

這時，李娜快步走來，身後跟了三位同樣抱著瑜伽墊的白衣女子：「對不起，梅香，剛才等這三位同學就來晚點了，她們都是我同寢室的中國室友，聽我講起我這段時間重要的收穫就是冥想瑜伽，就想來學習冥想。我想你肯定會歡迎，也就今天早上直接帶來了哈。」

三位女子笑著行禮，叫梅老師好。

梅香開心地笑了，「我們的隊伍越來越壯大了哈，都坐下來吧，我們開始今天的晨課，改時間再相互一一認識。」

大家就在草坪上圍著梅香成半圓形，聽梅香對新同學講解練習冥想瑜伽的要點。梅香特別讓文婷對兩位老外朋友說，聽不懂語言沒有關係，跟著動作及唱誦就可以了，冥想簡單易學，關鍵是靜心。兩位老外很認真地點頭。

進入奎亞練習部分，李娜基本上又是全程時而激烈時而停頓地打嗝，每次晨課練習結束，李娜都講，很難得的全身舒服通暢。梅香就說：「沒關係，你想打嗝就打吧，直到你不想打的時候就好了。」

奎亞練習部分結束，大休息後，進入冥想療程。梅香就對大家認真地講解開了。

這段時間的唱誦冥想，我將帶領大家共修冥想瑜伽的希里蓋垂唱誦冥想，這是一個

很美妙很強大的療癒冥想。我們用 11 分鐘的時間，一起來感應宇宙是如何把源源不竭的能量，無條件地回饋給我們，宇宙是如何永恆地支持和療癒給我們。

這個冥想是梵文唱誦「Raa—Maa—Daa—Saa，Saa—Say—So—Hung」。

「Raa 代表溫暖的太陽的能量

Maa 代表清涼接納的月亮的能量

Daa—代表堅實安全的地球的能量

Saa—Say 代表以上天地的能量無限性的融合

So 代表個體

Hung 代表通過聲音共振，大宇宙的能量與我們每個人的小宇宙無限的融合。

唱誦的要訣是：深深地吸一口氣，一口氣唱完，再換氣再唱。注意，唱誦 So—Hung 的時候，丹田向內向上提昇。

唱誦的肢體動作是我這樣，把手臂彎曲放鬆，自然地放在身體兩側，掌心朝上接受宇宙的能量。

只要你的身心敞開，你的掌心自然會感受發熱或發麻的能量振動。

好，大家跟著我手機的音樂一起唱誦。

深深地吸一口氣，「Raa—Maa—Daa—Saa，Saa—Say—丹田向內向上提昇 So—Hung，換氣，吸氣。」

很快，大家就掌握了「Raa—Maa—Daa—Saa，Saa—Say—So—Hung」的唱誦要訣，大家都微閉雙目，掌心朝上，整齊劃一空靈美好地唱誦，在清晨印度的微涼的清風中飄揚，虔誠而神聖地伴隨著啟明星緩緩昇起。

唱著，唱著，梅香就聽見了低低的哭泣聲，應該是李娜的聲音，過了會兒又有女生開始動情地哭泣，哭聲很快淹沒在美好的旋律中。梅香知道這是希里蓋垂唱誦冥想的強大的療癒效果，但願弟弟曉峰能夠在這共修的能量中得到更好的清理療癒。

音樂唱誦的時間完成了，梅香繼續引導。

最後唱誦一遍，「Raa—Maa—Daa—Saa，Saa—Say—So—Hung」。

保持手勢不動，觀想有一團白光籠罩著你，籠罩你和你要療癒的親人和朋友。純淨透明的白光流動著，你和你的親人和朋友，被這通透的白光療癒著，一切平靜而美好，靜靜地持續地觀想……

好，深深吸一口氣屏住呼吸，用力甩動我們的雙手，把剛才療癒的能量振動和激活。好，雙手在身體兩側畫一個半圓慢慢地放下了。

晨練完畢，大家起身過來擁抱梅香，梅香看見有淚光在閃爍。

早課，慣例看神蹟顯像。世界各地不同的家庭，供奉阿信達能的聖像竟神秘地流出

酥油、檀香粉、薑黃粉；供奉的阿信達能的聖鞋會自動移步等等。教室裡照例瀰漫著臣服的唏噓感嘆之聲。

今天梅香沒有在這個環節打瞌睡，而是在反覆思考一個這些天來的問題。

梅香明白自己來到印度道一，冥冥中是為了追尋應證自己內在的神性。

道一的課堂也多次提到「內在神」，但這麼多天來，無論是在課堂問答，學員公開分享，還是大家私下交流中，大家反覆提到的熱衷的神，要麼是阿信達能，要麼是傳統的各個宗教的諸位大神——耶穌、佛主、真主等等，梅香基本沒有聽到有人提到自己的內在神，更談不上研討和興趣。

為什麼大家千里萬里從世界各地來到一起，都是向外看，為了追尋外在神，為了祈求外在的能量救贖自己？如果，我們不向內看，不覺醒自己內在的神性，我們一味地尋求外在的神奇，我們能真正拯救、療癒成長自己嗎？這是一個淺顯的道理啊。從課堂的分享問答和學員私下的聊天中，可以知道這濟濟一堂的人群中，有來自各個國家的商界精英、政界名流、身心靈作家、影視明星……如果說芸芸眾生隨波逐流，這些自命不凡出類拔萃鶴立雞群的優秀人士，難道也是僅僅靠追尋外在神仙獲得成功的嗎？

在梅香沒想到早課關於神的主題教義「神是如何達顯的」，卻豁然悟通了這個道理。

卡薩其老師講的「神是如何達顯的」，實際上就是道一推導的神界的管理組織圖，就像一個公司的組織構架，如何自上而下地傳達公司的精神政策方針。

卡薩其老師說，契約是宇宙，主席是宇宙來顯現的神。主席下面有位大總裁就是光。大總裁下面有幾位總裁：帕熱瑪特瑪，幾位總裁下面又有幾位執行總裁，就是阿凡達。

卡薩其講到，阿信達能說，各個宗教都有一個神是「阿凡達」。

阿凡達是很落地、有靈性的總裁，有科學的、心理學的、藝術的等各個領域的阿凡達。他從他們的那個次元星飛來地球，飛來各大洲及印度，為我們人類作出非凡貢獻，改變了人類。

反過來，如果，你想見到神，阿凡達帶領你去總裁——總裁帶你見光——光帶你見無形的神。

過去的幾十年我們著力於阿凡達，未來我們著重於光，讓無形的神彰顯。

聽到這裡，梅香進入了自己對神的歸屬的全新的領悟。

梅香頓悟，我們每個人都是宇宙的一個細胞，我們的神性本來生來平等。

但是，有基督、佛陀……以及許許多多的阿信達能從事了神的傳播的職業，他們把自己定位為神的橋梁，他們堅信神並認為自己了解神。

於是，我們這些千千萬萬被塵埃蒙蔽了自己的神性的人，與母體宇宙大神失去了直

接連接意識的平凡的人們，就把冥冥中對宇宙之神的期盼，對神的家園的回歸情結，寄託給了這些自認為是神的使者的人，於是，成千上萬的人們的能量匯聚在這些神的使者的身上，就這樣，人間大神被我們共同打造了。是千萬年來，追隨母體宇宙大神的群體意識成就了人間大神。

阿凡達是被億萬平凡的人們創造的，所以阿凡達具有了天命，帶著億萬平凡的人們對神的追崇與嚮往。

梅香一下明白了，為什麼很多人明明白白阿信達能是在造神，甚至道一的課堂就有主題宣講「如何創造你的神」，卡薩其老師也毫不避諱地講過，阿信達能就是在造神，但還是有無數的人們從四面八方湧過來追隨阿信達能？

是因為，成千上萬看不見自己內在神性的人們需要阿信達能，需要這個橋梁，讓他們可以看見回歸神的道路。是成千上萬看不見自己神性的人們，祈求能有人幫助他們點亮黑暗，照進神的光芒。

也可以說，是這些從世界各地遠道而來的人們，創造了阿信達能這位現代大神。

所以，他們會傾其所有，不惜借錢當物也要來道一；他們會多次往返印度，把道一當成家，甚至就在道一生活工作不願離開；即使他們的貧困、痛苦、困難、疾病並沒有因為來道一而解決，但是他們還是會鍥而不捨地一再來到道一求助阿信達能……因為他們看不見自己內在的神性，但，他們永遠也無法失去對宇宙之神的追尋，這是對母親的呼喚，對人類終極家園的回歸，這是每個人與生俱來的神性在被困頓束縛昏睡中的企圖覺醒與掙扎。

但是，我們大多數平凡的人們都忘記了，我們每個人都是宇宙的一個細胞，我們每個人都生而具有平等的神性，我們每個人本身就是神。

如果，我們覺悟到這一點，我們相信這一點，我們每個人就有機會喚醒自己內在的神性，當我們內在的神性完全覺醒的時候，我們就會覺知我們與宇宙息息相關，我們本來就天人合一，這個地球與無數的繁星就是我們共同的家園，從此，我們不再覺得沒有安全感，我們充滿愛心，我們會接受一切事物，天使與魔鬼同樣美好，世界沒有好的壞的，一切都是合適的，每一件事物都同樣具有神性，在我們心中閃閃發光，我們會心想事成，因為世界就是心的境界。

我們就再也不會忙忙碌碌四處去追尋外在的各路大神，不必要苦苦祈求外在神靈的護佑，不再痴痴地等待神的恩典的降臨……因為我就是神，神就是我，每個生命生來就具有神聖的意義，每一個時刻，每一個地方都散發著神聖的光芒，無論你身處何時何地，無論你正在遭遇什麼，無論悲歡離合，喜怒哀樂都是神聖的體驗。

梅香更加清晰了自己以後人生的意義，這些年，通過冥想瑜伽持續的修煉，梅香逐漸喚醒了自己內在的神性，以後，就是如何精彩地體驗自己的神性在人生中綻放。

太棒了，梅香瞬間覺得此後的人生，就像曾經有過的夢境般的神秘美妙的星空，無數的星星包圍著梅香，只要梅香伸手輕輕一點，星星就光亮四射。

「One Two，One Two，One Two」音箱裡播放出有節奏的 One Two 聲把梅香的思緒拉回了現場。

老師宣布進入瑜伽實修，首先手掌舉過頭頂，掌心向上，音放 One 時用力向下抓至胸口，觀想金色的光被抓向身體，音放 two 時雙臂再向上推出，觀想身體內黑色的負面能量被用力推出去，根據音放 One Two 的指示進行「緩、中、快」三個不同節奏的動作，要堅持做 31 分鐘。

有同學譁然，好長的時間啊，能堅持嗎？

我能堅持完這個動作，梅香把這個意念輸入潛意識。

做著，做著，感覺到心扉有五彩斑斕的光芒在閃耀。

突然，梅香被人狠狠地撞擊了一下，梅香張開眼睛，看見旁邊一外國女子給梅香做道歉的姿勢，並驚慌失措地示意梅香往後看。

梅香轉過頭去，哎，又是那位美麗優雅高貴的日本女子，但今天比前幾次嚴重多了，滿地打滾，並發出大聲的嚎哭，拼命廝打他人，周圍的學員有的閃躲避讓，有輔助老師試圖安撫她。

這已經是好幾次了吧。來道一的第一天，梅香就和大家一樣注意到這位高冷的女子，是因為她的異常美麗，在密密麻麻的人群中就像亭亭玉立的白鶴般耀眼。

有些中國女學員很不喜歡這位日本女子，說她高傲自以為是。梅香倒也領教過，有一次梅香上課去晚了點，看見她身旁正好有空位，就走過去禮貌地請問是否可以稍擠一下，結果遭到了冷漠地拒絕，梅香也就笑著致謝另找座位去了。

但，讓人想不到的是，好幾次到釋放情緒的瑜伽實修時，這個平時沉默孤冷的女子就像換了一個人似的，異常瘋狂，無法自制嚎哭廝打。

每每看見她的癲狂，梅香就在心裡嘆息，是什麼傷痛幾乎要毀滅這麼美麗的女子！

下午開課，學員例行分享之前，老師又開始講解「推銷」火供。

火供，梅香在來道一約一週時間就已經和曉峰體驗過了。但聽說，梅香姐弟倆參加的是最便宜的基礎火供，一個人差不多人民幣 1200 元錢一次。

一種印度的祭拜神靈祖先的儀式，在火盆中燒掉一些傳統的祭祀物料，道一大學強調主要具有消除業力，還有清除負面能量和附體，甚至增長財富的功效。

梅香和曉峰參加了，雖然梅香也把祝願寄託在熊熊燃燒的火焰中，看著乾柴、布包在火盆中慢慢化為灰燼，但，梅香很清楚，這就是一種特別的千年傳統的祈福，在世界很多少數民族的祭祀，甚至佛教法事中也有運用。

当
你與"如是"待在一起超過 49 分鐘，你的心自動會開花。
你會經歷無條件的慈悲和愛。

你的心開花後，做什麼都會成功，心想事成，你的世界
會改變，無條件地愛，沒什麼害怕的，生意更成功，藝術更
出色......哪個領域都會更出色，沒有麻煩。

AWAKEN THE SPIRIT WITHIN

喚醒內在神性
一場冥想瑜伽的療癒之旅

這時，有中國女子問：「火供為什麼神奇？」

卡薩其回答道：「很有威力的儀式。運用過上萬年，通過火把物品供奉給神，在無意識上下工夫。」

又有另一中國女子問：「我母親有很多病，我做什麼火供可以讓母親幸福健康？」

卡薩其回答道：「道一有很多種火供，有專門針對親人健康的、平安的、財富的，可以一一對應不同的需求。」

又有一外國男子問道：「個人火供強於集體火供嗎？」

卡薩其回答道：「兩種火供都有幫助，強度一樣，只是針對對象不一樣。」

一位來自中國廣東佛山的男子好不容易等到話筒搶答，站起來，激動地說道，他覺得火供很管用，他一口氣買了十幾二十個火供，花了好幾萬，為親人朋友祈福，值得。他還準備給道一捐款，祝福道一更加昌盛。

他的話音剛落就是一片掌聲。

掌聲中，只見日本女子拿到話筒站立起來，準備發言，全場馬上鴉雀無聲，呵呵，大家都像梅香一樣想知道日本女子的神秘的故事吧，梅香想。

日本女子已經恢復了平靜，她一正常就頃刻像仙女般美麗純淨，一身白衣，更是顯得聖潔飄逸。

日本女子說話的聲音很好聽，英文翻譯和中文翻譯努力默契地合作，滿足好奇的人們急切地聆聽。

我很喜歡火供，這也是這些年我多次來印度道一的原因之一。

我想和大家分享，神在一個很大的過程怎麼影響我。

我來自日本，是一位經驗豐富的高級牙醫。

過去 8 年裡，我一直來道一，我開始接納自己，甚至最糟糕的部分。

很幸運我也遇見了我的靈魂伴侶，但不幸的是他的公司告誡他，如果要了我，他會失去工作，因為那時候，在日本他們認為道一是邪教，雖然，今天有越來越多的日本人接受道一了。

我們被拆散，我很絕望身體也受損，我希望遇到另一個靈魂伴侶，我寫了五頁祈禱詞，70 多條。

三年前，我和一個認識多年的男子在一起了，我希望和他共度餘生。

結果又有人告訴我，為了結婚白頭到老，最好找一個未結婚的。

那個人比我大 20 多歲，滿足了我 99% 的要求，但他已經結婚。

我曾祖母就曾是一個大商人的情婦。這個男人的父親也有情人，他媽媽很受苦，這個男人很真誠，告訴我是他第二個有親密關係的女人，我來道一，這個男人說他要寫封信給我，卻寄給他老婆了。

梅香不太明白最後一句話的意思，應該是她的有婦之夫的情人的老婆知道了，男人可能要和她分手了。

這個女人聲音忽大忽小，情緒很波動，中間幾度激動的哭了，語速逐漸快到幾乎不給翻譯有機會翻譯。

聽到這裡，梅香的心和日本女子的臉色一樣沉重。

原來，這位氣質優雅秀麗，職業高尚的美麗的日本女子在實修中，嚎哭廝打，那種讓人揪心的不可控制的失態，是為情所受的苦，生命如此沉重！

梅香看到當年的自己和高飛苦苦糾纏的影子，生命萎縮成黑色的殘核，痛苦地扭曲與掙扎。

幸好，日日夜夜修鍊冥想瑜伽，讓梅香喚醒了自己內在的神性，清楚地覺知到自己受苦的模式，產生源源不斷的生命的能量，硬是把自己從為情所苦的泥沼中拽了出來，讓自己有勇氣全然放下了苦難之情，從此，獲得全新、博大、喜悅、鮮活的生命。SatNam！

課間休息，梅香走到教室外面，坐到草坪邊的石階上，看烏鴉一隻一隻地低飛。

文婷走過來，挨著梅香坐下：「梅香，我又定了好幾個火供。」

「嗯」梅香點點頭。

「你怎麼沒反應啊，好像你對火供挺不感興趣，」文婷不放棄地說道：「我聽好多道一的老學員講，火供最大的好處就是幫我們消除業力，我們現在之所以好多事明明知道不應該，卻無力改變，就是因為上世的業力纏生，我們消除了上世業力的障礙，今生就好過了。」

「文婷，你想聽我的真實想法嗎？」梅香看見文婷鍥而不捨地追問火供的意見的背後，是文婷的困惑。

「你倒是說呀。」文婷高興地笑了，梅香終於要倒出自己的見解了。

「我覺得，不要管你的前世後世，修好今生與當下才是根本的解決之道。」

「很多人在今生，苦苦追尋自己前世是怎麼回事？下一世又會怎樣？今生的很多時間和精力都花在這些問題上，結果越問越迷亂，越探究越無底，在短暫的現世陷入深深的矛盾糾結痛苦之中，忘了現世的功課與修行。

「即使清楚了前世，意義又何在呢？要逆轉到前世去改變已經發生過的事實是不可能的。知道前世的唯一意義就是，今生吸取經驗教訓獲得現世的成長進步。

「如果真有前世的存在，今生一定是前世的延續和結果，我們重視今生現世的經驗教訓，回到現世修行，才能讓我們確實地成長。

「至於後世，更是今生的延續和結果。俗話說『善有善報，惡有惡報，這世不報，下世必報』。也就是下世的果還是這世的因。重點還是要回到現世。

「所以，我們不必追問前世，也無須探究下世。修好了今生，前世無論好壞也就成了

今生進步的階梯，好好地活在這世的每個當下，下一世自然順好。

「如果上天真給我們劃分了前世、今生、後世。但，沒有一個人拿得出讓大眾完全信服的證據，可以證明前世後世的存在，說明上天認為我們沒有了解前世後世的必要，非要探究就是越界違規，違背了宇宙的旨意。所以，民間才有開天眼算命的人要折壽之說。

「活在今生，安在當下才是根本。火供可以祈願，但燒毀不了我們的業力。業力還得靠我們的心念和在每一個當下的作為去改變，這才會是宇宙的公平法則，無論來沒來過道一，無論做沒做過火供。」梅香平靜地講完了這一通思索。

「哎，我就知道，你有不同的看法嘛，你怎麼不早說呢，我就是猶豫，買這麼多火供到底有沒有用啊。」文婷說。

梅香站了起來：「呵呵，買個心安也好，衝突是我們自找的。好好地祈願，再在生活中好好地踐行，雙重力量，也更好。走吧，要上課了。」

晚上，梅香回到寢室，日本女子端端地站在梅香的床邊。

梅香有點驚訝，文婷已從自己的床鋪跑了過來：「她已經在這裡等你好一會兒了，請她坐著等，她又禮貌地說，不要動了你的床鋪。」

梅香伸出手，做手勢請日本女子坐下。

日本女子凝視著梅香，眼裡滿是真誠，用流暢的英語說了一段話。

文婷翻譯道：「今天早上，我早到教室，正好聽見有人在你的帶領下，瑜伽唱誦。我不由地站在旁邊聆聽，不忍離開。那個唱誦太美了，我很少有這種平靜，沒有悲傷也沒有喜悅。

「我第一次看見，腳邊早起的螞蟻，在初昇的陽光下靜靜地爬來爬去，欄杆外一片小小的蒲公英在風中整齊地搖曳。

「輕風拂過臉面，穿心而過。心，如此輕，空的，無形。沒有任何屏障，風清透而過，如此美妙，如此輕快。

「我太喜歡這種感覺了，雖然很短暫，我可不可以跟你學習瑜伽？」

梅香溫暖地笑了：「好的，你早點回去休息吧，明早 4：30 見。」

第
七
節

神從未離開

一位處在困境中的男子，有一天在沙灘上行走，回頭望望只有一排自己孤獨的腳印。

他突然意識到，在人生的道路上，有許多次生命中最痛苦悲傷的時候，只有他一個人的腳印。

男子悲傷地問上帝：「上帝啊，你說過，只要我相信你並決定與你同行，你就會一直在我的身邊，但為什麼在我最痛苦的時候，卻不見你的蹤影，只有我孤單一人？」

上帝笑了：「親愛的孩子，我始終陪伴著你，從來離開。在你接受考驗和遭受苦難的時候，你看見只有一個人的腳印，那是我正背著你向前走啊。」

卡薩其老師講完這個故事說，神從未離開，只是你心中，有沒有神？

聽到這裡，梅香一震，是這樣嗎？

梅香飛快地在筆記本上開始寫下自己人生艱難的時刻，看看，有神的相助嗎？

混亂無望的中學時光，竟然突發奇想地提前上了一個大學，避免了繼續荒廢光陰；

不知道怎樣找工作的時候，懵懵懂懂地撞上了個現在前景廣闊的互聯網商務行業；

戲劇性地遇上高富帥的高飛，讓自己在喜歡的大都市廣州如願安了家；

每每自己工作遇到苦惱障礙的時候，就有新的機遇出現，有了更好的發展；

經常在困難的時候，就有貴人相助，梅香一下想起很多好運的事：買房的時候，正好在售樓現場，遇見是同學所負責的地產公司開發，選了好房，還給了大折扣；

在想幫助困難的同學的時候，一天之內就有十幾萬資助；有一次出差，錢包和手機丟了，自己為證件和通訊錄苦惱不堪，竟有人千里迢迢送回；曾經在深夜的高速公路上，車爆胎了，沮喪無望之時，幾輛陌生的車輛停下來相助；母親在酷熱的街頭昏眩，幾個路過的小伙子不怕「訛老」的社會風氣，熱情地送回家門……在身心俱疲、人生無望的時候，遇上冥想瑜伽，生命展開更加神奇的旅程……

當初，在這些人生的轉折點神奇轉化的時候，遇到貴人相助好運來臨的時候，梅香

心裡覺得猶如神助，現在看來，這就是我的神在冥冥中一直在幫助和指引我啊……我的神從來就沒有離開過我，尤其在每一個艱難的時刻，我不但總是走過來了，還收穫到意外的驚喜的禮物。

以前，對內在的神性沒有覺知，所以總覺得是巧合和偶然，現在，覺醒到內在的神性，就更加神奇了，每一個平凡的體驗都變得非凡。也就是當內在的高我意識與宇宙意識融合相連，奇蹟就在每時每刻之間，覺得生命本身就是一個偉大的奇蹟。

梅香不由深深地感激冥想瑜伽，是冥想瑜伽喚醒了梅香的內在神性。

梅香現在明白了，為什麼那麼多的人看不見神，感覺不到神？

是因為你必須啟動你的內在神，如果內在神封閉僵化，與外在神就無法連接。這就像電視機的顯像，如果這臺電視機的接收天線有問題，再強的衛星信號也難顯現連接。佛學也有相同比喻，「春雨難潤無根之苗，佛陀不度不信之人」。

梅香知道自己這一生，都會堅持修煉冥想瑜伽了，因為她已經走上了這一條神奇的星光大道。當內在神性熠熠閃光的時候，那後面的旅程該會有多麼的美妙豐富啊，未知的神秘的大千世界向梅香徐徐打開，盛大的樂章已經在耳畔奏響。

在圍繞道一覺醒大殿盲走的實修體驗中，梅香更是真切難忘地體驗到內在神的臨在。

道一的覺醒大殿被稱為印度當代的建築奇蹟，三層的靜心大殿是目前亞洲最大的無柱建築，據說已經有數百萬來自世界各地的靈性追求者來到這裡。大殿的頂層能夠同時容納 8000 人靜心。幾天前，梅香已經在這裡見識過，幾百名學員和印度本地信徒合計 5000 多人，同時在這裡，接受阿信達能的 Deeksha 祝福的盛況。

老師讓幾百名學員先在大殿裡排成長長的兩排，然後用布條蒙住眼睛，走出大殿，圍繞著大殿外約兩米寬的圍合式走廊順時針盲走三圈，不要有意去靠扶兩邊的牆體和護欄。大家全程關注自己，每個人的雙手合拳舉過頭頂，邊走邊呼喚自己的神的名字。

老師預先告知大家，圍合式走廊並不是百分百封閉，原有四個敞開的路口，但現在都圍上結實的繩索，還有助教老師守護。走廊其他部分都有一米多高的漢白玉石護欄。走廊的路面的大理石鋪排得非常平整。大家每走完一圈，我們就會有老師搖鈴鐺示意，聽到三次鈴響就表示你走完了三圈。總之，請大家放心，非常安全。

希望每一個學員按自己的步調節奏，獨自堅持走完 3 圈。

梅香聽見身邊有位中國女子問一位中國男人，這很簡單吧，估計每一圈也就約 400 米，總共也就一公里多點，雖然是盲走，但走廊一邊靠牆，一邊有欄杆，哪怕就是摸著牆或者扶著欄杆也可以走完的吧？

「呵呵呵，」中國男人笑了，「我上次來道一走過，可不那麼簡單，待會兒你試試就知道了。」

梅香聽了，好奇之心開始躍躍欲試起來。

待輪到梅香跟著學員跨出大殿門檻，在老師的督促下蒙好眼睛，眼前一片漆黑，雙手舉過頭頂合掌，要獨自向前挪步的時候，梅香就明白剛才中國男子意味深長的笑聲了。

眼前一黑，一陣未知無助的惶恐就迎面撲來。

周圍早已布滿了先走的學員的混亂的恐懼。有人大聲地哭喊「老天啊，我怎麼就一步也走不動啊」，有人拼命地捶胸頓足和捶打著地面的聲音，有人歇斯底里地喊叫「阿信達能，我的神啊，求求你，救救我！」，還有種種「阿彌陀佛」「Oh My God!」「My Lord」呼喚神的聲音。

梅香像平常練瑜伽一樣，做了個深呼吸，聽見一個聲音對自己說:「梅香，親愛的，走吧，沒有什麼，和平時走路一樣啊。」

梅香就摩挲著腳步向前走開了。哦，果真沒事啊，梅香感覺到周圍都是人，都在努力向前走。有人和自己一樣認真地邁開了步子，也有人左右摸索往前挪動。

走了一會兒，梅香的上身被失去方向的人撞到了，腳下差點被哭躺在地上的人絆倒，梅香頓時慌了，這時，梅香清晰地聽到那個溫和的聲音:「梅香，親愛的，別怕，繼續往前走，我和你在一起，我帶著你，你是安全的。」

梅香心裡湧起一股暖流，梅香知道，這就是我的神，高我的存在，就在當下，就像現在，在每一個梅香惶恐和困難的時候，如此真切的陪伴，就在梅香的身心裡，就在此時此地。

梅香充滿信心，穩步向前，開始呼喚神，但口中自然喊出的，不是周圍最多的聲音「阿信達能」和其他種種神靈，而是「梅香，梅香，梅香，梅香……」梅香從來沒有這樣呼喚過自己的名字，如此的神聖、如此的虔誠、如此的親切、如此的溫暖、如此的愛、如此的奉獻。這個呼喚像一團明亮的光包圍著梅香，指引著梅香向前，向前，向前……

我與自己同在如此美妙。我的神臨在，我與我的神合一，我不再孤單、不再寂寞、不再害怕，我是圓滿的完整的，因為我與我的神共同邁開生命的步伐。不再迷茫、不再焦慮、不再沒有方向。我是獨立的、安全的，我愛自己、愛我的神。外界的他人只是我的朋友，卻再也不會拉走的我的魂魄，我也不再渴求他人的力量，我的神完整而圓滿。

「叮」的一聲輕響，梅香知道自己已經順利地走完了第一圈。

「啊哈，太好了，繼續向前。」梅香心裡的聲音對自己說道。

第二圈開始，梅香口中呼喚的神靈的名字自然而然地成了「宇宙、宇宙、宇宙、佛主、上帝、Yogi Bhajan、阿信達能、太陽、月亮、空氣、金、木、水、火、土、花、樹……」梅香覺得在呼喚每一個「神靈」的時候，都是梅香內在的神性與萬事萬物在相連，這些都是彼此息息相關的神靈，是宇宙大神的組成部分，你們共同帶給了梅香和人類，神奇的世界和神聖的體驗，謝謝你們。

「叮」的又一聲輕響，梅香很快又順暢地走完了第二圈。

第三圈開始，梅香口中呼喚的神靈的名字潛意識的成了「爸爸、媽媽、弟弟、姐姐、外婆、

舅舅、高飛、朵朵、玉蓮老師、大老師、陽陽、曉霞姐、劉益、高佳、劉院長、馬勝、大劉、張良……韓總、敬總、小學時的語文老師、葆拉老師、文婷、李娜……所有我愛及愛我的人們，給我啓迪、給我幫助、讓我醒悟的人們。

梅香呼喚著每一位神靈的名字，以自己的神性的呼喚，這些親人、朋友、同事、上司、老師都是我的神啊，他們都是來幫助我的、來度我的，來和我一起創造神奇的命運，體驗這神聖的人生。謝謝你們。

梅香開始享受這盲走的旅程，還是聽到旁邊有人不斷地尖叫哭泣，梅香的神就會對他們的神默語：「別怕，你的神和你在一起，勇敢地向前吧，一切都會好好的。」旁邊的人似乎就好多了。

梅香帶著會心地微笑，走完了三圈。

下一次分享時間，同學們幾乎全講的是盲走道一大殿3圈的體驗，看來這個體驗深深地觸動了大家。

首先是梅香同寢室的那位，看起來活潑堅强的哈爾濱女子講述，她順數第5個開始，倒數第5個完成。中間應該有一個多小時，她來回旋轉，幾近絕望，老師幫助了無數次。

一位巴西女子講述，「她在整個過程中哭得昏天暗地，衣服濕透。

一位韓國男子講述，「我是有恐懼感的人。昨天外繞大殿轉圈時，總覺得前面就是未知的陷阱，等著我跳進去。我試圖戰勝恐懼，但是失敗了。中間睜了十次眼睛，問其他人，也講睜了兩次眼睛。後來在朋友鼓勵下我再次繞大殿，但我這一次也沒有睜開眼睛，雖然也差點撞牆。我最終戰勝了我的『懦弱』和『恐懼』。謝謝大家和兩位朋友。」

一位美國的婦女講，她全程就只走了十幾步就癱坐在地，痛哭不止，自己一直沒有明白為什麼會這樣，這只是一條真實的安全的走廊啊。

卡薩其說道：「你看你要依賴什麼，你要依賴頭腦還是依賴你的神。你的神每一刻都在陪伴你。你要看見你的『控制』。你的頭腦害怕你依賴你的神，而不是它。」

卡薩其老師說完，點到的下一位分享的學員是李娜，梅香看見李娜一直高高地舉著手，終於等到分享的機會了。

李娜說道：「昨天，蒙著眼圍繞大殿盲走，一片黑暗，失去目標與方向，非常的無助和孤單。一開始好不容易艱難地邁出幾步，我就原地打轉怎麼也挪不動腳步了，半個小時過去了，我依然能為力，我只有扯掉蒙眼的布條，坐在地上痛哭，我哭得衣服都濕透了。

「就在這時候，我看見我們同寢室的梅香又一圈走過來，她閉著雙眼，卻像她平時帶領我們練習瑜伽一樣的安然，有如神靈在指引著她一樣，從我面前微笑著穩步走過。

那一瞬，我突然有了力量，就站起來，不再懼怕，不可思議的是，我竟然緩慢卻平穩地走完了全程。

「我要謝謝梅香，請梅香起立。」

梅香意想不到李娜會突然提到自己，只得在全場探尋的目光中站了起來。

李娜對著梅香深深地鞠躬。

梅香微笑著對李娜行了一個鞠躬禮，又對全場的同學行了個鞠躬禮，就又逕直坐下了。

李娜接著說道：「請允許我藉此機會感恩梅香，我跟她修鍊冥想瑜伽這十幾天發生了很大的轉變。大家可能聽說過，2008年中國四川的汶川大地震，當時，我四歲的兒子，正好跟著姥姥從成都回到家鄉汶川，他們都在那場地震中永遠離開了我……」李娜哽咽難言。

有輕輕的、鼓勵的掌聲響起。

李娜又抬起頭繼續說道：「我還年輕，老公希望我再生一個孩子，可我害怕失去的恐懼。這兩天，我有了勇氣，我決定再要一個孩子。」

「讓我再次感謝梅香，感謝你帶給我冥想瑜伽，勇氣和力量，謝謝你。」

掌聲再次響起，梅香眼裡已和李娜一樣滿含著淚水。

學員分享完畢，教室裡播放了「道一」的介紹影片，這個影片解開了梅香自上課以來的一個疑惑，道一既然傳播慈悲與愛，阿信達能自詡為神靈，那應該幫助社會和人們做很多公益之事啊？

果真，影片圖文並茂地一一介紹到，道一阿信達能不僅在靈性領域提昇大家更好的工作，而且在印度發展區域經濟、救災、災後重建、綠化環保、婦女就業指導、醫療衛生、特殊人群照顧（愛滋病、殘障）等各方面幫助社會和貧困的人群。

梅香認真地觀看影片，更加敬佩阿信達能，覺得這是他們應該做的。

影片打出最後的文字：每一個覺醒的人都會幫助更多人更好地生活。

人和神如何分開的？神如何成為我們的源頭？

達能：我們的時代在循環，時代的變更是能量場的變換，能量場的變換是地球與太陽與銀河係之間的現象轉換。在黃金紀元，神變化得很真實，人和神最終合一。現在已經開始發生了。

又過了兩天，是達能的第三次達顯，據說也是28天深化課程的最後一次達顯，啊，時間過得真快，已經是第21天了。

梅香照例幾乎一字不漏，跟著翻譯的語言筆記，手中的筆快速地移動。

我們怎麼做與神連接更緊密？神可以彰顯？

達能：秘密在於祈禱，大多數人不臣服不感恩不相信。你可以依然對神真誠地說，我不相信你，但依然希望你彰顯。無論你是大罪人還是平常人。你必須要誠實，對自己，對神。

如何強化對神的信任，而不總是頭腦認為的「巧合」？

達能：我已說過，你要誠實，你對神表達真實的感受。不信任就是不信任，巧合就是巧合。

時機已經來臨，能量場變化，很多不可能的美妙的事物正在你身上，正在全球靜悄悄的發生。

我們經歷解脫，但現在好像還沒解脫，是否以後日子會解脫？

達能：在道一，希望你最終從自我中解脫。

但你的自我還存在，我們就要你，充分實現自我，不壓抑自我。實現你的自我需求，你個人自我的利益，都沒有錯，如果你壓抑自己，會讓你變得冷漠和別人沒有連接。

所以我們先滿足你的自我：財務、感情、家庭等問題的解決。

在一定的時候，你的自我會擴展，你的光環會擴大，擴張你自己，最後你的自我會消失。

我們一再重複：我們沒有覺醒不要表現的像個覺醒者。

不管你有什麼，你對這些舒服自在就好，你如果很嫉妒，就唱首嫉妒的歌。

你很糟糕是個壞人，你有幾個老婆，我們都不關心。我們不會給你任何價值觀，不干擾你的現實生活。取決於你和你的環境。你的法律和政府之間的制約。

道一有兩種教導：一種讓你落地，積極地實修，一種讓你飄起來的，消極地修行。兩種都要，你就可以去到宇宙自由地飛翔，去到別人去不了的次元。

在那裡，所有的人類、動物、你自己都變成小小的光電。

你要在實際和非實際的教導中找到平衡，你才是完整的。

「嘩嘩嘩」全場響起雷鳴般的掌聲，梅香在海潮般澎湃的掌聲中聽到了自己的掌聲。

覺醒後，做什麼持續成長？

達能：實際加強你跟神的連接。我們需要實際的和如是待在一起，經驗如實。看小「我」的把戲，觀照意識，持續的！

或許請求你的神，讓神幫你實現更簡單。

達能臨走時，站起來 Deeksha 祝福大家，慎重地說道：我們每個人對神來說都是獨特的，神接納你原來的樣子，神是你們每個人的神！

梅香和大家一起對著達能離去的背影長拜，祝福，感恩達能。

梅香在心裡對達能說道：謝謝您，達能大師。您是一位了不起的神學家、心理學家、企業家、慈善家、市場營銷大師。

梅香很清楚，自己發自內心的對達能的致敬和感恩，不是道一的「洗腦」的結果，也不是現場近千名的學員的「同化」效應，梅香所了解的學員對達能大神的崇拜和自己對達能大師的尊敬，可以說是本質上是不一樣的。大多數學員崇拜的是達能這位「大神」，而梅香尊敬的是達能這位「人」，這位閃耀著內在神性光芒的智慧之師。

自從早上帶領大家做 11 分鐘的希里蓋垂冥想之後，梅香就把冥想瑜伽教師課程功課

31分鐘的「Sa—Ta—Na—Ma」冥想，挪到午休後和弟弟兩個人做了。

這天，在教室側面，午後的陽光下的長廊上，姐弟倆做完31分鐘的「Sa—Ta—Na—Ma」冥想。

曉峰難得地興奮：「姐姐，剛才的冥想，我看見我的心輪部分，有綠色的水蓮花開，千層萬層的由內到外的層層綻放，一朵接一朵，純粹的水，透明，晶瑩，潤澤。太真實、太神聖、太美麗了。也許是視網膜的效應，也許是觀想，要是真的就好了。」

梅香笑了：「好啊。是幻覺還是觀想還是真實，都不重要，重要的是你對此體驗的美好感覺。冥想瑜伽中說，心輪是綠色，代表物質水晶，蓮花狀。我也有過在心輪的類似觀想體驗，看來這些經驗不是空穴來風，是幾千年來瑜伽士共同體驗感覺的總結。」

梅香心想，太好了，曉峰看來是有了深層的冥想的體驗。無論如何，我都要陪伴他走下去，無論什麼情況我都要坦然接受，無論什麼困難我都要好好面對，我要幫助弟弟開始新的生命，更好地生活、更好地工作。

曉峰也在開始思考以後的人生，尤其在與梅香晚上燈光散步翻講了道一從「工作和社會中解脫」教義之後。

從「工作和社會中解脫」。

卡薩其老師講道：

我們要入世而不是要出世。

人需要安全感，如果沒有家庭，財務等實質，人會成為瘋子。

離群索居不會接近神，要全然地活出生命，才可以接近神。

有一修行者說他生活簡單，人生很棒，但他的老婆卻說工作都是她在做，她很辛苦。不能照顧好老婆家庭，談靈性有什麼用？

很多靈性大師都是在生活工作中修行。

緊接著卡薩其老師開始了道一慣有的故事會：

故事之一：有三兄弟，老大天天拜神靜心，雖然老大已經結婚但從不管家，大嫂意見很大。父親負債累累，老大不管。老三接管父親工作，並結婚生小孩、經商、工作、救濟他人……老三杜卡文是個偉大的信徒，很多人歌頌他。但天天追求神的老大卻無人知曉。

故事之二：著名哲學家的老婆叫瓦蘇客，居住在清奈附近。

有一位在森林靜坐好多年的修行者，準備返世間時，一隻鳥把糞便拉在他頭上，他一生氣發火，鳥被燒掉了。

修行者外出乞食，遇到瓦蘇客在伺候公婆急慢了修行者，修行者生氣了。瓦蘇客開門對修行者說：「我不會像那隻鳥那樣被燒掉的。」

修行者想拜瓦蘇客為師，瓦蘇客指引他去屠夫處。屠夫賣完肉回家，照顧好家人後

問修行者有什麼可幫助的，修行者頓悟。

在樹下，靜坐靈性並不會增加。

故事之三：有一修行者天天靜心，但女兒出嫁卻沒有錢，不知怎麼辦？指導老師讓他跟神要錢，他覺得神只會給覺醒狀態，怎麼可以要錢？

指導老師教他，神可以給一切，你想要什麼神就可以給什麼。一百個一千個欲望都沒有問題。實際上你向神要了，神給了你，與神的連接更緊密。

我們修行不應該離開社會，不應該變得漠不關心。

在恰當的時候做恰當的事，例如不要穿著白色瑜伽服去參加舞會，且刻意靜默，那樣會顯得很可笑。

靈性是擁抱人生，慶幸人生。

你離開社會是不會增加靈性。

要融入社會彰顯靈性。

要利用靈性變得成功。

要利用靈性在這個世界上發光發熱。

很成功的人身上會看到靈性。

卡薩其老師接下來又講了三個故事。

故事之一：甘地是瑜伽士，是他的內在神在引導他影響世界，在世界上成功更接近神。

故事之二：三個哲人搭船過河。

彼此間這個那個是否讀了這本那本經書，哲人認為沒讀那本書，等於浪費了人生，浪費生命。

突然，船破了要沉，船夫問三人會遊泳嗎？

卻沒一個會！

故事之三：有一信徒問達能，我只想賺錢，祈禱都是錢，大家嘲笑我，這影響靈性嗎？

達能答：正當賺錢也是一種靈性實修，因為賺錢也需要專心靜心。

梅香聽到這裡，更加尊重贊同達能倡導的教義指導思想了。

因為梅香從一開始練習冥想瑜伽，就明確自己追求靈性成長的目的，是為了熱愛生活，熱愛生命，熱愛工作。梅香明白自己提昇靈性，就是為了健美、喜悅、精神與物質的富足，為了過更加美滿的人生。

梅香認為一個真正靈性的人也應該是富足成功受歡迎的人。

富足成功受歡迎的人應該是充滿靈性的人。

他們或許不用坐在靈修的課堂裡追尋靈性，因為他們已經天賦靈性，或者在後天的生活工作中磨礪和提昇了自己的靈性，如日本的經營之神稻盛和夫、舞蹈家楊麗萍、歌唱家劉歡、諾貝爾獲獎作家莫言、村上春樹、跳水冠軍郭晶晶、企業家柳傳志、張瑞敏等等在各行各業辛勤努力、收穫成功的人。

還有成千上萬像自己一樣普普通通的人們，他們安家樂業、尊老愛幼、幫助鄰里、安然自在，即使悲歡離合，也有喜怒哀樂，但在困境中微笑，在挑戰中挺身，在平凡中進取，在追求中滿足，力所能及地為這個社會做出自己的貢獻。

這就是充滿靈性的人，這就是靈性的人生。

卡薩其老師要求大家靜坐冥想：我們如何在做靈性逃避？你是否因為靈性而傷害了自己傷害了別人？

一會兒，就響起了此起彼伏的哭聲，哭聲越來越多越來越大，轟隆隆的火車聲般輾過全場。

唉，梅香在心裡嘆口氣，太多的人走入了靈性逃避的誤區。不顧家庭的責任，不管父母兒女的安危，不要工作，失去生活的財務來源，以布衣素食，深山老林，參禪打坐，遍尋大師標榜自己如何靈性如何悟道，這其中更多的是靈性逃避，釀成了多少靈性悲劇，結果卻讓自己痛上加痛。

一位德國男子拿著話筒站起來，哭訴道：

「我要對阿信祈禱，我只祈求覺醒。」

「昨晚，老師帶領同學們進行牛奶倒在聖鞋上的儀式。當時，我很猶豫，我是為全世界還是為我的生意祈禱？我想起達能講，你還沒有覺醒表現的像個覺醒者是最不好的事。所以我真實的內在在誠信的祈禱了，希望我的生意成功，賺很多錢。

「我想到我曾經有過因為追尋靈性逃避世事，讓家人受苦了，我就想哭，謝謝老師。」

卡薩其說道：「你覺醒了同樣要享受生活，活出人生，同樣要富裕、打扮、享樂、美食……靈性的人要享受人生。

當你對神祈禱要完全誠實。每個人練習為你的意圖祈禱，不要練習執著，只是你享受這些東西而不執著這些東西。」

卡薩其老師接著問道：「一千年後，人類可以不工作了嗎？」

有同學答道：「可以，這是人類享樂的終極目標。」

卡薩其堅定地微笑著說道：「不可能，沒有工作就沒有人類了！但我們依然要從工作的努力中解脫。」

工作有兩種狀態，一種狀態的工作是達到某種目的手段，這種狀態工作為名利控制，

工作是活動性質。另一種狀態是享受工作，沒有目的，工作本身就已經達到目的，這種狀態工作是一種行動。

工作是可以達到很多目的，例如獲得樂趣，有報酬得到錢，有用，帶來行動的自由，例如來印度造成什麼不同的效應、家庭的壓力等等。當工作是為了得到某種東西，這就是活動。

卡薩其老師又問道：「有多少人喜歡禮拜天？」

幾乎全部人舉手，哈哈。

有很多人喜歡划船、釣魚、滑雪……這也是活動啊，但你只享受其中的樂趣，這活動本身就有樂趣。

我們來區別一下活動與是靜心有什麼不同？

舉個例，我們旁邊的巴西翻譯，如果他一邊在翻譯一邊想，怎麼沒冷氣啊，真煩，還要再上多久課啊，女朋友等我下課後親熱啊……他在工作，頭腦在不斷干擾他，這就是活動。

但，如果巴西翻譯全神貫注的翻譯，不受頭腦外界干擾，他就在享受工作，這項工作就是靜心啊！

一個工匠在全神貫注地做木工活，一個教師在全神貫注地教書，一個舞者在全神貫注地跳舞……這項工作就是靜心啊！

做你喜歡的工作或者喜歡你的工作，就可以是靜心！

有一個故事，是一個學生寫來的真實的信，可以很好地說明什麼樣的教師工作是靜心。

五年級，湯姆遜老師發現第一排的學生泰迪骯髒、成績差、不合群。

一年級的老師曾評價泰迪：聰明、成績好。

二年級的老師曾評價泰迪：好學生，同學喜歡他，但他很掙扎，他媽媽生病很重。

三年級的老師曾評價泰迪：媽媽死亡，爸爸不好好照顧他。

四年級的老師曾評價泰迪：沮喪、沒興趣學習、退縮、睡覺。

有一次，全班送聖誕禮物給湯姆遜老師，泰迪的最差，只有一個舊手鐲和一點剩餘的香水。但湯姆遜老師說她好喜歡這份禮物，她當著全班同學的面帶上手鐲，灑了點香水。

泰迪下了課後對她說：「你有媽媽的味道。」

從此，泰迪在湯姆遜老師的幫助下開始轉變了……

畢業後，泰迪經常都寫來信，講述他不斷地進步，上大學，職業醫生，愛上女孩，準備結婚，但他的父親過世，他邀請老師做他的家屬代表父母。

泰迪對老師說：「謝謝您，讓我與眾不同。」

老師說：「泰迪，是你讓我與眾不同，讓我從此知道怎樣做一名老師。」

無論做什麼，你都有喜悅，靜心，你就可以影響別人，你的行動能造成別人的改變。

如果你從小事開始練習，專心吃飯、專心走路，不再有頭腦干擾，工作就成了行動，就是靜心。

　　從工作中解脫就能從社會中解脫。

　　蓮花出淤泥而不染，一個從社會中解脫的人能夠待在社會上而沒有壓力。你會得到社會、朋友、親戚、政府、客户、合作伙伴的認可。

　　達能年輕時見到一個陶藝者，做的陶瓷非常完美。

　　達能問他，你讀的什麼專業？他說，哈佛大學金融專業，一個與陶藝毫不相關的學科。

　　達能就知道他已經從工作中解脫了。他做陶時全神貫注，不受頭腦干擾，幾個月後，這個人在工藝品界，名聲大噪。

　　社會是概念，有很多概念，從社會中解脫，不是你擺脫這些概念，而是你活在自己的概念中，與這些概念共生。

　　有一個古老的故事。

　　父與子買了頭驢在路上走，父子倆無論怎樣騎都會被人評判指責。

　　父親騎驢，旁人評價，父親心狠；兒子騎驢，旁人評價，兒子不孝；父子同騎，旁人評價，父子倆虐待驢；父子抬驢，旁人評價，兩個笨蛋；過河時，不知所措的驢子驚嚇不已，把他倆蹬進河裡。

　　旁邊的一個看著這一切的路人說：「你試著取悦所有人，結果往往是你一個人也取悦不了。」

　　達能說，生命的目的就是活出生命。

　　一個發生在道一的真實的事情。

　　一位鋼琴家來到道一，到處找人問生命的意義，每個人的回答他都不滿意。

　　終於有一天，在一個長夜的靜坐中，他說：我想要一根香蕉、一杯水。此後，有人問他，他說生命的意義就是吃飯；他聊天，有人問他，他說生命的意義就是聊天；他彈鋼琴，他說生命的意義就是彈鋼琴。

　　每個行動本身就是目的，每個經驗都是完整的，如實如是地經驗當下。影響我們經驗事物的是我們的「自我」。我是我，你是你，他是他。我們是分離的。

　　感覺到連續的人，就是生物性「自我」，是速度增加的結果。生物性自我分離是為了學習。手指和身體是分離的嗎？不是，是幻覺！我們和大自然和周圍的人事物是分離的嗎？不，是幻覺！

　　我們和萬事萬物萬人親密相近，分離是幻覺！生物性自我是個幻象，創造「認同、頭腦、形象……」保護延續生物上的自我，我要愛，要重要性，要強化自己。總是掙扎求生理上的生存，受傷，傷害別人……求存在感！

實際上這個當下非常美妙：喝水、聽課、有冷空氣吹、有同學……而頭腦，自我摧毀一切，你無法體驗，一旦你與頭腦脫鉤，心理上的自我「消失」，掙扎會走開，你會從生物上自我解脫，聽到鳥鳴、喝水、走路……

　　每一個感官的輸入都會讓我們喜悅。我們被頭腦完全佔據，感官無法經驗食物。感官一旦解脫，所有的經驗都是發喜。

　　下面，讓我們通過一個瑜伽冥想實修體驗，我是存在、意識、發喜，我們與萬事萬物相連。

　　思想、身體、頭腦不是你的，你只是一個概念。冥想的要則是，大家用各自的母語49分鐘念誦：「我是存在、意識、發喜！」

　　教室裡響起了各種語言的「我是存在、意識、發喜」。

　　梅香挺直腰背，微閉雙目，全神貫注地反覆念誦：「我是存在、意識、發喜……」

　　一陣嬰兒如鈴鐺般清脆的發喜笑聲，穿越了所有嘰嘰自語的聲浪。

　　「我是存在、意識、發喜。我是存在、意識、發喜。我是存在、意識、發喜……」梅香平靜地徐徐感受到，當下存在，意識神性，喜悅發生。

　　梅香下意識地念誦著，感覺到已經不是自己的聲音，逐漸感到身體消失空無，只是一個「存在、意識、發喜」的空性。

　　這個「空性」漸漸擴大，擴大到整個大殿幾百號人、擴大到地球、擴大到星球、擴大到宇宙……然後又回到星球、回到地球、回到大殿、回到自身。

　　自身這個「存在、意識、發喜」的空性又變成一棵樹的「存在、意識、發喜」，又變成一個蘋果的「存在、意識、發喜」，又成為一朵花的「存在、意識、發喜」，又成為父母、弟弟、高飛、韓總的「存在、意識、發喜……萬事萬物的空性的「存在、意識、發喜」。

　　梅香無限喜悅，甚至有點「狂喜」……49分鐘很快結束了。

　　卡薩其老師最後總結道，如果你沮喪、憤怒，或者悲傷、或者衝突，無論什麼讓你不舒服的情緒，只要你能和那個如待在一起49分鐘，轉化自動就會發生。

　　梅香幾乎是沒有停頓地完整係統地講解了，「從工作和社會中解脫」的教義以及49分鐘如是冥想的體驗。這一部分是梅香最為喜歡部分，鼓舞著梅香在生活工作中靈修的實踐之路。

　　曉峰靜靜地聽完後問梅香：「姐姐，回國後你幫我找份工作好嗎？我一定好好地幹。」

　　梅香笑了，拍著曉峰的肩膀說道：「別急，弟弟，你當務之急是先調養好自己的身心，身體健康了，心順了，自然有合適的工作等著你哈。」

　　曉峰低頭小聲說道：「我怕我這樣給你增加太多的負擔啊。」

　　說完，又擔心梅香責備自己不應該這樣想。曉峰就又趕緊把話題岔開了：「姐姐，那

位日本女子今天沒見上課哦，聽文婷講，那個侄兒得了自閉症的中國婦女生病，住進了清奈當地的醫院。這位日本女子自告奮勇地講自己是醫生，有醫護經驗，就主動去陪伴中國婦女了。她也真是個好心人啊。那些不喜歡她的中國女人們都很感動。」

「哦，她本身就是個好人啊，」梅香點頭贊同道。

梅香又突然想起：「曉峰，你說你昨晚幾乎一夜未眠，是病癮發了嗎？」

曉峰點點頭。

梅香心疼地嘆口氣：「來的時候，你帶來國內醫生開的藥，吃了嗎？」

「嗯……沒有，也就是些鎮定劑之類的藥物，吃了也沒用，我就訓練自己意志硬挺著，後來用瑜伽的深呼吸，凌晨慢慢睡了會兒。」曉峰遲疑地答道。

「好弟弟，你受苦了，但是該吃藥還是要吃藥，一步一步來，會越來越好的。」梅香用力拍了拍曉峰的肩頭，曉峰感受到姐姐這個親暱的動作傳遞的勇氣和力量，也用力地點了點頭。

以前，對內在的神性沒有覺知，總覺得幸運是巧合和偶然；

現在，覺醒到內在的神性，就更加神奇了，每一個平凡的體驗都變得非凡。

也就是，當內在的高我意識與宇宙意識融合相通，奇蹟就在每時每刻之間，覺得生命本身就是一個偉大的奇蹟。

第八節　化死亡爲祝福

28 天的深化課程的最後一天了，也是梅香最後一次和大家共修冥想瑜伽晨課了。

凌晨 4：30，梅香準時來到教室外的草坪上。

草坪上，已經坐了一大片同學，明顯又要比平時堅持修鍊的十幾個人多得多，大家和梅香一樣穿著各種白色的寬鬆衣服，在黎明前的黑暗的夜色中泛著隱隱的白光。

人員衆多，整齊的「Raa—Maa—Daa—Saa, Saa—Say—So—Hung」唱誦的聲音穿透印度大地冬日清晨的薄霧，和冉冉昇起的紅日融爲祝福，讓今天的唱誦顯得特別美好和神聖。

唱誦完「Long Time Sun」的祝福迴向，梅香額頭觸地，感恩大家一起共修，祝福大家。

待梅香抬起頭的時候，大家還深深地俯首在地，梅香明白，彼此就要各奔東西了，這是大家默默地表達對梅香的情誼。

日本女子站起來，拉著文婷來到梅香面前，和梅香一起跪坐在地。

日本女子再一次合掌於心對梅香深深地磕首，梅香扶起她的肩來，面對面坐好。迎著朝陽的日本女子，白皙的臉蛋泛上明亮的紅暈，像一朵白裡透紅的櫻花在微微的晨風中盛開。

明亮的雙眸反射著天地間小小的太陽，她溫婉地說開了英語。

文婷翻譯道：「謝謝你，我叫幸子，我練習這個瑜伽找到了安寧的感覺和內心的力量，我想，我這次回日本生活會發生改變了。我應經是第九次來道一了，我只有在道一的課堂才能釋放和慰藉自己。但是，跟你練習這個瑜伽，我找到了平靜，靈魂深處的平靜。你看，這些天我在課堂上也平靜多了。我不再喊叫。雖然我在練習這個瑜伽時無數次默默地哭泣。但是，很奇怪，好像該流的淚水也流完了。現在，我連眼淚也沒有了，就是平靜。」

「平靜……」幸子又肯定地重複了遍平靜之後，急切地問道：「你，可不可以去日本教我們練習這個瑜伽呢？」

梅香笑了：「謝謝你這些天和我一起共修，我們練習的瑜伽是冥想瑜伽。我不是專職的瑜伽老師，希望我們有緣再見。但是，在日本，你可以打聽一下，應該有教授冥想瑜伽的老師，如果有需要，我也可以通過我們大老師在美國的冥想瑜伽中心，幫你查詢日本的專業老師。」

幸子臉上浮出失望的表情：「可是，我很喜歡跟你練習的感覺，也很喜歡這套『打開能量中心的動作』和『Raa—Maa—Daa—Saa，Saa—Say—So—Hung』的冥想唱誦，這些，給了我前所未有的感覺，平靜和力量。」

「是啊，是啊，我們也有這樣的感覺，離開你怎麼練習和堅持啊？」大家已經圍攏過來，帶著同樣遺憾的語調，七嘴八舌地嚷開了。

梅香沉思了一下，拿起手機看了看時間，有了主意：「大家不急，如果你們喜歡這套功法的話，也好，冥想瑜伽本來就是倡導在家練習在俗世中修行的瑜伽。你們這些天正好練習過，已經基本熟悉了這套功法的要義。今天，七點才上早課，我們還有些時間，我建議你們拿起手中的手機，我再把所有的動作簡短演示講解一遍，你們錄下來。還有，『Raa—Maa—Daa—Saa，Saa—Say—So—Hung』的冥想唱誦的音樂也藍牙傳給大家，大家就可以獨自天天練習了。」

「太好了，謝謝梅香老師，謝謝老師。」梅香這些年從事管理工作，「梅總」是習慣聽到的稱謂，這些天來，天天有人叫老師。梅香對老師這個稱謂有了特別的好感，原來，我也可以通過傳授瑜伽幫助更多的人。

大家紛紛舉起手機錄完梅香的功法演練，滿足之意洋溢在臉上。

「梅香老師，我們就一直修鍊這一套動作嗎？這樣好嗎？」荷蘭男子 Finn 問道，文婷趕緊翻譯給大家聽。大家又跟著疑惑地點頭。

「隨緣隨喜吧。我的大老師曾經教給她的朋友一套功法，這位朋友學了這套功法就移民加拿大了。八年後，大老師才又在香港見到這位朋友，問她情況怎麼樣了？這位朋友說，太好了，你看我特有精神，我八年堅持練習這一套動作，還把這一套功法在加拿大傳授了一百多位想學習的有緣人。」大家安心地點了點頭，梅香抬起手臂擋了擋開始有些耀眼的陽光，又說道：

「冥想瑜伽總計有差不多八千多套動作，總的來說，都具有提昇能量、增強覺知、喚醒神性的功效，但具體每一套功法又有針對不同身心症狀的差異化功效。這一套功法比較綜合，男女老少皆宜，大家也可以教授有需要的朋友。」

大家開心地鼓掌又合掌於心致謝。

李娜說話了：「可是，梅香老師，我覺得你要是專職教授冥想瑜伽就好了，這樣可以幫助更多的人。你身上有一種特別的能量，能影響我們不知不覺就鎮定下來，和自己對話。」

「是的，是的，我也說不清為什麼，就想和你在一起，不是依賴，是覺得能啟發我自己。」文婷說道。

「梅香老師，我還一直以為你是位資深的身心靈導師呢，沒想到你只是隨緣幫助大家。」

「梅香老師，我來自中國鄭州，我回去後繼續來廣州找你學習好嗎？」

幾位學員搶著表達自己的感受。這段時間，大家早上都是跟著梅香默默地練習完就趕著上課，很少有時間交流。

「除了初學的第一次學習，你講解的比較詳細以外，練習的時候，你基本不會說話。但我覺得能和你的身心交融。你真的是一位特別的老師。」義大利女子 Amy 請文婷翻譯道。

梅香聽著大家你一言我一語的真誠表達，心中湧起一股溫暖熱烈的暖流，就像這昇騰的印度的紅日，原來當自己溫熱的時候就可以照耀他人。梅香覺得自己人生有了特別的成就和價值，因為幫助別人生命有了不一樣的意義。從隨緣的傳播冥想瑜伽以來，這種感受越來越強烈。

「要上課了，我提議，我們每個人都擁抱一下梅香老師吧，謝謝她這些天來教練我們冥想瑜伽，給了我們勇氣和力量。」李娜說道。

大家很快排成一列，梅香一一擁別，對每個人祝福「SatNam」，每個人臉上都被陽光映照得紅撲撲的。

道一課程的最後一天，每一個學員們都很期待的重要的神秘儀式，「給每個人覺醒打分，發放覺醒證書」。

剛剛來到道一的時候，就聽到過文婷提及此事，後來也聽到一些學員神神秘秘地議論，有人為此失眠緊張，擔心自己覺醒分低了或者拿不到覺醒證書。

但是，一直到了最後一天，也不見道一「覺醒考核」有任何動作行為，幾百號學員，既沒有任何考察也沒有任何訪談，但，待會兒馬上就要拿到分數和證書了。

卡薩其老師已經開始說明了，下面，一個國家一個國家依次發放，念到哪個學員的名稱，這個學員就請上臺領取。

卡薩其老師又強調，這是你的神給你打的分數。當然有極個別學員還暫時拿不到覺醒證書，但不要擔憂，按道一指導程序的回到家鄉後持續修行，就可以在規定的時間內補發證書了。

於是，學員中又有人不由緊張起來，生怕自己拿不到覺醒證書。

大家一個個欣喜地上去，一個個滿臉通紅地激動地拿著一個小小的紙卷走下來，有的人感動得熱淚盈眶，有的人興奮得左擁右抱。

聽到曉峰的名字了，曉峰面無表情地領取了證書。

過了會兒，喊到梅香的名字了，梅香平靜地上臺從卡薩其老師手中拿過紙卷，禮貌地鞠躬行禮，回到座位上。

梅香打開手中的紙卷，上面大大地寫著覺醒數字:「11」分，其他没有什麼內容，既没有分數緣由，也没有分數説明。

梅香轉頭看看曉峰，曉峰會意地把自己的覺醒證書展開給梅香看，數字是「10」，其他都一模一樣。梅香覺得不可思議地笑了。

近六百人的證書都一一有序地發放完畢，梅香聽見旁邊的同學小聲地議論只有幾個人没拿到覺醒證書，需要補修。

卡薩其老師宣布道一 28 天的深化課程到此結束，教室裡頓時響起掌聲和歡呼聲，相識與不相識的學員彼此擁抱成一片。

梅香和曉峰默默地走出教室，來到外面的石階上坐下。

本來，原計劃姐弟倆上完 28 天的深化課，再繼續上 11 天的訓練師課程，但是，梅香覺得已經足够了，應該回到生活中了，況且，還有 7 天就是中國的新年了，梅香開始想念祖國，想念父母，想念廣州的早茶和生蠔了。

梅香就把這個想法告訴了曉峰，徵求曉峰的意見。曉峰開心地笑了:「我也想回家了。」

「那好，我們寢室正好有幾個同學約著，去清奈附近的一個全球著名的靈性社區地球村遊覽，看看巨大的能量建築黄金球，我們一起去遊玩幾天就回中國吧。」梅香想到曉峰難得來印度一趟，又是天天封閉學習，應該帶曉峰玩玩散散心再回去。

曉峰當然樂意地應允了。姐弟倆就各自回到宿舍收拾，準備第二天一早和同伴包車前往去地球村遊玩。

梅香回到寢室，文婷就興奮地撲上來:「梅香，我們正在分享覺醒證書的分數呢，你那麼優秀，你的覺醒分數應該很高吧，快告訴我，你多少分啊？」

「是啊，是啊，梅香肯定是最高的。」室友們附和道。

梅香開玩笑地笑了:「很好記，光棍節，11 分。」

「啊，你怎麼和我們差不多啊。」大家有些失望。

「你們多少啊？」梅香好奇地問道。

「我們差不多，聽説大多學員都在 9 分到 12 分之間。只有那個平時嘰嘰喳喳擾亂寢室秩序的小『哈爾濱』竟然 16 分,大家都不喜歡她,她竟然那麼高,這個分數怎麼打的啊？」一位室友噘著嘴説道。

「正因為你們不喜歡她，所以神就要補償她。」梅香打趣道。

「梅香，你正經點好不好。我天天那麼認真學習，才 6 分呢。這分數怎麼打的？這也是道一的營銷手法吧，我們的分數不高，以後才會常來提昇，還要上訓練師課程，還有據説達能親自上課的繳幾十萬學費的企業家班，要給這些高級進修班留下分數晋昇的空間吧。」一位平常很熱心的精瘦的中年婦女快人快語地説道。

「呵呵，神也需要營銷啊，阿信達能是營銷大師。」梅香還是笑著扔下這句話，就轉

身收拾行李去了。

　　從晚上一直到凌晨，整個宿舍樓都是陸陸續續接學員離開的汽車的喇叭聲，學員大呼小叫的告別聲，還有捨不得離開的哭泣聲。

　　天剛矇矇亮，梅香就和曉峰拖著箱子，搭上同遊的學友租來的商務車駛出校園。

　　梅香回頭看看道一的校區，心中默念：「謝謝阿信達能，謝謝道一，謝謝同學們，祝福大家。」

　　梅香明白，自己是再也不會回來了，真正的靈修是生活而不是課堂。梅香甚至有些急切地想回歸到現實生活中，想把在道一昇華的神性在生活中的每一個當下時刻顯現，想把在道一提煉的這些年的身心靈感悟在生活中試煉……生活、生活，那扇在山巔閃耀著熠熠星光的人生的大門，才真正吸引著梅香奔向前方。

　　哈哈，這當下的心情，有點像那些在深山老林隱姓埋名修煉多年的武俠，終於重出江湖光耀人生，充滿即將迎接日月兼程血雨腥風刀光劍影的挑戰與勇氣。

　　三天後的傍晚，梅香和曉峰回到了廣州。

　　爸爸媽媽做了一大桌梅香和曉峰愛吃的家鄉徽菜，香濃酥脆的雲霧肉、霍邱的香辣西湖銀魚乾、芡實燉排骨、燉麻黃雞……色香味地擺了滿滿一桌。

　　母親不斷地給曉峰和梅香夾菜：「在印度不吃肉，怎麼受得了，要過年了，正好老家的親戚們給弄來了好多好吃的，你們倆多吃點，吃多點。」

　　吃好晚飯，梅香一直惦記著一件事，在印度時，原公司的行政李總監就打過電話給她，說有一個重要的大客戶瑞志集團的敬總，來年公司要爭取續簽合同的話，敬總要求見梅香。梅香當即就在電話裡回覆，一回國就馬上去拜見敬總。

　　梅香拿起電話約好公司接手這個業務的同事和客戶敬總，準備第二天早上在客戶公司見面。

　　放下電話，梅香就跟曉峰說道：「弟弟，我以後走到哪裡都想帶著你，一是我們互相照應互相鼓勵，二是，你也盡快融入廣州開始新的生活。明天，這個客戶溝通會，你跟我一起去吧。」

　　曉峰慌張地低頭看了看自己：「姐姐，我不是不想去，只是聽你說過，是見上市公司老總啊，我怕自己這個樣子會耽誤你的事情。」

　　「沒事，你現在好好的，人又帥氣，正因為是見重要的優秀客戶，他們公司又在廣州最好的寫字樓 IFC 環球金融中心，我就想帶你去見識見識呢，你正好做我助理，給我拎拎包哈。」梅香輕鬆地說道。梅香心想，我要盡量給弟弟覺得他是正常人，和其他人沒有什麼兩樣，他才能盡快站起來。

　　「嗯，好吧。」曉峰又感動又有點忐忑地點點頭。

第二天早上，梅香一起床，驚喜地看見曉峰穿了一身挺括的西裝，提早吃好早點在等梅香了。弟弟又開始恢復以前的精神帥氣。梅香大清早心裡就開了花一樣地愉悅。

姐弟倆來到高聳雲霄的IFC，進到敬總整整一層樓的現代氣派的辦公室。

敬總是梅香合作五年的客戶，一直很欣賞認可梅香，梅香曾經帶領團隊堅持三年，幫他們解決突破了一個重要的互聯網商務戰略課題。當著兩公司的人開會，敬總還半開玩笑半認真地挖過梅香，說要給韓總商議把梅香調到他們公司支援幾年。梅香早就從浩志集團的合作伙伴言論中知道，敬總愛才、惜才、尊重人才。

敬總五十來歲，個子不高，帶著一副金絲邊眼鏡，精瘦儒雅，看起來文質彬彬，但舉手投足大氣誠懇，做起事來英明果斷。敬總看來今天的心情也很好，首先客氣地請梅香原諒，主要是聽說梅香離職不知去向，就想見見梅香要不要首先考慮到他公司來任職，這次，敬總當眾說得磊落又真誠。

梅香感激地表達了謝意，說道：「主要是這段時間家人有重要的事情，需要幫助處理，下一步工作要根據情況再決定。但我們兩公司合作的項目，我願意隨時義務諮詢顧問。」

敬總也就哈哈大笑地說：「没問題，和你們公司繼續合作。今天中午我就邀請梅總及貴公司一行人會餐，謝謝你們多年的支持。」

在71層的愉悅軒，敬總宴請兩公司主要的項目執行團隊十幾號人，敬總拉著梅香坐在貴賓席位。梅香給敬總介紹了弟弟曉峰，細心的敬總就把曉峰安排在梅香身邊，並隨口誇了句，帥哥哈。曉峰倒也略帶羞怯的彬彬有禮地回禮敬總。

這邊午宴還没結束，曉霞姐、劉益就分別急急忙忙打電話來，預約晚上的姐妹飯局為梅香接風。梅香說好啊好啊，又補充道：「我要帶著我弟弟一起來參見各位姐姐啊。」曉霞姐、劉益當然說歡迎、歡迎。

曉霞姐見了曉峰，就熱情地說道：「早就聽你姐說過你了，今天第一次才見到，看起來又帥氣又懂事哦。」

吃的是火鍋，大家熱氣騰騰圍了一桌。劉益和曉霞姐忙著聽梅香講在印度道一的所見所聞，曉峰則時不時站起來給劉益、曉霞姐撈菜，倒飲料。兩位姐姐就在吃菜的空檔忙不迭的搶著讚美：「曉峰真好，又帥又貼心，當今流行的暖男啊，原來就在咱身邊。」逗得梅香哈哈大笑，曉峰也腼腆地微微笑了。

姐弟倆回到家的時候，較晚了，父母已經關上自己的房門休息了。

梅香洗漱完畢，準備睡覺。

「篤篤篤」梅香臥室房門在輕輕的敲，曉峰還有什麼事嗎？

梅香打開門，曉峰囁嚅道：「姐姐，我還有事，想跟你商量下，好嗎？」

「好啊。」梅香讓曉峰進來坐在窗臺前的茶座旁。

「姐姐，你看馬上就要春節了，我想回安徽看看小美，和她一起過春節，好嗎？」曉

峰不安地說道。

「好啊，不過，我有個建議，讓小美到廣州來一起過吧，我已經給大姐商量好，今年大姐、大姐夫、苗苗都到廣州來，過個溫溫暖暖、熱熱鬧鬧的春節呢。怎麼樣？」梅香熱情地建議道。

「謝謝姐姐，可，可是，我還是想回安徽過，有些私人的事還想處理下，也想看看小美的父母。」曉峰看來主意已定。梅香心想，曉峰最近看起來都好好的，又沒有再沾毒品，應該沒問題吧，他都是成年人了，應該信任他啊。

「好吧，你自己決定，但是，姐姐提醒你，千萬不要再沾那個東西了。」梅香囑咐道。

「姐姐，你放心，我就是死也不會再沾毒品了。」曉峰狠狠地發誓道，梅香鬆了口氣。

「可，可，我還有一個請求，本來說不出口，我以前做生意還有些事情未了，姐姐，你能不能再借我 4 萬塊錢，我，我，真是沒有用，事到如今，幾十歲的人了，還給你添麻煩，這次到印度都是你出錢，已經讓你破費了。」曉峰似乎鼓起了好大的勇氣才說出口借錢的事。

梅香不吱聲，想了想，曉峰正在最艱難的時候，應該全然地信任他幫助他才對。

「好啊，沒問題，我這就拿給你。4 萬 5 吧，還有 5 千，你現在又沒有生活來源，過節還需要生活費呢。」梅香取出錢給了曉峰，又馬上電話給通常合作的票務公司的業務員，請她幫著明天一早，就給曉峰定上午廣州飛合肥的機票。

「定中午的吧，早上我還想和爸爸媽媽一起吃吃飯。」曉峰在旁邊急急地補充道。

梅香聽了，就又改口給訂票的說，要中午的票。

梅香放下電話，曉峰就撲通一聲跪下了：「姐姐，謝謝你，我今生都無法報答你，希望來生能夠感謝你。」

梅香急了，一把硬拉起曉峰，什麼今生來生的，你的路才剛剛開始，我有個預感，難說，經過這一番折騰，你從此換了個人似的，以後會是個特別了不起的人，真的，好多了不起的人都是經過死去活來的大磨難。

「嗯嗯，嗯嗯，」曉峰邊哭著點頭，邊轉身幫梅香帶上房門說，「姐姐，你也辛苦了，你早點休息，保重好自己，我就不打擾你了。」

奔波好多天了，終於可以好好地睡一覺了，梅香這晚睡得格外沉靜。

梅香突然從熟睡中醒來，隨手打開手機一看，5：40分，今天曉峰要回老家，應該和他鞏固一下瑜伽，讓他一個人也好獨自練習。原來心中惦記著事兒，自發地就醒了。

梅香一咕嚕翻了起來，就去敲曉峰的門，一會兒，曉峰睡眼惺忪地打開門，聽了梅香的建議，也就去衛生間洗漱了。

姐弟倆在書房的兩個瑜伽墊上面對面坐下。梅香建議曉峰，今天你來領練「打開能量中心」吧，我們已經練習了這套功法快兩個月了，你也應該記得了，我看看有什麼不對的地方，好給你輔助一下。

曉峰遲疑了下，一臉為難的表情。沒關係的，做錯了，我幫你，梅香繼續鼓舞道。

曉峰皺著眉頭使勁想了想，然後使勁地抓打自己的頭，沮喪地說道：「我真沒用，我一個也記不得了。」

梅香心裡一沉，頓時不知所措，內心無比地迷茫和失望。

這套動作很簡單，曉霞姐一次就學會了，一般人也就三五次就掌握了，再笨的人也就十幾次吧。兩個多月時間，曉峰天天練習，竟然一點也想不起。

曉峰的大腦究竟被毒品損壞到什麼地步呢？可是，平時看起來，曉峰除了越來越沉默以外，好像並沒有什麼不同啊。曉峰以前可是很聰明的啊，小學三年級就能做五年級的功課，只是上了初中後，跟一些貪玩的朋友變得不愛學習了。

另有一種情況，就是曉峰沒有用心。梅香低沉著臉說道：「曉峰，我希望你用心。」曉峰也耷拉著腦袋不說話。

梅香在心裡對自己說：「梅香，你在憤怒，我理解你的憤怒，是的，你在憤怒。好吧，我們開始瑜伽吧，帶著你的憤怒。」

梅香就什麼也沒說，兀自開始練瑜伽，曉峰也一言不發地跟著做了。

做完瑜伽，梅香找到瑜伽書籍資料，翻到《打開能量中心》這一頁圖示，就拿著曉峰的手機把圖示拍好照，又把手機交回給曉峰，平靜地說：「你能做多少算多少吧，記不得的時候，可以看看手機裡的圖示。」

曉峰默默地接過手機，就和父母有說有笑地吃早點了。

吃完早點，曉峰轉身拖起自己的箱子：「姐姐，你不用開車送我了，我坐地鐵很快的，又不塞車。」

母親在旁邊接上話：「好啊，我們送你去地鐵站吧。曉峰，你先回去過年，我和你爸爸商量好了，大概大年初六或初七的樣子，我們也回霍邱看看親戚，隨便接你回來。」

梅香就和母親送曉峰去離小區不遠的地鐵站。今天的廣州出奇的寒冷，天陰沉沉的，曉峰穿著風衣還縮著頭，梅香隨手幫曉峰把領子豎了起來。

曉峰在前面低頭走著，突然從口袋裡掏出把鑰匙來遞給母親：「媽媽，我回去可能要和小美去山裡農村看她的親戚，怕你和爸回來進不了門，這把鑰匙你先拿著，小美在家，她還有鑰匙。」

母親隨手接過鑰匙說道：「曉峰，回去代我們向小美問好，你們倆好好過個年。但是，千萬不要……」梅香輕輕拉了母親一把，母親會意地沒說了。

「媽媽，姐姐，你們回去吧，你們也開開心心過新年吧。」曉峰在地鐵入口揮揮手後，就頭也不回地擠進了奔向列車的滾滾人流中。

梅香和母親回到家中，梅香拿起手機撥通了小美的電話，一一叮囑小美，曉峰回到家就給個信，兩個人好好過春節，還有千萬不能碰毒品了，有什麼事情及時給我們電話。小美當然就像平時的乖乖女模樣，一一答應。

母親守著梅香打完電話，才放心地收拾鍋碗去了。

差不多傍晚，曉峰打來電話說：「到家了，和小美在一起了，你們放心吧。」

一猜到是曉峰來電，就急急地跑到梅香身旁的母親，又搶過電話，叮囑兩句：「霍邱冷，要多穿衣服。」才放下電話，鬆了口氣。

這個春節廣州天天陽光燦爛。一大家人的這個春節過得如同這個天氣一樣風和日麗。大姐一家三口來到，家裡就很熱鬧了，苗苗銀鈴般的笑聲隨時響徹在各個房間，沖淡了父母心頭的陰雲。

廣州塔頂坐摩天輪，長隆歡樂大世界遊玩，爬白雲山，越秀公園喝早茶，IFC73樓意珍西餐廳品義大利菜……梅香把一家人歡聚的項目安排得滿滿的，從大年三十到初三，一家六口開開心心的忙著購物、遊覽、美食，看著父母臉上露出久違的歡笑，梅香心裡也愈加愉悅輕鬆。

大年三十的中午，曉峰就早早打來電話給父母、姐姐、姐夫拜年，祝大家新年快樂，母親又趁機叮囑了一通，過年要吃什麼買什麼，要曉峰不要省錢，吃好，養好身體。曉峰答應母親後，又特別給母親說道，可能他初一就要和小美去山裡農村走親戚了，如果手機打不通，不要著急。母親也大聲地說著：「好，好。」

初一的晚上，曉峰又打來電話，特別要聽聽苗苗的聲音，在電話裡和苗苗東一句西一句逗樂了一會兒。

待苗苗放下電話，曉峰又打回來給梅香說：「二姐你要給大姐說一下，苗苗說在幼兒園有一個小朋友老欺負她。」梅香大笑：「什麼呀，你別擔心，大姐講了，苗苗鄰居家的小男孩，只要嘟嘴親親苗苗，苗苗就會尖叫著喊『欺負人啦』，跑開了。你放心，照顧好自己哈。」

曉峰猶豫著，說完「好，好吧。姐姐，你也照顧好自己」，就掛了電話。

初四一大早，劉益約著梅香兩人喝新年早茶。梅香知道，劉益又想聊天散心了，就一口答應了，兩人約著在五羊新城的老城區的餐廳，挑個臨窗的位置，面對面坐了下來。

梅香和劉益商量著點了水晶蝦、蘿蔔糕、鮑汁蒸鳳爪，一份青菜，兩碗艇仔粥，要了一壺鐵觀音。

梅香呡了一口茶，笑著說：「劉益，新年過得挺好吧？」

「哎，好什麼呀。昨晚還和老周吵了一架。」劉益看著梅香詢問的目光繼續說道：「其實也不是什麼大事，就是我翻到老周的手機裡，不知又是哪個狐狸精發來的短信，表面是新年問候，實際曖昧得很。我質問老周，他也支支吾吾說不清楚。」

「哈哈，你怕是一朝被蛇咬，十年怕井繩，多心了吧。」梅香給劉益添了茶。

「哎，也許是吧，我心中就是又陰影，這一年多，我就沒好好過日子，想起老周的醜事就憋氣，就想跟他吵。」劉益苦惱地把夾到嘴邊的蝦餃又重重地放回骨碟中。

「劉益，這或許就是你的功課啊，抗拒這個功課只會讓你更加煩惱。事情都已經發生了，老周也道歉了。你難道要背著這個包袱一輩子嗎？因為老周一次錯誤就斷送了你下半生的幸福了嗎？」梅香緩緩地說道。

「下半生都為這個事煩惱，這也太可怕了吧？我，我希望是這樣嗎？」劉益喃喃自語地陷入了沉思。

「劉益，我越來越覺得每個人都有他的功課。靜定下來，去面對功課，好好地修行，也是一件蠻有意義的事情。這能給我們帶來新的成長和喜悅，就像我現在遇到了一個很大的功課，我更有信心去完成。」梅香笑著說得很堅定。

「我看你，現在什麼都好好的，紅光滿面，信心滿滿，還有什麼大功課啊？」劉益好奇了。

梅香低頭沉思了下，給劉益講講也好，互相鼓舞，一起進步吧。

梅香就把一家人突然知道曉峰吸毒的事給劉益講了。

劉益聽得越來越張大嘴巴，一臉愕然：「天啊，梅香，我實在想不到你怎麼這麼苦難，你，你已經夠苦了，怎麼又攤上弟弟這樣倒霉的事？」劉益不由自主地說了這句話，又覺得不妥，趕緊瀰補道：「命運太不公平了吧，你怎麼攤上這樣艱難的功課啊，這個功課也太他媽大了吧？」劉益竟然忍不住帶了粗口。

梅香噗嗤一下笑了：「你怎麼又急又嚇到這個地步。自從我修煉冥想瑜伽以來，我真的不覺得自己苦，瑜伽以前痛不欲生的苦，現在看來其實都不算什麼，那是因為我的心苦，所以覺得一切都苦。現在，我覺得一切都是最好的安排，月有陰晴圓缺，人有旦夕禍福，這是宇宙的規律，也是我們成長的功課。曉峰雖然情緒有些反反覆覆，但總的來說，已經斷了毒品，越來越好了。」

劉益點了點頭，又搖了搖頭：「哎，梅香，我不得不佩服你，我倒是真的覺得你越來越靜定、豁達、樂觀。好樣的，向你學習，我那點苦惱算什麼，自找的。我相信曉峰一定會越來越好的。」

「哈哈，好樣的劉益。你沒問題，你一旦放下包袱，關注到自己內心的成長上，一切都會越來越好的。就像我現在，我也有信心，幫助我弟弟度過難關，不過，我估計曉峰要完全站起來，過上正常的生活，約莫也要兩三年時間吧，我都準備好了，能夠陪伴弟弟見證他生命重生的奇蹟，是一件很有意義的事情。對吧？」梅香說道。

「是的。」劉益使勁點點頭：「梅香，弟弟回來廣州，要找工作，或者有什麼需要幫忙的，你儘管找我，我也可以幫忙看著弟弟，也給我點見證生命奇蹟的機會吧。」

梅香眼裡瞬間湧上感動的淚光，忙低下頭喝了口粥，輕輕說，謝謝。

劉益開車送梅香回家，告別的時候，抱了抱梅香，說道：「過兩天，朵朵聯繫了我們都很喜歡的 Stya 大老師，來廣州上公開課，我們一起去吧，加油，我們新的一年都會更好的。」

初六的中午，梅香按計劃送父母去了機場回合肥。

要過安檢了，梅香還沒有聯繫上曉峰，手機關機，小美的手機也不在服務區域內。

媽媽說道:「没關係，曉峰早說過，他要去山裡没信號，這些天我們都聯繫不上他。我們到了霍邱家裡，見了曉峰，讓他給你電話。」

送走父母，大姐梅潔一家也準備第二天初七一早就回上海。

梅香從機場回到家，忙乎著給大姐一家準備了幾包廣東特產，特別把給苗苗買的一堆公仔玩具裝好。苗苗在一旁守著梅香打包，時不時要求親親梅香:「小姨真好，苗苗最喜歡小姨了。」

剛剛收好給梅潔一家的東西，朵朵就打來電話興奮地說:「梅香，告訴你個好消息，我們一直很期盼的美國的大老師 Stya 老師，正好這幾天在廣州遊歷，我們爭取到了今天下午 5：30 到 7：30，她帶領我們練習冥想瑜伽，提昇能量，祝福新年。」

「好事情啊，怎麼現在才告訴我們呢，弄得這麼匆忙?」梅香問道。

朵朵解釋道:「本來說好大後天的，但 Stya 老師美國有事，明天就要提前回國，她抱歉地把時間挪到今天下午，大家已經迅速地彙集了 30 多個朋友，曉霞姐呀、劉益呀都來，我差點忘了你，你一定要來啊。」

梅香一看時間已到 4：15 分，就馬上謝過朵朵，準備趕去體育西路的瑜伽館了。

梅潔聽梅香興奮的解釋:「大姐，很棒的大老師，我得去新年加持一下。」梅潔也來了興趣，主動要求，反正現在也没事，想跟梅香去練習瑜伽。

梅香一聽大姐也願意嘗試冥想瑜伽，就高興地拉著大姐一起到了瑜伽館。

修鍊了 30 多年冥想瑜伽的大老師 Stya，果真像以前梅香在資料中介紹的一樣，一點看不出已經 60 多歲，依然輕靈飄逸而又深切真誠。

Stya 老師說:「今天我帶領大家練習的是『腎上腺及腎臟減壓』這套功法，你是否準備好了，完全加滿你的能量，即使面對暴風雪也要達到我們的目標!」

梅香心想，太好了，新年伊始就加滿能量，這一年將充實而富有激情。

梅香看見坐在自己旁邊的梅潔初次練習，瘦弱的身材雖然略顯遲鈍，但一招一式都做得很認真。開心地想，梅潔要是堅持練上了冥想瑜伽，肯定能增強她一向虛弱的體質。這樣就一家人練上瑜伽，我們家就成了運動之家、瑜伽之家、喜悅之家，哈哈。

在 Stya 老師強大純淨的功力籠罩下，整個房間充滿祥和而美好的氣息，時間很快過去了，梅香感覺腎臟熱熱的，心中也是熱熱的暖流，全身通透而有力。哈哈，太好了，新的一年就獲得滿滿的祝福和加持。

冥想唱誦完畢，梅香睜開眼睛拿起水杯喝了口水，準備進入最後的「Long Time Sun」迴向環節了，卻看見梅潔放在瑜伽墊旁邊設了靜音的手機閃個不停，梅潔拿起手機，低低的「喂」了聲，然後突然大叫一聲:「你說什麼?」，安靜的教室裡的學員們都被這一聲大喊驚了一跳，紛紛扭頭看著梅潔，梅潔手機貼著耳朵，慌慌張張地衝出了教室。

什麼事呀，梅潔這麼慌張，是不是好動的苗苗不小心弄傷了？梅香心想，不會有什麼大事吧，等梅潔先弄清，我唱完這3分鐘祝福迴向再去詢問，有始有終吧。

梅香就又安靜地閉上眼睛，開始和大家一起唱誦。

突然，胳膊被狠狠地抓住，梅香睜開眼睛，梅潔一臉的驚恐，附在梅香耳邊低吼道：「快，你跟我出來。」

梅香心裡咯噔一下，難道真發生什麼大事了，就立刻起身跟著梅潔匆忙走到教室外的走廊上。

還未等梅香張口，梅潔就眼淚奔湧而出的同時說了句：「梅香，曉峰自殺了。」

「啊！」梅香腦袋轟的一聲：「誰說的？怎麼回事？」

「正在三亞度假的大舅打來的電話，說父母已經打了我們兩個手機大半個小時了，我們在練瑜伽，手機設為靜音，一直不知道。父母回到霍邱的家中才發現的，母親當場昏了過去。」梅潔急急地說道。

「媽媽和弟弟送醫院了嗎？」梅香急忙追問。

「大舅說，父親告訴他，救護車剛把媽媽送醫院，弟弟身體已經僵硬了，沒用了。」梅潔哽咽著補充道。

梅香的身體一陣哆嗦，馬上有意識地讓自己站直，深呼吸，隨即拿起手機，快速地撥通了父親的電話：「爸爸，你好吧，究竟怎麼回事啊？」

聽筒裡傳來父親有氣無力的聲音：「梅香，你弟弟死了。」

「媽媽呢？」

「剛送醫院。」

「有親戚幫忙嗎，還有其他人在你身邊嗎，小美呢？」

「梅香，你知道，我們親戚現在都在合肥，在霍邱就你大舅，卻帶了全家去了三亞玩，他說他馬上趕飛機回來。小美手機不在服務區域內，一直聯繫不上。」

「爸爸，你挺住，你千萬不要有事，我們馬上去機場，趕回來。」

父親沉默地掛了電話。

梅香快速撥通票務公司陳小姐電話：「陳小姐，麻煩你，馬上幫我弄到今晚廣州飛合肥的機票，兩張，馬上。」

「都快7點半了，這麼晚了，恐怕沒了，你這麼急的話，我馬上查查，你別掛電話。」

「有了，最後一班21：25，只有頭等艙，剩一張票了。」

「好，你馬上搶下這張票，另一張我去機場現場守。」

「只有這個方法了，祝你好運。」

梅香放下手機，曉霞姐、劉益、朵朵已經圍了過來，大家預感到梅香家裡出了什麼大事，

都滿臉凝重又焦慮地盯著梅香。

「梅香，出什麼事情了？」曉霞姐關切地問道。

「曉霞姐，我弟弟曉峰突然去世了！」梅香這才大哭起來。

曉霞姐趕緊一把抱住梅香：「梅香，梅香……」連聲喊著梅香，卻不知道說什麼好。

「我和大姐得馬上趕往機場，現在沒有人幫助父母，他們不能有事情。」梅香輕輕推開曉霞姐，抹了抹眼淚說道。

「好，我馬上送你去機場。」曉霞姐馬上說道。

「梅香，我們陪你一起去安徽吧。」劉益扶著哭得不過氣來的梅潔焦急地說道。

「謝謝姐妹們，不用麻煩你們了，我會處理好的，你們放心。」梅香一說話，眼淚又跟著掉了下來。

「可是，我們什麼都沒帶，還有我老公孩子也應該一起去啊。」梅潔聽聞止住哭泣，焦躁地說道。

「大姐，我們要趕上最後一班航班，時間已經很緊了，來不及回家拿東西了。姐夫後天要上班，苗苗還小，最好不要讓她參與這些事，我建議你讓他們明天原計劃先飛回上海吧。」梅香果斷地說道。

梅潔猶豫了下，勉強答應：「好吧，我跟你走，待會兒，我打電話給老公說明。」

「梅香，安徽這兩天冷，你們姐妹來不及帶衣服，我的外套，你拿上吧。」劉益很快脫下自己的厚外套。

「是啊，是啊，我的，你也拿去。」朵朵也把自己手中的外套塞給了梅香。

「你們都回去吧，我司機已經把車開到了大門口，我送梅香去機場。」曉霞姐不容分說，拉起梅香就果斷地走了。

上了曉霞姐的車，曉霞姐讓梅潔坐前座，她拉著梅香的手坐在了後排。

車輛很快開動起來，梅香先叮囑梅潔趕緊給大姐夫電話說明，大姐夫也是覺得太不可思議，悲哀之餘，倒也理解感謝梅香讓他帶好孩子回上海的建議。

梅香又對梅潔說道：「我們倆要輪流不斷打電話給爸爸說話，他老人家一個人，不要讓他孤單無助。」

梅香又撥通父親的電話問：「爸爸，媽媽好些了嗎？」

父親說：「悲傷過度，已經打上吊瓶了，應該沒什麼危險了。但是，現在，大舅打了110報警，派出所和法醫都來了，要我趕回家去料理，但媽媽要人照顧啊。」

「爸爸，你沒問題吧？要不，你告訴派出所的人等我們回來再說，我也馬上找人來照顧媽媽。」梅香趕緊說道。

「我會處理的，我還挺得住。」平時就少言寡語的父親掛了電話，但聽得出聲音虛弱

無力。

　　梅香想了想，撥通了初中時同班好友丁玲的電話：「丁玲，我是梅香，我在廣州機場正準備趕起回霍邱。你馬上幫我一下好嗎，我弟弟在霍邱突然去世，媽媽昏倒了，正在你們縣醫院吊點滴，爸爸要去處理後事。我想麻煩你，幫我照顧一下媽媽。」

　　「天啊，你弟弟小時候還經常跟我們玩，很帥的小伙子啊，怎麼會這樣啊。哎，不多説了，梅香，我剛從病房下班回家，我這馬上趕回醫院，我家就在醫院旁邊，你放心吧，我會照顧好阿姨。霍邱雪雨交加，你們多穿點。」丁玲滿口答應道。

　　過了一會兒，梅潔不放心地又撥通父親的電話，説了幾句就放下電話，轉述梅香，爸爸説，你的同學丁醫生已經到了。他現在回家去處理後事了。

　　梅潔轉述完父親的話，就又抽泣著説道：「梅香，怎麼回事啊，弟弟雖然平時會有抑鬱和沮喪，但不至於自殺吧？這是怎麼回事啊？」

　　梅香沒有回答，看了看時間，已經晚上8點過了。不行，父母今晚不能住家裡了，家裡肯定亂七八糟。梅香又撥通攜程，在縣城最好的賓館蓼都大酒店，訂了兩間房。

　　梅香電話處理完這些事，説話間汽車已經到了機場。曉霞率先下車為梅香拉開車門，梅香下了車，喊了聲曉霞姐，才又哭出聲來。曉霞姐趕緊擁著梅香，哭吧，哭了你會好受些。

　　梅潔也下了車，催道，我們趕緊還要去航空公司守另一張機票。

　　梅香就對曉霞姐説了句，你放心吧，轉身朝售票大廳走去。

　　姐妹倆在航空公司的櫃臺站等了會兒，竟然有了經濟艙的兩張退票，梅香馬上確認了一張，拉著梅潔匆匆忙忙換登機牌，過了安檢，沿著長長的候機大廳的通道，尋找在末端的偏遠的這次航班的候機室。

　　梅香走著走著，突然覺得心隱隱作痛，只得停住了腳步，微微閉起眼睛，右手下意識地輕輕地捂著心位，有一個聲音在對梅香説：「梅香，你要保護起自己的心，你不能再傷了心。」

　　「是的，我得保護好我的心，無論發生什麼情況。」梅香深深地吸氣，心中默唱著 Ad Guray Nameh, Jugaad Guray Nameh, Sat Guray Nameh, Siree Guroo Dayv—ay Nameh，並同時用右手在心輪的右上左下四個方位順時針輕輕的觸碰，像是給心輪畫了一個保護圈。頓時，覺得心靜定起來。

　　梅潔覺得梅香沒有跟上，轉過身來看見梅香正好睜開眼睛，長長地呼了口氣，又大踏步地追了上來。

　　兩人幾乎小跑到登機牌指明的候機室，看見登機口的顯示螢幕上公告，合肥飛機晚點9：50，才長長地鬆了口氣。

　　梅潔一個踉蹌差點摔倒，隨即又哭出聲來。梅香把梅潔扶到角落裡一個人少的僻靜座位：「大姐，想哭就痛快地哭吧，但是，我們倆在登機前要哭完，到了安徽見了父母，

244

我們就再也不能老哭了，我們要鎮定振作起來，父母才不會更加悲傷。」

梅香說完，就再也忍不住了，抱住梅潔，姊妹倆抱頭痛哭。

姊妹倆趕到霍邱的時候，已經是凌晨3點鐘了。直奔醫院，在出租車到病房的一小段路的風雪中，兩姊妹就已經凍得瑟瑟發抖。

到了病房，病房裡有兩張床。媽媽睡了一張，爸爸靠在旁邊的另一張床上，眼睛盯著地面，呆呆的不語。

梅香走到爸爸身邊，輕聲說道：「爸爸，梅潔送你回酒店休息吧，我在這裡看護媽媽。」

爸爸這才開了口，你媽媽打了鎮定劑之類的藥劑吧，還在昏睡。丁醫生才回去不久。你們倆去酒店休息吧，合肥的小舅在機場接了趕回來的大舅，他們也快到了。

爸爸說完猛地打了個寒顫，梅潔就坐過去挽住爸爸的胳膊。大家怕打擾媽媽，都不再說話，一言不發地呆坐著在床沿，雖然房間裡有空調，梅香依然覺得異常寒冷，甚至有莫名的恐懼壓抑著陰冷的房間。

「篤篤」響起雜亂的腳步聲和清冷的敲門聲，雖然明明知道是大舅他們，梅香還是在這寒夜的醫院感到心驚肉跳。

大舅二舅帶著一股寒氣推門進來，後面還跟著二姨、小姨、大表弟，大家的身上掛著星星點點的雪花。

一撥人圍著睡著的媽媽，都不便於開口說話，房間裡又是死寂的沉默。

過了一會兒，媽媽像是感覺到什麼，猛咳了一陣，慢慢睜開了眼睛。一看見俯身看望她的大舅，就掙扎著坐起來，一把抱住大舅，撕心裂肺地嚎啕大哭：「大兄弟啊，你說說，他為什麼要這樣啊？沒有人對不起他啊，他就去得這樣慘，這樣打擊親人啊。」

「大妹子，人都去了，你就想開點，哭不回來的啊，想開點。」大舅輕微地拍著母親的肩背。

梅香聽見一旁的二舅低聲地問父親：「怎麼這麼突然，你們怎麼知道他是自殺的？」

大舅扭頭給二舅使了個眼色，二舅就再也不問了。

三姨和小姨也上前抱著母親，勸解開了。大舅趁機抽身出來，讓二舅悄悄把梅香、梅潔喊到了病房外走廊稍遠的拐角外，寒風夾著雪花馬上呼呼地灌進來。

大舅首先批評二舅：「你就不要再問姊夫傷心事了，你沒看出他很傷悲嗎？」

「我告訴你們吧，我已經諮詢了處理這個案子的街道派出所的同事，現場有空瓶安眠藥和服了小半瓶的酒精，法醫現場檢驗也是服用安眠藥加酒精過量致死的症狀，不過已經是四五天前的事了。可憐的姊夫，前後一直緊緊地抱住兒子，親手把兒子抬到殯儀館前來的擔架上，都還不肯放手。」大舅的語音哽咽了，二舅也背轉過身去，肩膀在灰濛濛的晨光下微微地抽動。梅潔壓抑著嗚咽的哭聲。

四五天前就走了！而我兩天前還在和劉益談到，已經準備好了和弟弟共度一個長時

Awaken the spirit within | 245

間康復的攻堅戰。可，在說這個話的時候，弟弟已經離開了人間！老天怎麼開這樣一個殘酷的玩笑啊。梅香在心裡仰天長嘯。

「曉峰已經送到殯儀館了嗎，我還想最後看看他。」梅潔弱弱地問了句。

「昨晚就送走了……梅香，曉峰不是好好的嗎，不是去了廣州，還跟你去了印度嗎？怎麼突然就這樣？」大舅對著梅香疑惑地問道。

梅香呆呆地不說話，任憑灌進來的陰深深的風雪刀子般的抽打著寒冷的身體。

梅香大腦裡一片混亂。是啊，一切似乎好好的，曉峰好好地在印度道一，好好地練習冥想瑜伽，為什麼突然就自殺了呢？道一不是可以讓人身心靈痊癒嗎？冥想瑜伽不是可以讓人生命重生？可是，曉峰已經走了，道一有什麼用？冥想瑜伽有什麼用啊！老天啊，為什麼這些梅香親身實踐有效的方法，都拯救不了曉峰的生命！

「小美呢？她不會有事吧？大舅，派出所知道小美在那裡嗎？也許她會知道更多的實情吧？」梅香突然想起小美，就問大舅。

「派出所也在想辦法找她。」大舅也納悶地回道。

「大舅，二舅，事情已經出了，曉峰走了已成事實。現在最重要的是父母，他們不要出任何事情，他們能好好挺過這一關才是最重要的。拜託大家，不要再追究曉峰為什麼走？我會給你們實情的。你們連夜趕來，我已經很感動了，就請你們多安慰父母，好嗎？尤其是媽媽，從小失去親爹，現在失去唯一的兒子，我怕她受不了。」梅香一字一句地說道。

「梅香說得對，我們要照顧好大姐和大姐夫。」大舅說完就帶頭回到了病房。

三姨、小姨還在抱著悲傷哭泣的母親，但母親的哭泣已經疲憊而虛弱了，三姨就把母親輕輕放倒在床上：「大姐，你不要太悲傷了，你還有梅香、梅潔啊，你要振作起來，這兩個女兒多有出息啊。」

母親一聽這話，突然緊張地大叫：「梅香、梅潔呢？」

梅香、梅潔趕緊走過去。母親又一把抱住梅香：「梅香，我的乖女兒啊，你為你弟弟操了那麼多心，付出那麼多，他卻不顧你的情意走了。」

梅香也緊緊地抱住母親：「媽媽，弟弟都已經走了，我知道你很傷心，媽媽，我們愛你。你要愛惜自己，你看，你都哭累了，你再好好睡會兒，好嗎？讓舅舅和姨們去吃點早點，暖暖身體，好嗎？」

母親聽話地點點頭：「梅香、梅潔，你們不要離開媽媽。」

「好的，你放心，梅香、梅潔不離開媽媽。」梅香就又輕輕放下母親，為她蓋好被子，遮住頭部，為了暖和只露出臉部鼻孔呼吸。但是，母親一隻手緊緊地抓著梅香的手，梅香就把手伸進母親的被窩一直握著。

「大舅舅，你帶著大家去醫院門口早餐店吃點東西，休息下再來吧，我和梅潔守著媽媽。」梅香輕聲說道。

大舅就站起來，扶著父親，手臂一揮，示意著大家跟著出去了。

大家一出去，房間裡馬上又陰冷起來，玻璃窗上已經透著淒涼的晨光，母親又昏睡了過去。

梅潔拉過一把椅子塞在梅香腿下，梅香就著坐了下來，握著母親的手不敢挪動，怕驚醒了母親。

梅潔自己也拉了把椅子坐在旁邊，很快腦袋耷拉著，靠在椅子上睡著了，梅香也終於累得把頭靠在母親的枕畔，迅速睡得死沉了。

「曉峰，曉峰，你放開梅香，你不要拉她走，媽媽求求你，你放開啊，我們沒有對不起你啊。放開，快放開！」

梅香在睡夢中清晰地聽到母親的喊叫，渾身一個驚顫睜開眼睛，只見母親拼命地拉扯著被子，揮舞著雙臂，眼睛卻死死地緊閉著。

「媽媽，媽媽，你醒醒，醒醒！」梅香使勁地搖晃著母親的雙肩，梅潔也衝了過來，把緊捂著母親的被子拉鬆開了。

母親猛地睜開了雙眼，額頭上已是大滴的汗珠滲出，母親一手抓著梅潔，一手抓住梅香：「梅香、梅潔，你們不要離開媽媽啊，求求你們了。」

梅香還是任憑眼淚滾落了下來：「媽媽，梅香、梅潔就在你身邊，無論怎樣，我們永遠不會離開你。只是，你要好好的，梅香、梅潔才會安心的好好的啊。」梅潔也用力地點點頭。

「是的，我要好好的，梅香、梅潔，就會好好的。」母親喃喃地重複道。

突然，母親豁然坐了起來：「梅香、梅潔，你們放心，媽媽會好好的，你們也會更好的。」母親的臉上忽然充滿了不知從哪裡昇騰起來的堅毅的神情。

母親一把掀開了被子：「梅香、梅潔，我們也去吃早點吧，吃完了回家。」

梅潔被這突如其來的轉變驚得目瞪口呆。梅香拉了拉梅潔微微笑了：「走吧，我們也去吃早點。」

大舅和姨們看見母親像換了個人似的，滿臉堅定地走進早餐店的時候，不由狐疑地看看梅香，不知道她被施了什麼法術似的。只有父親依舊木然地緩慢地吃著麵條。

吃完早點，母親就對三姨小姨說道：「三妹、幺妹，你們跟我回家吧，我要清理房間。梅香，你找找誦經的大師父，請他們到家裡來，在曉峰身亡的地方為他超度。」聲音低啞，但語氣不容置疑。

「好的，媽媽，我馬上落實。」梅香答應道。心中掠過寬慰，母親又恢復大姐大的風範了。

「大弟、小弟，你們陪著姐夫去辦理派出所和殯儀館需要的相關手續吧。梅香、梅潔，你們去酒店聯繫殯儀服務公司準備後事，家裡房間沒有清理乾淨前，你們不要回來。」母親繼續說道，大家都點頭應允。

梅香理解母親不願意姐妹倆看見不堪的現場的一片苦心，忙轉過頭去看窗外陰沉的風雪，怕自己又掉下淚來。

大家就按母親的安排分別行動起來。

梅香、梅潔到了酒店房間。梅香給了丁玲電話，一是感謝，二是諮詢殯儀服務，超度法師的事。丁玲在醫院多年，見慣了生死，縣城不大，倒也熟悉這些相關事宜，就一一告知了梅香聯繫人和電話。

到中午的時候，各路人馬的事情都差不多辦理好了。二姨來電告知，她們三個老姐妹，再加上母親找來臨時雇工幫忙，家裡已經全部打掃得乾乾淨淨，並徹底消毒了。梅香也落實好了當地有名的大法師，一會兒就到家做儀式。

待梅香、梅潔拎著儀式用的水果鮮花，回到家，一切整潔有序，像什麼也沒發生過，好像曉峰去串門了，一會兒就會回來似的。

穿著黃袍的大法師帶著兩個助理，拿著各種法器、香燭推門進來，打斷了梅香恍惚的意識，梅香不覺鼻子一酸。

母親安排好了二姨、小姨去酒店和大舅、二舅休息。又讓父親回家來，只要四位至親參加曉峰的超度儀式。

搖鈴叮叮噹噹地響，紙錢的黑灰飛撲，檀香瀰漫了整個房間，沖走了先前消毒的濃濃的福爾馬林的味道。全家虔誠莊嚴地跟著大法師口中念念有詞地誦經，時而鞠躬時而在房間裡遊走。大法師莊重地宣誦，應該都是安息與祝福的意思吧……差不多兩個小時過去了，房間裡開始有了生機。

大法師前腳剛走，後腳大舅就和一個民警帶著小美進來了。小美進門看見客廳正中的桌子上擺著曉峰的遺像，供著花果，腳下還有帶著餘熱青煙的紙灰，就咕咚一聲跪倒在地，昏天黑地的哭開了。

大家都默默地站在旁邊，梅香、梅潔攙扶著她。小美什麼也不說，只是哭得滿頭滿臉的淚水。

等小美哭得差不多了，民警示意梅香把她扶到旁邊的沙發上坐下，母親給她倒了一杯熱水。

大舅看著母親詢問的眼神先解釋道，這位是派出所的高警官，他們找到小美的。小美和她父母親，確實在老家農村陪姥姥過節，大山裡沒信號，民警問道他其他親戚的座機號碼聯繫上小美才趕回來，民警讓她到現場一起來說明，你們正好一起了解一下吧。

母親迫不及待地就要發問了，大舅搖搖手，「大姐，你讓高警官問吧，派出所還要錄音和做筆錄啊。」母親就縮回了身子，充滿了就要知曉答案的緊張。

看起來約莫五十來歲，很有經驗的高警官威嚴地乾咳了一下，就對小美說道：「以下問你的問題，你必須老老實實的認真回答，不能編造撒謊，你要對自己的話負法律責任。」

滿臉淚痕的小美連連點頭，雙手不安地搓來搓去，膝蓋緊張地抖個不停。

梅香忍不住插話了：「小美，你不要害怕，講實話就好了。」

高警官問道：「曉峰什麼時候死的，你知道嗎？」

一聽到這話，小美又哇的一聲大哭了：「我也是你們打了電話才知道的啊，曉峰已經把我離了啊。」

母親終於忍不住了：「什麼離了？」

「小美，你慢慢講清楚。」高警官把手掌往下壓了壓，示意大家安靜。

「曉峰從廣州回來，才和我過了一晚上，第二天就求我離婚，他說，他要去很遠的地方治病，他不想再連累我了，我跟著他都是受苦，他要給我自由，要我去找個好人家。嗚嗚。」小美陷入回憶就又忍不住哭泣：「他還說不管我同不同意他都要離婚，他是為我好。」

「你同意了嗎？」高警官問道。

「我不同意，他就把頭往牆上撞，說，直到我同意為止，我只有去拼命拉他。折騰了一天一夜，我只好同意了，大年三十的前一天，我們就去民政局辦了離婚手續。」小美邊哭邊說，梅潔不斷地給她遞紙巾。

「就這麼快，你也不問問雙方父母？」高警官又問道。

「曉峰要我不要告訴任何人，說這是我們兩個人的事，不要打擾親戚。他說，等過段時間，我們都適應了，再講也不遲。我就連我父母都還不知道。」小美嗚咽個不停。

「你們財產怎麼分割的？」高警官抬頭看了眼小美，手中的筆快速地在紙上移動。

「我，我把錢都還給你們吧，我不該要曉峰的錢啊，你們不要抓我呀。」小美驚恐地說道。

「講具體，怎麼回事？」高警官停下手中的筆，冷靜地說道。

梅香和母親面面相覷地對視了一下。

「離婚時，曉峰說，這套房子，本來大多數就是婚前父母的錢和借二姐的錢買的，不能給我，這個我沒什麼意見，結婚前我就認了。但是，他給了我六萬塊錢，說是對不起我，給我的一點補償，他說，這個錢也是他跟二姐借的四萬，還有自己的兩萬。現在想起，他當時就說，希望下輩子能還回二姐，我還以為他這輩子有問題還不了二姐是正常的，就沒有多想啊。」小美用一隻手使勁地掐著另一隻手，直到掐出了血痕：「我真傻啊，我沒想到他會死啊。」

梅香現在才明白，原來曉峰臨走時借錢是早有打算，我當時怎麼也沒有警覺啊。梅香說話了：「小美，既然曉峰把這個錢給你了，就是你的了，是應該的，你安心拿去吧，這也不犯法，對吧？高警官。」

高警官點了點頭：「小美，那你和曉峰怎麼分開的呢？」

小美繼續回憶：「大年三十中午，曉峰帶我到餐館裡，吃了好好的一頓飯，就把我送到汽車客運站，讓我回老家陪父母親戚過年去了。他還給我父母、姥姥準備了好多禮品，

讓我代他問好，講對不起他們了，請他們原諒。」

「我問他去哪裡，他說他要去很遠的地方治病了。我還以為他是跟父母、姐姐商量好的。」

母親聽到這裡終於忍不住又抹著眼淚哭訴：「傻姑娘啊，你就傻到這個地步啊，我記得二姐還專門給你電話說，要你有什麼事要給我們電話啊！」

「我，我……我都聽了曉峰的話。」小美又提高聲音哭了起來。母親和小美的哭聲此起彼伏。梅潔攬著母親的肩膀，為母親擦著眼淚。

「哎」梅香在心裡長長地嘆了口氣，也許，這一切都是命中注定，不僅是小美，我們所有的人都沒想到曉峰會真的去死啊，就是情緒有些忽高忽低也以為是病患的正常表現。

「小美，別哭了，曉峰還給你交代過什麼沒有，或者給過你什麼嗎，你再仔細想想。」高警官提示道。

小美止住了哭泣，努力想了想：「好像沒什麼了……是，沒什麼了。」

大家死寂般地安靜，房間裡只有玻璃缸裡養著的幾尾小金魚猛地遊動了一下的水聲。

高警官不由自言自語般地說了句：「這麼多年從警，也處理過些自殺的案子了，很少見到把事情了斷得明明白白才走的人啊。」

梅香站起身來，走到客廳的窗臺邊，不知什麼時候，天色已暗，已經看不見雪花，只見混沌的夜色中有斑駁的燈火，就像此時的梅香，百感交集，心亂如麻。

梅香邁著沉重的腳步，慢慢踱回到大家圍坐的沙發旁：「辛苦你了，高警官……小美，你也受驚受苦了。弟弟的離去，這是他的選擇，我們理解和祝福他吧，這應該是他希望的結果。」

夜晚，梅香昏昏沉沉，半睡半醒，莫名的恐懼，總覺得弟弟會來找她，曉峰應該還有很多話沒有說，他怎麼會這麼快就走了啊。

黎明時分，梅香迷迷糊糊覺得房間隱約有動靜，就睜開眼睛再也睡不著了，呆呆地盯著灰白的窗外，天色一點點地亮起來，雪已經停了，天空依然慘白慘白的。

打開手機看時間，看見昨天到今天好幾個未接電話，梅香毫不關心，只是一條短信跳入眼中：「梅香，遇到事情糾結難受，不知道怎麼辦，方便時回我電話，好嗎？姐姐。」高佳的短信。

發呆的時間不知不覺已經是早上九點了，梅香撥回了高佳的電話。

「梅香，新年好，在哪裡過年啊。」

「姐姐，你有什麼事嗎？」

「哎，梅香，我們媽媽，就是我和高飛的親生母親得了乳腺癌，晚期，年前剛做了手術，還要化療。她老人家的願望就是想見見高飛，本來我想這兩天帶高飛去給她拜年，可是不

管我怎麼説，高飛依舊倔强得不肯見她。我左右為難，怎麼辦好呢？不好意思，就像以前一樣，我有什麼事就想給你講講。」

「梅香，梅香……你還在聽嗎？咦，難道是手機斷線了嗎？」

「姐姐……你也不要著急，親情始終是會有連接的……我弟弟曉峰……突然去世了，我就後悔生前沒有很好地……照顧他。」

「什麼？曉峰去世了！對不起啊，梅香，你遇到這麼傷痛的事，我，我還來煩擾你。」

「没關係，姐姐……等我處理好弟弟的事，回到廣州再聊吧。」

「好的，好的，梅香，你一定要照顧好父母，自己也要保重。不打擾你了，我先掛了電話。」

梅香又呆呆地盯著窗外了無顏色的天空，梅潔翻了個身還在沉睡中。

枕邊的手機亮了一下，梅香瞟了一眼，一行短信映入眼簾：「梅香，我可以來送送弟弟，看看你嗎？」是一個陌生的手機號碼，梅香知道是高飛的來信。

「謝謝，不用了，你放心，我會好好的。你去看看媽媽吧，趁親人還在，還來得及的時候。」梅香回了這行字後，就把手機關掉了，這段時間，她想安安靜靜地送別曉峰。

梅香想起隔壁的父母，不知道他們昨晚睡得可好，爬了起來，草草洗漱好，去了父母的房間。

房門虛掩，梅香推開門，房間裡只有父親一個人沒落地坐在床邊，呆呆地盯著地板。

「爸爸，媽媽呢？」

「出去了。」

「你吃早點了嗎？」

「不想吃。」

「喝杯水吧，我削水果給你。」

「不要。」

「爸爸，你要想開點，人都已經走了。」

……

父親凝重地沉默著。

過了好會兒，終於聲音哽咽地説：「你不知道，我回到家看見曉峰那個場面有多慘，我現在想起來就心疼得很。要是你媽，當初聽我的建議，和曉峰一起回安徽過春節就不會有這倒霉事了……我想問曉峰，我們有哪一點對不起他，他要這樣做。」

父親抹著眼淚，像個無助的孩子一樣憋屈，父親的悲傷像電流一樣猛地擊中了梅香，梅香怔住了，幾十年來，第一次看見父親哭泣。

梅香趕緊走到父親面前，第一次，第一次緊緊地抱住父親。

「爸爸，我知道你很傷心，你哭吧，你想哭就哭出來，哭了會好受點。」

梅香抱著父親，父親像個困頓的豹子，低沉地咆哮和顫抖著。梅香的心揪得痙攣一團。過了好久，父親的喘氣才漸漸平緩起來。

梅香拉著父親坐到沙發上，把紙巾遞給父親，又倒了杯溫水放到父親的手中。

「爸爸，我們可以有很多種假設，曉峰可能都不會離開了。如果我和曉峰過了春節再從印度回來，如果小美發覺異樣及時告訴我們，如果我們警覺了曉峰的蛛絲馬跡，如果我們寸步不離曉峰，他都可能走不了……

「但是，爸爸，這些都無濟於事，我想，曉峰之所以離開，也是怕拖累親人，他希望父母平安幸福。我們每一個人都對得起曉峰，大家也都為曉峰的離去傷悲，曉峰也沒有什麼對不起我們……所以，我們不要責怪曉峰了，應該祝福他一路走好。」

「如果我們因為曉峰的離去互相責怪，那就是痛上加痛了。媽媽本來心理壓力就很大，不要埋怨媽媽，我們要互相安慰，要更加愛護和珍惜親人。好嗎？」

「爸爸，我知道，這對你的打擊很大，但從小到大，無論家裡發生什麼事情，爸爸都很鎮定，也就平安地過來了。這一次，爸爸，一樣地，你要帶領我們全家要好好地度過這個難關，好嗎？爸爸，我們需要你的理解和寬容。」

父親安靜地聽完梅香的話，喝了口水，擦乾了眼淚。梅香的心也漸漸舒展開來，她知道父親已經認可了自己的意見，不會再埋怨大家、埋怨媽媽了。

但是，梅香沒有想到，那些舅舅、姨娘們卻一片好心地責難母親了。

幾天之後，大家分頭忙完了派出所和殯儀館的各類流程手續，就等著按風水先生看的日子，正月十五取出曉峰的骨灰盒送回老家，正月十六入土安葬了。

大家都鬆了口氣，梅香訂了縣城裡最好的餐館，要了間包房，招待大家。

喝了幾口悶酒之後，二舅發話了：「哎，曉峰也真是，把父母、姐妹害得這麼苦。他做生意，我也幫了他不少忙，他就這樣撒手去了，真是不懂事啊。」

素來心直口快的小姨也終於忍不住了：「大姐，原諒我說話直，是不是你一向覺得小美不適合曉峰，反對他們的婚姻，逼得曉峰離婚，弄成這樣的結果啊？」

梅香知道，親戚們暗暗覺得曉峰離去得突然、蹊蹺，認為肯定有什麼隱瞞著大家。這會兒開始「發難」了。

梅香看見母親臉色大變，拿筷子的手顫抖起來。

憨厚的三姨忙夾了一筷子菜肉給母親，使眼色瞪了瞪小姨：「小妹，多吃飯，少說話，別問大姐這些傷心事了。」

父親拿起酒杯對二舅說道：「二弟，曉峰的情況你們不了解，也就不要再說了。」二舅向來最敬重父親，也就悶了聲。

大家就都不再說話，埋頭吃飯夾菜。只是母親紅著眼睛，再也吃不下飯了。小姨知道惹了禍，端起酒杯想敬敬母親，也被母親冷冷地擋了回去。

席間一片尷尬。

梅香站起來，給所有的人一一加了酒，然後回到自己位置上，添滿自己的酒端了起來：「大舅、二舅、三姨、小姨，各位親人，這些天辛苦你們了，我們家遇到了最艱難悲痛的事情，幸好有你們馬上趕來陪伴我們，讓我們倍感慰藉。這杯酒，我敬各位長輩了，謝謝你們。」

梅香把酒杯一傾，一飲而盡。

大家也端起酒杯，各自喝了，氣氛開始緩和過來。

梅香又給父母添滿酒，畢恭畢敬地敬了父母：「爸爸、媽媽，你們是天底下最好的父母，讓你們受苦了。」

敬完父母，梅香又給自己加了一杯酒，大家都看著梅香，狐疑著這滿滿的第三杯酒要敬誰。

「這杯酒，我敬我弟弟曉峰的在天之靈。曉峰，姐姐理解你的心意，姐姐會把你的心意告訴各位親人。你放心去吧，一路走好。」梅香說完，酒已入口。

大家都被鎮住了，平日裡都了解梅香很少喝酒，即使逢年過節親朋相聚，按家鄉的風俗把盞推杯，難免喝倒幾個。梅香也就一杯酒敬完所有人，表示一下就封杯不飲了。

沒有人說話了，都聽出梅香話裡有話，靜悄悄地等著梅香的下文。

「我知道你們對曉峰的突然離世有很大的疑問。我今晚會毫不保留地告訴你們實情，因為你們都是從小關照我們幾姊妹長大的。」

「梅香，你別說了啊，他的醜事就不要講了。」母親知道梅香要講什麼了，絕望地阻止道。

「媽媽，曉峰曾經吸毒，可我並不覺得是件醜事，家家都有難念的經，每個人都可能經歷自己的苦難。」梅香靜定的說道。

「曉峰，吸毒？ 天啊，這是真的嗎！」小姨大叫了一聲，嘴巴張得大大的。

所有人都露出驚異不已的表情。

梅香繼續說道：「是的，曉峰因為抑鬱吸毒多年，我們全家知道這個事實，也就是三個多月前，他已經到了崩潰的邊緣。我們都盡力幫助他，父母背負著巨大的壓力和悲傷，我辭職帶他去國外戒毒，療癒身心靈，當然，曉峰也全力配合。我們都以為一切都會好轉，我們以為我們可以治好他，所以請原諒，我們沒有告訴各位親人，我們不願意給你們找麻煩，讓你們操心，我們甚至連梅潔都沒有告訴。」

說道這裡，梅香已是淚如雨下。梅潔默默地遞來紙巾。

「沒想到，曉峰卻會突然離世，這給我們，尤其是父母帶來了巨大的打擊。」

「曉峰離去的最後一個月，我和他朝夕相處，我能理解他的選擇。他不願意因此傷害自己和親人，所以他選擇了一條不歸路。」

「大家都知道，曉峰從小心地善良，從來沒有做過壞事。即使在他長年吸毒期間，在盡力工作的同時，他也沒有做過任何偷摸搶或者傷天害理的事情，我們在他的遺物裡反而

發現的是朋友有困難向他借錢，他慷慨相助的借條。

「正因為如此，他才選擇了永遠離開這個世界、離開親人，他害怕傷害大家，他不願意給大家帶來不好的影響。」

「曉峰……他大年三十還給我打電話，祝新年快樂，還說要我注意風濕的老毛病……」三姨喊了一聲，哭出聲來。

大舅難過地抱住頭：「他也給我打電話了，要我少抽煙，保重身體，要關心他大舅媽。」

小姨抹著眼淚低聲說：「他也給我電話了，謝謝我小時候給他織的毛衣。」

梅香聲淚俱下：「曉峰，沒有對不起大家；當然，我們大家也沒有任何人對不起他，從小到大，大家都在幫助他。只是，他與我們的緣分盡了。」

「因此，我請求各位親人，請你們理解和尊重曉峰的選擇，讓我們祝福他在天之靈安息。」

「還有，曉峰之所以選擇永遠的離別，就是希望父母安好，我們在世的親人安康。所以，懇請大家不要責怪任何人了，我們都盡了自己應盡的力量和心情。」

「曉峰離世之後，我們要更加幸福和睦、熱愛生命、珍惜親情，這才是曉峰的心願。」

大家已是哭成一片。

小姨來到母親面前，幾乎是跪下了：「大姐，對不起，我不會說話，我讓你傷心了。你原諒我。」

母親一把抱住小姨，姐妹倆相擁著落淚。

父親舉杯站了起來：「梅香剛才都把話說明白了，讓我們用這杯酒送別曉峰，也祝我們這一大家人更加幸福和睦。喝完這杯酒，從此後，往事就不要再提了。我們都要把自己的日子過得更好。」

大家紛紛點頭，起身舉杯相碰。

自從爺爺、奶奶離世後，梅香和梅潔已經有十多年沒有回霍邱山區老家的小山村了。

雖然這裡有著梅潔、梅香、曉峰漫山遍野歡跑的童年。

正月元宵節，父親和梅香到殯儀館走完流程，拿到骨灰盒已是傍晚，車輛在山路上慢慢地顛簸，到老家已經很晚了。

墨黑的山脈上掛著清冷的圓月。

梅香捧著弟弟的骨灰盒，走出車輛，腳落故土，泣不成聲：「弟弟，姐姐帶你回家了。」

全村人舉著火把，打著電筒，在寒冷的冬夜站在村頭迎接……

一位缺了門牙的老奶奶，拄著拐杖說：「曉峰回來了，來陪我們老人家了，這孩子真好，他年前回過一趟老家，還給我錢，讓我買個厚實的帽子過冬天。」

村裡人主動把最好的風水寶地讓出來安置曉峰……

老家講究入土為安，葬禮結束，母親就在鎮上安排了最好的餐館，答謝了全村幾十位父老鄉親。

離開家鄉很多年了，梅香以為故鄉對自己已經是遙不可及的日漸模糊的符號，甚至漸從記憶中淡去。

忽然間，故鄉離梅香很親很近。

大舅建議，讓梅潔帶著父母去上海住段時間，讓老人家不要待在廣州和安徽有過曉峰痕跡的地方，免得他們觸景生情，睹物思人，要讓他們盡快地正常生活起來。

大家都贊同。梅香就給父母購置好了，當天下午隨梅潔從合肥至上海的高鐵車票。

坐上大舅安排的車輛離別霍邱，趕去合肥高鐵南站的路上，有了陽光，淡淡地籠罩著冬日的大地。

母親說：「梅香，你去哪啊？你跟我們一起去南京一段時間吧，我們不要分開了。」

是啊，下一步，我去哪裡？梅香一下失去了方向。

梅香這才想起來，已經整整十天沒有練習瑜伽了。這是修煉冥想瑜伽三年來以來第一次中斷了練習。

梅香又突然想起，今天正月十六，應該是寧德冥想瑜伽教師培訓第三次課程開始的第二天了，也是最後一次課程了。年前梅香就計劃好了，到時帶著曉峰一起去山莊修煉。

現在曉峰已經走了，冥想瑜伽並沒有拯救曉峰的生命，梅香去得還有意義嗎？

到了合肥高鐵南站，離開車時間還有一個小時。梅香就帶著大家找了個乾淨安靜的咖啡廳休息。

梅潔的手機響了，梅潔接起來聽了會兒，就遞給梅香：「梅香，小美找你的，說你手機關機。」

梅香接過手機，話筒裡小美急急地說：「姐姐，你們走後，我突然想起曉峰年前給過我一個信封，說是給你的借條，要我不要打開，以後，要是他忘了好提醒他。我現在找到這個信封打開看了，不是借條，是寫給你們的信。姐，要我讀給你們聽嗎？」

「電話裡怕是聽不清楚……嗯，這樣吧，你拍張照片，發微信我，馬上，馬上啊。」梅香急切地應道。

大家聽梅香說，小美找到了曉峰的留言，應該是遺書，也都緊張起來。

梅香啟動手機，打開微信，等著。

「叮」的一聲響，一幅文字的照片彈了出來，大家的心都跟著一緊。

「我讀給大家聽吧。」梅香說道。

爸爸、媽媽，大姐、二姐：
你們看到這封信的時候，請原諒，不孝兒子應該已經走了。

我這一輩子都對不起你們，父母爲我吃了很多苦，你們都爲我操了很多心。

但是，你們千萬不要傷心，我以前就好多次想到過一死了之，但我這次走得應該，也走得很好，這是我想好的。

特別對不起二姐，我讓你失望了。但在這段跟二姐在一起，學習修煉冥想瑜伽的時間，是我一生中最安靜的一段時間，很美好，也很捨不得。但我害怕我又像很多次一樣，又回到自暴自棄的狀態，我怕我最終又抵擋不了毒品的魔癮，會給你們帶來更大的悲痛、失望、傷害。我想留住這份美好。

我走了，拜託大姐、二姐照顧好父母。特別是母親，你要爲我高興。

二姐，你一定要把冥想瑜伽堅持練下去，去幫助更多的人，只是可惜，我可能練得晚了些。

衷心的祝福全家人，因爲我的離去而更加幸福安好。

梅曉峰

曉峰的字跡工整，語句通順，一切都像是一場完美的告別儀式。

梅香的眼淚一串一串地往下滴落在手機上，所有人無不動情動容地流淚，特別是母親聽到兒子最後的話語，又是淚水滂沱。

雖然，早有梅香對曉峰離去祝福的告誡，但大家現在聽到曉峰親自地表達，更是悲與愛，傷痛與祝福，各種感情複雜地交織在一起。

「爸爸、媽媽，大家都聽見曉峰離別的祝福了，他希望，他走了，親人們更加幸福安康，尤其是爸爸、媽媽。所以，我們今天是為曉峰最後的流淚了，好嗎？從今以後，我們大家都要更加開心、快樂、健康。」

「還有，我決定還是去參加冥想瑜伽的教師課程了，梅潔，就辛苦你照顧好爸媽，我這就去新橋機場，希望能有機票，今晚就趕到寧德。」梅香説完這段話，就告別了大家。

梅香凌晨趕到山莊，進到宿舍，剛放好物件，提醒學員 3：30 起床晨課的鈴聲就響了，緊跟著大喇叭裡冥想瑜伽的音樂衝破黑暗，響徹了整個山谷。

在教室裡最後角落的瑜伽墊上，梅香坐了下來，旁邊落地玻璃窗外的還是一片漆黑。

太累了。老師講過，即使睡覺也要到教室裡來睡，只要在這個能量場裡就能得到療癒，梅香裹著一條薄毯就睡著了。

有人輕手輕腳地觸碰梅香，梅香醒了，天色已微微亮，面前放了兩個蘋果。大老師已在臺上講開了，這是 11 分鐘的瑜伽蘋果冥想，雙手各握一個蘋果，雙臂齊肩，跟隨著「Hala—Hala」的音樂節奏，雙手分別把蘋果輪番拿到心輪處。

大老師説：「無論你有什麼悲傷，打開你的心，愛就會溫暖你。」

晨光中，蘋果在教室裡幾十位身著聖潔的白衣的女子的手中，閃著微微的光亮。梅香坐直身體，開始在心間舞動蘋果，唱著唱著，溫暖的熱淚湧了出來，這些天，梅香不知流了多少淚，但都感覺是冰冷冰冷的，此時此刻，才感覺眼淚的溫度。

當下，這一刻，多麼美好啊。

這些天，梅香像做了一場噩夢，身體在天寒地凍的冰窟窿裡行走。

現在，太陽在徐徐昇起，綠色的山谷，紅紅的蘋果，輕妙的唱誦，還有幾十位仙女般白衣飄飄的同學，梅香彷彿回到了闊別已久的家園，是的，這裡，冥想瑜伽才是梅香的精神的家園，梅香哀傷飄蕩的靈魂，終於開始回歸了。

老師說，這個瑜伽蘋果冥想，如果能結合一定時間的斷食，每天只吃蘋果和練習蘋果瑜伽，效果會更好，意味著排毒，轉化，重新開始。

梅香心想，這是我的神，給我的特別安排吧，我就進行七天蘋果瑜伽斷食吧，揮別傷痛，一切重新開始。

做完蘋果瑜伽，梅香又疲憊地躺在墊子上睡著了。隱約感覺到下課了，同學們去吃早餐了，有人輕聲招呼梅香，梅香還是沉沉地昏睡。

昏昏睡睡、有氣無力、恍恍惚惚，隨後的幾天，梅香基本就是這樣的狀態。也不知是下定決心蘋果瑜伽斷食的原因，還是悲傷心情延續的緣故，梅香完全沒有食欲，每頓一到兩個蘋果，但一點也不覺得餓，身體越來越輕飄飄的。

就在這樣的狀態中，堅持到了第六天下午的同學教學演練，同組的北京蘇珊代課。蘇珊特別強調今天是提昇強大能量的火呼吸與獅爪冥想，持續9分鐘，將是個巨大挑戰。

蘇珊人過五十，看起來又黑又瘦，但帶領課程卻強壯有力。蘇珊說：「冥想瑜伽改變了我的人生，我是在用生命教習瑜伽。」

聽到這話，梅香想，又是一個有故事的女人，這些坐在瑜伽墊上的女子啊，她們或許都有多少生離死別的痛，讓自己走上了這一條冥想的療癒之路吧。

「好，大家放鬆坐下來，簡易坐。」

剛才前面的全套奎亞，我們有的堅持了，有的中途放棄了，也有的中途休息了又繼續跟上了……就像我們的人生有時疲憊無力，有時沮喪悲傷，有時激情奮進……無論你是哪一種狀態和情緒都很正常，請不帶評判地去感受。

但是，瑜伽就是人生，無論我們有沒有能量繼續，生活的車輪都滾滾向前。喘息和疲憊之後，我們還得向前！即使是沮喪和無力，我們還得向前！無論你願不願意，生活都得向前！

我們馬上將迎來一個更具挑戰的獅爪冥想。

當然，你有選擇的權利，就像我們的人生。

你可以選擇無聊或無力，在前進中一次次喪失了點燃生命的機會，你也可以選擇仍

然一再中途放棄，在半途中前功盡棄達不到終點，你還可以選擇一直堅持向前，帶著你的悲傷你的酸痛你的絕望一起向前，但絕不放棄，宇宙就會給你支持給你幫助，你會達到勝利的終點，穿越一次刻骨銘心的身心靈之旅。直到終點，你會體驗到前所未有的身心靈大融合的美妙境界。

　　你，想好了嗎，準備迎接更大的挑戰吧！這就是冥想瑜伽的獅爪冥想。

　　首先大家看我，把我們的雙手像獅爪一樣張開，手指連接著身體很多經絡。當它有力張開的時候就在牽動著我們的神經，全程用力地保持獅爪手印。

　　吸氣的時候手臂伸展在身體兩邊與地面平行，掌心朝上。呼氣的時候，手臂舉過頭頂，在頭頂交叉掌心朝下。然後放下手臂，向兩側伸展直到重新和地面平行，來回做有節奏的運動。當雙臂在頭頂交叉時，輪流交換左右手腕前後的位置。配合手臂運動做有力的火呼吸，要非常快地移動手臂。吸氣時，手臂向兩側伸展，呼氣時，手臂在頭頂交叉，形成穩定的火呼吸。

　　9分鐘的挑戰到達的時候，我會提醒你，把舌頭長長的伸出來，更快地舞動手臂15秒，把毒素徹底排出來。然後吸氣屏息15秒，再吸氣屏息30秒，最後靜靜地觀想心輪。

　　大家看我演示一下。

　　在這個過程中，如果你實在堅持不了，你就保持火呼吸休息一會兒再繼續。

　　這次是9分鐘的挑戰。

　　這對我們的呼吸神經和全身係統都會得到很大改善，把你的身心靈的毒素全面都排出來！

　　好，挪動臀部，穩定地坐好，雙腿盤好，全程保持腰背挺直，雙目微閉。深深地吸氣，屏住呼吸給自己輸入信念：我可以堅持9分鐘，我做得到！呼氣。

　　吸氣。開始！」

　　剛剛開始一會兒，梅香就覺得萬分疲憊，沒有力氣，非常勉強地舞動手臂。但是蘇珊的聲音像迴響的銅鑼一樣敲擊著梅香的耳膜。

　　「我們已經在挑戰的路上了，我們沒有回頭路，我們必須勇敢地向前。你的冥想能量已經在啟動，你的頭頂已經有白色的光芒在閃耀，繼續、向前、向前。獅爪用力，左右手腕輪流交錯。」

　　梅香只有咬咬牙堅持著，差不多過了一半時間了吧。在錐心的酸痛中，能量竟然不斷地滋生。熱汗冒上了額頭，梅香粗重地喘著氣，酸痛得太想放下手臂了。

　　「有力，快速，有節奏。帶著你的酸痛、你的疲憊、你的憤怒、你的悲傷、你想放棄的心，一起堅持，用力舞動起來，抓緊你的獅爪，用力！你就是叢林中的獅子，你有無窮的能量，每個人與生具有的神性的力量支持著你。

　　你聽見叢林中其他獅子的粗重的喘息聲，我們和你在一起，我們加持你的能量，我

做得到你也做得到！」

不知又過了多久，怎麼時間還沒到呢？梅香覺得能量已經被完全地啓動，全身大汗淋漓，感覺到腦袋都在冒煙。但是，似乎也筋疲力竭了。

「有力，快速，有節奏。我們不會在快達到勝利終點的時候放棄。即使流著眼淚，你也要堅持到最後。我們已經接近勝利的穿越了。你就是叢林之王，整個森林因你而榮耀！

你頭頂的白色能量光環越來越大，它照亮了整個房間，照亮了宇宙空間。

你馬上就要嘗到勝利的滋味了。

有力，快速，有節奏。

好，繼續保持獅爪手勢的舞動，把你的舌頭完全地伸出來，伸出舌頭，快速地舞動。

好，收回舌頭，深深地吸氣屏住呼吸，夾緊肛門會陰向內向上提昇 15 秒鐘……呼氣。

把你激發的無限的能量都鎖住在身體裡。

好，深深地吸氣屏住呼吸夾緊肛門會陰向內向上提昇 30 秒鐘……呼氣。

雙手從身體兩側畫個半圓慢慢地放在膝蓋上，開始正常地呼吸。

意念觀想你的心輪，你的心在激烈地跳動著，心在跳動中無限地擴展、擴展，擴展到房間、擴展到地球，你的心沒有了邊界，和宇宙無邊無際地聯結在一起。」

一切都安靜了下來，梅香覺得這些天彷彿冰凍了的心終於有了熱度，「突突」地激烈地跳動著，消融在無邊無際裡，整個身體也沒有了，只有宇宙安靜空靈的虛無。

教習課程結束了，大家陸續離開教室去晚餐。

梅香伏面躺在瑜伽墊上，感覺熱度漸漸回復到身體裡，肢體慢慢有了知覺。

有人輕輕地撫摸梅香的頭髮：「梅香，你是不是不舒服，沒有什麼問題吧？」是蘇珊，梅香覺得聲音是如此的輕柔而溫厚。

梅香不由側身，卻依然微閉雙目低語道：「蘇珊姐，在我來上課前，我弟弟突然意外離世了，而他曾經來過 Guru 山莊，在這個教室練過冥想瑜伽。」眼淚卻已從閉著的雙眼中湧了出來。

瘦小的蘇珊不知哪來的力氣，俯身一把抱起梅香，緊緊地擁抱著，梅香甚至能感受到蘇珊強烈的心跳。

「梅香，不要怕，一切都會過去的，都會好好的啊。」

梅香一動不動。

「你不知道，梅香，我為什麼走上冥想之路。我兩年前，幾乎同時失去了兩位最親的親人。一位是我愛人，五十來歲，因為疾病而去，緊跟著不到半年，我唯一的年輕漂亮的女兒在英國留學，因為交通事故也去世了。」

梅香抬起頭，驚訝地看著一臉祥和微笑的蘇珊。

「你看，我現在不也好好的嗎？冥想會給你力量去面對一切挑戰。」蘇珊捧著梅香的臉。

梅香鼻子一酸，什麼也說不出口，這一次，梅香緊緊地反抱著蘇珊，兩個人彼此感受到了對方的擁抱，是如此的有力量。

閃閃發亮的陽光溫暖地照射著山谷，弄得每一片晃動的樹葉，每一朵浪花都像是一枚小小的太陽在閃動著光芒。

這是第七天的上午，也是冥想瑜伽教師培訓的最後一天課程了。

教室也被陽光滿滿地包圍著，沿窗的木地板都成了金色。

大老師告訴大家，這是一級教師課程的最後過程了。你已經走上了肩負使命的冥想瑜伽教師的道路了，這一條道路，無論坎坷或者順利，無論榮譽或者詆毀，都將帶給你無限的禮物，值得你珍惜。

今天在這裡，在冥想瑜伽的家園，在送別你出發之前，你要做兩件事：一是扔下你最想扔下的東西。二是，撿起你最想撿起的東西。

每個人都認真地在一張紙條上，寫下自己最想扔下的東西。梅香一筆一劃地寫著：「傷痛與恐懼。」

大家排著隊走到教室門口，門口放了一個燒著炭火的火盆，金紅色的火苗在陽光中跳動，像在歡快地等待著瞬間消亡什麼。

每個人都虔誠地把手中的紙條扔進火盆中，火苗倏地吞噬了白色的紙張，化為灰燼。

焚燒了自己想拋棄的東西，再按老師的指點跨越過火盆，這意味著你已切斷了你想扔掉的過往。

一長排白衣的女子在白衣老師的帶領下，沿著山谷緩緩而下，來到谷底的溪流邊，溪水嘩嘩地帶著陽光從腳下流向遠方，一排墊腳的錯落的山石在溪水中形成一條路徑，連接著溪流的兩岸。

學員們依次走過溪流中剛剛露出水面的石頭，走到一半，在碧波蕩漾的水流中央，每個人都要對著溪流對面的彼岸，大聲地呼喊出一句 Yogi Bhajan 的話，代表著你想要的意志與未來，Yogi Bhajan 會祝福和加持你。

梅香走到水流中央的石頭上立定，對著山谷呼喊：「不要到處去祈求神的憐憫，而是把自己修鍊得強大，神自然會來找你。」這是冥想瑜伽一級教師培訓教科書中 Yogi Bhajan 的一句話，梅香聽到這句話在山谷中迴響：「神自然會來找你，找你，找你。」

「梅香，你的課程還不能結束，你需要補課。」教師課程助理員告訴梅香。

梅香的心裡咯噔一沉，脫口而出：「不，我應該結束教師課程了，我已經上得心驚膽戰，我已經上得害怕了。」

「那……你得去和安吉拉老師申請，這是她的要求，因為你這次缺了兩天課程。」助教解釋説。

「好吧，我正好也有事情想諮詢安吉拉老師，請求她幫助。」梅香請助教幫忙，在離開山莊前，約見安吉拉老師。

在梅香和羽羽合租了一輛計程車，準備離開山莊去福州機場的時候，助教通知，繁忙的安吉拉老師給梅香留了最後的時間。梅香讓羽羽和司機等待自己，就轉身去了安吉拉老師的房間。

安吉拉老師坐在梅香的面前，梅香覺得安吉拉老師如佛一樣安詳，如母親般慈愛。

梅香通過助教的翻譯，誠摯地對安吉拉老師簡短講述了上三次教師課程的半年來，從知道弟弟吸毒到弟弟離世的經過。

「老師，雖然冥冥中我最終還是回到了冥想瑜伽的懷抱，這幾天，冥想瑜伽也給了我療癒和力量，但畢竟悲痛剛剛發生，我還驚魂未定，這還需要時間和持續療癒。就晚到了兩天，我想請求老師，我用其他形式補回這個功課，好嗎。不要再讓我上教師課程了。我怕我受不了。」梅香請求道。

安吉拉老師靜定的眼神直視著梅香的眼睛，讓梅香躲閃的目光無可逃避：「是的，是有這種傳説，練習冥想瑜伽，你的人生功課會在最合適的時候提前到來。打個比喻，你原來是小學生，你就是小學生的功課，現在你是高中生了，當然得有高中生的功課。」

「當然，無論你練不練習冥想，每個人都會有人生的功課。只是，因為你練習了冥想瑜伽，你更有能量，帶著覺知，你内在的神性會指引你更好的去完成你的功課。

「你的弟弟，就是你的一個重要的功課，你必須完美地完成。其實，你已經具有了無限的能量可以迎接任何挑戰。不信，你問問你的内心！」

「你問問你的内心！」這幾個字猛地敲打著梅香的心靈。

「是的，生離死別我都經歷了，我還害怕什麼？讓該來的都來吧，我會直面而上，絕不逃避。」梅香聽到自己内心的聲音，在這一刻，堅定、無所畏懼、勇往直前。

梅香隨心而言：「好，我接受補課。和下一屆同學一起再修。」

安吉拉老師卻沒有了笑容：「但是，關於你弟弟吸毒自殺離世的事情，我理解你的傷悲。我建議你做一套冥想，每天大約需要兩小時，你最好能做一千天。因為，自殺的靈魂能量很低，這些低級的靈魂可能難以上昇離去，也可能纏繞你，你要切斷能量糾纏。」

像一團烏雲突然間籠罩了梅香，梅香的心瞬間又恢復了前些天的沉重和緊縮。

「梅香、梅香，快點，時間很緊了。」門外傳來羽羽的大聲催促。

梅香扭頭對老師助理説道：「麻煩你告訴老師，不好意思，因為我急著要去趕航班，同學和司機都在等我，謝謝老師的忠告，這個問題我要想想。」

車窗外，夕陽沉悶的餘暉包裹著逐漸抹黑的田野，飛馳而過的村寨昇起縷縷詭異的青煙。

梅香鐵青著臉，想著安吉拉老師最後的忠告：「自殺是低靈，他們昇不了天堂，你要盡快擺脫。」

今天拋棄「傷痛和恐懼」後完美的儀式所帶來明媚的美好一掃而光。

羽羽納悶梅香，見安吉拉老師之前還陽光明媚，見了老師之後就悶悶不樂。追問著梅香，發生什麼事了？

梅香就把自己沉重的困惑和疑問告訴了羽羽。

曉峰因為自主選擇了生命離開的方式，他就會受到懲戒和處罰嗎？曉峰在世間因痛苦而離開，而在另一個世界也不配擁有重生？曉峰就此永無翻身之日嗎，遭受生生世世輪迴不變的懲罰嗎？

羽羽一陣唏噓感嘆梅香遭遇親人意外離世的傷痛之後，猶豫地說道：「可是……梅香，安吉拉老師可能說得有道理，身心靈界都有這個說法，自殺和意外去世的人都是低靈，他們會面臨更多的問題。你或許應該好好向安吉拉老師請教，練習哪些冥想瑜伽的功法可以避免低靈的糾纏，並且讓他們得到提昇。」

梅香不說話了，她陷入了低靈問題的思考。

車窗外，半彎下玄月昇上了天空，有隱約的星星躲在了緩緩移動的雲層旁邊，星雲的背後是廣袤而神秘的宇宙，彷彿有雙隱形的眼睛，深邃地俯瞰著大地。

宇宙？我們是宇宙的細胞，我們與宇宙合為一體。

一顆星星倏地滑落下天空。

這道隱沒的晶瑩光束瞬間點亮了梅香：「羽羽，我以前和你探討過『人體是細胞宇宙學說』，我們是宇宙的細胞，我們與宇宙合為一體。你贊同嗎？」

「那當然，你和我分享過的這個體悟，讓我興奮了好久，我試著用這個洞見，很多難以解釋的自然與人的現象，都可以得到印證和釋懷了。」羽羽顯然對這個話題很感興趣。

「如果從『我們是宇宙的細胞』這個體悟來看，我們所有人類，乃至整個星係，都共用一個靈魂，就是宇宙的這一個整體的大靈魂。就像是我們身體的五十多萬億個細胞，共用我們每一個人的一個靈魂一樣。

「所以，我們的靈魂沒有區別，沒有高低貴賤。所不同的是，我們每個人的身心如何與靈魂相處，是合二為一，還是分裂，甚至切斷。」

「當我們和宇宙的大靈魂合一，也就是身心靈合一，我們自然就回歸了精神的家園，宇宙的神性就在我們的身心靈體現，我們就會表現出宇宙靈魂的高貴，我們的精神自然富足，生活自然美好。

我 們只有一個宇宙大靈魂，靈魂沒有高低貴賤，只有合一
與分裂的不同狀態，合一就美好，分裂就痛苦。

AWAKEN
THE SPIRIT
WITHIN

喚醒內在神性
一場冥想瑜伽的療癒之旅

「如果我們與宇宙大靈魂分裂，甚至切斷，我們就會身心靈分離，找不到生命的意義，精神沒有歸宿，人生痛苦，扭曲，變態。就像我弟弟生前，毒品因其特有的魔性使他身心靈分離。

「也就是，我們只有一個宇宙大靈魂，靈魂沒有高低貴賤，只有合一與分裂的不同狀態，合一就美好，分裂就痛苦。

「對於自殺、難產等意外死亡的人，他們不會因為非自然死亡就靈魂低級，只是因為上癮、意外事故等原因身體損傷或死亡，靈魂在這個人身上停駐的廟宇遭受破壞毀滅，靈魂被迫分離。

「對於這樣意外傷害的遭遇，宇宙之神怎麼會處罰他們呢？就像我們怎麼會處罰我們身體裡因意外死亡的細胞呢？

「我們非但不會處罰意外死亡的細胞，反而會深表遺憾的憐憫和哀思，對嗎？

「所以，他們更應該得到充滿慈悲和愛的祝福。」

梅香越說越興奮，自己都被這個洞見感動得滿臉通紅起來。

羽羽也被梅香感悟的激情點燃，若有所思地頻頻點頭。

「梅香，你真是有一個不一樣的腦袋，特別的靈氣。雖然，你不會盲從哪一位老師，迷信哪一個權威的說法，但是，你既尊重老師，認真學習，又保持了自己獨立的思考和真實的悟見。在身心靈學習的道路上，走向極端的人很多，一味的人云亦云，追隨盲從。你為什麼能保持自己的獨立成長呢，你是怎樣做到的？」羽羽很認真地問道。

「因為，我喚醒了自己內在的神性。」梅香俏皮地說道。

車窗外，雲層已經散去，天空一片潔淨的淡藍，又有一顆星星滑落遠方。

「親愛的弟弟，祝福你。」

梅香默默地祈禱，內心如同天空般的清明，梅香知道「傷痛和恐懼」已經逐漸走遠，主要是因為梅香悟通了，那些所謂的低靈是生者內心的恐懼和傷痛。

第九節　愛好是修行的法門

清明節的時候，梅香電話給父母，請他們安心在上海休息，隨便照顧好苗苗。

梅香一個人回了合肥，準備去霍邱老家，按家鄉的傳統給弟弟上墳。

陽陽到機場來接梅香，在曉峰剛剛離去的時候，陽陽就發了短信給梅香：「親愛的梅香，我知道了弟弟離世的事，我幾乎能體會你心裡巨大的悲痛、震驚和難過，這樣的感受幾乎席捲我，寶貝，我不知道該怎樣安慰你，不知該怎樣給你力量，好想抱抱你。你一定一定要堅強，我會一直一直在你身旁，有什麼需要我能為你做的，把我當成你自己的臂膀！我知道你會挺過這一關！我想來看你，如果不添亂的話。寶貝，你一直知道每個人的業力，或許弟弟此刻得以解脫，祝福他在另一個世界平安喜樂……」

梅香從福建教師課程結束回到廣州後，陽陽就已經在廣州等梅香了，從來沒有因私事請過假的陽陽，這一次專門請了一週假陪伴梅香。雖然陽陽這一週也沒忘去公司在廣州的總部，隨便溝通工作的事，還給總公司 600 多名員工集體上了一次冥想瑜伽課程。

一週後，送走陽陽，梅香的心已經被陽陽，還有時不時就趕過來一起「混飯吃」的劉益、曉霞姐，溫暖得開始像廣州春天艷陽下靜悄悄綻放的莫名的花朵。

這回，梅香硬是沒讓陽陽陪自己回老家，只是說自己想一個人安安靜靜地去看看曉峰。

陽陽的工作很忙，而且還抽空到處傳播冥想瑜伽，現在她公司內外已經有百把人跟著她修鍊冥想瑜伽了。陽陽知道梅香也是為她考慮，也就依了梅香。

梅香上完墳，從霍邱回合肥的汽車上，就接到陽陽的電話：「哈哈，梅香，快到合肥了嗎？今晚我帶你見一個人，你萬萬猜不到是誰？」

梅香笑了，「誰呀？那麼神秘。」

「你會非常意外的，哈哈。」

「你倒是講啊。」

「你中學時代暗戀的『醬菜王子』啊！」

「呵呵」，梅香不好意思地笑了。「這麼多年沒見著了，他不是出國好多年了嗎？」

「是啊，他大學就留學美國，在那邊成家立業，很少回來。這次有事回到安徽，明天又要走。你知道我表哥和他是鐵哥們，這幾天我表哥出差北京，就特別委託我，晚上招待他聚聚。哈哈，你正好一起啊。」

嘿嘿，時隔這麼多年，梅香還是有些不好意思的笑笑，算是答應了。

陽陽隨即短信發了晚上聚餐的地點，要梅香到了合肥就直接去這個地方。

像一縷輕風瞬間吹皺了一池少女的春水，梅香的思索回到了中學時代。

剛上霍邱縣中高一的時候，梅香就和陽陽一見如故地成了好朋友。

陽陽的表哥在上高二，時不時會關照下陽陽，給她拿點參考書，還會定期捎帶表哥的媽媽，也就是陽陽的姨媽做的醬菜，梅香每次在食堂打了飯，都會和陽陽搶著吃。

陽陽的表哥人高馬大，身材壯實，是縣中籃球隊的隊長，因此，他身邊隨時跟著三五個校籃球的隊員，都是那種高高大大的類型。

有一次，表哥又帶著個高個在高一班的教室外等陽陽。陽陽正好與梅香一起，要梅香幫她這個英語科代表，各抱了一大摞班上同學的英語作業，從英語教研室回來。

陽陽伸出一隻手接了表哥遞過來的醬菜，一邊忙著比劃著給表哥說話，一邊隨手把醬菜瓶給了梅香。梅香手忙腳亂地抱著作業本接醬菜瓶，一慌亂，醬菜瓶就呼的一聲掉在了梅香的腳邊，紅紅綠綠的醬菜和碎玻璃倒在了梅香白色的運動鞋上。

梅香頓時又是尷尬又是著急地掉下了眼淚。

「小心，不要動。」旁邊的高個果斷地說道，狼狽不堪的梅香只有乖乖地站著不動，高個隨即蹲下來，仔細撿取了梅香鞋上的玻璃，又用紙巾輕輕地擦拭了梅香的運動鞋，鬆了口氣：「還好，就是弄髒了鞋子，腳沒受傷就好。」

表哥和陽陽這才緩過神來，兩人默契地一邊說著對不起，一邊竟然哈哈大笑開了，弄得梅香哭笑不得。

高個站起來，一臉的靦腆，也不知所措地跟著傻笑。

梅香不好意思看看高個，學校的上課鈴就響了，大家忙著各自奔向自己的教室。

過後，梅香就跟陽陽打聽：「高個是誰呀？」

「表哥同班同學，叫李超，數理化尖子生，全年級第一名，喜歡打籃球，表哥的鐵哥們。」陽陽說完，又意味深長地問道：「要不要改天正式介紹你認識下啊？不過，他是李副校長的兒子，聽說他爸管得很嚴，性格沉靜，很不和女生多來少去。」

「不要，不用認識。」梅香紅著臉慌忙搖頭：「我就是隨便問問，那天他幫我清潔鞋子，覺得他對人真好。」

但從此後，梅香就愛看校籃球隊打籃球了，每天放學後，一有空就站在教室外長廊上一動不動地盯著籃球場。

梅香總能在上竄下跳不斷晃動在球場上的運動員中一眼就盯上李超的身影。

李超個子又高又瘦，還有點偏黑，但梅香覺得這才是陽光健康的形象。

校籃球隊每週都有兩三場比賽，梅香一場也不會落下，早早地就盼望著。

平日籃球隊訓練時，遠遠悄悄觀望的梅香，只有在比賽的時候，球場周圍裡三層外三層的圍滿了人，梅香才好意思偷偷地擠到第一圈的人群中，隨著李超所在隊的勝負，梅香的心跟著七上八下的砰砰跳，經常是緊張激動地拍紅了雙手。

這個秘密終究被陽陽發現了，陽陽表現出一副俠肝義膽的樣子：「梅香，你那麼痴情啊，我去找表哥，好好商量一下，幫你打動李超，搞定他，好嗎？」

梅香一聽嚇壞了，弱弱地請求陽陽：「求求你了，好陽陽，千萬別告訴任何人啊，尤其你表哥啊，要是他們知道了，我就完了。」

看著陽陽還是一副大義凜然的樣子，梅香急了：「陽陽，你要告訴別人了，我就跟你斷交，真的。」

說完還硬逼著陽陽發誓不告訴任何人，陽陽終於被威懾住了，無可奈何地偃旗息鼓了，好像一場即將上演的精彩動人的好戲沒得唱了般，無精打采。

梅香鬆了口氣，她想，自己成績又不咋地，個子又不高挑，身材還圓圓的，李超怎麼會看上自己啊？而李超簡直是優秀的十全十美，學習成績優異，形象陽光健康得像枚光亮的太陽，人品又好，運動出色，每學期都會獲得一大堆讓人艷羨的各種榮譽獎狀，聽說他們班上的女生大部分都喜歡他。

要是李超知道自己喜歡他，不但不可能垂青自己，反而會瞧不起自己吧？那以後連看他打球的機會都沒有了。

只要能經常看到李超打球，梅香就已經覺得很滿足了。

只是，梅香發現李超並不是很活躍外向，經常一個人捧著書在學校池塘邊僻靜的角落的香樟樹下，看累了就靜靜地眺望著遠處的水面，眼神裡有著淡淡的憂鬱。

李超高三畢業了，聽說要去美國留學，在九○年代的霍邱這個小縣城，可是件了不起的大事。

李超所在的高三年級離校的那一晚，梅香纏著要跟陽陽睡覺，捂著被子哭得昏天黑地，半夜都還哭醒了一次，弄得陽陽倒覺得好像自己虧欠了梅香似的。

梅香以為自己此生永遠見不到李超了。

可是，待會兒，竟然可以見到他了？這已經有多少年了？梅香記得很清楚，李超離開的那一年是 1995 年，啊，整整二十多年了！二十多年？李超是什麼模樣了？我還認得出來他嗎？

手機響了起來，梅香一接通，陽陽就萬分抱歉和無奈地說道：「梅香，今晚的聚會來不了。」

「哦……」汽車突然猛烈地顛簸了一下，梅香瞬間覺得空落。

「不是，不是……是我來不了，總公司檢察部搞什麼各分公司突擊抽檢，剛才領導突然空降我們安徽分公司，今晚我們必須加班加點彙報工作，怎麼就這麼巧啊。李超已經約好了，不能爽約啊，人家大老遠的從國外回來……哈哈，天意，梅香，今晚，你就替表哥和我招待李超了。」陽陽哈哈大笑。

「陽陽，人家都成家立業的了，你還開什麼玩笑啊？」梅香尷尬地說道。

「行了，交個朋友總可以吧，好姐妹，你就幫幫我吧，你千萬不要說你也不去了。」陽陽請求道。

「好吧。」梅香爽快地答應了。

到達陽陽預定的餐館，陽陽可真會選地方，三面圍合式的徽派建築，圍著一灣湖水，湖邊的一排楊柳樹簇擁著一棵開得荼蘼的花樹，旁邊有幾張古色古香的小方桌，正適合三兩親朋故友小酌盡興。

服務員小妹見梅香報了陽陽的預定餐號後說道：「姐姐，你們預定是二樓的包房，高端大氣上檔次呢。」

「麻煩你了，我們現在就兩人了，我喜歡這湖邊樹下的小方桌，我就先坐這兒，好嗎？」梅香和服務員協調。

服務員也就答應了，隨即上了一壺茶給梅香。

梅香坐下來看了看時間，5：20分，快到約定的時間五點半了。

梅香往餐館入口處看了看，正看見一位高大中透著儒雅的男人，也正向這邊張望。四目相對，梅香一下就認出來了，是李超。梅香的臉一下就紅了，略略含羞地笑了。

男人也隨即笑了，迳直向梅香走過來，定定地站在梅香面前，喊了聲：「梅香。」

梅香驚訝地問道：「你，你怎麼認識我呀？」

「陽陽講，今晚你代陪我啊。」李超笑了，露出一口潔白的牙齒。

「可是，你並不認識我呀。」梅香俏皮地繼續追問。

「陽陽說，一個陽光嫵媚，有著一雙大眼睛還有天然捲髮的女子。我剛才放眼望去，這一院子的人，只有你笑得陽光般的燦爛，應該是你吧。」李超有點遲疑地說道。

「好吧，不愧是高材生，眼光屬害哈，請坐吧。」梅香打趣道。

李超坐了下來，有點傻傻地直視著梅香，梅香不好意思地笑了，李超也有點不好意思笑了：「聽陽陽講，你也是我們霍邱一中的師妹？」

不出梅香意料，李超是對梅香一點印象也沒有，甚至連梅香永遠忘不了的醬菜事件都記不得了。這也不奇怪啊，那時，自己那麼平凡。

「是啊，你回過霍邱一中了嗎？我們的母校。」梅香邊給李超添茶邊問道。

「剛剛回去過，一中變化可大了，增加了幾大棟漂亮的教學樓，校區又擴大了好多，以前我們上學的時候的小樹都長成參天大樹了。」李超說起一中就有了話題。

「你去看看籃球場後面的那棵香樟樹了吧。」梅香嘴角掛起一絲神秘的笑容。

「那當然，以前我們幾個哥們打完籃球總會在那棵樹下休息，閒聊會兒。咦，你也喜歡那棵香樟樹嗎？」李超好奇地問道。

梅香笑了笑沒有回答，而是又問道：「食堂的咕嚕肉，也去嘗過了嗎？」

「哈哈，怎麼也忘不了那個美味，上學時，我們每次籃球訓練比賽後，輸了的就非要請吃咕嚕肉不可。你也喜歡吃嗎？」

兩人就像老朋友般的你一言我一語的聊開了，說起一中的趣事，談到霍邱的過往，笑聲朗朗。

梅香笑意盈盈地打量著眼前的李超，比年少時更加成熟寬厚，身材也比以前更加健碩，多了一副無邊框眼睛，硬朗中平添幾分儒雅之氣。

「啊哈，忙著和你說話，我竟然忘了點菜，不好意思，讓你挨餓了。」李超掠過一絲不易覺察的怯懦和疲倦，迎著梅香滿面笑意的看著自己的眼光，想起應該點菜了，抱歉地招呼服務員。

李超不斷地詢問梅香喜歡吃什麼，梅香說：「你是遠方回來的客人，以你為主吧。」

「不行，你是女生，你愛吃啥就吃啥，我都可以。」李超體貼地回應。

兩個人就拿著服務員遞過來的一份菜單，兩個腦袋湊在一起，商商量量地點了幾樣安徽土菜，涼拌霍河口鎮的青蘿蔔、霍邱野生菱角燉排骨、宮燈鱔米、口袋豆腐。

涼拌霍河口鎮的青蘿蔔很快端了上來，李超就殷勤地給梅香夾了一筷子，兩個人異口同聲地讚嘆：「爽快，還是家鄉菜好吃啊。」

四月的楊柳枝帶著嫩嫩的新芽在眼前輕輕擺動著，微風吹來，花樹的粉白花瓣漫天飄散，湖水周圍已經有燈火映在水中隨波蕩漾，小方桌上的橘黃的桌燈亮了起來，映照著梅香和李超興致勃勃談說的臉龐。

兩人又談起陽陽和她表哥過往的趣事，久遠的學生時代的事情，現在講起來特別好笑。

談笑中，兩人竟然發現又多了幾個彼此都認識的老同學，梅香班上有一個綽號「老牛」的男生，既是梅香的遠親也是李超的遠親，不知不覺中雙方的關係又走得更近了。

一瓣粉白的花瓣徐徐飄落在梅香的茶杯裡，梅香看呆了，好奇地問道：「太美了，這是什麼花呢？好像不是桃花，也不是杏花？應該是海棠花？」

「呵呵，你要問我軟硬件開發嵌入的知識，我可以告訴你，花嘛，我就不懂了，我給你問問。」李超說完，稍頓了下，就站起來走到花樹下，招呼來服務員，交談了幾句。又俯身在地上撿起來一朵完整的掉落的花朵，走回來，放在梅香的手裡，認真地說：「她們說是海棠花，垂絲海棠。」

「哦，垂絲海棠，好美的名字。」梅香把手中的花朵伸到方桌的燈罩下觀賞，內心如同溫馨燈光下的花朵般暖意融融，漂洋過海，歲月荏苒，李超細心體貼的性格依然如此。

吃得差不多了，梅香看了看時間，不知不覺過得真快，已經快九點鐘了。

梅香就對李超說道：「李超，謝謝你陪我度過了一個愉快的夜晚。但你明天要走了，今晚早點休息吧。」說完，就要招呼服務員買單。

「梅香，我剛才上洗手間已經順便結了帳，你是女生，怎麼好意思讓你請，是你給了我一個開心回憶的夜晚，應該謝謝你。」李超說道。

「你太客氣了，陽陽給我的任務沒有完成，她會責怪我的。」梅香開玩笑說道。

李超沉思了下，笑著試探道：「那給你一個完成任務的機會，好嗎？吃完飯，你陪我去『中隱於市』逛逛。聽說，那裡挺有人文氣息的，我還沒去過。」

梅香沒想到李超還會繼續邀約，遲疑了一下：「好吧，陽陽帶我去過一次，倒是挺有情趣的。」

李超在路邊招了輛計程車，禮貌地拉開車門，請梅香先上了車，計程車司機一聽去「中隱於市」，二話沒說就驅車前往。看來，「中隱於市」已經是合肥市路人皆知的一張文藝名片了。

兩人在曙光路下了車，沿著街邊樹幹斑駁的法式梧桐走了幾百米，一片東情西韻的新徽派建築，在燈火與闊葉的掩映下若隱若現。

各色溫馨浪漫的燈光，從各種或大或小或深或淺，掛著中文或英文的店鋪中透露出來，交錯的深深淺淺的街道和巷口瀰漫著輕吟淺唱的情調。

心情不由蕩漾著閒適的輕快，梅香和李超相視一笑，默契地並肩沿著街道一家接一家地閒逛開了。

幾乎每一個店鋪，兩個人都饒有興趣地探頭進去，東看看西瞧瞧。

從堆滿來自世界各地的大大小小的罐頭的藍白相間的罐頭黨出來，又進了保羅的口袋獨立書店；從夢工廠的手工花禮店出來，梅香的手中多了捧漂亮精巧的小小花束，又進了造船廠咖啡館；從藍色小屋迷途時刻兩人各捧了一支酸奶冰淇淋出來，又進了溫柔之風飾品小店；從阿宅便利店梅香抱一個小泰迪出來，又進了蕾丁卡卡寵物店。

一路上，幾乎每一個店鋪，梅香都津津樂道地從服裝到咖啡，從紅酒到冰淇淋，從圖書到花藝，或歷史人文或品牌故事，或工藝特點，興奮地說個不停。李超微笑著靜靜聆聽。

時不時欣賞地插上一句：「你這小腦瓜古靈精怪的，裝了這麼多東西啊，你懂得可真多，我除了電子工程相關，其他幾乎都沒在意過。」

兩人在東西巷酒吧一條街，穿過凱文的秘密、目的地、DARLING、巷子尾、8 號時光，走到 PeterPan 長不大的孩子時，梅香笑了：「我覺得我們現在真像兩個長不大的小孩，歡天喜地地穿街走巷，沒有目的開心逛逛。」

李超也笑了：「這種沒有目標的瞎逛逛真好，難得這麼放鬆。要不，我們找個安靜的地方坐下來喝點東西，你可能也走累了。」

梅香配合地點點頭。兩人走到一個透著暖暖橙色燈光的不知名的巷子，走到盡頭卻是一家無名的小酒館。

　　倚窗有兩個小小的卡座，鋪著藍色的碎花布，隨意扔著厚實的抱枕，小小的燭火跳動著，窗外是一個細細緩緩的溪流，窗邊爬滿了綠色的藤蔓和不知名的野花。

　　酒館可能因為僻靜竟然一個顧客也沒有，只有一個小伙服務員，看見李超和梅香進來，抬頭微笑算是招呼。

　　李超徵求梅香的意見說：「這麼好的夜晚，我們要一支紅酒，微醺一下吧？」

　　梅香舒服地靠在軟實的座椅上，笑著應了。

　　兩人選了一瓶包裝別致的澳洲紅酒，外加幾小碟瓜果點心。再各自晃動著闊大的水晶玻璃杯，輕輕地醒了會兒酒，不約而同地舉杯相觸，玻璃杯一聲輕快地觸響，彼此開心地笑了。

　　幾次杯酒相碰下來，梅香覺得臉上微微發熱，開心愉悅的心情隨著酒的熱量向上湧動。

　　李超似乎也完全放鬆下來，摘下眼鏡，揉了揉眼睛，癱軟地斜靠在小長沙發的舒適的靠背上，長長地吐了口氣。

　　放鬆下來的李超，好像心事重重，不再說話，只是沉默地頻頻舉杯向梅香邀酒。

　　舉起酒杯，看著梅香的時候，眼角會閃過一絲笑意，放下酒杯，就陷入好像無限疲憊的靜默。

　　「逛街累了吧？」梅香體貼地笑道。

　　李超點點頭又搖搖頭。

　　「你有什麼事嗎？」梅香又關切地問道。

　　「……累。」李超猶豫了一下，又蹦出一個字。

　　梅香看著李超矛盾疲倦的樣子，心想，他平時可能太忙太累，難得放鬆下來，也好。就不再多言，只是笑意盈盈地陪著李超喝酒。

　　「梅香，你一直都這麼開心歡笑嗎？」李超突然好奇地問道。

　　梅香楞了一下，笑道：「這個問題啊？有意思。其實，我有一段時間也挺鬱悶的，性格中也有多愁善感的一面。自從練習瑜伽以來，就越來越開心，越來越安享每一個當下。即使遇到困難和挑戰，也能勇敢地面對，很快地超越，嗯，總的說，越來越好吧。」

　　「真羨慕你，隨時開心的樣子。」李超感慨地說道。

　　「你也一樣啊，應該也是開開心心啊？你看你多好啊，留學海外，又是當今世界最需要的精英人才，在全球最先進的美國成家立業，夫人和孩子應該也挺好的吧？」梅香笑著帶點調侃，又帶點試探地問道。

　　「哎，那都是表面……喝酒，喝酒吧。」李超又嘆了口氣，滿腹心事，欲言又止地舉起了杯。

梅香心想:「哎，每個光鮮的表面下或許都隱藏著不為人知的傷痛吧。尤其，李超在國外，可能也難以有人傾訴。」也就帶著理解的神情陪著李超乾杯。

　　「李超，你有孩子了吧? 男孩還是女孩啊? 多大了? 應該很可愛吧?」梅香想找一個開心的話題打破沉悶。

　　這招果真管用，李超馬上從手機中搜出一張照片來，遞給梅香看:「你看看，這是我兒子保羅，九歲了，可愛吧?」

　　梅香一看，父子倆的大頭照，一個黑頭髮大眼睛高鼻梁白皮膚的男孩，活潑可愛地抱著李超的脖子。

　　「哇，好可愛、好帥氣迷人的男孩子，是混血吧? 才會有這麼漂亮。」梅香讚嘆道。

　　「嗯，他媽是美國人……哎，要不是因為孩子，我都想一個人浪跡天涯去了。」李超又洩了氣。

　　梅香像是無需說明，一切都很理解地舉杯輕碰李超的杯子:「都會好起來的啊。」

　　這輕輕的一句感同身受的話，卻瞬時讓李超受到百般安慰。

　　「梅香，在國內的好多人想出國，那是可能沒有體會，在異國他鄉的孤獨和苦楚。

　　當年，我哥倫比亞大學電子工程碩士畢業，就想回國了。

　　可打電話給爸爸，他說，你好不容易考上常春藤名校，是件光宗耀祖的事情，國內基礎設施差，別回來荒廢了。我就只好留在美國。

　　憑我的學歷專業，工作倒不難找。很快被一家國際知名的醫藥集團所設的醫療器械研究所聘用，從事相關高端醫療器械軟硬件的嵌入開發。薪酬福利倒是不錯，只是在國外華人很難進入主流社會，也只有努力適應了。

　　我的太太是公司的同事，我工作的助理，她當時主動熱情追求我。我性格比較內向，也不太擅長交朋友。覺得她也不錯，就在美國安個家吧，也實現爸爸的願望。」李超說道這裡又嘆了口氣，停了下來，呆呆地看著酒杯。

　　梅香端起分酒器，給李超和自己的酒杯添上酒。沒有打擾李超的沉思，而是自己先端起酒杯淺飲了一口。

　　李超也端起酒杯喝了一口。梅香把一碟鹽煮青豆輕輕推到李超手邊，李超拿起幾顆在口裡慢慢地嚼著繼續說道:「本來在國外的日子也就這樣平淡地過了，可是越來越難過。我和美國太太之間本來就存在著東西方文化差異，再加上她也覺得我這個人其實苦憋無趣吧，已經和我提出離婚申請，分居大半年了。」

　　「我在原來的工作單位做了快二十年了，做到相當於研究所的副所長吧，也做到頂點了，我們這些外國人很難做到第一位置，呵呵，在國外人的眼中，我們雖然擁有美國國籍，但還是外國人。」李超苦笑了一下。

　　「我們所的第一把手是美國佬，和我合不來，也總是找我問題。我也幹厭倦了。可是，

怎麼辦呢?

「離婚吧,我骨子裡又是個傳統的中國人,我想為了孩子維持完整的家庭。不離吧,我無力改變和太太關係斷裂的現狀,我們倆的分歧實在太大。」

「工作呢? 再在美國換一個公司倒也不難,早有獵頭公司挖我,但換了也就這樣,不會有什麼新改變。國內深圳有家同業的上市公司,倒是很希望我回國工作。可是,在國外混了這麼多年,雖然還是沒有全然的融入,但又怕回了中國,早已不適應國內了。」李超終於把自己一肚子的苦水倒了出來,仰面把頭擱在厚實的靠墊裡,無奈地閉上了眼睛。

「我覺得……我難道是個什麼都失敗的男人嗎?」李超又自問自答地補充了句。

梅香一直溫柔地看著李超,靜靜地聆聽,桌上靠著窗邊的燭火忽左忽右地微弱地沒有目標地忽閃著,像極了李超矛盾重重無力無奈的心情。

「來,李超,吃片白切,這可是我們安徽傳統的名小吃。」李超坐了起來,梅香就伸手餵給了李超。

「謝謝你,梅香……也真不好意思,我們第一次見面,我就給你倒一肚子的苦水,呵呵,我也不知道為什麼,我從不和別人談這些,哪怕是父母。但忍不住想說給你聽,對不起啊。」李超有點不解自己怎麼會這樣似的納悶地說道。

「呵呵,謝謝你對我的信任啊。」梅香笑了,話題一轉:「李超啊,你現在還打籃球嗎?」

「這個?」李超對梅香突然問起這個問題感到有些意外:「幾乎沒有,運動都很少了,忙工作、忙孩子,孩子大都是我在照應。」

「呵呵,你知道你當年打籃球有多麼陽光多麼精神嗎? 朝氣蓬勃,好像無所不能似的。」梅香託著腮幫,目光望著李超身後,像看到遠方的畫面,興奮地說道。

「呵呵,那段天天放學後就打籃球的時光真是讓人難忘啊,確實每天鬥志昂揚,很充實、很開心。」李超來了精神:「咦,梅香,你怎麼知道我愛打籃球呢?」

「嘿嘿,我不但知道你愛打籃球,還知道你是中鋒主力,還知道你贏了多少場比賽。那時,學校娛樂少,很多女生都愛看球賽啊,尤其愛看你打球。」梅香狡黠地笑了。

「真的? 你逗我開心吧。」李超將信將疑,顯然來勁了:「那你說說,我一般在那個球場練習?」

「3 號球場,靠教學大樓的那個。」梅香肯定地回答。

「我穿什麼顏色的球衣?」李超想了想又問道。

「高二的時候,大多數穿紅色和藍色。高三的時候,白色和藍色。」梅香毫不猶豫地答道。

這下,李超顯得又興奮又緊張,像有什麼巨大的秘密即將揭曉,沉思了下,很慎重地問道:「我球衣的號碼是多少?」

「有過兩個,嗯……」梅香調皮望著李超,故意停頓下來。

「不急,不急,你好好想想,不要說錯了。」李超一副好怕梅香說錯的樣子。

梅香搗蛋似的慢吞吞地說道：「這個嘛，一個是 7 號……另一個是 9 號。」

李超鬆了口氣，像中了獎似的開心，臉上一掃剛才的陰霾，看梅香的眼神格外明亮起來。

梅香見李超心情大好，就又故意神神秘秘地說道：「其實，我們倆不是第一次見面了，你知道嗎？」

李超認真地想了想：「不會吧，你又逗我開心？」

「真的，要是我說的是真的，你就自罰三杯哈？」梅香俏皮地挑釁道。

「哈哈，是真的？那當然，我正想醉一回呢。」李超馬上表態。

梅香就把陽陽表哥帶李超來找陽陽，不小心打破醬菜罐，李超幫梅香收拾的糗事繪聲繪色地講了一遍。梅香自己都覺得奇怪，中學時代總是好尷尬這樣的相遇，甚至在腦海裡編演了好幾個浪漫唯美的重新相見的場面。現在，原版講出來卻覺得好特別，很好玩，一切都是最好的安排。

「哈哈哈」，李超聽完大笑，忍不住伸出手去輕輕刮了一下梅香的鼻子：「你真可愛，我是說你現在講這個故事的樣子好有趣。」

李超爽快地拿過加酒器，主動連加三次杯，連續三次一乾而淨。

「梅香，我怎麼那時候沒有關注你呢？」李超含情地看著梅香，有點醉眼迷離：「要是我那時候關注你，也許很多事就發生改變了。可惜，我那時只關注學習和運動。」

「運動好啊」，梅香接過李超的話頭：「我那時不運動才可惜呢，也奇怪，那個時候，我就是堅持不了一項運動，所以特別敬佩你，覺得能堅持運動的人就是不一樣，有毅力有幹勁。」

「自從我練習瑜伽以後，真的體會到了身心靈運動的好處。越來越靜定清明了，內在的衝突也越來越少，身心隨遇而安的快樂多了。我發現，我身邊的很多朋友，只要是熱愛和堅持一種運動的人，基本都能保持良好的狀態迎接困難；或者在遇到挑戰時，因為運動而改變提昇了自己的不佳心態。這有點像修行的法門，每個人都不一樣，高爾夫球、遊泳、跑步、網球、羽毛球、攝影、品茶……甚至炒菜、打掃衛生也是修行的法門，關鍵是熱愛和每天堅持。」

李超聽了梅香的這番話，肅然起敬地點點頭：「你說的對啊，哎，我這些年也多少次想撿起運動，都找各種藉口推脫了。」

梅香盯著李超，調皮又認真地說道：「我的運動員偶像，你試一下，重新開始一項運動或者愛好，重新回到你衝勁十足的少年時代？」

李超有點遲疑但又使勁地點點頭：「我會馬上去嘗試，我的梅香師妹。」

梅香噗嗤一聲笑了，伸出小指頭和大拇指：「我們拉個鉤吧，說話算數哈，拉鉤拉鉤，百年不變。」

「好吧，好吧，就聽你這個淘氣的師妹的吧。」李超伸出手，兩人的小指鉤在一起，大拇指認認真真地按緊。

「來，乾一杯，慶祝一下我們的約定吧。」李超高興地拿起分酒器一看，只有最後一點了：「還沒盡興啊，我們再來一瓶如何，梅香？」

梅香一看時間，過得真快，深夜12：30了，就回應道：「李超，你明天就要離開合肥了吧？我也要回廣州。已經很晚了，我們都回去休息了，好嗎？」

「是啊，我明早新橋機場7：50的航班飛香港，再從香港飛紐約。是應該回酒店休息了。只是好不容易見到你，以後怕是再難以相見了？」李超顯然依依不捨。

「是啊，一別就是20多年了。我沒有想到今天竟然會見到你，我已經很驚喜了。謝謝你，還給我這麼多禮物。」梅香一手拿起花束，一手拿著小泰迪，舉起來開心地向李超搖晃著。

「呵呵，小禮物啊，你喜歡就好。」李超看著梅香開心的樣子，遲疑著説道：「我們喝完這杯酒，再聊幾句，就走好嗎？我還沒問你過得怎麼樣呢。」

「謝謝，還好……越來越好。」梅香應道。

李超猶豫了下又問道：「你也結婚了吧？他對你好嗎？」

梅香微笑著説道：「去年離婚了，還沒有孩子呢。」

李超憐愛地説道：「對不起，我不知道這些情況，可能問道你不開心的事了。」

「沒有關係，緣來緣盡，這段婚姻讓我學習和成長了不少，一切都是最好的安排。我其實挺感激和祝福他。」梅香依然平靜地微笑。

「好吧，也祝福你。」李超真誠看著梅香，像是滿足了一切答案，終於可以告別了：「你住哪裡？我送你回家吧。」

李超攔了輛計程車，先送梅香回她住宿的二舅家。

兩個人默默地坐在計程車的後排，都不再説話了。梅香心裡明白，李超也在想，今晚這相隔半生的匆匆一聚，以後不知道什麼時候，還可不可能再見了！

「梅香，你有微信吧，我們加為好友，以後就可以聯繫了，好嗎？」李超突然想起一個好辦法似的驚喜。

梅香拿出手機和李超加為微信好友的時候，計程車已經到二舅家的小區門口了。

李超先下了車，為梅香拉開車門，待梅香走出來，李超很是不捨：「梅香，我，我可以抱抱你嗎？」

梅香覺得自己的臉在黑暗中一下紅了，但身子已經不知覺地向著李超張開的懷抱傾斜。

李超一把緊緊地抱住梅香，在李超高大的身軀裡，梅香的頭正好靠在李超的胸口，李超一手輕輕地撫了撫梅香的頭髮，梅香感覺到兩個人的身體都在微微地顫抖。

計程車司機有意無意地按了下喇叭，李超鬆開了梅香。

梅香站在原地，目送著李超在的計程車裡揮手遠去。

這一夜，梅香幾乎是半夢半醒。

第二天，梅香回到廣州，一直都覺得和李超的偶遇恍若夢境，卻又溫馨得如此真實。如果二十多年前的少女梅香，知道有一天，自己可以與心中朝思暮想的籃球王子，共度一個美妙的夜晚，她應該滿足和開心了。

此生足矣，只要他過得好就好了，哎，祝願他一切都更好。

第三天早上，梅香還在睡夢中就被手機鈴聲驚醒，梅香睡眼惺忪地接通電話。

「你好，梅香，我是李超，不好意思，這麼早就打擾你了，還在睡覺吧？」在電話裡，李超的聲音渾厚而又富有磁性。梅香驚喜的睡意全無：「李超啊，你到哪裡了？回美國了嗎？」

「我昨天改變了行程，來到了深圳，已經辦完事了，今晚香港飛紐約。只有大半天時間了，但我想從深圳北坐7點鐘的第一班高鐵來廣州看看你，你方便嗎？可以嗎？」李超急切地說道。

「好啊，歡迎，只是辛苦你了，我開車到火車南站來接你吧。」梅香翻身坐了起來。

「我不辛苦，只要見到你，我就很開心。我怕辛苦你了，太早了，要不你告訴我個地址，我叫車來找你。」聽得出，李超在電話裡聽到梅香愉悅的歡迎之意，開心地鬆了口氣。

但梅香執意要去火車南站接李超，李超也就依從了梅香。

李超坐上梅香副駕駛位的時候，梅香羞澀地笑了，一日不見，恍若很久，卻又像老朋友般熟悉和親切。

廣州初春的陽光如同公路兩邊簇擁的鮮花一樣燦爛，暖洋洋的春意包融著兩顆開心又激動的心。

李超和梅香商量，他已經上網訂好下午3：38分廣州東站至香港的直通車，只要梅香覺得哪裡方便，兩個人走走都可以，關鍵是和梅香在一起。

只有大半天時間，去哪裡呢？附近有什麼地方好玩的呢？梅香突然想到距離南站不遠的長隆歡樂世界。年少的時候，不是有一個夢想嗎？和自己喜歡的男生騎木馬，坐過山車，該有多麼浪漫和刺激啊。

梅香想著就忍不住咯咯地笑了，李超知道點子多的梅香肯定有了好主意，寵信地看著梅香，跟著傻笑。

「我們去長隆遊樂場，你帶我坐過山車、海盜船、我們今天做一回長不大的小孩，好嗎？」

看來李超實在沒想到梅香會提議去年輕人玩鬧的地方，驚訝地笑了：「啊？那裡應該都是些刺激的遊戲嗎？附近沒有安靜點的地方嗎？」

梅香看著李超遲疑的眼神，更來勁了，嬌嗔地說道：「就去這兒吧，我們還是年輕人啊，

心不老就永遠不老啦。」

梅香一副興致勃勃的樣子，李超也就只好將就了，陪著梅香驅車直奔長隆歡樂世界。

長隆遊樂園裡，各式各樣色彩繽紛的遊玩設施籠罩著暖暖的陽光。剛剛進園的人們，三三兩兩，呼朋喚友地醞釀著躍躍欲試的興奮。

李超說道：「我們先玩點緩和的，熱身一下吧。」

梅香應聲「好啊」，目光已被迎著陽光，高高盪起的旋轉秋千給吸引住了，無數個空空的單人秋千在悠揚的音樂聲中旋轉蕩漾，像一個個音符此起彼伏地飛揚在空中。

清晨遊園的人還不多，只有李超和梅香，一前一後地各自坐上了秋千。

秋千高高地飛揚起來，掠過樹梢，飄蕩在藍天白雲下。梅香的心像羽翼般輕飄起來，扭頭看看李超，隨風蕩漾的李超也正滿臉陽光地望著梅香愜意的微笑。

梅香迎著陽光，開心地瞇縫起眼睛，清涼的晨風拂過臉面，恍惚間覺得自己就像隻鳥兒輕輕地飛翔在天空，旁邊還有一隻，靜靜地陪伴著。

兩人從秋千上下來的時候，梅香有點像被幸福輕盪的眩暈，李超自然關照地拉起了梅香的手，李超的手微涼，梅香心中卻已微微震顫，一股暖流緩緩傳遞。

李超拖著梅香的手，心情也雀躍起來，指著遠方對梅香說：「看你開心得像個孩子，你看那個彩虹飛船，滑來滑去的，你應該喜歡，我們去玩玩這個吧。」

「好啊」。梅香迫不及待地跑著向前，李超也邁著大步拉著梅香奔跑起來。

氣喘吁吁地爬上彩虹飛船，李超為梅香和自己扣好安全帶，腳下一踩按鈕，飛船就隨著彩虹樣的圓弧形坡度盪滑了出去。梅香一聲歡快的尖叫，喊道：「李超、李超，不要鬆開按鈕啦，我們一直盪到最高點吧。」

「好啊，好啊，你不要害怕啊。」李超忙不迭地應答，腳下緊緊地踩住按鈕，伸出手臂攬著梅香的肩頭，飛船飛快地盪到高處，急速地滑落到低點，又反方向盪到新的高處，李超和梅香一起興奮地開懷大笑。

玩完飛船，李超的額頭已經微微冒汗，梅香拿出紙巾輕輕地幫李超擦去汗珠。

遠處傳來一陣陣尖叫聲，不用看就知道，應該是過山車才有的刺激的大喊大叫。

「李超，我想玩過山車了，聽說長隆的十環雲霄飛車，是打破金氏紀錄的翻滾得最多最高最快的過山車呢，我小時候都不敢坐過山車，今天，你帶我挑戰一下，好嗎？」梅香一臉天真地望著李超。

李超笑道：「其實我年輕時坐過過山車，現在想起來都有點害怕，現在的過山車應該更先進更挑戰了。」但他看著梅香期待的眼神，咬了咬牙，豁出去了般：「好吧，今天，我和你就一起挑戰一回，你可別嚇得哭鼻子啊。」

梅香滿足地跟著李超來到十環過山車處排隊，只見忽高忽低蜿蜒盤旋的軌道上飛快地翻滾著捆綁著人們的雙排列車，一浪高過一浪的聲嘶力竭的喊叫聲忽近忽遠地傳來，梅

香不由緊緊地抓住李超的手。

「哈哈，還沒上去你的手心就已經出汗了。要不，我們不玩這個啦，看把你嚇的。」李超憐愛地搖搖梅香的手。

梅香嘟著嘴皺起眉頭，俏皮地迎著李超的目光，咬了咬嘴唇：「要！今天難得有你在，以後就沒人帶我了，我更不敢嘗試了。練了瑜伽後，我常想挑戰一些我以前不敢嘗試的事情呢。」

李超不置可否地摸摸梅香的頭。梅香伏在李超耳邊，悄悄地說道：「我教你個瑜伽的秘訣吧，你要是害怕，深長地呼吸就不怕了。」李超笑著無可奈何地搖搖頭。

輪到梅香和李超的時候，剛好在新一輪列車的第一排。

李超讓梅香進到裡面座位，自己在外圍座位坐下來，檢查好兩人的安全帶，就用自己的右手握住梅香的左手。梅香深深地吸了一口氣徐徐地吐出去，微閉著雙目，一副等待著重要時刻來臨的模樣，反倒是李超又是緊張又是興奮地緊緊捏了下梅香的手。

喇叭裡響起，過山車即將開啓的話音通告，長長的列車，一排排雙雙坐滿了幾十號人，剛才都還嘰嘰喳喳興奮的人們突然變得靜悄悄的，過山車開始緩緩地向上攀爬，速度很慢，隨著坡度越來越陡，身體開始傾斜，梅香的心跳卻越來越快。

梅香覺得心都快到嗓子眼兒處時，過山車到達了最上空的頂點，還沒來得及鳥瞰四周的美景，倏地一聲，過山車開始翻滾著急速地往下俯衝了。瞬間，梅香覺得心飛了出去，腦袋裡一片空白。周圍傳來瀕死般的尖叫撕裂著耳膜。

「完了，我是不是快死了。」梅香驚慌失措，想喊，喊不出來；想扭頭看看李超，疾風中，僵硬的脖子根本不聽使喚。

「天啊，快停下來吧，快結束這可怕的遊戲吧。」梅香的腦子裡飛快地祈求，但是過山車非但沒有停下來的徵兆，反而是更加劇烈地旋轉、垂懸、翻滾、急衝、天崩地裂般地震蕩，梅香下意識地睜開緊閉的雙眼，天旋地轉，趕緊又嚇得緊緊閉上。

梅香幾乎窒息般的呼吸困難，呼吸？呼吸！深長地呼吸，天天練習的瑜伽的深長呼吸！深呼吸可以平衡正副交感神經，讓心靈靜定！

梅香馬上條件反射似的深深地吸氣，再吸氣，慢慢地鼓起腹部。飛旋的世界竟奇蹟般地慢了下來，屏住呼吸，梅香覺得整個身體飄忽在了空中，自己和飛馳的過山車融為一體，歡快奔放，無所顧忌。沿著無限安全穩定的軌道，朝著明晰的目的地，勇往直前地飛奔。

過山車在梅香徐徐的呼氣中，穩穩地停在了站臺。

梅香側臉看看李超，李超還緊緊地閉著雙眼，滿臉憋得通紅，右手還使勁地抓著梅香的手。可是，剛才，高度的緊張中，梅香竟然感覺不到李超的手了。

「呵呵，呵呵⋯⋯」梅香率先笑個不停。

驚魂未定的李超這才慢慢睜開眼睛，胸脯劇烈地起伏急喘，嗔怪地看著梅香，搖搖頭。

身後傳來有人哇哇大哭的聲音。

李超在工作人員的幫助下，攙扶著梅香走下過山車，扶著通往出口兩邊的欄杆，艱難地向前挪步。

剛一挪出走道，失去欄杆的支撐，李超一個踉蹌，絆著梅香差點摔倒。李超忙一把抱住梅香，兩人擁抱著互相依靠，梅香觸碰到李超的雙腿尚在顫抖，不安襲上心頭：「李超，你沒事吧？」

「沒事，哈哈哈。」李超終於笑出聲來，乾脆什麼也不顧地拖著梅香一屁股坐在了地上。

「太刺激了，哈哈，梅香，虧你想得出來，這種玩法太緊張了，簡直是死去活來。哈哈。」李超伸出手臂像兄弟般的攬住梅香，一會兒搖頭一會兒點頭地笑道。

聽到李超的笑聲，梅香鬆了口氣，也跟著咯咯地笑開了。

「哈哈，你真是個調皮鬼啊，梅香，我上你的當了。太猛烈了，我以為我都死了。哈哈。感謝老天，讓我又活過來了。」李超親暱地拍打著梅香的肩頭。

「哈哈」，「咯咯」，兩個人坐在地上，你望著我，我望著你，像孩子般無所顧忌此起彼伏地大笑。

笑夠了，李超雙腿長長地伸展在地，雙臂支撐在身後，仰面望望藍天白雲，深深地呼了口氣，像忽然想起什麼。坐起來，輕輕地扳過梅香的肩膀，眼睛盯著梅香，一字一句認真地說道：「梅香，你不知道，我好久，沒有這樣放鬆、這樣刺激、這樣開心了……奇怪了，這一刻，我的那些煩惱，好像都隨過山車拋到了九霄雲外。」

「人沒有拋到九霄雲外就好啦。快到午飯時間了，我帶你去火車東站不遠的有個山清水秀的地方吃飯喝茶，壓壓驚，如何？」梅香有點不好意思地避開李超深情的目光，故意仰起臉望著天，調侃道。

當李超在珠江公園的品綠軒，面對一汪映著綠波的湖水，在圈椅上坐下來的時候，不由地感嘆廣州的 CBD 商務中心竟然鬧中取靜，有這樣一個綠樹環抱、山湖相映的好地方。

梅香向服務員要了茶具，從自己的背包裡掏出一個漂亮的玻璃小瓶，開心地晃給李超：「我給你泡，茶友親手做的好茶哈，雲南無量山 2300 多高海拔的古樹普洱生茶。」

李超好奇地湊著梅香打開的瓶蓋聞了聞：「嗯，清香，但我不懂茶，你泡啥都好。」

溫壺燙杯，盛茶入具，低沖快泡，輕拂茶沫，分湯入杯，梅香的一招一式，行雲流水般自然優美，李超看呆了。

「梅香，你泡茶怎麼這樣美？」李超忍不住讚嘆道。

梅香輕揚蘭花指，優雅地端起茶杯，微閉雙目，細聞幽香：「喜歡玩茶，就到處拜師學藝，嘿嘿，弄茶讓人靜定，我喜歡這種感覺。來，你嘗嘗，好喝不。」梅香雙手奉上一杯茶給李超。

李超端起茶杯，啜一口，沉默，又品了一口：「咦，在國外喝了這麼多年咖啡，我從來沒有覺得茶有這麼好喝過，香純回甘，真的。」

我 們心中充滿正能量，安全、陽光、健康，看什麼都很美好，這就是神。

如果心中太多負能量，恐懼、緊張、沮喪、傷悲或仇恨交織在一起，這就是心魔，也就是鬼。

AWAKEN THE SPIRIT WITHIN

喚醒內在神性
一場冥想瑜伽的療癒之旅

梅香滿足地笑笑，就又安然地沉浸在沏茶中，陽光溫潤地照著梅香微捲的黑髮，微風拂動著髮梢。

李超仔細地端詳著梅香沏茶，終於又忍不住打破寧靜：「梅香，你一點兒也不像遊樂園裡的梅香，遊樂園裡的梅香活潑靈動，現在的梅香又如此安靜無我，真有意思。梅香，你每時每刻都過得這樣投入自在嗎？」

梅香笑了：「嘿嘿，你總結的才有意思呢。嗯……練習冥想瑜伽前，我不是這樣，經常思慮過度，魂不守舍。隨著天天瑜伽練習，朝內觀，練呼吸，醒神智，和自己的身心靈合一臨在，就越來越在當下了，越來越開心自在了。」

「哎，這樣多好，可是，我的煩惱太多了，哎……」拋到九霄雲外的煩惱像又回來附身似的，李超無可奈何地嘆了幾口氣。

「可是，李超，當下沒有煩惱啊，在此時此刻，你既沒有婚姻之苦，也沒有工作之擾，當下只有這杯好喝的茶，溫暖的陽光、青山綠水，還有一位美女在開心地為你泡茶啊。」梅香呡了一口茶，盯著李超認真地說道。

「哈哈，你說的也真有道理，好吧，是我把並不在當下的煩惱硬拉來了當下。」李超被梅香故意的認真勁兒逗樂了。

「咦，我好像經常這樣做啊，當下並沒有煩惱啊！」李超自言自語道，又若有所思地問梅香：「我最近甚至煩惱到經常睡不著覺、失眠，梅香，你說說什麼冥想瑜伽吧？有沒有功法可以幫助我轉變？」

說道冥想瑜伽，梅香就來了興致：「好啊，我教你個簡單易行的一分鐘呼吸法吧，只要一分鐘，你就可以開始發生轉變。」

「真的？就在這兒教嗎？不需要瑜伽墊盤坐嗎？」李超好奇地問道。

「這個一分鐘呼吸法，隨時隨地都可以進行，躺著、坐著、站著都好。這個功法雖然簡單，但功效強大而快速。焦慮、恐懼和擔憂被戲劇性地平靜下來。你會很快獲得情緒的轉變。」梅香進一步解釋道。

「太好了，那你快教教我吧。」李超迫切地說道。

「好吧，挺直腰背，微閉雙目。每分鐘1次呼吸循環，吸氣20秒，屏氣20秒，呼氣20秒。準備好了，深深地吸氣，1，2，3，再吸氣，不要換氣，保持吸氣……10，11。」梅香認真地示範起來。

「不行，不行，我5秒鐘就洩氣了。看起來很簡單的事情啊，做起來卻不簡單。」李超不解地咕噥道。

「呵呵，一般沒有練習過的人，是很難一口氣做到20秒，我們就從5秒鐘開始吧，1秒鐘1秒鐘的增加，好嗎？」

李超被梅香的善解人意感動得連連點頭配合，認認真真地跟著梅香從吸氣5秒，屏

氣 5 秒，呼氣 5 秒。又吸氣 6 秒，屏氣 6 秒，呼氣 6 秒……直到吸氣 15 秒，屏氣 15 秒，呼氣 15 秒。

做到 15 秒的時候，梅香讓李超提根鎖，然後放鬆：「你看，你進步多快啊，已經掌握要訣了，回去以後再練習吧，直到 20 秒。現在，肚皮餓了吧，我們點菜吃完飯，再送你去火車東站啦。」

梅香把李超送到火車東站二樓直通車檢票口，故作灑脫地揮揮手，就要告別了。

李超遲疑地看著梅香，想了想，還是把梅香拉到了柱子後面的僻靜處，還沒等梅香回過神來，就使勁兒地抱起梅香，又輕輕地把梅香放在地上，然後滿臉通紅地說道：「梅香，我真捨不得離開你，不知道，我們還可不可能再見！」

「嘿嘿，有緣就會再見的。你在國外要好好的，你要越來越開心快樂啊。」梅香開心地說道。

李超用力地點點頭：「你也一樣，要好好的。」就幾步一回頭地過了檢票口，直到遠遠的安檢處，彼此看不見蹤影了。

第十節 傾聽內心的聲音 追隨人生的使命

送走了李超，梅香回到家中，點起一支香，坐在瑜伽墊上，覺得一切應該重新開始了。

曉峰已經走了，如何讓祝福落地，現實生活成為安然，梅香知道還需要自己的努力。現在父母家人心中尚有餘悸，完全走出殘餘的、深藏的傷痛和陰影還需要一段時間，也需要梅香堅定不移地樂觀向上地陪伴。

梅香撥通了母親在上海的手機：「媽媽，正好我這段時間空閒，我想一家人有空就多出去旅遊玩玩，去什麼地方，您決定，好嗎？您和爸爸想去哪裡都可以。」

母親先還猶豫不去，說什麼，這段時間，梅香也累了，應該好好休息休息，又說什麼自己哪裡也不想去。

後來，在梅香笑聲朗朗的開導下，終於開口說：「實在想出去走走的話，我想去佛教名山，好嗎？」

「太好了，我一直有個願望，去四大佛教聖地拜拜，多年來只是閃念，以為太忙，恐怕很難有機緣成行了。媽媽，您的建議正好滿足了我冥冥中的心願。」

接下來，梅香就和父母、梅潔在電話裡，你一言我一語地商量好了拜訪四大佛教聖地的計劃，大家商議盡量在節假日期間，好等著梅潔一家放假同行，爭取兩年內完成四個地方的行程。最先確定了即將到來的五一勞動節假期，先去地藏王菩薩福地安徽九華山。

溝通了家人相聚旅行的事情，放下電話，梅香知道下一個冥想的主題緊跟著是，我下一步的工作是什麼？我應該做什麼？

梅香自斟自飲了一小壺古樹普洱，一杯熱熱的茶湯入口，梅香端正了一下身體，繼續盤腿靜坐冥想。

梅香從來沒有這樣靜靜地思考過，我應該做什麼樣的工作？從大學畢業，梅香就隨著機緣巧合隨性地決定著自己的工作，一直勤奮地努力向上，在互聯網商務的營銷策劃市場推廣領域，埋頭苦幹。

直到自己身心俱疲全面崩盤時，梅香也只是覺得是自己太辛苦工作，疲憊糾結於婚姻感情的原因，從來沒有思考過，這個工作適合我嗎？是不是我最愛的工作？這個工作是否已經成為了我的負累？這個工作除了薪酬以外，還帶給了我精神的滿足和價值成就嗎？

一直覺得有良好的工作環境和優厚的報酬，能讓自己相對穩定和富裕的生存的工作，就已經滿意了。

現在經歷了婚姻和家人的生離死別，滾滾紅塵，塵埃落定，梅香的心境也進入了前所未有的深沉的平靜。

梅香現在並不缺工作，行政總監年前就給梅香捎過韓總的話，歡迎梅香隨時回公司繼續工作；互聯網商務如火似荼，人才奇缺，一有高管離職，獵頭就一哄而上，梅香這段時間沒少接競爭公司的邀約電話。

可是，梅香對自己深耕了二十來年的工作沒有了感覺，甚至覺得是一種沉重的負累，潛意識裡深深地覺得自己應該重新思考工作了。

其實，梅香知道自己心裡有一個聲音在說，梅香，你做身心靈大健康產業吧，做你喜歡的事情吧！

但是，梅香的腦海裡同時冒出很多擔憂，身心靈產業怎麼做呀？

做一個冥想瑜伽教練嗎？這也太局限了吧？

梅香覺得瑜伽更多是一門技術，即使是綜合性很強，主旨在於提昇身心靈合一的冥想瑜伽，也更多地在於功法，而梅香根據這些年自身身心靈合一提昇的經驗。冥想瑜伽確實提供給了梅香寶貴的必要的能量、覺知、神性，但知行合一的覺悟還是梅香同時閱覽及細讀了一百多本身心靈的書籍，取其精華，去其糟粕地在生活工作中反覆實踐而得到的轉化提昇。

梅香覺得需要休息一下，需要啟發和頭緒。就深深地吸氣，屏住呼吸，提根鎖，慢慢地放鬆下來。

拉過一個靠枕，舒適地靠在上面，放起冥想瑜伽的音樂，隨手打開手機的微信，瞄瞄最近的訊息。

一個工作群裡轉發了一條信息，標題瞬間吸引了梅香的注意：能讓你全情投入的事業是什麼？

梅香馬上點擊開文件，是 5 個簡潔明了的測試題。梅香跳起來，取來紙和筆，迫不及待地記錄起來。

1. 你空餘通常在幹什麼？

梅香不用思索地寫著：練習瑜伽，閱讀身心靈的書籍

2. 幹什麼事讓你覺得不累，反而讓自己有活力，得到滋養？

梅香還是毫不遲疑地寫著：練習瑜伽，閱讀身心靈的書籍

3. 去書店你通常閱讀或購買哪一類的書籍?

梅香的筆在紙上飛快地移動：身心靈書籍

4. 做什麼事情，讓你覺得有成就有價值感?

梅香依舊不用思考：傳播冥想瑜伽，改變提昇了親朋好友的身心靈狀態；幫助了他人，讓他人開心，自己也開心。

5. 有什麼事情，即使不賺錢，你也願意幹?

梅香一口氣寫完最後的答案：傳播冥想瑜伽，幫助自己和他人更加健美、喜悅、神性。

問題最後備註：好了，看看你的回答，答案你已經知道了。

梅香把紙和筆擱在了一邊，深深地吸了口氣，慢慢地吐出來。

她又下意識地開始翻閱起手機微信的朋友圈來。

又一個朋友圈轉發的標題，映入梅香的眼簾：賈伯斯的十大勵志名言。

梅香看過賈伯斯的相關傳記，知道賈伯斯在創辦蘋果前，在印度靈修過兩年，後來拜日本禪師乙川弘文為師，甚至他還虔誠地邀請乙川弘文大師為他舉辦特別的佛教儀式婚禮，賈伯斯直到離世時，還保持著禪坐的修持。

賈伯斯曾經給他多年的競爭對手比爾·蓋茲評價：「如果他嗑過藥，有過靈修，他就完全會是個更有想法的人。」可見，賈伯斯認為靈修對他自己的事業與成功是如何的重要。

梅香不由仔細地閱讀賈伯斯的這十句話：

1. 「領袖和跟風者的區別就在於創新。」

是的，為什麼不去創新呢?

梅香想到，中國有林林總總的養生館、瑜伽館、美容院，有數不勝數的保健品銷售，醫療器械推廣，但是沒有一家全天然療法的身心靈綜合養生館。

從身體保養到精神康復療癒，全部採用瑜伽，靈性療癒，能量產品一係列全天然手法，內外兼修，啟動我們每個人與生俱來的身心靈自我療癒系統，幫助人們療癒疾病、恢復健康、增強能量、提昇靈性、延緩衰老、美容靚顏。

這是一個多麼新穎的奇思妙想啊。

賈伯斯創辦的蘋果公司之所以改變了人們的生活，影響了世界，就是因為賈伯斯敢為人先、為所欲為、毫不妥協、恆久堅持、永不放棄的創新精神啊。

2. 「成為卓越的代名詞，很多人並不能適合需要傑出素質的環境。」

通過三年日日夜夜的瑜伽修鍊，梅香深有體悟，變得卓越並不難，只要邁出第一步，天天身體力行地堅持，任何人都有機會變得卓越。

三年前的梅香，不敢奢求，有人會真誠地讚嘆自己比十年前還年輕、漂亮、充滿活力；

三年前的梅香，不敢想像，硬梆梆的身體可以變得如此柔韌，可以盤腿、可以劈叉；

三年前的梅香，不敢指望，自己身心靈像換了個人似的，整天焦躁、沮喪、不安，

對生活失去信心的自己，可以像現在這樣健美、喜悅、安然，經常不需要任何緣由，就會不知不覺地歡快地吹起口哨。

三年前的梅香，不敢相信，勇敢地經歷婚姻破裂，親人離世的生離死別之後，自己卻越來越堅強、豁達、愛與慈悲。

成為最卓越的自己，每個人都有潛力做得到。

想到這裡，梅香覺得，我還可以更加卓越，通過傳播冥想瑜伽，通過幫助他人健美、喜悅、神性，永遠走在卓越的路上。

3.「成就一番偉業的唯一途徑就是熱愛自己的事業。如果你還沒能找到讓自己熱愛的事業，繼續尋找，不要放棄。跟隨自己的心，總有一天你會找到的。」

通過前面「能讓你全情投入的事業是什麼」的 5 道簡明扼要的測試，梅香已經深刻地明白，身心靈健美的產業是梅香可以全心全意不計報酬投入的行業。

因為熱愛，即使遇到困難挑戰，也會樂於面對、勇於解決，不會輕言放棄；因為熱愛，即使暫時不賺錢，自己也會興致不減地繼續努力投入，直到成功；因為熱愛，即使從零開始，從無出發，更會激情澎湃，熱情滿懷地創造全新的事業。

太幸運了，我在人到中年，終於能找到自己熱愛的事業，這真是一件多麼值得慶幸的事情，好多人窮其一生，可能都未發現自己熱愛的事業，為了生計，苦苦掙扎在無聊的工作中，鬱鬱寡歡地了卻餘生。

4.「並不是每個人都需要種植自己的糧食，也不是每個人都需要做自己穿的衣服，我們說著別人發明的語言，使用別人發明的數學……我們一直在使用別人的成果。使用人類的已有經驗和知識來進行發明創造是一件很了不起的事情。」

這個，梅香想，和創新一點也不矛盾，正好是創新的一體兩面。在創新中傳承，在傳承中創新。

創新，並不是要創造一個前所未有的東西滿足人們並不存在的需求。

創新有很多種。把人類已有的千年寶貴傳承冥想瑜伽，結合現代人身心靈合一的多面需求，整合多種天然療癒的手法和技術，形成新型的身心靈療癒體係，這就是一種多麼有意義的創新。

5.「佛教中有一句話：初學者的心態；擁有初學者的心態是件了不起的事情。」

初學者的心態是創新的源泉。只要擁有初學者一切歸零、充滿好奇、不設邊界、勇往直前、追根探底、質樸感恩的特質，創新才可以源源不絕。

6.「我們認為看電視的時候，人的大腦基本停止工作，打開電腦的時候，大腦才開始運轉。」

這個嘛，梅香自個兒呵呵笑了，也贊同。

因為梅香自打工作開始就幾乎很少看電視，覺得電視消磨時間。看書，是梅香最愛

的休息方式。

　　還有，好像，喜歡玩遊戲一玩電腦的人似乎確實很聰明，例如李超，哈哈。

　　但是，無論電視還是電腦，玩久了都會讓人們脫離自己的身心靈，沉浸在虛無的另一個世界裡，不利於身心靈合一健美。

　　過於玩遊戲玩電腦都應該來修鍊冥想瑜伽，回到自己的世界，創造屬於自己每一個身體力行的美妙當下。哈哈。

　　7.「我是我所知唯一的一個在一年中失去 2.5 億美元的人……這對我的成長很有幫助。」

　　看到這句話，梅香看到了深藏在自己內心的恐懼，那就是害怕失敗。

　　自己近二十年來，一直都是在從事互聯網商務營銷策劃推廣的工作，突然一百八十度的大轉彎，做起和以前的工作毫不相關的身心靈大健康的事情來，我能做成功嗎？有人支持我嗎？有人相信我嗎？失敗了怎麼辦？

　　但，失敗又怎樣呢？即使是世界上最成功的偉大的賈伯斯也經歷過屢次失敗，甚至是慘重的損失，這只能更有力地佐證，「失敗乃成功之母」。

　　8.「我願意把我所有的科技去換取和蘇格拉底相處的一個下午。」

　　哲學，也是梅香最喜歡的學問，梅香認為身心靈本身就是哲學，是人與宇宙萬物合而為一的哲學，是人與自己相處的哲學，是如何熱愛生命熱愛生活的哲學。

　　梅香饒有興趣地閱讀過哲學小說《蘇菲的世界》，知道蘇格拉底是西方最重要的哲學家，代表著與對傳統神學論的反思和批判，落地於生活的哲學。在古希臘，以蘇格拉底為代表的哲學被認為是大逆不道的，因為它引進了新神，追求真理，他鼓勵人們聽從內心神靈的召喚，與傳統偏見的陰影抗爭。

　　賈伯斯用他的一生詮釋了蘇格拉底哲學所代表的這種「理性、批判、反思、創新」的人生態度與精神，他是蘇格拉底哲學在我們這個時代的化身。正是哲學，使賈伯斯跟隨自己內心的聲音，敢於做真實的自己，成為獨一無二的賈伯斯。

　　包括影響賈伯斯一生的佛學，在梅香的心中，本質也是一門哲學。

　　如果我們能修習好身心靈這門生命的哲學，我們的生活和工作就不可能不成功。

　　很多人對靈修普遍誤解，覺得靈修就是虛無空乏、淡泊無志、柔弱無爭、孤獨避世的標籤。

　　賈伯斯以其真實鮮明的個性，直面挑戰，跟隨自己的內心和直覺，為世界創造新的視界和無限空間的一生，是真正的靈修最精闢最現實最有意義的實踐與詮釋。

　　梅香覺得自己之所以修持冥想瑜伽，其中重要的原因之一，冥想瑜伽倡導在生活中修行，做一個勇敢的戰士，直面人生的挑戰和困難。這和賈伯斯的人生的精神是相同的理念。

　　如果，我能把這個現實的修行理念，通過冥想瑜伽的身心靈綜合養護事業，傳播給

更多的人，讓他們從此更加堅定勇敢，就像賈伯斯無論遇到任何困難都絕不退縮，無論是從被遺棄後的寄養家庭到大學中途輟學，從被自己創辦的蘋果公司趕出來到開辦 NeXT 電腦公司一年虧損 2.5 個億美元，從把自己的 6000 萬美元砸到皮克斯動畫工作室一度繼續虧損到身患癌症抗病八年直至離世，坎坷與困境始終與他相隨，但他卻忠誠於自己的直覺，跟隨內心的召喚，為人類留下了科技與人文藝術完美結合的蘋果公司，閃耀著偉大創新的光芒。

傳播這種「理性、批判、反思、創新」的靈修精神，該有多麼有意義啊，那將會改變多少人艱難困苦的一生啊，同時我自己又會是多麼美好的提昇啊。

梅香越想越覺得熱血沸騰。

9.「活著就是為了改變世界，難道還有其他原因嗎？」

我們是宇宙的一個細胞，只要我們好好地活著，我們就在為宇宙提供能量，我們就在改變世界，這是我們每個人與生俱來的生命的本質意義。

可是，又有多少人認可我們生命的基本意義？在好好地活著？試圖好好地活著？知道怎樣才能好好地活著？

絕大多數人都活得並不稱心如意，不少的人一直在艱難困苦中掙扎，甚至越來越多活得苦於找不到出路的人放棄了生命。

但是，這種困苦的人生是完全可以改變的。只要我們跟隨自己的內心，就可以喚醒內在神性，從此後，苦與樂、逆與順只是在我們一念之間就可以轉化，平凡的人生也會過得神性而美好。

我們改變了自己的世界，外在的世界也就心隨意轉，整個世界都會因為我們而改變。

是的，活著就是為了改變世界，梅香的內心深深被這個獨特的使命感動。

10.「你的時間有限，所以不要為別人而活。不要被教條所限，不要活在別人的觀念裡。不要讓別人的意見左右自己內心的聲音。最重要的是，勇敢地去追隨自己的心靈和直覺，只有自己的心靈和直覺才知道你自己的真實想法，其他一切都是次要。」

梅香從賈伯斯的傳記中，知道了賈伯斯終生保持了禪坐冥想的習慣。

據說，賈伯斯從不依靠市場調查或集體討論最後拍板決定產品，他更多地依賴個人的直覺。

在他兩百多平方米偌大的辦公室裡，除了地板中央放一塊坐墊以外，幾乎空無一物。在決策新產品前的這種重要時刻，他會一個人在辦公室裡靜靜地禪坐。

幾款不同的樣品放在他面前的地板上，等他靜坐冥想完畢，睜開眼睛，他就憑直覺從中拿起一個樣品，蘋果即將推出的新品就這樣誕生了。

而他的基於冥想而來的產品選擇，一再被市場證明是廣受消費者歡迎的，迎來了一個又一個巨大的成功。

在 1983 年，賈伯斯就發表過公開演講「我開始注意到比知覺及意識更高的層次——直覺和頓悟，這與禪的基本理念極為相近」「我跟著我的直覺和好奇心走，遇到的很多東西，此後被證明是無價之寶。」可見，自覺與明悟早就在影響賈伯斯的人生了。

　　梅香每一次想到賈伯斯在禪坐冥想中，跟隨內心的聲音的指引，提昇直覺而明悟，就會覺得自己特別幸運。自從練上冥想瑜伽以來，自然而然地在修持靜坐冥想中明悟了一個又一個人生的哲理，解決了困擾的問題，這就是內在神性被喚醒的寶貴經驗。

　　當心靜定下來的時候，你才會聽到內在神性的指引與召喚。

　　帶著責任感生活，嘗試為這個世界帶來點有意義的事情，為更高尚的事情做點貢獻。這樣你會發現生活更加有意義，生命的黑洞，將會被使命的太陽永恆的充實而光芒萬丈。

　　梅香覺得自己像和賈伯斯進行了一場身心靈的對話，跨越了時間與空間。

　　一支香燃完的時候，梅香俯首深深地跪拜，感恩自己從今後明確走上了身心靈大健康這條利己利人的光明大道。也感恩賈伯斯和「能讓你全情投入的事業是什麼」的測試題與自己的神性溝通。

　　到了五一勞動節，梅潔及姐夫帶著苗苗和父母從上海到了九華山，梅香也從廣州飛了過去，一家人在九華山會合。

　　到達當天的傍晚，梅香和父母商量，九華山是傳說中地藏王菩薩的道場，地藏王菩薩主管超度亡靈及提昇願力，我們請寺廟的和尚給弟弟做一場超度的法事吧。

　　梅香就讓梅潔和姐夫帶著苗苗轉山玩街去。

　　梅香和父母一起，請了一位大法師帶領眾多法師做了一場隆重的超度法事，鑼鼓齊鳴，香火繚繞，經文唱誦的梵音綿綿不絕。

　　整整 4 個小時的法事結束後，梅香看見父母臉上已是安然而平靜。

　　拜謝完法師，走出廟宇，梅香就對父母說：「今天我們在九華山是對弟弟最後的送別。以後，我們就往事不要再提，遊山玩水，拜好四大菩薩，健康快樂地過好我們的生活，好嗎？」

　　父母都連連點頭贊同梅香的說法。

　　第二天，梅香就帶著一家人去爬九華山海拔 1344 米的最高寺廟天台。

　　大家從山腳下，一步一個臺階地往上爬，苗苗受了梅香的鼓勵，要大家認真地聽她說：「我今天不要大人背和抱啦，我要自己爬上山頂，小姨說啦，獎勵全套的芭比娃娃玩具啦。」

　　全家人都被苗苗握著小拳頭自告奮勇的認真勁兒逗樂了，外公開心地鼓舞道：「我們苗苗真勇敢，外公外婆也要學習苗苗，靠自己的雙腿爬上天台山去。」

　　一家人就有說有笑，隨著逐步陡峭的山勢，一邊攀爬一邊瀏覽風景地走走停停。九華山雲霧繚繞，山峰與廟宇若隱若現，人如同身在仙境，妙曼飄然。

　　母親帶領著大家，見廟進廟，見佛拜佛，每一次，苗苗都學著外婆的樣子，把雙掌

合十在胸前虔誠地說道：「菩薩保佑，苗苗快快地爬到山頂啦。」一些氣喘吁吁地站在旁邊的登山客都被苗苗逗樂了。

不知不覺過了6個小時，一家人到達了天台山頂。站在陡峭高聳的山石上，遠眺風景，層巒疊嶂，山花爛漫，廟裡傳出陣陣鐘聲，仙樂飄飄。

母親放鬆地坐在山石上抱著苗苗，使勁親了一口，愉悅地感嘆道：「沒想到，我們今天兩位老人應了苗苗的祈禱，還爬到了這麼高的山頂，現在真是神清氣爽，沉重了好久的身子骨，都輕鬆了。」

梅潔和姐夫都隨聲附和，真是，天天待在大都市裡悶著，早就應該出來走走了。

第三天，拜別九華山的時候，一家人已是紅光滿面，精神抖擻，梅香心裡大受慰藉，太好了，我們一家人有了新的開始，我們一定要更加開心健康。

哪知，大家各自又回到上海和廣州後不久，梅潔就發來一條微信給梅香。

「最近心情還是不好，焦躁不安，老生病，總想昏睡。

老公又經常回家很晚，我就不信他的說法，是在加班，就老吵架，吵得很煩。我現在遇到親人離世的悲痛，他竟然不好好關心我，對我不負責任。

更可怕的是，前晚做了一個夢，夢見我躺在躺椅上，爹問我葬在哪？我很害怕，葬的應該是我，不會是苗苗吧？天啊，我絕望地說孩子還小為什麼葬，我一會說葬這，一會兒說葬那兒，說著說著，好像就回老家了，看見弟弟的墳墓。

梅香，我曾經給你說過，在弟弟離世之前，我雖然只知道他有病跟你去了印度治病，但我也做過一個同樣可怕的夢，夢見弟弟被擔架抬進了火葬場，裡面擺著很多蓋著白布的冷冰冰的擔架。後來，弟弟離世果真應驗了這個夢。

我現在太害怕了，難道真的有鬼嗎？

怎麼辦啊，我想讓父母開心，怕他們跟著害怕。」

梅香當時正在跟房屋租賃的中介公司的經紀人員探討著，想要的瑜伽身心靈養護館的場所的要求和條件。看見這條微信，心裡一緊，瞬間深深地感受到梅潔的恐懼和煩惱。

隨即回了：「我正有事，晚點回你，姐姐別怕。」

晚上回到家，梅香坐在瑜伽墊上，點了一支香，靜坐冥想了一會兒，就開始給梅潔回信。

親愛的姐姐：

非常理解你的恐懼與緊張，我們姐妹血脈相連，所以感同身受。

夢是你的恐懼造成，如果恐懼過大，恐懼的對象自身也充滿你恐懼的因素，恐懼的夢就可能以恐懼的方式投射到生活中，也就是恐懼從潛意識到顯意識形成現實的一個過程。

你預先夢見擔架抬著弟弟進火葬場也就是這個情況，因爲你知道弟弟這些年並不順利，潛在著很多危機，你潛意識爲他擔心。

傳說中的鬼神並不存在。

我們心中充滿正能量、安全、陽光、健康，看什麼都很美好，這就是神。

如果心中太多負能量、恐懼、緊張、沮喪、傷悲或仇恨交織在一起，這就是心魔，也就是鬼。

弟弟離世，我們一家人都已經深受驚嚇，你心中還潛藏著太多的擔心和害怕。我們都還沒有完全從弟弟的事件中走出來，這很正常，需要過程。

說道這裡，姐姐，我真的認識到弟弟此生是來度我的佛。

我總結弟弟以他的生命給我怎樣深切和真實的頓悟與覺醒：

一是一個人只有自己對自己負責任。其他任何人對自己擔負不了責任，即使是最愛的人。

二是自己健康快樂是對家人的最基本也是最大的貢獻。

三是熱愛生活，生命非常短暫和寶貴。

姐姐，我們必須堅強樂觀健康起來，這必須靠我們自己。你從小就是一個懂事、勤奮、成績特別優秀的人。或許，這一次經歷的功課比你任何一次考試都更重要和更具挑戰。

但是，首先爲了我們自己，我們必須修好這個功課，通過勤奮、學習、改變、磨礪，我們要成長得更健康快樂。只有我們更健康快樂，父母就會更健康快樂。

姐姐，妹妹愛你，從小就很美慕你學習考試總是那麼厲害。這一次，也相信你能做到，像你人生每一次學歷考試一樣優秀和出色。

妹妹以自己的實際成長經驗建議姐姐：

首先，鍛鍊好身體，身體好了精神就好，能量強，恐懼自然少了。或跑步或健身操或瑜伽，總之一定要有適合你的堅持的鍛鍊方式。

其次，與老公和諧相處也是個需要不斷學習和磨礪的功課。這不僅是你，也是所有女人的功課。我也在學習中。

弟弟的離世，我們不能指望親朋好友，其他任何人對我們的悲痛負責任。歸根結柢，我們的人生唯一能負責任的是自己。

所以，你要更好地愛自己，首先對自己的健康快樂負責任。

當你對自己負責任的時候，老公自然會更愛你，捨不得離開你。否則，你依賴他，天天擔心害怕他在外面有問題，導致經常吵架，不但無濟於事，反而會越來越糟糕。

好了，也跟姐姐分享一下，我最近更加開心和有動力，因爲我明確了我人生最熱愛的事業和使命，從事身心靈大健康的產業，提升自己，幫助親人和更多的朋友成長。

姐姐，其實，寫完這些，我自己也輕鬆快樂了不少，自我又得到了勉勵提升，呵呵，

我們姐妹倆互相鼓勵一起成長，更好地過好我們的日子。

　　梅香把給梅潔的微信文最後看了一遍，發了出去，心中一片輕鬆，喝喝茶，聽聽最近的流行歌曲。突然，微信提示，李超來信息，梅香心裡激動地輕輕一跳，與李超分別後，差不多有一個多月了吧，他終於有了音信。

　　梅香打開微信，只有一個字「累。」

　　梅香愣了愣，沉默了一會兒發出「怎麼啦」加了一個QQ笑臉的表情。

　　過了會兒，李超發來一個「哎」，加一串省略號。

　　梅香打出：「我可以幫助你嗎？」之後又删掉，而是連發了幾個朋友圈裡流行的幾乎人人看了都會大笑的搞笑視頻。

　　李超發了一個微笑，終於冒出一句話：「妹妹，只有你還會理我啊。」

　　「為什麼不理呢？」（調皮的笑臉）

　　「我回到美國後，一直沒有聯繫你。」

　　「現在正在聯繫啦。」（開心的笑臉）

　　「你那麼容易原諒人啊。」

　　緊跟著又來了句：「其實，我沒有一天不想念你。」

　　梅香發了個不好意思的表情。

　　李超很快發來：「你的音容笑貌，你的一言一行。」

　　「可是，這樣更加煩惱了。」

　　梅香發了個哈哈大笑的表情。

　　「但是，我發現我害怕改變了。」

　　「我好多年的慢性鼻炎又發了，好難受，晚上常失眠，做事也沒精打采，哎。」

　　「你會笑話我嗎？我也覺得自己不該這樣！」

　　李超發來的一連串的傾訴中，梅香感覺到壓抑的負累與無奈，沉重地傾倒過來。

　　梅香深深地吸了口氣，徐徐地呼出，寫出：「我能理解你的心情，因為我曾經有過這樣的境況，確實很糟糕。（抱抱的表情）」

　　「不會吧？？？」（驚訝的表情）

　　「你是為了安慰我，你那麼陽光，那麼豐富多彩，我只有和你在一起才很開心。」李超很快回覆。

　　「真的，每個人都會經歷困難和挑戰，只是我風雨後的天空不要陰霾只要彩虹（微笑的表情）」梅香回道。

　　「哦……祝福你（玫瑰的表情）。」

　　「可是，我好累，又要上班又要每天接送孩子上學……真想開輛車浪跡天涯去，可是

又那麼多的責任和壓力。」

「好想和你說話，只要說給你聽聽，我就好像輕鬆了很多。可是，中國時間很晚了吧，你早點休息，不打擾你了，真的很想你，晚安（玫瑰加抱抱的表情）。」李超又連發了幾條信息後，道了晚安。

梅香也發了一個卡通的搞笑的晚安表情後，退出了微信。

但是，梅香卻沒了睡意，她覺得自己越來越能從他人的隻言片語中知覺心事，越來越能感覺另一顆心的需要和渴望，她知道李超糾結在情緒低落的陷阱裡，他現在格外需要幫助。

梅香繼續在手機的記事本裡手寫了一封信，一口氣寫完後發給了李超的微信，才關了手機，放心地去睡覺。

這晚的睡眠，梅香睡得很香很踏實，她很滿意今天自己給親人和朋友的兩封信。

好多年沒有這樣好好地和他人溝通了，以前總是盡快簡短的說完要叮囑的事情，就忙下一件事了。信息往來也常常隻言片語，這樣長的書信也是多少年沒有過了，她覺得這兩封書信應該會觸動他們的心靈，因為她是用一顆心在和另一顆心交流。

超哥：

很想把我走出人生低谷的一些感受和經驗和你分享，或許能對你有所幫助。

長期的心累會導致體累，身體疾病往往都是情緒的壓抑造成，會做事沒精打采，失眠，神經衰弱、注意力不集中，會導致一些長期的慢性病炎症的久治不癒。

長此以往，還可能帶來更大更多的身體生活工作的問題呢。

心累了，首先要感謝心累，接受心累，擁抱心累。

因為這是我們的身心靈在提醒自己，親愛的，你應該休息和調整自己了。對自己好，首先要允許自己疲憊難過。沒有哪個人一生都會鬥志昂揚，毫不疲憊，每個人都有累的時候，只是你不知道而已。

累是正常的，尤其是一個人到中年，一直學習奮鬥了幾十年不敢鬆懈，擔負了很多責任的男人。

第二，告訴自己，現在一切都還不錯，應該覺得滿足。

心累往往是因為覺得自己不應該，覺得自己不够好，覺得現在各方面都還不滿足，覺得自己還有很多欲望應該去更好地奮鬥。

從你上次給我的談話中，請容許我幫你盤點一下你現在的人生。（偷笑的表情）

其實都還挺不錯呢，全球霸主國家的受保護的公民，高大上的文憑和職業崗位，收入頗豐，豪宅豪車，還有海邊度假別墅，掙够了一輩子寬裕的生活都已經够用的錢了。父母健在，兒子健康聰明可愛。多少人夢寐以求的生活啊，多少人羨慕嫉妒恨啊，哈哈。（恨

的表情、酷的表情、搞笑的表情、偷笑的表情）

先感謝自己的辛勞才智，已經讓自己收獲很多成功豐盛了吧。

當然，不滿足也是我們上進心的表現。但在滿足心平常心中適時地追求進步，不僅不會帶來過度的執著和負累，還可能帶來真正的輕鬆成功呢。

第三，放下你覺得累的東西。

靜下心來，把自己覺得累的人事物一一羅列出來。

然後再逐一分析，哪些是不利於自己身心健康喜悅的名利負累，即使有現實的利益，但從長遠考慮也可以放下不要的。

哪些是自己擔憂過度的，其實沒有那麼糟糕，況且擔憂也沒用，乾脆就不管了。

哪些是你實在不想幹，但因為責任而不得不幹的，即使責任是人的品德，但如果你最終把自己都累壞了，你又擔得了什麼責任呢？可不可以用另外一種其實沒有損失的辦法，暫時放下肩上的責任呢？例如又要上班又要接送孩子上學，可不可以請個保姆，或者把你德高望重的校長爸爸媽媽接來美國玩玩，隨便幫助帶一下孫子，難說爺爺會高興退休了，終於為孫子做點什麼了。或者委託家政公司接送呢。總之，你真的決定要放下的負累，就一定有辦法妥善地放下啊。

第四，過你想過的生活，哪怕是一段時間。

坦蕩地過一段時間想過的生活吧，哪怕開車去一趟你一直想去的澳洲，哪怕去你海邊的房子隱居段時間，哪怕辭職什麼都不幹……又怎麼樣呢？你試試，天一定不會塌下來，你會發現，你停下來，一切都還是好好的。當然，給家裡人預先坦誠地溝通好，讓他們明白，你只是累了想休息調整一段時間會更好，讓他們放心。相信大家應該都會理解支持你，當然，你也要支持倡導家裡人累了都不要硬撐。一個人的健康快樂是對家庭最大的貢獻。

就像一杯渾濁的水，靜下來之後，慢慢就澄清透明。你會更清楚下一步的路。止，而後能觀。

最後，培養兩三個你既可以放鬆又修身養性的愛好，堅持一個你喜歡的運動。這是長期讓自己放鬆的方法。越野？你不是喜歡開車旅遊嗎，還有那麼漂亮的大切諾基（你的微信朋友圈的照片上偷看到的，偷笑）就定期讓自己越野，參加一些俱樂部，有一批志同道合的朋友，當然，安全第一。或者，還有什麼你喜歡覺得有趣但一直沒時間沒機會學習的玩意兒？你會從中找到很多讓你放鬆的喜悅。

運動對生命的活力太重要啦。學生時代的你，多麼愛運動啊，回想一下，你曾經在運動中體會的喜悅和放鬆。現在撿起來？每天慢跑一下，一週定期打次籃球？足球太劇烈啦，別傷著老骨頭（偷笑）。或者，學學太極，一個和自己身心靈對話的運動，隨時可以練，補氣血集能量，修身養性，又不受場地和有無同伴的限制，呵呵。

一切都是最好的安排，當我們接受和擁抱每一個負面情緒或者傷痛的時候，背後都

有禮物給我們。人到中年，當我們調整好自己的時候，會覺得第二次青春的來臨，這一次比年少的青春更好，更豁達、更包容、更懂愛、更持久，直到老死的那一天，呵呵。

即使做不到以上這些，也都沒有關係，累就累吧，或許累著累著就好了。我喜歡健康強壯的你也喜歡疲憊困頓的你，喜歡積極向上的你也喜歡低落憂傷的你，喜歡優秀的你也喜歡你的缺點，就連你時冷時熱的情緒化也喜歡了，因為我也是這樣（偷笑）。所以，在我低落的時候你要記得鼓勵我哈……

在中學教室外的走廊上，你經常伏在欄杆上看著遠方，有著憂鬱的眼神。我當時就在想，這麼優秀的人，他還有什麼煩惱啊？進取、向上、責任、自制、認真、勤奮，心底柔軟而善良，總顧忌著別人，害怕傷害別人，這套「弦」繃了這麼多年，應該放鬆些了，你不必要太完美對自己要求太高，多愛愛自己，才有多餘的能量愛親人愛一切。呵呵。

最後，跟超哥分享一下，我明確了我人生最熱愛的事業和使命，從事身心靈大健康的產業，嘿嘿，堅定了目標和方向的我，會更加開心啦。

你天上掉下來的新妹妹（偷笑的表情開心的表情）

果真，第二天早上醒來，梅香打開微信，首先是李超的回覆跳了出來：「你簡直就是我的神仙妹妹啊，你會讀心術吧？你太懂我了，這些話對我的震動太大了，我得好好消化吸收，我要反覆再讀。愛你。（眼淚的表情、親親的表情、抱抱的表情、太陽的表情）」

反而是梅潔比較平靜：「妹妹說的有道理，我慢慢想想，你照顧好自己。」

第十一節　金錢是一種純淨的能量

六月初的端午節，又放了 3 天大假。

梅香、梅潔又帶著一大家人參拜了峨眉山普賢菩薩道場，苗苗這次又自告奮勇地要從山下萬年寺爬到金頂。

梅香想到剛參加工作時公司組織過同事遊玩峨眉山，3000 多米高的海拔，一山比一山高的崇山峻嶺，一撥年輕人從早上 6 點出發直到晚上 6 點才馬不停蹄地筋疲力盡地趕到金頂。

現在，一家老的老小的小弄得太疲倦也沒必要，乾脆全程開車，先到成都，第一天都江堰，第二天峨眉山，第三天樂山大佛，晚上就可至雙流機場，各自返程。

大家主意剛定，梅香一位大學時四川的同學，隨即熱情地安排了正好一家人在一起的一輛商務旅行車，一大家子就按計劃，一路吃著火鍋聽著車載川話搞笑段子，圓圓滿滿地實現了這次歡樂的美食拜佛之旅。

在高高的峨眉山最高峰金頂，剛剛大拜好巍峨矗立高聳入雲金光閃閃的四面普賢菩薩，敬總就打來電話，問梅香，家事處理好了嗎？敬總說，他上次感覺梅香的家事可能是比較大的挑戰，要梅香不要客氣，有沒有需要幫忙的地方？又補充道：「梅香，一切都是最好的安排，無論怎樣的困難，我都相信你能好好地度過。」

梅香站在金頂，望著雲海在松柏間穿梭，感動的眼淚一下湧滿眼眶。

敬總是一位非常有影響力的企業家，公務繁忙，卻專門打來這個電話問候梅香，而且，像什麼都知道似的體貼溫暖地鼓舞梅香。

梅香感謝了敬總的關心，就說道：「都已經處理好了，是的，一切都是最好的安排，謝謝您。」

敬總聽梅香這樣講，也就放心地笑了：「那你下一步工作如何打算？我能給你什麼幫助嗎？哈哈，不是一定要勉強你來我們公司，無論你做什麼，我都希望能對你有所幫助。」

一股暖流又流過梅香的心間。梅香開心地說道：「敬總，我已經明確了下半生做我最熱愛的事，從事身心靈大健康產業，傳播我天天修鍊的冥想瑜伽，整合天然身心靈療癒的綜合方案，提昇自己，幫助更多的人。」

　　「哈哈，梅香，」敬總又是一陣大笑，「難道你是知道我要做什麼嗎？還是殊途同歸？我們又走到一條路上了！我現在清遠爭取了上千畝山水林地，正要做養老養生中心，又是大健康產業啊。你什麼時候方便，我們當面好好探討一下，可能是你又幫得上我的忙囉。」

　　「呵呵，太好了，敬總，能和您共事是我的榮幸，每一次，我總能跟您學到很多東西。我現在四川，回來就來拜訪您。」梅香真誠地說道。

　　合作這些年來，這是梅香第一次和敬總單獨聚會。

　　每一次都是雙方公司一大幫人開會，提案，修改方案，商議決策；每一次，敬總總是讓雙方公司所有人員各抒己見、盡情發揮，自己默默地傾聽，總是在最後一位提綱挈領地總結得高屋建瓴，讓大家在心悅誠服中明確了行動要領，很快高效地展開工作。

　　這一次，敬總特別安排了在他私人的「書房會所」，這是在敬總開發的一個高檔住宅樓盤的會所裡靠水的一個房間。

　　房間落在水面上，竹簾微卷，四周鋪滿了大盤的荷葉，有含苞的白色荷花亭亭玉立在水中央。

　　一面巨大的玻璃牆把房間化為兩個空間。一面是書房，未臨水一面的牆體是龐大的密密的書架，書架上掛著一個木梯，上面高高的閣樓一樣的書櫃，需要藉助木梯才可以取拿書籍。

　　書房中央，一大張簡約寬大的獨樹黃花梨書桌，堆放著筆墨紙硯，敬總站在書桌前埋首揮毫，書桌周圍的地面上鋪滿了一張張油墨未乾的宣紙，梅香站在門口望過去，「色即是空，空即是色」映入眼簾，飄逸而蒼勁。房間裡瀰漫著淡淡的墨香，看來，敬總是在反覆地揮毫抄錄「心經」。

　　書童樣著中式便裝的服務員，微微鞠躬：「敬總，梅小姐來訪。」

　　敬總正好書寫完手中的一張紙，隨即擱下毛筆，招呼梅香走到玻璃牆另一面的一個略小的房間。

　　雅致的小房間潔淨而溫馨，中間一張黃花梨的明清小八仙桌，兩把面對面置放的闊大的太師椅上放著舒適的絲綢靠墊，旁邊豎立的中式宮燈籠罩著明黃的暖暖的燈光。

　　桌面上已經擺放著兩副碗筷，幾碟小菜，一壺茶，兩只茶杯。

　　敬總招呼著梅香，兩人面對面坐好，敬總為梅香添了熱熱的茶，梅香飲了一口：「敬總，好茶啊，清香回甘，上好的古樹普洱生茶。」

　　「哈哈，好啊，你也喜歡普洱茶。我對普洱也是情有獨鍾，我喜歡它，把所有的歲月

風霜沉澱，在特有的厚實的大葉種茶片裡，越陳越香。」敬總説起普洱茶如數家珍，一邊給梅香斟茶，一邊細述從六大古茶山到古樹普洱特有的不同茶香的細微差別。

梅香聽得津津有味，舉杯敬了敬總：「人家借花獻佛，我借茶敬佛哈。謝謝您，敬總，總能跟你學到各方面的知識，原來跟你開會營銷探討，學的是企業經營市場營銷的知識，現在喝茶，又聽到這麼精到的品茶學問，我覺得自己的學茶還疏淺著呢。」

「呵呵，梅總客氣了。」敬總笑道。

書童把各種精致的菜點一一送上來，不過梅香的心思不在菜品上，而是關心著敬總的大健康養生養老基地的事情。

「敬總，您的大健康養生養老基地，您打算怎麼規劃營運呢？」梅香微笑著直奔主題。

「我現在還在集思廣益階段，大方向不會改變，就是做大健康養老養生基地，但是，具體怎麼做，我還想廣泛地徵求意見。」敬總誠懇地説道。

「嗯，我理解你一貫的做事風格，這些年，我們和您合作知道，您要麼不做，要做就要做到具有獨特的核心競爭優勢，做到一個行業或者一個區域的最好。」

「就像您的醫藥公司，『清毒怡顏』膠囊，首創天然中草藥清毒潤腸美顏概念，多少年一直領先同類産品第一的銷量；

「您的地産公司，除了開創沿江豪宅最具價值的物業地位至今無人撼動外，可圈可點的還有，把一片廢舊的老工廠變成集獨特人文歷史風格的文化創意産業園，多少外省的同行都來取經學習；

「您在教育行業更是令人敬佩，您創辦的職業技術學院培養的各種高級技工，既有高超的特殊技能，同時又具備良好的綜合創新文化素養，被社會譽為只有德國才有的工業4.0的現代工人典範，各個行業公司爭先恐後地排隊聘用呢。

「如果不能創造良好的社會效益的事情，您是不會輕舉妄動的。」

梅香對敬總很是了解地説道。

敬總笑了：「呵呵，梅總過獎了。雖然，我確實是用心去做每一件有價值的事情。我現在已經年過半百，我下半生只想做一件事情了，盡我所有的力量去做這一個行業，就是大健康産業養生養老基地，這個項目我要把它發揚光大。」敬總給梅香端過去一個精美的菜點：「來，你先吃好。」

「嗯，謝謝，我明白了您的意願。」梅香邊低頭品嘗了一會兒菜肴，邊沉思了一會兒。

「敬總，我覺得如果是常規的養老養生地産項目很難操作，要達到短期、中期、長期的結合的可增長綜合效益，太具挑戰性。養老養生，這個板塊還是方興未艾，未來趨勢的呼聲很高，但全國真正落地並實現收益的案例很少，可參考的樣板也缺乏。這個，確實需要您的智慧和資源，再一次獨特創新商業模式。」梅香暫停了夾菜吃飯，抬頭説道。

「是的，你説的是一個客觀的現狀，所以，我也在冥思苦想怎樣創新突破。」敬總贊同道。

突然，梅香靈機一動，開心的笑了：「敬總，我有個大膽也可能天真的想法，拋磚引玉吧。」

「梅總，請講。」敬總期待地說。

「我們可不可以首創一個全球化的原生態靜養村落呢？整個環境人與自然合為一體。項目規劃處處體現風水八卦，時時提昇能量靈性。

「住的是，精心設計卻了無現代科技痕跡，和樹木生長在一起，和山石相融在一塊，和鳥語花香零距離的綠色自然蝸居，絕對舒適，卻又像睡在大自然中間。

「吃的是，自種自養的蔬菜瓜果，完全有機綠色，沒有任何化肥農藥。

「用的是，全太陽能，或風能，或水能轉化的天然能源，純淨，沒有二次污染。

「樂的是，村落的『原住民』們在這裡創辦各種藝術、文化、聲樂、書畫、身心靈療養項目、培訓交流中心，這裡有著原創的頂級的手工藝品、藝術品，各種中華可能失傳的文化手工遺產。

「養的是，純自然療法的靜心、太極、瑜伽、舞蹈、禪坐、靜走等全身心靈療養，啟動人體的自我療癒係統。

「公共社區更是打造綠色靈性能量的公益場所，如森林圖書館、溫泉池、靜心山谷、花香鳥語療癒天地、森林氧吧、綠色跑道、有機食療中心、有機中草藥基地。

「我們的原生態靜養村落不僅自給自足，還對外形成產業輸出，集居住、療養、休閒、度假、綠色原生態產業為一體。」梅香越想越說越興奮。

「呵呵，簡直就是傳說中的世外桃源、伊甸園，敬總，是不是太理想化了。我說的只是一個概念，要落地執行有很多挑戰。」梅香補充道。

敬總一直靜靜地聆聽，待梅香說完，敬總點燃一支煙，徐徐抽了幾口，又飲了口茶，才慢慢開口說話：「梅總，你說的是很美很理想化，但是人類的眾多創新，哪一個不是先有夢想才有實現的呢。」

「這麼些年，我之所以和你們團隊合作，不僅是你原來公司具有較好的互聯網資源和技術，更難能可貴的是你有很多既理性又感性，既客觀又理想的創意、策略、想法，給了我們很多啟發。」

「梅總，我有時候都很好奇，你怎麼有那麼多奇思妙想。」

「你的這個全球化的原生態靜養村落的想法太有意義了，太吸引我了，如果能落地實施，應該是一個大膽的構思。我很想繼續對這個概念深入探討。「

「梅總，你知道哪裡有類似的項目，我們可以參考一下嗎？」

梅香得到敬總的讚許，臉上泛起紅暈，想了想說道：「謝謝敬總的鼓勵，您每一次總會把我們一些天馬行空、不切實際的想法，高效地成為可執行落地的實際成果，這才是難能可貴的地方。

我去年去過印度清奈的一個地球村，有一些狀況和我的想法概念類似，特別是有一個水晶球的靈性能量建築，可能對你有啟發意義。」

「那太好了，我想馬上就去看看。梅總，你去年就是為了這個地方專門去印度的嗎？」敬總雷厲風行的性情來了。

梅香腦海裡馬上掠過和曉峰去印度的場景，臉上閃過一絲不易覺察的感傷，卻沒有逃過何等細心的敬總的眼睛。

「書童」給梅香一個人呈上一份木瓜燉雪蛤，橢圓的銀製的碟子裡，盛著一個滲透著蒸汽水珠的飽滿的紅紅的大木瓜。

敬總招呼道：「梅總，吃吃這個，這個對女人好。你不要客氣，以後就把我當你大哥，或許有什麼大哥能幫你分憂解難，不要一個人硬扛著。」敬總替梅香輕輕地掀開小半個木瓜，亮晶晶的雪蛤呈現在眼前，香甜的熱氣氤氳開來，梅香一下覺得濕了雙眸。

這些年來，梅香總是一個人堅強地面對各種挑戰，一個人冥想化解接連而來的艱難困境，已經習慣了享受一個人的孤獨。

突然，有人這樣對自己敞開熱誠的博大的心懷、師長般的智慧、大哥般的寬厚、朋友般的溫暖，就像這熱氣騰騰的木瓜雪蛤，豐盛的滋味溫潤地沁人心脾。

梅香覺得對這樣的師長朋友，可以毫無保留地用心交流。

「梅總，家裡人都還好吧？」敬總輕聲問道。

梅香心裡微微一顫，就把吃剩下的木瓜空殼輕輕挪開，把自己為什麼走上身心靈大健康，傳播冥想瑜伽綜合療癒之路給敬總講了。

帶著祝福輕描淡寫地說了和高飛離異的事情，又帶著祝福雲淡風輕地講了弟弟曉峰吸毒自殺的前後，講得簡單、自然、平靜。

敬總安安靜靜地聽完梅香的故事，待梅香看他的時候，卻發現他紅了眼圈，又拿起一支香煙，打火機按了幾下都沒亮火。

梅香伸手取過打火機輕輕一按，火苗就竄了上來，敬總就著火苗終於點燃了香煙，吸了一口，卻又被煙嗆著。梅香遞過去茶水，敬總喝了一口，終於平靜下來。

兩人都默默地喝了會兒茶水。

敬總打破了靜默：「梅總，我以前只是覺得，你有一種獨特的才能和特別的靈氣，沒想到你竟然經歷了如此沉重的生離死別。」

「但是，你知道嗎？你的目光清澈純淨，沒有對故人往事的埋怨和失望，你的笑容像孩子般的天真爛漫，沒有對命運坎坷的怨恨和悲嘆。」

聽到敬總這樣說，梅香點點頭，喃喃自語般地說道：「我只是想，待我老去離開這個世界的那一刻，無論經歷怎樣的傷痛，我仍然感恩和祝福人們；無論面對過怎樣的挑戰，我依然熱愛這個世界。」

「梅總，你有一顆美好而高貴的心靈。」敬總由衷地說道。

梅香不好意思地笑了。

那天晚上，梅香答應了敬總真誠的邀約，準備陪伴敬總一行再去印度清奈的地球村考察。

南印度夏夜的大地上，月亮在雲間穿梭，海水的波光若隱若現，在一輛沿著海岸線疾馳的越野車中，梅香和敬總坐在中間的座位上。

「無聲的歲月飄然去，心中的溫情永不減，跟著你走到天邊，挽著手，直到永遠，沿著歲月留下的路，相會在如煙的昨天……」《歸來》深情的主題曲迎著海風飄蕩在異國的鄉間。

前排的翻譯領隊王老師已經睡著，後排兩位敬總邀約同行來的建築學家何教授和規劃院的李老師，也響起了細微的鼾聲，大家都已經累了，飛洋過海，奔波了整整一天。

早上九點就從廣州趕到香港機場，再從香港乘機6小時落地清奈已是晚上九點，預計乘坐包車約4小時後到達地球村，應該是凌晨的時候了。

梅香一路上和敬總交談請教著各種話題，幾乎梅香問什麼，敬總不僅有問必答，而且還從問題的來龍去脈，引經據典地娓娓道來。

兩個人已經從天文地理、歷史文化，講到張藝謀導演的電影《歸來》，梅香的手機裡正好存著這首歌，就從背包裡掏出練習瑜伽用的藍牙小音響，放了起來。

敬總對沉浸在歌聲中的梅香說道：「我很喜歡看《歸來》，這部電影在商業運作上也很成功，據說票房過3億元，打破中國國產文藝片公映日票房、破億速度、上映總天數、總票房記錄，成為迄今為止最賣座國產文藝大片。這種文藝打動人心，文化創造財富的案例很值得我們學習。」

「是的，我覺得敬總您的項目也是相同軌跡，無論是藥業、地產、教育，您都滲透了文化的內涵，形成商業加文化的獨特競爭力。打破了文化不值錢、文藝沒價值的商業陷阱。」梅香由衷地說道。

「呵呵，梅總，你總是善於總結。我覺得文化是人類的精神智慧，尤其具有財富的能量，在我看來，文化能使商業產生倍增效應，更能產生巨大的財富。」敬總笑道。

梅香點點頭贊同的同時，想到自己將要進行的以冥想瑜伽為主體的大健康事業，用什麼樣的商業模式，如何創造財富，還沒有明確。

以前，梅香都是做高管，公司的商業模式，都是老闆作主，梅香只需執行落地到位就有好的報酬薪資，所以梅香雖然沒有巨大的財富，但也不缺錢花，沒有好好想過如何創造一個產業的財富？

但梅香深知，身心靈大健康產業不是慈善機構，提昇自己幫助他人必須建立在創造

源源不斷的事業財富的基礎上。

　　梅香在和浩志集團合作的相關企業資訊中知道，浩志集團的企業總估值達到100億元，如果能和敬總請教財富問題，是最能得到最有價值最具權威最知行合一的啓迪了。

　　「敬總，我很想請教您一個問題，您是如何創造財富的？」梅香直截了當地問道。

　　「呵呵，梅總，你在想你的大健康事業如何創造商業模式了吧？」敬總心有靈犀地回道：「那，這個關於財富的問題，我得好好地回答你，希望對你有所幫助。」

　　「太好了，敬總，我一定好好地傾聽和銘記。」梅香挺直了身體，認真地看著敬總，飛馳而過的車窗外的月光，映照著敬總隱約的臉龐輪廓，柔和而篤定。

　　「或許每個人創造財富的過程都不是一帆風順，這更是一場修行。」

　　「我在前些年只做了醫藥公司的時候，也遇到過困境。當時，為了支持經銷商更好地推廣我們的新產品，我們採取了先賣貨後付款的大力輔助政策，到次年春天的時候，大量貨款都未回籠，我們企業自身的資金周轉也有了困難，加上很多問題都遇到了瓶頸和挑戰。我當時很苦悶，苦苦思索，找不到出路。」

　　「這時，我的一位信奉佛教的好朋友，就帶我到五台山參拜文殊菩薩，我那時對佛學還知之甚淺。

　　「到了五台山，哪知五台山正遭遇幾乎半年不見雨水的大旱，汽車開過，飛揚起高高的塵土，路邊行走的路人掩面而行。我的心情就如同瀰漫的黃沙更加迷茫。

　　「跪拜文殊菩薩的時候，我在心中虔誠地祈禱：『菩薩，請保佑我三個願望：一是，五台山久旱，願天降大雨於老百姓；二是，公司的資金迅速回籠，公司有更好的發展，員工的績效獎金更加豐盛；第三個願望，願我能發展更多更好的產業回報社會、回饋顧客。』

　　「第三天下午，下山趕往機場的途中，突然大雨滂沱，碩大的雨珠敲打在路邊的粉塵上濺開花朵般的印跡，路人紛紛仰頭迎雨歡笑。後來聽五台山的朋友講，這雨竟然一連下了三天，五台山的乾旱得到了緩解。

　　「我在機場候機的時候，北京的華北總經銷打來電話，請我去北京辦理2000萬元上年度的貨款，這筆貨款當然迅速解決了我們資金的燃眉之急。

　　「於是，直到現在十來年過去了，公司的發展越來越大，也創造了更多的社會財富，我一直走在發展更多更好的產業回報社會、回饋顧客的路上。」敬總平靜地訴說道這裡，望了望車窗外，有月光映照在隨風蕩漾的海面上，波光粼粼。

　　聽得入神的梅香接了話：「是的，我們這些年的合作見證了你們的良好發展。」

　　敬總繼續說道：「梅總，我當然不是在給你宣傳迷信。我後來也思考過，以前也和大多數人一樣，也隨緣燒過香拜過佛祈過願，好像也沒什麼印象和結果，但這一次卻應驗和影響深遠。這是為什麼呢？」

　　梅香忍不住插話道：「我知道了。你祈禱了三個心願，每一個心願都是出於利他的公

心。」

敬總笑了：「呵呵，梅總，你很聰慧，總是善於總結。」

「哎，」梅香感嘆道：「我所知道的，包括我自己，很多人都是祈福個人的私欲，至少是首先把個人需求放到第一。」

敬總繼續說道：「現在我更是這樣認為，隨著我的財富越來越多，公司共同創造財富的員工隊伍越來越龐大，我越覺得這些財富並不是我個人的，而是整個社會的、宇宙的，我只是代為營運保管，以利於造福更多的人而已。」

梅香覺得這句話非常熟悉，突然想起說：「日本的經營之神稻盛和夫在《活法》這本書中也講過類似的話啊。」

「呵呵，成功有共同之處吧，我雖然不可能與稻盛和夫相比。」敬總笑道。

說完這句話，梅香和敬總幾乎是不約而同地被眼前的壯闊波瀾震撼了，車輛駛過一段長長的橋路，就像在海面上劈開一條銀色的波光蕩漾的大道，海水在車的兩旁輕輕地奔湧而來。梅香和敬總默契地把兩邊的車窗完全打開，噗噗的海風貫穿，梅香的捲髮在暗黑中飛揚，心就像月光下的大海，遼闊無邊而又深邃起伏。

兩人沉浸在這神秘而壯美的境地裡，直到車輛又鑽入月光下的密密的灌木叢中，梅香才回過神來，沉思了會兒，接著向敬總請教道：「創造財富的根基出於公心，要利他，也就是我們經常講的客戶價值，雙贏、多贏都是這個意思吧，這個我明白了，也完全贊同。但是，就拿我要從事的身心靈大健康事業來說吧，我出發的目的也是與他人分享和提昇，如何過上『健美、喜悅、神性、富足的人生。』

但是，我內心深處，還是充滿了如何賺錢的困惑，這是一個全新的行業，沒有行業標準，本身就頗多爭議，我又要開創創新的做法。但，很多人非常願意買一個名牌包包，買一套名貴的護膚品，換一輛好車，卻不願為自己身心靈健美買單，這樣的現狀下，我可能為自己和他人創造財富嗎？」

敬總沒有很快回答梅香的問題，而是陷入了沉思，過了會兒，卻問道梅香一個問題：「梅總，你是如何看待金錢的，你和金錢的關係如何？」

「金錢和我之間有關係嗎？」梅香思索著這個以前沒有考慮過的問題，自問自答般地說道：「我好像以前沒有想過要和金錢有什麼關係？我只是努力地去掙錢，一刻不停地去工作，覺得不努力不刻苦，就不會有錢。」

「你覺得掙錢很不容易，是吧？」

「是的，從小父母就這樣告訴我們的啊，還說只有辛苦努力才有可能掙到錢。」

「從小，你和你的家庭都有錢不夠花、缺錢的感覺嗎？」

「是的，我們這個年紀的人應該小時候都比較艱苦吧，都比較缺錢吧，那時候，在剛剛改革開放的前後呢。」

「所以，你們長大了，對金錢沒有安全感，覺得掙錢不容易？」

「是的，敬總。」

「那，梅總，其實，你覺得金錢如此不容易，你更不敢想擁有很多錢？」

「是啊，我覺得現在自己能過得比較富裕，已經力所能及了。要掙更多的錢，我可能沒有這個財運吧？也可以說沒有這個能力吧？」

「梅總，你可能和很多人一樣認為，我既沒有富裕的家世背景，又沒有獨特的超凡才華，又不是特別的美貌動人，又沒有大福大貴的好運，天上又不可能掉下一大個金元寶，我現在的財富狀況已經用盡了我所有的潛能……總之就是一句話，我怎麼可能發大財，想都不敢想，即使偶爾夢想一下，也趕緊放下這個念頭，對吧？」

「呵呵，敬總，是的，應該大多數人都是這樣想的吧！」

「是不是，你除了覺得掙錢很辛苦，不敢想可以擁有大量的財富以外，你對金錢還有其他看法？……嗯，你喜歡金錢嗎？」

「當然，喜歡了，很少有人不喜歡金錢吧？」

「梅總，你發自內心地喜歡嗎？你發自內心地讚美過金錢嗎？你有沒有覺得金錢有不好的地方？你埋怨過金錢嗎？」

「嗯……」這一連串的問題問蒙了梅香，梅香認真思考了一下，慢慢的努力如實回答道：「我好像從來沒有讚美過金錢。」

「為什麼？」

「讚美金錢很俗氣的吧。況且，金錢不值得讚美啊，反而是貶低金錢的俗話很多啊。很多人都講，金錢是罪惡的、骯髒的，因為太多人因為金錢而受苦受累、背井離鄉，甚至父子反目、朋友叛變，為了爭奪金錢，殘酷的爾虞我詐明槍暗鬥，甚至挑起戰爭，甚至丟了性命的都有啊，中國有句俗話是『人為財死，鳥為食亡』啊。」

「其實，在你內心深處，你是不認可金錢的，甚至是反感的，對嗎？你認為金錢是有問題的，給人帶來傷害、矛盾，甚至毀滅生命。梅總，你好好想想，是不是這樣？」

「嗯，嗯……好像，金錢確實存在著這些問題啊。」

「這就是你覺得身心靈事業難以掙到大錢獲得更多財富的根源了。其實，如果你抱有這些觀念，即使從事其他事業工作，你也許也難以獲得更大的財富。呵呵，梅總。」

「為什麼？敬總。」

「因為你和金錢之間的關係不好，你並不喜歡金錢，甚至對金錢有成見。設想一下，金錢和你一樣，也是有生命的，你這樣對待金錢這個人，金錢會靠近你嗎？金錢會心甘情願地為你服務為你做貢獻嗎？金錢這個人，恐怕會對你避而遠之。」

梅香第一次聽到這樣的比喻，是啊，如果金錢也是人，我對這個人有如此多根深蒂固的成見和恐懼，這個人怎麼可能和我有良好的關係？

敬總停頓了下，接著說道：「在我的心目中，金錢和陽光、空氣、水一樣，都是對人類很重要的能量，都是讓人類更好地生存和發展的能量。

金錢作為一種能量在某些方面甚至具有陽光、空氣、水都不能具有的獨特性。陽光、空氣、水，是無法交流的。例如，一個人不可能把喝進肚皮的水，吸收進肺裡的空氣交流給另外一個人，但是，卻可以把自己擁有的金錢交流給他人，帶來健康、幸福、喜悅、成就、價值、認可。

金錢本來和陽光、空氣、水一樣沒有好壞，本身都是純淨的，是滋養人類的，只是用錢的人自身的問題，污染或者利用了金錢而已。但是，人們往往把自己的錯誤價值觀，壞事錯話都推諉給了金錢，讓金錢為我們的錯誤言行負責。我們不說自己不好，卻說都是金錢惹的禍。」

「滴，滴，滴」一陣長長的刺耳的喇叭聲，印度司機一個猛的急剎車。只見前面車燈照射的地方，一隻小動物倏地橫穿而過。

梅香嚇了一跳，就像聽了敬總這一席話一樣，給震了一下。

前排的翻譯王老師與後排的專家們也都給驚醒了。

敬總鎮定地說道：「沒事，可能是一隻過路的松鼠，讓大家受驚了。」

翻譯王老師急忙和司機詢問了一番，也說道：「司機也說了，對不起，一隻突然竄出的小動物導致急剎車。我們繼續休息吧，還有個把小時就到目的地了。」

說完這幾句，大家又都沒了聲音，繼續困頓了。

梅香卻忍不住趕緊對敬總表達：「敬總，您這席話，確實讓我很震驚，我從來沒有想到我們竟然對金錢有這麼多的誤解、偏見、埋怨和推卸責任。

金錢和陽光、空氣、水一樣是對人類很重要的能量，我今天第一次聽到這個說法，也很震撼我，我需要好好想想，好好吸收一下。」

「我是潮汕人，潮汕是亞洲首富李嘉誠的故鄉，很多人都說，潮汕人很會掙錢，甚至有『東方猶太人』之說。我想，應該和我們潮汕人自小影響的金錢觀有關吧，我們是真正的喜歡錢、愛錢、正確地看待錢，所以很多潮汕人做事，捨得花錢，感恩金錢，所以就會招來更多的財富。」

「其實，你問我如何獲得更多的財富的這個問題，有很多人問過我，我認真地思考和探討過，才發現大多數人對金錢是有障礙和誤解的。」

「當然，這也是我個人之所見，僅供梅總參考。呵呵。」

敬總笑談完畢，梅香就再也沒有說話了，一是覺得一路上敬總都在有問必答的陪著自己聊天，應該休息會兒了；二是，梅香聽了敬總的金錢故事和觀念，思潮澎湃，久久難以平靜。

大海漸漸隱退到身後，汽車駛進零零星星的街區，應該快到地球村了。

梅香知道，今天晚上，在這印度的月光伴著海水蕩漾的夜晚，敬總關於創造財富的基本要義，一則首先要利他公心，二則和金錢建立健康良好的關係，尊重金錢是一種純淨的能量的本源，已經深深地烙印在自己的腦海，必然影響自己的一生了。

　　到達地球村提前預約的一座鄉間別墅時，已是很晚了，敬總請大家先挑好各自的房間，再幫著大家把行李一一送進房間後，才獨自進了剩下的一個位於角落的小房間。

　　早晨五點，梅香被好像布穀鳥的叫聲喚醒了，其他的房間還沒有動靜，離大家約好在餐廳八點的聚餐還早。

　　梅香穿上白色的瑜伽服，從行李箱裡拖出捲好的瑜伽墊，乘著矇矇初亮的晨光，沿著一條綠蔭小道一直彎彎拐拐地走到盡頭，似乎沒有路了，梅香從一排小樹林的夾縫中探索穿過，卻發現隱藏著一小片被綠樹青藤和花海包圍的草坪，小朵的碎花撒滿草坪，有大到梅香從來沒有見過的巨型花朵，大朵大朵地盛放著纏繞在樹身的藤蔓上，淡淡的霧氣飄來蕩去，美得如詩如畫，梅香覺得自己像愛麗絲夢遊仙境一樣，一不小心掉到了仙境中。

　　梅香小心翼翼地把瑜伽墊鋪在草坪上，靜坐入定，深深地吸口氣，青草和花朵混合的奇香深入心肺，身心頓時格外輕靈通透，瞬時和周圍的花草樹木融為一體，如同沐浴在靈性花園裡。

　　做完一係列奎亞，梅香愜意地仰面躺在墊子上大休息，在小鳥的啁啾聲中，梅香聽到有唱誦聲「Sa—Ta—Na—Ma，Sa—Ta—Na—Ma」隱隱傳來，梅香搖了搖頭，是不是產生幻聽了，這裡怎麼也會有男子在唱誦冥想瑜伽特有的冥想唱誦。

　　但是，仔細一聽，聲音確實存在，而且渾厚有力。

　　梅香想，也不奇怪，這裡是印度，瑜伽的故鄉，這裡還是地球村，全球靈性的著名聖地，碰巧也有人在清晨修鍊冥想瑜伽，也很正常吧。

　　梅香收回猜想的念頭，專注在自己接下來的 31 分鐘的冥想唱誦中，這段時間，梅香的唱誦是「SaNeShaSha」輕快歡樂的療癒。

　　唱誦完成，梅香覺得整個喉嚨滋潤而甘甜，長長的三聲「SatNam」祝福迴向之後，梅香慢慢張開眼睛，如同幻覺，初昇的太陽的彩環光耀著一位長長的白色鬍鬚的老者，高大地佇立在梅香面前。

　　梅香睜大眼睛，仔細地看著老者，是的，這不是幻覺，這是一位傳統的冥想瑜伽士，層層疊疊嚴實包裹的白色頭巾上，別著象徵力量與堅定的「Adishakti」徽章，長長的白色鬍鬚垂至腰際，一身白色的瑜伽袍，神聖而威嚴。

　　老者一言不發，逕自坐在了梅香面前的草坪上，簡易坐，身體挺直，微閉上雙目。

　　老者有一股說不出的力量導向著梅香，梅香知道他要做冥想瑜伽了。梅香也閉上雙目，合掌於胸前，大拇指觸及心輪。

「Ong Namo Guru Dev Namo」梅香跟隨老者三聲唱誦與身體黃金連接。

神聖的黃金連接讓梅香覺得和老者已經聯繫在一起，任何語言都是多餘。

老者把雙手在胸前成蓮花狀，張開且彎曲所有手指，只有小指相觸，雙目炯炯有神地直視著梅香的雙眸。

梅香明白了，老者是要帶領梅香做冥想瑜伽中的金星奎亞。

金星奎亞是冥想瑜伽中一個僅限於男女雙方互相作用並傳遞提昇強大的神聖的能量的奎亞，梅香曾經在課堂上練習過。

梅香於是簡易坐，把膝蓋與老者的膝蓋相觸，也把雙手在胸前做蓮花狀，眼睛凝視著老者的雙目。

老者深褐色的瞳孔像一個深邃的漩渦的中心，強勁的吸引力讓梅香瞬間覺得自己的身體消融了，化為一團光，融入了更廣闊無邊的光的世界。

老者把雙手交疊著放在心輪處，閉上了雙目。梅香也交疊了雙手放在心輪，閉上眼睛冥想心輪。

心輪無限地通透，清涼神氣，有清風穿過，一朵綠色的水晶蓮花，層層綻放的花瓣散發出淡綠的白光，和宇宙的光芒無邊無際地連接在一起。

梅香聽見老者深沉地吸氣，緩慢的呼氣聲，也自然而然地同步進入完全的呼吸。

梅香和老者幾乎同時睜開雙目，凝視著彼此的眼睛，老者的眼神堅定而平靜。老者伸出雙掌，梅香也伸出雙掌與老者的雙掌相合，梅香立刻感覺到老者的掌心傳來一股巨大的熱量。

梅香腦海裡閃現出一個梵音唱誦，自覺地開始唱誦：

Gobinday Mukandy Udaaray Appray 維繫的 解脫的 覺悟的 無限的

Hareeung Kareeung Nirnaamay Akaamay 毀滅的 創造的 無名的 無欲的

梅香唱完一遍，老者緊跟著唱了一遍，梅香又開始唱誦，兩人如此交替唱誦，目光神聖地凝視著對方的眼眸深處。

梅香只覺得老者掌心的熱熱的能量，源源不斷地通過梅香掌心、雙臂、脊柱進入梅香全身的每一個細胞，梅香全身都感到熱流奔湧。

不知過了多久，梅香身體的熱流漸漸平息，梅香陷入了無我無邊的寧靜裡。

三聲長長的「SatNam」唱誦迴向之後，老者微微鞠躬，合掌於胸前，一聲「Wahegoru」之後，就逕自起身離去。

梅香朝著老者離去的背影磕頭於地面，深深地鞠躬感恩致謝，心想，這應該是偶遇一位修煉冥想瑜伽的大師吧，幫助我提昇，我實在太幸運了。

但走出這靈性的花園，梅香又覺得這個早晨的瑜伽，恍若夢境般的奇幻。

這一天，梅香和敬總一行地球村的觀覽之旅，倒是真實可證。

翻譯王老師早在國內就已聯繫好居住在地球村的多年的村民朋友，印度中年男子莫迪，帶領大家展開遊覽講解。

　　沿著一圈一圈順時針向內的紅色泥土公路繞行，最多兩層高的各式造型奇特卻又簡約實用的建築，在似錦的繁花和茂密的莫名樹叢中，次第若隱若現，甚至有樹屋像鳥巢般偎依在大樹的枝幹上，風中有叮叮噹噹的風鈴聲飄來。

　　一臉絡腮鬍的莫迪熱情洋溢，一口流利的英語如數家珍般地細說地球村的方方面面。

　　莫迪首先聲情並茂地朗誦道，地球村創始人「神聖母親」法國人 Mirra Alfassa 的宣言：

　　「在地球上應該有個地方，在這裡沒有任何國家可以宣稱那是屬於它的領土，在這裡所有善良的、擁有真誠渴望的人，可以像世界公民一般自由地生活著。

　　「他們遵從著唯一的權威，那就是至高無上的真理。

　　「那是個和平、一致、和諧的地方，在這裡所有人類戰鬥的本能只用來對抗自己痛苦與悲慘的根源，用來超越自身的弱點與無知，用來成功地戰勝自我的限制與無能。

　　「在這個地方，靈魂的需求與對進展的關注，優於對欲望與熱情的滿足、對歡愉與物質享受的追尋。」

　　看來神聖母親關於地球村創建理念的宣言，已經深深地烙印在莫迪的心中。

　　敬總聽完地球村創建的理念，感嘆道：「這裡可能是地球上唯一的理想主義的烏托邦啊。」敬總饒有興趣地開始請教莫迪關於地球村的各種問題，莫迪又繪聲繪色地講解開了。

　　1966 年，聯合國教科文組織通過決議，認定了全球一家的地球村的規劃設想，對人類未來生活方式探索的重要意義。

　　1968 年 2 月 28 日，來自全球 124 個國家大約 5000 名代表，各帶著一把屬於自己家園世界的泥土，置入地球村中心的大甕中，象徵著人類合一。

　　47 年過去了，這片曾經只有一棵樹的荒蕪平原，已經成了來自 40 多個國家的 2000 多人組成的 100 多個社區的森林家園，被兩百多萬株茂密的樹木和奇花異草密密層層地包圍。

　　這裡的 2000 多人住在一起，不分國籍種族，沒有物業產權，每天工作五個小時，工作不再是以勞動謀取生計為手段，而是表達自己，發展潛能，同時透過工作服務群體，而群體亦為每個人供予賴以存活的條件與工作的場域。

　　47 年過去了，這裡成為超意識哲學和以不持有及給予奉獻的「Give,Nottake」為核心的印度瑜伽精神維繫的靈性示範社區。

　　地球村的精神理念竟然是瑜伽精神的靈性示範社區？

　　為什麼冥冥中會兩度造訪地球村？為什麼在靈性花園般的地方會遇到神秘瑜伽老者？

　　梅香這才意識到上次是走馬觀花地遊玩，這回才真正開始觸及地球村的精神與靈魂。

繞行到漩渦的中心，紅色泥土公路到了盡頭，透過樹木搭建的籬笆圍牆，看到遠處有像外星球般的奇特巨型球體建築，被無數個凹面與凸面的規則相間，大傘狀的金色圓形金屬面包裹覆蓋，在陽光下散發著神聖的金色光暈。

　　莫迪指著樹木掩映的黃金球說道，因為黃金球的參觀體驗要提前一天預約，我們今天上午先到此感受，整個地球村源自宇宙銀河星係漩渦軌跡的整體規劃，漩渦中心的黃金球就是地球村的中心點。

　　下午，莫迪又帶著大家再觀覽分布在漩渦軌道兩邊的文化區、國際區、工業區、居住區，這些區域有瑜伽室、畫廊、播映室、手工作坊、藝術展覽中心等各類工藝情趣工作坊。

　　參觀完社區，敬總感嘆道，這裡不一樣的是，我們沿途所見的人們臉上都蕩漾著樸實、安然、祥和的笑容啊。

　　第二天早上，梅香又被布穀鳥的叫聲喚醒，帶著心中的好奇，今天早上還會遇到那位神秘的瑜伽老者嗎？來到了靈性花園，不見人跡。

　　梅香做完自己的功課，三聲長長的「SatNam」祝福迴向後睜開眼睛，老者已安然地坐在梅香面前的草坪上。

　　梅香倒也不吃驚，覺得一切又好像是約好了似的，甚至明天早上，瑜伽老者還會來提昇梅香。

　　依然莊嚴神聖的金星奎亞，梅香依然感覺到老者強大的熱量通過掌心源源不斷地輸入到全身的每一個細胞。

　　老者依然修鍊完畢，一言不發地轉身離開，梅香依然默默地磕首致謝。

　　上午，莫迪帶著大家，按預約來到了巨大的黃金球建築的面前。

　　大家與來自世界各地的一行人們，在靜默的禁語中，依次列隊緩緩地進入巨大空靈的球體建築，莊嚴肅穆地沿著像傳送帶樣螺旋式的軌道緩緩向上攀走，完全被科幻片中的太空艙一樣現代、科技，連接無限宇宙的靈性空間給吸引了。

　　上到最頂部的水晶球靜心冥想室，空曠高遠的房間四周矗立 12 根未抵頂的柱子，包圍呼應著中心一顆碩大的水晶球，大家無意識地圍坐在巨大的水晶球旁冥想靜坐，在高高的建築頂部一束來自天體的神秘光束，穿過水晶球，水晶球晶瑩透亮。

　　莫迪早就介紹過，由於設計的巧奪天工，這線陽光不受日照角度影響，永遠是一線陽光長驅直入，穿越水晶球體到達底端。

　　梅香靜坐在水晶球旁冥想，又覺得全身微微震顫地發熱。

　　黃金球建築底端有 12 個小冥想室。每個冥想室對應不同的顏色和關鍵詞，對應有不同形態的曼荼羅。

　　緩步走出黃金球外，是正在建設中的花園和巨型的露天冥想中心。花園分 12 片區，每片對應不同的花和關鍵詞，以及不同的顏色。

來到黃金球建築外，據説是建造地球村時唯一的一棵參天古榕，梅香已是全身輕靈，古榕獨木成林，連綿不絕地連成一片森林，有飛鳥長嘯著從黃金球上空飛過，彷彿《阿凡達》的奇景現場版。

敬總和大家靜默地散步在樹林，天地間寧靜安詳得好像沒有任何聲音。

大家一直不由自主地保持著靜默，直至中午頂著烈日回到酒店，酷熱，電閃雷鳴，風雨大作。

梅香獨自在風雨中的屋簷下冥想靜心了 31 分鐘，雨花在身邊四濺。

下午，莫迪帶著大家拜訪地球村的居民，從建築設計師到自然樂器製作人，從服裝設計師到造紙廠的管理員，敬總總是老朋友般微笑著和他們聊聊實際的生活工作狀況。

訪談在地球村創作 25 年的建築大師時，在敬總一係列的專業問題之後，梅香問這位影響深遠的建築師：「請問，黃金球這樣的靈性建築，是怎樣從建築構造、材料等硬件方面匯聚能量，提昇靈性的？」

他答非所問地説道：「任何地方都可以靜心，工作中靜心也很好。靈性在你心中。心有靈性，處處皆靈性。」

第三天是在地球村的最後一天了，吃完早餐後就要趕往機場回香港。

早上，梅香還是在布穀鳥的叫聲中醒來，走到靈性花園，做完自己的功課，睜開眼睛。老者果真又靜坐在梅香面前，在金星奎亞的時候，梅香感覺到周圍的花朵在徐徐綻放，青草在向上生長，樹木發出青澀的香氣，初醒的小蟲在互相打著招呼。

老者起身離開的時候，遞給梅香一個竹片，就消失在樹林中。

梅香看著竹片上寫著一串文字，但肯定不是英文，可能是印度本地的文字吧。

在返回清奈的路上，梅香拿出竹片請教翻譯王老師，並把這三天早上奇遇瑜伽老者的事給大家講了。大家一直感慨，地球村無論從理念、建築、人文、生態環境、靈性上都是一個充滿奧秘和神奇的地方啊。

熱心的翻譯王老師也看不懂竹片上的文字，就用手機拍下文字的照片，傳給了莫迪，請他幫助注釋。

第二天上午，大家從香港回廣州的路上，王老師説，莫迪找到當地的印度傳統語言學家落實了，竹片上的文字是梵文，意思是：「神性是你的品格，去服務更多的人吧。」

敬總微微笑了：「和我猜想的意思差不多，梅總，聽從你內心的召喚，跟隨你的使命吧，我完全支持你，我相信也會有更多的力量來支持你。回到廣州你方便的時候教教我冥想瑜伽吧。」

「好啊，」梅香開心地答應了。

第十二節　一切都是最好的安排

是的，聽從內心的使命，服務更多的人。

梅香回到廣州後就緊鑼密鼓地開始了進一步策劃，幾乎隨時隨地都在思考著如何開始行動，讓全天然療法的身心靈綜合養生館的想法進一步落地。

梅香經常坐在瑜伽墊上，一杯茶、一炷香、一支筆，認真地冥想與思考。隨時拿起筆，興奮地記下自己的靈光閃現。

首先，這個承載梅香夢想的全天然療法的身心靈綜合養生館，應該取個什麼名稱呢？

冥想這個問題的時候，梅香的腦海一閃念，一道白光把梅香的思索一下拉到了地球村，冥想瑜伽老者加持梅香的地方，奇花異草盛開在整個世界，空氣中傳來隱隱的迷香，梅香的大腦瞬間發散和無邊無際的宇宙空無連接在一起。

「靈性花園」，對！全天然療法的身心靈綜合養生館就是靈性花園，靈性花園孕育了全天然療法的身心靈綜合養生館。

傳承冥想瑜伽，結合現代人身心靈合一的多面需求，整合多種天然療癒的手法和技術，形成新型的身心靈療癒體係。

在冥想與寫寫畫畫之間，漸漸的，靈性花園的概貌已經完整展現在紙面。

靈性花園的概念與經營項目在梅香的心中有了底，梅香計劃著下一步就是尋找合適的經營場所了。同時也要招聘團隊，開始籌備和培訓靈性花園的獨特理念，創新服務項目的技能和手法了，當然，要先教練團隊的每一位成員冥想瑜伽，讓靈性花園的團隊首先接受冥想的洗禮，用滿滿的純淨的能量去展開全新的身心靈護養。

哈哈，太多的事情了，梅香覺得自己走上了一條陽光大道，雖然有很多夢想憧憬等著自己一一實現，有些緊張和繁忙，但道路上閃耀的光芒牽引著自己興奮地快步向前。

梅香給以前合作的招聘公司打了電話，初步談妥了招聘的版面價格等細則，招聘就等著靈性花園的營業執照和招聘文案了。

梅香又輕車熟路地聯繫了代辦營業執照的公司，談妥了代辦事宜。

聯絡好了這些事宜，梅香思考著要尋租個什麼樣的經營場所呢？

其實，經營場所彷彿早已經在梅香的腦海裡描畫好了，最好在珠江新城花城廣場周圍的高檔寫字樓裡。辦公一族的人士壓力大，身心疲憊，長期處於亞健康狀態是普遍現象，就像曾經的梅香一樣多麼渴求幫助和療癒，靈性花園就在他們身邊，他們在午休、下班後空餘、加班的空檔時間就可以很方便地來享受服務。

面積嘛，剛開始探索第一個店，不要太大。

但，服務項目豐富，由內而外全身心係列保養療癒，包含瑜伽、Facials、Spa、去斑、補水、美白、美胸、瘦身、肩頸背療癒、女性生殖保養、心靈輔導、花精療癒、靈性珠寶等綜合天然能量身心靈養護項目，經營面積也不能太小。

綜合以上需求因素，不大不小，差不多 600—800 平方米最合適。

關鍵要素是要每個房間，間間清靜明亮，也就是間間要有落地的大玻璃窗戶，最好。

因為梅香想起自己以前做美容 Spa 的不快經歷，現在傳統的美容養生館包括很多瑜伽室，大多都是黑暗的房間，既不通風也不透光，幽暗的房間打著弱弱的燈光，還有一股說不出的各種護理品留下的味道，梅香幾次睡著了都做過噩夢。

讓柔美明淨的光照進每一個房間，如同沐浴在大自然中，嗯，太好了。

梅香很快就聯繫了珠江新城幾家地產經紀的鋪面，委託他們同時多方面幫忙尋租理想的經營場所。

這天晚上，李超又發來一個微信，大大的笑臉之後問梅香：「好嗎？在忙些什麼？」

「好啊，在忙著找房子呢。」梅香高興地回道。

李超又追問梅香找什麼房呀。

梅香也就樂得和李超在微信裡聊天，把靈性花園的相關想法，你一言我一語地溝通開了。

感覺上，李超很開心，熱忱地鼓舞了一番梅香，還說梅香教的一分鐘呼吸法挺管用的，自己現在天天都要練。

梅香也就順勢問了李超：「最近可好？」

李超似乎同時在忙著什麼，說了句：「挺好，正開心著呢。」

然後就發了「再見」兩字，先下線不見了蹤影。

梅香心中念叨，這個李超，在忙什麼開心事吧？也好，只要他開心就好。

才結束了李超的微信，像趕趟兒似的，高潔的電話就打了進來，梅香接通了手機，高潔就興高采烈地嚷開了：「梅香，好久沒見你了，好想你了，真的，真的，你什麼時候抽空見見我呀，真想看看你，和你聊聊天啦。」

梅香心中計劃了一下，今天周三，這兩天盡快把靈性花園的招聘文案寫好，週日約

好了教敬總瑜伽，週六和高潔見面吧。隨即，笑著對高潔說：「好啊，我最近學習了燉熬潮汕的生滾蝦蟹粥呢，你星期六來我家喝茶吃粥吧。」

放下高潔的電話，梅香不由吹起了口哨，李超、高潔，無論遠和近，兩個開心的聯繫，大家聽起來都開開心心的，真好。

這兩天，梅香琢磨著招聘團隊的文案，這可得用心寫寫，靈性花園是心靈之花盛開的地方，來這兒養護療癒的顧客如同等待盛開的花朵。而團隊的每一位為顧客服務的成員，如同花園裡的園丁，不但要具有高超的技能手法，關鍵是擁有美好的身心靈，才能呵護滋養好花朵。

對了，靈性花園的顧客就是花朵，服務人員就是園丁，靈性花園尋找的可不是普普通通的員工，而是一群志同道合、追求身心靈合一成長的養護園丁。

梅香頓時有了靈感，一篇感召園丁的招聘文案自然妙筆生花了。

梅香把文案發給招聘網站的業務經理時，業務經理是位活潑的姑娘，回了梅香一個微信：「這是我看到的最美好的招聘文案。」

週六的早上，梅香熬好了一鍋滾燙的蝦蟹粥，再做了兩個小菜。快到約定的十點鐘，門鈴響起，高潔捧著一大捧粉色的百合花如約到來，進門就給梅香一個大大的擁抱。

一陣寒暄之後，高潔喝著香濃的粥湯，驚嘆道：「味道真好，梅香，你的廚藝也越來越好了，你真是樣樣變得越來越好了，人也更加年輕漂亮，是不是都是冥想瑜伽的功勞啊，哈哈。」

「呵呵，你也不錯啊，看你的心情也挺好的啦。」梅香笑道。

吃了早點，梅香就拉著高潔在陽臺上的茶座上坐下來，開始品茶。

秋日裡特有的橙色的陽光照射在陽臺上，冥想瑜伽的音符輕靈地跳躍在窗臺的花花草草間。

一杯明黃澄亮的普洱古樹生茶入口，高潔認真地端詳著梅香。

看得梅香不好意思地笑了：「姐，咋啦？」

「梅香，你過得挺好吧？」高潔關切地問道。

「呵呵，會越來越好的。」梅香又沏好一杯茶給高潔。

「我也覺得，而且真心覺得你越來越好，無論身體、氣色、精神、心境都融洽而美好，而且會更好。」高潔無比真誠地說道。

「有沒有男朋友了？」高潔緊跟著突然問道。

梅香臉一紅：「還沒呢，姐。」

「哦，這是唯一的遺憾，不過，單身是暫時的，像你這麼好的女子，一定會有優秀的男人追求你的，當然，比高飛更好。」高潔肯定地說道。

「姐，高飛都好吧？」梅香終於忍不住接了話頭。

「託你的福，高飛也越來越好了。」高潔回道。

「哦，那就太好了。」梅香笑了。

高潔繼續說道:「梅香，真得感謝你，上次你短信規勸高飛去看母親，高飛聽了你的話，這麼多年來，母子倆終於冰消雪融，母親備受安慰，心情大好，病情也穩定了。高飛還把母親接過去，住在一起，母親正高興得準備抱孫子呢。」

「抱孫子? 坤坤嗎? 我好久也沒見他啦，怪想他的。」梅香問道。

高潔看著梅香天真無邪的笑臉，終於像是下定決心地說道:「不是，是高飛的老婆快要生孩子了。梅香，因為你一直不想再提及高飛，我們也不好告訴你。母親撮合了高飛和我們小時候隔壁鄰居家的小姑娘好了，那個姑娘從小就喜歡高飛，上學時被人欺負，高飛還幫她打架呢，長大後還對高飛念念不忘。

他們兩人本來就知根知底，高飛又當著我的面給鄰家姑娘坦誠了過往情感婚姻，當然主要是講你。高飛說，他愛你，可他傷透了你的心，兩人的緣分盡了，但他對鄰家姑娘有個請求，就是那張書架上你們倆的結婚照，他希望永遠保留。

高飛說他因為經歷自己婚姻的苦痛折騰，也因為諒解了母親，反而看見了自己情感傷痛的根源，看見自己一直恐懼這個傷痛，不敢面對這個傷痛，讓這個傷痛的陰影折磨了自己半生，讓傷痛在自己身上重演，給曾經的婚姻家庭造成了迷亂和困惑。

但他以後，不會像從前一樣亂搞胡來了，他會努力好好過日子。

鄰家姑娘也理解原諒了高飛，他們倆的日子倒也過得安然融洽。」

高潔一口氣說完，像是完成什麼重任似的，長長地吐了口氣，有些忐忑不安地看著梅香。

「呵呵，」梅香聽高潔說完，眼眶一下濕潤了:「姐，你別緊張，我這是為高飛高興的感動，真的。你應該理解，雖然是高飛曾經傷了我的心，但我堅決地切斷這段感情，內心卻有掛念和不忍。」

「現在，知道高飛找到了新的幸福，有了適合他的人，而且馬上要當爸爸了，我真心為他高興。我心中的一塊石頭終於完全落了地。」

高潔看見梅香是真的輕鬆和釋懷，臉上重新蕩起笑容:「梅香，我常常覺得你真是位奇女子，一方面你是多麼的柔情心軟，另一方面你又是多麼的決絕果斷。」

「當初，你硬是和高飛一刀兩斷，而且下定決心不來不往，我也不是太理解你。但現在看來，你做的是對的，你是為了雙方好，為了彼此可以真正放下，完全迎接更好的未來。

「對了，就像是你說過，雞蛋和石頭碰得傷痕累累，但遇上棉花卻可以溫暖而柔軟一生。

「只是，放下，需要多大的勇氣和力量啊。我們身邊有些夫妻吵了一輩子、糾纏了一輩子，到後來即使互相怨恨、彼此攻擊、冷若冰霜，即使有了兒女，兒女也受傷害，兒女長大甚至懼怕婚姻，但是這樣死纏爛打的夫妻，還是一輩子沒有勇氣和力量放過對方，苦

痛了一輩子。

「你毅然放下了高飛，讓我看到放手也是一種無私的愛，一種坦誠的祝福。」

梅香輕輕笑了：「姐，我沒有你想的那麼神奇，你知道，我也是被逼的，痛到極點自然就會覺醒，我希望高飛和我不要再傷痛，都要有更好的未來，一切都是最好的安排。」

知道高飛有了幸福的家庭和孩子，梅香一直覺得心中像裝了枚太陽，溫暖而開心，為高飛的轉化，為自己當初的放下與選擇最終達成了祝福。

這種暖意一直持續到週日下午，見了敬總。

梅香很看重這次與敬總的瑜伽交流，她覺得和敬總這樣博大精深、知行合一、品行高尚的成功人士傳授交流瑜伽，自己同時也一定會得到啓迪和提昇。

梅香特地按冥想瑜伽老師傳承的標準穿戴，白色的頭巾整齊地嚴實包裹，頭巾正中佩戴了自己定做的梅花 AdShaking，一身飄逸的白色絲綢瑜伽服。

還是在敬總的會所書房，書童輕手輕腳引梅香進門後就掩門而去。

書房窗明几淨，三面落地玻璃的竹簾高高捲起，不見荷花，但大片的荷葉仍然蒼翠地舒展著，葉縫間清澈的水面倒映著藍天，白雲裹著金黃的錦鯉遊動著秋高氣爽的詩情畫意。

靠窗的地面，已經面對面鋪好兩張嶄新的厚實的瑜伽墊，墊子之間，一壺茶，兩只杯，細細的香支飄著淡淡的煙氣。

瑜伽墊上，一身灰白棉布禪衣的敬總紋絲不動地禪坐，安詳尊嚴。

梅香輕輕地落坐在另一張瑜伽墊上，隨即閉目靜坐。

當下，此刻，萬籟俱靜，時光稍停。

不知過了多久，梅香和敬總幾乎是同時睜開雙眼，兩人相視微微一笑。

敬總雙手合掌於胸前，對梅香微微鞠躬行了一個禮，梅香也就無需客氣贅言地開始傳授冥想瑜伽。

梅香今天首次與敬總交流的還是「打開所有能量中心」，這套男女老少皆宜的基本功法。

敬總聽著梅香的指令，雙手合掌於心輪，深深地吸氣，非常虔誠地跟著梅香唱誦了三遍 Ong Namo Guru Dev Namo，與身體黃金連接，向內在的老師致敬。

再深深地吸氣，與宇宙黃金連接唱誦了三遍，Ad Guray Nameh，Jugaad Guray Nameh，Sat Guray Nameh，Siree Guroo Dayv——ay Nameh，向宇宙的智慧頂禮，向宇宙的萬事萬物致敬。

唱誦完畢，梅香睜開眼睛，見對面的敬總仍微閉雙目地沉靜在音流的振動中，莊嚴肅穆。

梅香開始講解奎亞，引導示範動作，敬總跟著梅香不慌不忙，一招一式地認真練習

起來。

第一個奎亞動作：快速地打開並平衡我們的七個脈輪能量中心。

盤腿而坐，下巴微微內含，腰背肩頸保持在一直線上，雙手自然地放在膝蓋上，微閉雙目，內觀眉心輪。

深深地吸氣，靜靜地感受著能量從第一能量中心海底輪，一直向上，提昇至第二、三、四、五、六至第七能量中心頂輪，再慢慢地完全地呼氣，由上至下，從第七能量中心頂輪沿著第六、五、四、三、二回到第一個能量中心海底輪。

如此吸氣呼氣，往返重複 3 分鐘。

最後深深地吸氣，屏住呼吸，提根鎖，也就是夾緊肛門與會陰之間的肌肉向上向內提昇，然後完全地呼氣，放鬆。

第二個奎亞動作：這個動作把骨盆底部的壓力放鬆。打開第一、二、三個，海底輪、生殖輪、臍心輪這三個下三輪的能量中心。

雙手自然地放在膝蓋上，腰背肩頸保持在一直線上，微閉雙目，內觀眉心輪。

用上半身從左至右慢慢打圈，順時針方向，前半圈吸氣，後半圈呼氣，重複 1 分 30 秒，然後相反方向逆時針繼續打圈，一樣重複 1 分 30 秒。

最後深深地吸氣，屏住呼吸，提根鎖，然後完全地呼氣，放鬆。

第三個奎亞動作：進一步打開第一、二、三個能量中心，提昇釋放我們每個人身體內與生俱來儲備的神性能量，冥想能量。

盤腿而坐，下巴微微內含，雙手自然地放在膝蓋上，微閉雙目，內觀眉心輪。

雙手拿著腳跟，深深地吸氣，讓吸氣把整條脊椎骨自然地提昇拉直，完全地呼氣，讓呼氣把整條脊椎骨放鬆，重複 3 分鐘。

先慢後快，逐漸加快呼吸速度。

最後深深地吸氣，屏住呼吸，提根鎖，然後完全地呼氣，放鬆。

第四個奎亞動作：打開第四個能量中心心輪，讓慈悲與愛流露出來。進一步打開第一、二、三個能量中心，放鬆脊椎骨中部壓力，繼續提昇和釋放冥想神性能量。

雙膝跪地，下巴微微內含，雙手自然地放在膝蓋上，微閉雙目，內觀眉心輪。

同第三個動作一樣，深深地吸氣，讓吸氣把整條脊椎骨自然地提昇拉直，完全地呼氣，讓呼氣把整條脊椎骨放鬆，重複 3 分鐘。

最後深深地吸氣，屏住呼吸，提根鎖，然後完全地呼氣，放鬆。

第五個奎亞動作：打開及平衡第五個能量中心喉輪，平衡我們的情緒。

雙膝跪地或盤腿而坐，腰背肩頸保持在一直線上，微閉雙目，內觀眉心輪。

雙手放在肩膊上，大拇指扣在後肩上，其餘四個手指在前肩，肘關節與地面平行。

吸氣，整個上半身自然地扭轉到左邊，呼氣，整個上半身自然地扭轉到右邊，重複3分鐘。

最後深深地吸氣，屏住呼吸，提根鎖，然後完全地呼氣，放鬆。

第六個奎亞動作：把我們儲備的神性冥想能量繼續提昇至更高的能量中心，並完全地釋放情緒。

盤腿而坐，雙手放在膝蓋上，微閉雙目，內觀眉心輪。

吸氣，雙肩向上拉高至耳旁，呼氣，雙肩放下，重複3分鐘。

最後深深地吸氣，屏住呼吸，提根鎖，然後完全地呼氣，放鬆。

第七個奎亞動作：進一步打開第五個能量中心喉輪和刺激平衡甲狀腺和副甲狀腺。

盤腿而坐，雙手放在膝蓋上，微閉雙目，內觀眉心輪。

下巴貼著胸口，用頭從一邊慢慢地打圈到另一邊，從前胸到後背，順時針方向。頭部向上扭轉時，吸氣，頭部向下扭轉時，呼氣，重複1分30秒。

相反逆時針方向，再重複1分30秒。

最後深深地吸氣，屏住呼吸，提根鎖，然後完全地呼氣，放鬆。

第八個奎亞動作：打開第六個能量中心眉心輪和激發腦下垂體。

雙膝跪地，雙掌相對觸地與肩寬，微閉雙目，內觀眉心輪。

吸氣，頭輕輕向後仰，噴火式呼吸法3分鐘。

最後深深地吸氣，屏住呼吸，提根鎖，然後完全地呼氣，放鬆。

第九個奎亞動作：讓整條脊椎骨每個節骨都完全放鬆，讓提昇的神性冥想能量在體內平衡流動起來。

同上，雙膝跪地，雙掌相對觸地與肩寬，微閉雙目，內觀眉心輪。

吸氣，頭向後仰，臀自然蹺起，呼氣，臀部先向內，頭跟著向內，脊椎骨向天像貓伸懶腰一樣地伸展，重複3分鐘。

最後深深地吸氣，屏住呼吸，提根鎖，然後完全地呼氣，放鬆。

第十個奎亞動作：把神性冥想能量完全提昇至最高的能量中心頂輪，並與宇宙的能量連接。

盤腿而坐，微閉雙目，內觀眉心輪。

雙手舉高過頭頂，手指叩上，手掌向下離頭頂約 6 寸距離，噴火式呼吸法保持這體位至 3 分鐘。

最後深深地吸氣，屏住呼吸，提根鎖，然後完全地呼氣，放鬆。

整個過程，敬總全神貫注地投入，剛開始動作還略顯生硬，漸漸地身體明顯放鬆下來，越來越柔韌輕巧自在，幾乎是一氣呵成，沒有任何障礙停滯的做完了全套「打開所有能量中心」的奎亞功法。

到最後一個奎亞的時候，梅香看見敬總穩定強勁地做著火呼吸，臉上已是氣色滋潤、紅光滿面。

梅香沉靜地說道：「『打開所有能量中心』的奎亞動作部分已經完成，現在，慢慢躺在瑜伽墊上，微閉雙目，保持在冥想狀態，雙臂自然地放在身體的兩旁，掌心向上，完全地放鬆 15 分鐘，放鬆，放鬆……」

「好，雙手伸到頭頂，大大地伸個舒服的懶腰，完全地舒展我們的身體。跟著我做幾個簡單的熱身伸展動作。」

回到盤腿而坐的時候，梅香見敬總隨手喝了杯水，隨即肯定道：「冥想瑜伽快速打開能量中心，疏通經絡，喝水有助於深度排毒，你想喝水的時候就隨意飲用。」

梅香繼續講解示範：「下面我們開始做冥想瑜伽特有的一個偉大的冥想『大師的觸碰』，如果能做到兩個半小時最好，今天我們初次練習，就冥想 31 分鐘，我們將會在持續的梵音唱誦和手印中，觸碰和傳遞神聖的真理。」

你要神聖而莊嚴，想像自己是佛陀最偉大的化身一樣。

盤腿而坐，輕輕地收住頸鎖。注意，眼睛微微睜開，專注於鼻尖。

雙手跟我做瑪哈知識手印，放置心輪處，肩膀放鬆。

右手指第一節的正面按著左手指第一節的正面，右掌心向外，左掌心對著身體手指形成一個 45 度角指向前方，其餘手指捲進手掌用大拇指壓住，整個手印置於心輪的位置。

運用丹田的力量和我一起持續唱誦：Aad Such, Jugaad Such, Hai Bhee Such, Naanak Housee Bhee Such 哦 Nanak！你是原初的真理，是永遠的真理，也是此刻的真理，你永遠如此。

我們必須在一觸之間完成所有的這些傳遞。

這個梵音會給予我們大師觸碰的力量。

當你能用這個完美的手印連續唱誦一定時間，你會具有無限的排列、組合、投射和

力量去觸碰和傳遞真理，所有的人們都會對你充滿感激，你將在恩賜、尊重、愛和服務神的創造中得到滿足。

你將在萬事萬物中，在自己與每一個生命的面向中看見神，你會真正實現『如果你沒有在一切中看見神，你根本就沒有看見神』，你將看見神。」

31分鐘過去了，靜坐片刻，梅香帶領敬總進入冥想瑜伽的完結套路，三聲長長的「SatNam」迴向祝福。

最後，敬總像梅香一樣，身體伏地向前，額頭觸地感恩。

梅香慢慢抬起身來，看見已是端坐於位的敬總，金色的夕陽籠罩在他精瘦挺拔的身體上，形成一道明顯的耀眼的金邊，恍惚間就是一尊金色佛像。

與此同時，敬總也緩緩開口了：「梅總，現在，我看見你的身體散發著藍白的光，非常神聖，真的。」

梅香笑了：「這很正常，冥想瑜伽可以擴展我們每個人都具有的能量圈和光環體，在特定的情況下，肉眼可以看見。『佛光普照』『光彩照人』這些詞語由來已久，不是迷信，是有實相和根據的，現代先進的成像儀器已經可以顯現每個人的能量圈和光環體。只是，能量不一樣，強弱各不同。我也看見你有金色的光芒。」

「嗯，有道理，每個人都有能量圈和光環體，只是強弱大小的差異，身心靈合一程度越高，能量越強，光環體就越亮。冥想瑜伽可以強大我們的能量圈和光環體，對吧，梅總？」敬總補充詢問道。

「是的，敬總，我所學習的瑜伽的知識是這麼認為。」梅香點點頭。

「哦，梅總，我一直感覺這幾年你的變化很大！怎麼說呢？我想說，變得更加年輕漂亮了，始終不能完全表達我的感受，現在我明白了，練習冥想瑜伽，使你的能量圈和光環體改變了，這是一個具有非凡意義的事情。」敬總的話語裡充滿了探索的熱忱。

「那，今天下午，你練習冥想瑜伽有什麼感受呢？」梅香也問道。

「感受很多也很深，這是我想和你好好分享探討的。來，梅總，我喜歡喝你泡的茶，你先沏茶，我們邊喝邊好好聊聊，好嗎？」敬總說著，站起身來到門邊拎了一小桶山泉水，又搬了個便携式的電熱茶座放在瑜伽墊旁。

「好啊。」梅香把水壺加滿山泉水，擱在電熱茶座上，燒了起來。

「來，這是你上次給我的雲南無量山的古樹普洱，雖然不是什麼大牌名山的，但是實實在在，香氣高遠，回甘滋潤，我們就喝這個吧。」敬總遞過來一餅茶後，就又坐回了瑜伽墊上，隨手添了支香，清幽潔淨的檀香氤氳開來。

山泉水很快沸騰了，梅香熟練地解茶、投茶、溫杯、洗茶、泡茶，不一會兒，一杯熱氣騰騰的茶湯就呈給了敬總。

梅香和敬總各自舉杯細細地慢飲，迎著夕陽的梅香，玻璃杯中的茶湯閃耀著柔和的

金光。

　　敬總放下茶杯，直截了當地說道：「梅總，我覺得冥想瑜伽具有三大獨特的功用，能量、覺察、神性。」

　　梅香雖然熟知敬總什麼事情總能獨到體會，直指要領，精闢概括，但還是忍不住驚嘆：「能量、覺察、神性是冥想瑜伽的三大獨到功效，這，可不是哪本書籍或先輩的總結，我也是經過三年多天天持續地修鍊，親身實踐體悟，才有此心得。敬總，你才一個下午幾個小時的練習，就和我有相同的感悟，你這是如何得來的呢？我真是又驚喜又好奇。」

　　敬總樂了：「哈哈，英雄所見略同，我就談談我的感悟吧。

　　首先是能量。

　　我覺得能量是萬事萬物的基礎，是修行的根本，沒有能量，一切都是空談。

　　能量如同車輛的燃油動能，沒有燃油動能，再好的車輛、路況、駕駛都沒有用，因為車不動了，寸步難行。

　　世間很少有不想變好的人，每個人都有讓自己活得更好的願望，各種各樣勵志的名人啊、課程啊、勸導啊，也都在激勵大家要變得更好。

　　可是，大多數人往往發現，人人都有變好的渴望，天天也在想變好，但是，就是恨自己，無能為力，無力改變！這個能和力，就是缺乏能量。

　　能量僅憑課程、勸導、思想、觀念是無法給予的，還有運動也是難以提供的，從另一個角度講，大多數運動同時也在消耗能量。

　　因為，我指的能量還不是一般的能量，而是我們心的能量，也可以說是心想事成的能量，也可以說精氣神的能量。

　　多年來，我也一直在思考追尋，什麼方式可以為我們提供心的能量？我做過很多嘗試。

　　今天，我在修鍊冥想瑜伽時體悟到了，這股來自人體的本源的能量，從我的海底輪源源不斷地湧向頂輪，直至與宇宙連通，循環不絕。

　　練習完後，我整個人充滿了生命的活力，慈悲與愛。

　　再說覺察吧。

　　修行之人經常講，覺知、覺察、覺醒都具有同樣的意義。我是學佛的人，覺察，也是佛學反覆強調的重要觀點之一。

　　一個對自己有覺察的人，就不會被自己的情緒、欲望，各種固有模式所左右，當然可以達成修行端正的目的。

　　但是，俗話說，『旁觀者清，當局者迷』，擁有對自己的言行舉止，甚至每個思想念頭情緒的觀察覺知，談何容易！和擁有能量一樣欲求不得。

　　所以，我們中很多人每天生活得渾濁沉迷，深陷各種苦痛煩惱，難以自拔。要麼麻木不仁，要麼被虛妄的欲念折磨得死去活來。

我幸學佛學，經常禪坐靜心，禪坐也是讓自己沉靜下來，和自己的身心在一起，也就是學習覺知自己。

　　佛學和瑜伽都源自印度，佛教有三千來年歷史，據考古學說，瑜伽有六千多年歷史，我想，有些功法，應該是一脈相承，多元交融。

　　修鍊冥想瑜伽，讓我們隨時保持在內觀冥想狀態。觀，一呼一吸在身體內的循環流動；察，身心能量的變化運作；覺，身心靈完全合一在當下；知，思想念頭從哪裡來到哪裡去。

　　通過反覆持續的身心靈高度合一的覺知訓練，我們就自然而然地學會了覺察。

　　有了覺察，我們就會獲得真正的改變和身心的自由了。

　　關於神性，我所說的神性，是對自己的信仰，與宇宙的合一。

　　無論我們信仰多少神靈，追隨何種宗教，如果我們不能喚醒自己內在的神性，獲得本源神聖的能量，終將一直在對外尋求中迷失方向、失去力量。

　　梅總，你曾經闡述過你的覺悟『人體是宇宙細胞學說』，這個觀念，給我的印象和啟迪非常深遠。我們每個人本身就是宇宙大神的一部分，我們與宇宙合為一體，神性是我們與生俱來的品性。

　　今天在和你修鍊冥想瑜伽中，我第一次真實地親身體驗了這個觀念，在『大師的觸碰』冥想中，有一刻，我覺得自己的身體已經完全地消融，與無邊無際的宇宙合一，無限的平靜和極樂。這應該也是佛學中提及的『三摩地』境界吧。

　　現在，我完全解開了，我對你一直的好奇。

　　為什麼一位小小的平凡女子，卻會有這麼多深刻的悟見，擁有神聖的能量，在傷痛中收獲成長，在苦難中播種祝福，在嚴寒裡散發花香。是因為你通過修鍊冥想瑜伽，喚醒了自己內在的神性，你就是神，神就是你。我在你身上看見了神性的光芒。」

　　敬總講完「能量、覺察、神性是冥想瑜伽的三大獨到功效」的見解，梅香心中頓時感慨萬千，敬佩、感動、鼓舞、肯定、激發、提昇、同感共悟的喜悅，各種情緒溫暖地交織在一起。

　　梅香為敬總雙手奉上一杯滾燙的熱茶：「謝謝您，敬總，你闡釋的冥想瑜伽的三大功效——能量、覺察、神性和我是相同的感悟，而且你的見解直接而精闢，給了我更大的啟迪。

　　快速提昇能量，這應該是冥想瑜伽的核心的差異化功效，讓我們突破了通常瑜伽強調動作和肢體的精準的局限和認識，讓我們迅速觸及到瑜伽更廣泛作用身心的空間。

　　我在日日修習瑜伽的呼吸間，養成了覺察自己的習慣和意識，學會了和自己的情緒和諧共處，頓悟到情緒本沒有好壞，每個情緒都是來幫助我們成長的。

　　例如憤怒，以前我憤怒，我就是那個憤怒，我完全被憤怒吞噬，無法自己，憤怒就會給我帶來破壞性的結果。

　　現在，我還會憤怒，但我知道，我不是這個憤怒，我只是在憤怒而已，我清楚自己

為什麼憤怒，應該怎樣表達我的憤怒才恰到好處，結果，憤怒給我帶來創造性的局面。

瑜伽讓我培養了隨時覺察的意識，我終於可以引導自己的情緒，掌控自己的人生了，因為我可以像個旁觀者，以第三者的角色把握情緒，導演自己的人生。

就像你說的，因為覺察，我獲得了身心的自由。

冥想瑜伽喚醒內在神性，這一點也太重要了。

每一個冥想瑜伽的套路功法，一開始首先黃金連接，向自己內在的老師致敬，緊跟著向宇宙的萬事萬物頂禮，這就是敬天愛人。天，是宇宙，是世間萬事萬物；人，是他人，更是自己。

我以前接觸過一些修習多年的瑜伽愛好者，他們具有強大的能量和高度的覺察力，但情緒卻更具破壞性，甚至毀滅性。和你的交流中，我終於明白了，那是他們內在的神性還未甦醒。他們不接納自己，不愛自己。」

梅香說完，敬總笑道：「是的，梅總，我非常理解你的所說所做。我想，再問你一個問題，冥想瑜伽幫助我們擁有了能量、覺察、神性的品格，我們用這些來達到什麼目的？也就是，你修鍊冥想瑜伽的最終目標是什麼？」

聽到這個問題，梅香笑了，像早已準備好的禮物終於被人要求打開般喜悅：「敬總，這個問題，我這幾年，反反覆覆思考了很久，我一遍一遍問自己，你修鍊冥想瑜伽的最終目的是什麼？

能量、覺察、神性不是目的，是條件基礎，是方法和路徑。

就像我問過一些靈修課上的朋友，你為什麼靈修？他們往往會馬上回答，提昇靈性，或者為了覺醒！我又追問，那提昇靈性是為了什麼？或覺醒是為了什麼？他們卻愣住了。為什麼？就為了提昇靈性或者覺醒啊？有人甚至覺得這個問題很可笑。

於是，很多人就這樣為了提昇靈性，為了覺醒，走遍名山大川，遍訪名師；傾其所有，甚至借錢負債的到處上課，成了課蟲；拋妻棄子，離家出走，隱身遁世……為了靈性和覺醒，到處盲從迷信，迷失生活，給自己帶來了新的痛苦和家人的擔憂。

在修鍊冥想瑜伽的這些年裡，我反反覆覆問過自己，修鍊冥想瑜伽是為了什麼？或許應該有什麼非凡和不一樣的目的和意義，才對！？

可是，反反覆覆刨根問底，我還是一次次回到了本源，我當初之所以練習冥想瑜伽，目的很單純很直接。就是因為身體差了，想把身體搞好；因為太多痛苦，想追尋喜悅；因為想自己和家人更美好更進步；想更加富足成功地過好俗世人生。

勿忘初心，方得始終。所以，我現在更加堅定自己修鍊冥想瑜伽的信念，冥想瑜伽幫我提昇『能量、覺察、神性』，是為了讓我過好『健美、喜悅、進步、富足』的人生。」

敬總一邊笑著聽梅香說話，一邊喝茶，待梅香說完這些，敬總饒有興趣地問道：「那你現在達到你的目的了嗎，『健美、喜悅、進步、富足』的人生？」

梅香也笑了:「我已經走在『健美、喜悦、進步、富足』的人生的光明大道上了。會一直往前走,前面還有無限的美好風光在等著我探尋。」

　　敬總又笑著問道:「可是,你知道,人生沒有絕對的坦途,事情也沒有絕對的一帆風順!」

　　梅香笑著回應:「敬總,你是在考我吧? 呵呵。

　　「我也認為,人生沒有絕對的美好順利,所有事物也沒有絕對的好,任何事物都有好的一面和不好的一面,這是宇宙的客觀定律,有白天就有黑夜,冬天過去才會有春天,有低才可以定義高,有短才可以定義長,宇宙的萬事萬物都是一體兩面,二元合一的組成。

　　以前,我不接受事物的兩面性,和大多數人一樣,燒香磕頭祈禱都是求求菩薩保佑,保佑自己心想事成樣樣好,事物都向自己想要的好處發展。

　　但是,生活卻往往以嚴酷的事實,有力地證明事物不可能樣樣都朝你想要的結果發展,例如,我當初以為我可以拯救弟弟曉峰,我以為曉峰一定可以就此轉變過上幸福的生活。

　　當結果往往事與願違的時候,很多人就覺得生活欺騙了自己,神靈也不再靈驗,怨天尤人,一蹶不振。

　　這時候,我也曾經迷茫過,但我看見了事物的一體兩面,我只祈求上天給我面對困難和挑戰的力量與勇氣。

　　可現在,我又回到最初,向我內在的神性祈禱,保佑自己心想事成樣樣好。但,此時非彼時了,為什麼呢? 因為我想到,既然事物都有好與不好的一體兩面,那我在接受事物的兩面性後,就只看好的一面,引導事物向好的一面發展,這不就是樣樣都好了,一切都是最好的安排。」

　　「哈哈」敬總終於大笑了:「這就是認識事物的三個階段,第一階段,山是山,水是水,第二階段,山不是山,水不是水,第三階段,山還是山,水還是水。但第三階段的山水和第一階段的山水不一樣囉,第一階段的山水是看其表面,第三階段的山水是知其本質。」

　　笑停之後,敬總又坐直了身體認真地對梅香說道:「梅總,其實我知道你在堅持練習瑜伽,追求身心靈的成長之時,曾經有過對你的擔心,擔心你從此神神鬼鬼,擔心你會表面安靜內心避世,這些日子,對你的了解看來,一切擔心都是多餘。

　　我非常贊同你的觀念,要在生活工作中修行。小隱於野,大隱於世,這才是真正的修行。

　　真正靈性的人,會是成功的人,會達到『健美、喜悦、進步、富足』的人生。

　　當然成功有很多方面的定義,關鍵是實現自己的人生價值,盡好宇宙的一個細胞的職責,為宇宙貢獻能量。

　　真正成功的人,也是具有靈性的人,因為什麼是靈性,在我看來,靈性就是與宇宙萬事萬物溝通相融的智慧。

我們只有自己首先成功的達到『健美、喜悅、進步、富足』的人生，才能幫助親朋好友達到『健美、喜悅、進步、富足』的人生，也才能幫助我們的員工團隊達到『健美、喜悅、進步、富足』的人生，這就是美好的企業文化，有人把企業文化講得很高深，在我看來很簡單。什麼是企業文化？企業文化就是企業主個人的性格心態在企業經營活動中的反映。

生命充滿了無限奇蹟，我也對此充滿了無限的好奇和探索。我和我的夫人一起畢業於北京很有影響力的一所綜合大學，上個月，我們以夫妻倆的名義剛剛捐贈了一億元給我們母校的生命科學學院，專項用於生命科學的研究，我要把你修鍊冥想瑜伽的目的運用到研究的目的，如何幫助人們達到『健美、喜悅、進步、富足』的人生，以免誤入形而上學的虛無研究誤區。

梅總，我也希望和你一起去提昇自己，幫助更多的人們走上『健美、喜悅、進步、富足』的人生大道，你有什麼需要我做的，你儘管要求。」

梅香感激對敬總說道：「謝謝你，你對我的鼓舞和啓迪就是最大的支持。這個階段，我想腳踏實地地從靈性花園，一個身心靈養護館做起。」

告別敬總，從書房會所出來，廣州秋夜的天空湛藍潔淨，有星星在閃耀，有瑰麗的雲朵像極了鳳凰涅槃般展翅飛翔而過，紅光映天。梅香靜靜地仰望天空，清涼的風拂過，那個伸手點亮星星的女孩夢想會——實現，SatNam。

這段時間，房地產經紀公司的業務經理阿翔帶梅香看了好幾處房，都在花城廣場周圍的高檔寫字樓。但是，要麼面積不合適，要麼是辦公樓層不能大面積用水 Spa，要麼朝向不好。

倒是招聘感應了好幾個清靈的小姑娘，她們希望跟著梅香先美好了自己，再美好他人。

這天下午，有一個地產中介的小伙子給梅香打來電話：「請問，你是梅姐嗎？」

「是的，你請講。」

「我是地產仲介的業務經理小戴，我有位朋友告訴我，你正在尋租一處養生館的經營場所，是吧？」

「是的，你有合適的地方推薦嗎？」

「有啊，680 平米，是花城廣場甲級寫字樓的三樓會所的一部分，房間三面落地大玻璃，面向花城廣場花園，看得見花草樹木。」

「那太好了，基本都是我想要的條件。」

「梅姐，你能現在馬上來實地看看房子嗎？正好業主也在，你們可以當面商議相關事宜。」

「好啊，我家離得不遠，你們等等，我半小時內到達。」

梅香到達這棟新建的寫字樓三樓的時候，空闊的毛胚房的窗邊站著一位瘦高的小伙子。小伙子迎面走來，自我介紹就是電話裡的小戴。

小戴說:「梅姐，業主的小孩口渴要喝水，業主帶小孩去買瓶水就來，我先帶你看看房間吧。」

梅香跟著小戴圍著房間四面走了一圈後，心裡一陣開心，這房子簡直就像是專門為靈性花園準備的，無論大小面積、採光朝向、地段環境都很理想。

梅香迫不及待地問小戴:「業主呢？我們趕緊談談條件吧。」

小戴伸手指著房間大門的入口說道:「業主來了，李先生。」

梅香轉過身一看，怔住了，是李超，還牽著一個漂亮可愛的混血小男孩，只是兩個人像剛剛從海灘上回來一樣，曬得黑黑的。

小男孩一看見梅香，就高興地用流利的中文叫起來:「爸爸，她就是我們要找的中國阿姨嗎？」

李超朝梅香笑道:「是的，保羅，這就是爸爸帶你來找的中國阿姨，向阿姨問好。」

小男孩甩開爸爸的手，快步跑到梅香面前，仰起頭，一雙褐色的大眼睛望著梅香:「阿姨，你好，我叫保羅，爸爸說，你會喜歡我的。」

「保羅真乖，你這麼禮貌可愛，阿姨當然喜歡你啦。」梅香不由伸手摸了摸保羅一頭柔軟的捲髮，保羅開心地依偎在梅香身邊。

李超走過來，一臉陽光燦爛地滿足地看著梅香和保羅。

「李超，這個房子是你的嗎？你什麼時候回來的？這是怎麼回事啊？」梅香驚喜地拋出一連串疑惑。

「保羅，過來，叔叔帶你看窗外廣場上新搭的節日遊樂的趣味玩意兒。」小戴識趣地把保羅帶到了房間遠處的窗邊，指指點點。

李超也笑著輕攬了梅香站到近處的玻璃牆邊，花城廣場的花園湖泊就在不遠處閃著波光。

梅香嗔怪地看著李超:「你說呀，你們怎麼突然喜從天降地來到了，怎麼回事啊？」

李超繼續逗樂道:「保羅不是說了嗎，我們來找一位中國阿姨啊。」

「為什麼要找她啊？」

「因為她有趣好玩啊！」

「就為這個啊?!」

「梅香，」李超終於不再玩笑了，深情地注視著梅香:「上次，你微信給我的信深深地觸動了我，我決定勇敢地開始新的生活了。我終於在孩子媽媽的離婚協議書上爽快地簽了字，又迅速地處理了家產，然後給保羅請假退學，帶著他，我們父子倆租了輛車，花了兩個半月遊遍了我一直夢想遊樂的澳洲，你看，我們父子倆都曬黑了吧。」

「然後，我接受了深圳那家醫療器械公司的邀請，決定回國工作了。」

梅香欣慰地笑了：「那，這房子怎麼回事呢？」

「我本來就打算在國內置業投資啊，上次，你在微信裡告訴我，你正想找一處房子，經營靈性花園身心靈養護會所。我一回國就先按你的理想看中了這套房子，是你想要的嗎？我想給你一個驚喜。」

「梅香，我想和你在一起，我想和你一起去追尋夢想，好嗎？」李超真誠地說道。

「爸爸，阿姨，快來呀，這兒真好玩。」保羅在遠處對著李超和梅香興奮地招手，李超拉著梅香大踏步地走過去。

這一瞬，梅香腦海裡閃過冥想瑜伽傳承大師 Yogi Bhajan 的一句話：「一個女人對一個男人最大的意義，是啟發他的生命。」